El Mar de los Sueños

Primera edición: junio 2008
Segunda edición: noviembre 2008
Tercera edición: agosto 2010

El Mar de los Sueños

Ribera del Loira, 28
28042 Madrid
www.pearsoneducacion.com

ISBN: 978-84-205-5550-8
Depósito Legal: M. 37.163-2010

Impreso en España – *Printed in Spain*
Impresión: Closas-Orcoyen, S. L.
Polígono Igarsa, Paracuellos de Jarama (Madrid)

Este libro ha sido impreso con papel y tintas ecológicos

Antonio Martín Morales

El Mar de los Sueños

PEARSON
Alhambra

Madrid • Londres • Nueva York • San Francisco • Toronto • Tokyo • Singapur • Hong Kong
París • Milán • Munich • México • Santafé de Bogotá • Buenos Aires • Caracas

Dedico este libro a mi madre
y a mi sobrina Blanca.

Europa siglo XXI:

Después de una crisis de valores sociales, en una época en la que la concesión de derechos y libertades a los ciudadanos acaba convirtiendo el sistema social en un artilugio demasiado laxo, fruto de una política permisiva con la delincuencia, a mediados del siglo XXI hay revueltas. Las venganzas fomentan la delincuencia, que no teme ir a unas cárceles que ya parecen hostales lujosos. Esto divide Europa en la última mitad del siglo y varios países abandonan la Unión para instaurar en sus ordenamientos jurídicos la pena de muerte y el endurecimiento de las cárceles.

LIBRO PRIMERO

El Mar de los Sueños

Capítulo 1

Granada. Año 2084.
Sala de lo Penal del Tribunal Provincial de Justicia para delitos de sangre.

Antonio, acusado de asesinato, permanecía inquieto en aquella sala de madera elegante. Intentaba buscarle la mirada al juez, adivinar su destino. Bien vestido, sintiendo la presencia de sus familiares en la nuca, pesándole la cabeza, con los hombros doloridos, no se concedía un segundo de relax. Quería paz en su semblante. Le obsesionaba la idea de parecer culpable. Como si el Jurado, ante una derrota de su mirada, un bostezo, o cualquier otra muestra de relajación, pudiera asumir conclusiones erróneas. Porque Antonio era inocente y deseaba transparentarlo. En cada gesto, incluso en la vestimenta escogida, luchaba por una empatía que abatiera la costra acusadora que la fiscalía le había fabricado.

—«... después de todo lo visto, creo que mi defendido se merece al menos el margen de la duda razonable. Hemos probado que no es el tipo de persona que perpetra un crimen con semejante frialdad y anticipación, como la acusación pretende. Mi defendido es un hombre familiar, prácticamente recién casado, para el que este suceso ha supuesto el mismo dolor que para cualquier compañero del difunto. No condenen a este buen hombre. Porque las pruebas no despejan esa duda, porque llevarían en su conciencia una gran mancha de haber condenado a un inocente».

El pelo, canoso, se agolpaba poblando tal vez en exceso el bigote de herradura en el rostro impenetrable del juez. Su tez morena, típica de la raza gitana, sus ojos negros como carbones con el ceño perpetuamente fruncido, y su calva caoba reluciente, otorgaban un aire severo a don Justino Heredia. Era famoso por seguir las normas con estricta, escrupulosa y literal rigidez. Sus ojos no se distraían en murmullos o matices fuera del caso que resolvía. Las pretensiones de Antonio de tener cierto contacto visual con la autoridad de la sala se veían frustradas constantemente. Enfocaba sus ojeras mortecinas sólo a la persona que tenía que intervenir, sin pasearse por el resto de la estancia. Su mirada de granito, en ese momento, no se desviaba del abogado defensor. Había terminado su turno y lo perseguía hasta su asiento.

Su abogado, en aquel paseo corto, lo miró a la cara y le guiñó el ojo derecho. Estaba demasiado acostumbrado a que le profiriese aquel gesto cariñoso. Ya no lo sosegaba en absoluto. No aliviaba la incertidumbre, porque se asemejaba demasiado al guiño de un familiar, al de un padre que no quiere perturbar con malas noticias a su hijo enfermo después de charlar a gritos con los doctores.

Era el turno del fiscal, que tendría que cerrar su intervención. El Jurado contempló la parsimonia, en el paseo señorial de Martín Jiménez. Probablemente uno de los fiscales que más casos de pena capital había conseguido ganar en toda España. Algunos abogados lo conocían por el apodo de «ángel de la muerte». Se rumoreaba que él gustaba acumular, una tras otra, víctimas de su legalidad implacable. No le molestaba aquel apodo, ni el aura tenebrosa que suponía llevar las alas negras de su leyenda.

—Señores y señoras del Jurado… Me van a permitir la licencia de afirmar que este caso es bien sencillo —comenzó, desabotonando la solapa de su chaqueta azul marino, como abriendo la puerta de la verdad—. Ese hombre —dijo señalando al acusado con el dedo que seguramente usaba para escoger solomillos en las carnicerías— es experto en robótica, pero un hombre poco organizado. Eso se ha demostrado. También se ha demostrado que es muy amigo de sus amigos y que ama a su esposa. Pero no se dejen engañar... eso no lo convierte en inocente. Se ha demostrado que, la noche del 25 de enero de este mismo año, don Fermín Gil Saavedra, director adjunto de la filial española de la empresa Robotecnics, viajaba en compañía de Antonio Fernández Puertas, uno de los seis subdirectores de la misma empresa y hoy acusado de asesinato, a una feria tecnológica en Madrid. Hoy estamos aquí no para ver qué tipo de persona es. No para juzgarlo como hombre. Estamos aquí reunidos con el propósito exclusivo de juzgar los hechos acontecidos la noche del 25 de enero. Si es un asesinato... la pena que la ley exige es la muerte.

»El mismo acusado ha admitido que discutían durante el trayecto y que tenían grandes problemas en el ámbito laboral, pues la empresa opinaba que había demasiados puestos directivos y que era preciso reducirlos. Antonio sabía que él tenía las peores estadísticas. Probablemente don Fermín lo echaría a él. Para el acusado su trabajo era su vida. Pero además también el único recurso. Perder el puesto significaría no poder hacer frente a una endeudada economía familiar, llena de hipotecas e inversiones de riesgo.

»El coche, un Audi Future Impulse, es quizá el principal testigo y aliado del difunto. Como todos los coches después de la Ley de seguridad en la conducción del año 2060, cuenta con los nuevos sistemas de seguridad en el pilotaje, y entre ellos con el moderno sistema de registro MR; para que nos entendamos, algo parecido a la famosa «caja negra» de los aviones. Se ha demostrado ante este tribunal que el coche poseía una avería en el sistema electrónico que impedía que el detector de fallos, otro de esos sistemas de seguridad, funcionase correctamente. Así, el coche no avisó al conductor de que su puerta estaba abierta. Si le hubiera avisado... Tendría que haberla cerrado bien...

El «ángel de la muerte» se acercó entonces al Jurado hasta poner las manos en la barandilla de madera que cercaba el lugar donde se sentaban las personas que debían decidir la suerte del acusado. Comenzó hablando despacio, muy enfáticamente allí donde quería resaltar una idea, y con ironía cuando se refería a los argumentos de la defensa.

—Esto es lo que sucedió esa noche:

»Antonio lo tuvo claro desde que se rumoreaba su inminente expulsión de la empresa: tenía que parecer un accidente. La ocasión era magnífica. Una reunión con los jefes de Madrid. Un coche. La lluvia que borra todos los rastros. Y gran conocimiento de electrónica. No se dejen engañar por su apariencia de hombre noble y honrado... Incluso no duden que lo fuese alguna vez en su vida... Antes de partir, Antonio manipuló el sistema electrónico del vehículo para que no avisara con voz las irregularidades, si bien es cierto que esto no se ha podido demostrar. El hecho es que las alertas no funcionaban. Pero no contó con el MR. Bien por desconocimiento o bien por un descuido. El sistema MR registra, como ya se ha explicado, todas las alteraciones graves en el trayecto, y además graba todas las conversaciones. Tiene una autonomía bastante prolongada y se autoformatea cada vez que el coche se estaciona de forma correcta para tener siempre capacidad de almacenamiento. Ustedes mismos oyeron la grabación del MR. La pelea verbal entre el acusado y la presunta víctima de asesinato tuvo su punto álgido justo antes del siniestro. «Es para matarte... No vas a hacerme esto». Ésas fueron las palabras antes de que el coche patinase cayendo al barranco. Esas fueron las palabras de un hombre dispuesto a todo.

»Era un auténtico maestro de la palabra. Evitaba los tecnicismos procurando hablar con el mismo tono de voz que hubiera usado ese buen amigo que con sus opiniones presta apoyo.

»El MR registró que momentos antes de que el coche se precipitase hacia la ladera de la montaña, la puerta del conductor se había abierto. Incluso se oye en la grabación del MR. La defensa dirá que la puerta se abrió por accidente o incluso que lo hizo a causa de una colisión con una piedra desprendida por la lluvia a la calzada. El MR registró, sin embargo, que esa puerta estaba ya abierta desde mucho antes... Antonio había parado para repostar en una estación de servicio diez kilómetros antes del siniestro. No cerró la puerta bien. La dejó entornada para facilitar el salto que haría posteriormente. Porque, señores y señoras del jurado, estamos ante un caso de premeditación claro como el agua. Antonio lo planeó todo al milímetro. ¿Qué persona va de viaje a Madrid sin haber repostado antes de salir? ¿Un descuido? Puede ser verdad. ¿Qué persona hace un viaje con un coche averiado al que no le funciona el sistema electrónico de navegación segura? ¿Otro descuido? También podría ser... ¿Qué persona reposta y se deja la puerta entornada?... Ya son muchos descuidos, ¿no creen?

»En mi humilde opinión —ahora puso un tono de voz más violento, de indignación, de repulsa—, Antonio no dejó entornada la puerta al azar. NO. Antonio quería matar a don Fermín y por eso desconectó el sistema electrónico antes de salir, gracias a sus conocimientos de electrónica. Sabedor de que si no tenía la puerta entornada no le daría tiempo a saltar antes de que su coche se precipitara barranco abajo. Provocó la indefensión de la víctima al circular a cien kilómetros por hora en una curva bastante cerrada, lloviendo. Tenía que ir lo suficientemente rápido para que a don Fermín no le diese tiempo a reaccionar. Por supuesto, tampoco se había puesto el cinturón de seguridad para así facilitar el salto. ¿Se le había olvidado? ¿Otro descuido en la lista? Un día de lluvia..., piénsenlo..., nadie se imaginaría toda la trama del accidente provocado.

»Ésa es mi versión de los hechos. Antonio saltó antes de que el coche cayera y consiguió su objetivo: MATAR al hombre que probablemente le hubiera echado de la empresa. La defensa ha estado intentando demostrar que ocurrió un milagro complicadísimo. Han argumentado que Antonio no saltó del coche porque no tuvo tiempo, ya que él no premeditó el dejarse la puerta abierta, que la puerta se abrió por una circunstancia desconocida. Han argumentado que se precipitó al vacío y que, después de una caída de veinte metros de altura, no sufrió más que un rasguño porque el parabrisas se quebró con una rama del árbol donde el coche acabó estrellado, y el acusado salió limpiamente por el hueco del vidrio roto en el instante del impacto, y no se quebró más que un brazo porque el mencionado árbol amortiguó la caída. No hay rastros de ADN en el vidrio, ni en el árbol. Curiosamente, el accidente sucedió por casualidad en un día de lluvia abundante... Mientras que don Fermín, atrapado por el cinturón de seguridad, murió por el fuerte golpe en el tórax.

»Señores y señoras del Jurado... Eso es como demostrar científicamente la existencia de Dios... —dijo indignado mirando no sólo al Jurado. Paseó su indignación por toda la sala, en círculo, con los brazos abiertos hasta acabar mirando de nuevo al tribunal. Parecía un profeta —un dios caprichoso, pues no le soltó milagrosamente el cinturón de seguridad a don Fermín para que con una amortiguación milagrosa saliese vivo también.

»La defensa no ha escatimado en halagos hacia la persona de Antonio. Nos han mostrado sus cualidades humanas, lo mucho que quiere a su esposa. Yo no he hablado de las cualidades humanas de don Fermín, sólo he hablado de hechos. Don Fermín es padre de dos hijas..., esas dos muchachas que están sentadas en la segunda fila de bancos. Esas dos hijas que ya nunca podrán ver a su padre. ¿Qué les puede uno decir? Están aquí porque creen como yo en los hechos, y quieren que se haga justicia. Créanme, el que condenen a ese hombre puede que no les devuelva a su padre, puede que no les aporte nada tangible en su vida, pero estoy seguro de que sentirán cierto alivio porque se habrá hecho justicia.

»Si, después de todas las pruebas, aceptan el homicidio imprudente que pide la defensa..., yo creo que voy a comenzar a plantearme otra profesión.

El fiscal volvió sus pasos parsimoniosos hacia su asiento... En su cara, una mueca seria que poco a poco se tornó en sonrisa. La sonrisa de la victoria. A tan sólo unos metros de esa sonrisa, un rostro desencajado. El rostro del terror.

Al día siguiente, los mismos actores se reunieron en el mismo teatro. Pero ahora los protagonistas no eran los abogados... sino los miembros del Jurado. Don Justino preguntó a presidente del Jurado si ya tenían un veredicto. Después de cumplir la formalidad, el presidente del Jurado tomó una nota de papel y se la entregó al alguacil. Éste la alargó al juez.

—Hoy, día tres de julio del año dos mil ochenta y cuatro... el Jurado... declara a don Antonio Fernández Puertas... CULPABLE DE ASESINATO.

Un gran murmullo se levantó en la sala. Quedaba conocer si el Juez ratificaba la sentencia y qué pena establecía. Aún podía salvarse si don Justino Heredia estimaba que, pese a ser culpable, le era posible aplicar alguna atenuante. Tal vez podía condenarlo a cadena perpetua, o incluso pedir una reconsideración de la sentencia al Jurado.

Un juez es un destino. Una esperanza y un desaliento tras una mirada impenetrable. Don Justino estuvo callado un minuto. Miró al acusado y al «ángel de la muerte». El público asistente generaba ya un volumen considerable de hipótesis y creaba en la sala un rumor molesto.

—¡Orden!... Ratifico la sentencia y no sin entender la frustración que pudo llevar a un hombre a cometer un acto horrible. He de aplicar la ley con la contundencia que exige nuestro ordenamiento jurídico. Así... CONDENO AL ACUSADO A PENA DE MUERTE. La sentencia será ejecutada una vez agotadas todas las vías de alegación y súplica recogidas en la ley, y en un plazo máximo de dos años y un día a partir de la presente fecha. Se cierra la sesión y el proceso.

Capítulo 2

Corredor de la muerte.
Centro penitenciario del Estado (Alhaurín de la Torre).
9:30 de la mañana.
4 de julio de 2086.

El día de la muerte de una persona comienza sin pedir permiso. Tan inexorable como cualquier otro, avanza sinuoso, envenenado. Lo común es que se desconozca su contenido atroz, que se tome por otro naipe más de la baraja. A Antonio Fernández Puertas le habían marcado la baraja y conocía perfectamente la fecha y la naturaleza de ese día que comenzaba.

Saber el momento en que la muerte llega, cambia radicalmente las cosas mundanas. Tenerlo tachado en el calendario como el último aledaño, el último espacio a disfrutar en el tiempo, enrarece y contamina todos los días que lo preceden. Ese día se convierte en un lapso de tiempo nervioso, infranqueable, imposible de comprender. No es que pida permiso, es que la muerte está invitada con antelación. Ser consciente de eso… es una realidad demasiado devastadora.

Los recursos de apelación habían fracasado. Confiar en los ruegos de última hora era albergar esperanzas famélicas. No recordaba un caso de sentencia firme de muerte en el que los ruegos de última hora hubiesen sido efectivos. En los dos años de reclusión, de angustia y búsqueda de vías de escape, Antonio había dedicado mucho tiempo a estudiar casi todos los casos de pena de muerte hasta el suyo presente. No había tirado la toalla, simplemente… le habían robado el toallero completo. Esa mañana a Antonio Fernández Puertas le hubiera gustado poder encontrarse al Destino cara a cara, agarrarlo del cuello y pedirle un par de explicaciones.

Se levantó de la cama y comenzó sus ejercicios rutinarios en la celda. Dos años en la cárcel lo habían cambiado. Se había vuelto metódico. Veinte flexiones, cuarenta abdominales y veinte sentadillas. El día en que acababan todas sus rutinas hizo treinta flexiones, cincuenta abdominales y treinta sentadillas. Su mente se encontraba ante un gran dilema: dejar pasar el tiempo sin pensar, o no dejar pasar un segundo sin hacerlo, apurando cada granito de arena que le quedase de su reloj. Como en tantas ocasiones en la vida en las que uno piensa que tiene elección… no la tenía. Aunque se hubiera empeñado en no pensar, saber que dentro de unas horas moriría no dejaba opciones. El hombre es preso de sus circunstancias. Las de él… se le antojaba que eran las peores circunstancias. Ya no sentía pena de sí mismo, no de la misma forma tangible que lo había acompañado al principio de aquella calamidad. Un nerviosismo lo roía por dentro despejando la desdicha, claro que sin destruirla. Como si su existencia y el trágico final que le deparaba el destino tuvieran ya establecida una conexión, y sintiera ya el comienzo del fin. La pena esa mañana no madrugó; prefirió seguir durmiendo un poco más.

¿Qué sucedería cuando llegara la muerte? ¿Habría continuidad o todo se apagaría simplemente? ¿Sería como quedarse dormido? «Dentro de unas horas sabré la solución al misterio más codiciado de la humanidad», se dijo atormentándose. Él quería perdurar, no quería extinguirse. Y, como arrastrado por un impulso animal, se clavó de rodillas. No recordaba exactamente cómo rezar. Estaba seguro de que nadie le había enseñado a rezar en esas condiciones de vida o muerte. Rezó para que fuera la primera de las opciones. La vida. Antonio no había creído mucho en Dios en los años que recordaba, en una época en que la Ciencia sustituía a la Religión. Ahora era la única opción que ofrecía una salida digna, una esperanza inmensa, ese Dios misterioso de cuya inexistencia había sospechas fundadas. En aquellos días su vida se guiaba por arrebatos, y no era extraño verlo llorar y reír, en cuestión de minutos. Se asombraba de sí mismo, como si contemplase sus cambios repentinos desde la distancia y al razonarlos los viera absurdos. El envite que tal vez lo sorprendió más fue el religioso. De repente creía en Dios con tal convencimiento que se preguntaba si acaso hubo un tiempo en que no fue creyente. Aquella última mañana volvía a sentir el alma, la espiritualidad necesaria para que un ser humano tuviese sentido. No se trataba de pedir. Se conformaba con que esa sensación no lo abandonase en el momento final. La sensación de ser una criatura especial, una nebulosa compleja cuyo recipiente era un cuerpo, para la que hay una salida a la trampa mortal del universo. No se trataba de pedir, pero una vez lanzado en su espiritualidad, reconciliado con su alma recién hallada, pidió. Pidió con tanta fuerza a Dios que lo llevara con Él, con tanto sentimiento, que se le saltaron las lágrimas. También rogaba por su mujer, a la que dentro de un par de horas podría ver... ¡Uf!... Pensó que le iba a faltar valor para aguantar el tipo. ¿Qué sería de ella? Él rogaba porque superara el bache, que no viviera en la pesadilla de la depresión. Le diría que rehiciera su vida, con otro hombre incluso, que buscara la felicidad. Aquellos pensamientos lo gratificaban inmensamente. Aquellas metas sencillas, como idear el mensaje que deseaba entregar a los que lo querían, le hacían aún más espiritual y se sentía mucho más cercano a lo divino. No quería investigar mucho en el pasado reciente, recordar que solía discutir con su esposa por nimiedades tales como qué hacer un fin de semana. Al recordar esos episodios se sentía absurdamente erróneo e incompleto; sentía que no había sido una persona lógica. Todos sus defectos le parecían descosidos sangrantes que tendrían mucho peso en el último juicio.

—Preso 253, ¿le apetece desayunar? —dijo el altavoz de la celda.

—Sí.

—Como sabe, hoy puede pedir lo que desee para sus tres comidas.

—Leche, huevos, salchichas y un par de tostadas.

—En unos minutos se lo llevaremos. Por cierto... buenos días, Antonio.

No contestó al saludo. Conocía al encargado del micrófono después de dos años de estancia, pero hoy no era aquel tipo simpático que imitaba voces por el circuito cerrado de la cárcel, desoyendo las riñas de sus superiores, para amenizarles el día. Hoy era un eslabón más de la cadena..., una herramienta más del sistema, que estaba a punto de matarlo... Antonio deseó haber nacido a principios de siglo, cuando la pena de muerte era repudiada por la mayoría de los países civilizados, cuando las cárceles no parecían contenedores de cemento sin pintar.

Antonio era de un pueblo de Granada. Había nacido en el año 2052. Su padre había sido un buen abogado en la capital. Había muerto en un accidente de tráfico. El destino parecía caprichoso, viéndose él también al borde de la muerte por otro accidente de tráfico... Siempre lo recordaría como un hombre luchador y sonriente, capaz de gastar una broma o hacer un chiste en los momentos más dramáticos. Ese tipo de personas cuya tranquilidad y aplomo en los momentos difíciles los hacen salir adelante y encontrar la solución más juiciosa. Su madre era artista. Ganó numerosos premios en su juventud, pintando los rincones granadinos. Desde el fallecimiento de su padre no había conseguido pintar nada. La sensibilidad y la ternura de sus pinturas y de su alma no pudieron soportar la violenta pérdida de su Amor. Había sido feliz con su padre, en una época en que el divorcio arrasaba la sociedad, y en la que tener una relación de compromiso era casi mal visto. Ellos se amaron como los antiguos. Al poco tiempo del fallecimiento de su esposo, ella lo acompañó con una sobredosis de un fármaco contra el dolor de huesos.

Había crecido en una bonita casa con vistas a la Vega de Granada y a Sierra Nevada. Tuvo una infancia feliz en todos los sentidos. Lo enviaron a estudiar a Granada capital, a un colegio privado, de pago. Nunca sacó buenas notas, lo que afligió a sus padres. Había demasiada imaginación en su mente adolescente como para concentrarse en los estudios. Demasiado espíritu de aventura. Su padre incluso lo inscribió en los modernos programas de hipnosis selectiva, enfocados a inculcar una serie de valores en el subconsciente, tales como el orden, la disciplina, la ambición, etc. Aparte de algún que otro dolor de cabeza, aquello no le aportó gran cosa.

La muerte de sus padres marcó su juventud. La matizó de sensibilidades especiales, de un sosiego ante los problemas, no la acertada paciencia de su padre; pero al menos lo había desprovisto del sufrimiento de las cosas sencillas, de las preocupaciones banales, si bien su carácter se había agriado y una pulsión realista había arrasado con toda ternura en su forma de ser. Cierto cinismo aderezó su mal carácter… hasta que conoció a su futura esposa.

Su vida universitaria fue por derroteros solitarios al principio. Estudió Robótica en la Universidad de Granada. Todo era una inmensa juerga… hasta que se topó con Sonia. La vio en una cafetería estudiantil, pero no fue un flechazo…, más bien todo lo contrario. La chica en cuestión le tiró el café encima. Había mucha gente intentando pedir el desayuno en uno de los descansos entre clase y clase. Uno debía apurarse para asegurar un café y tostadas. La chica se volvió portando una taza en la mano, en el instante en que él se acercaba hacia la barra. Él no había calculado el giro brusco de aquella silueta menuda con el pelo celeste «a la moda». El café estaba ardiendo. Él no sólo gritó... también la insultó... Bueno..., a medias: «Serás gilip...». En ese momento la joven lo miró directamente a los ojos, con una mirada de arrepentimiento tan pura... Una faz tan desgarrada por el incidente, que lo obligó a acabar la frase de este otro modo: «... ummm... no te preocupes». Así conoció a Sonia.

La pobre Sonia... ¡QUÉ VOY A DECIRLE!

Esta cuestión lo torturaba especialmente. Uno no sabe qué frases escoger, qué temas seleccionar para hablar... por última vez con la mujer que ama. Esperaba que ella viniera preparada... esperaba sobre todo no desmoronarse. Toda la vida gastando la figura de tipo duro, hecho a sí mismo, para ahora tener la obligación de confesar sentimientos, reconocer errores y acoger la fe... Eran demasiadas cosas. Nada le hacía sentirse más vivo que estar con ella. Deliraba en la ocurrencia de que era imposible morir y dejar de verla. La presencia de su esposa triste le hacía sentir que ya estaba asesinado.

Sonia era una chica idealista. Una mujer con carácter. Una chica capaz de hacerlo feliz sin esforzarse, simplemente siendo ella misma. Pese al «look» reventón que tenía cuando la conoció, siempre había visto en ella algo especial sin saber dónde residía su secreto. No podría decidirse por una parte de su cuerpo. Tampoco por una actitud que fuera su favorita... No podía concretar qué era lo que le atraía tanto de ella... Tenía algo especial, algo que flotaba a su alrededor y que se escondía de la razón...

La vista se le quedó perdida pensando en ella, saltando de un recuerdo a otro. El tiempo pasó con celeridad recordando momentos inolvidables… como aquella ocasión en el ascensor del museo tecnológico… Se averió tan sólo seis minutos… seis fueron los minutos que el sistema central del edificio tardó en solucionar el problema… seis fueron los minutos que a ellos les bastaron para lanzarse el uno sobre el otro. Besos y caricias en un abrazo hambriento, como si en ello les fuera la vida… y la vida se iba, ahora lo sabía.

La vida…

La vida… «Qué curioso, suena a tópico», pensó. Si hubiera sabido que iba a morir tan joven, habría aprovechado más el tiempo con su esposa. Le hubiera demostrado más su amor. De repente, se sintió tremendamente decepcionado por cada minuto perdido, cada segundo hecho humo, cada momento de inactividad. Por todas las discusiones con ella… Todos los problemas ahora parecían ridículos. Se sintió estúpido. Un día se enfadó porque ella le había comprado para su cumpleaños el mismo regalo que en las fiestas navideñas de un año anterior. «¡DIOS! ¿Por qué me enfadé con ella por semejante tontería? Porque uno no sabe lo que tiene hasta que lo pierde», pensó, seducido por la amargura, cayendo en la cuenta del porqué de aquel tópico. Recordó todas las discusiones referentes a las familias. Se acordó de todos los orgullos estúpidos. Pidió perdón por cada tontería, por cada vez que le había negado un beso, o un abrazo.

Se encontró a sí mismo con la vista perdida en la celda, absorto en el cemento gris, con las manos temblando y un meneo incesante, una pierna haciendo tamborilear la punta del pie contra el suelo. «¿Cómo he podido llegar a esta situación? ¿Cómo se ha retorcido el destino para acabar así?» Una lágrima salió de su ojo, recién exprimida. Después vino otra, y otra…

—Preso 253… Antonio, el desayuno ya está preparado. Acaba de llegar su familia, así que se lo serviremos en la celda familiar de visitas.

De repente, algo saltó en su interior... Comezón que le inundó las entrañas, se las revolvió peleando por salir al exterior por cada poro de su piel. Se cerró el grifo de sus lágrimas. Involuntariamente esbozó una sonrisa. Una de esas sonrisas de máscara carnavalesca. Era como si su cuerpo, viéndolo destrozado, hubiera decidido tomar iniciativa propia para ayudarlo a soportar aquellos momentos. Se secó los ojos. Se dirigió al lavabo y se baldeó la cara restregándose fuerte con ambas manos. El agua estaba fría, rasposa en sus mejillas. Se miró al espejo frente a sí mismo... No se reconocía. Parecía un muchacho de dieciséis años a punto de acudir a su primera cita. Confió en que aquel que se asomaba del otro lado del espejo fuera el Antonio que iban a ver sus seres queridos. Algo le estaba ayudando en su interior. Parecía sentir ya la cercanía de lo sobrenatural. Era como si Dios lo rondara en las inmediaciones. Se sintió acompañado. Sensación esa bastante engañosa..., pues también alcanzaba a percibir como una especie de cuenta atrás sosegada. Una serena certeza sobre el final. Difuminada por aquella visita de su familia. Se sentía como un pequeño meteorito que había ido vagando por el espacio sin rumbo fijo, al que ahora un campo de gravedad había comenzado a seducir, a atraer inexorablemente hacia un final abrupto. Su familia era un pequeño descanso, un oasis en aquella trayectoria. Un velo de seda que, sin embargo, no detendría su viaje hacia la muerte.

La sala familiar de visitas, llamada vulgarmente «celda» familiar de visitas, constituía la habitación más confortable de toda la cárcel. La del Corredor de la Muerte era la más confortable de todas las salas de visitas. Enmoquetada, con sillones de cuero, papel pintado en las paredes, óleos de tonos suaves, hilo musical, aseos independientes, y un bar para tomar algo, todo recordaba lo que otrora fuesen las prisiones. Antonio ahora sabía qué sentía un cerdo cuando lo ceban y después lo matan. Claro que la ventaja que tiene el cerdo es que no sabe que lo van a matar...

«Es la sorpresa final», se dijo, con la ironía socarrona de las circunstancias.

Él nunca había caído bien a la familia de su esposa, y le sorprendió verlos. Los padres de Sonia siempre pensaron que ella podía haber aspirado a alguien más... príncipe azul. Al principio pensaban que era buena persona, pero que nunca podría colocarse en un buen puesto de trabajo. Él rebasó sus expectativas. En cierto modo sintió vergüenza en ese momento delante de ellos. No se encontraba en una situación precisamente modélica. A un príncipe azul no lo meten en la cárcel y lo condenan a muerte. Al menos, no en los cuentos que solía leer de pequeño.

La estampa era aterradora. Cuando lo vieron entrar, todos tuvieron la misma reacción. Esa sonrisa que él mismo poseía, se dibujó en el rostro de ellos. Sí, la expresión que arrastraba desde que se había mirado en el espejo, esa sonrisa forzada por las circunstancias. Su suegra dejó de secarse las lágrimas de la cara.

—Hola —dijo él. Dio gracias por esa palabra siempre correcta en cualquier situación.

Su esposa fue la única que no le respondió al saludo. En lugar de eso se abalanzó sobre él para abrazarlo. Antonio se sorprendió. Sonia no era de esas que se lanzan a abrazar dejándose llevar por los sentimientos. Bien mirado..., tampoco él era de los que saludaban primero. La ocasión, desde luego, bien merecía esa apremiante actitud. Ese gesto de su esposa estuvo a punto de cargarse su fachada feliz, pues un nudo guardado en su estómago ascendió a la garganta y comenzó a estrangularlo. El cuerpo de su mujer descansaba junto al suyo. Sentirla allí... tan cerca..., tan condenadamente cerca... Ese cuerpo pequeñito y frágil. Ese torrente de curvas que él tantas veces había recorrido y que tanto había echado de menos en la cárcel. Sonia comenzó a llorar en su pecho, justo debajo de su barbilla. Antonio notó como la mujer lo abrazaba con más fuerza. Sintió los pechos de ella, como un sueño de otra vida... Le acarició el pelo y la besó en la frente. Más tarde se acercaron los demás para saludarlo. Su suegro le dio un fuerte apretón de manos. Su suegra completó el ritual. Su tío Javier, único familiar por parte de sus padres, parecía un turista despistado. Antonio se emocionó de ver a un hombre del que hacía decenios que no recibía más que sutiles correos electrónicos en Navidad. Sonia parecía rota.

—Tranquila —dijo, sorprendiéndose a sí mismo de su serenidad. De nuevo esa energía, esa voluntad interna que no estaba dispuesta a dejar que se hundiera.

Sobre una mesa, junto a la barra del bar, estaba su desayuno.

—Ven... Hoy voy a comer lo que me apetezca... Mira lo que me han preparado —dijo como quien presume de un privilegio especial que le aporta un trabajo, o el prestigio.

Atravesó la estancia con su mujer abrazada. Todos los miraban. Lentamente sentó a su esposa en una silla junto a la suya.

—Venid... Si queréis algo de beber, decídselo al camarero.

Como un maniquí detrás de la barra del bar, el camarero contemplaba atónito la escena. Al oír que se referían a él levantó la mano lentamente como queriendo decir que estaba allí para servirlos. Disponían de una consumición gratis; las demás estaban libres de impuestos, pero tendrían que pagarlas. Así se indicaba en un cartelito de letras redondeadas sobre fondo rosa.

No tenía hambre, pero comió. Lo hizo por darle actividad a la escena. Preguntó a su suegro qué tal le iba con la empresa, a su mujer cómo andaba de salud... En fin, parecía que él era el visitante y ellos las víctimas. Hasta que José, su suegro, rompió aquel diálogo sin sentido.

—Antonio, quiero decirte algo.

—Dígame.

—Antonio..., quiero pedirte perdón. Por todas las veces que... Bueno, ya sabes... Yo y mi mujer te juzgamos mal, no te dimos la oportunidad que merecías... Sé que habéis sufrido por nuestra culpa... y...

—Don José... Espere... No siga. No tiene por qué disculparse, hombre. Yo... no quiero que esto sea así..., de veras. No pensemos en problemas...

—De acuerdo... Lo siento...

Antonio miró a su esposa a la cara. Le hizo un pequeño gesto para que se acercara. Uno de esos gestos que sólo la persona que convive con alguien es capaz de leer en su rostro. Al oído le dijo: «Quiero estar contigo a solas... Por favor, llévate a todo el mundo fuera de aquí». Sonia se levantó y se dirigió hacia sus padres. Les habló algo al oído. Asintieron con la cabeza, y tomaron rumbo a la salida. Por la tarde dispondría de otra visita en la que podría despedirse de ellos y de los amigos. Antonio no quería perder su preciado tiempo en discursos estériles, sobre problemas pasados que ahora carecían de toda importancia. Ellos tendrían toda una vida para limpiar su conciencia. Él no podía ser generoso con su tiempo. Comenzaba a sentir ya la urgencia. Se acercó a la barra y le pidió que se marchara al joven camarero. De repente, mandaba en aquella habitación y dominaba a la gente que lo mataría.

Una vez solos, se acercó a su esposa que estaba de pie junto a la mesa. Estaba preciosa, con su blusa blanca y la falda roja. Ella sabía que a él le gustaba ese conjunto. Lo habían hablado por teléfono. Quería que se pusiera algo bonito, nada de ropa de luto. La tomó de la mano y la condujo a uno de los sofás de cuero. La besó apasionadamente... ¡DIOS! ¿Acaso había en el mundo tesoro más grande que la dulzura de esos labios? ¿Acaso no era el peor de los crímenes el destrozar un amor como el de ellos? ¿Cómo podía Dios permitir semejante atrocidad, semejante insulto a la mayor de las virtudes del ser humano?

—Haz una cosa por mí..., Sonia.

—Dime.

—¿Recuerdas cómo solíamos sentarnos en los bancos de los parques cuando estábamos estudiando en la Facultad?

La mujer no contestó. Empujó con dulzura a su marido hasta dejarlo sentado en el sillón. Después le sonrió, al mismo tiempo que se sentaba a horcajadas sobre él, cubriéndolo con la rosa marchita que ahora era su falda. Parecía como si todo lo transcurrido desde entonces fuera un soplo de aire fresco. Parecía que fuera ayer cuando ella se sentaba sobre él, provocando que el ardor de su juventud explotara en llamas. La juventud aún fluía en sus venas. SOY DEMASIADO JOVEN PARA MORIR.

—¿Así? —preguntó con voz seductora. Ese tono de voz que tanto le gustaba. Ese tono que era sólo para él. Esa calidad diferente de su voz apartó los fantasmas de su cabeza, creó una burbuja a su alrededor.

—Sí. Buena memoria.

—Te acuerdas…

Con esas palabras comenzaron a recordar miles de situaciones, miles de momentos inolvidables. Y el tiempo pasaba a velocidad vertiginosa. Estaba estipulado que, en el último día, el preso podía estar en compañía de su cónyuge o la persona que eligiese durante todo el día antes de la ejecución. El resto de la familia dispondría de dos visitas, una por la mañana y otra por la tarde. Antonio y Sonia podrían haber hecho mil cosas en aquellas horas, pero decidieron recordar juntos todo lo bueno que habían pasado en común. Antonio y Sonia por unas horas volvían a ser felices en aquel salón, que poco les recordaba a una cárcel. Rieron a carcajadas como en el mejor de sus momentos. Se besaron apasionadamente emulando cada etapa de su vida en común. Se contaron historias tan maravillosas que aunque ambos las conocían ya de sobra por haberlas vivido, no les quitaba encanto ni dulzura. Una magia muy suya, muy íntima, parecía rescatada de una película vieja. Allí, ella sentada sobre él, volvieron a ser libres.

—Preso 253… ¿Desea recibir a su abogado en este momento?

Habían hablado durante horas y horas. Habían comido allí juntos, intercalando los bocados con los besos. Ahora aquella voz los sacó del sueño en el que estaban inmersos. Antonio iba a negarse a recibirlo, pues conocía la naturaleza de la visita de su asesor legal. Pero decidió que cuanto antes cumpliese las formalidades, mejor.

—Sí, que pase.

Don Beltrán era un buen abogado, con prestigio. Pero algo viejo, y lento de reflejos. El «ángel de la muerte» no tuvo ni para empezar con él. Al pobre hombre se le había escapado un caso de pena de muerte y esta carga se le reflejaba en el rostro.

—Antonio no voy a robarte mucho tiempo… Necesito que me firmes unos documentos para el último ruego que nos queda ante el Presidente del Gobierno… El ruego que cursamos ayer ante el Ministro del Interior y Justicia fue contestado negativamente, como sabes…

—Beltrán, dame esos papeles que los firme.

El hombre se los tendió. Antonio buscó los huecos donde rezaba su nombre y firmó sin leer ninguno de los documentos. De sobra sabía que eran inútiles. Quería acabar cuanto antes… para así volver a estar a solas con su esposa.

—Toma, y gracias por todo, Beltrán. No quiero más papeles… ¿Vale?

—Haré lo que pueda… Ahora me voy.

Antonio no le echaba la culpa a su abogado. Pero no podía evitar cierta frialdad para con él. No estaba decepcionado. Tampoco albergaba enfado, pero no quería volver a verlo. Era como contemplar su propio fracaso. Una vez que se hubo marchado, se abrazó a su esposa en el sillón de cuero.

—Ahora quiero hablar contigo... —comenzó a decir. No sabía por qué, pero le parecía el momento idóneo para darle a su esposa el mensaje que rondaba su cabeza desde hacía meses. Antonio inspiró hondo... para luego soltar el aire paulatinamente, despacio, concentrándose en todas aquellas ideas.

—Te escucho.

—Verás... Yo sé que me quieres con locura. Sé que harías cualquier cosa por mí... y eso me produce miedo...

—¿Miedo?

—Sí. Miedo de que, cuando yo te falte, tú... no luches. Miedo de que te encierres en ti misma. Quiero que me prometas una cosa, Sonia...

A la mujer se le saltaron las lágrimas. Hablaba como alguien que se va a morir, y aunque eso fuera cierto..., ella parecía recibir la noticia maldita de nuevo día tras día.

—Lo que sea... Dime qué quieres.

—Prométeme que reharás tu vida..., que siempre que te acuerdes de mí, acabes sonriendo. Prométeme que buscarás la felicidad con todas tus fuerzas... Necesito morir sabiendo que lo harás... —Antonio se había entrenado para no llorar, pero no pudo contenerse—. Tienes... Tienes que prometérmelo... Sonia..., serás feliz, aunque tengas que conocer a otro hombre... Serás feliz... Dime que serás feliz...

Sonia no podía articular palabra... Después de tantos recuerdos buenos antes revividos, la realidad los visitaba de improviso. Los visitaba haciéndoles conscientes de que Antonio iba a morir; en pocas horas ¡IBA A MORIR! Así de sencillo y atroz.

—Sonia... Por favor, necesito que lo digas... Tienes que hacerlo, porque voy a morir; así que no me lo puedes negar.

—Sí... Yo... te prometo que buscaré la fe..., la felicidad... y que sonreiré muchas veces pensando en ti... y que NUNCA TE OLVIDARÉ...

Antonio se abalanzó hacia ella envuelto en lágrimas. Necesitaba decirle tantas cosas..., expresar tantos sentimientos...

—Gracias..., muchas gracias... por toda una vida... Gracias por quererme... Para mí ha valido la pena... Sé que estas palabras no suenan bien en mi boca... Siento no poder acompañarte más... jod... joder, lo siento tanto... ¡tanto!... Perdona por todo lo que yo... todo lo que yo te haya hecho sufrir alguna vez... Si hubiera tomado bien aquella maldita curva...

—¡Calla!... ¡Tú me has hecho feliz, no te disculpes!... Gracias a ti ya he vivido, Antonio... Has sido el mejor novio..., el mejor marido..., la mejor persona que yo he conocido... Te quierooo...

Tardaron en secar sus lágrimas, pero, quizá gracias a la constante amenaza que suponía el tiempo, lo consiguieron. Antonio se sentía en paz consigo mismo después de haberle dicho todo aquello. Sus pensamientos nadaban ahora en un lago cristalino de aguas mansas. Se besaron una y otra vez y volvieron a soñar despiertos.

Antonio iba a ser ejecutado a las 21:30 horas. A las 18:30 accedió a recibir a sus familiares y amigos. No lloró con sus colegas de trabajo ni con sus amigos de la infancia. Lloró de nuevo cuando volvió a ver a Sonia. Pero todo pasó.

A las 20:00, sus seres queridos, entre llantos, le dieron el último adiós, dejando a la pareja intimidad. Su abogado se presentó en la sala de visitas para comunicarles lo que de sobra sabían, que el ruego al Presidente del Gobierno había fallado. A las 20:30.

—Antonio, lo...

—Anda, vete a tu casa..., no pierdas más tiempo conmigo. Tú no tienes la culpa, pero verte aquí se me hace incómodo.

—Lo comprendo...

Al propio Antonio le sonó cruel aquella despedida. Antes de que el hombre saliera de la celda de visitas lo volvió a llamar y le dio un abrazo. El abogado se derrumbó en lágrimas.

—Preso 253, es hora de volver a su celda..., tiene cinco minutos para despedirse.

Cinco minutos... ¡CINCO MINUTOS! los últimos que disfrutaría de la compañía de su esposa. La miró fijamente, quería grabar su imagen en su memoria, quería grabar cada detalle de su cuerpo. No sabía si le serviría de algo o no, pero quería visualizarla antes de morir. Sonia lo miró a él incluso con más intensidad. Antonio presumió que ella hacía lo mismo: grabarlo en la memoria.

—Antonio, te quiero tanto...

—Yo a ti también, Sonia... te amo...

—Esto es una injusticia..., es...

Antonio no la dejó terminar: selló su boca con sus labios. Aquellos maravillosos labios. Sonia comprendió que Antonio quería agotar sus últimos minutos besándola. Más que comprenderlo, su marido se lo dijo en el beso. Ella se abrazó a él, y él la rodeó con los brazos. Su espacio se veía menguado. Pronto cayeron lágrimas, pero no detuvieron ese beso. Con más vehemencia se besaron. Estaban quemando el último cartucho, tomando la última copa de vino, comiendo el último pastel; se estaban entregando el alma el uno al otro. Sin reservas... Nunca las hubo y ya nunca las habría. Se hizo silencio a su alrededor. Nada existía salvo su beso, nada...

Oyeron cómo se abrió la celda, a los guardias irrumpir con la determinación de separarlos. No despegaron los labios, empeñados en no escuchar. Ese beso tendrían que romperlo otros. No estaban dispuestos a conceder ni una milésima de tiempo o espacio.

Capítulo 3

Cuando Antonio salió de la habitación en la que había pasado todo el día con su esposa, sintió una puñalada en el pecho. Tuvieron que sostenerlo entre los guardias para que no cayese al suelo. Su mente, su intelecto, su yo más sincero y elemental, padecieron a la vez un dolor. No era un ataque al corazón, sólo una punzada amarga, una espiral de vacío que le robaba los sentidos y que le pesaba estrangulándolo.

—Soy inocente… —comenzó a decir con la mirada perdida, en el pasillo, de vuelta a su celda. Sintió que sonaban muy bien aquellas dos palabras. Le hacían sentir vivo—. Soy inocente… —repitió en busca de una quimera, una idea loca sobre la concordancia entre la verdad y su destino, la capacidad imposible de hacer verdad sus deseos— Soy inocente… ¡SOY INOCENTEEEEEEEEEEEEEEEEEE!

Hay ciertas personas en las que la furia no se manifiesta con facilidad. Aparece en determinadas situaciones extremas. Antonio tenía un carácter fuerte y una endiablada habilidad para ofender con palabras, una coraza para protegerse. Jamás en toda su vida había pegado un puñetazo a nadie. Era de los que en los restaurantes, cuando le traían el plato equivocado, podría dar la vara hasta convencer al camarero de que la mejor opción era someterse a su voluntad. En cambio, esa forma de proceder siempre era elegante y sosegada, sin alterarse. La rabia o la furia no lo visitaban, porque no solía necesitarlas. Quizá tenía dificultad en administrarlas por el poco uso que les había dado. En aquella maldita curva con Fermín le había faltado compostura y ahora estaba a punto de desatarse de nuevo. Ni siquiera cuando lo condenaron a muerte Antonio había experimentado ese fuego de la cólera. Más que eso, había caído en una progresiva depresión. Nunca había sentido que de veras lo iban a matar. Ni siquiera percibió miedo a la muerte. Probablemente no temió al fantasma porque lo veía de lejos en el momento de la condena. Ahora la muerte estaba demasiado cerca, le acechaba los pasos pisando su sombra. Ahora sólo quería sobrevivir..., perdurar..., ver la luz del día siguiente... despertarse en la mañana en su celda esperando la hora de visitas... mejor despertarse en la gran cama de matrimonio de su dormitorio, con su esposa durmiendo a su lado desnuda. Así debería despertar cada día. Su vida no había sido ejemplar, ni merecedora de suertes excesivas. Sin embargo, no merecía una desdicha tan superlativa.

La furia se apoderó de Antonio en el pasillo que conducía a su celda. Una furia enterrada durante años. Una furia incontenible.

Empujó a los guardias y trató de salir huyendo. Su impulso duró tres segundos y dos décimas. Ni siquiera saltó la alarma de fuga. Tres guardias lo custodiaban. Empujó a uno y otro lado y se liberó de los dos que tenía a los flancos. Giró sobre sus pasos y trató de salir corriendo. El tercer guardia ya había sacado la pistola. Disparó sin problemas. El arma cargada con un pequeño proyectil envenenado. Paralizaba a un hombre en menos de un segundo. Producía una creciente descarga electrizante que ayudaba a propagar el veneno. El efecto era corto: veinte minutos tardaba el cuerpo en destruir la inmovilidad. Así que Antonio desperdició veinte minutos de vida por un ataque de furia.

¿Qué suponen veinte minutos en la vida de un hombre? ¿Un café con un amigo? ¿Lo que uno espera a su chica antes de salir a dar una vuelta? Nada... Veinte minutos no son nada en la vida de cualquier persona... Claro que... si a alguien le queda una hora de vida..., perder veinte minutos es diseccionarse con un cuchillo afilado y frío. Algo irracional.

Justo después de salir de la parálisis recibió una visita formal. El sacerdote. Un vejete simpático que por momentos anuló la sensación que le producía su inminente ejecución. Antonio se confesó con la mayor sinceridad que pudo reunir. Se sintió mejor después de hacerlo. Sintió liberación. Se reconcilió con Dios después de mucho tiempo. Se dijo a sí mismo que no era por las circunstancias..., pero... acabó pensando que sí. Había que ser sincero más que nunca consigo mismo: se había confesado porque lo iban a matar y el quería ir al Cielo, si es que existía. Fuera como fuese..., se sintió mejor, y eso era una verdad tan grande que consiguió darle algo de ánimo. Sintió esperanza. Una fuerte y creciente esperanza. El Cielo... El Cielo... Sonaba bien en contradicción con todo lo demás... El Cielo.

Sonia fue de las primeras en llegar a la sala de ejecuciones públicas. El silencio y un olor similar al de los hospitales reinaban entre las hileras de asientos para los espectadores. Había varios guardias para impedir posibles enfrentamientos entre las familias de las víctimas y las del condenado, pues en aquellos sillones anaranjados unos y otros contemplarían la ejecución. Sonia miró al frente. Un cristal daba paso a un habitáculo de blanco espeluznante. La sala donde ocurría la ejecución servía de pantalla para que el público contemplase el evento. Era una cámara que sólo albergaba en su interior una camilla de cuero blanco, con las pertinentes sujeciones para evitar la triste agonía de arrebatos contra las paredes, o cualquier espasmo accidental.

La muerte le llegaría al reo, causada por una mezcla letal de gases venenosos y anestésicos, invisible al ojo humano, eliminando primero los latidos de su corazón y después la actividad nerviosa del cerebro. Una sección en el margen superior izquierdo de la gran pantalla ilustraría el estado de sus constantes vitales, respiración, latidos, actividad cerebral. Cuando todos los indicadores señalaran la muerte, la sala sería esterilizada por otro gas, en cuestión de segundos. Más tarde el cadáver sería llevado para la incineración y, al final, a la familia del condenado se le entregaría un jarrón con sus cenizas.

A las 9:25 la sala pública de ejecuciones estaba repleta de gente, esperando la llegada puntual del reo. Antonio se encontraba ya en el pasillo de la muerte, acercándose a la sala en cuestión. Caminaba despacio. Su mirada andaba distraída en el avance de sus pies, con el cerebro pleno de actividad. Pensaba tan rápido que al final no concretaba pensamiento alguno. Y así, con la mente en blanco, se acercaba a su final. A las 9:28 minutos Antonio y sus carceleros esperaban en una antesala. Entrarían a las 9:30 exactamente. A partir de ese momento Antonio estaría legalmente muerto. Unos minutos más tarde… lo estaría en todos los sentidos.

Como un clavo en su cerebro, llegó la fatídica hora final. La puerta se abrió. Los guardias lo metieron en la sala. Era extremadamente blanca, alumbrada por focos. Antonio andaba flotando en aquella blancura. Miró hacia la pantalla transparente. Al principio no distinguió nada, sin poder despejar aquella negrura opaca. Más tarde, sus ojos trazaron caminos y se fue revelando la sala contigua. Vio mucha gente allí mirándolo. Se percató de cierta agitación en la muchedumbre. Él era el protagonista de aquella escena macabra. Se sintió en cierto modo insultado por aquella expectación. No podía oírlos, pues la cámara estaba insonorizada, pero sus comentarios los percibía como los aleteos de una serpiente de cascabel. De pie, mientras los guardias preparaban el sillón, buscó a su esposa. Y la vio… Levantada entre la multitud.

«Te quiero.»

Eso fue lo que pudo leer en sus labios silenciosos a través de aquella enorme pantalla. Aunque no lo escuchó.

—Yo a ti también te quiero —dijo él, confiando en que ella también le entendiese. La mujer asintió feliz, sosegada por haber recibido aquella última comunicación... Un terror crudo y visceral hacia lo que se avecinaba, la tenía absorta y odiando la pantalla a la vez.

Sintió que lo asían por los brazos y que lo liberaban de las esposas. Después lo sentaron en el sillón. Le abrieron el atuendo, le desnudaron el pecho y le colocaron unas ventosas de registro. En la pantalla, el público podía ver en el margen superior derecho varias gráficas de las constantes vitales de Antonio. Su corazón latía fuerte, lleno de vida. Sonia prescindía de comprobar aquellas estadísticas que la acercaban a la muerte de su marido.

—Túmbese.

Antonio en ningún momento puso resistencia a los guardias desde que lo sacaron por última vez de la celda. Sabía que de poco le serviría resistirse. El sillón tenía suficientes sujeciones para no poder más que pestañear y mover los dedos de la mano, pero era muy cómodo. Una vez atado, el sillón se transformaba en una cama, por lo que ya no podría ver más que el techo. Antonio comenzó a llorar cuando oyó la puerta abrirse de nuevo. Los guardias salieron. Ya no volvería a ver más a su esposa... La tenía cerca..., la sentía cerca..., sentía su mirada..., pero él no podría mirarla más por mucho que retorciera los ojos en la posición horizontal en la que estaba. No tenía ángulo.

—Don Antonio Fernández Puertas... —comenzó a decir una voz femenina por el micrófono. Cuando la ejecución era de un hombre la voz era de mujer, y al contrario si era una mujer la ejecutada. Según unos estudios psicológicos la voz del sexo opuesto relajaba más que la del mismo sexo. Eso recordó Antonio en ese momento implicado directo en los resultados del estudio. «Menuda estupidez», pensó—. Usted fue condenado a pena de muerte el 3 de julio del año 2084, acusado de asesinato por el Tribunal de Delitos de Sangre, presidido por el honorable Juez don Justino Heredia. Hoy, día 4 de julio del año 2086, se cumple la fecha límite para la ejecución de la pena. ¿Tiene usted algo que decir antes de llevar a cabo la ejecución...?

Antonio, inmerso en la blancura del techo, sintió aquella energía de nuevo... Ahora era su turno, tenía que decir las últimas palabras de su vida...

—Ningún ser humano ha lamentado tanto como yo la muerte de don Fermín. Siento de veras que un descuido mío en la carretera fuese la causa de su muerte... Pero yo no lo maté premeditadamente. Soy inocente... Queda para sus conciencias lo que va a ocurrir hoy.

Todos los asistentes a la ejecución miraban absortos la escena en la pantalla, donde ahora sólo se veía la cabeza de Antonio. A simple vista, hubiera parecido más un astronauta que da un comunicado a su base, que un hombre al que van a matar.

—Sólo diré una cosa más... —todos los asistentes contemplaron cómo tomaba aire—: ¡TE QUIERO SONIA!

El grito fue ensordecedor. Su faz serena tornó a desesperada. Un brillo tamizaba de vida sus ojos mientras se le anegaban de lágrimas. Sus labios temblaban con el llanto. Aquella imagen no se le olvidaría jamás a ninguno de los presentes en el resto de su vida. Aquel grito parecía apelar a la misma naturaleza humana..., al más primitivo de los instintos..., el de supervivencia. Fue el último regalo que Antonio le hizo a su esposa.

El gas penetró en la sala segundos más tarde. No se pudo apreciar en la imagen y ni siquiera se dejaba escuchar. Antonio, dentro, tornaba los ojos en todas direcciones como buscando el gas. No oía nada..., pero sabía que aquel que estaba predestinado a arrancarle la vida, con sigilo, penetraba ya en la habitación…, silencioso y agazapado en la pulcra invisibilidad entre aquella marea blanca. Sintió un ligero picor en los ojos. Parpadeó numerosas veces y, en uno de esos pestañeos, fue incapaz de volver a izar las pestañas… Le pesaban… Trató de estar consciente, pues sabía que estaba adormilándose. Tenía miedo, y eso levantaba sus alertas vitales. Se concentraba en el funcionamiento de su cuerpo. Era una lucha infame. Ahora, en la oscuridad, todo era incertidumbre…, como estar en una habitación a oscuras con un asesino que te apunta con el arma sin saber dónde se esconde…, sin saber cuándo te llegará la bala…, cuándo se te escapará la vida. Antonio combatía por permanecer despierto, aterrorizado, presintiendo su final, que no llegaba… Aterrado porque temía el desgarro que supondría dejar la vida… Ese último abandono, esa última tensión en la frontera de lo que supone estar vivo o muerto.

Inmerso en aquella oscuridad, se sintió caer dentro de sí mismo, en aquella negrura…, caer…, caer…

Capítulo 4

Año 2078: sala de conferencias, Facultad de Derecho de Granada. Conferencia sobre la psicología y la cárcel.

«... así el preso, viéndose impulsado hacia la muerte, sufre un shock traumático que altera su percepción y cambia su personalidad; otra persona, totalmente distinta a la que era en la vida cotidiana. Siente entonces la desesperación, porque se ve mejor persona que antes, comprende sus errores pasados, y lo destroza la idea de que es demasiado tarde. Según mis estudios ese cambio es irreversible porque...».

En el CNI (Centro Nacional de Inteligencia), uno tiene que estar preparado para desempeñar cualquier actividad. No sorprendió al agente B42 que le ordenasen una misión tan sumamente anodina. Cumpliría su trabajo sin siquiera cuestionarse si no era una broma de sus superiores. No cuestionaba el fin de una orden directa. Se había «tragado» ya cuatro de aquellos discursos sobre psicología, de don Adolfo Espinosa, un viejecito al que comenzó teniendo simpatía y ya empezaba a odiar. Después de cada uno de aquellos eventos había tenido que realizar un informe detallado, y se había preguntado también cuatro veces las mismas preguntas... ¿Cuándo iba a terminar su periplo cultural? ¿Era posible dar un quinto discurso sin variar una coma? Sus informes consistían en una grabación del audio de cada conferencia y un análisis personal del efecto que causaba en los espectadores. B42 no entendía nada de nada.

Sin embargo hoy era distinto. Hoy la misión poseía un ingrediente nuevo, un aditivo que animaría lo que hasta la fecha había sido un guiso bastante soso. Al final de la intervención del premiado psicólogo, se acercaría para entregarle un sobre. Horas de entrenamiento gimnástico... Clases de artes marciales... Horas de preparación estratégica para entrar en acción... Nada de relaciones estables con mujeres... Nada de echar raíces... Nada de nada... Para luego escuchar discursos e ir entregando «sobrecitos». Deseaba acabar el trabajo, esperanzado en la siguiente misión. Esperaba aplicar otro registro de habilidades más allá del saber describir el sopor que provocaban las charlas sobre los espectadores.

B42 se hizo de nuevo la pregunta de siempre para animarse y no caer en más aburrimiento. ¿Habría otro agente encubierto en la sala? ¿O tal vez algún espía extranjero? Así, después de aquella pregunta, se dedicaba a observar a todos los asistentes uno a uno, evaluando las posibilidades de que tras una apariencia intelectual, bondadosa, se escondiera una despiadada espía capaz de seducir para sacar información, o un asesino dispuesto a hacer correr la sangre en eventos como aquél. Desde que entró en el servicio secreto sólo había desenfundado su arma cuando intentaba volver a casa en vacaciones. En su barrio se necesitaba mucho más coraje para sobrevivir que en las misiones a las que lo solían destinar. Su sueldo aún no le había permitido emigrar de los suburbios. Al menos, ser espía tenía sus ventajas... Estaba exento de impuestos y del fastidioso peaje peatonal para acceder al centro de Madrid. Sus superiores le habían aconsejado que fuese a dormir a los pisos que la agencia tenía en el centro de las ciudades, pero le fastidiaba no desvincularse de cuando en cuando del trabajo y prefería volver a su casa con sus cosas.

Deseaba viajar, entrar en combate, sentirse de veras un agente secreto.

El discurso finalizó. Los aplausos y reverencias parecían eternos. Todo el mundo se levantó al mismo tiempo para abandonar la sala, creando cierto caos elegante. Una agitación controlada, de despedidas, de abrazos, de frases exquisitas. B42 fijó la vista en su objetivo y fue sigilosamente acercándose a él. Imaginó ser un asesino cercado por los guardaespaldas de la víctima. Extrajo el sobre de su chaqueta cual arma letal, manteniendo la mano baja para aprovechar el escudo visual que le proporcionaba la multitud. Cuando estaba a tan sólo dos metros del viejo, extendió la mano… ¡bang! Hubiera sido un disparo limpio directo al corazón con una de esas pistolas automáticas con silenciador y balas anestésicas. El veneno haría parecer un desmayo la derrota del cuerpo de la víctima hasta que el caudal de sangre delatase su presencia.

—Perdone…, señor Espinosa…, esto es para usted.

Don Adolfo, sonriente por el éxito de su conferencia, inmerso en los agasajos, alargó la mano sin oír nada de lo que B42 había dicho. Después cambió el semblante, tomó el sobre y, como si de otro premio se tratase…

—Gracias… Gracias… —dijo sin más miramientos con la misma cara de siempre.

B42 desapareció sin dejar rastro por entre la muchedumbre. No sabía qué contenía el sobre sellado. No imaginaba lo que acababa de hacer. Dudaba que aquello sirviera para algo. En su fuero interno confiaba en haber aportado su granito de arena para que algún problema se resolviera gracias a aquel sobre, y, sobre todo, gracias a que él lo entregó como estaba previsto. Ése era su trabajo. Él siempre cumplía su trabajo.

Tal vez, de haber conocido las consecuencias futuras de aquella simple entrega…, su trabajo le habría parecido mucho más excitante.

Capítulo 5

Año 2079; Palacio de la Moncloa: 3:00 a.m.

El Presidente del Gobierno Jorge Camacho introdujo la clave de bloqueo para el comunicador de su mesa. No quería ser molestado. Camisa, corbata algo suelta, pantalón y zapatos impecables, se paseaban soportando un vaso con güisqui, donde se ahogaba algo más que un par de cubitos. En el sillón presidencial del despacho, una mujer ojerosa se agarraba la cabeza con una mano a la vez que bostezaba con amplitud. Un tirante de su camisón se descolgó, resbalando por su hombro terso. En sus ojos, la tibieza de una persecución lenta de la silueta de su marido.

—¿Qué opinas del proyecto? —preguntó el hombre más poderoso de España, que no paraba de deambular por el despacho, nervioso y angustiado. Acababa de terminar un amasijo de explicaciones y esperaba la opinión sincera de su mujer, quizá la consejera ideal, porque no escatimaba sinceridad.

—Opino que es una puerta a la esperanza…

—¿… pero?…

—Pero es un camino cenagoso lleno de fantasmas, que en cualquier momento pueden tomar forma y dar al traste con tu carrera política…, cosa que por otra parte te quitaría de un plumazo todos los problemas —concluía la mujer con voz fría. Había expuesto exactamente lo que podría ocurrir.

—Ya está todo preparado en Francia. Sólo falta que se firme el acuerdo, y… yo todavía tengo mis dudas. A veces pienso que todo lo bueno que puede tener el proyecto se nubla por su secretismo. Las personas no saben guardar secretos.

Desde que comenzó todo, desde que escuchó a aquel psicólogo con su genial idea, aquellas explicaciones kilométricas sobre la conducta humana y los posibles cambios ante situaciones límite…, se había esforzado en creer que serían capaces de no cometer fallos. El proyecto en sí no era costoso, ni necesitado de gran infraestructura, pero el escrupuloso secreto con el que debía llevarse a cabo ponía en la cuerda floja todo el conjunto.

—Necesito creer que el proyecto saldrá bien. Es el problema de este tipo de iniciativas… Nadie te da la garantía de que no habrá fallos. Pero en esencia la idea es buena. ¡Muy buena, excelente!

—¿Conciencia después de ocho años…? —preguntaba la mujer con cierta ironía en sus palabras. Más que su esposa, desde que ganó las elecciones por segunda vez, parecía uno de sus asesores. Jorge había notado un progresivo cambio en su pareja a lo largo de sus años como Presidente del Gobierno español. Las tensiones, los problemas, la doble faz que había que mostrar siempre, habían mutado su comportamiento. Se preguntaba si acaso no se debía a que él también había cambiado…

—…Sí. No sabía que mi conciencia pudiera llegar a ahogarme de esta forma. Después de cinco años gobernando este país, estoy harto de pensar por las noches. Tú sabes que pienso, sabes que no puedo evitar sentirme en cierto modo responsable. Esto sería la solución.

—Es irónico… Tu situación estos años de Gobierno, ese proyecto…

—Sí. Debe salir bien. Dime que saldrá bien.

Luna no comentó el ruego de su marido. El Presidente paró sus divagaciones y su incansable paseo. Alzó el vaso y lo apuró hasta el fondo, frenando los cubitos con el labio superior. «La conciencia de un hombre lo lleva por caminos extraños...», pensaba para sí, mientras tragaba el último buche sintiendo el rastro que dejaba hasta su estómago. Caminos sin retorno, sin una meta definida; sólo un horizonte luminoso poco concreto pero esperanzador.

Capítulo 6

La marea arrastra..., sumerge en una corriente continua y vertiginosa... La oscuridad asusta... Es absoluta y perfecta oscuridad... y la marea la surca a la velocidad del rayo... El rumbo no es fijo..., varía con violencia, se curva impertinentemente en un túnel negro de trazado incierto, sorprendiendo en giros violentos, retorcidas curvas inverosímiles... de acá para allá...

Ahora la marea, la corriente, frena su arrebato. Poco a poco, se siente la deceleración, ya no hay virajes estrepitosos. Ahora parece un lago de oscuridad..., manso... y en medio de esa negrura comienza a vislumbrarse a lo lejos un pequeño punto de luz. Una llama azulada y culebreante que en la lejanía parece una diminuta estrella. La marea se dirige hacia ella, que va creciendo paulatinamente. Es una luz hermosa y hechicera, un fuego azulado flotando en la profunda oscuridad. El lento avance se detiene... La llama crece esplendorosa.

—¿Cómo te llamas?

—Antonio Fernández Puertas.

—¿Quién eres?

—Soy subdirector adjunto de una empresa de robótica, tengo 34 años, vivo en Huétor Vega, un pueblo a las afueras de Granada capital, en Andalucía, España. Mi casa es un chalet de dos plantas. Estoy casado con Sonia, a la que quiero mucho. Ella es mi vida... Me gusta el deporte, leer...

La luz comienza a apagarse... y... ¡Flash!...

—¡Aaaaaaaaaaaaaaaaaaaaaaaaaah!...

Vuelve otra vez el vértigo oscuro.

—¡Aaaaaaaaaaaaaaaaaaaaaaaaaaaaaaaaaaaaaah!

Catapultado hacia la negrura absoluta. Comienza el descenso de una espiral muy empinada. Nada se ve, nada se oye salvo su grito solitario. El enorme giro en espiral parece no acabar, la sensación de sorpresa ante la velocidad no desaparece..., sigue sorprendiendo..., sigue asustando el caer vertiginoso...

Nuevamente hay una frenada mansa, suave... De nuevo aparece aquel fuego fatuo en la lejanía. El lento pero inexorable avance se dirige hacia allí. Lo ve crecer. Incluso siente cierto calor en su contemplación cercana.

—¿Quién eres?

—Me... llamo Antonio Fernández Puertas.

—¿Dónde vives?

—Vivo..., vivo en Granada en un pueblo..., en..., en..., en... No lo recuerdo.

—¿Estás casado?

—Sí.

—¿Cómo se llama tu mujer?

—Sonia Miró López.

—¿En qué trabajas?

—Yo... trabajo... Robotnics.

—¿Qué es Robotnics?

—No lo sé.

—¿Cuál es tu dirección?

—... ummm... No la recuerdo...

—¿Cómo se llama tu mujer?

—Sonia Miró López... La quiero mucho... es la mejor persona que he conocido... La amo..., la quiero..., la... quiero..., la ... ¡aaaaaaaaaaaaaah!... ¡¡¡AAAAAAAH!!!

La oscuridad se agita precipitándose de nuevo al vacío eterno... y vuelve a detenerse. Luz..., es una luz.

—¿Quién eres?

—Me llamo Antonio.

—¿Cuál es tu apellido?

—Me llamo Antonio… fer… fer… No lo recuerdo.

—¿Dónde vives?

—En una casa…, en… un pueblo.

—¿Estás casado?

—Sí.

—¿Cómo se llama tu mujer?

—Sonia… La quiero…, pero no la veo… Sonia Miró…

Tormentas, más agua, más remolinos y vértigo continuado. A lo lejos una luz, sosegada, casi triste…, pero se acerca y crece poderosa.

—¿Quién eres?

—Soy yo.

—¿Cuál es tu nombre?

—Antonio.

—¿Dónde vives?

—No lo recuerdo.

—¿Estás casado?

—No lo sé… Creo que sí.

—¿Cómo se llama tu mujer?

—Sonia…

Capítulo 7

28 de septiembre del año 2086. La actualidad.
En algún lugar del espacio aéreo español.

El doctor Jesús Sánchez no se hizo a la idea de trabajar en pleno vuelo cuando le propusieron el proyecto. Siempre le había gustado volar, pero pasarse días enteros en un avión era algo excesivo. Ahora, después de dos meses a bordo del «Pájaro Negro», estaba razonablemente acostumbrado. Debido al secreto riguroso con que el CNI quería llevar a cabo el proyecto, contó a su mujer que iba a un congreso médico en Nueva York. La agencia le facilitó toda la documentación falsa pertinente para refrendar su versión sobre el evento médico. La pobre María no daba crédito… ¿Dos meses para un congreso médico?

—Tú me engañas… —dijo su esposa la noche que él le contó todo el asunto.

—Que nooo…, no empieces otra vez. Yo no engañaría a mi bombón…, de veras… Es un congreso muy prestigioso…, abarca diversos campos, desde la neurocirugía hasta la genética de las neuronas.

—¡Cielo, no me líes con palabrotas!

María, dominicana, era una mujer preciosa, muy inteligente. No era, como ella misma solía decir, una «negrita tonta». Pero cuando su marido empezaba a hablar con tecnicismos la sacaba de quicio.

—Mira, papi…, yo entiendo de esto —dijo acariciando el brazo a su marido—. Esto es mío…, MÍO. ¿Entiendes?

Como para no entenderlo. Jesús sonrió a su esposa, y la besó en la boca tendiéndola en la almohada. Acostada sobre las sábanas blancas, parecía una diosa mitológica de un pueblo salvaje. Apartó su mirada. Quería concentrarse para explicarle la mentira mejor organizada que jamás le diría en su vida.

—Negrita, tú sabes que para mí va a ser horrible separarme de ti un mes…

—¿Síííí? —susurró ella, demostrándole su deseo emitiendo en su voz un gemido—. Pues no vayas…

—Chsss… Calla… Deja que te explique.

Tardó casi dos horas en convencerla. Le enseñó la documentación, incluso visualizó vídeos de congresos pasados… falsos, por supuesto. No le gustaba mentir, y menos a su mulatita, pero en un asunto como aquél… era mejor para ella no saber la verdad. María no se merecía cualquier riesgo que pudiera existir. Echaba de menos su boca allí, mientras surcaba el cielo inmenso.

El avión era un auténtico prodigio tecnológico. Una sofisticada aeronave que reunía en su interior lo último en medicina aplicada al cerebro humano. Poseía un laboratorio, que era donde él trabajaba; un quirófano, una sala de recuperación, dos cafeterías: una para el equipo médico y otra para la tripulación, con cocina incluida, dos salones de actos y varios camarotes que, por su amplitud, nada tenían que envidiar a las habitaciones de hotel.

En una de esas habitaciones se encontraba Jesús, boca abajo, tumbado en la cama, con la cabeza ladeada mirando por la ventanilla. Escrutando el cielo nocturno buscando estrellas. De cuando en cuando, volvía la mirada hacia abajo, en pos de las luces lejanas de las ciudades que a veces se asomaban por entre las nubes. De niño disfrutaba largamente en sus noches veraniegas contemplando las estrellas, preguntándose si algún día podría viajar entre ellas, encontrar nuevos mundos y nuevos seres. Su primera opción laboral de pequeño fue la de astronauta, después bombero, taxista, policía, pirata informático, y más en la madurez, médico. Lo había conseguido; era el médico que quería ser, pero... mirando ahora las estrellas sintió nostalgia de sueños pasados. Era tan inmenso el cielo estrellado...

Jesús se incorporó y comenzó a desvestirse. Mañana iba a ser un día especialmente duro; probablemente, el último del proyecto. Estaba tan cansado que lo primero que hizo al llegar a su habitación fue tumbarse. Ahora de pie, miró el retrato de su mujer en el escritorio de la habitación. Alcanzó su diario que descansaba en la mesa y volvió a tumbarse. Esto escribió:

«Cuaderno de Bitácora, 28 de septiembre del año 2086.

Mañana será el día importante. Espero concluir con éxito el final del proceso de reprogramación de recuerdos. Me he habituado a estar aquí en este avión. Ya no sufro aquella claustrofobia del principio. Sigo, eso sí... echando de menos a mi mujer. Es curioso, pero hoy he recordado cuando era niño y miraba las estrellas. La vida me ha sonreído, y sin embargo sigo sintiendo nostalgia, como si hubiese perdido parte de lo que soy en estos años. Quizá quiera evadirme porque me enfrento a la recta final del proceso...».

A la mañana siguiente, y como todas las mañanas, hubo reunión en la cafetería para repasar el orden del día. El piloto y capitán de la aeronave estaba vestido de gala esa mañana, así como los tres soldados que formaban el equipo humano de seguridad del avión. Junto a los militares, en la cafetería también estaban reunidos todos los médicos: la cirujana plástica Remedios Salmerón, dos enfermeros que la asistían, el neurólogo Juan Martínez, la psicóloga Verónica Salcedo y el jefe del equipo médico que era Jesús.

—El proceso de reprogramación neuronal está prácticamente finalizado, así que lo primero que haremos será proceder con la prueba rutinaria de memoria. A las diez en punto finalizará la prueba y, si es exitosa, la doctora Remedios completará su tarea de reconstrucción corporal…, que si no me equivoco está ya prácticamente hecha. En ese punto nuestro trabajo habrá finalizado, y la doctora Verónica procederá a despertar al Zombi-100.

Todo el equipo médico asintió al unísono a la cantinela prevista. El capitán tomó la palabra.

—Hoy a las veintiuna horas recibiremos la visita de ilustres personalidades. Como saben, este proyecto secreto viene desde lo más alto. El Ministro del Interior subirá a bordo junto con altos mandos del CNI. A ustedes se les abonarán los beneficios pactados en la forma de pago que elijan, y, como bien saben, se les olvidará todo lo relacionado con esta operación. Eso es todo por mi parte… Bueno…, una cosa más…

El capitán sonrió paseando la mirada por aquellos rostros ya familiares.

—Ha sido un honor colaborar con ustedes en este proyecto.

Después de este protocolario orden del día y antes de ponerse manos a la obra, tuvieron una tertulia distendida, como cada mañana, sobre las evoluciones del sujeto. El aroma del café y las tostadas invitaba a debatir. No era una convención en Nueva York, aunque el grupo de médicos que tranquilamente desayunaban a diez mil metros de altura, bien podrían haberla protagonizado.

El orden del día se iba cumpliendo satisfactoriamente. Era momento de hacer la prueba de memoria y ajustar las últimas imperfecciones. El sujeto estaba sumergido en lo que comúnmente los científicos solían llamar el Mar de los Sueños. Se trataba de una cápsula de cristal con forma de huevo iluminada desde abajo. Se encontraba en una posición vertical, flotando en un fluido isotónico a la misma temperatura que el cuerpo humano, con todos los músculos del cuerpo relajados. Respiraba a través de una máscara nasal, que estaba conectada con un tubo a un regulador de aire en la parte superior del huevo. Ese regulador suministraba una mezcla que producía un estado letárgico, un sueño condicionado parecido a la hipnosis. La cabeza la tenía infestada de cables desde las sienes hasta la nuca. Todos estos cables nacían de uno de gran grosor en la parte superior del huevo, junto al respiratorio.

—Conéctame con él —ordenó Jesús al doctor Juan Martínez que estaba tecleando en el ordenador que controlaba el Mar de los Sueños.

—Iniciando el proceso de conexión. —Dentro del huevo de cristal el sujeto tembló por momentos, desplazándose suavemente en el fluido celeste. Fue un estertor momentáneo.

Jesús se sentó en su puesto y miró su monitor. En él se visualizaban todas las constantes vitales y todas las reacciones mentales del «zombi». Así llamaban al sujeto. Todo estaba en orden. Se ajustó el micrófono que transmitiría los datos al ordenador conectado mediante una interfaz a las conexiones neuronales.

—¿Cómo te llamas? —preguntó Jesús. Comenzó a recibir cientos de datos en pantalla de la actividad cerebral del sujeto. El programa informático desecharía todos los datos que no fuesen relevantes y se quedaría con los que supusieran una respuesta a la pregunta formulada. Estos datos mostraban qué zonas del cerebro habían procesado la información, y qué zonas del cerebro almacenaban la respuesta.

«Me llamo… Antonio… Mmmm… No recuerdo mi apellido». Este mensaje apareció en la pantalla de Jesús, después de que el software depurase la información.

—¿Dónde vives?

«… no lo recuerdo».

—¿Cómo se llaman tus padres?

«... no lo sé».

—Parece que todo va perfectamente —dijo Jesús tapando el micrófono—. Pasemos a las preguntas más complicadas.

—¿Estás casado?

«... no... o... sí...».

—¿Cómo se llama tu mujer?

«... So... Sonia... no estoy seguro...».

—Debemos borrar ese nombre de su memoria, Juan —dijo Jesús a su compañero—. Aquí tengo el rastro. —En pantalla visualizó qué zonas del cerebro eran responsables de que ese nombre estuviera en la memoria del zombi—. Te paso los datos y las aproximaciones sobre las sinapsis.

—Algunas son zonas delicadas, como ayer... —replicó el profesor Martínez.

Había pensamientos que borrándolos no tenían repercusión alguna para el resto de la memoria, pero otros presentaban vínculos entre sí. Si borraban esos pensamientos inutilizarían también los otros, y podrían estropearlos o incluso eliminarlos. Ese hombre tenía clavado el recuerdo de su esposa más que el suyo propio. Aparecía almacenado en su cerebro con multitud de vínculos. Se arriesgaban a borrarle conocimientos tales como los adquiridos en sus estudios, o incluso el mismo lenguaje. Llevaban trabajando en aquel dichoso recuerdo tres días y no habían conseguido más que borrar un setenta y cinco por ciento de las zonas donde aparecía. Borrando un noventa por ciento le sería imposible recordarlo. Si llegaban al ochenta y cinco por ciento no podría recordar el nombre de su esposa, pero no lo olvidaría del todo. Ése era el objetivo hoy.

—Inicia el proceso de vértigo —ordenó Jesús, que asumió los riesgos de borrar algo más de lo debido. El proceso de vértigo se denominaba así porque eso es lo que sentía el sujeto. Al hurgar en su cerebro, las corrientes borradoras le producían una sensación vertiginosa, una celeridad.

—Iniciado.

Dentro de el Mar de los Sueños, el zombi comenzó a moverse bruscamente. El «vértigo» esta vez duraría poco, pues borrar el diez por ciento no llevaría mucho más de doce segundos. En procesos más largos de vértigo le inutilizaban algunas funciones motoras. Los movimientos del sujeto podían ser tan violentos que podría dislocarse un hueso.

El procedimiento se completó con éxito y dentro del horario previsto. A las diez en punto, la doctora Remedios se presentó en el laboratorio con sus enfermeros.

—Bueno, dejad ya de tostarle el cerebro —dijo con malicia.

—Pues lo que tú le has hecho es peor… Juan va a drenar la cápsula enseguida, y te lo podrás llevar a tu quirófano terrorífico.

La doctora había hecho un trabajo excepcional. No sólo le había cambiado la faz… se la había mejorado. Ella siempre decía que se había pasado la vida buscando hombres ideales y que, como no los había encontrado, había decidido fabricarlos. Jesús se preguntaba si la propia belleza de la doctora era natural o producto de sus artes.

Una vez trasladado el Zombi-100 al quirófano, Jesús se fue a su compartimento para hacer las maletas. Su trabajo había terminado por el momento. El resto del día lo tendría libre. Pensó dormir algo y después comunicarse por videoconferencia con su esposa. Antes de eso continuó el diario. Le gustaba escribir con pluma, aunque algunos colegas lo tildaban de prehistórico. Su diario era un bloc con encuadernación de piel, muy agradable al tacto. Tomó asiento en la silla del escritorio. Empuñó la estilográfica y comenzó a escribir…

«Cuaderno de Bitácora: 29 de septiembre del año 2086.

En el último día del proyecto Zombi-100, se ha logrado con éxito el objetivo marcado para concluir el proceso de reprogramación cerebral: anular el vínculo emocional hacia la esposa del sujeto.

Espero que el noble fin en que este proyecto encuentra su justificación, compense la atrocidad que supone arrancar las emociones más sagradas a las que un ser humano puede enlazarse. Me pregunto si acaso hoy no hemos matado a este hombre, pese a que pueda despertarse, a volver a hacer una vida normal… Me pregunto si tiene algo que ver el zombi que se despierta con la persona que era. Un ser humano significa y se define por los sentimientos que quiere y aprecia. Confío en que Dios nos perdone el atrevimiento. Personalmente yo estoy convencido de mi noble actuación… Hemos salvado una vida, el latir de un corazón… Necesito pensar que es así.

Ahora mi único anhelo es bajar de las nubes y volver a besar a mi esposa».

Capítulo 8

«Despierta… Antonio, despierta».

La marea se había calmado por fin. Sólo se percibía un lento y manso vaivén. Antonio fue por primera vez consciente de su cuerpo en medio de aquella oscuridad, en aquel mar invisible. Primero su cabeza. Sus ojos buscaban entre aquella negrura algo que visualizar, lanzando su mirada por senderos inexistentes en pos de algún resquicio luminoso. Pero la oscuridad era muy vacía y ausente de texturas, a la vez tumultuosa, aglomerada de rocas negras sin perfiles, acaso vapores imposibles. Sentía cómo entraba el aire en su nariz, cómo podía abrir y cerrar la boca, mover la lengua. Más tarde, fue dando cuenta de todos y cada uno de sus miembros que, algo entumecidos, respondían por fin la llamada de su dueño.

«Despierta».

Trató de ver. Siguió buscando con sus ojos, animado por ese estado de consciencia momentánea de su cuerpo. Tenía el presentimiento de que conseguiría encontrar dónde detener su mirada… y… lo consiguió. Se le conmovió el alma al contemplar lo primero que sus ojos hallaron en su búsqueda inspirada. Girando la cabeza hacia arriba Antonio descubrió un cielo plagado de estrellas. Un cielo tan inmenso en su belleza como en sus proporciones. Una presencia infinita. Las estrellas brillaban y lo acogían en su seno. Parecía mentira que tan sólo un instante antes no estuviese allí. Parecía imposible que ese cielo fuese recién nacido ante sus ojos. Un brillo de pureza nerviosa…, un tiritar continuado de lejanos mundos. Tal era la inmensidad del cielo que contemplaba, que él parecía a punto de volcarse sobre esas estrellas que viajaban a su alrededor y lo envolvían. Como si el hecho de verlas le hiciera formar parte en cierto modo de su belleza. Antonio se sintió vivo, sintió que temblaba al mismo ritmo que las luces que contemplaba, como si compartiese su naturaleza.

No fue menor su sorpresa cuando bajó la cabeza y comprobó que podía ver detalles nuevos. La oscuridad había desaparecido como valor absoluto, y había dejado a su paso una noche hermosa llena de matices, de claridades, de detalles. Pudo ver el mar donde estaba sumergido hasta el cuello. Las estrellas surfeaban en los lomos oscuros de las olas y en sus espumarajos. Vio sus brazos, que ahora se movían lentamente para permitirle seguir a flote. Su cuerpo estaba sumergido. Sintió el frescor rugoso del agua marina. Miró la negrura del horizonte, donde las estrellas se fundían con la oscuridad de un limbo de aguas lejanas. Constató que necesitaba ejercer actividad en aquel cuerpo para seguir a flote. Necesitaba ese braceo y un apoyo en movimientos lentos con las piernas.

—Esto es hermoso —dijo sin más, cuando su mirada se volvió al cielo estrellado. Entonces escuchó rumores. Era el mar que se movía, su propio chapoteo, una cálida brisa sobre su cuerpo y… algo más. Algo familiar a su espalda. Giró sobre sí mismo. Comprobó que no estaba equivocado… era el único e irremplazable sonido del encuentro esponjoso entre el mar y la arena fina: una playa. Estaba a unos cincuenta metros de la orilla, de lo que parecía ser una isla caribeña. Había palmeras allá a lo lejos. Sus hojas brillaban con el remanso de la brisa juguetona, reflejando la luna llena que se erguía majestuosa encima de la isla, la luna parecía mirarlo, cual madre tierna en aquel paraíso natural.

«Despierta».

Antonio decidió ir hacia la orilla. No se planteó cómo ni por qué había llegado hasta allí. La belleza del lugar no dejaba hueco para suspicacias. Comenzó a nadar y comprendió que eso era todo lo que tenía que hacer, nada de preguntas y respuestas..., nadar hasta la orilla. El agua era cálida, agradable a su paso. Se sorprendió de lo fácil que le resultaba bracear. Su cuerpo agradeció aquella actividad. Sus músculos, al principio entumecidos, ahora le respondían a pleno rendimiento. Llegó al rompeolas en cuestión de segundos, recorriendo la distancia en un tiempo sorprendente..., si es que allí existía el tiempo.

Se irguió. Sus pies encontraron el manto arenoso sumergido en la orilla. Las olas rompían acariciando la playa y revoloteándole los muslos. Paso a paso se deleitó de sus caricias y del tacto de la arena en la planta de los pies. La arena seca y plateada parecía invitarlo. Dejando atrás las caricias del agua, se tumbó sobre aquella finura. Bajo su espalda la notó caliente. Imperceptible el acomodo de su cuerpo haciéndose huella en la ternura, como un colchón, como si hubiera ido a tumbarse sobre el lomo de un animal gigantesco. Miró hacia arriba, al cielo recortado por las hojas de las palmeras. Respiró hondo, robando perfumes sensuales de humedades saladas. Pensó que no quería irse de allí. Sentía cierta prisa irracional, como si de un momento a otro fuera a desvanecerse aquel paraje cual fantasma de humo. Sin darse cuenta, Antonio fue quedándose dormido, tumbado en aquella playa pacífica, con caracolas junto a los oídos y flores en la nariz.

«Despierta... Antonio, despierta...».

¿Quién lo llamaba? Antonio se supo dormido. Sintió cierto temor de abrir los ojos, de despertar. Presentía que ya no estaría en aquella playa paradisíaca.

«Despierta... Antonio».

Poco a poco sus párpados se abrieron. Su vista al principio estuvo desenfocada, muy borrosa. Había mucha luz en un lado de su visión y una sombra en el otro. Aquella sombra fue aclarándose poco a poco, adquiriendo mayor definición paulatinamente. Como una acuarela rápida que se transforma en óleo detallado. Era un rostro aquella sombra que se volvía nítida... de mujer.

—Bienvenido.

Ésa fue la primera palabra que escuchó sabiéndose ya despierto, lejos de aquel lugar maravilloso. La pronunció una mujer que lo miraba desde arriba. Él estaba tumbado. Le sonrió.

—Bienvenido —repitió. Aquella voz era dulce y la sonrisa le daba sosiego. Antonio respondió.

—Hola...

—Estabas en la playa, ¿verdad?

¿Cómo sabía esa mujer lo de la playa?

—Sí..., ¿dónde estoy ahora? —Antonio comenzó a mirar en todas las direcciones como queriéndolo averiguar por sus propios medios. La realidad de sus sensaciones lo tomaba por sorpresa. No alcanzaba a explicar ni su propia existencia. Sólo sabía que estaba allí, que «era» alguien. Su mente comenzó a suministrarle información. La mujer lo miraba con ternura. No la conocía. Dudaba incluso de saber lo que era «conocer». Tenía el pelo estirado hacia atrás recogiéndose en un moño. Era rubia. Sus ojos almendrados de cejas arqueadas irradiaban un punto de luz acaramelada. Le agradaban aquellos ojos muy abiertos, prestándole quizás demasiada atención.

En su interior aparecía una inquietud compleja. Sentía que él no debía estar allí. Que no podía ser ese «alguien» que sin embargo «era». En su consciente apareció una convicción contradictoria. Él... estaba muerto. Era contradictorio porque «muerto» implicaba que no podía «ser», tal y como él se sentía que era. En su mente, estar muerto era distinto a su estado actual, y sin embargo seguía en la convicción de que estaba muerto.

—Yo... estoy muerto —dijo sin más. En voz alta..., una voz que pudo oír mientras la pronunciaba... Aquella mujer lo veía... Él respiraba, podía ver todo en aquella sala color crema..., pero su mente le decía que estaba muerto. ¿Sería aquello el Cielo?... El Cielo... La pregunta que acababa de formularse le pareció extraña. El Cielo era un concepto que estaba vacío en su cabeza antes de la pregunta, y ahora se llenaba de contenido. El Cielo tenía que ver con la muerte..., era algo bueno. Poco a poco fue percatándose de lo religioso del término, siendo consciente de que él tenía todas las respuestas en su propia mente, entrelazadas. Iban goteando de un cántaro subconsciente, suministrando pequeñas dosis de información, que a su vez posibilitaban que ese «goteo» incrementase su velocidad y caudal. La mujer anotaba en un cuaderno con un bolígrafo dorado.

—No..., Antonio, tú no estás muerto.

Antonio... Ése era su nombre. Sí. ¿No estaba muerto? Se sintió aliviado, pues deducía de sí mismo que estar muerto era algo malo..., algo definitivo...; sí..., era el final... o el principio..., el Cielo..., estoy confuso, pensó.

—Sólo has estado un tiempo dormido, Antonio.

Dormido. La mente iba funcionando cada vez mejor, y poco a poco empezó a responderle a todas las preguntas, para abrir nuevas cuestiones, que a su vez respondía más tarde en otro ciclo del proceso. El goteo se iba convirtiendo en chorro.

—Mi nombre es Verónica. Cuando no entiendas algo, pregúntamelo. Tu cerebro estará a pleno rendimiento en unas horas, no te preocupes. Comprenderás mejor las cosas conforme vaya transcurriendo el tiempo. Te surgirán preguntas difíciles como... ¿Qué hago yo aquí? ¿Dónde estoy?... —la mujer gesticuló las cuestiones de forma algo cómica señalándose a sí misma, adquiriendo su voz un énfasis divertido. Era atractiva, y poseía una serenidad especial en el rostro—. No les busques respuesta, porque esa información no la tienes en tu cerebro, Antonio. Y no te preocupes por ello. Estás en un lugar seguro, eso te lo garantizo. El resto lo conocerás a su debido tiempo. No es ésa mi misión. Lo que tú y yo vamos a hacer es rescatar lo que hay en tu cerebro. Te aseguro que es mucho.

Antonio miraba absorto a Verónica. Como quien contempla un milagro.

Ella estaba entusiasmada con él. No era la primera vez que trataba a un «zombi». El Gobierno ya había requerido sus servicios en tres «zombis» anteriores. Al principio, cuando se enteró del contenido exacto de su labor, le parecía un proyecto detestable, demasiado bien pagado. Sin embargo, después de una primera experiencia, distanciándose del resto del proceso, su cometido le parecía la parte más benigna. Además, estaba el desafío profesional que suponía evaluar a una persona después de sufrir un proceso de elipsis tan fuerte. Este caso en particular le interesaba. Era el sujeto más culto e inteligente que había «despertado», y el que disponía de más conocimientos por su formación académica. Lo observaba ávida de ir desgranando ese «yo» que dormía en él.

El sistema era simple. Consistía en formularle preguntas. Él respondería y ella corregiría su respuesta si era errónea o incompleta. En realidad, esta fase del proceso no era ciertamente necesaria, pues el cerebro por si solo iría volviendo a su funcionamiento normal. La razón de ser de su trabajo era acelerar el retorno y evitar las secuelas que pudiera provocarle la desorientación inicial. La experiencia con los primeros zombis, según había oído ella, había demostrado la necesidad de un acoplamiento menos brusco al medio. Ése era su trabajo. Una vez acabada la ronda de preguntas, Antonio estaría listo para enfrentarse a la realidad. En total, y según su experiencia en anteriores sujetos, en seis horas todo estaría encajado en la cabeza de Antonio Fernández Puertas. Todo, excepto aquello que se borró en el Mar de los Sueños. Se dividiría en dos sesiones, una por la mañana y otra por la tarde. Cuando a las 21:00 compareciera ante los peces gordos, su memoria permitida estaría por encima del cincuenta por ciento en reconstrucción, cifra que iría aumentando en horas sucesivas.

Antonio... rompió las estadísticas. En cuatro horas y media Verónica estuvo segura de haber alcanzado el nivel apto para la posterior comparecencia.

—Has batido un récord —le comunicó sonriéndole con picardía.

—No entiendo.

—Antes de ti, este tratamiento lo han experimentado otras personas. Tú has conseguido pulverizar sus marcas. Has tardado alrededor de hora y media menos en ponerte en forma.

—¿En serio?

Ambos rieron. Antonio se sentía a gusto con aquella mujer. Poseía una mirada serena, y una voz embriagadora. Además de un gran sentido del humor. Sonrió al recordar cuando había entrado con el almuerzo de ambos. «¡No te quedes ahí embobado! Ya eres capaz de suponer que necesito que me eches una mano con esto», había dicho la doctora, cargada con las dos bandejas de comida.

—Cuando acabemos, tendrás unas horas de descanso para que te relajes y asimiles la tortura a la que te estoy sometiendo..., je, je. Después podrás saciar tus dudas, así que ten paciencia —dijo Verónica viendo que se acercaba la hora prevista para finalizar. Pese a que Antonio había alcanzado los resultados óptimos en cuatro horas y media, habían continuado hasta las seis estipuladas.

—¿Me responderás a las «preguntas ajenas»? —así habían llamado a las preguntas que Antonio le había hecho sobre las cuestiones que ella no estaba autorizada a responder, tales como dónde estaba, por qué, etc.

—No seré yo la que lo haga, Antonio. Tendrás una reunión importante, con personas importantes —por primera vez Verónica vislumbró miedo en el rostro del hombre. Supuso que el hecho de rodearlo gente nueva, en grupo, lo ponía nervioso. Y no se equivocaba. Siempre pasaba lo mismo cuando se le planteaba esa cuestión al «zombi». Lo había observado ya en otros casos. Antonio no se negó de forma infantil tal y como hicieron sus antecesores.

—¿Tú estarás allí? —preguntó. Mostrando el típico vínculo afectivo que solía surgir en los «despertados» hacia la primera persona con la que contactaban después del letargo.

—Sí.

—Bueno, si esas personas son las que tienen que responderme, las veré…, pero échame una mano si me ves en apuros, ¿vale?

Verónica estaba fascinada. Tuvo ganas de levantarse de su cómodo sillón color crema y abrazarlo. La enternecía el papel que le tocaba jugar en aquella horrible reinserción. Los sujetos se encomendaban a ella. Intuitivamente le daban su confianza, la tomaban como aliada frente al mundo que hervía fuera de aquella sala. Antonio, además, con aquel comportamiento más evolucionado, más racional, la había conquistado totalmente. No sabía si era fervor por su trabajo, o que Antonio había conseguido que se sintiera involucrada. Hasta cierto punto se planteó quién sentía más entusiasmo, si él con su razonable miedo a lo desconocido encomendándosele para que le prestase ayuda, o ella, al final del milagro y maravillada por su conducta.

—¡Claro que te echaré una mano!

Para descansar, Verónica condujo a Antonio a una sala contigua, uno de los camarotes del avión. Le convenía al sujeto ir adaptándose a otros escenarios, para que después en la comparecencia se sintiera menos inseguro. Aunque su agilidad mental estaba ya prácticamente al cien por cien, sentiría en los primeros días cierta distancia con lo real, dudas frente a decisiones cotidianas, tales como qué comida ingerir, qué ponerse de ropa. La desorientación en espacios exteriores o conversaciones ante personas desconocidas sería muy acentuada. Verónica había analizado vídeos sobre Antonio en el juicio, varios exámenes psicológicos, y no podía sacarse en conclusión que fuese un individuo introvertido. Por tanto, su recuperación social tenía que ser factible en varios días. Albergaba la convicción de que solventaría con éxito todo el proceso.

—Bueno, te recomiendo que duermas un rato. Te despertaré con tiempo para que te duches y te pongas algo decente de ropa.

Antonio se miró el cuerpo. Tenía puesto el batín inconfundible de hospital, abierto por atrás. No se había percatado de ello antes. Tuvo una sensación prehistórica de desnudez y pudor. Ahora contempló la habitación nueva. Parecía confortable. Una cama amplia llenaba un tercio de la estancia, acompañada de una mesita de madera oscura, con una lámpara encendida. En la pared, junto al pie de la cama, había una puerta cerrada. Al otro lado del cuarto, un escritorio, con su lámpara flexo y un armario de la misma madera oscura.

—La ropa está en el armario. El cuarto de baño esta aquí —Verónica señaló la puerta cerrada junto a la cama—. ¿Alguna pregunta?

—No...

—Pues ahora descansa.

Quedó solo en la habitación. Se sentó en la cama, repasando la estancia con la mirada. Había un cuadro en la pared encima de la mesita de noche. «Habría quedado mejor colgarlo sobre la cabecera», pensó. En el cuadro se representaba un atardecer turbulento. La naturaleza estaba agitada por tempestuosas rachas de viento, y los oscuros nubarrones apresaban al sol, adquiriendo tonos morados y no sólo grises fúnebres. Un rayo de luz rebelde conseguía romper aquella maraña filtrándose incandescente hacia la tierra, y alumbraba esa parte de los bosques agitados. Antonio se imaginó cómo sería contemplar ese preciso momento que capturaba el pintor. Estar allí, en medio de esa turbulencia alada que retorcía las copas de los árboles, y doblegaba la voluntad fresca de la hierba y la quietud de los matorrales. A punto de estallar la tormenta… y, de repente, aquel rayo de luz dorada, que rompía las nubes y difundía su fuerza sobre los campos y bosques, anunciando que, por muy feroz que fuese la tormenta…, se acabaría.

Antonio, en su fantasía, quedó profundamente dormido. No descubrió la razón por la que aquel cuadro no estaba en el lugar estéticamente más adecuado. No levantó el cuadro para descubrir la ventanita que ocultaba tras de sí.

Verónica pasó a recogerlo a las nueve y media. Lo despertó media hora antes, para que tuviera tiempo de tomar una ducha y vestirse. Escuchó algún ruido extraño mientras recordaba el tacto contagioso del agua. Una vibración y varios golpes en las entrañas del avión. Él lo desconocía. Aquel ruido se debió a la llegada al «Pájaro Negro» de las personalidades que se entrevistarían con él. Le extrañó no encontrar un espejo donde mirarse en el baño.

El traje le estaba perfecto, a medida. Sólo tuvo un pequeño contratiempo. No recordaba cómo hacerse el nudo de la corbata.

—Verónica… ¿Me ayudas con esto?

—¡Ja, ja, ja! Sí, no te preocupes…; quizá se deba a que nunca supiste hacerte el dichoso nudo de la corbata. Eso les pasa a muchos hombres… ¡ja, ja, ja, ja!

—¿Tú crees? Me da la sensación de que es muy sencillo, pero no logro determinar el camino exacto que me lleve al nudo.

—Ya está —dijo Verónica mientras sus manos repasaban las solapas de la chaqueta. Después lo observó de arriba abajo con una sonrisa aprobatoria. Estaba listo.

Verónica lo condujo por pasillos estrechos hasta una doble puerta de madera reluciente, en un recibidor bastante amplio. Presentía que el hecho de atravesar aquella puerta era importante. Cruzar aquel umbral se le antojaba trascendente.

La sala era alargada. Su centro estaba presidido por una gran mesa marrón ovalada, alrededor de la cual se arrimaban numerosos sillones oscuros. Al fondo, en una placa dorada, rezaba: «Sala de Juntas». Tras la mesa, cubriendo casi por completo la pared de madera del fondo, una pantalla plana apagada parecía contemplar su llegada. Cuatro personas los esperaban ya sentadas. Cuatro pares de ojos que se le clavaron nada más entrar. A su espalda quedaban dos soldados armados, que se habían encargado de darles paso a la sala, tras escanearlos con un aparato de tamaño algo superior al de un bolígrafo. Antonio comenzó a sentir que, en su cuello, una palpitación se desataba libre, sin responder a sus deseos. Sintió crecer el rubor en sus mejillas y un rastro de sudor le cosquilleó el costado derecho. Se sentía tremendamente torpe delante de aquellas caras expertas, inquisidoras.

—Toma asiento —lo invitó Verónica al sillón contiguo al suyo. Todos estaban alrededor del fondo de la mesa. Él, presidió el otro extremo. La disposición de los presentes parecía dejar claro que había dos bandos en aquella contienda dialéctica—. Relájate, todo está bien.

Antonio le sonrió. Agradecía aquellas palabras celestiales. El nudo de la corbata lo presionaba más ahora, pero no se atrevía a mover bruscamente su brazo para aflojarlo…, quizá porque tampoco estaba seguro de saber cómo reducir su presión.

—Primero me presentaré yo —dijo un hombre ataviado con una bata blanca similar a la que vestía Verónica.

—Mi nombre es Jesús Sánchez, y soy el jefe del equipo médico de este proyecto del que ahora se le explicarán todos los detalles. Antes permítame presentarle al resto —el médico sentado en el lado derecho desde la perspectiva de Antonio, se giró hacia el fondo—. Su cara puede que le suene, pues preside la mesa don Jorge Camacho, que, si no lo recuerda, es nuestro Presidente del Gobierno. Nos ha sorprendido gratamente que haya venido. A su derecha, la izquierda de usted, está sentado el Ministro del Interior, Alberto Palomo. A su lado, el Coronel Bienvenido Salazar, director del CNI, que hará las veces de secretario en esta reunión.

—En… encantado —dijo Antonio con timidez.

—Sin más dilación, le voy a explicar lo sucedido. Para empezar, y yendo al grano, don Antonio…, usted está legalmente muerto.

Aquella palabra le golpeó los oídos y trepó desde ellos hasta las neuronas. Antonio, frente a aquellas personas que sabían más de él que él mismo, se sentía despojado de toda voluntad. La expresión «legalmente muerto», en los labios de Verónica, habría creado tan sólo inquietud. Antonio se puso blanco de miedo al oírla de aquel doctor novedoso y distante, subido al pedestal del conocimiento.

—No entiendo… —interrumpió al médico, pues éste seguía hablándole desde aquella frase inicial, y no conseguía entender nada de lo que estaba diciendo. Se sintió desanimado. Como un niño inmiscuido en una conversación adulta.

—¿Qué es lo que no entiende? —preguntó el médico, que gesticuló extrañeza en aquella interrupción.

—¿Qué significa «legalmente muerto»?

—No te preocupes, Antonio; lo comprenderás enseguida. Deja que el doctor Sánchez se explique —terció Verónica.

—Usted, don Antonio, ha sido objeto de un proyecto secreto elaborado por nuestro Gobierno para salvar su vida… Tranquilo… Se lo explico. Para empezar le diré que, aunque usted no lo recuerde, hace unos dos años fue juzgado por asesinato. En ese proceso se le encontró culpable y se le sentenció a muerte…

Antonio no podía explicar lo que le sucedió a continuación. Verónica le tomó una mano. Ella sabía que el proceso de «cascada» había comenzado. Llamaban así al efecto que producía la reconstrucción de memoria, cuando se le narraban los hechos concretos del crimen, el juicio, y la supuesta muerte, al zombi. El Mar de los Sueños sometía a esos recuerdos a un protocolo de almacenamiento y guarda, no los borraba. El zombi recuperaba esos recuerdos en el momento en que se abría ese almacén en sus neuronas, mediante la reconstrucción de los hechos pasados. Lo denominaban «cascada» porque los recuerdos inundaban la mente con velocidad prodigiosa. Caían desde el subconsciente al consciente, de golpe.

El médico se levantó de su asiento y prosiguió su relato de pie. Antonio lo seguía con la mirada, mientras se sostenía la cabeza con una mano. El doctor Sánchez accionó la pantalla del fondo para apoyar con imágenes su relato. Antonio se vio en una sala blanca, que reconoció al instante. Vio su ejecución, y sintió un escalofrío.

—Así que usted, tras la supuesta ejecución, fue traído aquí para canalizar su reinserción social. ¿Me sigue?

—Sí. Pero no lo entiendo. Mi cabeza está llena de imágenes. Recuerdo…, recuerdo que estaba en la cárcel…, que fui ejecutado. Pero no recuerdo por qué. ¿Qué hice?

—Mató a un hombre.

Antonio estaba atónito.

—Maté a un hombre…

—Fue juzgado y condenado a muerte según la ley vigente. Éste es el vídeo de su ejecución.

—Pero no me mataron… —dijo instintivamente—. ¿No es eso?

—El Gobierno lo salvó —ahora hablaba el Ministro del Interior, don Alberto—. Verá usted. Frente a todo lo que se piensa sobre la aceptación de la pena capital en nuestra política, el Presidente y yo estamos en contra de dicha medida en su efecto directo sobre la persona del reo: nadie tiene derecho a quitar la vida de otro. Si bien estamos de acuerdo en su efecto social. Pues en su día se demostró la necesidad de «la Medida Drástica» para contener la barbarie social. No hace falta que le recuerde las revueltas pasadas; ya se acordará usted solo.

»Viendo, pues, la utilidad de la pena de muerte, y la aceptación que posee en el electorado, ni el anterior presidente ni el nuestro se han atrevido a abolirla. Para eso creamos el denominado «Proyecto Zombi», en el que tenemos como aliados especiales a nuestros vecinos franceses. No le voy a explicar el proceso en cuestión, pues no creo que en su situación actual lo comprendiese. Le diré las consecuencias del mismo. A usted, condenado a pena de muerte, se le brinda la oportunidad de empezar de nuevo, de emprender una vida nueva.

Antonio recordó miedo, súplicas, dolor. Sensaciones que le llegaban de tan lejos…; tan hondas estaban en su ser, que se le escapaban al intentar apresarlas… Un puente hacia un pasado cercano. Un puente derruido y la otra orilla sumida en neblina. Un pasado que parecía más difuso, más antiguo que otros recuerdos más viejos. Se quedó como ensimismado en esos aromas. Serio, cabizbajo, parecía ausente.

—A partir de hoy, usted empieza una nueva vida… en Francia, como ciudadano francés. La oportunidad por la que tanto rezó en su celda se la brindamos. Ahora está usted en el «Pájaro Negro», un avión donde se le ha preparado para su nueva vida.

—No sé qué decir.

—Siéntase afortunado —afirmó el señor Ministro, mientras sacaba un habano de la solapa interna de su chaqueta. Con parsimonia, le guillotinó la puntita y lo encendió—. Ahora debe usted escuchar algunos detalles importantes... Para empezar, le digo que está obligado a llevar una vida digna. No podrá usted volver a incurrir en ciertos delitos graves, no necesariamente penados con la muerte...

»Deberá guardar estricto secreto sobre su procedencia y, por supuesto, sobre todo lo relacionado con este proyecto. Deberá abstenerse de volver a España, así como de buscar sus raíces e indagar sobre su pasado. Usted es y será todo lo que pueda ser a partir de hoy, desligado de lo que usted era. Se le entregará un dossier con todas estas..., por así llamarlas, condiciones irrenunciables, donde se le explicarán más detalladamente los pormenores de su situación actual. Estúdielo con detenimiento. Apréndaselo de memoria si es preciso.

Se sentía nadando sobre lava incandescente. Y no se quemaba. Había burlado a la muerte, y sin embargo no tenía ganas de saltar de alegría. Respiraba hondo, con alivio, pero asustado. Tenía ganas de salir de aquella habitación angustiosa. Quería volver a estar a solas con Verónica. Estaba contento..., pero triste a la vez. Una tristeza inexplicable lo anegaba, le hacía irrespirable aquella reunión.

—Me duele la cabeza... —susurró pensativo mirando a Verónica. Después se giró hacia el doctor Sánchez—. ¿Qué me han hecho exactamente?

—Eso se lo voy a explicar más despacio, sin entrar en detalles, digamos, de difícil comprensión para usted.

»Verá... Ha sido objeto de un proceso de preparación mental para su nueva vida. No se angustie... Se lo aclaro: lo que se pretende con este proyecto es que el sujeto empiece una nueva vida, que tenga una segunda oportunidad. Para conseguir esto, es necesario que el zombi se desvincule emocionalmente de su etapa anterior. Para que no lo torturen los recuerdos. Así podrá usted afrontar a partir de hoy una situación libre de cargas emocionales. Hemos facilitado eso eliminando algunas cosas de su cabeza, para ayudarlo en su reinserción. No debe preocuparse en recordar cómo vivió…, porque su periplo pasado lo llevó al fracaso. Su vida comienza hoy.

Antonio le prestó toda su atención. Por fin tenía respuestas. Ahora entendía por qué estaba… «atontado». Repasó todos y cada uno de los rostros que tenía enfrente. Todos lo miraban, especialmente el Presidente del Gobierno, que permanecía en silencio.

Verónica, por su parte, cambiaba de postura en su asiento con suficiente rapidez como para sospechar inquietud. Cada vez que Antonio la miraba parecía suplicarle que lo sacara de allí. Lo veía angustiado. Con la cabeza ligeramente abatida y los hombros derrotados, no cesaba de mover las piernas. Las cosas no estaban saliendo como ella esperaba. Se estaba comportando de un modo extraño, y no hacía falta más que repasar las caras en la sala para averiguar que ella no era la única que se había percatado de eso.

—Antonio, ¿te encuentras bien? —preguntó Verónica intentando volver a ver al hombre que había despertado ella a solas.

—Sí. Me siento confuso. Así que les debo un favor… ¿no es eso? Para eso es esta reunión, para dejarme claro que les debo un favor. Yo no me siento…, no sé como expresarlo, es como si no fuese la misma persona… Estoy un poco mareado.

—Bueno…, es todo. Ahora puede usted volver a su habitación a descansar —dijo el doctor Sánchez.

Verónica le hizo un gesto con la mano para que se levantase. Antonio se irguió, notándose entumecido. Con una mano alivió la presión del nudo de su corbata tirando toscamente hacia abajo del grueso. Verónica, como quien guía a un enfermo, lo condujo a la salida. Los soldados que habían permanecido a su espalda como esculturas, rompieron su estatismo y les abrieron las puertas. Antonio cruzó el umbral con la sensación de que lo venían persiguiendo las miradas de sus interlocutores. Las puertas se cerraron, y sólo entonces se sintió aliviado.

—¡Pufff...! —exclamó suspirando.

—Vamos.

Verónica le rodeó la espalda con su brazo, mientras lo guiaba a la habitación. No dijeron nada. Andaban despacio, como dos novios antes de una despedida. El suelo, alfombrado, amortiguaba el sonido de sus pasos.

—¿Qué tal he estado? —le preguntó Antonio, en la puerta de su cuarto. Sin poder precisar muy bien por qué..., su intuición era que algo se había roto. Tenía un mal sabor de boca.

—Bueno, ahora he de volver a la sala. Si quieres, después te cuento qué les ha parecido.

—Sí, por favor. Ven después —suplicó él. En un movimiento rápido, volvió la cabeza y miró hacia el interior de la habitación, como para comprobar que no se habían equivocado de cuarto—. ¿Sabes?... Creo que me voy a sentir muy solo hasta que vuelvas. No sé, estoy muy raro..., estoy... triste.

—Son muchas novedades para sólo unas horas, Antonio... No te preocupes, que luego me pasaré para acompañarte.

No pudo evitarlo. No tenía lógica en su cabeza, simplemente sintió el impulso. Verónica tendió los brazos hacia él y lo abrazó. Notó como se le formaba un nudo en la garganta. Antonio correspondió y la abrazó con fuerza.

La mujer tuvo que hacer una parada en el lavabo antes de presentarse en la sala. Se le habían escapado unas lágrimas. Contemplar el vínculo que Antonio le demostraba, la enternecía sobremanera. Incluso llegó a plantearse si acaso no se estaría enamorando de él. Lo peor era que tenía un mal presentimiento. Se había palpado en el camino de vuelta a la habitación... Presintió que él también intuía algo malo. La entrevista no se había parecido en nada a los otros casos en los que había trabajado. Antonio, quizá sin pretenderlo, había aparentado cierto resquemor, cierta animadversión hacia ellos.

Cuando entró de nuevo en la sala, sintió que llegaba tarde a una reunión. Todos se hallaban enfrascados en una conversación. Estaba el equipo médico al completo. Olía a humo. Los guardias volvieron a escanearla, mientras los presentes iban silenciándose. En la pantalla de la pared del fondo, pudo reconocer al Primer Ministro francés, que, como estaba previsto, había seguido toda la reunión por videoconferencia.

—Doctora..., ¿qué opina? —preguntó directamente don Alberto, antes incluso de que tomara asiento.

—¿De qué... exactamente, señor Ministro?

—En su ausencia hemos estado hablando sobre el sujeto y... mi opinión personal es que no es viable. Nuestro colega francés opina de igual forma. Usted es la psicóloga del grupo. Su opinión es la más cualificada en este campo. ¿Cree usted que este sujeto es viable para cumplir los requisitos del proyecto?

Todos la observaban con atención. Incluido el espectador de la pantalla. Verónica guardaba silencio.

—Yo pienso que... sí es viable —respondió algo azorada—. ¿Qué ha opinado el resto del equipo médico?

—Vamos, Verónica..., ¿cómo puedes afirmar tal cosa?

Ahora era el doctor Jesús Sánchez el que hablaba.

—El Zombi-100 se comporta de manera totalmente distinta a los anteriores. Es un fracaso. No ha mostrado siquiera agradecimiento por haberle salvado la vida. Ni alegría..., nada. Parecía totalmente deprimido...

El Presidente asintió a las afirmaciones del médico.

—Sí. Este proyecto se basa principalmente en la capacidad de cambio que posee el sujeto. Un hombre al que se le brinda una nueva oportunidad, basándonos en que se siente arrepentido de lo que hizo, en que el hecho de enfrentarse a la muerte lo ha cambiado y podrá prosperar, ¿no debería sentirse agradecido? ¿No debería acaso, como los anteriores, llorar de alegría? Hemos salvado su vida. Le brindamos una nueva... Entienda usted el riesgo que corremos. ¿Se puede asegurar que respetará todas las directrices del proyecto?

Verónica pensaba con celeridad. Todos esperaban al parecer que ella aceptase la evidencia, que se uniese al punto de vista dominante. Sabía que tenían razón. Antonio no presentaba los mismos síntomas que los anteriores..., pero ella lo encontraba ciertamente especial. «¿No estaré influenciada por un vínculo emocional que me impide ver lo obvio?», se preguntó. No quería aceptarlo en su cabeza. Porque aceptar que tenían razón suponía una cosa... Antonio no sería reinsertado..., o sea... que acabarían con su vida. Lo peor era que profesionalmente estaba de acuerdo con ellos. Era arriesgado dejar libre a Antonio, a juzgar por las reacciones mostradas. Pero la idea de matarlo...

Mientras cavilaba su respuesta, los demás seguían la conversación. El hecho de que ella hubiera disentido parecía incentivarlos a razonar más sus posturas, a buscar el apoyo mutuo de los razonamientos de todos. Y es que había unanimidad. Habían opinado en contra de la reinserción. Una y otra vez, Verónica volvía a preguntarse si acaso no estaría dejándose llevar por el corazón más que por la cabeza. Entonces, en medio de aquella tertulia, se preguntó qué tenía eso de malo. ¿Por qué el juicio racional de su cerebro debía pesar más que la fuerte corazonada que poseía en el espíritu?

—Verán, por favor..., atiendan..., ¡escuchen!

Verónica tuvo que alzar la voz para hacerse oír.

—Veo que todos han formado ya su veredicto, sin contar conmigo... y si no me equivoco, y como muy bien ha expuesto el señor Ministro, mis conocimientos y mi preparación deberían ser tenidos en cuenta. Deberían haberme escuchado antes de formar sus planteamientos, pues tal vez estén equivocados...

Todos enmudecieron. En el proyecto era preceptivo que antes de decidir se escuchara el informe del psicólogo.

—Veamos... Antonio Fernández Puertas es diferente de los anteriores zombis. Sí. Eso es evidente. Primero, he de decirles que es el sujeto más culto e inteligente de cuantos yo he tratado. Superó el nivel óptimo del cuestionario una hora y media antes que el mejor de los anteriores. Es diferente, sí, pero su mayor inteligencia le permitirá adaptarse más fácilmente a su nueva vida. ¿Que por qué no ha llorado de felicidad? Las personas tienen diferentes modos de expresar sus emociones, sus impulsos. Quizá su aturdimiento era mayor que en sujetos anteriores precisamente por ser más inteligente. No ha expresado inmadurez. Convendrán conmigo en que el lloriqueo es propio de mentes más débiles. Antonio estaba pensativo... Ustedes afirman que deprimido, yo digo simplemente pensativo. Se sorprenderían si se viesen las caras en ciertos momentos en la vida diaria. Uno cree que está exteriorizando una emoción, y el observador analiza otra. Eso pasa todos los días en nuestra confusa sociedad. ¿Acaso no les ha pasado a ustedes... que esa chica de la barra los está mirando interesada, y se han acercado a invitarla a bailar y la chica en cuestión se ha negado de forma grosera? —todos rieron con aquel ejemplo—. La percepción que se tenga de lo que exteriormente se ve, no tiene por qué coincidir con lo que realmente «es». Y señores..., aquí no estamos en un bar..., donde sólo nos jugamos un poco de orgullo..., aquí estamos decidiendo sobre la vida de una persona. Si decimos que no es viable..., ese hombre va a morir... VA A MORIR. ¿Van a matarlo sólo porque les pareció que estaba deprimido? ¿Sólo porque no demostró agradecimiento? Que sepan que mi opinión es que está preparado... Es más: yo diría que es el sujeto ideal para este proyecto.

—No puedes decir tal cosa, Verónica. Su actitud era desafiante... Todos lo vimos. Yo le hice un favor cortándolo a tiempo —dijo Jesús.

—Desafiante...

—Sí. Ésa es mi opinión. Ese hombre pensaba que lo estábamos tratando injustamente con nuestras advertencias. Se sentía herido en su orgullo. Es un asesino, Verónica; que no se te olvide. Su perfil precisamente es ése. Un tipo inteligente con inmenso ego que pensó que no tenía por qué aguantar que su jefe lo despidiera..., un hombre que desprecia la vida... Calculó su asesinato al milímetro —sentenció Jesús.

—Todo eso que dices es pura suposición. Vamos a matarlo nosotros, Jesús, con esta decisión. Ahora somos nosotros el jurado. Vamos a matarlo después de haberlo sometido a un proceso de suposición de muerte, que no lo digo yo, lo dijo el psicólogo más importante de este siglo en España, Espinosa, a un trauma que altera sus engranajes más íntimos. Además, como tú bien dices, este hombre mató a su jefe, sin tener antecedentes, sin haber cometido un delito en su vida. Estamos hablando quizá de un hombre cegado por una locura momentánea, que tal vez, en esencia, no es un asesino. Hemos despertado a gente mucho más terrible. Asesinos de niños, violadores. ¿Sólo porque al saberse vivos lloraron como niños, son mejores personas? Recuerdo mi primer caso..., un hombre que había asesinado a tres personas en un robo a mano armada después de ejercer una violencia inusitada. Lo despertamos y se meó encima nada más saber que había salvado la vida. No sabía ni hablar coherentemente y pudo entender que debía respetar unas normas básicas.

Agradecido... Lo importante no es que muestre agradecimiento. Una conducta de gratitud puede volverse rápidamente en odio o animadversión. No hace falta ser psicólogo para saber eso... Para mí este hombre está preparado.

Aquella seguridad había dejado a todos boquiabiertos. Verónica tomó asiento por fin, suplicando interiormente haber cambiado el curso de la decisión.

—Reconozco, doctora, que me deja usted sumido en un mar de dudas —comenzó a decir el Presidente del Gobierno, que por primera vez intervenía en la discusión—. ¿Qué opina usted, Jean Pierre?

—Me sumo a sus dudas —contestó desde la pantalla el Primer Ministro francés.

—Démosle un margen de confianza a este hombre... —suplicó Verónica.

Tras una pausa silenciosa, los demás médicos comenzaron a hablar entre sí. El Presidente no participó; permanecía silencioso. Verónica lo miraba intentando averiguar en alguno de sus gestos qué se paseaba por su cabeza.

—La decisión última nos corresponde a Jean Pierre y a mí —dijo dándose la vuelta hacia la pantalla—. Esta mujer me ha hecho reflexionar... ¿Acaso este proyecto en sí no implica correr un riesgo para salvar una vida? ¿No es ésa la naturaleza con la que se creó? Llevamos ya, si no recuerdo mal, dos años asumiendo este riesgo por una razón: salvar vidas. Reconozco que, al principio, todos estábamos asustados. La vigilancia de los sujetos nos ha confirmado las teorías de Espinosa. Realmente los condenados han rehecho su vida tras el trauma de la muerte. Este hombre es diferente. Me pregunto qué hubiera pasado si, en lugar de ser el número cien se tratase del número uno. Si este sujeto hubiese sido el primer despertado..., ¿hubiéramos mirado para otro lado asumiendo su muerte? Creo que no. La experiencia nos ha dado un perfil sobre asesinos que bien puede ser incompleto. Jean Pierre..., yo digo que sí. Tengo mis dudas, pero con una buena vigilancia... supongo que podremos contener cualquier imprevisto que pueda poner en peligro el proyecto.

Jean Pierre, quedó silencioso. Se lo veía sentado en un lujoso despacho, donde al parecer recibía consejo de algún asesor.

—Será un riesgo extra... —continuó el Presidente español—, pero tal vez se pueda compensar de alguna forma. Quizá si lo vigilan más concienzudamente para ver su evolución, no presente ningún problema —insistió.

—De acuerdo, Jorge; se trata de salvar su vida... Además, creo saber cómo conseguir que no dé problemas... Sí, acepto; le daremos esa oportunidad a su pupilo, doctora.

Verónica no pudo evitar sonreír. Se moría de ganas de comunicarle el éxito a Antonio. Cuando andaba por los corredores en dirección a la habitación, no pudo disimular y de cuando en cuando soltar alguna carcajada. Estaba tan contenta que entró sin llamar a la habitación. Se lo encontró tumbado en la cama. Se había quitado la chaqueta y la corbata. En el suelo, junto a la cama, había dejado el cuadro que antes tapaba la ventana del camarote. Habría descubierto el cielo estrellado. Verónica le miró el rostro. Dormía profundamente. Sopesó la idea de despertarlo..., pero lo vio tan entregado al descanso, que prefirió no sacarlo de los dominios de Morfeo. Cerró la puerta tras de sí y se quitó los zapatos de tacón. Con sumo cuidado, se acostó a su lado y lo rodeó con un brazo. «Que duermas bien», le susurro al oído. Después le besó suavemente la mejilla, reposó su cabeza en la almohada y cerró los ojos deseando que el tiempo se detuviera. Minutos más tarde, sabiendo que sería demandada en la cafetería por sus colegas, salió del camarote. Antes de cerrar la puerta ló miró de nuevo. Quizá sería la última vez que lo viera.

—Que duermas bien.

Capítulo 9

Antonio percibía una rareza en el ambiente. Sentía el pasar del tiempo desacompasado, en un tránsito paralelo a la visión que absorbía todo cuanto lo rodeaba. Existía una distancia entre la realidad y su posición, un pequeño espacio, tan sólo perceptible en momentos contemplativos, pero siempre subyacente amanerando sus reacciones. Había sido catapultado a una realidad apartada de su memoria, y hasta este pensamiento formaba parte de esa realidad nueva y extraña, viéndose contaminado por ella. Toda elocuencia que le arrojaba luz sobre estas cuestiones, le venía dada desde esa nueva realidad, formando parte de una paradoja. Se daba cuenta de que estaba raro... dentro de esa rareza. Como si a un niño pequeño dormido lo hubieran cambiado de cama en el curso de una noche oscura. Cuando despierta y se percata del hecho en sí..., ya está en la cama ajena; no puede regresar a la suya. Como un arbusto al que, después de hacerle algunos injertos, vuelven a plantar en un lugar distinto del jardín, con tierra nueva, extraña, bajo sus raíces.

Estas vicisitudes mentales regaban el cerebro de Antonio mientras contemplaba desde la ventana del salón de su hogar provisional el discurrir lento, sosegado, de las aguas del río Garona. La niebla izaba velas blancas más allá, en la otra orilla, haciendo parecer los grandes árboles del fondo, fantasmas estáticos. Hacía frío en Toulouse. Él venía de España, tierra de sol y temperaturas templadas, y se alegraba de percibir esa diferencia, de extraerla de su maltrecho baúl de recuerdos. En pocos días había idealizado su pasado, hilvanando recuerdos, cosiendo los rotos de su memoria con teorías sobre sí mismo y su entorno anterior. España era un reino sumergido, un paraíso ideal del que lo habían expulsado. El tiempo pasaba despacio, como acompañando el devenir de aquel río, mientras reconocía estar descolgado…, ajeno de la realidad.

Lo peor fue adaptarse a su nuevo rostro. En el «Pájaro negro» no se percató. Ni tan siquiera le extrañó no encontrar espejos en su habitación. Verónica se lo mencionó cuando estaban a punto de despedirse, como si fuera un detalle sin importancia el que le cambiasen de cara. Cuando se miró en el espejo por primera vez, sintió mareo. No podía creerlo. No concebía la idea de ser aquel tipo que lo miraba desde el reflejo. Él sí recordaba su rostro. Eso no se lo habían borrado. Sabía perfectamente cómo era su cara antes de aquel proceso macabro. Se sintió portador de una máscara, una máscara que no podía quitarse de encima. Estaba soldada a su verdadera cara. Cuando pensaba en sí mismo, al imaginarse en sus constantes pensamientos, incluso en sus sueños, se veía con su antiguo rostro. Cada vez que se miraba en un espejo o vislumbraba su imagen en alguna superficie capaz de reflectarlo, se sorprendía. En ocasiones la reacción era muy brusca y se asustaba en los primeros instantes, para después quedarse con la mirada perdida, como buscando en aquel reflejo. Esas miradas siempre acababan plegando los párpados con lentitud, manteniendo la postura durante unos segundos hasta cerrarlos del todo. Después solía girar la cabeza y marchar sin volver la vista atrás.

La sensación fue amortiguándose conforme pasaba el tiempo y, del terror inicial, cambió a un estado de pesadumbre que lo obligaba a ver su cara siempre que podía, como para averiguar si el que era ahora se parecía en algo al que fue. Poco a poco su cerebro sustituiría su antiguo rostro por el nuevo. Al menos ésa era la intención de los científicos. Apostaba que acabaría loco, pues aparte de ser consciente de que tenía otra cara, la operación de cirugía era reciente, y la mayor parte de la piel del rostro le resultaba insensible al tacto; presentaba hinchazones ocasionales que le aseguraron que terminarían por desaparecer al poco tiempo. Cada mañana su otra cara tenía un aspecto distinto, lo cual asfixiaba su capacidad de asimilar cambios.

Así, aquellos días vagaba entre la satisfacción de saberse vivo y el terror en el giro que daba su vida. Los cambios de humor se sucedían como zanjas en un huerto. Todas las sensaciones y pensamientos que se le amontonaban sobre los cambios, los vacíos y los recuerdos intactos, necesitaban ser ordenados. Establecer un turno de palabra en los cientos de preguntas que lo asaltaban, para poder responderlas poco a poco.

Se acababa de trasladar a su nueva residencia. En el plan de adaptación que le habían configurado, después del avión pasaba a un hotel, con objeto de no dejarlo a la deriva. Tras dos meses en un hotel, donde se aburría bastante, lo habían trasladado a una residencia provisional, pues no parecía que su residencia final estuviese aún decidida. Sin embargo, tener la independencia de vivir por su cuenta en una casa que podía sentir como propia, le hacía más cercana la realidad. Su vida comenzaba, así que debía centrarse en establecer unos cimientos. Eso era lo principal ahora.

Por el momento residía en un piso antiguo de la rue de Tunis, asomado al río Garona que partía por la mitad Toulouse, en el sur de Francia. Un punto de partida, le habían dicho. La vivienda en sí estaba bien para un soltero y hubiera sido un sueño para cualquier preso. Él iba a vivir en libertad.

—Piénsalo fríamente —le decía François, tomando asiento. Era el agente del espionaje francés al que le asignaron guiarlo los primeros días de su nueva vida. Se acomodó en uno de los sillones de cuero verde que parecían pedir a gritos ser estrenado—. Has tenido suerte. Formar parte de este proyecto no sólo te ha salvado la vida, sino que te ha dado una nueva. Vas a vivir libre. A empezar de cero. ¿Te das cuenta de que, si en vez de haberte cargado a un tío, hubieras robado un coche, por ejemplo, ahora estarías en la cárcel?

Antonio se volvió hacia él observando la estancia. El mobiliario del salón estaba compuesto por un tresillo y dos sillones, donde estaba François, y una mesita de café en el centro. Las paredes, pintadas de un tono beige claro, estaban desnudas, exceptuando un mueble de madera con los estantes vacíos arriba, en medio una televisión muerta y dos compartimentos abajo que guardaban un pequeño bar. No había continuidad. No encajaban. Podría decirse que para mirar el salón habría que enfocar cada elemento por separado, pues la visión de conjunto parecía un desierto con dos o tres cactus. No había personalidad. Faltaba vida, entretejer todos los elementos hasta hacerlos fluir con coherencia. En el resto de la casa la sensación era idéntica. Así fuera a la cocina, paseara por los pasillos o entrase a los dos dormitorios..., siempre albergaba aquella sensación de soledad desnuda, de incoherencia entre los elementos que configuraban las habitaciones. Ellos le daban el esqueleto; él tendría que desarrollarlo a partir de esa base.

Tomó asiento junto a François en el otro sillón. No sentía ser el dueño de aquella casa, más bien François parecía haberlo invitado a tomar algo a él, viendo lo relajado que estaba allí charlando amigablemente. François le caía bien. Un tipo fornido, rubio, de ojos claros, bien parecido, además de un conversador excelente. Daba una estampa de ser esa clase de personas que desde que nacen pisan fuerte y ya todo les sale bien. Parecía perfecto, recio y seguro de sí.

—Eso que dices me desconcierta. Creo incluso que me hace sentir culpable. ¿No se trata de una injusticia que un ladrón vaya a la cárcel y yo esté aquí?

—¡Ja, ja, ja, *mon ami*! Es una injusticia... digamos que justificable. ¿Sabes?... En un primer momento, cuando se diseñó todo este proyecto, se pensó en esa cuestión polémica. Fue uno de los puntos más difíciles para convencer a los políticos. Por si no lo sabes, o no te lo han dicho, y dado que yo estoy aquí para aclararte todo cuanto pueda tu nueva situación, déjame decirte que tú estás vivo gracias a un tal Adolfo Espinosa.

Antonio lo miró interrogante. No había oído aquel nombre. Evidentemente, las explicaciones que le dieron en el «Pájaro Negro» estaban muy simplificadas. Todo el mundo le aconsejó que preguntara sus dudas a François, que disponía de toda la información necesaria para solventar la mayoría de sus inquietudes.

—No sé quién es.

—Te lo explicaré... —y dicho esto, François le dedicó una sonrisa—. Don Adolfo Espinosa era un psicólogo español, por cierto, recientemente fallecido. En el año 2078, elaboró una teoría sobre los presos y lo que él llamaba «el trauma de la muerte». Como sabrás, en España la implantación de la pena capital se hizo en el 2070, para frenar la ola de violencia que venía arrasando la sociedad. En mi país, bueno, debería decir... nuestro país, porque ya tienes nacionalidad francesa, se implantó un año antes por idénticos motivos. El caso es que muchos filósofos lucharon por elaborar teorías que disuadieran a los políticos de continuar con la pena de muerte. Don Adolfo Espinosa, como te decía, no hizo exactamente eso. Simplemente argumentó que cuando a un individuo que ha llevado una vida delictiva se lo somete al «trauma de la muerte», el sujeto en cuestión sufre una transformación en la mayoría de los casos, un arrepentimiento que lo llevaría a cambiar su vida de forma radical, si dispusiera de una nueva oportunidad. Proponía de este modo, aunque no de manera explícita, la medida más extrema de reinserción social que jamás se haya inventado. Los políticos captaron el mensaje. He de decir que esos políticos claramente estaban en contra de la pena de muerte, pero ya sabes que en política las convicciones personales suelen apartarse a un lado cuando la jauría pide muerte... y la aceptación de la pena capital según las encuestas era del ochenta y seis por ciento. Hoy se cifra en un sesenta y dos. Así que se pusieron en contacto con él, y se elaboró el Proyecto Zombi, clasificado de secreto. Ante la sociedad, los asesinos y violadores seguirían muriendo como hasta entonces, y en secreto, una oligarquía de almas serían expiadas. Porque en definitiva, Antonio, tú no eres otra cosa que la solución al quebradero de cabeza de los gobernantes, sobre si son o no responsables de las muertes de los condenados. Ahora están orgullosos de este proyecto porque ya no les pesa la conciencia.

»Una de las cuestiones sobre las que más se debatió con el psicólogo fue, precisamente, lo que hemos apuntado antes. ¿Es una medida justa? Hay teorías en contra y a favor, dependiendo del punto de vista que se tenga de la función de la cárcel. Se pensó en la posibilidad de que al sujeto, después de fingir su muerte, se lo internara en una cárcel, en lugar de integrarlo en la sociedad. Así lo querían aquellos que defendían que se debía pagar un precio por haber cometido un crimen, y ésa era la propuesta inicial que los políticos plantearon. Don Adolfo Espinosa se negaba rotundamente y argumentó en multitud de informes que, si al individuo, después del trauma de creerse muerto, se lo internaba en una cárcel que además debía ser secreta, pues ni sus familiares podrían visitarlo, lo más probable era que sufriera una depresión o se volviera loco, encerrado de por vida incomunicado. Desafió a los políticos a confiar en su teoría plenamente. Apostar que realmente el sujeto cambiaba, y que sólo reintroduciéndolo en la sociedad podría ser efectiva la reinserción. Así las cosas, los gobernantes encargaron a científicos elaborar un proceso que asegurase lo más posible que el sujeto no representara un peligro, no sólo para la sociedad, sino para el mismo proyecto.

—Increíble..., es... Todavía no puedo creerme que esto me esté pasando a mí.

—Vaya..., he hablado tanto que tengo la boca seca, ¿te apetece tomar una copa?... Te hemos llenado el mueble-bar, je, je...

François se levantó y se agachó en el mueble citado. Escogió una botella y llenó un vaso hasta la mitad con güisqui. Después se dirigió a la cocina, y un par de cubitos de hielo repicaron crujiendo, bañados en la bebida.

—Como te decía, se ideó un proceso que preparase al individuo... Seguro que en el avión los científicos te dijeron que te habían sometido al proceso por tu bien..., para que no echases de menos tu otra vida... ¿me equivoco?

Antonio asintió, advirtiendo en François trazas de una franqueza propia de los amigos.

—Pues es cierto que ésa es una de las razones...; pero, evidentemente, la principal razón de que te hagan el lavado de cerebro es evitar que la armes bien gorda. Ahora no sabes ni dónde vivías, ni quiénes eran tus familiares... No tienes ataduras sentimentales, no tienes nada que echar de menos. No tienes motivaciones más allá de la curiosidad, no te sientes exiliado, ni abandonado. No recuerdas tus sentimientos. Digamos que ése es el precio que has pagado por el crimen que cometiste. Ellos se han asegurado de que no representas un peligro para el secreto. Te advierto que si intentas volver a tu país..., si te saltas cualquiera de los puntos clave en los que se basa tu protocolo de seguridad..., iremos por ti.

Antonio reflexionaba. François le había hablado claramente sin tapujos, y eso le había dejado las cosas más claras.

—¿Sabes?… —comenzó a decir Antonio, seducido por esa fraternidad surgida entre ambos.

—Dime.

—No…, nada.

Antonio iba a contarle su inquietud más honda en aquellos instantes, pero se frenó. Sin saber por qué, prefirió no hacer a François partícipe de aquel sentimiento que arrastraba. Iba a contarle que cuando se miraba al espejo, cuando reflexionaba sobre su vida anterior, desde su actual consciencia…, no se sentía un asesino calculador. Miró a François a los ojos… y prefirió callar.

Después de la copa, François le indicó que debía marcharse ya. Le dejó una tarjeta electrónica con sus teléfonos y modos de contacto por si necesitaba cualquier cosa. En esos instantes de despedida, Antonio descubrió que le causaba cierta inseguridad el hecho de quedarse solo. Odiaba reconocerlo, y por supuesto no le dijo nada a François. Bastantes molestias se había tomado ya. Pero Antonio sentía que no estaba capacitado para la soledad. La soledad era vacío…, un vacío que para él significaba pérdida, ausencia, tal vez locura. La última vez que recordaba haber estado solo antes de su nuevo despertar, se encontraba en una sala blanca de ejecuciones, esperando un gas letal.

François le aconsejó que descansara en los días venideros, ya que disponía de una pequeña prórroga de adaptación mientras le buscaban un trabajo. Le prometió esmerarse en conseguirle un buen empleo. Antes de irse definitivamente, le entregó el famoso dossier con la información que necesitaba. Recomendaciones para ejercitar su memoria, consejos para aprender el idioma nuevo, y una sección donde se le explicaban con nitidez todas aquellas cosas que le estaban prohibidas. Recordó que el ministro español le había aconsejado que se la aprendiera de memoria.

Así, se quedó por fin solo. Cuando dejó de oír las pisadas de

François más allá de la puerta del piso, subiendo al ascensor, lo visitó sin remedio el silencio rugoso, temido. Como un autómata, se acercó a la ventana y miró la calle. François no tardó en aparecer. Lo vio salir del portal. Solitaria, su camisa de franela azul se alejó calle abajo, dejando un hilo de humo a su paso. La niebla arropó su figura, que acabó disolviéndose en ella como lo haría una gota de leche sobre una losa de mármol. La niebla se espesaba más y más.

Un rato después, fue al cuarto de baño y se miró en el espejo. Abrió la boca y aquella cara la abrió con él. Cerró un ojo y aquella cara lo cerró con él. Cerró los dos ojos y no supo qué hizo la otra cara, pero imaginó que también los cerraría. Buscaba el olvido, porque más que el cambio de rostro, más que la pérdida de la memoria, era saberse asesino lo que pesaba de veras. Curiosamente tener otra cara lo ayudaba a sobrellevar esta carga. Pensaba que, ahora, el que tenía ese rostro no era un asesino. No recordaba que el otro lo fuese, pero no podía estar seguro. Lo que hiciera antes de su nueva vida no podía recordarlo con nitidez y no había forma de liberar la culpa. Se sujetaba a los hechos. Y éstos le mostraban fríamente que había asesinado a un hombre. Por eso estaba en Francia con otra cara. No recordaba los motivos, no recordaba el porqué, ni sabía siquiera si existía un «porqué», más allá de lo que había leído sobre el juicio en el dossier informativo que le habían entregado en el avión. Lo único que tenía era su estado actual, su vida a partir de ahora. Se negaba a construir mentalmente aquello que ni recordaba haber vivido. Se negaba también a inventar disculpas a su pasado, porque temía acabar loco de remate. Así que deseaba olvidar. Sólo olvidar. Era duro ver un nuevo rostro, pero aceptaba el precio que había pagado. Sobre todo lo consolaba la idea de haber pagado con algo. Ese nuevo rostro jamás se vería envuelto en nada turbio. Ésa sería su única preocupación a partir de ese momento. Ahora era tiempo de pasar página, de distanciarse de la sombra de su pasado, aunque en su interior un vacío oscuro le impidiese recorrer esa corta distancia entre la realidad y su propia existencia.

François ya había concluido la primera parte de su trabajo. Ahora debía elaborar un informe para los jefazos. Con un cigarrillo achicharrándose de frío entre los dedos, caminaba con paso firme calle abajo. Tenía la mirada fija en el panorama y acallaba sus pensamientos adrede, sacando de sí el veneno que llevaba dentro. Mientras le durase el cigarrillo, simplemente vagaría sin rumbo.

Le gustaba aquella ciudad rosa, con sus calles enladrilladas y el piso de adoquines. Toulouse tenía el tamaño perfecto para esas personas que detestan los vehículos, que prefieren patearse los trayectos. François no era de ésos. Él adoraba los coches, pero aquella ciudad lo invitaba a pasear, y no rechazaba la oferta. Lo que más le gustaba de Toulouse era que servía la habitual decadencia de las ciudades europeas en bandeja rosada. Porque a François le gustaba la decadencia. Le gustaba pisar atmósferas cargadas. No es que quisiera la destrucción del mundo, ni tuviera espíritu pesimista. No se trataba tampoco de una preferencia depresiva, que lo arrastrase a un estado de tristeza. A él le gustaba la decadencia, porque en cierto modo formaba parte de ella, le justificaba. Su trabajo consistía en ordenar toda aquella mierda; de hecho, incluso pensaba que necesitaba la podredumbre. Por eso gustaba de visitar las grandes ciudades, los bares oscuros, los callejones inhóspitos, las barriadas marginales, que en las grandes ciudades se propagaban como una enfermedad. La policía no daba abasto, y multitud de calles quedaban abandonadas a la ley de los más fuertes. Él tenía muy clara la situación: ellos contra nosotros. Era una guerra. Si por él fuera, aquel tipo al que acababa de visitar, bien podría haber muerto en la arcaica silla eléctrica. Detestaba la limpieza de la muerte por gas. El Estado le pagaba una nueva vida de pijo a un asesino condenado después de un juicio justo. Merecía morir. Así pensaba literalmente. Bueno..., y yo aconsejándole...; «eso sí que es decadente», se dijo sonriendo.

Toulouse, pese a su reducido perímetro, se asemejaba a una gran ciudad en cuanto a la corrupción y miseria que albergaba, pero poseía un encanto especial..., no lo aparentaba. Sus ladrillos color carne rosada, su placetas, los edificios bajos, sus calles peatonales plagadas de comercios, el Garona, los parques, eran un teatro, decorados en los que habitaban los mismos problemas que en las grandes urbes. Poseía el mismo encanto visual de cualquier ciudad del siglo XX. Pero subyacente, la delincuencia, la droga, la prostitución, la piratería de sistemas informáticos y de ocio, la corrupción, la pobreza... aleteaban como un pescado agonizante. Y el verdadero cáncer de la sociedad del siglo XXI, el egoísmo que empujaba a la gente a la soledad. François, desde que formó parte del servicio secreto, siguió a rajatabla una premisa. El mundo se va a pique inexorablemente. Siglos y siglos de lucha, miles y miles de filósofos, pensadores, políticos, religiosos, tratando de cambiar el mundo, de erradicar el mal entre la sociedad, de hacerla más justa..., y todo se podía resumir en un completo fracaso. En un ir y venir de intereses. En un ser humano ajeno a su humanidad. El pensamiento evolucionado, además, hacía más culpables a los que cometían delitos. Ya no había ignorancia. Hasta tal punto llegaba la corrupción del sistema moral y ético, que proyectos como aquel de la ficción de penas de muerte se llevaban a cabo como soluciones prácticas. Para hacer el bien había que mentir y montar toda una parafernalia. Para perdonar vidas era necesario hacerlo en secreto. La única especie sobre la faz de la tierra que no necesitaba objetivamente matarse para subsistir, que además tenía la inteligencia para frenar los instintos que pudieran facilitar conductas éticamente incorrectas..., era la especie que mostraba más crueldad, más capacidad de autodestrucción. Decadencia pura. François iba por el mundo chocando con esa verdad cotidianamente..., contaminado por el encanto de la oscuridad. Seducido por el poder de contribuir al caos. Éste era su discurso, ésa era su verdad.

Ahora lo vigilarían. El Zombi-100 no le había defraudado en las expectativas formadas, después de su reunión con el Ministro del Interior. Era un sujeto distinto. Se le antojaba contradictorio. Parecía más inteligente que otros, así se lo habían asegurado, pero también más dubitativo y meditabundo, de esas personas que articulan palabras exclusivamente después de pensar muy bien aquello que han de decir. Este zombi no había llorado de felicidad, no había mostrado más gratitud que la de un viajero ocasional al que se le da cobijo porque le falló la reserva de su hotel. Esto desconcertaba a todo el mundo. François normalmente no supervisaba la vigilancia inicial del zombi, simplemente le mantenían informado. A petición expresa del Ministro, este sujeto era vigilado por un equipo entero, que François dirigía. Mucho dinero invertido en la conciencia de los políticos. Si detestaba a los delincuentes y por otro lado los necesitaba..., a los políticos los odiaba sin ninguna vacilación. Eran unos inútiles, hipócritas, charlatanes..., la mayoría pusilánimes, seguramente marginados en las escuelas infantiles, donde descubrieron que, para vencer sin fuerza bruta, no les quedaba más remedio que mentir. Los odiaba porque lo dirigían, y sobre todo porque no tenía más remedio que aceptarlo. Los odiaba porque lo mandaban a él y a sus compañeros a hacer los trabajos que jamás ellos podrían soportar. Los odiaba porque debía mostrarles un grado de sumisión insultante.

Con parsimonia, sacó de su bolsillo el móvil y, mientras se adentraba por los callejones del casco antiguo, comenzó a narrar sus impresiones en voz baja y fría. El cigarrillo acabó por morirse entre sus dedos, así que se deshizo de él arrojándolo al suelo.

—Primer informe sobre el Zombi-100. Inteligente, dubitativo en exceso...

Paseaba sin rumbo, provocando su suerte. Había estado en medio mundo y siempre hacía lo mismo. Caminaba en busca de lo que él llamaba «infortunios». Una peculiar forma de hacer turismo. Andorreaba escogiendo los peores lugares. Lo más lóbrego que pudiera encontrar. Sin esquivar ni una sola mirada, sin pretender pasar desapercibido. Recordaba haberse internado en los suburbios más sórdidos de casi todas las capitales con su ropa elegante, simplemente por el morbo que le producía chocar directamente con la podredumbre de la civilización. Así se había enfrascado en peleas con borrachos, putas, drogadictos, y cada hematoma que se llevaba para el hotel, cada cardenal, le hacía después retorcer sus labios en una sonrisa.

—¿Qué se te ha perdido por este barrio? —preguntó un mulato con la voz tatuada de mala sangre, en un callejón oscuro donde tres tipos le cerraban el paso. «Así de rápido encuentran los insensatos la desgracia» pensó irónicamente François. Apagó el móvil, con el gesto de fastidio típico en él ante cualquier interrupción.

—Menudo cacharrito comunicador lleva la nenaza —dijo el que estaba en el centro, diminuto en comparación con el que primero había hablado. Llevaba unas lentillas fluorescentes en la oscuridad y su cara era una vomitona de la naturaleza sin afeitar—. Te has equivocado de barrio. Suelta todo lo que tengas. Yo quiero el comunicador ese.

François no les contestó. Estaba pensando qué iba a hacer. La situación le gustaba, pero quería acabar pronto, así que se decidió por sacar la pistola. Sin mediar palabra.

—¡Eh, lleva una pistola!

El grandullón dio media vuelta y comenzó a huir. Cayó el primero. La bala le destrozó el gemelo y le partió la tibia. Los otros dos se quedaron tiesos de pánico. François los disparó en las piernas a placer. Guardó la pistola. Sacó otro cigarrillo y continuó paseando hacia el fondo del callejón mientras volvía a narrar el informe ya a una distancia prudencial, donde no se grabarían los gritos de aquellos desgraciados. Antes dio la situación del callejón a su equipo, para que limpiaran la zona y encerrasen a los que no pudieran esconderse ayudándose de los brazos.

Al día siguiente, el Ministro escuchó el informe de François.

«Primer informe sobre el Zombi-100. Inteligente, dubitativo en exceso... Se trata de un sujeto distinto de los anteriores que he supervisado. Su carácter es emocionalmente estable y muestra gran capacidad de reflexión. No expresa gratitud con tanto énfasis como los anteriores. Simplemente hace preguntas y se calla las conclusiones a las que seguro llega. Su cabeza parece estar siempre en otra parte. No ha mencionado nada sobre su crimen, sobre arrepentimiento o culpa. Es, por tanto, un sujeto especialmente peligroso para el sistema y creo que debe ser vigilado de cerca... Sin embargo, pienso también que se trata de un tipo sin agallas, sin el corazón que hay que tener para liarla. No creo que incurra en delitos graves y me sorprendería que fuese capaz de matar a alguien».

El Ministro del Interior apagó el equipo de reproducción. El Primer Ministro lo miraba fijamente.

—Bueno, parece que hay que tener cuidado con éste...

—En el Pájaro Negro la mayoría de los científicos coincidían en eliminarlo, pero la psicóloga nos convenció de que no era peligroso..., sólo distinto. Lo quiero vigilado. En un lugar seguro. Un sitio en el que no tengamos preocupación. Quiero acostarme por las noches sin tener miedo de ver las noticias del día siguiente.

—Hemos estado investigando su pasado… Era un tipo intachable que cometió una estupidez asfixiado por su economía. Experto en robótica, trabajaba en Robotecnics, la filial española de Robots del Futuro… Mató a su jefe porque le iban a quitar el puesto directivo. Creo que tengo el trabajo idóneo para él.

—Mientras sea seguro…, que sea tan listo puede ser contraproducente.

—He pensado mandarlo a Atlantis. A trabajar en la construcción del robot… en el proyecto Ulises. Un trabajo de supervisor, algo sencillo.

El Primer Ministro abrió los ojos de par en par y tragó saliva.

—¿No cree usted que es algo retorcido…? —logró decir tras un leve carraspeo.

—Si lo que queremos es estar seguros, al menos hasta que el tiempo pase y sea un sujeto totalmente fiable… Atlantis ofrece una calidad de vida extraordinaria; no echará en falta nada, cualquiera que sea la otra vida que tuviera antes…, porque mejor que allí no se puede estar en ningún otro lugar. Los visitantes siempre quieren volver. Comprendo que suena algo… perverso enviar a un asesino a disfrutar de unas vacaciones a esa isla paradisíaca…, pero creo que es el lugar más seguro.

—No me refería a eso…, lo digo por lo de trabajar en el Ulises.

—No se preocupe. Si los propios diseñadores del robot no son capaces de averiguar nuestro secreto…, él tan sólo va a escribir informes de cómo va el proyecto. El Ulises no da pie a descubrir nada. Tal vez incluso esto haga que la empresa se ponga las pilas y agilice la terminación del robot. Pensarán que los estamos vigilando. El trabajo le gustará, porque está relacionado con su otra vida. Sentirá plenitud y no tendrá deseos de investigar en su pasado.

—Es muy caro salvarle la vida a un hombre, ¿no crees?

—Es caro. Pero sería más caro que hubiera problemas con su adaptación, que se destapara todo… Lo barato sale caro. Eso siempre lo decía mi abuela.

Llamaron a François al día siguiente de haber enviado el informe. Le explicaron que los médicos en el Pájaro Negro también habían tenido una sensación similar. Querían ser muy cuidadosos con el sujeto. Así que no lo iban a dejar a su aire sin más. El Ministro en persona le explicó a François que le iban a buscar un trabajito especial. En Atlantis. Le pidieron hacerse cargo de la vigilancia en la isla. Lo sorprendió que quisieran mandarlo de niñera. Era como menospreciar su trabajo, convertirlo en alguien prescindible. Él, con mucho tacto, reuniendo toda la diplomacia de que disponía, les sugirió que tenía cosas más importantes que hacer. Formaría un equipo para la isla, pero alegó que llevaba demasiados asuntos que supervisar en Francia como para estar de vacaciones. Estar en una isla vigilando el día a día de ese tipo podría ser muy aburrido. Si bien, por otro lado la famosa Atlantis le ofrecía la oportunidad de tomar el sol, beber cócteles y contemplar mujeres hermosas, se inhibió sutilmente alegando que sus hombres harían bien el trabajo sin él.

François sentía indignación. Aquel asesino iba a disfrutar del privilegio de trabajar en un paraíso, mientras la mayoría de la gente no podía ni soñar con tener un empleo decente. Le daban ganas de matarlo.

Capítulo 10

Sintiéndose pequeño, en un avión muy moderno, a miles de kilómetros de donde había nacido, a miles de kilómetros de lo que había sido su vida, Antoine De Lacroix —ése era su nuevo nombre, el Zombi-100— miraba por la enorme ventana de su asiento un tapiz de nubes blancas pensando que los antiguos, cuando imaginaban las nubes surcadas de dioses, como algodones, parecían haber tenido la misma perspectiva que él contemplaba en ese momento, pues no las podría describir de otro modo. Un mar de algodón dulce, hubiera afirmado un niño, pues los tonos anaranjados y fresa del atardecer las pintaban como un inmenso mar del algodón de feria. Lo conmovía descubrir estampas como aquélla. La belleza que poseía, por sí sola, era ya como para quedarse embobado. Además, él quedaba prendado de los recuerdos que le sugerían, de estampas similares pasadas. Los jirones pequeños que era capaz de sustraer de su memoria. Aunque siempre se le sumergía el corazón en un mar de dudas sobre si realmente eran recuerdos o si su cerebro los fabricaba.

No era en verdad su asiento. Él tenía asignado el sillón central de los tres que había. A su izquierda, en el que estaba junto al pasillo, había una joven mulata que parecía no estar muy dispuesta a decir ni mu, y a la derecha un señor muy grande, español, que le pidió por favor cambiar el asiento, pues padecía vértigo.

—Ya ve usted que, aunque sea vasco, que somos más duros que una piedra, las alturas me asustan bastante, y para colmo estos aviones llevan unas ventanas que para qué contarle —le explicaba el hombretón mientras cambiaban el asiento. Antonio estaba encantado, pues gustaba en los aviones de mirar por la ventanilla…, en este caso ventana.

—Pues gracias, que a mí me gusta estar junto a la ventana.

—¿De qué parte de España es usted?… Espere que se lo digo… Es andaluz… Seguro que sí… Ja, ja… un acentillo inconfundible.

—Bueno…, acabo de nacionalizarme francés…, pero sí, mi familia y yo venimos de Andalucía.

Antonio no pudo evitar ruborizarse. Había preparado la frase y temía reflejar en su rostro que guardaba un secreto. Saltaba a la vista que su compañero de vuelo era muy hablador. Ataviado con la camisa de flores más grande que jamás hubiese visto Antonio en sus dos vidas, tenía cierto aspecto aristocrático en sus facciones que chocaba de frente con su verborrea fresca, llena de naturalidad y simpleza. Antonio no lo hacía como científico, sino más bien como el eterno vecino. Con el pelo largo, recogido cuidadosamente en una cola, denotaba cierto aire rebelde, de quien puede permitirse llevar el pelo como le dé la gana porque ostenta la genialidad en alguna faceta de su persona. Sus ojos azules mostraban la inocencia de un niño y sus cejas, frunciendo el ceño, atrapaban un anhelo, una sagacidad y una intención en su mirada que asustarían al mejor de los pretendientes que intentara casarse con una hija suya, si es que tenía hijas. Por lo demás, saltaba a la vista que era grueso, y que no le importaba que lo llamasen gordo. Incluso que la mayoría de las cosas le importaban un bledo. Seguro que estaba casado con una mujer imponente que lo quería por todo lo anterior…, o incluso por eso mismo. Se veía de lejos que era un tipo con suerte.

—A todo esto, mi nombre es Koldo o Luis, pero cuando estornudo todo el mundo me llama Jesús… ¡JA, JA, JA!…

Antonio acompañó sus carcajadas atronadoras, con la convicción de que no se aburriría en el trayecto. Observó que al reírse,

Koldo sufría un terremoto en sus carnes gruesas. Eran tan escandalosas las carcajadas, que Antonio se sintió observado por el resto del pasaje.

—Yo me llamo Antonio... Bueno, ahora Antoine... ¿A qué se dedica? —preguntó Antonio, suplicando en su fuero interno que no soltara otro chiste con la correspondiente risa brutal.

—Pues soy empresario... de la Ledax...

—Sí, está de moda en medio mundo..., eso creo.

—Yo la inventé... y soy dueño de la Ledax Company. Así que se ha sentado usted con un turista, un profano de ciencias, ¡JE, JE!

Antonio no daba crédito. Compartía asiento con el propietario de la famosa bebida Ledax. Con el inventor. Un multimillonario que al parecer gustaba mucho del contacto con la gente. El carácter de su peculiar acompañante era tan afable que aquella afirmación de poder y riqueza se la tomaba como una expresión sencilla y sincera, acaso divertida.

—A mí me gustaba mucho el sabor de la Ledax con cola..., me refiero a que me gusta.

—¡Ja, ja, ja!... No te reprimas, hombre...; está cojonuda, di que sí.

Esta vez Antonio acompañó la risa de Koldo sin miramientos. Le empezaba a caer bien aquel hombre de fachada rocosa y mirada traviesa.

—¿Y tú a qué te dedicas?

—Me ha contratado la empresa «Robots du Future», como supervisor.

—Yo tengo un laboratorio en el sector 6 de Investigación, pero ni siquiera saben que vengo. En realidad voy al hotel Atlantis Resort, a pasar una temporada de pesca. Mi mujer vendrá a visitarme de cuando en cuando. Realmente en la compañía la que trabaja es ella. Yo desde que inventé... me escaqueé, ¡ja, ja, ja! Tenemos un yate en el puerto deportivo... Oye, ¿te gusta pescar?

—... mmm... Sí. —Antonio recordó en aquel instante que solía ir de pesca hace años. Todavía no recordaba si le gustaba o no..., pero imaginó que sí, tal vez arrastrado por el entusiasmo de la pregunta.

—¡Pues un día te vienes conmigo a pescar, hombre, ¡ja, ja, ja!

Así era Koldo. En cuestión de segundos sopesaba en su mente una amistad. Antonio se sorprendió de aquella hospitalidad. Parecían amigos de toda la vida. Se aferró a aquel sentimiento que le hacía rememorar épocas pasadas, esa textura de la nostalgia que se saborea aunque no se concrete en un recuerdo. Esa sensación lo catapultaba a su vida anterior, pero sólo le aparecían vagas humaredas, pensamientos difusos. Como entrar en una habitación que de sobra conoces, con los ojos vendados y las manos atadas a la espalda. Así percibió que había tenido amigos, que había sido partícipe de esa camaradería antes, aunque no lograse ponerles nombre o rostro. Incluso recordó a Verónica, la doctora. También ella le infundía, le evocaba aquella camaradería.

—Hay gente que tiene la idea de que Atlantis es poco más o menos que una aburrida colonia de laboratorios y oficinas, pero no es así. Yo, por ejemplo, soy turista. Precisamente este mes es el aniversario de la isla, y créeme si te digo que merece la pena estar en este avión. Hacen un festival impresionante, ya lo verás. Además, tienes que probar la playa del Sur; es tan real como la mejor playa del Caribe, con sus cocoteros incluidos. Hay multitud de diversiones. No dejes de visitar la plaza del pueblo central para salir por la noche...

Koldo se deshacía en elogios hacia la isla artificial. Le describió cada sector, pues la isla se dividía en diez sectores. Le mostró un plano que tenía.

—Tienes que visitar la gran plaza.

En todo el avión comenzó a oírse música. El sonido atronador de unos timbales inundó la aeronave. Antonio se asustó al principio pensando que el tañir de los tambores correspondía a una explosión o algo parecido.

—Ya estamos llegando..., je, je... Ponen música para ambientar la llegada —dijo Koldo, que interrumpió sus explicaciones. Se enderezó en el asiento y cerró los ojos—. Adoro esta melodía.

Los timbales precedían a una orquesta que interpretaba lo que bien podría haber sido la banda sonora de una película de aventuras o descubrimientos memorables. Una melodía que los precipitaba a su destino.

—Ahora te recomiendo que mires por la ventana..., es espectacular. A mí me da pánico, pero tú disfruta.

—No veo nada, está todo negro... —replicó con cierto escepticismo Antonio.

Como contestando a su incredulidad el avión viró hacia la derecha. Y Antonio quedó maravillado. Un gigantesco holograma iluminaba las aguas desde el cielo, que espesas en su oscuridad parecían inmóviles desde las alturas. El luminoso aéreo decía «Welcome to Atlantis» en letras bien grandes, y dibujaba un arco iris inmenso que, a juzgar por la maniobra del piloto, atravesarían para aproximarse a la isla. El avión iba descendiendo paulatinamente en su viraje y el portal multicolor los recibiría de frente en cuestión de segundos. Antonio vio la isla justo después de atravesar el arco iris, que iluminó el avión como si fuera un rayo de luz que atraviesa un cristal. De un tono menos oscuro que la noche, Atlantis apareció inmensa de la nada. El piloto con sus giros la escondió hasta tenerla cerca, para impactar a los viajeros. Emergiendo sobre las aguas negras, se escapaba en su grandeza de la ventana de Antonio hacia las de los demás pasajeros, pues el avión volaba ahora bastante bajo y estaban a punto de sobrevolarla. Con multitud de luces sembradas en su orografía, resaltaba una gran montaña que quedaba un poco más al fondo. La isla, recortada sobre las aguas, mostraba rincones oscuros junto a superficies arbóreas que se arracimaban alrededor de un centro luminoso, que Antonio supuso que era la plaza de la que le habló Koldo. Entretejidas, se distinguían las carreteras que comunicaban los sectores. Parecía estar viendo el mapa de Koldo en tres dimensiones. Distinguió las pirámides, el puerto deportivo con los hoteles gigantes... y no tuvo tiempo de más, porque en el avión se encendió el avisador de abrocharse el cinturón. Sobre las aguas se veían más puntos de luz que simulaban una pista de aterrizaje, indicando al piloto la dirección correcta para encarrilar la pista real, más adentro en la isla. La música llegaba a su punto culminante, despertando la sorpresa en los viajeros, acompasada con la explosión de fuegos artificiales, sobre la montaña del fondo.

El «Atlantis Skywalker», que así se llamaba el avión, tomó tierra con una suavidad espeluznante. La música cesó. Cuando se detuvo el avión, Antonio acompañó a Koldo a la salida. Estaba nervioso y sentía que la ilusión colmaba su pecho. Parecía un niño. Los instantes de espera hasta las escalerillas para descender, se le hicieron eternos. Ya en el umbral, percibió una brisa cálida que se colaba por entre los viajeros hacia el interior del avión. Cuando estuvo fuera de la aeronave, se detuvo en el segundo peldaño de la escalinata para descender a la pista. Una humedad cálida vino a recibirlo allí, y en cuestión de segundos el calor parecía insoportable. No paró su descenso por esta cuestión, se había quedado mirando la montaña, que ahora le parecía gigantesca allá al fondo. Sobre la cima estallaban en mil colores los fuegos de artificio. Miró hacia abajo y continuó su descenso contemplando otra sorpresa.

—¡Sean todos bienvenidos al paraíso!

Así, en un perfecto inglés, que era la lengua oficial de la isla, los recibió la representante de Freedom, la compañía aérea que se ocupaba de los vuelos. En mitad de la pista de aterrizaje, a sólo unos metros de donde estaba el avión, se encontraba la mujer, que a juzgar por la potencia en su voz, disponía de algún amplificador oculto. Ataviada con un vestido blanco, muy similar a las vestimentas que pudiera haber lucido una romana en la antigüedad, precedía a todo un séquito de hombres y mujeres igualmente vestidos, que portaban cada uno una antorcha en una mano. Unas coronas de flores daban un toque caribeño a los atuendos.

—Esto es por lo del aniversario..., je, je... Ahora cuando vengan a organizarnos diles que prefieres que envíen tus maletas directamente a tu residencia. Así no tienes que esperar en el aeropuerto —aclaró Koldo a su derecha.

—Tengan la amabilidad de subir a los coches —sugirió la mujer que les servía de guía. Después hizo un ademán y los de las antorchas fueron mezclándose con el pasaje para indicarles a qué vehículo debían subirse. Los coches estaban aparcados en la misma pista. Eran enormes todoterrenos tipo ranchera, con asientos en la zona descapotable. Antonio no podía creer lo que veía. Un joven, antorcha en mano, le preguntó si prefería que le enviasen el equipaje directamente a su residencia. Antonio aceptó siguiendo las indicaciones de su amigo. El muchacho le preguntó hacia qué parte de la isla se dirigía. Le mostró las credenciales, donde se exponía el lugar de trabajo y residencia. El joven le señaló un todoterreno, al que ya se había subido un viajero. En el costado rezaba: Sector 3.

—¡Koldo! —llamó Antonio antes de subir a coche.

El hombretón, que ya estaba subido al suyo, el de los turistas, ordenó que parasen el automóvil con su poderosa voz. Después bajó y con parsimonia se dirigió a donde estaba Antonio. No parecía importarle que lo estuvieran esperando.

—¡Joder, que casi me voy sin más! ¡Qué mala cabeza que tengo! —exclamó con su peculiar acento vasco—. Mira, ahora yo voy a instalarme al hotel, por eso nos separan. Tú debes ir a donde esté tu residencia. ¿Les has dicho que te envíen el equipaje directamente a tu sector? Perfecto. Ha sido un placer conocerte, hombre. Espera...

Se llevó una mano al enorme bolsillo de su camisa y sacó una tarjeta.

—Mira, éste es el hotel..., aquí pone el teléfono..., ¿lo ves?...; pues cuando te apetezca verme, o necesites cualquier cosa..., que te enseñe la isla, salir a pescar..., bueno, lo que quieras, pues me llamas y dices al tío de recepción que te ponga con la suite «La Romana», ¿vale? Diles que eres mi hermano..., o mira..., mejor toma esta otra tarjeta... éste es el número personal de mi móvil.

—De acuerdo..., yo te voy a dar mi número..., y lo mismo te digo, Koldo..., para lo que quieras llámame...

Intercambiados los teléfonos y, después de un abrazo, Koldo regresó a su coche que por fin pudo emprender su ruta. Antonio lo siguió con la mirada. Notó cierto desamparo sin su amigo. Los coches, en caravana, salieron del aeropuerto, para después disgregarse hacia sus destinos correspondientes. En esos instantes Antonio vio aterrizar otro avión. Supuso que se repetía el mismo ritual, pues la cima de la montaña volvió a tener erupciones multicolores.

Precisamente hacia la montaña se dirigió su jeep internándose en una carretera angosta que surcaba un bosque. Las luces del coche revelaban, de cuando en cuando, el verdor luminoso de las plantas en los continuos virajes. Antonio, sentado en el costado izquierdo del jeep, trataba de no mirar atrás ni a los lados, pues preveía un mareo instantáneo. Las curvas se sucedían, y poco a poco observó que estaban bordeando la montaña, en dirección sur. El coche hizo dos paradas. Una justo a la salida del bosque en la falda de la montaña. Allí descendieron los astrónomos, que se dirigían a la cima, donde estaba el famoso telescopio

«Sky's eye». Y la segunda en una arboleda, junto a un gran arco de piedras sostenido por columnas de hierro. Un letrero luminoso indicaba que se trataba de la zona residencial del sector 3: Talleres y laboratorios subterráneos. El joven que antes les había preguntado adónde se dirigían, les indicó que bajaran del automóvil y les dio las siguientes indicaciones:

—Bueno, esta es la zona residencial a la que van ustedes. Está organizada en cuadrícula, así que es imposible perderse. En sus documentos aparece un número de residencia y una letra griega. La letra es el nombre de la calle; sitúense en ella y busquen el número de su portal. Antes, muestren sus documentos en la recepción para que les entreguen las tarjetas de sus respectivas casas. Les deseamos una feliz estancia. Gracias por volar con Freedom.

La ranchera partió de vuelta al aeropuerto, tal vez para recoger a las personas del otro vuelo que llegó justo después del suyo. Antonio siguió a los demás hacia el interior del sector 3, cruzando por debajo del arco gigantesco que indicaba el nombre de la zona... Miró a su alrededor. Más allá el arco, había una explanada de césped partida en dos por un camino de tierra. Miró el cielo estrellado. El silencio lo dominaba todo. La explanada acababa en una arboleda, tras la cual encontraron sin problemas la urbanización. Después de recoger la tarjeta en la caseta de recepción, Antonio fue a su nueva casa: La número 12 de la calle beta.

Estaba cansado, pero aquella isla lo seducía tanto, que ni siquiera exploró todas las habitaciones buscando la cama. Su primera incursión en aquella pequeña casita adosada fue una búsqueda del baño. La vivienda estaba equipada con un sistema de mayordomo virtual, que lo saludó al entrar.

—Buenas noches, señor... Antoine... Si es tan amable, puede configurarme a su gusto.

—Lo dejaremos para después. Prefiero que me llames Antonio… —respondió él. En su casa, prefería seguir escuchando el nombre con el que lo habían educado pese a no recordar a sus educadores.

Tenía urgencia por volver a salir de la casa. Tendría tiempo de instalarse. Ahora quería salir a explorar la famosa Atlantis.

—Una cosa sí necesito…

—Don Antonio, si es tan amable, puede configurarme a su gusto… Si prefiere, puede usar la configuración por defecto, que es rápidamente modificable.

—De acuerdo, esa configuración —dijo apremiando a la máquina. Se escuchó un zumbido.

—Bienvenido al sector 3 de la isla —ahora la voz era más delicada.

—Cambiar voz… Quiero una voz femenina, en español.

Se dejó oír otro zumbido.

—¿Le gusta ésta? —dijo el sistema en una preciosa y femenina locución del castellano.

—Sí. Necesito un mapa de la isla.

—Si lo desea, puede visualizarlo en la pantalla del salón. Si lo necesita para llevarlo fuera, en su mesita de noche hay un plano. Si me da su número de comunicador, le puedo mandar un sistema de navegación para que desde su comunicador usted sepa dónde está en cada momento, con planos detallados de cada zona. Puedo incluso indicarle dónde se encuentra el destino que desea, las rutas más sencillas para acceder a los lugares que usted quiera…

Antonio dejó de escuchar la lista de opciones que le ofrecía el sistema. Simplemente fue al dormitorio y tomó el plano manual de la mesita. Después se aseguró de que la tarjeta llave estuviera en su bolsillo, y salió de nuevo a la noche de Atlantis. Al salir, vio cómo un robot con forma humanoide descargaba sus maletas de una camioneta. Le maravilló verlo. Con la parsimonia de la técnica, el robot se acercó con las maletas a cuestas.

—Señor, servicio de reparto de equipajes. ¿Dónde quiere que ponga las maletas?

Antonio abrió la puerta al robot y le ordenó que las dejara en el dormitorio. Con el mismo paso uniforme, la máquina, que parecía saber dónde tenía que ir, descargó en el suelo del dormitorio el equipaje. Después agradeció en tres o cuatro idiomas, y se fue a la misma velocidad lenta y continua por donde había venido. Parecía que en Atlantis el uso de robots intentaba dar la sensación de lujo y tecnología. Antonio volvió a salir ansioso por pasear, por fundirse con aquella noche.

Al salir de la urbanización, al abandonar los susurros del trasiego de los recién llegados, que en corrillos comentaban las primeras impresiones, o se citaban para el día siguiente, recuperó el silencio. La calima, la fragancia de flores extrañas, la belleza de aquella naturaleza que lo rodeó en el bosque contiguo a la urbanización, alimentaba sus pasos. Después de caminar durante minutos fijando su vista en los árboles, usando el móvil como linterna ocasional cuando necesitaba más precisión en sus pasos, decidió descansar. En un claro, se dedicó a la contemplación del cielo. Con una sola vela blanca arqueada por vientos imposibles, la luna parecía un velero surcando aguas infinitas. Vagaba por el cielo negro marinado. Apoyado en un tronco, miró las estrellas, como algas luminosas cubiertas por la espesura de ese mar negro que no dejaba más que lucir destellos partidos.

Se le antojó que quería ver el mar. Así pues, se levantó emergiendo del descanso y continuó hacia el sur con la confianza de tener cerca la costa. La bruma, como una seda, difuminaba el bosque hacia un grisáceo espectral. Antonio exploraba deseoso de hacer más familiar aquel extraño lugar perdido en el océano.

El primer bosque sucumbió a otro más tropical por el que andaba sin elegir senda, entre cocoteros, mirando a un tiempo el cielo y la masa de palmeras que se aglutinaba haciendo espesura. De cuando en cuando iluminaba el mapa activando la luz de su móvil. Debía de estar cerca de la costa. No todo eran palmeras, también había helechos y arbustos variados, muy altos, el verdor a plena luz del día sería cegador.

Por fin llegó a la playa. A lo lejos distinguió rasgarse el sonido de risas humanas. Vio a una pareja salir del agua, hacia lo que parecían toallas colocadas en la arena blanca. Les vio intención de marcharse, divertidos por el hecho de haber sido descubiertos. Permaneció a distancia entre los cocoteros aguardando el momento. Quería estar solo en la playa. Sintió paz apoyado en el tronco de una palmera, contemplando cómo la brisa sonaba en las copas de las palmeras.

El mar se hallaba algo revuelto. Las olas esculpían sus rollos de espuma, para estrellarlos contra la orilla. Un primer golpe de mar seco, profundo, y más sonoro después al esparcirse los despojos de la ola, dejando los espumarajos, como una mecha encendida, una sombra salada en la arena, más lenta que el agua que retornaba al mar, para preparar otra explosión de agua. Miró hacia los lados. La playa parecía una carretera blanca que separaba las palmeras de la oscuridad de las aguas, como un cortafuegos imposible que contenía el deseo del agua de abrazar los cocoteros. Miró al cielo, y la luna pareció guiñarle un ojo. La noche parecía querer decirle algo. Antonio tuvo un presentimiento.

Desde el comienzo del paseo, en su cabeza se había iniciado algo, que crecía, crecía, y ahora lo hacía detenerse en seco a reflexionar sobre ello. Cuando llegó a la playa, aquella diminuta inquietud se hinchaba como un globo a cada golpe de brisa, con cada ola del mar.

No tenía explicación en su cabeza, pero le acudieron unas ganas irrefrenables de bañarse. Miró en los alrededores. Estaba solo en la noche nueva. Con rapidez, tiró del velcro de su camisa y se despojó de ella. Olía la sal y casi sentía que el frescor del agua lo llamaba. Se desnudó en cuestión de segundos y cada prenda que caía sobre la arena deshojaba parte de sus pensamientos, de sus miedos. La brisa veraniega lo envolvió cálida. La arena, bajo sus pies, le transmitía el trueno de las olas como si un elefante se paseara por la orilla. Desnudo y primitivo, sin pensarlo dos veces, Antonio corrió hacia el rompeolas y se lanzó hacia la oscuridad del mar. Se sintió libre. Una libertad olvidada. Cuando el agua lo cubrió por completo pareció no rodearle. Como si ahora dentro del agua encontrase más espacio, más libertad, como despertar de un sueño y estar en contacto con la sensación adecuada. Una fuerza nerviosa que tiraba de él. «¡Uaaau!», exclamó al emerger. Nadó con fuerza mar adentro, sin preocuparle nada. Y esa actividad le hizo sentirse vivo. Cuando paró de nadar, se dejó llevar por el vaivén de las olas, para descansar sus músculos. Ese vaivén... le era familiar. Miró el cielo y... se acordó.

La noche reinaba absoluta. Centenares de estrellas parecían saludarlo. Lo conmovió aquella visión. Ese presentimiento... era un recuerdo. Ahora lo entendía todo. Miró hacia la isla y vio las palmeras brillar con la luz de la luna. «Yo ya he estado aquí antes». No lo dudó. No pensó que pudiera ser un fallo de su cerebro. No. Él estaba convencido de que había estado allí. Miró la orilla lejana y la luna encima de la isla. Ése había sido el primer lugar que había visitado desde que los científicos lo despertaran de su letargo. Ésa era la playa de el Mar de los Sueños. Estaba seguro.

Al principio la perplejidad lo dejó simplemente flotando con una expresión bobalicona en el rostro. De pronto se sintió mal.

Se sintió engañado, fruto de una manipulación demasiado atroz. Se sintió un experimento mal resuelto. La ira lo consumía.

—¿¡QUÉ ME HICISTEIS!? —gritaba sin querer evitar la ira.

Después de gritar en la soledad del mar se sintió mejor. Gritó muchas cosas. Contra ellos y contra sí mismo. Hasta quedar extenuado. Se dejó llevar por la marea y se quedó flotando boca arriba contemplando las estrellas. Recordaba aquel cielo estrellado tal y como lo veía en ese momento. Sus problemas no podían siquiera acercarse a la altura y el brillo de aquellos mundos lejanos. Sintió una tremenda humildad. Lentamente, nadando a suaves brazadas, Antonio se dirigió a la orilla. Columpiado por las olas, la isla subía y bajaba delante de él, como un fantasma queda flotando en la memoria. La suya, una memoria profanada. Todo cuanto recordaba, quién sabe si todo cuanto podía pensar o imaginar, era el resultado artificial de un proceso en el que su voluntad no se había tenido en cuenta. Nadie le preguntó qué recuerdos prefería borrar y cuáles debían quedarse. Era poco humano, como un robot que de repente pudiera ser consciente de sí mismo y viese lo limitado que es. Lo agobiaba la idea de que sus pensamientos, sus deseos, pudiesen ser también resultado de ese proceso. Ellos le aseguraron que tan sólo habían borrado lazos afectivos, nada más..., como talarle a un bosque ciertos árboles, o extirparle a un pájaro algunas plumas. Quién sabe si no era más que una marioneta, incluso un robot al que al despertarle la consciencia le habían diseñado una vida de recuerdos, y para explicar los fallos que tuviera dicho proceso, le habrían soltado toda la historia de que le habían borrado de la mente «recuerdos incómodos» para que pudiera iniciar una vida nueva. Así divagaban sus pensamientos últimamente, desconfiando incluso de lo que veía y tocaba, de su propia existencia. Y siempre en su constante marea de preguntas, se erguía la sombra de su pasado atroz. La idea del asesino. No recordaba el crimen.

Su mente sólo alcanzaba hasta el juicio, la cárcel, la ejecución, pero no desandaba el peldaño anterior..., el asesinato. Pese a no estar pensando en ello, tenía la consciencia siempre de haber matado a un hombre. Esa horrorosa idea envenenaba todos los rincones de su mente, y le hacía sentir una incredulidad enorme. Como ser testigo de algo imposible. Se miraba en el espejo y no encontraba al asesino. Esto lo agradecía ciertamente, pues significaba que los científicos habían hecho bien su trabajo. Al «lavarle la memoria» habían dormido su conciencia, anestesiando esa mala persona que era él. Pero no encontraba el punto en el que era asesino y dejó de serlo.

Aquella isla ahora parecía devolverle al sueño, a lo irreal. Ahora, seguro de que su corazonada era cierta, de que ésa era la isla de el Mar de los Sueños, todo se le antojaba sospechoso. Sentía que incluso desde el primer momento que había pisado la isla estaba destinado a ir a bañarse a la playa del Sur.

Cuando llegó a sus ropas, la brisa apremiante lo ayudó a vestirse para evitar el frío. Le dolía la cabeza. Era la 1:30 a.m. y Antonio, descalzo, emprendió el camino de vuelta a su casita adosada.

Tumbado por fin en la cama, miró al techo. Allí estaba de nuevo en un lugar desconocido. Un lugar fascinante. Su nueva vida parecía resguardarse de la monotonía, y fluía en un río constante de cambios, de pequeños y grandes descubrimientos. Deseaba detener ese constante fluir, parar y acostumbrarse a rutinas. Eso es lo que haría allí en la isla; aprovecharía para tomarle el pulso al mundo. Deseaba no volver a tener sorpresas como la de esa noche. Deseaba comenzar a pensar con normalidad sobre su vida. Una vida normal, sin tramas oscuras, sin secretos, llena de amigos, con su nuevo trabajo. Y sobre todo deseaba más que nada comenzar a olvidar que tuvo otra vida, comenzar a olvidar incluso el inicio de su nueva etapa, olvidar su situación excepcional, olvidar que era distinto de los demás, un despertado, olvidar que tenía las manos manchadas de sangre. En estas disquisiciones le llegó el sueño, en el que se vio sumergido en un instante ajeno a su voluntad.

LIBRO SEGUNDO

Atlantis

Capítulo 1

Llovía a cántaros cuando la mujer bajó de la moto: una reluciente Harley Davidson del año 2042, la «retro» de moda. La conservaba en perfecto estado. Los cromados relucían reflejando las luces de los edificios, deformándolas en caminitos imposibles sobre la nostálgica superficie pulida. La chica, enfundada en un mono negro de neopiel, se quitó el casco reluciente que hacía juego con el tono oscuro de su ropa. Liberada la melena rubia, pareció dar luz al callejón. Volvió la cabeza repasando la calle con la mirada. La lluvia lapidaba el asfalto helado alfombrando la calzada de charcos. De una alcantarilla lejana venía una bruma blanca que nublaba las luces de los rascacielos, esquivando la lluvia incesante. Nadie quería mojarse esa noche. Miró al cielo, como buscando las pesadas gotas sobre el rostro inmaculado. La porción de infinito accesible entre rascacielos no daba para mucho. Ese martilleo suave de explosiones húmedas le hacía sentirse primitiva. Era un cielo lejano el de Nueva York, más alto y distante que el de otras ciudades, allá arriba, sujeto por los enormes edificios. El neón de la publicidad y las luces de los rascacielos impedían ver las estrellas desde la calle en noches despejadas. Toda esa luz quedaba como suspendida a una media altura entre el suelo y el cielo, como si hubiera dos realidades distintas. Reinaba una oscuridad misteriosa poblada de nieblas en los suburbios. El esplendor de la ciudad había que contemplarlo mirando hacia arriba; parecía inalcanzable, irreal.

Sacudió el pelo con una mano. Sus cabellos bailaron como llamaradas en el nervioso ademán. Volcó la cabeza hacia delante para reunir la cabellera, y la levantó con rapidez, latigándose la espalda con la melena. Agitó las piernas para estirar sus carnes prietas bajo la prenda ajustada. Coc, coc…, roc, se encaminaron sus tacones al expendedor de tiques. Metió la tarjeta de residencia en la ranura. En la pantalla apareció el importe del peaje peatonal. Introdujo unas monedas y solamente pagó para una semana. Si todo iba bien, no permanecería más tiempo en la urbe. Tras la operación volvió a la moto y, sin colocarse el casco, se encaminó al aparcamiento de un edificio contiguo. Después de aparcar, se encaminó al portal.

—Buenas noches —dijo el portero automático antes de abrir la puerta. Aquella voz metálica daba síntomas de avería. Propondría en la próxima reunión de la comunidad de propietarios actualizar el sistema de portería. Quería dejar de oír aquel saludo estridente. El edificio necesitaba ciertas reformas.

Entró en el piso con andares cansados, lentos, vasculando en exceso las caderas.

—*Bienvenida, Lise* —dijo la voz masculina de su mayordomo virtual. Dejó el casco sobre la repisa de la entrada, justo enfrente de la puerta. Después, ayudándose en el mueble, se deshizo de las botas de tacón y los calcetines. Disfrutó del contacto directo sobre el suelo fresco.

—Michael, quiero un café.

—*Lo siento, señora, pero no queda café. Se lo advertí antes de salir. Pero no me ordenó que cursara el pedido al supermercado. ¿Lo recuerda?*

—Vale, Michael. Pon luz media en el piso. En todas las habitaciones.

El ordenador central encendió todas las luces al instante y las adaptó a la orden.

Vio cómo se iluminaba la entrada y el pasillo. Le encantaba la luz. Sabía que era un gasto excesivo, pero le gustaba tenerlo todo encendido. La costumbre se había convertido en necesidad.

La reconfortaba el simple hecho de ver cómo las luces se encendían, cómo la acompañaban en todos los rincones. Dentro de su piso, así luciente, se relajaba y conseguía desconectar de su habitual estado de expectativa y la oscuridad en la que solía estar inmersa. Fue descalza a la cocina, donde la recibió la potente luminiscencia azulada de las pantallas rectangulares del techo. Cuando estaba cansada, solía explorar los dolores de su cuerpo. Así, dejó los brazos descolgados, a merced de los hombros, que, sufrientes, los sostenían como sacos pesados colgados en cuerdas. Las plantas de los pies le pinchaban en los huesos centrales y el talón. Caminaba procurando apoyarlas con lentitud para que esas punzadas sucedieran y, poco a poco, sentir la relajación de estar descalza. En su cabeza, un horizonte le permitía concederse esas torturas con la promesa de un descanso placentero inminente. Bebió un vaso de agua con celeridad, emitiendo un sonoro «aaaah» al apurarlo. Se sintió angustiada en el mono negro. Con el traje puesto, rodeada de las luces cálidas, parecía una araña andando entre sedas. Entonces, en el silencio, escuchaba, a cada movimiento, cómo crujía la mezcla de goma y piel con la que estaba fabricada su prenda favorita.

Fue al dormitorio. Enmoquetado de un tono marrón, le cosquilleó la planta de los pies. La cama redonda presidía el cuarto, con su edredón beige. La luminosidad ocre, proveniente de la pantalla circular del techo, y de una lámpara en la mesita de noche a la derecha del catre, se mezclaba con la blancura del foco que alumbraba más allá, hacia el imponente armario empotrado que cubría la totalidad de la pared derecha. Le encantaba aquel armario de espejos. Cerrado como estaba, no se podía distinguir el perfil de las puertas. Parecía uno de esos cristales grandes que ocupan las paredes de los gimnasios. Se miró allí a cuerpo entero. La superficie gomosa de su traje reflejaba las tonalidades de las luces del cuarto, coronando curvas y redondeces. Le sentaba muy bien aquel mono. Se le pegaba como una segunda piel. La tentaba la estética motera. Llevó las manos al cuello para soltar el broche. Después fue despegando la tela oscura como quien aparta la piel a una patata asada; tal era la precisión con la que se embutía. Al hacerlo, sonrió satisfecha por el contraste surgido entre el blanco inmaculado de su piel y el negro reluciente de la prenda que tanto trabajo costaba «despegar». Tenía una piel muy fina y delicada, blanca, matizada de rosados ocasionales. Le encantaba ese tono lechoso, muy alejado de la moda del moreno artificial de los salones de belleza. Una vez liberados los pechos y la espalda, la tarea se facilitaba. Sólo restaba tirar hacia abajo. Lo hizo y disfrutó de la liberación.

Le encantaba ducharse después de montar en moto. En la bañera, con el agua resbalando por su cuerpo, se liberaba del cansancio físico. Aquella relajación la renovaba. Ese día se había preparado un baño. Se cubrió con la espuma del jabón y cerró los ojos apoyando la cabeza en el borde de la bañera. Intentó dejar la mente en blanco con todas sus fuerzas para conseguir aprovechar aquella paz, pero no pudo contenerla. Su cerebro le trazaba mil y una líneas en el vacío. No era Lise una persona ciertamente tranquila. Muy al contrario, le gustaba sentirse despierta y ágil, y con frecuencia caía en la prisa, en una costumbre de urgencia cotidiana. Una de esas personas devotas del tiempo, que parecen pretender vivir dos vidas en una. Por eso, cuando tenía oportunidad buscaba momentos como aquél. Sólo si preparaba a conciencia su descanso, lograba relajarse…, y ya el hecho de tener que provocar aquel relax le suponía un esfuerzo. Lise no creía en las casualidades de la vida, ni en la suerte. Ella, su voluntad, provocaba todo lo que le acontecía a base de esfuerzo. No conocía otro modo de hacer las cosas, de que lo bueno ocurriese a su alrededor. Desde pequeña, ese ímpetu, esa confianza en sí misma, le habían permitido conseguir todo aquello que se había propuesto.

Había estudiado periodismo e informática a un tiempo, logrando sobresalir en ambas carreras. Su espíritu aventurero la llevó por caminos inusuales, y consiguió vivir peligrosamente del espionaje informativo justo después de abandonar la Facultad de Periodismo. Lise era lo que se conocía como una «Newshunter». Quizá ésa fuese la gran contradicción de su vida: su trabajo. Cuando estudiaba periodismo, soñaba con ser presentadora de informativos y luchó por ello durante los primeros años de su vida universitaria. Conforme pasó el tiempo, se dio cuenta de que ser presentadora de informativos, tal y como estaba el medio, era prácticamente imposible para una mujer con cierto carácter. Pese a sus buenas calificaciones, los test psicológicos, muy tenidos en cuenta para la profesión, se le atragantaron. Aunque siempre le quedó la sospecha fundada de que fue la ausencia de enchufes en las compañías de información, ni contar con la protección de algún político, el motivo por el que fracasó. La lista de aspirantes a los puestos era interminable, muy poblada de jovencitas sumisas de sonrisa perpetua. Ya antes de acabar periodismo, había archivado su sueño de la infancia en el apartado de imposibles. Acabó asegurándose un futuro por otros derroteros, abandonando la idea inicial. El espionaje informativo llamó a su puerta por casualidad. Si bien es cierto que a simple vista podría decirse que lo suyo, por arriesgado, era vocacional. Ser newshunter no supuso en su vida más que una concatenación de casualidades, no una firme convicción de su voluntad que quisiera ir por esos derroteros. Descubrió que la mejor compañía que podía tener en la vida era la adrenalina. Apartada ya desde joven de su familia, para estudiar en la Universidad de Oxford, estaba acostumbrada a la soledad. En el amor, después de intentarlo un par de veces, acunó la convicción de que era algo ilusorio, irreal, incluso perjudicial para sus objetivos. Era otro de sus imposibles, porque, al igual que sus ansias primerizas de ser presentadora, no dependía sólo de ella. Así que prefirió guardar su corazón celosamente en el pecho, aguardando un futuro más apacible donde poder intentar de nuevo los caminos del amor.

Un día, saliendo de una entrevista de trabajo para redactora de una cadena informativa, uno de los ejecutivos de la cadena, al finalizar la entrevista, le pidió un favor. Ella no se negó por si acaso suponía alguna prueba oculta para seleccionar personal. El favor consistía en acudir a una cena benéfica y grabar la conversación que sucedería en una mesa determinada. Ella estuvo a punto de no aceptar, pero aquel tipo estaba dispuesto a pagarle un par de meses de alquiler de su piso. Aceptó. Aquella noche fue un fiasco. El micrófono que instaló en la mesa se estropeó y tuvo que ingeniárselas para sobornar a un camarero y conseguir que les cambiase el centro floral por otro nuevo. Cuando entregó la grabación, el tipo de la entrevista le dijo que no la había seleccionado para el puesto de redactora, pero después de escuchar su peripecia le ofreció un trabajo en el que quizá podría ganar más. Así fue como se convirtió en newshunter. Un par de años bastaron para conocer contactos e independizarse de su mentor y desvelar entuertos por su propia cuenta.

Cuando estuvo plenamente satisfecha del baño, se irguió surgiendo de entre la espuma. Accionó la ducha y desnudó su cuerpo de jabones. Después se aplicó una loción en el pelo para dejar de ser rubia. Con un par de aclarados lucía el color natural de su cabello. Frente al espejo, sin embargo, ella se preguntaba por qué motivo no habría nacido rubia, porque siempre que abandonaba aquel color sentía que su tono natural había sido un fallo genético. Tenía una oscuridad demasiado opaca en contraste con su piel nívea. Con su albornoz de raso color tostado, volvió a su dormitorio dejando huellas húmedas en el camino.

Del armario sacó un pijama veraniego de dos piezas. Tras ponérselo, fue al salón tarareando una música inventada. Ésa era su habitación favorita. La había decorado con sencillez. Dos sofás grandes de cuero, de color chocolate, un sillón, una mesa baja color crema y un mueble colmena que albergaba librerías de discos y tarjetas de memoria. En la pared, una pantalla y una pintura abstracta.

Se sentó en el sillón junto al ventanal y retiró las cortinas. Le encantaba observar Manhattan de noche. Aquella ciudad le proporcionaba su tesoro más preciado: el anonimato. Un hombre podía ir desnudo por la calle, ser detenido por escándalo público, y pasearse al día siguiente por el mismo sitio a la misma hora, sin miedo alguno a ser reconocido y mucho menos increpado. Lise valoraba esa libertad. Ya vistiera su mono de neopiel en la moto con el pelo teñido de rubio, o dejase de aparecer por allí durante meses…, hiciera lo que hiciera pasaría desapercibida ante el carácter neoyorquino desprovisto de capacidad de sorpresa. Era una hormiguita más en la gran arboleda de Nueva York.

Las luces de los rascacielos se reflejaban en sus pupilas. Sentada, contemplando los coches diminutos ir y venir, o los helicopteros-taxi pasando raudos por entre los edificios, se ausentaba de cualquier problema propio. Tenía una perspectiva envidiable de los hologramas gigantes que promocionaba el nuevo tren submarino que daba la vuelta a Manhattan, o la «New Coke»; hasta el dentífrico comestible se anunciaba. Solían variar cada dos o tres meses. Los fragmentos de nuevas películas para descargar en la red de cine eran sus favoritos. Los informativos de la ciudad interrumpían los anuncios cada tres horas y pasaban imágenes grotescas sobre suicidios, asesinatos, atentados, robos, prostitución.

Lo que más sorprendió a Lise cuando se fue a vivir a Manhattan fue la pobreza. Eso fue inesperado. Los mendigos formaban una sociedad aparte y subterránea en sentido literal. Ella no esperaba que entre tanta opulencia la miseria anduviera recorriendo en los sitios oscuros, en las tuberías. Una ciudad que en las alturas seguía poseyendo el timón de imperios empresariales, en los subterráneos y los suburbios cultivaba la hambruna y la delincuencia.

De buena gana se habría quedado más rato contemplando la ciudad, pero esa noche era especial. Tenía cosas que hacer. Se levantó del sillón y tomó el ordenador portátil que descansaba en la mesita. Lo encendió. Después de teclear sus códigos de acceso, recibió el aviso esperado. Tenía un mesaje nuevo en uno de sus correos electrónicos.

—Michael, conecta el televisor de la pared —ordenó.

El mensaje era de imagen, así que lo visualizaría en el aparato para más comodidad.

—Conecta a Internet y ve a la tercera cuenta de correo electrónico del listado principal.

—*¿Cuál es la contraseña?*

—1834984765Lise747596704839. No la grabes en tu memoria. Hay un mesaje de imagen. Reprodúcelo en la pantalla.

En el televisor de la pared apareció un hombre sentado en un despacho. Se veía claramente que era una animación por ordenador por la pulcritud del mobiliario y la falta de arrugas en la ropa. Su voz también era artificial.

—Buenas, Lise. En el anterior correo acordamos fijar una reunión… La reunión tendrá lugar mañana en el Liu Chang, a las 21:00 horas. Pregunte por una mesa reservada a nombre de Wallace. Un hombre la estará esperando. Preséntese con el nombre clave: Rebeca.

Tras esta breve comunicación, la pantalla se oscureció.

—Vaya un nombre cursi… —dijo la mujer pensando en voz alta—. Michael, parece que mañana cenaré fuera de casa…

—*La echaré de menos, señora.*

—Anda..., no me hagas la pelota y busca el Liu Chang ese..., a ver dónde está.

—*Liu Chang: restaurante chino de lujo. Se encuentra en Chinatown en la calle Orient, en el número 15. La especialidad de la casa es el arroz al* curry, *los rollos de verdura, la serpiente cocida a la sal y el pez globo.*

—El pez ese... ¿no era japonés?... Da igual..., hazme una nota con la dirección, y bórralo después del buzón.

Aquel mensaje significaba mucho para ella. Llevaba semanas investigando ciertos sucesos, ciertos rumores, que iniciados en distintos lugares, desarrollados por distintas fuentes, desembocaban en lo que podía llamarse bombazo. Lise había enviado un mensaje a varias agencias informativas, dándoles la puntita del iceberg que podía ocultarse tras aquella maraña de investigaciones realizadas. Lo justo para despertar interés. Ella sabía dónde y cómo anunciarse para ser atractiva a los grandes depredadores de rumores. Ya había recibido algunos mensajes de gente interesada, pero ninguno estaba a la altura que ella quería jugar. El mensaje que acababa de visualizar era el primer pez de tamaño considerable que había mordido el anzuelo. A juzgar por el vídeo, era un pez gordo, pues los pequeños no solían tomarse tantas molestias en ocultar rastros en Internet. La compañía en cuestión no se había identificado, cosa común entre las fortalezas informativas. Había que seguir mostrando la puntita del iceberg aunque ellos quisieran saber más.

Estuvo un rato reflexionando en aquella agradable y pacífica soledad en la que se encuentran las personas que ven encarrilado su destino. Finalmente se decidió a llamar a su contacto..., la persona que había despertado en ella el interés por investigar aquella trama.

—Michael, conéctame a este número: +79687363526.

Iba a lanzarse a la piscina. Aún no tenía el apoyo económico, aún no sabía siquiera si conseguiría algo de aquella misteriosa empresa que solicitaba la reunión en el restaurante chino más caro de Nueva York. Estaba todo en tentativa..., pero decidió marcarse un farol con su contacto.

—¿Quién es? —dijo una voz masculina. La pantalla del salón permanecía oscura, por lo que ella dedujo que su contacto no quería videoconferencia.

—Soy yo, la chica de tus amores. ¿Qué tal estás, Smix? Espero que todo siga igual...

Lise conoció a Smix por casualidad, saltando de acá para allá en Internet. Simplemente por mero ocio, pues el tipo tenía una colección impresionante de música electrónica. Era un reputado informático, y un disc jockey bastante exitoso en algunos foros de culto. Nunca pensó que aquel intercambio de música pudiera aportarle más que un buen acopio de archivos de audio. Recordaba que la primera vez que hablaron, Smix se mostró muy nervioso y distraído. Parecía estar muy ocupado. Lise le hizo muchas preguntas, tomó confianza hasta tal punto que el desconocido le regaló una versión antiquísima de un tema musical que ella le había referido. Algo muy difícil de encontrar. Smix comenzó a contarle cosas de su trabajo. Estaba muy quemado. Lise no tardó en descubrir que estaba rondando algo interesante. Investigó por otros cauces la empresa para la que trabajaba Smix, trató de colarse en sus sistemas de seguridad..., pero no consiguió gran cosa. Un buen día, Smix comenzó a hablarle más claro sobre ciertas irregularidades que él pensaba que podían estar sucediendo en el proyecto que entonces le ocupaba. Ella se decidió a apostar fuerte y seguir la corazonada. Se dio a conocer como periodista de investigación. Smix se sorprendió mucho; incluso al principio bromeaba incrédulo. Ella le dio referencias y credenciales. Le pidió información concreta. Él por supuesto se negó. Era un tipo muy perspicaz. Ella le prometió dinero a cambio de cosas más concretas. Le dijo que conseguiría financiación para esa noticia y que le pagaría bastante dinero si accedía a tener una entrevista grabada con ella. Smix aceptó siempre y cuando la cuestión económica estuviera asegurada. Así que emplazaron la conversación hasta cuando Lise tuviera el respaldo de una financiación.

—Ya está. Ya tengo un contrato firmado con una de las grandes para nuestro bombazo —mintió Lise.

—¿Qué empresa es?

—Eso no te lo puedo decir, Smix. Sólo te digo que es una de las grandes. Te voy a pagar lo que te prometí.

—Bueno..., ya sabes que lo que yo tengo es un camino que tú después deberás continuar. No esperes revelaciones impresionantes. Aunque te aseguro que el dinero estará bien gastado. ¿Cuándo vendrás a la isla?

—No lo sé con exactitud; estoy concretando varios aspectos. Esta misma noche he quedado en el restaurante chino más caro de Nueva York para recibir las instrucciones precisas de la financiación...; pero creo que no tardaré más de dos semanas en visitarte.

—De acuerdo. ¿Qué seguridad me das de que no acabaré yo en los medios de comunicación como el chivato? Despedido..., o peor aún, entre rejas...

—Garantía total. Trabajo y vivo de confidentes como tú. De hecho, yo me colgaré tus medallas. Te protegeré todo lo que pueda. Es mi garantía de que si en otra ocasión tus oídos reciben informaciones contarás conmigo.

Smix trabajaba en «Robots du Future», líder en robótica a nivel europeo. Era programador, un genio de la inteligencia artificial. La empresa tenía su taller principal en Atlantis, la famosa isla. La mayoría de las empresas de contenido científico bregaban por tener alguna sede representativa en la isla artificial más grande del mundo. Daba categoría, como tener una tienda de ropa en Beijing. Atlantis suponía un atractivo para su decisión de involucrarse más. No había visitado aún la isla, símbolo del poder económico y científico. Un hito carísimo, que cumplía la función de hacer pensar a los que tenían una buena vida, que esa existencia merecía la pena. El resto del planeta se preguntaba por qué demonios construir una isla en mitad del Atlántico, en lugar de instalarse en una natural...

Así pues, la idea era visitar la isla. Según Smix, había irregularidades en su empresa, que estaba construyendo para el Gobierno francés un robot de última generación con el objetivo de llevarlo a Marte. Por lo visto, él tenía información concreta sobre las irregularidades, o al menos, el camino a seguir para descubrirlas. Lo jugoso del tema era que, según las investigaciones y varios rumores que había detectado por otros medios, Francia se estaba gastando muchísimo dinero en su proyecto espacial. Lise sospechaba que podría haber un caso de corrupción detrás de aquella maraña. Desviar cantidades de dinero en grandes presupuestos sería todo un bombazo que pondría panza arriba al Gobierno. Las materias científicas de alto contenido tecnológico, por incomprensibles, se habían convertido en un buen refugio para malversar fondos públicos y enriquecerse.

—Bueno, si me vas a pagar lo que me dijiste, acepto encantado.

—Cuenta con ello.

La carrera había empezado. Ya estaba hecho. Al día siguiente tendría que conseguir un acuerdo económico favorable durante la cena. Fue al dormitorio y se acostó.

—Michael, luces bajas, voy a dormir —ordenó mientras golpeaba la almohada con las manos para mullirla.

—*Buenas noches, señora.*

De inmediato, en el piso las luces se empobrecieron hasta una lobreguez similar al temblor de las velas. Lise miró al techo. Después contempló el armario donde se reflejaba ella misma y la cama. Cerró los ojos. A los dos minutos se giró de nuevo hasta quedar boca arriba. Aquella noche tuvo que tomar pastillas para dormir. Estaba acostumbrada. Fue absurdo por su parte pretender irse al dormitorio sin ellas. Cuando estaba a punto de cerrar un trato para hacer un trabajo, tenía que recurrir a los fármacos para conciliar el sueño. Ésa era la norma en los últimos años.

Cuando despertó no recordaba lo que había soñado. Lise solía despertar así…, ajena a su descanso. Catapultada a su nuevo día. En su memoria no sobrevivía ya aquel baño de espuma que se había concedido la noche anterior. Ni rastro de aquellas preciosas gotas de tiempo muerto. En ese momento no podía más que pensar en los preparativos para la noche. Esperaba ser capaz de convencer a sus interlocutores, sin tener que inventar mentiras demasiado arriesgadas.

Capítulo 2

El taxi amarillo se detuvo tras una limusina blanca aparcada en la puerta del restaurante. Ocupaba el espacio de tres coches, con su carrocería impecable. La mujer bajó del coche tras pagar al taxista. El chofer de la limusina, apoyado en la puerta del vehículo con ese derrotismo peculiar del aburrimiento, la repasó con una mirada codiciosa mientras tragaba el humo de su cigarrillo. Reprimió el impulso de atravesarle los ojos con una mirada directa. Lise, abrigada de negro, escondía bajo su gabardina un traje del mismo color. Su disfraz estudiado de elegancia recatada elegido para esa noche era un papel que había representado muchas veces. La incomodaba aquella mirada de reptil sobre su persona, como si temiera impregnarse de la grosería emitida en el enfoque de la vista del conductor. Sentía la tentación de desafiarlo, pero, cumpliendo su papel modoso, agachó la cabeza. En ese instante, un grupo de turistas se interpuso entre ella y la limusina. Venían desde el fondo de la calle, siguiendo a un tipo alto que enarbolaba un tubo de neón azul, y fueron pasando junto a Lise dirigiéndole miradas esquivas. Ella volvió sus ojos azules en dirección al chofer, y lo encontró mirando al suelo en la desenfrenada tarea de extinción de su cigarrillo a pisotones. Las puertas del Liu Chang habían sido abiertas por dos hombretones vestidos de negro, que enseguida apartaron a un mendigo que acudía en busca de migajas de metal. «Peaje peatonal, peaje peatonal», suplicaba el mendigo. Entonces salió un tercero, ataviado de forma exquisita, engominado hasta la nuca, de mirada intensa y soberbia. Parecía rescatado de una película de clanes mafiosos. Contempló el paseo descarado del «capo» hasta la puerta del vehículo, cercado por sus gorilas que no cesaban de mirar en todas las direcciones. Uno de los guardaespaldas se quedó mirándola. Lise se apartó de su examen y se dirigió al restaurante, quedando sumergida en la luz roja del luminoso imponente que anunciaba el nombre del local chino. Sus tacones sonaban en la acera. La puerta de la limusina se cerró. La sintió alejarse, acompañada del claxon de algún coche al que su arrancada tranquila había hecho crispar la paciencia. Pulsó un timbre y la puerta se abrió al instante.

Apareció en un recibidor donde olía a flores, a maleza selvática. El mozo que se encargaba de la puerta la cerró, y la estancia quedó sumida en una penumbra relajante, muy cuidada por focos escondidos, de colores tenues. Un rumor acudió a sus oídos, un sonido acuoso, el discurrir de un río en la lejanía. A su derecha había un recibidor de madera, donde otro hombre oriental la esperaba con una sonrisa amplia. En el mostrador, dos carteles en chino, con la traducción debajo, exponían: «ropero» y «reservas».

—Buenas noches, señora —comenzó a decir el recepcionista con exquisito acento neoyorquino—. ¿En qué puedo ayudarla?

—Mi nombre es Rebecca. Me esta esperando un caballero: Wallace.

El hombre giró la cabeza mirando hacia abajo.

—En efecto… Si es usted tan amable, aquí puede dejar su abrigo, y el maître la guiará hasta su mesa.

Desde una puerta invisible en la sombra de la pared, detrás del recepcionista, otro oriental salió acelerado, dio la vuelta al mostrador y la rodeó con el propósito de ayudarla a desnudar sus hombros desliando su abrigo. Ella se dejó hacer, y sintió cómo con una suavidad extrema le era retirada la prenda, descubriendo el vestido, sencillo, de tirantes con un broche de oro blanco en el escote. No se le ceñía; disimulaba su figura cayendo hasta el suelo sin resaltar formas, vaporoso, rodeando su cuerpo. Apenas le hacía escote frontal, aunque en movimiento se podía adivinar la libertad de las formas femeninas.

El maître apareció por una puerta al fondo del recibidor. Vestía de etiqueta. Con un ademán silencioso la invitó a seguirlo. Ella, con el bolso en la mano, guió sus pasos hacia la que parecía la entrada al comedor. Franqueada la puerta, se topó con una intensa vegetación tras la que se percibía un espacio oculto detrás de aquellas plantas de verde luminoso. Ese verde era provocado por un foco oculto en la espesura. La penumbra allí era más acentuada y daba la sensación de estar en el principio de un jardín laberíntico, pues aquella frondosidad impedía ver el resto de la sala. El rumor de agua se entremezclaba con el susurro de conversaciones lejanas. Seguía al maître hacia la derecha, bajando por unas escaleras de madera, en un túnel de hiedra que terminaba en el último peldaño. Al descender, la penumbra la iba acogiendo en su seno. Entonces, fuera de la vegetación podía contemplarse el gran salón del restaurante. A Lise le recordó a un antiguo corral de teatro, con una plaza central y unas columnas imponentes que sostenían los palcos en la planta superior. Era circular, enorme, y simulaba un jardín donde ocasionalmente se hubieran ido colocando mesas para que viajeros espontáneos disfrutaran de una cena a la intemperie. Lo más llamativo de la estancia era que reproducía la oscuridad de una noche estrellada en un bosque. El techo no se podía ver, plagado como estaba de estrellas, lo que daba un efecto de profundidad muy logrado. Parecían estar al raso. Las mesas constituían rincones entrañables, alumbrados por velas rojas, enjauladas en recipientes de cristal. La fragancia de la comida flotaba mezclada con el verde y la tierra mojada. La música de un arpa dorada que presidía el centro del bosque en una pérgola de madera, condecoraba con racimos de acordes, acortando la distancia entre lo real y lo ficticio.

El hombre la condujo por un caminito pedregoso, entremezclado de musgos. Cruzó un pequeño puente entre juncos, contemplando el riachuelo que proporcionaba aquella melodía que la había acompañado desde que entrara en el restaurante. En el agua se reflejaban las estrellas. Lise estaba maravillada con aquel lugar perdido en las lejanas tierras chinas, un jardín privado y exclusivo, un bosque sereno de ninfas. Le hizo olvidar que se hallaba en el corazón de Nueva York.

Su mesa estaba adyacente al río, junto al tronco de un gran árbol, de ramas altas. Sentado, mirando el cauce, había un hombre ataviado con un traje clásico, de chaqueta y corbata.

—Buenas noches, soy Rebecca.

El hombre sonrió prestándole toda su atención. En la penumbra de aquella vela, no se distinguía el color de sus ojos, pero Lise apostó por el verde. Tenía el pelo corto, oscuro, peinado hacia delante. Sus cejas eran espesas, ligeramente inclinadas hacia arriba, sugerían a una frialdad inocente. Las sombras bailaban en su rostro, y era difícil imaginarlo a plena luz del día. Calculó que tendría unos treinta y cinco años.

—Buenas noches. Por favor, siéntese.

El maître le mostró la silla y ella tomó asiento. Lise midió sus movimientos con sigilo prudente. Retiró la mirada de la del hombre y la desplazó de un lado a otro, como analizando por primera vez el salón. Lise quería dar la sensación de ser tímida.

—¿Le gusta el sitio?

—Es precioso.

Pidieron la cena, y el maître los dejó solos. Ella continuó esquivándole la mirada.

—Así que usted es Lise... He oído muchas historias increíbles sobre usted.

—Espero que buenas...

—Se preguntará quién soy yo... Supongo que se preguntará muchas cosas.

Ella simplemente asintió. El hombre parecía disfrutar como anfitrión.

—Me envía una institución, que por ahora mantendré en secreto. Mi nombre poco importa, pero puede llamarme Nick. Nos interesamos en usted, porque se afirma en ciertos círculos que es una buena profesional.

Lise sonrió. Iba al grano, pese a las palabras huecas; nada de... bueno, hábleme de su vida..., de sus estudios... Eso le gustaba. No soportaba a los típicos «enlaces» inexpertos, que dejan transcurrir media hora hasta que aterrizan en la cuestión importante. Además, aquel tipo tenía cierto atractivo canalla, tan seguro de sí mismo. Su voz era directa y profunda, grave. Se sintió tentada a cambiar su papel, a «meterle caña»; estaba segura de poder bloquearlo, de romper aquella sonrisa de superioridad..., pero prefirió seguir observando.

—Sabemos que usted ha hecho trabajos para el Gobierno francés, también para la CIA, entre otros. Es experta en información. Quería ser presentadora de informativos y acabó en el periodismo de investigación. Corríjame si me equivoco en algo, por favor.

—Por ahora va bien..., pero dicho así... —comentó ella hablando a media voz— parezco un bicho raro —concluyó con una sonrisa que desbordaba complicidad.

—Bueno, el caso es que mi gente se interesó por usted a raíz de ciertos rumores que pululan en Internet.

En ese momento vino la cena. La fragancia del arroz y los rollos de verdura se fundía con el olor rugoso y agridulce del pollo al *curry*. Una joven de rasgos orientales portaba la bandeja, vestida con un traje tradicional de un rojo fulgurante excesivo. En sus ademanes y en su rostro rezumaba timidez. Era muy hermosa, con su carita angelical de ojos vagamente rasgados, y una raja en el vestido que mostraba una de sus piernas desde el medio muslo. Allí, en aquella piel de marfil, un travieso dragoncito tatuado parecía nadar hacia dentro de la ropa, sin un rumbo claro, pero de sobra intencionado. Era una curiosa mezcla: tradición provocadora. Lise tuvo mentalmente la ocurrencia de haber ido así vestida para la cena. Pero su disfraz de chica buena le parecía más apropiado e inteligente. Mientras se deleitaba con la camarera se tocó los pendientes de perla que se había puesto.

—Veamos, Lise. ¿Qué se trae entre manos? —preguntó secamente su anfitrión atacando de lleno la intriga.

—Antes me gustaría que se identificara, que me dijera para quién trabaja... Me gusta saber con quién estoy hablando —la mujer decidió poner las cartas boca arriba. No quería perder el tiempo.

El hombre la miró dubitativo.

—De acuerdo. Trabajo para la agencia SN, que está especializada en investigar ciertos rumores...

—Vaya, así que usted es la competencia.

—No me malinterprete. Trabajamos con las mejores empresas; Macrocom es un claro ejemplo. SN son las iniciales de Secret News. No somos la competencia, somos el enlace entre la gente como usted y las grandes empresas como Macrocommunications. Nosotros podemos negociar con ellos con cierta ventaja en cuanto a condiciones, plazos...

—Un enlace, que es filial de la propia Macrocom. Me conozco el tema. Ya he trabajado para otras tapaderas como la suya. Ustedes trabajan a comisión, y en realidad son la misma cosa que Macro; así los peces gordos pagan menos por los servicios de gente como yo, logrando descontarnos sus jodidas comisiones. ¿Qué se llevan?, ¿un treinta por ciento?

Lise miraba ahora con intensidad los ojos de aquel hombre. Hablaba de forma pausada, fruto de un autocontrol expresivo hecho trizas ahora en el contenido de sus palabras.

—No entiendo a qué se refiere con eso de las comisiones... —dijo Nick tocándose la oreja y limpiándose una gota de sudor de la frente.

—Míreme a la cara y piense un momento si este rostro que contempla es... de imbécil. Ya le he dicho que he trabajado antes para agencias como la suya. Mire..., una ya tiene cierta experiencia como para tragar por ésas. Creo que MACRO me subestima poniéndome a un adulador como usted para camelarme. Así que..., sintiendo mucho amargarle la noche..., yo me largo antes de que me colapse usted el sistema nervioso.

Con los ojos caracoleando en todas las direcciones, Nick parecía buscar una cámara oculta. Su rostro comenzó a temblar como tamborileado por dedos invisibles. Lise se levantó presta, decidida a marcharse.

—¡Espere!

—¿Qué?

Nick se tocó la oreja izquierda. No cabía duda de que un diminuto auricular se ocultaba tras algo de maquillaje. Lise, de pie, miró a su alrededor. Entre aquel bosque de olores dulzones, estaría el emisor que pasaba instrucciones a Nick. Ahora el público aplaudía a la arpista que finalizó una pieza hermosa y parecía necesitar un descanso.

—Por favor..., le ruego que tenga la amabilidad de acompañarme. Esto ha sido un malentendido. Lo siento. Tenga la bondad...

Nick se levantó y con su diestra le mostró la orientación hacia la que pretendía que lo siguiera. Con pasos dubitativos y sin perderla de vista, tomó la delantera por un sendero entre arbustos que serpenteaba vadeando árboles, donde varias parejas les hacían caso omiso, enamoradas de la luz de las velas que hacía temblar sus semblantes. Un camarero se les acercó. Nick le explicó algo al oído y el hombre le arrebató el papel de guía, abriéndoles paso hacia la escalera que ascendía a los palcos. La escalinata la formaban medios troncos que parecían el mismo repetido, por la semejanza de grosores conseguida para igualar la superficie de todos los peldaños. Se alzaba en espiral hasta la otra planta, muy por encima, haciendo derroche de espacio en aquel salón gigante. La superficie noble engullía los sonidos de los pasos, en especial de sus tacones, tornándolos en graves con suavidad decorosa. En la planta superior, un corredor se adentraba en una sucesión de pequeñas cabañas de estilo oriental, a las que les faltaba la pared de la fachada, para que pudieran tener acceso a la preciosa vista del jardín allá abajo y contemplar la noche estrellada. El pasillo sólo se protegía del salto de altura por una baranda formada de troncos. El camarero los condujo hasta una de las chozuelas, lujosa en tapices, donde un hombre de avanzada edad cenaba en compañía de una hermosa joven de pechos prominentes, atrapados por un vestido veraniego.

Lise conocía a ese hombre. Ya había trabajado antes para Macrocom. Era el director de Investigación y Desarrollo de la multinacional.

—Buenas noches, Lise —saludó el nuevo anfitrión mostrándole con un gesto que se sentara en frente.

—Hola, Al.

—Nick, tu siéntate a mi lado, Helen ya se marchaba.

La joven, que andaba atareada guardando algo en su bolso, le sonrió al viejo y, sin romper la exquisita unión del carmín de sus labios, se levantó para dejar paso a Nick. No le miró al rostro cuando pasó por su lado. Tampoco miró a Lise. Se marchó como si ellos no hubieran existido.

Albert Chipson tenía ese tipo de personalidad que ordena y calcula todo lo que lo rodea. Lise lo había conocido años atrás cuando trabajó para Macro. Era un tipo bastante peculiar, de pensamientos impenetrables, poco hablador, sentencioso, de exquisitos modales y falto en su proceder de cualquier acepción posible de la palabra «ética». En aquella ocasión, Lise lo había visto como una inmensa fuente de oportunidades. Ella, ávida de trabajo y sin experiencia, hubiera firmado lo que fuese con tal de hacer encargos. Lo primero que le hicieron sentir es que era prescindible, que había decenas de investigadores para cumplir ese tipo de misiones. Le sirvió como experiencia. Aprendió durante dos años que el dinero era dueño y señor de las conciencias, que no valía la pena involucrarse en una causa, más allá del propio interés. Quizá lo necesario para sobrevivir, como newshunter. Macrocomunications la explotó contratándola a través de una filial que le sustraía una suculenta comisión de sus honorarios.

—Buenas noches, Lise… Está preciosa… Nick, esta mujer me robó el corazón hace tiempo.

—Su corazón no valía los doscientos mil euros que ustedes me quitaron a mí en aquel contrato…, pero gracias por el piropo… Usted sigue tan joven como siempre.

Lise había aprendido que ser directa es muy útil haciendo negocios. Se evitan malentendidos. Hoy ella hablaba, ella era la que iba a ofertar, quería demostrar que ya no era una novata. Una efervescencia de su personalidad le hacía sentir la necesidad de hacerse valer delante del viejo, aunque esto implicase cometer alguna torpeza. Ella había acudido a la cita en el restaurante presintiendo que una gran compañía estaba detrás. Había preparado el encuentro a conciencia, disfrazando su ímpetu natural con recato y cautela. En su fuero interno, todo el tiempo había deseado que fuese Macrocom. Se había imaginado la negociación hora tras hora hasta que cruzase la entrada del restaurante. Había pensado que su contacto trabajaría para Albert, pero no había calculado la posibilidad de que el propio director de Investigaciones fuese su interlocutor. Y no podía haber supuesto que intentarían engañarla de nuevo subestimando su capacidad. La habían tratado como a la novata que habían conocido. Estaba enfadada y pletórica al mismo tiempo. Había conseguido suscitar el interés del gran tiburón mediático.

—Perdone este malentendido. Esta torpeza sólo tiene la explicación que de sobra conoce.

—Usted mira por sus finanzas..., sí... En Macro seguro que le harán una estatua en la sede central. Pero, como ve, esta Lise que tiene delante no es la joven cándida de entonces. Hoy vamos a hablar de negocios, y es usted quien se va a dejar engañar por mí.

Albert no respondió, se quedó mirándola con una sonrisa. En sus ojos, un mensaje le rutilaba las pupilas. Lo veía ansioso. Ella lo estaba provocando, le estaba diciendo que traía algo gordo. Con su aire paternalista la miraba orgulloso, sabiéndose en cierto modo responsable de aquella actitud que le demostraba la joven, como el maestro que contempla una lección magistral del alumno.

Lise respiró hondo. Con suavidad, dejó caer su cuerpo hacia atrás hasta apoyarlo en el asiento. Cerró los ojos y dejó pasar un largo segundo hasta que los reabrió, fijos en los del viejo. Sabía que era un momento importante. Tenía que vender el producto. No podía defraudar las expectativas creadas.

—En este mundo que poco a poco se muere, la sociedad discurre en la más absoluta y descarada torpeza hacia un horizonte crítico... —así comenzó su discurso sosegado; hablando a media voz, deleitando las palabras en sus labios—. No hay una conciencia de grupo, ni de especie, que pueda orientarnos hacia un buen camino. La globalización es una máscara firme soportada por empresas como la suya, por los políticos, por una maquinaria de engranajes antiguos que nos devora y a la vez alimenta, con falsas dosis de placeres inútiles. Lo que de verdad reina es la soledad del individuo, un individuo que curiosamente disfruta recibiendo información de cómo todo se va a la mierda, sin tener la más remota intención de cambiar el rumbo. Nadie les abre los ojos más que a desgracias ya contraídas o desastres inevitables, situaciones inapelables frente a las que simplemente se puede ser espectador. Y su empresa es la dueña de esa información. Ustedes contratan a gente como yo para ordeñarla, pero después filtran la información y la sirven a su gusto, sustrayendo cualquier dilema moral para que ese individuo vuelva a necesitar más, y siga sentado en su sillón sin hacer nada. El periodismo dejó de ser objetivo desde hace mucho tiempo... Se preguntará por qué le cuento todo esto... —Lise sonrió distrayendo el tono de su conversación, como si la persona a quien miraba fuese un amante abnegado—. Se lo cuento porque normalmente usted no escucha estas cosas, simplemente va al intercambio de dinero con información, se salta este trámite. Quería dejar bien claro qué opino de su empresa. Hoy usted sabe que tendrá que aguantarme, porque le traigo algo fuerte. Por eso me aprovecho y le robo su tiempo que, como es «oro», tal vez compense abusos pasados.

Albert siguió sonriendo. Lise le decía todas estas cosas con la mirada melosa, regodeándose. Se sentía pletórica. Hacía mucho tiempo que deseaba expresarse de ese modo con personajes como aquél. No era un desahogo imprudente, ni tampoco una temeridad de novata. Lo había calculado nada más verlo en aquella choza en compañía de la prostituta. Ahora, el viejo estaba con los ojos como platos, preguntándose qué demonios se traía entre manos y sobre todo, ante aquel despliegue de insolencia, sentiría que ella no los necesitaba a ellos, que podría irse a otra compañía a vender su secreto.

—Todo lo que ha dicho es cierto, pero no acepto su tono moralizante, pues usted es un eslabón más de esa cadena. Usted es el perro de presa que nos trae la caza.

—Sí. Soy un eslabón, pero yo no manipulo información. Yo la consigo, ustedes la filtran de acuerdo con los intereses económicos y políticos de la empresa. No es lo mismo. De todas formas, yo no pretendo cambiar el sistema. Mi intención es que entienda que trabajo en esto sólo por dinero, que en sí… me da asco el sistema. No quiero que me suelte rollos sobre moral absurda, sobre ética profesional, ni mierdas de esas que tuve que oír en cierta ocasión mientras me firmaban un cheque. Hoy me ha tocado a mí soltarles la charla. Le voy a ofrecer algo. Usted lo sopesa, y si no le parece interesante, nos ahorramos regateos absurdos, aleccionamientos y estupideces.

Lise extrajo de su bolso una carpeta azul.

—Vayamos al grano. Como sabe, el Gobierno francés está relanzando su imagen mundial, después de años de mala prensa con el separatismo europeo, las aduanas y la pena de muerte. Están llevando a cabo una política tecnológica muy ambiciosa, que empieza a crear rivalidades…

Lise comenzó a explicarle el fruto de sus investigaciones de los dos últimos meses. Cómo había interceptado la mensajería electrónica del servicio de inteligencia francés en un par de ocasiones y había averiguado la existencia de un proyecto llamado «Ulises». Evidentemente Lise no reveló datos concretos, no le habló de su contacto. Pero sí apuntó que el citado proyecto ya era público y que tras él se podrían destapar muchas irregularidades que el Gobierno estaba cometiendo.

—Destapar un fraude gubernamental sería muy bien pagado por todas las agencias rivales de los franceses…; la suya, por ejemplo. ¿América se hunde?

—América sufre un bache... Resurgiremos. No entiendo qué puede haber mal en un proyecto espacial. No parece algo sucio.

—No le daré más información... sólo sé que el «Ulises» existe. Y que se está llevando a cabo en Atlantis.

—Un lugar muy apropiado... La isla de los científicos. Le daría cierto atractivo a la noticia. Pero no veo que tenga usted nada consistente.

Cuando Lise descubrió que sus hipotéticos objetivos de investigación estaban en Atlantis, supuso un aliciente más para el trabajo. Ella no había visitado la famosa isla artificial que las Naciones Unidas habían hecho construir como símbolo de unión tecnológica y científica, en un mundo resquebrajado por las diferencias allá en los años sesenta. Los descubrimientos más importantes de los últimos años sucedían siempre en proyectos con sede en la isla. Tan famosa se había vuelto, que no se pudo negar la comunidad científica mundial a la instauración de hoteles turísticos en la zona, a cambio de suculentas cifras.

—Es el sitio ideal para no despertar sospechas. Todo el mundo tiene la vista fija en esa isla, pero nadie se preocupa de ver más allá de su cascarón. Para esconder algo, lo mejor es ponerlo a la vista. Usted mismo ha dicho que no ve un proyecto espacial como algo sucio. Se supone que usted tiene olfato. Tengo el modo de infiltrarme...

—¿Puede concretar más? Ese proyecto ¿en qué consiste?

—Es una misión a Marte. En la isla construyen un robot, el Ulises, que se está diseñando para trabajar en el espacio y como obrero en la colonia. Lo van a lanzar a Marte, para hacer trabajos y manejar maquinaria.

Albert asintió. Hubo silencio. Las miradas en un nudo parecían sostener una tensión cada vez más consistente, asimilando incluso el tamaño de las pupilas. Lise estaba segura de haber convencido a Albert de que estaba en algo gordo. El hombre lo sabía, porque no trató de disimularlo.

—Está bien…, haremos negocios… ¿Cuál es su oferta?

—En esta carpeta hay una copia del contrato que estoy dispuesta a firmar con ustedes para la financiación de mi investigación en Atlantis. Las condiciones son las clásicas.

Lise cruzó la mesa con su brazo de piel de marfil, tendiendo la carpeta abierta al viejo. Nick, que permanecía en un silencio infantil contemplando absorto la conversación, siguió con los ojos ese brazo en su elegante recorrido de vuelta al costado de la mujer.

—La financiación de la investigación… ¿Y el fruto de la investigación… no está en el contrato?

—No… Cuando obtenga resultados negociaremos el precio de la información.

—¿Y quién nos asegura que usted luego, nos lo venderá a nosotros, después de pagarle la investigación?

—Ustedes me darán un adelanto ahora de la cantidad final, como honorarios, aparte de la financiación, y yo les firmaré un contrato de exclusividad. Si me voy con otros tendré que pagarles una indemnización…, o lo que corresponda.

—Me parece abusivo. Firmaremos la exclusividad, pero no habrá más anticipo que la financiación. ¿Ha elaborado un presupuesto?

—Se adjunta al contrato. También hay un dossier con toda la información que estoy dispuesta a ofrecer sobre el proyecto… Es justo lo que usted ha escuchado hoy aquí, mejor explicado. Reléaselo. Les doy cuarenta y ocho horas para firmar el contrato.

—De acuerdo.

Lise no dio tiempo a falsedades. Ese «de acuerdo» era el final de su conversación laboral, así que sin más pulsó el avisador que comunicaba con el servicio del restaurante y pidió que le enviaran un taxi. No estaba interesada en una conversación fútil con sus compañeros de mesa. No quería que Albert se las diera de anfitrión con palabras elegantes sobre ocios estúpidos, o que le cuestionara con interés sobre temas personales, muy de moda en cualquier conversación empresarial después de destriparse profesionalmente. Quería dejar bien claro que ella no les pertenecía. Dinero, y punto.

—Señores, si me disculpan...

—Nick, acompaña a la señorita a ...

—No, gracias. No hay necesidad, Nick —Lise miró directamente al novato—. A ver si espabilas y dejas de lamerles el culo a éstos... Adiós, Albert.

Cuando se alejaba de la mesa, Lise miró el cielo estrellado en el techo del restaurante. Una raya luminosa cruzó el negro simulando una estrella fugaz. Lise sonrió ante la idea de pedirle un deseo a la estrella falsa. Sonrió porque hacía mucho que no se los formulaba ni a las de verdad.

Capítulo 3

Cuando salió del restaurante, el característico monovolumen amarillo la esperaba en la calzada. Una fumarola blanca de humo erupcionaba en una alcantarilla debajo del taxi y lo envolvía en niebla densa. Hacía frío. Unas luces convertían a intervalos en papel charol rojo y azul la fachada de los edificios de la otra acera. Lise miró a la izquierda, de donde procedían, pero la neblina y un gigantesco camión le impedían ver las ambulancias. La calle, cortada, bullía nerviosa con el ruido de los motores apilados en fila. Pronto un claxon protestó calle atrás, a la derecha, donde no debía tener explicación aquel atasco nocturno que acababa de colapsar la calle.

—Hola, señorita. Parece que acaba de suceder algo por ahí delante —dijo el taxista cuando le abrió la puerta de atrás para alojarla en el interior del vehículo—. Mucho me temo que el atasco durará...

—Ya..., pues a volar.

—OK, señorita; estaba esperando que me lo pidiera.

El taxista encendió las luces de emergencia. Los vehículos de detrás abrieron el hueco necesario para el despegue, mientras el taxi desplegaba la potente hélice y el mástil trasero. El piloto marcó el vuelo en el taxímetro, que comenzó a acelerarse considerablemente.

—¿A qué edificio vamos, señorita?

—Al «Emperador», de la calle Lexinton.

—De acuerdo.

Lise no se permitió relajo. De su bolso sacó el móvil y ordenó una llamada a Dany.

—Conecte la pantalla del respaldo, por favor; tengo una llamada que hacer —pidió al taxista, mientras enviaba ya la señal de vídeo desde su teléfono.

Al instante apareció una señal nítida, convirtiendo la cabecera del asiento en una ventana donde un hombre joven, de unos veinticuatro años, se asomaba con una sonrisa. Detrás, una luz intensa, de pleno día, apenas si dejaba ver la rivera cristalina de una playa.

—Hola, Dany... Veo que estás de relax.

—¡Una sorpresa agradable verte!

Dany era un misterio. Su «ciberángel» de la guarda. Lo conoció en un chat de realidad virtual que discutía sobre el poder de la información. Todos escogieron un personaje humano como apariencia visible para la simulación. Todos excepto él. «Dany», que así gustaba renombrarse, acudió en forma de sapo. Un enorme sapo verde, que vertió sobre las apariencias femeninas toda suerte de sugerencias a propósito de sapos y princesas. El operador del canal le advirtió varias veces que cambiase de actitud, que aquél era un canal serio. Con su gracejo habitual, Dany prosiguió piropeando a las féminas haciendo caso omiso de los avisos del operador. Lise, que para la ocasión se había camuflado de apariencia viril, soltó más de una carcajada cuando el operador decidió echarlo del canal. No pudo. Inexplicablemente, el sapo aguantaba los intentos de «baneo» del operador. No lo podía expulsar. Lise estaba maravillada con la destreza que demostraba el sapo, y le pasó una misiva secreta, indicándole que gustaría de romper el encantamiento de que era presa, y darle la forma de príncipe que merecía. Claro que, antes de que él aceptase, tuvo que demostrarle que era una chica en realidad. Así se conectó su amistad. Y al poco tiempo de ir alcanzando sucesivos grados de confianza,

Dany le solucionó varios problemas de forma asombrosa. Era un genio de la red. Su amistad se afianzó y Dany se convirtió en un valioso colaborador de la mujer en su desarrollo como newshunter. Jamás se habían visto en persona. Jamás habían pretendido otra cosa que una amistad virtual, y jamás tuvieron ese pequeño amargo que se paladea cuando alguien defrauda la confianza del otro. Dany desinteresadamente la ayudaba en todo aquello que ella requería, sin pedir más que una conexión, un saber que alguien al otro lado te está acompañando. Lise le solía tener al tanto de sus misiones. Él no le pedía explicaciones, tal vez porque no quería que ella hiciese lo propio. Le gustaba serle útil, conseguirle cosas que facilitasen sus encargos. Si Lise poseía una vida profesional susceptible de misterio, Dany era un misterio en sí mismo. Conseguía lo imposible sin dejar huellas. Vivía de Internet, y ninguna información podía extraerse de sus cuatro letras, a no ser que se hiciera caso a numerosas leyendas y habladurías sobre su persona, pues en ciertos círculos se le conferían incluso poderes místicos. En cierta ocasión, Lise conoció una web donde lo veneraban, con otro nombre, adjudicándole potencias divinas. Esto no solía agradarle, pues pretendía cierto anonimato, y la página en cuestión fue «arrugada». En numerosos foros se hablaba de un fantasma, de un brujo, de un dios electrónico… refiriéndose a Dany. Muy pocas personas decían haberlo conocido en persona y todas eran falsas. Había otros que aseguraban que era de la CIA, un pez gordo. Pero trabajando con Lise en numerosas ocasiones había transgredido la Ley…, no precisamente ayudando a intereses americanos. ¿Sería del servicio secreto chino?

—Dany, todo ha salido perfecto. Ayer estuve hablando con Smix y me confirmó que seguía adelante. Y la compañía que estaba interesada…, tal y como sospechaba…, era Macrocom. En unas horas firmarán el contrato, así que… ahora falta tu parte.

Necesito una identidad en Atlantis. ¿Recuerdas todo lo que te dije?

—Nena, tus deseos son órdenes ya cumplidas —afirmaba Dany con una sonrisa. En varias ocasiones la mujer llegó a sospechar que Dany fuera un programa inteligente y no una persona. Hasta que vio de lo que era capaz.

—Ahora sé bueno... y dime cuánto debo pagarte. No me hagas lo de siempre... Sé que estás forrado con tus webs, pero quiero que cobres, aunque sólo sea para dejarme tranquila. Además, Macrocom financia por adelantado; así que... hay pasta para los dos.

—Lise, te deseo una buena estancia en la isla de los robots, que espero no contamine tu espíritu. Págame cuidándote mucho.

Lise sabía de qué hablaba Dany. La isla de los científicos, tenía fama de reunir no sólo a los más intelectuales; también a los más pijos de entre el mundillo de las ciencias. Dany llamaba «robot» a toda persona que en su currículo poseyera un título cercano a las ciencias. Su filosofía se basaba en demostrar día a día que tenía más capacidad que ellos.

Dany solía sorprenderla siempre, pero esta vez la dejó helada. Justo cuando descendía el taxicóptero hacia su edificio... «*ha recibido un email señorita*», dijo una voz metálica acompañada de una fuerte vibración. Presentía que era él. Y acertó. El mensaje decía así: «*Hola, Dany te habla y te dice sí, ya está lo que pediste. Conservando tu nombre, Lise, que no tu apellido, serás una programadora de grado 4, de vacaciones pagadas por una empresa multinacional contratada por el Gobierno francés, que te tiene asignado un buen sueldo. Te hospedarás muy cerca de donde están los laboratorios que mencionaste. Tendrás una casita como las de los residentes. Alojamiento incluido, pensión completa. Sólo falta que des datos bancarios. Felices vacaciones. Espero tu éxito. El papeleo te llegará por correo y en seis horas estarás ya leyéndolo. Te deseo suerte. DANY*»

Así de fácil conseguía las cosas Dany. Aunque ella le había avisado tiempo antes, no esperaba tanta rapidez. Todavía no tenía el sí de Macrocom, pero la tranquilizaba poseer ya una tapadera sólida.

—Gracias, Dany. Gracias.

En el cielo de Nueva York, Lise miró alrededor, a los mastodontes iluminados que rasgaban el cielo, entre los cuales volaba el helicóptero con la sensación de que ella tenía ahora sus dimensiones. Tenía la oportunidad de hacer algo tan grande como aquellos rascacielos. Se sentía gigante, plena, arrojada hacia su destino. Percibía la ciudad, el mundo, como algo asequible.

Capítulo 4

El vuelo para Atlantis salía desde Washington D.C. y Lise decidió cubrir el trayecto desde Nueva York en autobús. Normalmente no se desplazaba así. Solía usar los taxicópteros, trenes, o el avión; pero, con su identidad falsa, prefirió evitar posibles controles. Su vida a veces parecía una carrera contrarreloj. En esta ocasión, dado que el avión no despegaba hasta la tarde, y teniendo los preparativos de sobra ultimados, se podía permitir un viaje lento en bus. Había cometido muchos fiascos en su vida por precipitarse.

Un trayecto como aquél le permitió rememorar sus tiempos de instituto en París, cuando hizo excursiones en autocar. Cuando cantaba canciones con sus amigas en los asientos traseros mientras los profesores trataban de poner orden con las constantes peleas y algarabías que se suscitaban en las salidas.

En cierto modo, se resistía a la idea de ir a una isla tropical y no estar de vacaciones. En aquel viaje, trataría de sustraer divertimento allí donde pudiera obtenerlo sin complicar la misión. Necesitaba compensarse emocionalmente, entre el trabajo y el descanso, o la rigidez de su personalidad la partiría en dos. Trabajando como newshunter, no importaba tanto la rapidez, en noticias como aquélla, sino el acierto que se diera en blindar el éxito de cada paso, de cada decisión tomada. Daba igual destapar el escándalo mañana o la semana siguiente…, siempre y cuando consiguiera las pruebas suficientes y eliminase los rastros pertinentes.

Había multitud de rumores sobre Atlantis, sobre su realismo, sus servicios, y todo lo referente a la isla se cubría de una cierta magia, ese hechizo que tienen lugares como la propia Nueva York, Beijing, Egipto... No sólo se había construido una isla, era algo más..., como un sueño de clase alta.

Recostada en el asiento contempló cómo el lento avance del vehículo deshacía los rascacielos. A su paso, el autobús recogía postales de un negro metálico, donde la gran ciudad, más abajo de las luces y el colorido efectista de los luminosos, acunaba calles atestadas de inmundicia, calles olvidadas junto a las grandes avenidas en barrios menos sonados, que personas como ella nunca recorrían a pie. Calles de otro mundo distinto, libres de peajes. Donde los mendigos se organizaban en clanes, donde los delincuentes acechaban a las ovejas descarriadas. Esas estampas inducían a pensar que había rincones aún más siniestros que el autobús ni siquiera acertaba mostrar. Lugares de delincuentes contra delincuentes, de leyenda negra. Zonas donde los medios de comunicación no afectaban el paso de los días, ni los adelantos tecnológicos. Parcelas exentas de impuestos y de ley. Desde la revolución de Internet en el siglo pasado se habían creado muchas zonas muertas en las ciudades, reliquias de polígonos industriales masificados, industrias abandonadas, y demás aceros y chapas ennegrecidas.

Lise se percató de que sus compañeros de viaje no miraban por las ventanas. En sus cómodos asientos, escuchaban música, jugaban a videojuegos, o veían alguna película con las clásicas gafas grandes de imagen panorámica o en las pantallas de los respaldos. Y poco a poco el vehículo sorteaba los barrios y salía a las autopistas que se precipitaban hacia otros paisajes. Las industrias y sus humaredas de colores, los tubos kilométricos, los perros salvajes que buscaban carroña en los vertederos de basura clandestinos. Ella, mirando por la ventana, percibió cierta intranquilidad. Solía viajar, como sus compañeros, ajena al trámite de la distancia, a las tierras intermedias de sus destinos. En vehículos que pasaban rápido sobre aquellas zonas. Aunque intuía que un vertedero era algo parecido a lo que veían sus ojos azules, la realidad siempre apestaba más que la imaginación. Los perros carroñeros la sorprendieron mucho. Había manadas entre las montañas de basura; oscuros y con aspecto pútrido, parecían nacidos de la propia basura.

El caos se fue ordenando. Los primeros árboles surgieron tendentes a engordar sus troncos, y tras una zona árida parecida a un cortafuegos entre lo natural y el acero forjado..., vino el verde, los ríos, los bosques inmensos. Deshabitados de humanos, relajaban la vista, aunque no podía pasarse un rato sin ver un pequeño pueblo o algún indicio del dueño y señor que aún les perdonaba la vida.

En el aeropuerto, Lise falló en sus predicciones, pues se había imaginado que encontrar la terminal de su avión le acarrearía serias dificultades. Preguntó en información. Para su asombro ese vuelo tenía terminal propia, construida expresamente para los aviones de la isla. El joven del puesto de información le dio un folleto explicativo que, entre otras informaciones, contenía un mapa de extraordinaria simpleza para llegar a la puerta de embarque. Como en todos los aeropuertos, después de facturar las dos maletas, tuvo que pasar por varios escáneres. Lo que la sorprendió fue que justo en la puerta del avión, en el mismo túnel de acceso, había instalado un último control. Esto dejaba constancia de la importancia que poseía la isla, que albergaba a la cúspide empresarial y científica. Desde los incidentes de principios de siglo, con los atentados en Nueva York, Madrid y Londres, con la famosa guerra contra el terrorismo, y ahora, con la amenaza de los grupos antisistema, no se había abandonado la costumbre de inspeccionar al milímetro el pasaje. La sorprendió que se tomaran medidas extras para la isla, de las ya existentes. Lise había visto aquellos sucesos en grabaciones. Los profesores más viejos de la facultad no se cansaban de repetir que el mundo había cambiado desde entonces y mostraban a sus alumnos de periodismo aquellas imágenes para que no quedaran en el olvido. Ahora los atentados no tenían tinte religioso, ni tan siquiera se fundamentaban en sistemas ideológicos o políticos. Ahora el terrorismo sucedía contra el sistema. Cientos de organizaciones proclamaban su rechazo y su intención de destruir el equilibrio económico que mantenía desde hacía décadas un inmovilismo social. Cualquiera podría ser sospechoso de terrorismo.

El avión era un Skywalker especial, un modelo bautizado «Atlantis' Skywalker», diseñado específicamente para volar a la isla. El famoso avión de los ventanales gigantescos. La compañía Freedom se había quedado en exclusiva con todos los vuelos, lo que mostraba el poderío de quien domina el sector. Más que el beneficio económico, la compañía china buscaba el prestigio internacional. O al menos eso tenía entendido Lise, que miraba absorta el aparato, desde una de las cafeterías que había junto a la puerta de embarque, a través de los inmensos ventanales que ofrecían una vista mareante, en su tamaño descomunal, de las pistas de aterrizaje y despegue. De un blanco inmaculado, era tan grande como cualquier avión de largas distancias, y presentaba, eso sí, unos perfiles más afilados en su diseño que lo hacían parecer más puntero. Le llamaron la atención las letras sobre el costado, que semejaban olas de mar, donde se podía leer: «Atlantis». El radiante azul sobre blanco de este rótulo le pareció de lo más acertado. Daba la sensación de que ese avión conduciría más allá... a algún lugar paradisíaco sacado de algún sueño imposible.

Lise se había vestido de una forma discreta y elegante, previendo que sus compañeros de vuelo serían gente cultivada y sobria en atuendos. Llevaba un traje negro de chaqueta entallada de corte masculino, de velcro, con sus pantalones de pinzas. Debajo de la chaqueta tenía una camisa azul, calzaba unas botas de cuero que hacían juego con el traje y llevaba gafas de sol oscuras y una trenza en su color natural.

El aviso por el megáfono del aeropuerto la pilló por sorpresa. Tan acostumbrada estaba a viajar en aviones, que ocupaba hasta el último segundo en tareas tan absurdas como ver escaparates, o tomarse un café que nunca llegaba a apurar. Así que, apresurando el paso, fue al túnel de abordaje. Estaba sola en aquel pasillo estrecho. Mientras pasaba el último control imaginó las caras colmadas de sapiencia y estiradas en altivez de los científicos, lanzándole miradas de desaprobación por aquella conducta imprudente de esperar al último instante...; pero, cuando entró en el avión..., no daba crédito a sus ojos...

Camisas de flores, sombreros extravagantes, pantalones cortos, zapatillas de deporte... le gritaron desde los distintos asientos. No es que desentonara..., es que parecía una guardaespaldas, así toda de negro. Hasta juraría que había adivinado debajo de alguna blusa incluso un bikini... No pudo más que sonreír y tragar saliva. En aquel avión, se la podría diferenciar como la chica trajeada, o la de negro. Rápidamente se deshizo de las gafas de sol, como si tras el azul de sus ojos se fuera a ocultar el negro de sus ropajes, y no sólo su bochorno. Fue avanzando con premura, después de que una bella azafata le indicase con simpatía robótica cuál era su asiento. Se sentía como un ancla atrapada en el fondo del mar que retardaba la salida del barco. En su avance percibió el olor a nuevo que despedía el avión, camuflando el conglomerado de perfumes de los viajeros.

Una vez sentada en su sillón, que compartía con dos mexicanos a juzgar por un membrete en sus camisetas: «soy mexicano» en una, «... y yo también» en la otra, decidió relajarse. Derrotada en su asiento, que le pareció más espacioso de lo habitual, miró por la enorme ventanilla el trasiego de las pistas. «Bueno, ya estamos en el lío» se dijo suspirando, como quien contempla el largo camino que le queda por recorrer una vez que ya tiene la mochila al hombro y ha subido la primera loma.

No logró encontrar la postura adecuada en el sillón, hasta el momento preciso en que los motores del avión arrasaban el combustible y la aeronave daba el característico tirón que hace que se pegue la espalda al asiento y surja la pregunta de cuán miserable es el cuerpo humano. Una vez en esa postura, se le dibujó una sonrisa en el rostro y dejó a un lado el ajetreo inicial. Volaba libre hacia la aventura. Surcaba ya el celeste halado, ese rincón prohibido por las leyes naturales al hombre, y tan profanado ya, que bien podría adjetivarse de conquistado. Su destino… una isla en mitad del océano Atlántico con un misterio escondido entre cocoteros, laboratorios, hoteles y playas.

—Señorita…, disculpe… Usted… Somos mexicanos, ¿sabe?… Estamos… nerviosos porque queríamos preguntarle si acaso usted… Bueno, paparrín, pues… quién sabe…, igual también es mexicana…, qué se yo. ¿Lo es?

—No. —Lise se colocó de nuevo las gafas de sol intentando que sus dos compañeros abandonasen el intento de ligar con ella.

Capítulo 5

En la calle *beta*, Antonio, el Zombi-100, salió de su portal deseando aprovechar el día en la isla. Tuvo que llevarse la mano a la frente para protegerse del sol que lo recibió fuera de la casa. El periódico le sirvió de visera. Una edición de un diario de su Granada natal. Había repasado el dossier y no había encontrado una prohibición expresa que impidiera que pudiese recibir el periódico de su lugar de origen. Así que todas las mañanas se lo imprimía en el dormitorio, en la máquina de prensa: el IDEAL.

Un calor intenso, visible físicamente en el aire espeso, se le adhirió al instante. Al parecer no lo soltaría. En la isla la temperatura era elevada debido a su posición tropical. Miró el cielo. El celeste brillaba esplendoroso, pareciendo sólido e impenetrable, como si las nubes jamás hubieran surcado sus dominios. Bajó los escalones del porchecito de su vivienda retirándole la mirada al sol. Vio entonces que el césped del jardín asemejaba ese verdor imposible de las postales y revistas. Esa tonalidad acorde con los deseos y sueños de las personas. Esa decoración de imposible natural que perfila los bordes de las hojas minúsculas en las fotografías trucadas. Miró a su alrededor y aquella sensación, aquel brillo plastificado se posaba en todas las cosas. No reconocía el paisaje con la luz del día. Los tejados rojos, los colores vivos de las fachadas, las palmeras que encauzaban la calle, los jardines que poblaban las zonas donde no había ninguna de aquellas casitas. En conjunto parecía una caja de rotuladores nueva. Todo refulgía como el chasis encerado de un coche nuevo. Un perfume exótico le subió por la nariz andando ya en plena calle, mientras paseaba de aquí para allá entre jardines. Había árboles con flores amarillas, rojas y celestes. Setos bajos bien recortados cercaban el camino, diferenciando la calzada de los jardines de las aceras. Poco a poco, Antonio fue consciente del silencio que seducía con insistencia aquellos parajes, saturados ya los ojos del esfuerzo de colores. Sí, aquel ambiente aséptico, pulcro, donde hasta las hojas de los árboles parecían haberse limpiado con un paño para quitarles el polvo…, era silencioso. Más adelante, Antonio descubriría que no había pájaros ni insectos en la isla. Aquel descubrimiento le hizo fijarse más atentamente en las cosas. Le hizo atravesar la mera apariencia de arco iris feriante. Todo el esplendor quedó enturbiado por un pensamiento que evolucionado dejaba un sabor de boca plano. Esa hermosa flor púrpura, ese árbol fornido, esa piedra reluciente, aquel rosal milimétricamente melancólico…, todo… había sido plantado o puesto por el hombre, en un intento de imitar el azar salvaje y armónico de la naturaleza. Lo único sincero de aquel paisaje eran las casas y el asfalto de la calle, pues no trataban de disfrazar lo evidente. No pretendían parecer naturales. Pero Antonio abandonó cualquier abatimiento de su mente y se dejó engatusar por aquellos colores, por aquellas sensaciones novedosas. Prefirió aceptar la mentira y disfrutarla. Aquel sueño, aquella isla cuya belleza lo cautivaba pese a dejar impregnado en su paladar cierto gusto metálico, se le ofrecía en unas circunstancias tan sumamente paradójicas y extrañas, que no daban opción al disgusto. Curiosamente, en aquel paseo matutino se descubrió a sí mismo como amante de lo natural, rodeado de la artificialidad. Rememoró excursiones juveniles, acompañado en sus recuerdos por sombras borrosas. Evocó bosques de pinos, hierba fresca, el zumbido de la naturaleza, y recordó la belleza inigualable de la espontaneidad.

Su paseo por el Sector 3 lo acabó maravillando pese a todo. Pronto mandó a dormir esas primeras sensaciones, ese fantasma artificial. Adoptó la actitud de quien contempla un museo. Y descubrió asombrado que aquel pedazo de tierra orgulloso que flotaba en el Atlántico era una obra de arte. Apreció también que no sólo las cosas naturales, o, mejor dicho, las cosas pretendidamente naturales, despedían esa sensación prefabricada que ya había dejado de molestarlo. En su caminar fue tropezando con numerosos residentes. Contagiados por el medio, sus reacciones también le parecieron faltas de espontaneidad. Nada que ver con lo experimentado en Francia en su breve estancia en Toulouse, o los recuerdos de su otra vida en España. En Atlantis todo el mundo saludaba por doquier, con una sonrisa de oreja a oreja. Y se entregaban a espontáneas charlas sobre temas banales, con una frescura y agrado más propio de un club de golf que de una isla donde se supone que se está trabajando. Se percató de que era contagioso, y se encontró a sí mismo comentando con una bella mujer de cabellos rubios a la que no había visto en su vida, la conveniencia o no de que los jardineros limpiaran los porches una o dos veces por semana. «¿Habría sido yo en mi otra vida un tipo así...?», se preguntó cuando la dejó atrás. Descubrió que, pese a ser consciente de que ésa no era su personalidad, algo en aquella isla lo engatusaba, lo convertía en uno más. Era infeccioso aquel modo de comportamiento, y la propia sensación de sorpresa sobre su modélica actitud desapareció conforme, una tras otra, iba saludando a las personas que se cruzaban con él.

Atlantis cobraba vida ante sus ojos, mutando en su mente con rapidez asombrosa. Iba sorprendiéndole poco a poco con nuevos matices. Ahora se le antojaba como una burbuja. Un lugar alejado de la sociedad, donde los residentes jugaban a ser «buenos vecinos», donde no se miraba el exterior. Una situación de privilegio en la que las personas adoptaban ciertos modales o formas impregnadas de buena voluntad, mezclada con una sofisticación que les era impropia en otras circunstancias. Los habitantes de Atlantis asumían su papel, sumergidos en aquel paraíso flotante. Tal vez porque, descontentos con la sociedad fuera de la isla, veían en ésta la posibilidad de fabricar algo distinto a lo exterior, de evadirse del horror de un mundo del que odiaban formar parte, precisamente porque era un fracaso. Seguro que cuando regresaban a sus hogares lejos de Atlantis, volvían a convertirse en ese vecino cascarrabias, o ese ejecutivo sin escrúpulos, o esa buscona devoradora de oportunidades ajenas. En la isla no... Allí vivían un sueño. Pronto conocería a la primera persona que no estaba influenciada por ese comportamiento.

El despacho del señor Hoffman estaba ubicado en su propia residencia. Sólo recibía allí a los nuevos, pues se comunicaba con los subordinados a través de la tecnología: teléfono, videoconferencia, hologramas, etc. El trato personal consistía en un recibimiento formal en su despacho, y varios saludos cuando había algún almuerzo de empresa o lo paraban por la calle. Era el representante de más alto rango de la empresa «Robots del futuro» en Atlantis: Director de proyectos. De origen norteamericano, siempre tuvo que demostrar que era más francés que los propios franceses. En la compañía francesa, su puesto se lo había ganado a base de implantar un ritmo frenético en las líneas de producción. Su responsabilidad consistía en hacer cumplir el plazo establecido para la culminación de los proyectos, con las garantías de una culminación exitosa. Por encima de él estaba el Presidente de la compañía, la Junta de Accionistas, con sede en París, y el Consejero Delegado. La residencia, muy cercana al pabellón de trabajo, era un chalet lujoso, plagado de productos de la empresa. Un anuncio constante cada vez que las televisiones mundiales se acercaban a la isla, pues era visita obligada. Si bien los robots no habían cumplido aún las expectativas creadas por la literatura y el cine, siempre servían para vender una imagen de actualización, de modernidad, de proyección hacia el futuro.

La cancela negra de la entrada la abría un famoso robot, que adivinaba el estado de ánimo de las personas, y así su saludo iba acorde con la faz que el individuo llevara consigo. «Buenos días, señor. Alégrese, hace un buen día», le dijo a Antonio, y consiguió arrancarle una sonrisa. Tras la cancela, en el porche, un cortacésped autómata bregaba por nivelar el corte del piso para que el suelo pareciese plano. La puerta principal de la casa fue abierta por otro robot, que lo invitó a pasar de inmediato. Era el último modelo de mayordomo mecánico. Una fortuna andante, inspirada en el viejo modelo R2 de la famosa saga de cine clásico Star Wars. No había que ser muy perspicaz para observar que al señor Hoffman no le gustaba la compañía humana.

François le había advertido que era un hombre de carácter fuerte. Y que no debía extrañarle si lo recibía de mal humor. «Es uno de esos tipos que exprimen a fondo a sus subordinados». El Gobierno francés estaba financiando el proyecto de la construcción de un robot para una misión espacial y habían elegido esa compañía porque, además de francesa, se erigía como una de las tres mejores del sector. Antonio iba a trabajar para el Gobierno, no para la multinacional, y de ahí podía surgir el conflicto. «No te dejes avasallar», le dijo François.

El robot al que bautizaron Ulises, según tenía entendido él, era un prototipo multifunción, diseñado para trabajar en Marte. No se trataba de una máquina creada para una tarea concreta, sino un prototipo de robot total, que pudiera tener una funcionalidad asimilable a la de un humano, con las ventajas de la mecánica. Así, Francia quería secundar a China en la conquista del Planeta Rojo. A mediados de siglo un proyecto así habría molestado a sus colegas europeos, tachándoles de individualistas, pero ahora que la Unión Europea estaba quebrada, Francia parecía deseosa por destacar. La carrera espacial comandada por Estados Unidos había llegado a Marte en el 2030, en la primera misión tripulada por humanos. Sin embargo, la crisis económica norteamericana les había hecho abandonar el testigo en manos orientales. En Marte se construyó una base internacional financiada por muchos países. El Ulises estaba destinado a continuar esa labor y ser un alarde propagandístico de la República francesa. Un robot francés que representaba el espíritu aventurero de la nación. Así se lo había explicado François cuando, ilusionado, le comunicó que ya le habían buscado empleo. «Algo especial», le dijo.

Antonio siguió al robot por el lujoso *hall,* hacia una doble puerta de cristal. «Sala de espera», decía una diminuta placa situada encima de la puerta. Las hojas de cristal se abrieron y Antonio irrumpió en una estancia de decoración sobria, donde había otro robot, un modelo aún más caro que el anterior, destinado a relaciones diplomáticas y congresos de empresas.

—Buenos días.

—Buenos días —respondió el robot de forma amistosa.

Antonio tomó asiento frente al robot y contempló cómo la copia de R2 se alejaba más allá de la doble puerta, que se cerró lentamente. Repasó la sala con la mirada, como si le resultase violento centrar la vista en su acompañante. La decoración era sobria, y se reducía a un par de óleos y una mesita de cristal donde unas revistas electrónicas parecían preguntarse si acaso servían de algo. La cabeza del robot era ovalada y dos luces verdes hacían de ojos. El cuerpo era bastante estilizado, todo un esqueleto de motores precisos, cromados en un plateado muy vistoso.

—Me presentaré. Soy un robot D7, último modelo de la empresa Robots del Futuro para relaciones diplomáticas —aquella cosa brillante que parecía mirarlo directamente a los ojos, alargó su mano mecánica para completar el ritual del saludo. Antonio se la estrechó y notó un apretón preciso y firme..., bastante... «correcto» era la palabra que podría definirlo. El robot fue diseñado para servir de traductor, y para exposiciones orales de proyectos. Un robot no se ponía nervioso, no sentía miedo al ridículo, no se vería influenciado por el estado de ánimo de sus oyentes...; ésas eran sus ventajas. El D7 no había sido un éxito en ventas.

—Yo... mi nombre es Antonio.

—¿Eres español? Por tu acento diría que sí.

—Sí. Bueno..., no. Nacionalizado francés.

—El motivo de su visita es una breve entrevista con el señor Hoffman, con relación a su alta como colaborador en la construcción del Ulises. Ésos son los datos que están en la agenda, señor Delacroix... ése es su apellido francés —enunció el D7 como si hubiera descubierto a un viejo amigo al cabo de los años, encerrado tras la máscara del tiempo. La tonalidad de la voz parecía una sobreactuación. Demasiado énfasis—. ¿Sería tan amable de confirmarme que no hay error...?

—Está todo correcto, D7.

—Puede llamarme Robin. Muy bien, tenga la amabilidad de acompañarme.

El D7, llamado Robin, se levantó con movimientos rápidos. Antonio quedó perplejo. No recordaba haber visto nunca un D7 tan cerca. Le pareció el primer robot comercial que se movía ágil y con cierta naturalidad.

Siguió a Robin hasta un gran despacho donde un hombre de unos cincuenta años los esperaba jugueteando con una pluma. El anfitrión sonreía; una mueca que parecía ambigua, poco concreta en ningún aspecto. A simple vista parecía que ese hombre no estaba sonriendo, pero sí dando una imagen de hombre sonriente. Un tipo que pondría esa misma mueca en situaciones tan distintas, que sería imposible averiguar en cuál de ellas se aferraba al tradicional sentido de la sonrisa. Tenía el pelo canoso, peinado hacia atrás desde las entradas amplias. Su cabeza tenía proporciones generosas. La gente de bancos solía dejar de usar los tratamientos contra la alopecia cuando llegaba a cierta edad. La calvicie estaba otra vez de moda para aparentar seriedad y compromiso. Las cejas arqueadas conseguían un ángulo recto. Eran espesas, y formaban una mirada vampírica en conjunción con los ojos negros que mantenían una tensión propia de la juventud.

—Siéntense… —invitó el anfitrión sin despejar aquella sonrisa de su rostro. Sus dientes blancos no disimulaban cierta afición a fumar puros, matizando el esmalte de algún rastro amarillento. Su nariz aguileña parecía estirada por aquella mueca jovial.

—Robin, déjanos a solas.

Cuando Robin salió de la habitación, Antonio se percató de que era más que un simple robot. Se sintió realmente solo sin su acompañante.

—Bueno, ya estamos solos —dijo el señor Hoffman sin borrar la sonrisa—. Le voy a ser sincero desde el principio… Lo suyo no me gusta un pelo —de pronto el viejo se transformó. Sus ojos parecían perros de presa delante de un filete rezumante de sangre—. Me molesta que estando como estamos, con problemas en los plazos de entrega, la compañía ceda a las presiones gubernamentales para colocarnos a un enchufado. Están convirtiendo esto en una absurda carrera de marketing en la que el ministro se cuelga todas las medallas. Esto no es un nuevo automóvil, es ciencia. Lo único que está consiguiendo el Gobierno es entorpecernos. No sé quien es usted, pero está clarísimo que es un enchufado. Según estos documentos… se lo contrata como técnico de control del proyecto. Su función es hacer informes sobre los avances, y realizar una estimación sobre los plazos… Siendo claros…, usted ha venido de vacaciones a esta isla. La investigación y la tecnología no necesitan la burocracia…

Antonio, no sin cierto rubor en las mejillas, trataba de no descomponer el rostro. La actitud hostil lo afectaba profundamente. Sentía desnudez. Aquel hombre le producía miedo; incluso parecía capaz, con esa actitud, de extirparle la verdad sobre su pasado con un par de vituperios vociferados.

—… por tanto, le ruego que al menos no entorpezca el proyecto. Así que no nos fastidie con sus informes. Tiene ciertas potestades que espero que use con cabeza. Sepa que usted está subordinado a mí. A mis muchachos no les hace falta un policía para cumplir los plazos. Así que, si usted da alguna indicación, siempre deberá consensuarla con el jefe de proyecto, con Joaquín. En caso de desacuerdo, yo decido. ¿Alguna pregunta?

El viejo sacó de un cajón un inhalador y aspiró profundamente. Debía de dolerle la cabeza. Antonio no tenía ninguna pregunta que hacerle, pero aprovechó aquel intermedio para sopesar algo que decir.

—No tengo preguntas. Pero de entrada le aclaro que mi intención no es otra que agilizar la tarea, y que todo lo que pueda contribuir para hacer que el proyecto vaya mejor, lo haré. Eso, por un lado. Por otro le digo que si tengo potestades, si estoy enchufado, es porque su empresa recibe fuertes sumas de dinero en subvenciones estatales, que los políticos, a los que seguro usted detesta, conceden. Ellos simplemente quieren controlar sus inversiones, cosa que es legítima. Usted trabaja para el gobierno como subcontrata, así que tiene que entender que ellos no estén al margen.

—Mire, usted no se meta en nada, no haga nada…, sólo disfrute de la estancia en la isla. Nosotros nos encargaremos de todo. Vaya a ver a Joaquín…, Spider para los amigos, y haga los informes, pero antes de enviarlos... muéstremelos si es tan amable... y si no..., métaselos por donde le quepan, y punto.

—No me parece lógica su actitud. No me parece bien que me trate así...

—Mis disculpas..., pero sepa usted que estoy harto de las presiones, estoy harto de los malditos controles... Este proyecto me está matando... Sólo le pido que no incremente usted la presión, porque yo ya no lo puedo soportar..., ya tengo bastante con los proveedores...

Antonio salió del despacho y se dirigió a la calle con la impresión de haber sobrevivido a una guerra. Aquel tipo le había contagiado un estrés feroz que parecía corroerlo. Esperaba no tener que ver otra vez a ese hombre.

En la oficina, el señor Hoffman, nada más salir Antonio, conectó su vía de comunicación con Jacques Mourte, el presidente de la compañía.

—Hola, Jacques..., ya he hablado con el nuevo... No entiendo nada. Como te dije en su momento, los husmeadores sólo pueden traer problemas.

—No te preocupes; en realidad estamos todos en el mismo bando. Ese tipo es un enchufado del gobierno para el que trabajamos nosotros... No te alteres.

—¿No te resulta raro que no sepa nada un tipo que trabaja para ellos? A mí sí que me resulta raro... ¿Es que la Junta quiere vigilarme o qué? ¿Me lo habéis mandado porque no os fiais de mí?

—No, hombre, ya te he dicho que este tío no tiene ni idea de nada, es un enchufado. No sé quién es, pero seguro que es el hijo de algún pez gordo. El Ministro en persona me ha dicho que ese tipo no sabe nada de nada... En cuanto a la otra teoría tuya... es absurdo que dudes de nosotros... ¿Cuándo te hemos puesto pegas nosotros? ¿Cuándo te hemos espiado? Vamos, hombre no te dejes influir por la presión..., tranquilízate. Ése es un hombre del Ministro; no trabaja para nosotros. Nadie cuestiona tu puesto ni nada por el estilo... Eres el mejor director de proyectos que ha tenido esta compañía... Ahora te estamos presionando con los plazos..., pero no hay nada más.

—Lo de los plazos es algo que me fastidia enormemente, ¿cómo puede un proyecto así tener plazos? Estamos hablando de la viabilidad de un robot, no de construir una autopista. Esto es como obligar a un escritor a terminar un libro... Se corre el riesgo de estropear el resultado. Ese robot es lo más sofisticado que se ha hecho. Esta vez los japos y los chinos estarán chupando rueda... La inteligencia artificial de ese bicho está casi terminada, y cuando veas lo ágil que es, la movilidad que posee, comprenderás que la era de los humanos ha terminado. Pero, dejadnos trabajar.

—Ya sabes que esto es así porque no hay más remedio, viene de arriba. El gobierno es quien mete presión con los plazos. Lo necesitan ya, para ya. No dan más explicaciones. Tienes que cumplir las fechas pactadas, aunque tengáis que recurrir a horas extras.

—Horas extras..., ni que estuviéramos en el siglo pasado. Eso no se lo puedes pedir a un trabajador. Menos a uno de los míos. Son genios, son gente más lista que tú y que yo. Además, la culpa de la tardanza ya no es nuestra, ni siquiera nos han llegado las carcasas..., ni tampoco las mediciones de las..., ya sabes..., las dichosas «baterías extra». En fin, haremos de niñeras con el tipo ese, pero vamos, que yo estoy por mandarlo a un hotel a pasar estos días de relax. Me jode un tío que pase informes sobre el trabajo de mi equipo.

—Tiene que hacerse así... A ése lo tienen para que se distraiga... te lo digo yo, es una marioneta. Un tipo sin relevancia… Será primo de alguien o hermano… Bueno, Hoffman ponme al corriente de cualquier novedad.

—Así lo haré… Creo que estará todo listo para la fecha límite… creo yo… Te juro que no volveré a comprometerme a ningún proyecto futuro en colaboración con el gobierno…; esto es de locos. ¿Cómo firmasteis con estas condiciones?

—¿Alguna vez has tenido tanto presupuesto para un robot? Ese bicho seguro que te hará famoso, así que no fastidies más y haz que tus genios trabajen.

Capítulo 6

El taller de trabajo estaba ubicado bajo tierra en el sector 3. Antonio se preguntaba si sus compañeros tendrían el mismo nivel de hospitalidad que el director. Mientras se adentraba en las instalaciones, trataba de prepararse para lo peor. Intentaba protegerse de antemano por si encontraba mal ambiente. No deseaba ser visto como un examinador quisquilloso, ni un estorbo.

En la superficie, la entrada al recinto constaba de una nave de acero y techo transparente que albergaba dos hileras de ascensores, encabezada previamente por una oficina de información donde había un control de seguridad. En Atlantis esos controles eran simples puertas giratorias sensibles a las pulseras acreditativas. En la oficina, presentando la documentación se facilitaban dichas pulseras. Así Antonio consiguió una cinta de nivel A, que suponía un trabajo prolongado en la isla y que daba acceso a todas las instalaciones gratuitas, así como medios de transporte, etc. Una chica japonesa le indicó el número de su ascensor y le facilitó un mapa electrónico en forma de tarjeta interactiva, de todas las instalaciones subterráneas. El clásico detalle de *merchandising* que nadie consultaba y que se amontonaba en las papeleras. Antonio por fin cruzó la puerta giratoria y se adentró en la nave. El suelo de mármol gris y la luz solar que se filtraba por el techo transparente convocaban un aura de calor. Caminaba a paso rápido rodeado de aquel ambiente futurista, a la espera de adentrarse en su lugar de trabajo. Las dimensiones amplias lo convertían en una hormiguita. Pasando a su lado, varias personas se encaminaban también a los ascensores. Ataviados con batas blancas, se los veía enfrascados en pensamientos que seguro rezumaban genialidad. Sentía mucha diferencia con respecto a su propio caminar. La idea de formar parte de esa élite lo asustaba. Eran científicos, buscadores de secretos, creadores… De pronto, pese a las circunstancias desagradables que ocurrieran en el despacho del director, se sentía parte de una casta, pieza de un sistema complejo que transportaba a un estatus envidiable, pero seguro le exigiría un compromiso y un nivel de entrega absoluto. Formar parte de un equipo de creación de un robot recordaba que era un sueño que tenía desde su infancia. Recordaba que él había dirigido equipos que fabricaban componentes de robótica…, pero no se sentía capacitado para estar tomando esos ascensores. Acaso esos recuerdos supervivientes en su destartalada cabeza, habían empobrecido su ilusión como juguetes viejos.

Los ascensores tenían asientos, pero no quiso sentarse; prefirió estar de pie para poder estirar de cuando en cuando las piernas en algún paso disimulado. Su destino era la octava planta, en la que se albergaban los distintos talleres de la empresa Robots del Futuro. La isla debía de estar hueca, acogiendo instalaciones subterráneas tan grandes como aquella. El laboratorio técnico estaba al final de un largo pasillo donde la empresa de robótica tenía repartidos varios segmentos de investigación y desarrollo. Era frecuente encontrar ese mismo pasillo plagado de robots perseguidos por científicos que daban cuenta de sus avances. La empresa dominaba el sector en Europa. Los robots domésticos causaban furor entre los jóvenes, pero no podían competir con los videojuegos, dueños y señores del ocio durante todo el siglo XXI. La verdadera aplicación para la que no tenían competencia los robots parecía ser los trabajos en Marte. Antonio disfrutó de aquel pasillo echando ojeadas a través de las puertas abiertas de algunas dependencias, donde los cables, monitores gigantes y un sinfín de ingenios seducían su interés. Su objetivo era la cumbre en esa pirámide. El laboratorio técnico, que era la última puerta, parecía situar jerárquicamente los proyectos en un nivel de importancia en cuanto a la lejanía en el pasillo del ascensor. El fondo era lo máximo. La más alta tecnología.

Cuando cruzó la puerta se sorprendió. Esperaba ver una especie de laboratorio donde no podría ni descifrar las cosas más simples. Donde hasta reconocer una silla sería complejo. Un lugar de estética tan avanzada que le produjese sensación de torpeza. Lo que encontró en cierto modo lo decepcionó. Una habitación bastante amplia, rectangular, con un par de departamentos al fondo separados por paneles de plástico transparente. En la estancia, que no mediría más de veinticinco metros de longitud, había varias mesas enterradas en piezas, cables... tripas y vísceras de ordenadores. Deambulando de acá para allá, dos tipos, uno bajito rapado y otro alto y fornido, se acompañaban de mesa en mesa haciendo inventario. Otro hombre, ataviado con uniforme playero, estaba absorto en una gran pantalla plana dentro de uno de los departamentos del fondo. El plástico transparente dejaba ver con nitidez que estaba jugando a un simulador de vuelo. Parecía gustar de las reliquias, pues la interfaz era el teclado, y no estaba usando gafas de realidad virtual ni nada parecido. Estaba muy de moda jugar programas de principios de siglo.

—Buenos días —esbozó tímidamente cuando vio que el bajito rapado se percataba de su presencia—. Soy Ant... Antonio, el nuevo...

El rubor le cubría el rostro sin poder evitarlo. El bajito le dijo algo al grandullón, que continuó con lo que fuera que estuviera haciendo, siguiendo su peregrinaje a través de las mesas hacia los departamentos del fondo.

—Buenos días. Yo soy Joaquín Delgado… Bueno, aquí y desde hace mucho tiempo todo el mundo me llama Spider. Así que puedes llamarme Spider.

—Encantado, Spider.

—Bien. Usted es el supervisor del gobierno… o algo así… ¿no?

—Sí, más o menos. Por favor…, tutéeme.

—Gracias, lo mismo digo. Yo soy el jefe del proyecto… el padre de la criatura, digámoslo así… —decía mientras se acercaba a él sorteando las mesas y esquivando alguna que otra caja que reptaba por el suelo. Había algo en su rostro de tipo duro. Con los pómulos muy marcados y la nariz algo corva. Al mismo tiempo su mirada, con las cejas apuntando al cielo enfrentadas, tratando de mostrar una intención soñadora, imaginativa, incluso tierna. Su mano venía en ristre para saludarlo con el clásico apretón. Era español. Últimamente Antonio no dejaba de observar conexiones entre Francia y España.

El apretón de manos ocurrió, mientras de reojo Antonio contemplaba cómo se desenvolvía el tipo de aspecto playero pilotando un helicóptero y sorteando rascacielos de un Manhattan ficticio.

—Mi labor… —comenzó a decir Antonio, soltando un discursito que había estado meditando por el camino desde su desencuentro con el director— será y estará enfocada en no obstaculizar el avance de vuestro trabajo… Simplemente redactaré informes de situación, una especie de diario… y bueno, os ayudaré en lo que me sea posible.

—Muy bien…, la verdad es que nuestro jefe está algo alborotado con tu presencia… es un tipo bastante temperamental… ¿Tienes alguna experiencia en este tipo de trabajo?

—Tengo estudios de robótica…, pero no creo que mi nivel se acerque a esta envergadura.

—Vaya..., no te subestimes. Si algo he aprendido siempre que he trabajado en equipo es que cualquier visión adicional puede aportar frescura... y dinamismo. Además..., teniendo un poco de base, elaborar esos informes será pan comido para ti. Y si se te ocurren ideas, no dudes en aportarlas; hay genialidades ocultas tras la espontaneidad.

Antonio agradeció aquel gesto de complicidad. Spider acababa de ganarse su confianza de forma automática con aquellas palabras. Y él sentía tremendas ganas de no defraudar, de estar a la altura de las circunstancias.

—Yo haré todo lo que esté en mi mano para que vosotros estéis a gusto conmigo. Tengo muchas ganas de aprender.

—Con mucho gusto, lo que necesites saber te lo enseñaremos. Ven, te presentaré al resto de los locos que integramos el equipo... Aquel tipo de allí alto y grandote es Burn, poco hablador pero muy bueno en todo lo que se refiere a la robótica básica; los nanocircuitos no tienen secretos para él. El otro es Smix. Suelo trabajar con él en todas mis criaturas... Es el encargado de la inteligencia artificial del bicho. Un genio. Smix es un prodigio, y como ves, un nostálgico... Hace unas semanas aquí había un ejército de montadores. Has tenido suerte, ahora hay más paz.

Antonio se sentía como una vil cucaracha paseando entre dioses.

—Parecéis el equipo perfecto —Antonio piropeaba a ciegas, pues no podía tener ninguna conclusión acerca de nadie en aquella isla. Su instinto lo llevaba a sembrar posibles alianzas en cualquier oportunidad.

—Bueno... ¿quieres ver a la criatura?

—¿El robot?

—Sí.

—Ardo en deseos de verlo. ¿En qué fase estáis?, ¿diseño, construcción...? Perdona si meto la pata en algo.

—¡Ja, ja, ja! No te preocupes, hombre. Digamos que estamos en una última fase de construcción mecánica y de programación. Ya te he dicho que los montadores acabaron su trabajo. No es la forma de trabajar habitual, pero con el plazo que nos han puesto no hay otra forma. Aunque ahora lo que vas a ver no es el «Ulises» definitivo..., falta incorporar las carcasas que lo recubren y terminar de calibrar bien sus movimientos, así como incorporarle los programas de inteligencia artificial al procesador central —explicaba Spider mientras se dirigía hacia el fondo de la habitación.

—Muchachos, os presento a Antonio; es Ingeniero Técnico de Robótica —mentía Spider guiñándole un ojo, mientras los demás dejaban de mirar la pantalla. Burn se acercó para estrecharle la mano. Era enorme, más de dos metros en movimiento. Cuando pasó junto a Spider pareció disminuirlo. No dijo nada, simplemente le estrechó la mano para después volver a su puesto de observador de la tarea ociosa. Smix ni se acercó, simplemente hizo un ademán con la diestra que pronto identificó Antonio en su cabeza con un pasaje de su vida anterior. Lo asoció con una imagen propagandística de bebidas de diseño en unos carteles holográficos de Madrid. Parecía el típico tipo tribal, seducido por tendencias y por la moda más radical.

—El Ulises es un hobbit; a mí al menos me gusta compararlo con eso. No sé si te suena de algo ese apelativo. ¿Has visto el clásico de principios de siglo... *El Señor de los Anillos*?

—No, no me suena.

—¿No has oído hablar de Frodo Bolson...? No te digo que sepas que estaba basada en una novela de un tal Tolkien, sólo si te suena el clásico de *El Señor de los Anillos*.

Antonio escurría sus neuronas en busca de agua de sabiduría. Pero sólo hallaba arena seca. Pensando, pensando... comenzaba a recordar.

—Una historia de un anillo... No me hagas mucho caso. Creo que algo me contaba mi madre de crío para dormir.

—Sí. Ésa es. El portador del anillo era Frodo Bolson, un hobbit. Un mediano por sus dimensiones, que acaba teniendo en sus manos el destino del mundo que habitaba.

—Algo recuerdo, sí.

—Bueno, pues me inspiré en él para crear el «Ulises». Una apariencia de estructura humana, con extremidades, cabeza, proporciones parecidas, pero de un tamaño mediano. Bueno, es más grande de lo que eran Frodo y sus amigos, pero, para ser un robot, es mediano. En mi modelo las manos y los pies son iguales y pueden hacer las mismas funciones; así realiza movimientos que para un humano son imposibles. Lo interesante del prototipo es que su agilidad es gatuna. Es pequeño pero matón —Spider llegó por fin al fondo del taller y accionó varios interruptores digitales. Un potente foco iluminó el principio del taller, más concretamente, una de las mesas. Antonio había pasado por allí pero no se había percatado de la presencia de una especie de esqueleto ensortijado de cables, mecanismos y sensores—. Ven conmigo.

Cuando estuvieron a la altura de la mesa en cuestión, la cabeza, repleta de circuitos y aparatos indescifrables, pareció percatarse de su presencia pues se volteó hacia donde estaban.

—Bueno, visto así... no te va a parecer gran cosa. Pero ese pequeñín es lo más sofisticado que se haya construido. Su capacidad de desplazamiento sin gravedad es incomparable con nada de lo que hayas visto, aunque ahora sólo lo verás actuar con gravedad. La precisión en sus movimientos es perfecta y su agilidad es comparable a la de un pez en el agua. En gravedad se puede desplazar a cuatro patas o en dos, dependiendo de las exigencias del terreno y del cometido que se le imponga. Su sistema de equilibrio es más preciso que el de cualquier animal conocido, incluido el hombre. Es capaz de saltar y optimizar en el aire la mejor postura para caer sobre un suelo irregular. Toma esto. Póntelo en la solapa. Ordénale cualquier movimiento.

Antonio recibió de Spider una especie de micrófono.

—Ya estás presumiendo de nuestro juguetito... —dijo Smix, que se acercaba presidiendo la comitiva de observadores. Burn lo seguía.

—Ordénale lo que quieras... que ande, que se baje de la mesa, que vaya a cualquier sitio. Smix le ha pasado una inteligencia artificial básica; no podrás mantener una conversación con él, pero entiende más de lo que crees.

—Salta hacia delante dos metros —dijo Antonio, que veía al Ulises mucho más grande de lo que se esperaba después de la introducción de Spider.

El Ulises emitió sonidos que indicaban la activación de los servomotores y de repente se abalanzó. El salto fue bastante alto. Antonio se asustó, pensando en el aterrizaje cuando lo vio volando a casi dos metros de altura de sus cabezas. Pero la máquina cayó sobre las cuatro extremidades repartiendo el peso a la perfección. El problema fue que en aquella mesa estaban descansando plácidamente varias estructuras metálicas y cableados que se vieron aplastados violentamente por el peso y la caída del robot.

—¡Eh! Ten cuidado, hombre... ¡ja, ja, ja! Burn, trae el medidor.

Burn se acercó con algo parecido a un bolígrafo. Primero se fue a donde antes descansara el Ulises y después a su nueva ubicación despatarrado entre cables.

—Fallo de diez centímetros... Puede ser porque se haya movido la mesa... —dijo Burn demostrando que también sabía hablar.

—No. Creo que ha vuelto a fallar.

—¿Qué ha fallado? —preguntó Antonio quitándose antes el micrófono de la solapa. Temía que la máquina malinterpretara sus palabras y se lanzase en otro brusco movimiento.

—El salto no es exactamente de dos metros..., está mal calibrado. Tenemos que calibrarlo bien. Recuérdame que te explique por qué en otro momento; es una cuestión en la que tal vez tú... puedas ayudarnos. Bueno... ¿quieres ordenarle otra cosa?

—No, gracias... El bicho ese debe costar una fortuna. No le he caído muy bien al director, así que no seré yo el que se lo cargue.

Todos rieron. Incluso Burn. Las carcajadas se vieron interrumpidas por una luz azulada que nacía de la mesa del fondo, donde Smix había estado jugando con el videojuego. Antonio se sorprendió mucho. Parecía el rayo de una tormenta acariciando el techo del taller.

—Perdonadme, me están llamando al móvil. Lo tengo puesto en silencio...

Smix se alejó.

—Oye, Smix, pásame el relámpago ese para mi móvil; es increíble —dijo Burn. Antonio no encajaba la sorpresa en el rostro de aquel individuo gigante.

Smix alcanzó el móvil y detuvo aquel trozo de tormenta.

—¿Sí? ¿Lise? —dijo Smix al aparato, e inmediatamente inició un paseo raudo fuera del taller. Parecía necesitar privacidad.

—Smix siempre está a la última en minucias como el color de moda para un monitor, las pulseras de estado, los parches y sobre todo la música... Es un *disc-jockey* bastante famoso en Internet... —Spider se deshacía en elogios hacia su compañero ahora que no estaba presente. Lo admiraba—. Pero sobre todo es un genio de la inteligencia artificial. Jamás he visto a un programa comportarse de forma más realista que el que está confeccionando para el Ulises. Te aseguro que puedes mantener una conversación fluida en cualquier idioma, puedes plantearle problemas, puedes incluso pedirle opinión. Sinceramente... asusta hablar con ese programa...

—Es como hablar con una persona... —afianzó Antonio, como para dejar claro que había entendido lo que Spider pretendía decirle.

—Más aún. No pretende simular el comportamiento humano. Nosotros somos seres muy complejos e imperfectos. Este robot hablará siempre con propiedad, sin dudar, sin estar nervioso, sin especular o presumir de lo que no sabe... Smix está perfilando los últimos retoques. Cuando esté listo lo probarás. Yo hablé con una versión *beta*, que según Smix estaba poco pulida.

El protagonista de la charla volvía en ese instante a irrumpir en el taller. Antonio veía ya sus pasos más majestuosos, despejando su aspecto algo hortera y radical de la parte de su cerebro que emitía juicios de valor. Hasta sus andares parecían intencionados. Como si su estilo personal fuera el camino de perfección necesario para ser un prodigio.

—¿Quién era?

—Una amiga.

—¡Huy! —exclamó Burn—. Voy a hacerme *disc-jockey*.

—¡Nah! Es sólo una amiga que acaba de llegar a la isla y quiere hacer un *tour*. No me apetece nada..., pero tendré que hacer de guía.

Antonio en aquellas palabras identificó cierto hastío que tendría cualquier persona de tener que guiar a los nuevos, así que se prometió a sí mismo que no pediría que lo llevaran a ningún sitio. Estaba deseando que pasaran los días para perder la condición de novato.

—Invítala al Salsa esta noche —sugirió Spider.

—Precisamente he quedado con ella para esta noche. Os la presentaré... siempre que no os lancéis como buitres a ella...

—¿Nosotros, buitres?

—Carroñeros.

Todos rieron. Antonio sintió que la risa flotaba. Que lo rodeaba aproximándose. Sonrió tímidamente.

—Vamos..., tú ligas mucho... Vas a aprender una cosa en esta isla, amigo —dijo Burn dirigiéndose a él con una sonrisa gigante—. Aquí sólo ligan los que tienen un aspecto rarito... Smix se las tiene que quitar de encima.

—Sí..., por eso vosotros estáis desesperados y me hacéis quedar mal cuando os presento a alguien.

Volvieron a romper en carcajadas. En esta ocasión las respiró, anidaron en sus pulmones y fluyeron. Y allí estaba riendo a carcajadas por primera vez desde que lo despertaron en el «Pájaro Negro».

—Bueno... ¿Hacemos que el Ulises haga algo más complicado?

No se separó de Spider en toda la mañana. En pocos minutos Spider estaba mostrándole unos informes que él redactaba para sus superiores, sobre el avance del proyecto. «Tal vez te puedan servir como modelo», le dijo. Se sentía muy a gusto hablando con aquel científico bajito. Se lo veía entusiasmado en su trabajo. Quería contagiarle a él la trascendencia que tendría su criatura cuando estuviese lista. Solía recordarle una y otra vez que no habían tenido un techo presupuestario, que era el robot más caro que había construido y que sería la envidia de naciones enteras. El «Ulises» estaba llamado a la fama.

Las palabras fluían por derroteros extraños, en los que la amistad comenzaba a extender sus brazos. Spider le preguntaba pocas cosas, y cuando detectaba que Antonio le cerraba una puerta, no insistía y llevaba la conversación hacia otros aspectos. Así Antonio se sentía cómodo y no le preocupaba mantener la compostura. En Atlantis la lengua oficial era el inglés, pero rápidamente ellos se enrolaron en conversaciones en español. Antonio dijo a Spider que él tenía doble nacionalidad, pero que pasó más tiempo en España que en Francia. Y su interlocutor ni tan siquiera le mostró asombro ni curiosidad por esa circunstancia. Tal vez esto llamaba la atención de Antonio precisamente por estar involucrado en su problema personal. Si lo pensaba fríamente, desde fuera, nadie tenía por qué extrañarse o sentir curiosidad por el hecho de tener doble nacionalidad. El mundo estaba tan vapuleado por los movimientos migratorios que ese tipo de situación era de lo más normal. Hablaron del trabajo, pero también de cine, de tecnología, de la sociedad brutal. Incluso hablaron de mujeres a propósito de la llamada de Smix a esa misteriosa chica. Antonio descubría poco a poco a Spider como su segundo amigo tras el despertar. Koldo, su sorpresivo compañero de asiento en el avión, fue el primero.

—¿Has visto la isla?

—Pues aún no. Sólo mi zona residencial, el aeropuerto y esto de aquí...

—Hombre, pues no puedes seguir trabajando sin haberle dado una vuelta. Si quieres podemos almorzar juntos en el centro de la isla y después hacemos un *tour* por todo el perímetro.

—Bueno, no quiero molestarte si tienes que trabajar.

—Genial, estupendo, ésas eran las respuestas acertadas. Hoy toca acoplamiento a la isla, así que no rechistes.

Almorzaron en la plaza. Spider le fue enumerando uno a uno los locales que de noche se convertían en los dueños de la isla. Circular, la plaza tenía las mismas dimensiones que la del Vaticano. Estaba poblada de centros comerciales, garitos y discotecas en su perímetro, conformando el centro social por excelencia de Atlantis. Ellos eligieron un restaurante de comida rápida que estaba en el ático de uno de los edificios más altos. La vista de la isla no dejaba comer, porque encandilaba.

—Esto es... ¿Cuánto dinero ha costado hacer esta isla? —preguntó Antonio.

—Antes sabía la cifra... Ya no me acuerdo..., pero algo bárbaro.

—¿Aquéllas son las pirámides de las ciencias?

—Sí..., reproducen el tamaño de las de Egipto, pero son de estructura metálica y de cristal.

—¿Qué es esa columna?

—El Mirador Magnético. Es la mejor atracción del norte de esta ínsula. Desde aquí parece una columna, pero en realidad es un tubo. Te recomiendo que vayas y lo pruebes. Es la mejor puesta de sol de Atlantis.

—Los que imponen son aquellos edificios.

—Sí, son los hoteles del puerto, los más altos.

—¿Qué me recomiendas?

—La mejor playa es la del sur; además, hay menos gente porque los hoteles poseen sus propias playas y los turistas se rigen por la más absoluta comodidad. Allí no hay hoteles. Hay quien afirma que el que inventó las pastillas degenerativas inventó la pereza. Ya nadie pasea por placer, ni se hace *footing*. La era del sobrepeso al menos concedía a las personas la obligación de pasear. A mí me encanta pasear —Spider divagaba de un tema a otro, dejando siempre la sensación de cierto inconformismo. Era típico verle elogiar algo, para inmediatamente después sembrar una duda a propósito de la misma cuestión. Había un halo de nostalgia, de recato, de pudor y fatalidad en sus palabras, por un mundo que aceptaba resignado y por el mundo que sería ideal poseer. Para ser un científico, Antonio se sorprendía reconociendo un trasfondo filosófico en sus palabras. Lo tomó como guía de sensatez para formarse opinión sobre inquietudes en la isla.

—Bueno, yo aquí en Atlantis sí que he visto gente paseando.

—Es cierto, normalmente los residentes sí pasean. Curiosamente, los turistas no; se conforman con ir de acá para allá en los transportes gratuitos. De todas formas me dejé llevar hacia la sociedad en general. En las ciudades nadie pasea; la gente no dispone de su ocio en el exterior. La actividad física se delimita en los gimnasios. Convendrás conmigo en que Atlantis es algo etéreo, es algo irreal. Aquí uno llega a olvidarse de que existe otro mundo distinto fuera. Tal vez lo más artificial de esta isla sean sus habitantes. Cuando aterrizas se te ofrece todo aquello que no tienes. Aquí no hay pobreza, ni delincuencia; incluso el dinero parece tomar poco efecto, aunque sea el pilar básico sobre el que se sustenta... Atlantis concede eso también, nos lo sabe ocultar. El nivel intelectual de los habitantes es bastante alto. La mayoría de los empleos son vocacionales, o al menos voluntarios, y las encuestas de satisfacción sobre los servicios de la isla son abrumadoras. Vivimos en el paraíso. El mismo ecosistema es falso. Hay muy pocos insectos y animales salvajes, venidos siempre de forma accidental. Cuando una parte de un bosque se seca... sustraen lo muerto y plantan de nuevo. ¿Quién necesita polinización si se tiene dinero?

—Yo... quiero aprovechar el tiempo que esté aquí. Me he fijado en lo que dices..., la gente saludándote como si te conocieran de toda la vida.

—Es que te conocen. Estamos en su club, somos de los suyos...

—Pero nadie conoce a nadie realmente.

—Ése es el problema que yo veo, querido amigo. Mientras la gente está aquí, digamos que se dejan llevar por esa circunstancia... la temporalidad. No es creíble ni para ellos mismos este sistema ideal. Pero, mientras lo viven aquí, lo aceptan como algo extraordinario. Cuando vuelven a sus lugares de origen apuesto a que vuelven a ser ese marido rencoroso, ese médico envidioso que odia a sus vecinos, ese maltratador, ese tipo orgulloso que nunca se hablará con sus hermanos. ¿Han aprendido algo aquí?

Nada. Como decía mi abuelo, sólo se aprende en el hambre y la derrota. Atlantis separa al científico de su origen, de las necesidades reales del mundo real.

Antonio miraba fascinado la copa de vino. Su reflexión sobre Atlantis estaba asombrosamente en consonancia con la de Spider. Recordaba cómo al principio del día había sentido esa impresión de artificialidad, esa sensación de burbuja. Pero al poco tiempo se había dejado llevar... Spider le ponía sobre aviso de esa circunstancia. Se notaba que el científico llevaba tiempo trabajando allí, mientras en silencio, mirando alrededor, había sido capaz de desligarse de ese brillo artificial, con un espíritu crítico loable. Percibía un pulso especial en las palabras del creador del Ulises, una especie de fuerza adicional en su entonación. Suponía que no solía hablar de esos temas con nadie y que sin embargo, sin casi conocerlo, le hacía partícipe a él de sus tribulaciones. Sintió de nuevo cierta inseguridad contemplando la genialidad de aquel tipo. Él no estaba a la altura. Tal vez en unos días, entregado a conversaciones profundas como aquélla, su cabeza funcionara con la precisión que él presentía que era capaz. No se sentía al cien por cien.

—Mira este restaurante. Bueno..., cualquier restaurante. Cuando nos sentamos aquí, comemos aquello que nos place, sin preguntarnos qué ha ocurrido, cuál ha sido el proceso. ¿Te has preguntado alguna vez cómo murió la ternera que ahora te estás comiendo?

—Cierto. Pretendes decir que la gente no es consciente de los problemas que tiene el mundo cuando está en esta isla.

—¿Qué es ser científico? Nosotros somos la respuesta a los problemas, a los sueños, a las enfermedades, a muchas cosas... y sin embargo estamos aquí, en una isla donde, ya te darás cuenta, nadie habla de cuestiones ajenas a Atlantis. Nadie se preocupa de saber si aquello que está investigando es realmente necesario.

Sólo son conscientes de que les permite disfrutar de la estancia y de un buen sueldo. Esto mismo pasa en todo este mundo. El hombre es una contradicción. Toda la historia organizándose en sociedad, para simplemente poder desarrollar de forma segura su individualismo. Creo que somos un fracaso, querido amigo.

—¿Bebes Ledax?

—Alguna vez, aunque prefiero el güisqui viejo… ¿Te apetece un cocktail?

—No, es que conocí en el avión al tipo que la inventó; es muy simpático. Creo que le gustará conocerte. Todas esas cosas que me has contado… Creo que te caería muy bien, no parece ser un turista al uso.

—¡Vaya, el inventor de la Ledax!

Capítulo 7

Atlantis invitaba al ocio nocturno. Globos-anuncio surcaban todos los sectores de la isla promocionando los locales del centro. El zumbido de la música se paseaba por las urbanizaciones perfumando la brisa, quedo, lejano, incitando con suavidad a acercarse más al epicentro, a buscar esa plaza, ramillete de toda la diversión nocturna.

La tradición era no respetar un horario fijo de entrada al trabajo; después se podían recuperar las horas alargando la jornada. Este acuerdo permitía que los locales de diversión fuesen un negocio muy rentable. Se cultivaba el esparcimiento como premisa, algo soberbia, de una capacidad para responder mejor en los momentos de trabajo. En Atlantis triunfaba la teoría del divertimento como multiplicador de la efectividad laboral.

Antonio, finalizado el primer día de trabajo y turismo, paseaba en aquella noche calurosa por la famosa plaza central, admirando la multitud. El gentío arremolinado por la música y los torbellinos de luz que emitían las discotecas y bares, los restaurantes y puestos de comida rápida. Creyó reconocer a algún apacible paseante diurno, disfrazado de alimaña discotequera. El aspecto de los transeúntes era de lo más variado, predominando una cierta tendencia a lo tropical. En una callecita estrecha, de las muchas que desembocaban en la plaza..., siguiendo el hilo de una música tamborilada, bastante distinta de la predominante en la plaza..., encontró el famoso «Salsa».

En el Salsa... uno, dos, tres... cinco, seis, siete. Ése era todo el misterio. El suelo era una pecera con focos azulados. Con una playa a la izquierda... la barra. Los camareros, con un *look* italiano, tenían unos chalecos de velcro, pantalón negro de traje y sombrero neoyorkino. Era un templo al mestizaje. La música se desbordaba y recogía a los visitantes ya desde fuera del pub. Había palmeras naturales en hilera rodeando el local. Todo en la noche era turístico y contemplativo, hasta que apareció la amiga de Smix: Lise.

Antonio sonrió afirmando para sí, que era la mujer más guapa que había visto en su nueva vida, y en lo que alcanzaba a recordar de la antigua. Comenzó a sentirse estúpido mirándola con los ojos como platos. Su rostro era ese tipo de cara que enseguida se ve familiar, como si se conociese de antes, ese tipo de faz que adquiere coherencia en la mente al mirarla un par de veces, pero que no deja de sorprender en cada nuevo enfoque, en cada nuevo gesto. Lise..., esa clase de mujer que da la impresión de estar por encima de las circunstancias, que simplemente por su belleza posee un timón sobre el destino. Una mujer que podría engañar, mentir, y jamás dejaría en su rostro reflejado vestigio alguno, pues no alcanzarían esas maldades a contaminar sus facciones.

Sus ojos eran hermosos, pero la intención se le adivinaba en el dibujo de sus cejas delgadas, tapizándolos de inteligencia punzante. Finos arcos siempre tensos, siempre disparando cuando los párpados se abrían. Sus labios, de simetría perfecta, de carmín pausado, de ademanes tersos y un rictus marmóreo, parecían indiferentes a la pasión, con cierta crueldad en su tendencia irónica a la sonrisa. Después estaba su estilo. Era atrevido ese traje húmedo, muy a la moda, aunque más elegante que los habituales de transparencias. Sus zapatos y el bolso de agua completaban un *look* muy veraniego. El pelo recogido hacia atrás, muy estirado por una pinza del mismo material que los zapatos, reflejaba con brillos las luces del local. Y además… sabía moverse.

Cuando Antonio irrumpió en el Salsa todos estaban ya armados con sus copas y pertrechados en lugares que daban la impresión de ser cotidianos. Antes de conocer su nombre, la vio bailar. Zonk era un hombre muy grande. Uno de los monitores de baile del lugar. Después le apostillaría Spider que era Ingeniero Aeronáutico. Uno de tantos hombres cordillera, cuya musculatura adquiere ángulos y formas grandilocuentes. De raza negra, aquella roca volcánica manejaba la figura de la mujer con un estudiado ritual de posesión. Su cuerpo titánico parecía engullir por momentos a la chica como una ola a un surfero, para después dejarla salir a flote, sujetarla con las puntas de los dedos, mostrarla de nuevo al mundo, y más tarde volver a atraparla. La joven sabía bailar. De su rostro no se escapaba la expresión de sonrisa fugaz, no se desencajaba lo más mínimo por mucho que el gigante tratara de hacer alardes y le diera vueltas a la velocidad de la luz. Aquella chica se dejaba ir y llevar, acompañando al grandullón. Daba la sensación de poder girar más, de soportar más celeridad, más fuerza. Era todo un espectáculo verlos bailar.

—Eso es bailar salsa… —le decía Spider, que aún no lo había mirado, ni tan siquiera le había proferido el saludo de rigor, absorto como estaba en aquel galimatías sensual en que la desconocida andaba enfrascada con el hombretón. Por su parte Smix andaba con un aparato en su oreja, concentrado.

—Hola de nuevo. ¿Y Burn?

—No le gusta la salsa, no vendrá —contestó Smix con frialdad.

La canción finalizó y la chica volvió sonriente. Saciada.

—Tú eres…

—Es el nuevo —dijo Smix que parecía resucitar de repente, para acaparar la atención de su invitada—. Se llama... Antonio. Trabaja para el gobierno.

Hay detalles pequeños que se olvidan rápido en mentes azarosas en una vida completa. Pero tal vez por tener Antonio su cerebro casi virgen... esos detalles le parecían mayúsculos. Percibió en aquella chica un ligero ademán en sus cejas cuando Smix pronunció la palabra «gobierno».

—Encantada... —dijo ella extendiéndole la mano. Cuando la tomó, percibió una frialdad agradable. Esperaba una temperatura normal, acaso caliente después del trasiego bailando. Tenía la piel fría, suavemente amortiguada por un halo invernal. En contraste con lo tórrido de la isla..., Antonio la sintió refrescante.

—¿Cuál es tu nombre? —preguntó él con cierta urgencia.

—Me llamo Lise.

—Encantado.

—Esta canción... me vuelve loca. ¿Sabes bailar?

Antonio guardó silencio. Su primer impulso fue decir que no. Pero... de repente... no lo sabía. No estaba seguro de saber o no saber bailar. Lise tomó su silencio por negativa, pues aceptó la mano que el imponente animador le tendió para volver a solicitar su compañía. Durante un par de minutos, Antonio no pudo apartar los ojos de aquel espectáculo. Giros, nudos, vueltas, poses..., todo siguiendo el corazón de la música que latía a intervalos estudiados. Uno, dos, tres... cinco, seis, siete... uno, dos, tres... cinco, seis, siete... Antonio escuchaba mirando absorto. La música comenzaba a decirle más de lo que recibían literalmente sus oídos. Comenzaba a bucearla, a descubrir una estructura. El número cuatro y el ocho son pausas... El aire se removía con coherencia en los huecos que dejaban ellos bailando.

—Spider...

—Está buenísima, ¿verdad?

—Spider…

Antonio estaba en trance. Con la mirada perdida en aquellos movimientos que contemplaba, mientras trataba de decir algo. Spider se acercó y le agarró de un brazo.

—¿Estás bien?

Antonio lo miró directamente tartamudeando con los párpados.

—Spider…, creo…, creo que sé bailar.

Al decir aquellas palabras la sensación premonitoria creció y explotó en su cabeza. De repente se veía a sí mismo bailando salsa con un fantasma indeterminado. De repente entendía a la perfección aquella música, cada instrumento encajaba en el tiempo magistralmente. Sufrió algo parecido a lo que la doctora Verónica había llamado «cascada» cuando, al despertarse en el avión, comenzó su cerebro a recordar de una forma turbulenta. En este caso era el baile. Fue una inspiración.

—¿Qué? ¿No estás seguro? ¡Ja, ja, ja!…

—Mira.

Quien baila salsa sabe que una de las figuras más complicadas de hacer, para la cual se ha de tener un perfecto dominio del tiempo y de los pasos, consiste en «robar a la mujer». Se trata de sustraer a la pareja de otro durante su baile, de una forma hábil, anticipándose al movimiento que el bailarín vaya a efectuar, para que no se vea brusquedad y sobre todo para que la chica no pierda el paso ni el tiempo de la música. Antonio, nervioso, confiaba en que podía llevar a cabo esa maniobra, así que instigado y sumiso a ese tropel de sensaciones que le indicaban que era capaz de bailar salsa, se acercó a donde estaban bailando Lise y el animador del local. En un momento en el que el gigante sólo tenía sujeta a la chica por una mano… Antonio, sin peder el pulso de la música, destrozó la unión que tenían para formar una nueva en la que él era el eje y la chica giraba a su alrededor. Nadie esperaba aquella maniobra magistral, y buena prueba de ello fue la cara que se le quedó a Zonk. El hombretón no sabía ni cómo había ocurrido. De pronto se encontró bailando solo. La chica ya no estaba en su mano, estaba girando con el intruso en sus narices y no podía explicar cómo había sucedido. La maniobra fue tan perfecta que hubo aplausos.

—¡Vaya, tío, eso sí que es bueno! —gritó Spider atónito.

Lise, por primera vez, puso cara de sorpresa en aquella noche de salsa. Ninguna de las maniobras complicadas de Monk había conseguido variar ni un ápice su mueca altiva. Pero verse robada por Antonio, sin perder el paso y conservando el tiempo del baile, era algo que no esperaba.

—Sabes bailar…

—Parece que sí.

Lo que sucedió fue todo un recital. Antonio y Lise formaron un corro a su alrededor mientras elevaban el baile a un intercambio casi místico de giros. Cuando terminó la música hubo aplausos y el animador se acercó a Antonio para expresarle su admiración.

—¿Dónde has aprendido a bailar así? —preguntaba Spider apenas Antonio tomaba asiento junto a él en una de las mesitas del pub—. Quién lo diría, macho. Bailas mejor que el profesor.

—Gracias —dijo entre resuellos, muy consciente de no poder responder a la pregunta de Spider. No sabía dónde había aprendido a bailar. Ni siquiera era capaz de visualizarse por completo bailando. Simplemente el baile sucedía en su cabeza.

—Bailas estilo Los Ángeles. ¿Dónde lo aprendiste? —preguntó Lise nada más llegar a la mesita después de haber rechazado un nuevo baile con Zonk.

—Pues…, no lo recuerdo. Supongo que en alguna noche de fiesta por ahí…

Mientras afirmaba tal cosa, sin tener plena consciencia de lo que estaba diciendo, Antonio sabía que estaba errando totalmente. Lo vio reflejado en la mirada incrédula de Lise. Su cabeza no dejaba de recibir información sobre baile, y no podía procesarla como era debido.

—Eso no se aprende en una noche. Es un estilo de baile complejo.

Antonio prefirió guardar silencio.

—Nunca he entendido por qué algunos salseros odian reconocer cómo aprendieron el baile. ¿De dónde eres?

—Soy francés, pero nací en España... Tengo doble nacionalidad. ¿Y tú?

—Yo vivo en Estados Unidos..., pero soy francesa.

La mujer, sentada a sólo medio metro de él, se quitó la pinza transparente de su pelo, que al soltarse se balanceó hacia su cara. Más tarde lo volvía a recoger con la pinza después de desenredarlo con maestría en sólo unos segundos. El tono que había usado al hablar fue muy profesional. Como si de una entrevista de trabajo se tratase. Antonio percibía la sensación de no poder preguntar mucho y, sin embargo, tener que responder a todo con franqueza y velocidad. Eso transmitían aquellos ojos incisivos.

—¿Cuántos años llevas bailando? —interrogaba ella denotando haberse tomado la anterior respuesta de Antonio como una ironía, un juego entre desconocidos.

—Pues..., no lo sé con seguridad...; tres o cuatro.

—¿Quién te enseñó?

Antonio vio una imagen de un bailarín haciendo muchos trucos increíbles y lo relacionó con un nombre...

—Francisco Vázquez..., creo que ése era su nombre..., un instructor de Los Ángeles.

Lise mostró cierta sorpresa... Después guardó un silencio neutro. Spider, que había ido a pedir bebidas a la barra, volvía en esos instantes cargado de copas.

—Antonio, el bailarín... Prueba esto... Es un combinado especial del «Salsa». Si no quieres la aceituna me la das.

Lise era propensa a encontrar gente misteriosa. Le había sucedido desde siempre y su trabajo era producto de esa tendencia a topar con gente extraña. Aquel excelente bailarín de salsa la intrigó tanto que aceleró el regreso a su recién estrenada residencia isleña, simplemente para investigar sobre él.

Seguro que Dany podía darle mucha información, o al menos un camino a seguir. Cuando llegó, se desnudó y tomó una ducha. En pijama conectó su ordenador a la televisión de la pared del dormitorio y llamó a Dany. La pantalla del dormitorio se cubrió de nieve. Lise sonreía mientras veía a un hombre totalmente desconocido acercarse entre una ventisca de nieve. Abajo, en el margen inferior izquierdo de la pantalla como era habitual en las comunicaciones con Dany, se daba el nombre del lugar en el que su amigo se encontraba. Rezaba lo siguiente: Himalaya.

—Hola, preciosa. ¿Qué deseas? —preguntaba a voces su amigo en medio de aquella tormenta nevada.

—Hola, Dany. No me tomes el pelo..., sé que no estás en el Himalaya... ¿Por qué te empeñas en vacilarme con efectos especiales rancios?

—Porque soy el único capaz de hacerlos on-line, en tiempo real, a este nivel de calidad.

Dicho esto, la tormenta de nieve cesó, se abrieron claros en el cielo y todo alrededor de su amigo se transformó como por arte de magia en una playa caribeña muy similar a las que seguro tendría Atlantis.

—Vaya... Esto es otra cosa... Necesito un favor, Dany. Algo que a mí seguro me llevaría mucho tiempo, y a ti... prácticamente nada.

—Dime.

—He conocido a un tipo muy extraño. Se llama Antoine Delacroix y trabaja para el Gobierno francés. Tiene doble nacionalidad; de hecho, parece más español que otra cosa. Acaba de ingresar en el equipo de mi confidente. Sería genial que busques todo lo que puedas de él.

—Vale... Dentro de unos minutos te llamo... No te quedes dormida.

—Gracias, Dany.

La pantalla se oscureció pintando aquella pared de negro. Una pelotita comenzó a rebotar con los bordes. En la pelotita se podía leer: «Dany». Lise sonrió... En sólo unos segundos Dany se había hecho con el ordenador central de su casa, mientras hablaba con ella y cambiaba de aspecto el paisaje. A veces se preguntaba si realmente aquel tipo era una especie de dios de Internet, tal y como creían sus seguidores.

No tardó más de veinte minutos en llamarla, pero Lise, al ver que se demoraba más de cinco, había elevado demasiado sus expectativas.

—Hola preciosa, ya tengo la información.

—A ver... sorpréndeme.

—Tu amiguito posee buenos colaboradores. Se nota la mano del Gobierno francés. No hay muchos datos sobre él, y los que hay son de lo más aburrido. Sólo un experto podría ver que su identidad es falsa.

—Vaya... ¿sabes?... Intuía algo así. Es un tipo extraño. ¿Algo más?

—Pues tiene la típica identidad falsa que se crea para los espías. Algo muy parecido a lo que yo hago para ti..., por eso sé que es falsa.

Lise había tenido ese presentimiento desde el momento en que habían hablado sobre el baile. Él comentó que había aprendido a bailar con Francisco Vázquez, uno de los creadores del estilo Los Ángeles, que había triunfado como bailarín y maestro... pero a principios de siglo. Llevaba muerto muchos años. Podría haberse referido a que había aprendido a bailar con él... aclarando que había usado sus vídeos de enseñanza, pero aquella forma inconexa de responder a sus preguntas... era extraña. Aquel tipo guardaba algo, y ahora Dany se lo estaba confirmando.

—Dime más cosas sobre él.

—Pues nada que destacar... Tiene estudios en robótica..., ha vivido en Toulouse durante casi toda su vida..., soltero... No hay muchos datos... y sobre todo... no hay casi fotos. He visionado algunas de su infancia... y están trucadas. Es funcionario desde hace tres años. Ahora trabaja como supervisor en el proyecto de construcción del robot Ulises.

—Es una maldita casualidad que trabaje precisamente en el mismo proyecto de mi confidente. Una casualidad que me preocupa. ¿Puede ser periodista? Joder... ¿Y si Macrocom intenta seguirme la pista para jugármela y robarme la primicia?

—Piensa un poco, Lise... No. Sólo el Gobierno es capaz de conseguir una identidad falsa de ese tipo. Un funcionario falso salta a la vista. Su historial es oficial, lo he comprobado. No sé quién es, pero está claro que trabaja para el Gobierno francés y que es el propio gobierno quien le ha hecho los papeles. Con humildad te digo que su identidad tapadera es más perfecta que la tuya. Yo no podría hacer lo que un gobierno hace... Bueno..., no sé, quizá con más tiempo...

Lise pensaba a la velocidad de la luz. ¿Era posible que el gobierno hubiera detectado su relación con Smix? Sentía la tentación de cancelar su entrevista del día siguiente con él. Había muchas incógnitas... Ella sospechaba que detrás de aquel proyecto espacial se escondía todo un fraude económico... Tal vez fuese un sector del gobierno el que lo promovía..., un sector aislado. Tal vez Antonio estaba realizando una investigación interna para descubrirlo antes de que alguien como ella lo destapase y desembocara el escándalo. Pero no tenía mucho sentido. Quizá se trataba de un protector, un guardián, que velaría por que nadie rompiera los secretos del proyecto. Estaba claro que algo escondía. Un tipo con identidad falsa trabajando en una empresa subcontratada por el gobierno, en una empresa sospechosa de desviación de capital. Todo indicaba que estaba metido en el ajo. En cambio, también podría ser el típico espía de vacaciones, al que le asignan un puesto para que disfrute de una isla tropical, como premio a alguna misión en desiertos lejanos.

Antonio regresó a su casita poco tiempo después de que Lise se fuera del local. Spider decidió quedarse más tiempo; se le notaba muy habituado a trasnochar. Antes de entrar en su residencia, se percató de que había un vehículo aparcado en la calle. No le dio importancia. Tal vez si hubiera estado viviendo más tiempo en la isla sí se la hubiera concedido, pues había muy pocas personas que alquilaban vehículos en aquel paraíso, teniendo en cuenta que tenían transportes gratuitos donde elegir. Entró en su casita sin más preocupación.

En el interior del vehículo, Eric manipulaba una pizarra táctil que descansaba en el salpicadero, mientras su acompañante encendía el tercer cigarrillo de la noche.

—Oye… ¿No crees que te la estás jugando encendiendo otro cigarrillo? En esta isla está prohibido fumar, y dicen que hay sistemas muy avanzados para detectar el tabaco. Como nos descubran por tu culpa… nos suspenden.

—Tranquilo…, le doy dos caladas y lo apago. ¿Tienes ya la información de esa tía?

—Aún no hay respuesta de los de la central.

—Éste parece que ya no va a ir a ninguna parte esta noche. Así que si te parece bien... —se pausó para dar una calada profunda al pitillo—, si te parece bien podemos regresar.

—Vale.

El coche arrancó. Los dos agentes del servicio secreto francés se alejaron de la urbanización. Había sido una jornada dura, rodeados de tanta diversión, teniendo que seguir al zombi a los locales de moda de la isla. Mañana sería peor: debían elaborar informes sobre todos los acompañantes de Antonio aquella noche.

Capítulo 8

Desnuda y revuelta con las sábanas despertó Lise en el dormitorio de la casita número diez, de la calle *beta* en el sector 4.

«Luz», ordenó en voz alta y las luces se encendieron. Retiró la sábana y aprovechó la inercia del ademán de su brazo para auparse. Rodó saliendo de la cama, con la sensación de dejar medio cuerpo aún tumbado en el colchón. Sentía todo su ser aplastándose hacia abajo, deseando de nuevo la horizontalidad. Le temblaron las rodillas cuando las obligó a inclinarse sobre la maleta. Sacó el móvil. Miró la cama, donde dormía la huella con la forma de su silueta sobre las sábanas. Volvió la cabeza de un lado a otro, echando fuera el sopor. Resistiéndose a la pereza. Pero, como si fuera un líquido que anegara su cabeza, no se iba; se agitaba y se revolvía en un mareo onírico. No la molestó. Estaba acostumbrada. Lo primero que Lise hacía cuando estaba trabajando no era vestirse o ir al baño. Con los párpados soportando el peso del sueño y enmarañada la melena, se obligaba a sí misma a concentrar su vista en la pantalla del móvil, mientras rastreaba todas sus cuentas de correo electrónico, los buzones de voz, y demás medios donde pudieran dejarle algún recado. Las empresas que la contrataban, en ocasiones le hacían seguimientos. Aquella mañana sus buzones estaban desiertos. Después de comprobar el correo, su despertar comenzaba a parecerse más al de cualquier persona. Fue directa al baño.

Lise vivía con la certidumbre del tiempo. Con la sensación de que era una sombra de la persona que quería ser. Esa Lise, en el espacio, iba dos metros por delante de ella. Si se daba prisa, la alcanzaría. Cuando perdía el tiempo, en esos momentos extraños en los que ella mostraba torpeza a la hora de distribuirse, o un plan revelaba una parte innecesaria que podría haberse saltado, emprendía una carrera desaforada por alcanzar a la Lise que no hubiera fallado, la que hubiera seguido un camino más eficaz. Ésa siempre le llevaba ventaja, siempre desaparecía en las esquinas de las calles delante de sus narices. Sólo se esfumaba ese fantasma cuando su prisa, su aceleración, era suficiente como para alcanzar a la Lise que iría sin precipitarse, sin urgencia, aunque siempre a un ritmo alto.

Así, portando el móvil pegado a la oreja y una lista de teléfonos de interés en la otra mano, perseguía esa mañana a la Lise que se hubiera levantado de un salto. A la que no le hubieran temblado las rodillas a la hora de agacharse y sacar el portátil. La tenía muy cerca. La alcanzaría haciendo un par de cosas a la vez.

Mientras conducía sus pasos descalzos hacia el baño, notó frialdad en el suelo bajo sus pies. Un frío que no le trepaba más allá de los tobillos. Lise no había esperado que la gente en la isla vistiese tan informal. Toda su ropa era de corte ejecutivo. Compraría algunas prendas de sport, para ir adaptándose. Eso sí..., nada de las típicas camisas de flores y palmeras, que desde tiempos inmemoriales estaban de moda en aquellos lugares. Detestaba caer en los tópicos.

—Buenos días... —saludó con cierto retintín a la típica voz cuadriculada de los supermercados—. Llamaba para hacer un pedido... Mi casa es la 10 de la calle *beta* del sector 4... Sí, esa soy yo... Sí..., quería comprar ropa...

Los precios estaban por las nubes, pero su presupuesto era más que aceptable para afrontar cambios, gastos imprevistos. Así que no discutió sobre ofertas con el dependiente. Además de la ropa encargó algo de comida. Todo estaría en su casa al mediodía. Después de la ducha Lise se vistió. Aquella mañana pareció afectarla el cambio de hora y le dolía la cabeza. En su maleta encontró la solución. Un par de pastillas de adaptación rápida, y adiós al sueño y las cefaleas.

Frente al espejo del baño, hechos ya todos los preparativos, tuvo un momento de calma antes de afrontar la entrevista con su confidente. Se miró valorando, dejándose engatusar por la chica que la miraba al otro lado. Si podía ser convincente frente a sí misma..., podría serlo frente a cualquiera. Pasado un minuto, se tomó una pastilla para la tensión y otra para regular los nervios.

La casa de Smix poseía la misma fachada habitual de las urbanizaciones del sector 3. Reminiscencias de cierto estilo gaudí, donde no era fácil encontrar líneas rectas, pero sin caer en la estridencia, ni en las formas abstractas. Cruzando el umbral, el desorden hacía de mayordomo y podía guiar al visitante por todos los rincones de la más absoluta locura en la que se distribuían muebles, electrodomésticos, altavoces, pantallas, cableado kilométrico, antenas, teclados de todos los colores, y otros muchos objetos extravagantes. En las paredes, pósters electrónicos de los disc-jockeys más famosos daban fe de la tremenda devoción que Smix sentía por sus colegas. Lise tenía la sensación de estar pisando la trastienda de un plató de televisión, de una discoteca, incluso el taller de una tienda de informática.

—¿Puedes bajar la música? —fue el saludo de la mujer, que desde que Smix abriera la puerta para recibirla, temía que la discreción de su visita estuviese a la altura del orden que habitaba la casa. Desde luego la insonorización debía ser perfecta. Antes de abrirse la puerta se podía oír sin la más mínima distorsión el pasear del viento entre las ramas de las palmeras.

Con un gesto de la mano, aquel mago de la informática hizo descender el volumen de la música hasta un nivel aconsejable para almorzar o tener un rato de lectura amenizado por acordes.

Después mostró a Lise el tortuoso camino azulado y electrizante, entre toda aquella amalgama tecnológica, que la conduciría a un par de sillones donde milagrosamente había una simple nada.

—¿Quieres tomar algo?

—No, gracias. Quiero ir al grano ya.

—Bien, de acuerdo; pero deja que me despeje la cabeza un poco.

Dicho esto, Smix sacó de su muñequera una pastillita verde. Cogió una botella de plástico fucsia y bebió un trago. Lise no pudo sino sentir curiosidad por lo que fuera que estaba ingiriendo.

—Antes de nada, deja que ponga esto en marcha.

Lise sacó de un maletín un aparato negro de superficies planas. En un marcador digital aparecieron algunas cifras.

—¿Qué es eso?

—Es un inhibidor de señales de comunicación.

—¿Crees que alguien puede estar espiándonos?

—Nunca se sabe… Soy una profesional.

El aparato emitió un ligero pitido que paulatinamente fue bajando de volumen hasta dejar la incertidumbre sobre si se había finalizado o tal vez sobreviviese a un nivel inaudible.

—Según me diste a entender en nuestras conversaciones, hay algo sucio tras el proyecto Ulises —comenzó en el grano de la cuestión. Quería sacar la información lo antes posible. Desde que Dany la alertase sobre el misterioso bailarín de salsa, no se sentía segura en aquella isla.

—No, no es exactamente el proyecto Ulises… El proyecto Ulises se basa en un viaje a Marte. Nosotros hacemos un robot que también se llama Ulises, para que vaya a Marte y realice una serie de tareas. Eso, en conjunto, se llama Ulises; pero yo de lo que sé no es del proyecto global, sino de nuestro robot, que es una parte del grande. Todo es muy complicado... A ver si soy capaz de explicarme bien...

—Tenemos tiempo, pero trata de ir al grano. Eso que estás explicando lo tenía más claro antes que ahora. No es nuevo para mí —Lise, con sutileza, aunque sin pretender ocultarlo, tomó su móvil y lo dejó en una mesa que estaba al lado. Iba a grabar aquella entrevista. El trato consistía en un testimonio grabado. Configuró el inhibidor para que no bloquease a la grabadora.

—Para empezar, el contrato que nos hicieron firmar era extraño... mmm... digamos que ponía mucho énfasis en que tras la presentación del robot, incluso después de que el robot se lanzara al espacio, estábamos obligados a mantener en secreto todo lo relacionado con él. Ni siquiera podíamos hacer propaganda del mismo. A mí me fastidia esto un montón, porque se supone que no voy a poder reutilizar el sistema de inteligencia artificial en otras máquinas sin el consentimiento expreso, ya no de la empresa..., sino del gobierno... y es absolutamente perfecto. No creo que logre hacer un programa mejor que ése en mi vida. Puede calcular reacciones aleatorias tan complejas que te hace dudar sobre conceptos como la casualidad... o la intencionalidad.

—Al grano, Smix..., por favor. Háblame del diseño.

—Bueno, del diseño se encarga Spider... —Smix parecía más nervioso y cortado que cuando hablaban por Internet. Parecía estar en un programa de televisión, donde no debía meter la pata—. Pero, vamos, lo que es extraño, y a lo que me refería yo cuando te conté lo del diseño..., es la cuestión de las baterías extra. Es la primera vez que trabajo en un robot donde al equipo de diseño le imponen sin explicaciones una pieza. Además, las baterías extra no son necesarias desde mi punto de vista. El robot ya tiene sus baterías, que te aseguro son más que suficientes. Nos están jodiendo con las dichosas baterías, porque no nos han asegurado aún ni siquiera el peso y dimensiones exactas que van a tener. Sólo nos dan aproximaciones. Nos han obligado simplemente a construir el hueco donde se van a ubicar. Para calibrar los movimientos del robot hemos tenido que presumir el peso aproximado que tendrán. Así no se puede trabajar.

—¿Quién os ha obligado a hacer eso?

—No ha sido nuestra empresa. El jefazo, con su habitual tacto, nos explicó que «los chupatintas» del gobierno querían hacer participar a una universidad francesa en el diseño del robot, aportando unas innovadoras baterías extra. Es una memez. Nuestra empresa ha firmado a ciegas sobre unas piezas de cuya utilidad yo personalmente no tengo ni idea.

—Son baterías extra... Vamos, que se usarían en caso de que las normales fallasen... ¿no es cierto?

—Ésa es la idea. Spider me dijo que era algo ilógico porque las baterías que usa el robot son las mejores que existen. Que era cien por cien imposible que fallaran o se quedasen escasas para la potencia requerida. Spider no pone su mano en el fuego por nada, y sí por esas baterías. Todo es muy raro.

—O sea que os están obligando a construir un robot condicionado al uso de unas baterías extra, que no son necesarias...

—Exacto... Hay muchas más irregularidades, me han obligado a incluir algunos programas en la memoria del robot. Absolutamente innecesarios... No nos dan la puñetera cifra exacta de cuánto van a pesar las baterías y no podemos calibrar a la perfección las maniobras del robot... y bueno, lo más raro de todo fue lo que te dije de los archivos secretos del jefe.

Estaba claro que Smix tendía con facilidad a la exageración, quizá para resaltar las bondades de su aportación... pero no se podía decir hasta ahora que hubiese descubierto las claves de un fraude.

—Bien, a eso quería yo llegar... Dime qué sabes y cómo lo sabes.

—Bueno, haciendo una visita al viejo carcamal, pude echar un vistazo a su ordenador privado.

—Espera... Dime primero cómo lo hiciste...

—Estábamos hablando y tuvo que ausentarse un momento. Va tan estresado que no desconectó esa computadora. Te explico... Tiene dos ordenadores en el despacho, un terminal de nuestro sistema y uno personal, para su uso privado, que no está conectado en red a ningún sistema...; es como una caja fuerte de información que usan algunos directivos. En lugar de guardar en discos de seguridad la información, lo almacenan en un ordenador que no conectan a ninguna red, para que no pueda ser pirateado.

—Así que sólo se tiene acceso a ese ordenador desde allí.

—Exacto.

—Sigue.

—Pues eso; el jefe se fue, y lo dejó encendido. La verdad es que con la adrenalina a tope me lancé, sentí un impulso...; podían haberme pillado... Después de nuestras conversaciones, me sentí como un ladrón de guante blanco, o un espía. Me puse a mil. Rápidamente le di la vuelta a la mesa del despacho y miré la pantalla. El jefe había estado revisando unos *e-mails*... Imagino que los recibe en el otro ordenador y los almacena en ése. El *mail* hablaba sobre las baterías extra; decía que tendríamos los datos exactos en breve, que las mediciones ya estaban hechas. Quienquiera que fuese el autor del mensaje, contestaba de forma autoritaria al señor Hoffman como indicándole que tuviera paciencia. No recuerdo quién firmaba; estaba muy nervioso. En tres minutos navegué sin rumbo fijo por el disco duro abriendo todo lo que parecía sospechoso, pero no fue tiempo suficiente más que para encontrar una hoja de cálculo sospechosa. Se trataba de un presupuesto del Ulises. Las baterías extra... estaban marcadas en un color distinto. Su precio era...

desorbitado. Le puedo asegurar que las baterías normales no valen tanto dinero. No pude indagar más; se me agotó el tiempo. Yo creo que en lo de las baterías está la clave.

—Ya veo... ¿No le hiciste una foto o una grabación de vídeo con el móvil a la pantalla?

—La verdad es que no se me ocurrió. Estaba muy preocupado por si venía de vuelta el jefe. Apenas escuché un ruido, me volví a poner en mi sitio. Pero te aseguro que lo que digo es cierto.

—Te creo, pero necesito pruebas más convincentes.

—Yo hice lo que pude.

—En fin, seguiré esa pista que me has dado a ver adónde me conduce —Lise luchaba contra la tentación de maldecirlo en voz alta. Aquella información, apoyada en algún material gráfico, le habría venido muy bien. Smix parecía tomarse la cuestión como algo emocionante. Tuvo que serenarse y pensar que sin Smix no tendría nada en absoluto. El tipo se había jugado el pellejo por ella, simplemente porque le gustaba el rol de informador...—. Te doy las gracias, Smix; has corrido muchos riesgos por mí.

—Bueno, si mal no recuerdo, habíamos hablado de dinero, una cantidad que estaba bastante bien.

Aquella afirmación la sustrajo de su idealización del desconocido que se suma a una causa gratuitamente, queriendo como pago una descarga de adrenalina. No existía mucha gente como Dany. Lise extrajo de sus cosas un sobre que parecía ejercer un magnetismo poderoso en los ojos de Smix. El vil metal la devolvía a la realidad.

—Dentro de este sobre está la cantidad que acordamos por tu testimonio.

—¿No me das más por el riesgo sufrido?

—Ni de broma. Si hubieras salido corriendo con el ordenador a cuestas... eso sí que valdría más dinero...

—Era broma. Un pacto es un pacto.

—Si averiguas algo más..., si tienes alguien de tu confianza que pueda colaborar con más testimonios..., lo que sea..., se te recompensará de nuevo. Yo seguiré en la isla todavía unos días, así que no dudes en ponerte en contacto conmigo.

—Me gusta este trabajo..., es emocionante. Tendrías que haberme visto. Estaba allí revolviendo todas las carpetas. Cuando escuché el sonido tuve que cerrarlas todas a una velocidad... Menos mal que se me dan bien los videojuegos... Tengo unos reflejos increíbles. ¿No os quedan vacantes de ayudante?

La mujer recogió su móvil y comprobó que tenía grabado el encuentro. Después desconectó el inhibidor de ondas.

—Ha sido un placer —sentenciaba camino de la salida de la casa.

El sol avivó más el calor que la recorría por todo el cuerpo. Apretó el paso. Quería llegar a su *bungalow* lo antes posible. Parecía caminar entre trincheras. De pronto la urbanización, uno de los lugares más apacibles de la isla más cara del mundo, le parecía un mal barrio de las afueras de Nueva York. Un lugar inseguro para su tesoro. El testimonio de Smix era una prueba poco fiable para un Jurado, sobre todo porque había precio de por medio... Para una investigadora era más que suficiente, una buena guía sobre cuál debía ser su rumbo de rastreo. Si Macrocom la presionaba podría enviarles ese testimonio para que mantuviesen el interés. Pero tendrían que presionarla mucho para que Lise cediera un milímetro.

Solía sucederle a menudo en su trabajo. En la fase en que el indicio se materializaba, en que la pista se hacía sólida, ella dejaba escapar de sí una mujer imaginativa y precoz en deseos. Soñaba con la resolución del caso. Esta vez era especial. Macrocom. Llevaba mucho tiempo esperando la vuelta de la tortilla. Mucho tiempo deseando demostrar a aquellos que la habían manejado que era alguien resolutiva y capaz, que en definitiva se habían equivocado menospreciándola en el pasado.

En su olfato, un hedor a candado oxidado era muy similar a lo que ella definiría como corazonada. Y en su corazón latía. Vivía una muy fuerte. Lise había destapado tramas, había conseguido primicias, había desatado algunas tempestades. Pero siempre andaba detrás de algo más grande. Siempre andaba buscando algo que compensara el esfuerzo de toda su vida. Iba tras el bombazo. Una noticia que encumbrase al éxito rotundo e indiscutible. Y si en algún momento de su vida había sentido cerca ese nudo gordiano, ese voluptuoso pedrusco que esculpido daría lugar al bombazo, era caminando de vuelta a su residencia en Atlantis. Se sentía poseída por una voluntad superior a ella misma.

Cuando cerró la puerta tras de sí, emitió un suspiro de alivio muy sonoro. Sintió que estaba algo mareada. Tenía hambre. No esperaría por culpa de su estómago. Dejó el hambre en el descansillo de la entrada y se fue directa al salón.

—Conexión inalámbrica de móvil a la pantalla de la pared —ordenó en voz alta. El mayordomo virtual realizó al instante la conexión después de saludarla.

—Descarga vídeo —decía mientras colocaba un guante emisor para interactuar con la pantalla. Comenzó a jugar con el aire, trazando órdenes. Concentrada, pretendía grabar el vídeo en dos discos. Uno para ella, que contendría la grabación íntegra. Otro editado, donde eliminaría los rostros y trucaría la tonalidad de las voces. Ese vídeo sería el que entregaría como testimonio.

—*Tiene usted una llamada entrante de identidad desconocida, señorita…*

—Mantenla en espera unos segundos…

—*¿Cuántos segundos, señorita?*

Rápidamente cerró los archivos de vídeo. Ya lo haría más tarde.

—Ya… Si tiene señal de vídeo, pásala a la pantalla grande.

En la pared apareció el rostro del Director de Investigación y Desarrollo de Macrocom, Albert Chipson.

—Saludos, Lise. ¿Qué tal va todo en la isla? ¿Está disfrutando de las playas?

—Hol, Al. Sí, ando todo el día bronceándome y haciendo natación… para eso me pagan, ¿no?

El señor Chipson esbozó una sonrisa.

—Dame buenas noticias, Lise. Dame un bombazo.

—Tendrá que esperar… Acabo de llegar. Aún no me he adaptado ni al cambio horario.

Estaba claro que Albert tenía que dar cuentas ante el Consejo de Administración o incluso al Consejero Delegado, de su inversión en aquella periodista de investigación. Lise veía placenteramente cómo el rostro del viejo mostraba cierto apetito.

—¿Aún no has conseguido nada? Vaya… Lise, nosotros te enseñamos muchas cosas… Deberías recordar lo importante que es la velocidad del informador.

Aquello era una treta. Albert era un experto. La estaba retando para que ella desembuchara toda la información que tuviera. Al principio hizo efecto en Lise. Incluso tomó su móvil con la mano izquierda dispuesta a enviarle el vídeo, para demostrarle que tenía algo gordo. Rápidamente serenó sus ímpetus. Se acordó de Antonio. ¿Y si era un periodista de Macrocom? Pese a que Dany afirmase que no, ella no le iba a servir en bandeja el trabajo.

—Albert…, no te mentiré. Tengo cosas. Aún nada concreto. Pero no me fío de ti… Conozco vuestros métodos… Suena a tópico peliculero, pero los conozco. Cuando tenga lo que he venido a buscar… os lo venderé como estaba pactado.

—Vamos…, dame algo. Tengo al Comité algo revuelto, dándome la vara.

Albert parecía corresponder aquel gesto de sinceridad reconociendo su situación. Lise estaba tan alerta que lo interpretaba como otra maniobra para sacarle datos. Simplemente guardó silencio. El poder del silencio hizo el resto.

—Vale…, como quieras… No me digas nada. Pero quiero saber de ti y nuestro proyecto lo antes posible. Quiero datos… Te hemos pagado mucho para financiarte, así que debes corresponder.

Siguió con el silencio.

—Bueno, espero tu llamada. Tráeme algo jugoso para darme al menos una razón para no suspender tus vacaciones en la isla. En fin, cuídate.

—Gracias… Suerte con el Comité.

Lise sonrió cortando la comunicación.

Antes de acostarse, Lise tomó una pastilla para dormir. Sobre la cama reflexionó acerca de su futuro más inmediato. Estaba claro que tenía que conseguir toda la información guardada en el interior del ordenador del jefe. Debía pensar en cómo robarla. Intuía que entrar en la casa de un jefe de proyectos de una empresa puntera en tecnología y robar información, sería una tarea bastante compleja. Smix había tenido suerte, teniendo en cuenta de que partía con la ventaja de una relación de trabajo y una posible amistad con el señor Hoffman. Ella no podría entrar en el despacho sin una muy buena explicación. Al cabo de un rato sin conseguir solventar esta cuestión acabó cerrando los ojos. Poco a poco parecía que la pastilla por fin le hacía efecto y quedó profundamente dormida. Detestaba usar pastillas para dormir, pero no le quedaba otra alternativa en las misiones.

—Aquí, equipo uno… La chica acaba de salir de la casa. ¿Estás ahí, Jules?

—Te escucho por fin con nitidez... ¿Habéis podido grabar algo? ¿Persisten las interferencias?

—Señor..., mucho me temo que no. Ahora la escucha es clara dentro de la casa. Creo que han usado un inhibidor... Ahora funciona todo correctamente.

—Está claro que es eso. Esa chica... no ha ido a conversar o a ligarse al disc jockey. ¿Estáis seguros de que no os ha visto?

—Completamente, señor... Con las interferencias, tuvimos incluso que alejarnos de la casa para poder seguir en contacto con vosotros. Ha usado un inhibidor bastante profesional.

—Regresad inmediatamente. Esto no me gusta nada.

Cuando Eric entró en la casa temía recibir un rapapolvo. Su inmediato superior y jefe del equipo de seguimiento del Zombi-100 estaba bastante cabreado. Obligaba a su cuchillo a girar y girar sobre la punta de sus dedos.

—Esa tipa... Eric —Jules no lo saludó siquiera, enfrascado en los giros que daba su puñal de asalto—, tú la has visto salir y entrar de esa casa..., la has visto de fiesta. Según la información que tengo es una recién llegada a la isla. En la central afirman que tiene identidad falsa. Me da en la nariz que esa tía no es trigo limpio...; policía..., periodista..., algo esconde. ¿Qué opinas?

—Señor..., después de oír lo de la identidad falsa, me decanto por lo segundo. Creo que puede ser una periodista.

—Me preocupa mucho la visita de hoy a Smix. Desde que llegamos a Atlantis y establecimos el seguimiento, el Zombi-100 se ha relacionado con gente a cuál más extraña... Pero esa chica es peligrosa. ¿En serio piensas que puede ser una periodista? A lo mejor es una millonaria que está siendo infiel a su marido... No me hagas mucho caso. Tú sí tienes experiencia, Eric... ¿Qué se te ocurre que podríamos hacer?

—Tal vez deberíamos informar a la central...

—No me jodas. Vamos a dejar en mal lugar a François, mierda, nos seleccionó… Parecemos críos. De todas formas, Smix no tiene ni idea de nada. No puede haberle contado nada interesante. Por otro lado, ella tampoco debe saber una mierda, así que estamos divagando entre hipótesis absurdas sobre unas preguntas que es imposible que ella formule porque ni siquiera sabemos si realmente es periodista o no.

—Me intriga mucho lo que quiera que hayan hablado.

Hubo un rato de silencio en el salón. A lo lejos, las olas del mar parecían ajenas al proceso deductivo del grupo. Seguían destrozándose lamiendo la playa.

—¿Y si le hacemos una visita a la chica?

Los que no habían hablado hasta entonces salieron de su letargo inmediatamente. No para hablar. En sus caras se mostraba sorpresa ante la pregunta de Eric. El jefe, sin embargo…, no varió su expresión. Parecía sopesar aquella posibilidad antes de que la expresara su compañero.

—Esa zorra… No la conocemos, no sabemos a qué nos enfrentamos. Si es una periodista y vamos a importunarla, podemos salir en todos los periódicos mañana. No. Aunque la idea no es mala. Desde luego, yo no me quedo tranquilo sin saber qué intenciones tenían esos dos esta mañana en esa cita con un inhibidor de ondas. Creo que sé lo que vamos a hacer para averiguarlo… Ella es peligrosa, pero Smix… Él nos dirá todo lo que queramos; sólo es un jodido disc-jockey.

Capítulo 9

A la mañana siguiente, el sol se liberó por entre los mares arrasando la oscuridad y obligando a los despojos de la noche a esconderse en los recovecos de Atlantis. Pronto la temperatura se avivó hasta los treinta y dos grados, y seguiría acrecentándose conforme la gran antorcha alada surcara los cielos como buscando consumir esas sombras que se ocultaban.

A Smix le tocó esa mañana ser «el chico de los recados». Tendría que ir al aeropuerto a recoger los nuevos materiales. Los proveedores por fin les habían enviado las carcasas. Justo cuando habían entrado a trabajar, recibieron una llamada comunicándoles que acababa de llegar el material, y que estaban colapsados en el servicio de correos de la isla. Dos opciones les daban: o esperar un día entero o recoger ellos mismos la mercancía.

—¡Mañana! —había gritado Spider a la pantallita del teléfono—. ¡Un día para un paquete!

—Oiga, estamos colapsados... Una furgoneta se nos ha jodido, y tenemos muchos envíos atrasados... Tendrán que esperar a mañana o venir a retirarlo ustedes mismos... —dicho esto, el tipo colgó.

—Son unos incompetentes... Ya lo habéis oído, dice que mañana —comentó Spider cortando la llamada en el teléfono.

El laboratorio-taller parecía una cueva de osos recién despiertos después del letargo invernal. Antonio miró a Spider, que parecía haberse contagiado de la quietud. Sentado en una silla ergonómica, derrotaba su cabeza sobre el brazo apoyado en la mesa.

—Ayer… fue demasiado… No debería haber salido hasta tan tarde… Me pasé mucho… —comentó Smix, que buscaba la postura más adecuada para quedar despatarrado en su asiento, mientras miraba un frasquito que tenía en la mano derecha—. Y estos comprimidos contra el sueño son una mierda. Te lo quitan, sí…, pero te dejan gilipollas perdido. Me escuece el cerebro.

—Pues habrá que ir a por las piezas… —comentó Antonio, indicando con sutileza algo de sobra admitido por todos. No podrían esperar hasta mañana. Todos lo miraron con cierta sorpresa. Aquel comentario sugería que «debían» recoger las piezas. Era la primera vez que Antonio hacía un comentario a propósito del trabajo. Suelto, sin contexto, podía interpretarse incluso como una orden. Jerárquicamente, su puesto no lo colocaba por encima de ellos, aunque el hecho de trabajar para el gobierno le hacía representar involuntariamente una voz de autoridad.

—¿Y quién irá? —preguntó Smix, mirándolo a los ojos directamente. Parecía desafiarlo a tomar una decisión, a desnudar sus intenciones. Parecía el dueño de un bar que deja que un camarero lance una idea sin más objeto que ridiculizarlo a la postre.

—Pues… lo echaremos a suertes.

Todos rieron ante tal ocurrencia. Antonio sabía que su puesto era muy discutido. «Un "enchufao" se ve a un kilómetro de distancia», le había dicho el director del proyecto. Sabía que todos pensaban igual aunque no fuesen tan directos como el señor Hoffman. Decidió que no les daría motivos para enemistarse con él. Aquella frase pareció caerles en gracia, y enterró el temor inicial de que el recién llegado pretendiera organizarles el trabajo. Tanto fue así que decidieron hacerle caso.

Cortaron un cable en varios trozos, dejando uno visiblemente más pequeño que los demás. Después Smix los reunió todos en su mano. Como si fuera a hacer un truco de magia, los colocó a la misma altura, para que la parte de cable que asomara no diera pistas sobre cuál era el más corto. El proceso se aderezó con multitud de bromas y apuestas. Parecían niños jugando en el patio de un colegio del siglo pasado. Todos extrajeron un cablecito, incluido Antonio. Smix no podía creerlo. Todos escogieron su cable, y el último que quedó, precisamente, fue el pequeño. Dramatizó hasta tal extremo que parecía estar decidiéndose algo más trascendental, como si estuvieran en un avión y no hubiera paracaídas para todos. Pese a las bromas, Smix estaba cabreado, y eso hizo que las risas y burlas se acrecentaran entre los demás.

Ataviado con una camisa chirriante de colorines y unos pantalones anchos, ocultaba su enfado tras las gafas de sol negras de cristales espejados. Fuera del barracón, en el aparcamiento el calor era insoportable. Pronto la camisa se adhirió a su piel. Smix se montó en su Jeep rojo y conectó el sistema de audio a un volumen desorbitado. La música frenética delataba su estado de ánimo. Pisó el acelerador y dejó las marcas en la calzada.

Smix era inquietud por naturaleza. Sus nervios podían con su voluntad. Toda la vida se la había pasado tratando de encontrar algo. El problema era que nunca había descubierto concretamente qué era lo que había estado buscando. Como una veleta, su vida transcurría muy variable manteniendo un eje, un ancla. Esa base inmóvil era su maldición particular. El dinero. Smix era un mercenario de sí mismo. Triunfador en su mundo particular de diseñadores de inteligencia artificial, jamás había conseguido ahorrar. Era el despilfarro personificado. Curiosamente, no poseía apego por lo material. No era una persona necesitada de lujos o de marcas. Su estética podía asegurarse con pocos euros, y eso era lo fundamental para su felicidad: su visión de sí mismo. El dinero entraba en su vida y era una especie de vehículo suicida. Como un coche de alquiler al que se pisa a fondo sin frenar, a sabiendas de que acabará estrellado. Había épocas en las que vivía en la miseria más absurda. Su último proyecto le dio dinero como para vivir dos años. Era tanto dinero para él, que no sentía comodidad sabiéndose tan afortunado. No sentía seguridad en el éxito. Su personalidad rebelde manaba de cierta maldición, de un estado peliagudo donde tenía motivos para despotricar sobre el destino y sobre la injusticia. Aquel dinero se lo gastó en música, materiales, ropa, y una gama inacabable de inversiones infructuosas tales como apuestas y partidas de cartas. Le encantaba apostar. Cuando llegó a Atlantis, seleccionado una vez más por su viejo amigo Spider. Estaba en la antesala de la miseria. Necesitado de inversión externa para su nueva criatura. La vida le otorgaba soluciones en momentos así, en la cuerda floja. Y así desembarcó en la isla, presto a surfear el proyecto, a volver a subir la cuesta. Porque en cierto modo le gustaba comprobar que cuando se ponía a trabajar era capaz de resurgir. Reflotaba su vida con su talento innato para los sistemas informáticos de simulación de inteligencia. Era un maestro de la inteligencia artificial. Él lo atribuía precisamente a que conseguía un nivel de caos bastante impropio en sus criaturas. Contagiaba sus programas de su propia personalidad. En su etapa de estudiante había ganado varios premios por un programa cuya innovación consistía en que en determinadas ocasiones elegía perder partidas de ajedrez para que el adversario se confiara hasta la partida perfecta, en la que jugaba a tope. No le dieron el premio por la calidad del programa, sino por la idea de que una máquina pudiera engañar al adversario para después llevar ventaja. Cuando le dieron el premio, decidió no ir a recogerlo, con la excusa de que tenía que ir a un festival de música electrónica. Ese mal gesto fue recibido por el profesorado como un desdén impropio de un alumno de su capacidad. En cursos posteriores sus calificaciones dejaron de ser tan brillantes. Smix, sin embargo, siempre recordaba aquello como una hazaña. Se enorgullecía de estar por encima del sistema; de ser capaz de ir a lo más alto y estropearlo todo cuando le viniese en gana. «Les di plantón a los sabiondos», solía jactarse en compañía de colegas.

Smix conducía de pena, así que deceleró su marcha cuando se internó en el Bosque Norte. Desconectó la música ya desahogado y habiendo asumido la tarea que debía realizar. Después de perder en aquel juego absurdo del cable más corto, le había resultado más pesado tener que ir al aeropuerto. Cuando la suerte lo obligaba se sentía molesto. Y para acabar de pincharlo, la maldita carretera. No lograba comprender por qué había tantas curvas en ese tramo del bosque. Se suponía que aquella carretera la habían diseñado a placer. ¡Era una maldita isla artificial! Podían haberla hecho totalmente recta. Supuso que la complicación del trazado se debía a un intento de dar más realismo a Atlantis… ¡Menuda estupidez!

Mientras se preguntaba estas cuestiones, no advirtió como otro Jeep, uno verde, se había colado en su retrovisor. Él iba tan despacio que el recién llegado tuvo que pitarle. No era precisamente conduciendo como Smix podría sacar a relucir su carácter competitivo, así que le facilitó el adelantamiento echándose a un lado. El coche pasó como una exhalación y pronto lo perdió de vista. En su fuero interno deseó que se estrellase por listillo…, bueno… y por conducir mejor que él. No fue más que un deseo improvisado, un capricho con el que decidió entretenerse una parte de su cerebro mientras la otra conducía. Ese tipo de pensamiento gratuito que personas «normales» jamás reconocerían albergar, por decoro o hipocresía, y que a Smix le hubiera encantado decir a viva voz si estuviera acompañado. Porque Smix era ese tipo de personas que se las dan de pasotas, de neomodernos, gente sobre la que se presupone ya de entrada que no albergan ese tipo de tabúes mentales y que se esfuerzan en aparentar que siempre dicen lo que piensan.

El caso es que nada hubiera preparado a Smix para lo que encontró cuando concluía el giro de una curva pronunciada hacia la izquierda. Tuvo que hacer acopio de reflejos para frenar y no tragarse el Jeep verde que se encontraba atravesado en mitad de la calzada.

—¡Joder! —gritó cuando su coche se detuvo tras haber accionado el freno que bloqueaba las cuatro ruedas. El vehículo estaba atravesado en la calzada. Era un Jeep bastante largo y, como la carretera era estrecha, esquivarlo hubiera sido imposible. A simple vista no se veía al conductor, y esto le hizo suponer que tal vez se había golpeado la cabeza y estaría tirado sobre el asiento del acompañante.

Smix bajó del coche preguntándose qué le habría sucedido a aquel conductor. Antes de que pudiera deducir más cosas, como por qué no estaba el coche empotrado contra los árboles en el arcén, sucedió algo que aclararía de golpe todas sus dudas. Alguien le agarró la camisa en su espalda.

No pudo defenderse. En la cadena de movimientos que siguió, Smix parecía una marioneta y sus hilos se movían respondiendo las órdenes de manos expertas. Después del agarrón y sin poder ver nada, sintió que lo arrastraban hacia atrás. Perdió el equilibrio lo justo para poner pasos hacia el lugar al que el extraño, sin duda agresor, quería llevarlo. Sus pies taconeaban en el suelo. Ese punto justo de falta de estabilidad impedía incluso mirar atrás, y lo obligaba a mover los brazos para evitar caerse, a sabiendas de que el destino era precisamente ése, la caída. Y Smix fue a caer donde aquel que lo empujaba quiso que cayera: dentro del bosque, contra un tronco grueso, matando la agonía de la punta de sus pies. Víctima de su desconcierto y de la propia caída, quedó inmovilizado durante unos instantes. Momento que el otro aprovechó para sacar partido a la ventaja que tenía. Smix se vio de bruces despojado de sus gafas de sol de un bofetón seco, de mano abierta y, entre las dos cejas, el cañón de una pistola parecía a punto de penetrar en el cráneo.

—¡Responde a lo que yo te pregunte o te mato!

Smix asintió haciendo temblar su cabeza de arriba abajo presa del pánico, con la movilidad muy mermada por la presión del arma.

—¿Quién es la puta esa con la que te reuniste en tu casa? ¡Vamos, responde!

—... ¿Lise?... ¿Se refiere a ella?

—¡Joder, no me tomes el pelo! Dime el nombre completo.

—Lise..., tío, no me acuerdo, lo juro.

—¡Dime el nombre de esa tía o te mato!

—Lise... Joder..., te juro que no tengo ni idea del maldito apellido.

—¿Qué sabes de ella? ¿De dónde es? ¿En qué trabaja?

—Tío, lleva poco aquí... Es americana... No, no..., es francesa pero vive en Estados Unidos... De lo demás, ni idea...

—¿Qué hablaste con ella en tu casa? Vamos, te tenemos calado... Dime la verdad o te mato...

Lo que siguió, hizo pensar a Smix que aquel tipo acabaría por matarlo. Le pegó varias veces en el abdomen, gritándole que se lo contara todo, que le dijera más. Smix estaba desesperado... La recepción de los golpes le impedía hablar. En cadena, primero golpe, sorpresa, ansia, dolor, inexistencia...; después urgencia, temor de un nuevo golpe, reacción a la idea de haber sido pegado y, de pronto..., otro golpe. Pensó que lo mataría.

Se escuchó un claxon. Fueron dos tonadas que venían de muy lejos, pero a Smix le parecieron trompetas que el mismo Dios estuviera embocando por entre las nubes. El tipo dejó de golpearlo al instante.

—Mira, tío mierda... Graba esto en tu cabeza —comenzó a decir su torturador apretando el cañón contra la frente. Estaba a punto de decirle que Lise era periodista. Estaba a punto de confesar toda la conversación mantenida. Su silencio no tenía nada de valentía. Simplemente sentía un grotesco y escrupuloso impulso de no interrumpir al matón. En ese momento, con aquel claxon, con la actitud que demostraba el agresor, Smix prefirió seguir con su silencio—. Esto no ha sucedido..., nada de esto ha ocurrido. Como te vayas de la lengua te juro que te mato... Te estamos vigilando, tío. No vuelvas a tener conversaciones con esa puta. Ahora cuenta hasta treinta. Yo saldré a la carretera y me iré primero. Si vuelves antes, pides auxilio o haces alguna tontería... te mato a ti y de paso mataré al inocente que ha interrumpido nuestra reunión. ¿Lo has comprendido? Cuenta hasta treinta.

La cabeza de Smix volvió a tiritar afirmativamente. Después el hombre se irguió y pudo ver que estaba enmascarado con un pasamontañas. Tan nervioso estaba, que sólo entonces se había fijado en su aspecto. Y se esforzó en no volver a mirarlo mientras se marchaba dejándolo allí con las costillas doloridas. Sólo cuando escuchó al coche alejarse respiró... relativamente tranquilo, pues aquel tipo parecía no haberse ido del todo. El aire de violencia, una inquietud que vivía en aquella parcela de bosque... se le antojaba que, detrás de los troncos de los árboles, pudieran ocultarse más hombres dispuestos a finalizar el trabajo. Smix sintió que el bosque lo observaba... «Te estamos vigilando, tío»... Ni a fuego se le podría haber grabado mejor aquella frase. Se irguió lo más silenciosamente que pudo. El claxon volvió a escucharse, esta vez con más insistencia. Smix no estaba preocupado por estar estorbando en la carretera.

Cuando volvió a montar en su Jeep minutos más tarde, Smix tenía la plena convicción de que aquello no había sucedido, que no diría una palabra a nadie. En esos instantes, incluso pensó quemar el dinero que la periodista le había pagado. Quería ser escrupuloso, volverse invisible.

Cuando volvió después de recoger el paquete en el aeropuerto, no le dirigió la palabra a nadie. Hizo su trabajo hasta el final de la jornada con los auriculares inalámbricos puestos para evitar la comunicación. Los demás pensaron que todavía le duraba el cabreo por haber tenido que desplazarse a por las piezas. El miedo se había sembrado en su rostro, en sus ojos. Para ocultarlo se colocó otras gafas de sol sin el tatuaje de violencia de que se habían contagiado las otras, y no se las quitó en todo el día. Cuando al caer la tarde concluyó la jornada, apresuró su marcha. Dijo que se encotraba mal, que no saldría por la noche. Pidió incluso por favor que no le avisaran con el habitual mensaje para decirle dónde quedarían. Spider trató de insistir, de convencerlo, pero él se limitó a guardar silencio, para marcharse con un simple «hasta mañana».

Ya en su casa, Smix, sin despojarse de sus gafas de sol, se tomó una pastilla para dormir. Le daba igual que no fuera aún de noche. Pero su ansiedad padecía de insomnio y lo mantenía despierto. Tumbado en la cama, sus gafas negras dejaron escapar alguna tímida lágrima que resbaló por su cara. Smix odiaba estar asustado. Lo había detestado siempre. De niño, en la escuela, había tenido que soportar años de miedo. Su delgadez infantil, acrecentada por un aspecto de monaguillo, diseñado por sus padres, lo catapultó a la popularidad más temible que se puede adquirir a esas edades. Era el tipo del que los macarras se servían para ejercitar su imaginación. Así empezó a sentir apego por su dormitorio, a renunciar a las actividades que le hiciesen aventurarse más allá de las puertas de su casa. Y se impregnó de rencor. La informática, Internet, la música, fueron sus armas de rebeldía. Cuando llegó a la pubertad, tenía los suficientes conocimientos teóricos para reinventarse. Así que, decidido, se cambió de colegio. Varió su aspecto a base de pelearse con sus padres. Esos combates no le dejaban moratones. Con su nuevo look y sus conocimientos tecnológicos se integró perfectamente. Pero jamás llegó a tener la suficiente confianza en sí mismo para enfrentarse a una pelea con garantías de éxito. Ni siquiera podía mantener disputas verbales con soltura.

Nadando, pues, en medio de un lago de pánico, no se podría imaginar que al día siguiente sería capaz de enfrentarse a sus miedos.

Capítulo 10

—Hola, Lise.

—Hola... —era Smix y, a juzgar por lo que se adivinaba en la imagen..., estaba en la plaza central, en una cabina de comunicación. Se le veía raro.

—Me han atacado. Estoy todavía con el susto en el cuerpo...

—¡¿Qué?!

—Ayer, cuando fui a por las piezas nuevas para el robot... A ver... —el hombre hizo una pausa para recomponer sus ideas, mientras echaba una mirada hacia los lados—. Por la mañana a primera hora llamaron al taller, del aeropuerto... que habían llegado las carcasas del robot. Sorteamos quién iría... Yo perdí. Un tío estaba como estrellado en mitad de la carretera. Pero era una encerrona. Me ha preguntado por ti. Yo no le he dicho una mierda, pero me ha acojonado mucho. ¡Me ha pegado! El muy hijo de...

—No puedo creerlo... Esto confirma que es algo gordo...

Su cabeza daba vueltas mientras iba reconociendo el rostro de Smix buscando involuntariamente signos de violencia. No había conseguido nada decente en aquella documentación que le había dado Smix. Nada que pudiera considerarse una prueba, ni siquiera un camino a seguir. Pero estaba claro que si habían ido a amenazar a Smix es porque sospechaban. Pero algo fallaba. No tenían sentido muchas cosas. ¿Por qué iban a por Smix y no a por ella?

—¿Te preguntaron si me habías contado algo..., si sabías algo determinado?

—¡¿No me oyes, joder?! Ese tío me insistió en si te conocía… que le hablara de ti. Te juro que llevo todo el día prometiéndome que no te iba a llamar… Esa gente sabe cómo asustar… Pero me da rabia, joder. Me da rabia lo que me hizo ese canalla. ¡Que lo jodan, te estoy llamando! Anoche me dio por pensar… Llevo toda la vida escondiéndome de gente, toda la vida huyendo de las cosas. ¡Pues no me da la gana, te estoy llamando! ¿En qué demonios estás metida?

—Tranquilízate. Responde a lo que te he preguntado. ¿Te interrogaron sobre algo en concreto…, si sabías algo determinado?

—No… Que yo recuerde, no. Te juro que yo iba a contarle todo…, pero el muy canalla se largó antes. Como me pegó, no me dio tiempo a largar… Era un indeseable.

—No te va a pasar nada. Creo que sólo querían asustarte.

—Pues lo han conseguido.

—Gracias por llamarme. Tranquilo. Ahora cuelga y olvida el incidente. Si de veras tuvieran algo contigo, te habrían puesto la cara peor de lo que la tienes, o te habrían retenido. Simplemente anda con ojo. No son muy profesionales. Ese tío estaba más asustado que tú. Por eso se marchó enseguida.

Aquello no tenía sentido. Si habían atacado a Smix, debía ser por la reunión que habían tenido… Pero no le habían preguntado nada de nada en relación con esa reunión, ni a ningún tipo de documentación. No le habían intentado sacar información a propósito de lo que él pudiera saber sobre el asunto secreto. En la hipótesis de que ellos sospecharan que ella era una periodista… y que Smix había hablado de temas comprometidos sobre el proyecto, lo más lógico era pensar que primero tratarían de saber qué era concretamente lo que Smix había descubierto…, pero no le hicieron ni una sola pregunta en ese sentido. Lise comenzaba a sentir ansiedad. Estaba envuelta en una tela de araña y no podía ver a la señora de ocho patas que la estaba tejiendo sonriente en sus narices. Por un momento paró su cerebro en seco. ¿Sería Antonio el que estaba detrás de todo eso? Tal vez ordenó que asustaran a Smix. Después de todo, a Smix le habían preguntado por ella. Y ella en la isla era una recién llegada, como él. Solamente en el pub de salsa habían estado juntos... Bueno..., también estaba la reunión en su casa que era claro que habían espiado. Agradeció haber usado el inhibidor de ondas. Aquel aparato había justificado su precio en un solo día.

Lo que tenía claro Lise era que estaba en la senda correcta. El peligro solía ser el mejor indicador de haber acertado. En ese proyecto se escondía una trama poderosa, capaz de poner nerviosos a sus guardianes con un simple acercamiento.

Capítulo 11

«Ve a la isla y toma el control, tu gente la está cagando». Ésa fue la perla que le soltó el Ministro del Interior por teléfono a François, que, de madrugada, se había despertado con un sobresalto mientras luchaba en una guerra inventada sumergido en un sueño. Ya no pudo volver a quedarse dormido. Se irguió, hizo un rato de gimnasia y tomó una ducha. Recibió el informe que había detonado la alarma del Ministro en su correo electrónico.

En el informe se explicaba que el equipo de seguimiento había roto uno de los protocolos de seguridad: habían delatado su presencia en la isla sin que una urgencia lo demandase. «Ineptos», dijo François cuando leyó que uno de los integrantes del equipo se había enfrentado a un compañero de trabajo del Zombi-100. Se describía la argumentación que daba el agente a propósito de aquella reunión secreta con la desconocida. A François lo inquietó aquella reunión, aunque coincidía con sus superiores en que habían metido la pata.

Cuando se acercaba el alba reservó un vuelo para la Atlantis, la isla de los científicos.

Una ranchera larga de pasajeros se detuvo en la puerta del hotel Hilton Atlantis. El sol hacía brillar el parabrisas y el reloj de pulsera de uno de los ocupantes del coche, desde la perspectiva del mozo encargado de ayudar con el equipaje en el hotel. El vehículo era del aeropuerto. Rara era la mañana en la que el mozo no contaba hasta seis todoterrenos descargar turistas en aquel hotel. El tipo se bajó del coche e insistió en que la maleta la llevaría él. Era rubio, bastante alto, un hombre atractivo. Vestía un traje de lino color crema, sin botones, con una camisa blanca, también sin botones, abierta, del mismo tejido. En su torso se adivinaba una musculatura fibrosa exenta de grasa. Sus gafas de sol eran unas «progressive», la última moda. Con el sol de cara, sus cristales se ahumaban completamente dando una sensación de opacidad total, y en la oscuridad clareaban hasta poder adivinarse el contorno exacto de los ojos. El mozo, viendo que el cliente rehusaba dejarle su equipaje de mano, supuso que se quedaría sin propina en esta ocasión. Simplemente lo acompañó a la puerta y realizó la clásica reverencia que tomaba como sello de identidad de su trabajo.

François llegó a la isla convencido de que sería pan comido restablecer el orden. En Toulouse, vigilando al Zombi-100, había llegado a odiarlo aún más que al resto de los zombis que él había supervisado. Suponía que era porque Antonio Fernández Puertas era un tipo confuso... y bastante preguntón. Cuando se enteró de que le habían buscado un trabajo en aquella isla, tuvo dos sensaciones contradictorias. La primera fue cierto estupor en contemplar el privilegio que le otorgaban a un asesino condenado a muerte. No podía creer que el gobierno se gastara tanto en aquel individuo. Crear una unidad específica para seguir su evolución era un gasto absurdo para contemplar la vida gris de un asesino amnésico, legalmente muerto.

La segunda lectura que hizo de aquel anuncio... alegría. Estaba contento suponiendo que se lo quitaría de encima. Le adjudicarían a otro agente el papel de niñera. Él era una pieza clave del servicio de inteligencia en la zona sur de Francia, así que la lógica indicaba que se lo asignarían a otra unidad. Efectivamente consiguió evitar ir a la isla. Le pidieron simplemente que eligiese al grupo. Así lo hizo, y ahora le pedían auxilio porque, al parecer, los métodos empleados por sus chicos no gustaban. Suponía que iba a ser un trabajo tan rutinario y fácil, que llevó a cabo la selección al azar entre hombres no muy cualificados. Los buenos debían seguir investigando las cosas importantes. Detestaba la idea de tener que vigilar zombis, en lugar de investigar, o tomar parte en zonas de guerra en campañas de espionaje. Una de las etapas más lucrativas y felices de su vida la había pasado cuando el Gobierno francés alquiló sus servicios a los chinos, para hacer espionaje y trabajos sucios en mafias y ejércitos contrarios a la alianza entre Estados Unidos y Japón.

Ahora, después de aterrizar en Atlantis, en aquel ambiente de Olimpo de dioses, de feria de muestras perpetua, en medio de aquel paraíso veraniego, pensó que le podría sacar partido a la estancia. Hacía demasiado tiempo que no disfrutaba de unas vacaciones. Cuando el mozo del hotel le hizo una reverencia para cederle el paso, se sintió tratado en consonancia con sus méritos. Estaba claro que el Ministro contaba con que él era una apuesta segura. Por eso lo habían enviado. De una forma muy precipitada, pero indudablemente porque contaban con él para solucionar problemas urgentes.

Después de instalarse se dio un paseo hasta la zona residencial contigua al hotel. Estaba ubicado en el sector 5, muy cerca de la casita que habían establecido como centro de operaciones. Dando un paseo, sin contestar a ninguno de los saludos que los viandantes le proferían, se dirigió hasta el cuartel general. Esperaba encontrar a sus hombres muy preocupados. Seguramente eran conscientes a estas alturas de que su visita se debía a un mal paso. Lo estaban esperando.

Un tipo musculoso le abrió la puerta. Se le notaba a dos leguas que era del ejército. Rapado, en camiseta de tirantes, le faltaban las placas metálicas de identificación y algún tatuaje numérico para ir diciendo a los cuatro vientos: «Miradme, soy un agente especial con el encefalograma plano». Así funcionaba la mente de François: acaparaba detalles siguiendo un objetivo. Su ira hervía en un cierto punto que se desencadenaba de forma progresiva. Así que, cuando él quería llegar a ese lugar de su espíritu, no hacía sino concatenar detalles que lo llevaran irremediablemente a desbocar su instinto. Así se percató de que el orangután se había tatuado en la muñeca izquierda una bala atravesando una calavera. El grandullón lo condujo con una sonrisa a un salón donde todos los demás lo esperaban de pie firmes. En una mesa, varios teclados, móviles y abundante papeleo se repartían el espacio. Sus ojos recorrieron la estancia repasando los posibles fallos que le hicieran perder los estribos.

—Descansen. ¿Quién es Jules?

—¡Yo, señor! —dijo, arrancándole a François sus últimas gotas de paciencia de los oídos con aquel grito.

—Mientras caminaba hacia aquí, le he estado dando vueltas a la idea de la perfección —comenzó a decir mientras divisaba el jardincito de la parte de atrás de la casa—. Esta isla, a primera vista, parece perfecta. El sol doraba mi piel de forma acelerada; la brisa me regalaba una sensación de bienestar. El ambiente, la temperatura, me hacían recordar esos salones lujosos de bronceado que hay en París. Éste es el paraíso de los pijos, los niños de papá y los cerebritos. No es una guerra, ni vuestra misión requiere un adiestramiento especial. Jules…

—Señor…

—¿De qué va esto? ¿Cómo es posible meter la pata tanto en tan poco tiempo, Jules?

—Señor…

—Deja de llamarme señor. Esto no es el ejército; esto es una unidad de vigilancia de un individuo rehabilitado. Si me llamas señor aquí, fuera de aquí con muchas probabilidades podrías llamarme señor. Cualquiera detectaría a mil leguas el pestazo que despedís tú y tus hombres a novatos. Es increíble... Cuando os seleccioné para esta misión..., voy a sincerarme..., no pensaba que fueseis de primera..., pero desde luego no podía imaginar el grado de estupidez que estoy viendo. El grado de estupidez que he leído en el informe.

—Hemos hecho lo que hemos podido se...

—François, llámame por mi nombre: Jules... Habéis hecho una mierda. Si yo estoy aquí es porque sois unos ineptos. Yo estaba de puta madre en Francia —decía él mientras retiraba las gafas de sol con parsimonia. Clavaba su mirada en el joven teniente Jules—. Y me habéis fastidiado; me habéis hecho venir porque sois una panda de inútiles. Joder, cuando esta mañana leí el informe... no podía creerlo. ¿De quién fue la idea de hacerle una visita al compañero del Zombi-100?

—François, yo... Bueno, seguimos el protocolo habitual, hasta que vimos cosas raras... El tipo tramaba algo con esa mujer; los dos son accesibles al Zombi... Lise, queríamos saber más sobre ella... Investigamos, y tiene identidad falsa... y encima aquella reunión...

—¡Cállate, imbécil! Cállate o te juro que de ésta te vas al paro o al hospital. No hace ni cinco días que está aquí el Zombi-100, y ya la habéis cagado. No me lo puedo creer. El problema de los tíos como tú es que sois mediocres y lo sabéis. Por eso, ante cualquier oportunidad que pensáis que os puede poner medallitas en la solapa, os lanzáis como animales a un precipicio. A partir de ahora se hace lo que yo diga, y nada de pensar... Jules, tú quedas degradado, y dame las gracias de que no te echemos a patadas del ejército.

—Señor, lo veo excesivo.

El puñetazo de François fue tan rápido que Jules ni tan siquiera hizo ademán de esquivarlo. Como un muñeco, el teniente, ahora soldado raso, cayó al suelo y en su caída, chocó con una silla, que salió despedida hasta ser frenada por uno de los soldados. En el suelo, Jules se agarraba la cara dudando si incorporarse o no. La sangre comenzaba a mancharle la mano.

—He dicho que aquí soy François, nada de señor… Tú, ordena la mesa de papeleo, tú… ya no te vas a rapar más la cabeza, y ponte algo que tape el tatuaje de tu muñeca… Esa pistola que tenéis encima de la mesa es como para usarla con vosotros. En esta isla hasta la policía va sin pistola. Las guardan en las comisarías, y creo que se alegran de no haber tenido que usarlas más que en el aeropuerto en un par de ocasiones. Las armas se pueden detectar de muchas formas y no están a salvo fuera de los cajones especiales que seguro trajisteis…; así que, como vuelva a ver una pistola fuera de su sitio, os juro que os pego un tiro con ella. A partir de ahora, vamos a establecer un nuevo código, así que olvidaros de la mierda del ejército. A partir de ahora todos somos turistas en esta isla. Todos somos tipos normales; todos somos gente que viene a ver lo genial y divertida que es Atlantis. Y lo más importante: todo lo que yo diga será respetado al pie de la letra sin preguntar. Lo primero que quiero es que me deis todo lo que hayáis hecho hasta ahora. Quiero que establezcamos un sistema de seguimiento. El zombi me conoce, así que yo nunca estaré en contacto con él, a no ser que necesitemos hacerle alguna aclaración sobre algún tema. Quiero saber de todos sus movimientos, su lugar de trabajo, sus compañeros, los horarios de comidas, todo. Necesitaremos también echar un vistazo a las rutinas de esa chica y del tipo al que asustasteis. Jamás entraremos en contacto directo con ellos. Jamás nos delataremos, a no ser que sea estrictamente necesario. ¿Lo habéis entendido? Si el Zombi supone una amenaza para la seguridad, yo me encargaré de él.

Capítulo 12

Antonio ansiaba dominar la isla. Junto a su urbanización había un puesto de alquiler de bicicletas, e instauró la costumbre de, cuando finalizaba su jornada, adquirir una bicicleta para explorar las incertidumbres que le reservaba Atlantis. Si deseaba explorar sectores muy alejados, usaba el transporte público. Poco a poco, entre hallazgos, fueron pasando las semanas con la sensación agobiante de no controlar aún el mapa completo de Atlantis. Sentía la necesidad de fabricar en esa pequeña porción de tierra un hogar, una procedencia.

Dos meses después de su llegada, un día que tuvo libre, pedaleando con decisión, exploró durante la mañana el norte de la isla. Después de almorzar visitó la famosa puesta de sol en la zona norte. Recordaba que Spider se lo había recomendado. «No es una columna, es un tubo… el Mirador Magnético».

El Mirador Magnético permitía una experiencia bastante atrevida. Un tubo gigantesco y transparente que en su base tenía un potente electroimán, provocaba un viaje no apto para cardíacos. Con un traje especial, el turista podía ascender levitando hasta trescientos metros de altura para contemplar el paisaje. En la cola, para sacar los billetes y disfrutar la experiencia, Antonio se encontró con Lise. Fue tan casual que les hizo sonreír.

—¿No te dan miedo las alturas?

—No. Lo mejor de la experiencia es la sensación levitatoria —contestó la mujer.

—A mí, eso de la levitación magneto-impulsada... no me hace mucha gracia, la verdad.

—Según el folleto no hay peligro. El traje es como un imán. El casco te protege porque la fuerza del imán en los primeros metros de ascenso es bastante brusca y te puedes ir contra las paredes.

—¿Tú ya lo has probado?

—No... Ya te digo que lo leí en un catálogo de actividades. ¿Tienes miedo? No es apto para cardíacos.

—¿Miedo? No... Si lo tuviera no estaría en esta fila esperando a subirme.

Lise sonrió. De repente, Antonio sentía ganas de importunarla, contestando a su forma descarada de intentar humillarlo. Lo hacía con diversión, como si fuese un lenguaje que deseara instaurar con él. Parecía proponerle un juego dialéctico. Tal vez era su forma de seducirlo.

—Bailo mejor salsa que tú y, ahora, te demostraré que también puedo volar mejor —sugirió Antonio aceptando el juego.

—Así que piensas que bailas mejor que yo...

—No lo pienso. Estoy seguro.

Cuando les llegó el turno, no pudieron evitar las risas viéndose vestidos con aquel traje ajustado. La idea era simple. Un electroimán muy poderoso se activaba en el suelo del gran tubo. Así, el traje salía repelido por la carga magnética hacia arriba.

—Hola, soy su guía de levitación. Colóquense junto al perímetro del tubo; me refiero a la pared transparente. Desde arriba os daréis cuenta de que no es tan grande.

El tubo tenía un diámetro aproximado de veinte metros. Mirando hacia arriba daba la sensación de curvarse a lo largo de los trescientos cincuenta metros. Antonio estaba maravillado. Las dimensiones lo impresionaban.

—Cuando el electroimán se conecte, notarán un tirón fuerte hacia arriba. No se pongan nerviosos; es simplemente el efecto de repulsión. Los novatos péguense a la pared y así podrán controlar bien el vuelo. No intenten evitar el movimiento; al contrario, aprovéchenlo para subir. Relájense y el vuelo será bastante gratificante. El principio es un poco brusco, hasta que el imán de abajo pierda influencia conforme ganan altura. Cuando estemos arriba del todo, pulsen el botón rojo del peto. Los electroimanes del traje y los sensores de movimiento harán el resto y los pondrán aproximadamente de pie. Si en cambio quieren más emoción, no lo pulsen, y descubran lo fácil que es marearse. Si tienen cualquier problema y quieren descender antes de que acabe la excursión, simplemente pulsen el botón verde; en seguida los electroimanes calcularán su descenso.

Oído esto, Antonio se colocó junto a la pared con las manos preparadas como si fuese a trepar en escalada.

—Vamos, no seas miedica, mejor al centro…

—No tengo miedo… —buscaba una excusa—. Es que así veo mejor el paisaje mientras ascendemos.

—El paisaje se ve mejor cuando llegues arriba. En el ascenso no podrás distinguir gran cosa —apostillaba el guía de vuelo, que había escuchado las razones del hombre.

Lise reía. Parecía absolutamente ajena al posible peligro. Antonio, de pronto, se sentía un cobarde allí en el borde de una piscina…, una piscina… Creía recordar una situación parecida.

Una piscina neblinosa en la cual él estaba en el bordillo sin soltarse, presa del miedo. ¿Era un recuerdo de su infancia… o producto de su imaginación? Sentía que había alguien más en aquella piscina, pero no podía verlos. De nuevo aquella sensación de magreo cerebral, de retoque digital, de perversión tecnológica. Manipulado, el recuerdo, esa imagen borrosa se difuminaba tanto que ahora ya no podía vislumbrarla. Cuanto más intentaba rescatar imágenes alrededor de aquella visión, menos información recibía. Se tocó la frente intentando sentir el tacto de su piel, como una referencia de la realidad. Le dolía la cabeza.

—¿Te pasa algo?

—No... Vamos, te demostraré que puedo volar con más estilo que tú.

Un pequeño zumbido dio paso a una vibración leve en el suelo, como un terremoto doméstico. Antonio se acercó al centro y se colocó detrás de Lise; después cerró los ojos muy fuerte.

—Bien, preparados... Veo muchos valientes que quieren volar libremente... cuatro, tres, dos, uno...

El guía bajó los brazos haciendo un gesto a sus compañeros en el puesto de control. De repente, el zumbido creció y salieron literalmente disparados hacia arriba.

—¡Aaaaaaaaaahhhh!

La sensación era parecida a una caída libre... pero ascendiendo. Antonio tuvo más problemas de los que imaginaba. No esperaba tanta velocidad al principio. Se puso nervioso y, aparte de varios gritos, se volvió bruscamente. Los campos magnéticos le hicieron precipitarse y dar volteretas. Chocó contra la pared, contra algunos compañeros de vuelo. Incluso se llevó por delante a Lise que estaba protagonizando uno de los vuelos más limpios. La chica se reía compulsivamente. Al final el efecto de levitación se fue suavizando hasta una lentitud de ascensor. Cuando la fuerza se equilibró prácticamente al final de tubo, todos pulsaron el botón rojo. Rápidamente el traje recolocaba sus posiciones. Después podían disfrutar por fin de la vista.

—¿Para eso querías volar en el centro? Ni siquiera te has movido. Yo, en cambio, sí que he disfrutado. ¿Viste las piruetas? —ironizó él recuperando el aliento.

—Estabas chillando, asustado. Perdiste el control.

—¡Nada de eso!... Tú sí que estabas asustada. No te movías. ¡Usted lo ha visto, a que sí!

El turista asintió sin saber de qué hablaban.

—Parece que habrá tormenta —dijo el guía, que parecía no estar alterado por la levitación. Con el brazo señalaba a lo lejos un grupo de nubes negras que venían arrastrando una cortina grisácea.

Atlantis parecía una alfombra gigante, verde, de bordes dorados que penetraban en ángulos las aguas turquesas. Los palmerales se mecían con la brisa, diminutos allí donde se posasen los ojos del viajero. Las nubes ocultaban el sol coloradas, enrojecidas por el esfuerzo, a un palmo de las aguas y, sin embargo, muchos rayos traspasaban los vapores y hacían brillar diminutas pinceladas amarillas en las aguas erizadas, donde las olas eran miniaturas de sí mismas, arracimadas en un cortejo mayor, en un vaivén majestuoso.

El guía fue señalando todos y cada uno de los sectores de la isla explicando detalles arquitectónicos. Allí en pie, a trescientos metros de altura. Las paredes del tubo eran prácticamente invisibles, sólo apreciadas por un toque azulado que difuminaba la vista cuando se miraba a partes muy alejadas.

—¿Qué pasaría si hay un corte de luz? —preguntó uno de los turistas mientras miraba con desconfianza el suelo del que procedían. El guía le respondió un simple «no pasaría nada». Antonio miró hacia abajo, y de nuevo aquella sensación de que el tubo estaba curvado. Los veinte metros de diámetro del cilindro ahora parecían disminuidos. No se podía distinguir el fondo. Desde las alturas, superado el vértigo inicial, asumiendo la fiabilidad del invento, Antonio buscó su residencia y los barracones del laboratorio. Lise lo ayudó mostrándose más cercana, con la camaradería de quien está corriendo el mismo riesgo. Parecía una niña pequeña disfrutando en el parque de atracciones. La vista de las pirámides, los rascacielos del puerto, las playas, el aeropuerto; incluso se veía a la perfección el oceanográfico, en las orillas del este.

—Bueno, levanten la mano quienes quieran hacer un descenso normal... —propuso el guía después de los quince minutos pactados.

—¿Y qué otra opción tenemos? —preguntó un muchacho con acento surfero y piel de carbón.

—Los que quieran hacer un descenso tranquilo... pulsen el botón verde... los que quieran hacer algo más interesante se quedan conmigo.

Antonio buscaba con los ojos en su propio peto el botón que debía presionar. Lise se le acercó y le volvió a picar.

—No pensarás pulsar el botón verde... ¿verdad?

—Sólo estaba mirando dónde estaba, por curiosidad...

Aquella mujer tenía un don para arrastrarlo a hacer locuras. Apretando el botón verde el descenso era bastante suave a juzgar por los compañeros que desistieron de seguir la senda sospechosa que proponía el guía.

—En realidad, el electroimán de la base es una potente granja de miles de electroimanes conectados a un ordenador que puede individualizar la carga magnética que envía a cada uno de los viajeros; por eso ellos están descendiendo y nosotros nos quedamos arriba. Tom... ¿Están todos abajo? —preguntó el guía a sus compañeros por el micrófono del casco—. OK. Vale, ahora vamos a hacer caída libre como nunca la hayáis hecho. Esto es mejor que el *puenting*. El ordenador nos permitirá caer durante muchos metros. No os preocupéis: está todo muy bien calculado para que no haya accidentes. El ordenador es capaz de calcular qué imanes debe aumentar o disminuir en potencia para depositaros en el suelo sin accidentes demasiado graves...

Antonio tragó saliva. ¿Qué demonios quería decir «demasiado graves»?

—Allá vamos. ¡Tom, haznos sentir miedo AHORA!

De pronto, el traje aflojó la presión que tenía sobre el cuerpo, en especial sobre el pecho mientras los sostenía levitando. Ésa fue la única sensación agradable: el inicio. Después, la gravedad hacía patente de quién era el planeta Tierra. Se precipitaron al vacío sin más, ahondando en el espacio mientras los verdes, azules y amarillos del paisaje se tornaban borrosos en las paredes del cilindro y los sonidos se confundían en una turbulencia. Antonio cerró los ojos sin poder remediarlo. Segundos antes de caer se preocupaba por posibles colisiones. Mientras estaba en aquel torbellino simplemente se esforzaba por soportar la sensación endiablada de caída.

Una vez abajo, con la garganta afectada de gritar. Después de frenar con brusquedad... nada parecido a lo que el guía les había contado..., al menos para él. Antonio tuvo prisa por salir de aquel ingenio tecnológico y quitarse el traje ajustado pisando por fin tierra firme. Se despidieron al rato de abandonar las instalaciones. La tormenta que habían visto desde arriba se arrimó a la isla a gran velocidad. Comenzó a llover sin mucha decisión, fruto de una avanzadilla de nubes que precedían el grueso manto alado que vislumbraron desde las alturas. Antonio apretó las piernas y exprimió al máximo su capacidad ciclista. Dejó la bicicleta junto al aeropuerto en otro de aquellos puestos de «Ciclantis» y tomó un taxi hasta su casa. Pasó toda la tarde excitado por la experiencia del levitador...; por eso y por aquella mujer misteriosa, con la que tanto le gustaba discutir.

La lluvia no cesaba. Durante dos días estuvo azotando la isla. Spider no dejaba de decir que se debía a un experimento meteorológico que llevaban a cabo los japoneses.

—Las viejas leyendas urbanas sobre el nitrato de plata, ahora son una realidad —afirmaba en un pequeño restaurante de menú, donde solían almorzar los trabajadores de los subterráneos.

—No, hombre. Ayer estuve en el Mirador Magnético, y vi venir la tormenta con mis propios ojos. Te aseguro que no es producto de ningún científico. Eres muy bueno con los robots, pero muy malo para detectar conspiraciones.

Al caer la noche, las lluvias persistían y, aunque amainaron en fuerza, los nubarrones aún disparaban algún relámpago.

—Esos rayos dan miedo divino —le dijo a Spider desde casa. El plan para la noche anterior se había ahogado con las lluvias…, pero dos noches seguidas sin salir requerían un diluvio más severo.

En Atlantis, una tormenta era un acontecimiento. Los meteorólogos tendrían mucho trabajo. Numerosos helicópteros sobrevolaban como abejas un cielo en el que las nubes rechonchas se empujaban como enormes pasteles grisáceos. Pero todos aquellos para los que el estudio de las tormentas no era competencia, iniciada la noche, pese a la lluvia y los relámpagos… salieron a divertirse. Incluso hubo quien se disfrazó con motivos de tormenta, rayitos, nubes, lluvia. Así era el ambiente de Atlantis, que mutaba el agua en zumo de optimismo radicalizado. Ocio transformado en apetencias estéticas. Genialidades inútiles, como vestirse en armonía con el medio ambiente.

En el Salsa, se veían menos bailarines que de costumbre, pero había ambiente. Un anuncio centelleaba en las paredes a propósito de clases de baile gratis. Spider pidió las bebidas y Lise se quedó charlando con Antonio. De Smix no había ni rastro. La chica miró fijamente los ojos del hombre.

—¿En qué trabajabas antes de venir aquí?

—No quiero hablar de trabajo. Tú estás aquí por vacaciones, ¿no?

Lise se sorprendió de la contundencia de la negativa y el cambio de tema. Insistir sobre el empleo delataría un interés excesivo. Dejó de lado esa cuestión y continuó su asalto.

—¿Cómo te definirías como persona? Yo te veo triste.

—¿Triste? ¿Lo dices en serio? Bruja.

—Perdona, pero es que en tu mirada hay algo extraño. No sé como explicarlo. Desde que te conocí, pensé que eras la típica persona tras la cual hay una historia dramática. Como si en tu mirada quedasen restos de una tristeza... No te lo tomes a mal... Incluso me sorprendió en el mirador; cuando todo el mundo reía, tú estabas como en otro mundo. Eres un tipo peculiar.

Mientras decía todo aquello, no quitaba ojo a cada expresión en el rostro del hombre, tratando de adivinar si tocaba algún punto débil. Pero el atractivo y cierta inocencia le distraían de los detalles. A los hombres los podía el orgullo. Ella le estaba dando pistas sobre el tipo de historia que una chica deseaba escuchar. Le estaba dejando claro que ella deseaba conocer esa parte dudosa e íntima, que valoraría mucho que él se abriese y le brindara su confianza.

—¿No escuchaste a un loco gritando mientras descendíamos a toda velocidad?... Era yo. No sé... Creo que mi vida ha sido normal. Sin grandes dramas. Yo a ti te veo muy analítica y fría... Ahora que nos estamos diciendo las cosas a la cara, te diré que esto entorpece un poco tu belleza. Es cierto que el otro día estaba mal... Las alturas no me gustan mucho. En cambio, fue la única vez que te he visto disfrutar de verdad de algo. Ni siquiera bailando salsa se te ve relajada.

De repente Lise sintió que su mirada penetrante eran flechas de canela y que los ojos de aquel hombre podían traspasarla. Acababa de tocarle dentro una fibra escondida, un detonador de azoramiento. Lise, en su propio desconcierto, decidió seguir atacando para al menos disimular que la había afectado el análisis.

—Vaya... ¿Tan mal te ha sentado que te diga lo otro que ahora me atacas...?

—No, no es eso. A ver... Tú estabas siendo sincera... Creo que finges una dureza. Que eres una persona que se ha fabricado a sí misma, y que por eso piensas que todo el mundo te está examinando. No estás relajada. Siempre se te ve en guardia. Incluso cuando preguntas parece como si lo hicieses sin naturalidad..., como si fuese un trabajo. Por cierto, ¿en qué trabajabas? No lo recuerdo.

—Dijimos que no íbamos a hablar de trabajo, ¿no es cierto? —argumentó ella, que comenzaba a sentirse presa de su propio juego.

—Chicos, tomad esto rápido, que se enfría —bromeaba Spider mientras depositaba las copas en la mesa. El color de las bebidas cambiaba cada diez segundos.

—¿Me consideras una persona triste, Spider?

—No. ¿De qué hablabais?

—No he dicho que fueras triste... —dijo Lise molesta. No le gustaba la idea de compartir aquella conversación con Spider—. Sólo te decía que por tu mirada, no sé..., que pareces una persona que ha sufrido. Voy a bailar.

Dicho esto, Lise se levantó. La había sacado de quicio. Sus pasos acelerados se detuvieron frente al monitor de salsa. Mientras bailaba con él, no podía evitar sentirse observada. Sabía que Antonio la estaría mirando. Estaba muy sorprendida por las palabras de aquel hombre y su increíble juego de esquiva. La había desestabilizado psicológicamente. En cierto modo, no estaba ofendida por lo que había dicho; lo que la fastidiaba era que había acertado... Más bien estaba cabreada por ser incapaz de acertar de igual modo sobre él. Ella intentaba tocar algún punto débil sin éxito y, sin embargo, él poseía ya un esquema perfecto de buena porción de sus debilidades. Seguramente aquel tipo tendría estudios en psicología. Cobraba importancia la sospecha de que podía tratarse de un agente especial encubierto, o un newshunter experimentado. Su misterio crecía. Su aura era cada vez más enigmática. Ella, a lo largo de su vida, siempre había perseguido enigmas y sentía que cada vez la atraía más y más. Tenía que intentar acercarse de nuevo, seguir conversando con él. Si era un periodista de Macrocom, afincado en Atlantis para pisarle la noticia, desde luego estaba mejor posicionado que ella trabajando en el proyecto en sí. Si era un funcionario del Gobierno, tal y como defendía Dany, la cosa se complicaba. Podría ser del servicio secreto, intentando investigar por su cuenta el mismo fraude que ella investigaba, para evitar así que saliera a la luz pública; por lo tanto, si la descubría olisqueando el tema podría ponerse peligrosa la situación. Pensando todo esto, la canción finalizó. Lise volvió a la mesa.

—Has estado ausente. Perdiste el paso tres veces.

Antonio la miraba tan fijamente que, en defensa propia, sólo pudo esbozar una sonrisa. Se lo veía aún jugando el juego, volviendo al ataque. En ese momento el profesor dijo por megafonía que iban a comenzar las clases gratuitas para principiantes.

—Interesante. Creo que voy a ver si me quedo con algún paso.

Spider se marchó oportuno, como quien abandona un barco antes de que se hunda. Otra vez solos en la mesa.

—¿Tú nunca te equivocas cuando bailas?

—No te lo tomes como una crítica. Bailé contigo y, aunque no eres mejor bailarina que yo, eres buena. Te lo comentaba por si te pasa algo... Te veía como en otro lugar.

—Sí, bueno..., estaba pensando lo que me habías dicho antes. Quizá tengas razón. Soy fría y calculadora... y algo me dice que tú tienes algo extraño en la mirada.

—Otra vez con eso...

—Nunca me suelo equivocar con una corazonada.

Lise estaba dudando. Finalmente se decidió a presionarlo para ver si sacaba algo.

—Creo que tú ocultas algo.

El hombre miró hacia la salida del pub. Había parado de llover, aunque la calle seguía plagada de chubasqueros de colores frutales. Al volver la mirada, Antonio contestó.

—Bueno, todo el mundo oculta cosas. ¿Tú no?

—Yo me refiero a algo extraordinario. No a cualquier cosa que se oculta en circunstancias normales.

—Te equivocas.

—¿Y si te dijera que sé que ocultas algo?

—Te diría que estás equivocada. No oculto nada. Mucho menos eso que decías de la tristeza. Yo he tenido una vida muy plena.

Lise encontró por fin la señal. Sin saber muy bien qué la inducía a pensarlo, si el parpadeo o la dirección de las pupilas, que venían desde la izquierda…, aquel hombre mentía.

—Escondes algo. No tienes por qué resistirte… Sé que lo ocultas. No puedes engañarme. Soy policía.

—¿Policía?

—Me preguntaste a qué me dedicaba… Pues ahí lo tienes, soy policía secreta.

—¿De dónde?…

—De la isla… Controlamos a la gente que visita la isla.

—Me tomas el pelo.

Lise rió exultante. Intentaba quitarle importancia. Sabía que no sacaría más información de Antonio por el momento. Le vendría bien fingir una broma; se había pasado de la raya preguntando.

—¿No puedo pasar por policía o qué?

—Ni hablar.

—Vale, creo que no nos conocemos lo suficiente como para que me confieses tu historia indecente, pero es que soy muy curiosa…, por eso preguntaba.

El corazón de Antonio andaba al galope mientras reparaba la tapia construida en su rostro tras los ataques. Menuda mujer.

Había sentido una desnudez total al ser interrogado por Lise. Le daba la sensación de que, si ella quería, podría entrar en sus pensamientos; incluso, por momentos, parecía que ya lo estuviera haciendo.

—Mira, es Spider; está bailando con esa morena. No lo hace mal —Lise, de esta forma, cedió espacio para no incomodarlo. Se respiraba entre los dos algo especial y sus preguntas habían estado a punto de soterrarlo.

Él miraba a Spider y, cuando comprobó que la chica seguía el juego a su amigo, en sus ojos, escondida, una sonrisa tapaba aquella presunción de historia maldita que ella había relatado para intentar llevarlo al límite. Ahora, viendo cómo contemplaba a Spider, con la mirada cristalina, irradiando amistad, se presuponía imposible que entrañase cualquier riesgo para ella. Se suponía que aquel tipo era un recién llegado a la isla y sin embargo sentía camaradería por Spider. No podía ser mala persona. De hecho, ella misma había comprobado días atrás en el levitador que era divertido y accesible. No; definitivamente, una persona que se alegra de ese modo por el bien ajeno no podía ser mala persona. O eso, o era un gran actor. En toda su vida Lise se había encontrado con gente así, con grandes actores que afilaban sus cuchillos tras las sonrisas, que mataban a sus amantes y llevaban a la ruina a sus mejores amigos.

Spider bailaba con una chica morena de aspecto árabe. Por su pulsera, se veía que era una residente. La conversación se había agotado entre ellos en la contemplación de la pareja. Cuando acabó la clase, Lise tomó una decisión. Fue al servicio y llamó a Dany. Como siempre, el mago de Internet le respondió al instante.

—Saludos, princesa.

—Hola, Dany, te llamo porque necesito que cuides de mí esta noche. Tengo poco tiempo. Verás, el tipo que trabaja en el laboratorio con Smix, del que te pedí información, miente como un bellaco cada vez que le hablo. Sospecho que tiene algo escondido y esta noche lo he presionado un poco y he dado en la diana. No estoy segura de que consiga algo, pero si ese tipo es peligroso, hoy estaré en peligro. Así que alerta roja.

—No te preocupes. Ya te tengo. Estás hablándome desde el Salsa. Más concretamente, estás en el servicio.

—Sí. ¿Qué haría yo sin ti? Gracias.

—De nada. De todas formas, ándate con ojo… Yo puedo hacer muchas cosas por Internet, pero no puedo evitarte un disparo o un cuchillo.

Al volver, Lise encontró a Spider y Antonio charlando con la chica de la clase de baile.

—Te presentamos a Muna. Es médico, de prestigio internacional.

—¿De dónde eres? Me llamo Lise.

—Soy marroquí, y no tengo prestigio internacional… Te he visto bailar varias veces. Me tienes que enseñar a girar de esa forma. Es increíble… ¿No te mareas?

La chica era preciosa, con los ojos almendrados, amplios, de mirada limpia y labios serenos de una sensualidad exótica. Spider parecía nervioso contemplando a su compañera de baile.

—Es cuestión de práctica. Al principio cuesta un poco, pero si bailas a menudo con alguien, acabarás girando igual o mejor que yo. Además, Spider parece que tiene madera de buen bailarín. Podíais apuntaros juntos a las clases.

Spider miró a Lise como se mira a una madre después de abrir un regalo de cumpleaños.

—Antonio, yo estoy cansada de bailar. Me apetece dar un paseo… ¿Vienes?

—No, estoy cómodo aquí.

—¿No te apetece dar un paseo conmigo?

En esta ocasión Lise abrió mucho los ojos, desde una perspectiva en la que estaba segura que ni Muna ni Spider podrían verla.

—Sí..., por supuesto. Mañana nos vemos, Spider. Encantado de conocerte, Muna.

Lise caminaba despacio. En su vestido, las luces de la gran plaza de Atlantis cosían remiendos luminosos. Miraba de cuando en cuando el cielo, que estaba en pleno proceso de disipación de nubes y alumbramientos luminosos.

—No es que no me apeteciera seguir bailando en el Salsa, pero creo que entre Spider y Muna hay química... Mejor dejarlos solos —explicaba la mujer mientras llegaban a la plaza principal.

—Pensaba que realmente querías pasear conmigo...

—Bueno, la intención fue dejar a Spider solo. No es que me desagrade... ¿Pensaste que quería pasear contigo?

—Sí.

—¿Y por qué empezaste diciendo que no?

—No recordaba esa parte...

Ambos rieron. Al cabo de unos pasos se agotó la conversación. Antonio rompió el silencio.

—Creo que Spider está flechado por esa mujer. Se le veía en la cara.

Ella parecía no prestarle atención con su cabeza hacia arriba y los ojos persiguiendo estrellas.

—¿Crees en los extraterrestres? —preguntó de pronto Antonio—. Miras mucho el cielo. Se te queda una luz especial en la cara cuando tus ojos bajan del cielo.

—No creo en los extraterrestres, aunque sería genial que existieran. Alguien como tú, que trabaja en un proyecto espacial, supongo que tampoco creerá en vida inteligente fuera de nuestro planeta. Los científicos sois muy realistas y por lo general aburridos... Tú no. No eres aburrido y bailas muy bien... ¿Eres consciente de tus contradicciones?

—No. Además, yo no me considero un científico. Estudié robótica. No tengo ni la más remota idea de qué posibilidades hay de que exista vida en otros planetas, pero supongo que el universo es demasiado grande para estar seguro. Mucha casualidad que estemos aquí nosotros solos. Desde el punto de vista religioso también sería más creíble una Creación más amplia, en un universo tan eterno.

—En eso tienes razón...

Lise no lo dejaría evadirse en temas trascendentes. Quería jugar en territorio más íntimo.

—¿Puedo hacerte una pregunta personal?

—Puedes, pero no te aseguro una respuesta sincera.

—¿Tienes novia, esposa, o algo similar?

—Sí. Estoy casado.

—Tal vez sea eso lo que percibía en tu mirada...

—Es mentira, no estoy casado. Te dije que no te aseguraba una respuesta sincera.

—¿Acostumbras a mentir? Lo haces muy bien.

—¿Tú mientes?

—Siempre miento. Jamás digo una sola cosa verdadera.

—Eso debe suponerte un gran esfuerzo.

Rieron a carcajadas mientras un hombre con zancos fluorescentes los perseguía aconsejándoles entrar en la disco UFONIC.

—¡Pases gratis! ¡Os regalo pases gratis!

Se miraron con cierta sorpresa mezclada con apetencia. Decidieron ir sin decir nada, con una sonrisa, quizá arrastrados por el recuerdo de estar en aquella fila esperando para el Mirador Magnético, disfrutando de la idea de hacer cosas improvisadas. La discoteca estaba a treinta metros del suelo de la plaza. Unos pilares enormes la sostenían, convirtiendo el hueco que separaba la discoteca del suelo en un espectáculo de humo y luces coloreadas. Para llegar a la UFONIC era necesario ascender por unos elevadores. Una vez arriba, lo más llamativo del recinto era el suelo transparente que producía cierto vértigo.

—Al final, tú y yo siempre acabamos en las alturas. ¿Quieres tomar algo? —se ofreció Antonio. Lise lo miró a la vez que seguía contemplando la plaza, mirando el suelo de la disco.

—Pues una Ledax-cola.

—¿Sabes?... Yo conozco al tipo que inventó la Ledax. Se llama Koldo.

—¿En serio, conoces a Koldo Urzaiz?

—Sí, coincidimos en el avión cuando llegué a Atlantis. Es más, acabo de recordar que me ofreció ir de pesca con él. Creo que lo llamaré.

Cuando Antonio pronunciaba aquellas palabras no había un ápice de arrogancia. Simplemente parecía estar recordando algo importante olvidado en la agenda. No era el típico fanfarrón que presume de amistades importantes. Lise se daba perfecta cuenta de que, poco a poco, aquel tipo extraño la estaba cautivando. Se posicionaba, sin querer, a su favor juzgando cualquier reacción. Lo peor era que su forma de actuar tan imprevisible la seducía accidentalmente. Bien pudiera tratarse de un comportamiento casual, pero lograba encender un chispazo de apetencia. Ella intuía que él la respetaba, pese a su juego y sus ataques, como se respeta al peligro o a un enemigo. Ella, sin embargo, no deseaba verlo como tal, aunque también sentía temor a lo que podría descubrir tras aquel rostro atractivo. Admiraba que, pese a esas presunciones, ambos estuviesen dispuestos a divertirse juntos aquella noche. Lo más prudente hubiera sido esquivarse y, sin embargo, ahí estaba él con su mirada de chico malo, jugando con ella, la serpiente, aceptando que pudiera morderlo. La desconfianza genera desconfianza. ¿Y si ese hombre no era más que un tipo despistado tremendamente atractivo, sin más? Lise estaba más excitada y a la vez sentía un peligro creciente. Sabía en qué podría desembocar aquella noche. ¿Y si Antonio era quien había ordenado que atacaran a Smix? ¿Y si ya tenía planeada la forma en la que se desharían de ella?

Brindando con la Ledax-cola tres veces… empezaron a aproximarse más. Sus conversaciones se volvían más íntimas y sus oídos requerían cada vez más cercanía de los labios del otro.

—¿Cuál era tu sueño cuando eras una cría? Si es que alguna vez fuiste una niña con sueños, claro está.

—Menuda pregunta más aburrida, ahora que nos estamos riendo.

—Vamos, responde.

Lise repasó las tres o cuatro mentiras fáciles que acudían a su cerebro. Siempre que estaba trabajando, había en su cabeza una tecla especial que estaba pulsada, de tal forma que la hacía tener conversaciones falsas con cualquier persona sin el más mínimo esfuerzo. Toda la noche jugando con el fuego, percibiendo su calor, sin saber por qué, le hacía desear sentirse más expuesta. Sentirse más auténtica, más protagonista ella y no el personaje que solía interpretar. Ante aquel hombre de preguntas inesperadas, quería ser más vulnerable. Así que desconectó el mecanismo de las mentiras profesionales.

—Deseaba ser presentadora de informativos de televisión. ¿Contento?

—Al final no me dijiste en qué trabajas… Creo que Smix me lo comentó, pero no me acuerdo.

—Soy programadora de sistemas.

—¿Qué fue lo que te hizo olvidar tu sueño de ser presentadora de informativos?

—La vida no nos permite acceder a todo lo que deseamos… ¿Tú qué deseas?

—¿Qué deseo?

—Sí. Ahora. Dime... ¿qué deseas ahora?

No había podido evitar el ataque. Quería besar a ese hombre.

—¿Ahora mismo?

De ojos a ojos ninguno de los dos pudo hacer temblar la visión del otro. El hombre se quedó mirándola con aquella tragedia que se le derramaba del ceño. Ese misterio que ella sentía como poder hipnótico. Deseaba que él se volviera vulnerable. Deseaba que rompiese las barreras. Deseaba no tenerle miedo.

—Desearía...

Ella estaba tan cerca de él... y a la vez tan lejos... Antonio, en aquel momento, miró hacia otro lado. Ella se sintió esquivada. «No me va a besar...», pensó. Abatida, derrotó su cabeza hacia abajo. El suelo transparente le permitía ver un vacío colorista muy frío. Entonces, en su visión rauda irrumpió una mano, que fue a posarse en su barbilla, donde terminaba su rostro, haciéndola retornar hacia arriba. Unos labios se posaron en los suyos mientras su cuerpo se sostenía en el dudoso apoyo de sus tacones. Como intuyendo su ingravidez, el hombre la sostuvo por la cintura y la pegó a su pecho. El beso fue muy tierno, sin mucha pasión; pero aquel hombre era un bailarín excepcional y el abrazo fue perfecto. Lise se abalanzó hacia él. Tenía hambre de aquel misterio. Su lengua y algo muy parecido al alma se precipitaban hacia fuera de los confines de su cuerpo y eran recogidos a la perfección por aquel abrazo. El hombre aplacaba su ímpetu, la obligaba a ir más despacio. Ella argumentaba urgencia batiendo la mandíbula en el beso, tratando de llegar más a él. Sus manos, en los hombros de él, sustraían la imagen de un tamaño superior al esperado, más amplio que ella, más poderoso. Con majestuosidad, con parsimonia, él conducía su beso. Mucho más despacio de lo que ella había dibujado segundos antes en su imaginación. Ella quería cruzar la línea de la pasión y él la obligaba a ser tierna y vulnerable. Le destrozaba la armadura. De repente, se sentía una primeriza besando despacio a un hombre adulto y experto.

Lise siempre evadía el placer. Intentaba rechazar las ansias de aquellos tipos que intentaban ligarla. Pero en aquella ocasión las tornas parecían cambiadas. Aquella forma de besar de Antonio la obligaba a ser más detallista, la obligaba a repasar los cabellos del hombre con sus dedos y no agarrarlos con fuerza. No sentía las manos del hombre intentando desnudarla. No sentía ella el poder de suministrar la poción magistral que siempre había pensado que emanaba su cuerpo. Dejaba hambrientos, en indefensión a sus pretendientes, que, dócilmente, hacían lo que ella quería, hasta comprender frustrados que ella no los dejaría ir más allá. Él no acudía a ella, no aparentaba desearla, y esto obligaba a Lise a tomar la iniciativa.

—Vamos fuera de aquí, Antonio.

Desde una esquina de la discoteca de moda de Atlantis, un hombre accionó su teléfono mientras bailaba.

—François, el zombi y la chica se están liando a base de bien. Ella sigue con el inhibidor de ondas conectado. No lo tiene a toda potencia, pero lo suficiente para no poder grabar sus voces. ¿Visteis el vídeo que os envié desde el pub de salsa?

—Lo hemos revisado. Leyendo los labios parece que han hablado de cosas sin importancia. El sujeto se ha defendido bien de un par de preguntas incómodas…, pero lo del beso me preocupa. Esa mujer es muy peligrosa. Vas bien, pero ten cuidado de no ser descubierto.

—Sí, François… Parece que salen de la disco. Esto se pone interesante. Creo que estos dos hoy…

—Sigue vigilando, pero mantén distancias prudenciales. Esta chica se está metiendo en un buen lío. No creo que Antonio suelte ninguna información incómoda. Esto parece una simple aventura... A fin de cuentas, su pasado no es como para presumir de él... Sentirá la necesidad de ocultar que es un asesino. No tiene motivos para delatar al proyecto que le ha salvado el pellejo.

—El maldito inhibidor de ondas no nos permitirá saber qué sucede si pierdo el campo de visión.

Lise salió del ascensor y en la plaza sintió un golpe de frío. Antonio, de pronto, la rodeo por la espalda. Ella giró la cabeza y volvió a besarlo. Después giró hacia él todo su cuerpo.

—¿Dónde te apetece ir? —preguntó Antonio.

—No sé... ¿Y a ti?

—Tú fuiste la que propuso salir de la discoteca... Estuve paseando por la playa hace días y es impresionante por la noche.

—¿Olvidas que ha estado lloviendo estos días?

—Bueno, tú dirás.

—Sí..., acompáñame; llamemos a un taxi. Hace frío..., aunque ha parado de llover... ¿No te apetece ir a casa...? A mi casa. Nos tomaremos algo tranquilos.

—Por mí, perfecto.

Llamaron a un taxi. En el trayecto ella volvió a besarlo. Antonio se comportaba de forma extraña, de nuevo algo distante, sumido en pensamientos inalcanzables. De repente, recibía fogonazos de una lógica aterradora. «Estoy llevando el lobo al corral de las gallinas», le decía una voz muy parecida a la de Dany. A lo mejor está pensando la forma de matarme. Tal vez se las ingeniará para poner droga en mi copa y después robarme la información. Puede que ya esté drogada y por eso cometo esta estupidez. La entrevista con Smix... Así pensaba Lise, que, sin embargo, no podría soltar ni uno solo de los eslabones que ella misma enlazaba y que terminaban en el mejor de sus pensamientos con ese hombre abrazándola.

Cuando llegaron a la casita Lise le pidió un minuto para ordenar un poco. Él esperó fuera. Con celeridad pasmosa, Lise ordenaba cuanto podía el dormitorio. Allí tenía todos los teclados, los portátiles y acabó por reclutarlos debajo de la cama. Finalmente, ocultó el inhibidor de ondas y subió su potencia al máximo. Si él llevaba consigo cualquier aparato de captación de sonido, lo bloquearía. Después de ocultar su trabajo lo dejó pasar.

—Una de las cosas que más me gustan de esta isla es la tranquilidad —comentaba Antonio, que parecía un recién llegado a una invitación trivial. Como si los besos de antes fuesen prehistóricos. Lise cerraba tras él la puerta de entrada—. Ahí fuera no se escucha nada.

Un coche aparcó a varias casas de distancia. En su interior, un hombre hablaba por teléfono.

—Si no me equivoco, ésta es la casa de la chica. En la calle *beta* del sector 4. Están dentro y, por supuesto, para variar… distorsiones. Es imposible escuchar o ver algo detrás de esas paredes. Creo que es inútil que me quede aquí.

—Eso lo decido yo. Quédate ahí hasta que él se vaya. Aunque sea por la mañana. Quiero saber cuánto tiempo se queda el zombi allí. Con un poco de suerte, igual la chica desconecta el inhibidor.

—Tú mandas, François.

Lise dijo que necesitaba una ducha. Fue al cuarto de baño. Quería tiempo para pensar. Con el inhibidor de ondas conectado no podía accionar ningún dispositivo, así que lo desconectó por unos minutos. Había dejado su teléfono en un lugar estratégico para poder ver lo que aconteciese en todo el salón.

—¡François, lo ha desconectado! Recibo señal de audio perfectamente y de vídeo de una cámara que tienen activa. Os la voy a pasar ahora mismo.

—Perfecto.

—La chica parece que no está con él. En la señal de vídeo aparece solo en el salón. Según mis sistemas de detección de calor… ella está en el baño.

Lise accionó la ducha, sin despegar ojo de la pantalla del otro teléfono que tenía. Antonio, en el salón, se dedicaba simplemente a esperarla. No hacía nada raro, ni tan siquiera miraba a su alrededor. Se encontraba pensativo. Si no fuera por los ojos, podría parecer que estaba a punto de dormirse. En cierta forma la decepcionaba que no presentase el más mínimo atisbo de nervios. Nuevamente aquel detalle aumentaba su deseo por él. Pasados unos minutos, volvió a conectar el inhibidor y se desnudó. El agua caliente la extrajo de una sensación aletargada producto de la bebida. Después de la ducha, se colocó un pijama. Con la piel tibia, percibía todo su cuerpo hipersensible al tacto. En la mirada llevaba escrita una determinación.

—Perdona por haberte hecho esperar… ¿Quieres darte una ducha?

—No, gracias… Estoy bien así.

De repente, Lise sintió cierto decoro. Decidió sentarse en el sofá de enfrente, guardar distancia. Dejó de secarse el pelo con la toalla. Se lo había cambiado a rubio en la ducha.

—¿Te apetece algo?… Tengo un poco de todo.

—Te sienta bien el rubio.

—Gracias.

La mujer sentía mucha incomodidad ante el silencio. Se fue hacia el mueble bar, pisando despacio, extendiendo por la estancia el perfume que se había aplicado en el cuarto de baño.

—Bueno…, creo que tomaría un té.

Lise se fue a la cocina y calentó dos jarras con té. Le puso una pizca de canela acordándose de un consejo de su abuela. A la vuelta…, ya sí, se colocó junto a él en el sofá.

—Está quemando; ten cuidado.

—Mmm…, está muy bueno.

—Gracias…

Silencio.

—¿Sabes?… Si te soy sincera llamaste mi atención desde el día que te conocí. Desde el primer momento.

—¿En serio?

—Sí… ¿Tú pasaste de mí o qué?

—Sí —Antonio se quedó muy serio—. No es cierto. Reconozco que me atrajo mucho tu mirada. Eres una mujer muy hermosa. Perfecta para presentar un informativo.

Lise sonrió con sinceridad aquel cumplido. Era adorable y odioso a la vez. En lugar de alejarse de temas profundos, entre los que no parecía lógico intercalar besos, Antonio parecía no tener impaciencia por volver a besarla. Ella quería besos, para no seguir quedando hechizada con su personalidad. Cada conversación parecía obligarla a mostrarse sincera y cercana a él. No podía manejarlo como siempre había hecho con los hombres. Antonio parecía disfrutar haciéndole desaires y curándole las heridas después para contemplarla sonreír.

—Creo que deberías intentarlo más veces —decía Antonio mientras le peinaba un mechón de pelo alrededor de la oreja. Lise sintió aquel contacto como una llamarada en su estómago.

—¿Intentar el qué?

—Lo de ser presentadora…, en serio. Tienes una voz bonita y pareces muy despierta y rápida, capaz de reaccionar a cada palabra y poner énfasis en cualquier acontecimiento descrito.

Nuevamente aquella sonrisa tonta la poseía. Sentía que su ego era más poderoso de lo que ella había imaginado. Siempre acostumbrada a potenciar el ego del otro. Solía ser el punto débil de los hombres. Ahora, palpaba en sus carnes la emulsión de los elogios, reconociéndose al menos confortable en el vaivén que provocaban. Su propia tela de araña podía enredarla.

—Si lo piensas..., lo que ha pasado esta noche ha sido... No sabría cómo explicarlo.

Lise se ruborizó.

—Te juro que yo no pensaba que las cosas se iban a desarrollar así. Para mí eras una mujer intocable. No sé...

Aquello era demasiado. Sin poderlo evitar se abalanzó sobre él y lo besó en los labios. En esta ocasión él correspondió mucho más efusivamente que en la discoteca. Sintió que el té de sus labios sabía mejor que el de la jarra.

—Ha sido genial.

—¿El beso?

—No, tonto. Creo que conocernos ha sido genial. Me atraes mucho... Me haces sentir algo especial.

¿Cómo demonios habían salido esas palabras de su boca? De repente, ella simplemente quería que todo quedase ahí. Ya todo había sido perfecto, demasiado. Ahora tocaba dormir y, mañana por la mañana, una buena ducha fría que le recordase quién era y para qué había viajado a Atlantis. Pero no tenía ganas de despedirse de él. Podría quedarse allí hablando de cualquier cosa y olvidar que era newshunter. Deseaba parar el reloj simplemente, quedarse allí para siempre.

Se volvió a hacer silencio. Antonio tenía una expresión extraña en el rostro. Se acercó las manos a las sienes y les imprimió un masaje hipnótico. Lise sintió en sus sienes posarse el espectro de aquel movimiento circular de los dedos del hombre. Percibía su cansancio, pero no comprendía la mueca de dolor que ahora pigmentaba sus facciones.

—¿Te ocurre algo?

Antonio no respondió.

—¿Te ocurre algo? —volvió a preguntar presa del pánico ante un silencio errático que condujese a complicaciones.

—Nada, perdona.

—¿Trabajas mañana?

Los nervios le habían hecho preguntar aquella chorrada.

—Sí... Y además creo que debería irme ya. Mañana me gustaría madrugar.

Estúpida, estúpida, más que estúpida. No podía creer lo que estaba sintiendo. Por un lado se arrepentía de haber provocado que él se quisiera marchar y, sin embargo, comprendía que era la mejor solución posible aquella noche. Con la excusa de beber agua, fue a la cocina para salir por unos minutos del encantamiento. La sensación de haber configurado algo cercano a lo sagrado la aturdía en ese momento, en el destrozo. Había disfrutado de tenerle cerca, de sentir sus besos. Se quedó con la mirada perdida mientras sostenía el vaso de agua. ¿Y si ésta era una de esas oportunidades en la vida de conocer a una persona especial de verdad? Odiaba reconocer que su trabajo la había perjudicado mucho en sus relaciones. Se planteaba incluso abandonar la misión y conocer más a ese tipo. No podía ser verdad que él representase algún peligro. Se juró a sí misma que lo mataría si resultaba un topo de Macrocom. Se juró a sí misma que lo mataría fuese cual fuese la transformación que acabara por fastidiar la perfección que esa noche rozaba. La despedida fue tan breve y hermética, que al cerrar la puerta, cuando Antonio perdía sus pasos hacia la lejanía de la calle, sintió que el tiempo no existía y que toda la noche podía resumirse en un beso y la cerradura automática de la puerta.

Antonio caminó confuso. Aquella mujer le encantaba, pero sus misterios, esa avidez en las preguntas en el Salsa, agraviaban a la chica que de cuando en cuando le había confesado sus sueños e incluso parte de unos sentimientos que Antonio deseaba creer ciertos. En la casa había sentido dolores de cabeza fuertes, como si su cerebro quisiera advertirle de que no podía olvidar que tenía un pasado que proteger, que tal vez una relación sentimental era demasiado, que debía primero afianzar amistades. Acababa de salir del cascarón acristalado de el Mar de los Sueños hacía tan sólo unos meses y quizá esa noche se había adelantado a su capacidad de vivir nuevamente sentimientos intensos. El dolor había sido abrupto y puntiagudo; lo había mareado un vértigo antiguo, una sensación sospechosa de casualidad mezclada con un sabor de boca herrumbroso.

A la mañana siguiente telefoneó a Koldo.

—... ¿Koldo?... Sí, soy Antonio. Te estoy llamando tan temprano porque me apetece mucho ir de pesca... De veras, no lo digo en broma... siempre y cuando no sea molestia para ti... ¿En serio?... Genial. Pasado mañana me iría genial... Cuando tú quieras... No..., nunca he pescado de noche... OK. ¿Puedo invitar a alguien?... Estupendo. Mañana te llamo y confirmo. Gracias, Koldo.

Capítulo 13

El frescor de la mañana parecía irle bien. El cielo escampado, limpio de nubes, seducía el viaje del sol. Decidió pasear hasta una de las paradas de transporte gratuito. Se preguntó si Lise se habría despertado ya. Su vivienda no quedaba muy lejos. Curiosamente compartían el nombre de la calle: *beta*. Ahora, cualquier detalle no era fruto del azar; refulgía en su interior una certeza de destino. Tenía la sospecha de que esas coincidencias procedían de la fórmula virtuosa de las relaciones humanas, que no eran suerte fría. Vivían en una calle con idéntico nombre, bailaban salsa, llegaron a la isla prácticamente a la vez... Suponía que a cualquier hombre interesado en una mujer se le podían exprimir del corazón presunciones parecidas.

Los pensamientos de Antonio se ramificaban en dos grandes bloques contradictorios. En primer lugar, un amasijo de sentimientos sobre lo acontecido la noche anterior. Recuerdos sobre besos. Incertidumbres también, a propósito del futuro. Era su primer encuentro íntimo, presintiendo que había tenido otros de los que no se acordaba. Sentía que le habían extirpado tantas cosas, que todo era nuevo... y a la vez de segunda mano. Así, por ejemplo, no tenía ni idea de la continuidad que se debía manifestar a partir de aquel momento. ¿Se suponía que estaban saliendo juntos? ¿O simplemente era una relación esporádica? Por otro lado, no dejaba de pensar en el intenso dolor de cabeza que le punzó en casa de la mujer. Sospechaba que quizás andaba relacionado con su pasado. Él estuvo casado y su cerebro quizás amagaba de forma dolorosa una fidelidad imposible... Era una locura. Le habían robado sus recuerdos sentimentales, pero habían cosido las heridas de forma tosca. ¿O tal vez su cerebro simplemente experimentaba estrés?

François, cuando le explicó el proceso, le aclaró que precisamente se borraba la memoria para que los lazos afectivos no supusieran dificultad. Quizá estaba felizmente casado con aquella mujer que vio en el vídeo de su juicio. Quizá era su media naranja y se la habían borrado del cerebro. Tenía que afrontar el presente. Ahora la vida le sonreía, seguramente más y mejor que su anterior vida que acabó en pena de muerte.

Después de cambiarse y comprobar sus almacenes de mensajería; de leer los titulares de varios boletines de noticias, mientras desayunaba una tostada, cayó en la cuenta de que tenía rutinas que no comprendía. No se había percatado antes de que, por ejemplo, le gustaba desayunar después de asearse, que la leche la prefería acompañada de azúcar y cacao, y que sentía estar más completo cuando en la mañana veía las noticias. No le gustaba la mermelada con la mantequilla; prefería una cosa o la otra, bien refregada en la superficie del pan tostado. Se lavaba los dientes con la derecha, y solía repasarse el peinado con la izquierda. Como si los momentos presentes pudieran traslucir, como suaves cortinas, momentos pasados. Sin embargo, esas certezas, lejos de alentarle eran una especie de tortura. Era mejor no pensar, ni sentir atisbos de lo anterior. Odiaba la imperfección del proceso de borrado.

Las preguntas de Spider nada más llegar al laboratorio-taller no se hicieron esperar.

—Bueno, ya me puedes contar qué pasó anoche...

—Creo que no sólo yo tengo cosas que contar... —esquivó Antonio sugiriendo una pregunta a Spider.

—Vamos, acabo de conocer a esa chica. Lo tuyo parecía mucho más prometedor. Lise te estuvo mirando toda la noche, habló contigo, hacía bromas…; no soy ciego. Fue a por ti descaradamente.

—¿Tú crees? Yo pienso que simplemente es una de esas chicas muy extrovertidas, que les gusta conocer gente.

—Vamos, a mí nunca me dirigió la palabra como a ti. Tenemos también el hecho irrefutable de que os largasteis del local juntitos.

—Vale… Después del Salsa fuimos a una discoteca. Un relaciones públicas nos regaló pases gratis. Y bueno, allí…

—¿Tuviste algo con ella? Venga, hombre, confiesa.

De repente, Antonio pensó que cometía una imprudencia contándole eso a Spider. Quizá Lise no quería hacerlo público. Bien mirado, incluso podría haberse tratado de una simple aventura y, sin embargo, ahí estaba él jactándose de haber conquistado a la chica. Se sintió traicionando una confianza muy joven y frágil, como si estuviera arriesgando el vínculo que había nacido de los besos.

—Soy un caballero, no hablaré de estas cosas —comenzó a decir, calculando torpemente un broche ambiguo para dejar intriga. Sentía tentaciones en ambos sentidos: callarse o publicar. Finalmente añadió—: Pero digamos que sí…, pasó lo que tenía que pasar.

En ese momento llegó Smix. Entró sin saludar y fue directo a su puesto, entre una algarabía de teclados. Spider lo cazó antes de que se colocase los auriculares.

—Smix, ¿a que no te imaginas con quién se lió Antonio ayer?

Smix, visiblemente cansado, los miró con cierto desdén.

—¿Con quién?

—Con la chica que nos presentaste… Con Lise.

Smix abrió mucho los ojos, como si aquella revelación le provocase asco o repulsión. Su mueca era a la par de incredulidad.

—¿Te has acostado con Lise?

Antonio enrojeció estupefacto observando cómo había crecido el rumor. Aquella afirmación grosera de Smix le incrementó la conciencia.

—Por favor, chicos, dejadlo ahí; no voy a contar nada. Os aseguro que no me acosté con ella —dijo sin poder evitar una sonrisa estúpida que parecía emanada de una posesión diabólica que torcía una y otra vez sus planes de discreción.

—Perdonadme, creo que he olvidado en casa algo.

Smix se levantó y paseó una indignación por todo el laboratorio similar a la que mostró en el sorteo que realizaron para escoger quién recogería las carcasas del Ulises. Una vez que se hubo marchado, Spider se volvió a Antonio.

—Creo que le hemos fastidiado..., soy un bocazas..., quizá a él le gustaba la chica.

—Espero que no se lo haya creído. Simplemente fue un acercamiento —se defendió Antonio.

Smix, mirando en todas las direcciones, tomó cierta distancia del laboratorio a paso rápido. Después cambió la identidad normal de su teléfono por una oculta. Llamó a Lise. Ella no enviaba señal de vídeo.

—Hola, Lise... ¿A qué demonios estás jugando?

—Smix..., ¿qué te pasa?

—¡Te has acostado con Antonio! De todos los hombres de la isla, te tienes que liar con un compañero mío de trabajo..., después de que me pegaran simplemente para saber qué relación tenía yo contigo... Yo te los presenté aquella noche, ¿recuerdas? ¿Cómo demonios se te ocurre hacer semejante insensatez?

—No seas paranoico... ¿De dónde has sacado semejante historia?

—Es la comidilla del laboratorio esta mañana. No sé si sabes que ese tipo trabaja para el gobierno y precisamente llegó a la isla en las mismas fechas que tú. Probablemente vino para espiarte, o para matarte y matarme a mí por no tener la boca cerrada.

—Vamos, Smix..., créeme si te digo que estás sacando las cosas de quicio. Si ese tipo quisiera matarme a mí o a ti, ya lo habría hecho. Nos ha tenido accesibles. Creo que no tiene nada que ver con la gente que te atacó. No saques las cosas de quicio. Además, que quede claro que no me acosté con él.

—Quizá tú estás acostumbrada a que te peguen y te persigan, pero yo no.

—Smix..., anímate. Te aseguro que no tienes que temer nada.

—Sea como sea, te quiero alejada de mí, que nadie pueda verte relacionada conmigo aunque sea de rebote.

Lise pensaba que las paranoias de Smix estaban fuera de lugar, pero lo compadecía. De pronto Antonio aparecía como el típico engreído que presume de sus conquistas. Eso eliminaba la opción de que fuese un espía cuidadoso. Recordaba las primeras veces que se había visto envuelta en situaciones de peligro. La ansiedad y el apocalipsis que sufría su confianza cada vez que estuvo en juego su vida. Se suponía que ahora trabajaba en otro nivel, lejos de ese fango violento. Sus progresos como informadora habían posibilitado eludir guerras y demás pozos de información venenosa. Se ocupaba de misiones lucrativas, escándalos donde el peligro consistía en dejar huellas o pistas sobre sí misma, en posibles represalias futuras. Ella era una experta en no dejar pistas, en desaparecer. Cuando colgó a Smix, fue directa al baño. El agua caliente en su rostro no le impidió ver el avisador de llamada. Salió de la ducha. La identidad de la comunicación era oculta.

—¿Otra vez tú, Smix...?

—Hola, Lise. No soy el tal Smix... Soy Albert Chipson de Macro... ¿Disfrutas de tus vacaciones?

—Lo siento, pensaba que se trataba de un amigo.

—Iré al grano. No nos gusta cómo llevas la investigación…, eso ya lo sabes. También, si te soy sincero y personalmente, creo que te viene grande este trabajo. Siempre lo he pensado. Si no me das ahora mismo datos concretos de tu investigación, creo que nuestra relación comercial se irá al traste.

—Al, si en el pasado me hubierais tratado mejor, tal vez no os tendría esta desconfianza. Pero antes de llamarme ya sabías que hacerlo era absurdo. Si ahora me dejas tirada, me da igual. Seguiré de todos modos mi investigación. Llegaré al fondo y después la venderé al mejor postor. No me amenaces.

—¿Qué te crees, niña? Tengo al consejo sediento de sangre. Mira, vivimos en un mundo hambriento de locuras, de asesinatos, de atentados, de escuelas violentas, de guerras infernales. Tengo a mis mejores hombres repartidos por todo el globo extrayendo el infierno de la realidad, el zumo rojo de lo que queda de sociedad humana, y eso cuesta mucho dinero. Nuestro público quiere primicias, bombazos, exclusivas; es lo que siempre hemos ofrecido. Hoy día, ser los primeros en dar la noticia de un rearme criminal o de un atentado es algo que no llama la atención. Consigue el fraude económico, o la humillante vida sexual de un sacerdote, y la gente lo lee impasible. No te necesitamos tanto como crees, porque la gente ya está acostumbrada a eso que tú quieres vendernos. Cuestas demasiado dinero como para no saber nada de nuestra inversión.

—Si no te conociera haría una reverencia ante tu discurso… Pero Al, el mundo en que vivimos, como tú bien dices, está sumido en el infierno. Quizá uno de los pocos santuarios que todavía existen en este planeta sea esta isla donde nunca pasa nada. Donde todo es lujo y descubrimientos científicos. Esto es como el Hollywood del veinte. Donde reina la virtud humana mientras el mundo es cada vez más loco y podrido. Si yo fuese tan prescindible como tú auguras, jamás me habrías dado la pasta para mis «vacaciones». Al, no soy estúpida. Necesitas todos esos escándalos. Necesitas mantener tu cuota de sangrientas guerras, tu cuota de bombazos y exclusivas. Si un día amanece y en el mundo no hay crímenes, ni bochornosos escándalos sexuales, ese día que otros celebrarían, para ti sería el principio del fin. Una noticia, un escándalo en Atlantis os sería muy rentable. Porque este es el puñetero santuario donde el mal nunca encuentra puerto. Yo tengo algo y no pienso dártelo en bandeja para que me dejes con la cara de imbécil de quien se deja robar. Tu especialidad es mentir…, así que no creo que tengas problemas en inventarte lo que sea necesario para que la junta te deje tranquilo.

Lise colgó. En el periodismo era muy común colgar llamadas. Si Albert iba en serio con lo de retirarle los fondos, llamaría otra vez en ese instante. Llamaría para decirle fríamente que se había acabado, sin adornos. Sin embargo, Lise intuía que no lo haría. Y si algo la había hecho progresar en aquel maldito trabajo eran las corazonadas. Por otra parte, estaba claro que había un plazo. Un plazo para que Albert volviera a llamarla y no la dejase hablar, obligándola a escuchar un lacónico «se acabó». El plazo era muy débil según su propia intuición, aunque ni tan siquiera se requería ese don. El tono de Albert y sus elaboradísimos discursos sobre la poca importancia de su exclusiva evidenciaban que la paciencia de Macrocom estaba llegando a su límite. Era necesario pasar a la acción.

Una cosa alegraba a Lise. Si había llamado Albert era porque realmente estaban interesados en su noticia y, sobre todo, exculpaba totalmente a Antonio de ser sospechoso de pertenecer a Macro. Estaba claro que si un topo hubiera conseguido intimar con ella, teniendo fácil acceso a toda su información…, Albert estaría muy contento y frotándose las manos ante un más que posible robo. No la incordiaría. ¿Quién era Antoine Delacroix entonces? De su comportamiento ya había deducido que no era un espía, y ahora parecía claro que tampoco un newshunter de Macro. Fuese quien fuese, no impediría que ella concluyera su misión.

Lo primero que debía hacer era llamar a Dany. Necesitaba una vez más de su prodigioso amigo. Tendría que entrar en el sistema del director del proyecto y ver si podría obtener alguna información importante. El problema era que la suerte que tuvo Smix no iba a poder tenerla ella con facilidad.

—Dany, te llamo porque ha llegado la hora de apurar las fuentes.

—Me encanta este trabajo. La hora de la acción.

—Sí. Ahora mismo te estoy traspasando la información sobre la vivienda que me propongo asaltar. Antes necesito que me hagas un diagnóstico de seguridad. Saber qué sistemas de alarma tiene, en fin, todo lo que se te ocurra que me pueda prevenir de lo que me puedo topar. El tipo tiene dos ordenadores en el despacho. Uno es un terminal de la red de la empresa. El otro es una caja fuerte sin acceso de red. Precisamente es el que quiero asaltar...

—Bueno, yo te llamo apenas tenga una vía segura. Probablemente no es tan complicado.

—Eso espero. Los de Macrocom me están presionando y la verdad, Dany, entre tú y yo... no tengo absolutamente nada concreto. Un testimonio pagado de uno de los empleados..., pero sin determinar en qué consiste el fraude exactamente, sin pruebas documentadas. Nada de nada. Esta isla me está atontando. Debería haber entrado en la maldita casa hace días.

—¿Qué tal tu cita de ayer? Al final no requeriste de mi ayuda... —sugirió con ironía.

—¿Qué me dirías si te digo que me comporté como una novata?

—Me muero de celos... porque eso significa que algo pasó en esa cita de ayer.

—Dany…, no sé qué tiene el tipo ese, pero… he cometido las torpezas más absolutas y graves que se pueden concebir en este trabajo. Incluso he arriesgado mi propia vida innecesariamente.

—Te refieres a Antonio, el tipo que investigué que tenía la identidad falsa… Qué suerte tienen algunos.

—Vamos…, no me digas que estás celoso de verdad. Tú ni siquiera has querido nunca conocerme… Te aseguro que dejaría a cualquiera por ti. Si algún día quisieras citarte conmigo, lo dejaría todo por ti.

—Lo dices porque te he ayudado y te sientes en la obligación de agradecérmelo…, pero si te enamoras de tu chico misterioso… me darías plantón.

—¡Ni hablar! Dany, yo estoy colada por tus chips, lo sabes —decía Lise, con voz entrecortada por las carcajadas.

—Ten cuidado, preciosa. Ese tipo es peligroso… Te ha vuelto imprudente.

Dany le había salvado la vida y le había hecho ganar tanto dinero que sin duda alguna le daría una oportunidad. Pero por alguna razón ella sabía que Dany jamás quedaría con ella. Era el perfecto príncipe azul que nunca desciende del sueño para acompañar a la joven que lo persigue.

Capítulo 14

Paseando hacia el Salsa, atravesando una noche calurosa, Antonio se había visto asaltado por una pregunta aterradora. ¿Cómo se suponía que debía saludar a Lise? ¿Debía darle el beso en la mejilla tradicional? ¿Tal vez un beso en la boca que supusiera una prueba afirmativa y complaciente con lo acontecido la noche anterior? ¿Un abrazo fuerte y duradero que no aventurase riesgo de un posible rechazo? Estaba aturdido por la simpleza de su duda. Spider lo tenía claro.

—Creo que deberías darle un beso en los labios. Aunque sea corto.

—Pero, ¿y si ella no espera eso?… Tal vez la incomode hacerlo públicamente.

—No pienses tanto en ella. Tú quieres besarla, ¿no?

—Sí.

—Pues ya está.

—Pero me horroriza la idea de que ella se aparte. Parezco un novato.

—Si ella se aparta, la pelota estará en su tejado, y si tiene interés, sería ella la que tendría que demostrártelo, o al menos explicar su comportamiento. Hazme caso. Tú sabrás muy bien bailar…, pero me equivoqué al pensar que eras un conquistador.

—De acuerdo, yo la beso, y si me rechaza… pues peor para ella.

Aterrado, Antonio sintió alivio al llegar al pub y comprobar que Lise no había hecho acto de presencia aún. Habría sido más violento tener que acercarse a ella. Fue a la barra y se pidió un cóctel de zumos. Por si acaso, quería tener buen sabor de boca. Cuando Lise franqueó la puerta del local el pánico resucitó. Antonio estaba sentado de forma estratégica en el lugar más inaccesible de la mesa, dándole la opción a Lise de no tener que acercarse hasta él si no lo deseaba. Así averiguaría sus intenciones. La chica miró repasando la sala probablemente buscándolos. Cuando los divisó, su cara no mostró el más mínimo atisbo de alegría. Incluso apartó la mirada y la agachó a sus pasos.

—Buenas noches.

A Spider, que lo tenía más a mano, le dio un beso en la mejilla a modo de saludo. Después rodeó la mesa. Tomó asiento junto a Antonio sin mirarlo. Dejó el bolso sobre el tablero. Repasó el local con la mirada mientras se acomodaba el único tirante del vestido plateado y blanco. Finalmente miró a Antonio. El hombre, al sentir la mirada de ella no pudo más que esgrimir una sonrisa forzada y se acercó torpemente.

—Hola…, Lise.

Antonio se inclinó sobre ella. Con la cabeza en ristre cerró los ojos como para evitar el desastre de no ser correspondido. Alcanzó la mejilla. En efecto, Lise le había esquivado el beso. Aquello aclaró todas sus dudas de golpe. Como una bofetada distancia una broma pesada de una gracia bien acogida. Se hizo el silencio entre los tres. Spider, que probablemente estaba esperando la llegada de la chica marroquí, parecía evitar mirarlos.

—Tú y yo tenemos que hablar —susurró Lise cuando comprobó que Spider estaba distraído.

Antonio, por una parte, se alegró. Aunque la cara de Lise era de pocos amigos, implicaba cierto desastre común. No podía imaginar qué podría haber hecho mal…, pero estaba seguro que aquella mirada y el susurro implicaban algo malo.

—¿Bailas?

Antonio decidió así tomar la iniciativa intentando averiguar cuanto antes lo que fuese que le pudiera ocurrir. Lise accedió.

—¿Qué te ocurre? ¿De qué quieres que hablemos?

—Prefiero que ahora nos sentemos los dos solos y lo resolvamos sin que haya nadie presente.

—De acuerdo.

Bailaron como nunca. Incluso arrancaron algún que otro aplauso al finalizar. Antonio intentaba llevar cierta ventaja en el humor nefasto que parecía poseer a su acompañante esa noche, y un buen baile siempre hacía sonreír a una mujer como Lise. Muna llegó y Spider comenzó sus clases de iniciación que hoy estaban abarrotadas. En un rincón de aquella playa simulada que configuraba el pub, debajo de una palmera, Lise comenzó a hablar después de recuperar el aliento tras el baile.

—Veo que te ha faltado tiempo para publicar lo de ayer.

—¿Cómo?

—Sí… No pensaba que fueses ese tipo de hombre.

—Espera…

—Te ha faltado tiempo para presumir con tus amigotes de lo de ayer. Y, para colmo, mientes y dices que te acostaste conmigo. No tienes estilo.

—¿Por qué dices eso?

La chica se tomó su tiempo. Bebió un sorbo del zumo de él.

—No finjas que no sabes de lo que te hablo.

—A ver… Yo no he ido por ahí presumiendo de nada. Además, te aseguro que no he contado eso exactamente. No he dicho a nadie que me he acostado contigo. Me ofende ese tono con el que lo afirmas.

—¿Te ofende? ¿Y cómo me habría de sentir yo?

—Vamos, ¿quién te ha dicho semejante cosa?

—Sabes que soy amiga de Smix. No te hagas el tonto con eso también.

—Pero si él ha llegado un minuto al laboratorio...

—O sea que se ha perdido gran parte de tus comentarios... Suerte has tenido entonces.

—Primero, cálmate... No creo que me estés escuchando...

—OK... te escucho...

Lise estaba muy alborotada. Cruzó sus brazos y le dedicó una mirada hermética.

—A ver... Yo... bueno, sabes que Spider estaba allí..., o sea aquí... Él vio que nos marchamos. Bueno, pues Spider..., ya lo conoces. Él me preguntó que si había pasado algo entre nosotros. Y yo no fui excesivamente claro. No le dije ni sí ni no. Pero al final acepté que sí. Pero en ningún momento dije que me hubiera acostado contigo, ni nada parecido. Él me había preguntado de una forma neutra si había sucedido «algo».

—No te creo.

—Después llegó Smix, más flipado que de costumbre. Con una cara de perro sin dormir. Y Spider fue a comentarle la noticia con sorna. Y el otro se lo tomó a la tremenda.

—¿Y tú te quedas impasible? ¿Dejas que haya ese cachondeo a mi costa?

—Pero vamos, que no se trata de algo... no sé... Yo no pensaba que te molestaría... ¿Te arrepientes de lo que pasó?, ¿es eso?

—No desvíes la cuestión.

—No la desvío... Además... ¿qué diablos hago yo dándote explicaciones de lo que dije o no? Si tienes problemas de confianza..., no me los cargues a mí.

La mujer no contestó. Antonio empezaba contemplar el nacimiento de un enfado destructivo que lo poseía.

—Mira, lo que pasó, pasó... No es que me arrepienta. De hecho, antes de que me enterase de lo que me dijo Smix, yo estaba bastante contenta, pero... quizá sea mejor así.

—¿A qué te refieres?

—Sí…, está claro. Cada cual por su camino, y punto.

—Antes de juzgarme deberías molestarte siquiera en saber si era o no verdad lo que Smix te ha dicho… Pero estoy más que de acuerdo. Me parece perfecto. No tengo yo mi vida como para tener que soportar interrogatorios.

En ese preciso momento, en el Salsa hizo aparición un rostro conocido para Antonio. Como había pocos rostros en su memoria nueva, aquella cara fue rápidamente discernible. Una mujer. ¡Era Verónica!

—¿Qué te pasa? ¿Has visto un fantasma? —preguntó Lise.

—Conozco… —Antonio no podía articular palabra.

—No cambies el tema. Mira, si al menos te disculpases… Pero en cambio te muestras orgulloso y no reconoces… ¿Me estás escuchando?

—No.

—¿Qué? Maldita sea… ¿Qué te pasa?

Antonio no dejaba de mirar la entrada del pub. Verónica, la psicóloga que lo despertara en el Pájaro Negro, acababa de aparecer y se dirigía a la barra. No era una visión ni un fantasma.

—Vamos a ver, Antonio. Acepto que no haya que disculparse… Vale, ya está, pero sólo te pido que no airees intimidades. Me gusta y valoro mucho la discreción.

—Sí. Entiendo.

—Eso es importante para mí.

—Sí.

—¿Qué piensas? Tu mirada se ha quedado como si fueses retrasado.

—Nada.

—¿Nada?

Silencio entre ambos. Antonio estaba sopesando si acercarse a Verónica, eso y prácticamente todos los acontecimientos desde su despertar en aquel avión. Por otra parte, descubría que cuanto menos hablaba, más se ablandaba el enfado de Lise.

—A lo mejor me he pasado. Tal vez no debía haberme puesto así..., pero es que he tenido un día muy duro. Tú no lo comprendes —dijo de repente ella sorprendiéndole dócil.

—¿Un día duro?

—Sí... Oye..., no quería hacerte sentir mal.

—No te...

—¿No me perdonas?

—No te muevas de aquí..., espera.

Antonio, dicho esto, se levantó y dejó a Lise prácticamente con la palabra en la boca.

La chica rubia, con el pelo rizado de aspecto húmedo, vestida con un palabra de honor blanco, y una faldita a medio camino entre lo vaquero y un pareo de playa, no dejaba de provocarle relámpagos en la cabeza. Pero determinados aspectos la distanciaban de ese recuerdo que lo aturdía. Alisándole el pelo, cubriendo aquella piel canela de sus hombros con una bata blanca y pintándole los labios de rojo, daba como resultado inequívoco la preciosa psicóloga que tenía guardada en su memoria, como la primera persona avistada en su nueva vida. Una flor blanca prendida del pelo rizado, una piel de un tono más oscuro, acaso arena de playa húmeda en los hombros, brazos y piernas, desplazaban su imagen anterior. Como si aquella persona se hubiera disfrazado aposta para despistarlo. El primer impulso fue tan irremediable...

—¡Verónica! —la saludó caminando directo hacia ella.

La chica se volvió hacia él. Sus ojos de caramelo directamente hacia los suyos despejaron cualquier duda. Los labios sin pintar le daban un toque fresco, que unido a la humedad en el pelo, la hacían parecer una sirena. Cuando lo vio, una sonrisa muy familiar acudió a su rostro. Fue la primera ternura, la primera protección.

—¡Verónica, qué alegría!

No pasaron tres segundos desde que pronunciara la frase cuando vio que la mueca de la mujer se tornaba extraña.

—¿Perdone? ¿Nos conocemos?

Antonio no podía dar crédito a esa pregunta. Habría jurado que cuando la mujer había fijado su vista en él, lo había reconocido. Estaba seguro de ello. ¿Por qué demonios fingía?

—¡Verónica, soy yo!

—Señor..., disculpe, pero no creo conocerlo.

El acompañante se volvió hacia él. Era un tipo altísimo, muy delgado. Antonio apenas sí le prestó atención, absorto en la doble sorpresa de verla allí y de no ser reconocido. Se percató, eso sí, de que ella en su muñeca lucía una pulsera naranja, de visitante semanal, al igual que el desconocido. Antonio, incrédulo ante la amnesia de la doctora, empezó a pensar más despacio, a abandonar el impulso que lo había llevado a lanzarse a saludarla. Comenzó a descubrir las posibles razones del comportamiento de la mujer. De pronto, entre una niebla de dudas, visualizó que tal vez ella fingía y la naturaleza de la relación que lo unía a esa mujer tomó protagonismo. Se sintió el hombre más torpe e imbécil del mundo.

—Lo siento..., me habré confundido —dijo, girándose inmediatamente. La brusquedad del giro le impidió escuchar a su espalda un «no se preocupe», en la cálida voz que le había dado luz meses atrás. En ningún momento dudó sobre la identidad de aquella mujer. Ahora se sentía ridículo. Había estado a punto de decir cosas tales como «¿no te acuerdas de mí? Soy el tipo que despertaste en el Pájaro Negro». Había estado a punto de echar por tierra todas las advertencias del manual que François le había proporcionado en Francia. Evidentemente Verónica había disimulado por el secretismo que se suponía que debía tener la cuestión. Y él había estado a punto de descubrirse.

Tal fue la alegría que le dio acordarse de ella, en esa nueva vida donde cualquier recuerdo era un tesoro. Seguramente pensaría que era idiota. Ella, que se había portado tan bien con él. Seguro que la había situado en un apuro.

Desconcertado y nervioso, buscaba alejar su torpeza. Se dirigió a la mesa de Spider, pues comprobó que Lise también se había reunido con él. Spider no tardó ni un minuto en preguntar…

—¿Quién es esa? ¿Qué ha pasado? ¿No quería bailar?

—Me he equivocado de persona… Se parece mucho a una chica que estudió conmigo.

Ni la más inteligente excusa ante Spider podría haber resucitado su ego maltrecho tras aquella metedura de pata.

—Qué estirada la tía… ¿No quería bailar? —apuntaba Lise—… yo voy a probar con Zonk.

Spider y Antonio siguieron a su compañera con la mirada mientras se contoneaba como una gata hasta la barra donde el bailarín descansaba charlando con el barman. Un par de metros a la derecha, Verónica, con su aspecto playero, parecía cumplir a la perfección su papel de comparsa. Ni siquiera le miraba.

—¿Celoso?

—¿Qué?

—Vamos, tiburón…, se te nota en la cara que Lise te gusta… Seguro que no te hace gracia que baile con el tipo ese musculitos. ¿Cómo te fue lo del saludo? ¿Hubo beso?

—Nos hemos peleado…

Lo cierto es que ni tan siquiera estaba siguiendo el hilo de la escena. Ni tan siquiera estaba viendo el trasero de su compañera que al apoyarse en la barra hablando con el tipo de más espalda del bar, regalaba una visión casi obscena, enguantado en aquel vestido lunar. Sólo tenía ojos para el misterio de los pensamientos de Verónica. De hecho, se nubló la luz del local, el sonido se distanció y las personas allí parecían grises. Lise, por su parte, pareció convencer al gigantón y comenzó a bailar salsa.

—Lo está haciendo aposta... ¡menudas son las mujeres! Como ha visto que no la has sacado a bailar y que te has ido detrás de esa desconocida..., ahora te está restregando al culturista por la cara. Pero esa está por ti..., te lo digo yo..., que aunque no ligo nada..., nunca fallo en mis predicciones con los demás.

—Si te soy sincero..., ahora mismo me da absolutamente igual.

—Una tía como Lise quiere toda la atención para sí. Al más mínimo detalle te lo hará pagar multiplicado por tres. Por cierto, la chica esa parece que se va.

Verónica se dirigía hacia ellos con la clara intención de dejar el pub. Seguía enfrascada en la conversación con su acompañante. Parecían amigos o compañeros de trabajo. Antonio la siguió con la mirada de forma descarada. Ella no hizo el más mínimo ademán de devolver aquella mirada inquisitiva. Salió del pub con visos de no volver a pasar por allí nunca más. Le sentaba muy bien el conjunto, estaba radiante. Antonio se sentía muy extraño pensando que aquella mujer se iba sin más. Sin tan siquiera decirle adiós. Se iba como si toda aquella cuestión del avión, de su resurrección, no fuera más que una especie de cursillo, un pasatiempo fácil de obviar en la vida cotidiana. Lo inquietaba el hecho de que él, con su actitud imprudente, pudiera haberle causado problemas. ¿Y si a ella también le habían borrado la memoria? Tal vez fuese condición expresa para participar en el proyecto someterse después al Mar de los Sueños para eliminar cualquier vestigio...

Cuando la perdió de vista, volvió a la realidad de aquella isla. De aquella vida plastificada. El gigante seguía bailando con la que se suponía que iba a ser su pareja de baile esa noche, con la que había albergado esperanzas de acabar enroscado en miles de caricias. Con la que debía resolver un conflicto absurdo de orgullos y malentendidos.

—Spider..., te deseo suerte con Muna. A las mujeres no hay quien las entienda.

—Yo venía aquí por los mojitos, y porque me siento más caribeño en un lugar así que en las discotecas esas del otro lado de la plaza. De pronto he conocido a esa princesa y me siento raro. Inseguro. Me descoloca esa chica.

—Tú siempre tienes respuesta para todo, Spider. Seguro que consigues conquistarla con tu conversación inagotable.

—¿Antonio?

Alguien había tocado su hombro..., lo había llamado una voz femenina...

—Perdona... ¿Puedes venir conmigo?

¡Era Verónica! De nuevo sintió el pasmo de la primera vez que la había visto en el pub. Tal vez incrementado, pues ahora estaba claro que sus suposiciones sobre que ella fingía estaban meridianamente claras.

—Pues..., ¿ir contigo?

Volvía aquella sensación de torpeza. De reojo miró a Lise. Ella disimuladamente estaba pendiente, alerta de aquella conversación aunque sin dedicarles una mirada directa. Antonio sonrió, no sin cierta intención ponzoñosa de molestar a Lise.

—Sí..., por favor.

Estaba claro, por la mirada de reojo a Spider, que ella no quería que nadie escuchara su conversación. Antonio estaba deseando explicarle que no era tan torpe como ahora demostraba con sus constantes faltas a la más mínima discreción.

—De acuerdo, vamos... Spider..., ella, bueno, es una vieja amiga... Me voy. Mañana nos vemos. Despídeme de Lise, dile que... la llamaré.

—No hay problema.

Antonio abandonó el pub en camiseta de manga corta olvidándose el suéter. Spider no pudo evitar una sonrisita cómplice. Como cualquiera sonríe cuando un amigo acaba de ligarse a una chica en un bar.

Lise, entre vuelta y vuelta, amarrada por aquellos brazos enormes a Zonk, no perdió detalle del regreso de la desconocida al pub. Ni de cómo Antonio se fue con ella con esa urgencia. Nerviosa, se reconoció airada.

—Estoy un poco mareada, cielo... —le dijo a Zonk después de un giro. Así, sin más, se fue hacia Spider con un paso mucho más firme que el de una pobre chica con el equilibrio trastocado de bailar.

—¿Y Antonio?

—Volvió la chica esa..., una tal Vero... y se lo llevó.

—¿Se lo llevó?

—Sí, preciosa... Como tú no parabas de bailar con Zonk... pues me dijo que te diera las buenas noches. ¿Estás celosa?

—¿Celosa?

—Vamos, que no soy tonto... Me veis aquí con mi copa en la mano, algo tímido, y ya me tomáis como si fuera uno de esos frikis lerdos, que no saben qué sucede a su alrededor... Tú estás por sus huesos...

—No digas bobadas. Yo nunca diría que eres un tipo tímido. Extraño, con tu estilo... En cuanto a lo de que estoy por sus huesos..., proferir tonterías pensando que diciéndolas impunemente pueden convertirse en realidad... no te servirá conmigo.

—Ya..., está clarísimo. Él también está por ti.

—Pues tu amigo tiene una forma muy extraña de conquistar a una mujer.

—Será una vieja amiga..., no sé. Ahora vendrá..., supongo...; se ha dejado esto aquí... —dijo mostrando el suéter.

—Me da igual, ya te digo; yo no quiero nada formal. Lo que pasó ya está hecho y no puede evitarse.

—¿Te arrepientes?

—No me gustan los hombres que cuentan sus hazañas a los amigos.

—¿Entonces es cierto? ¡Hubo tema! Hijo de... Lo callado que estaba.

Lise miró a Spider... ¿Estaría intentando exculpar a su amigo?

—No finjas, tú ya lo sabías...

—Si te soy sincero, no imaginaba que hubiese llegado a ese extremo. Antonio me dijo que había pasado «algo». Smix tenía razón... ¿Os acostasteis?

—No. Ya da igual, nos hemos peleado, así que seguramente ahora estará desahogándose con ésa.

Dicho esto, Lise, con un brillo de determinación en los ojos, se marchó. La noche no podía haber salido peor. Estaba enfadada sobre todo consigo misma. Recordaba una y otra vez la discusión con Antonio. La urgencia de su partida, olvidando incluso el jersey, le daba buena medida de lo importante que era ella en su vida. Por muy vieja amiga que fuese la desconocida, se sentía repudiada. Estaba sufriendo. Una especie de conciencia extraña le dijo que eso mismo se lo había hecho ella a muchos hombres en el pasado. Se lamentaba tanto de haberse dejado llevar..., de haber discutido como si..., como si... Parecía que fuesen una pareja y que protagonizaba una vida normal, pensó una Lise fuerte, reprendiendo a la niña ilusa que parecía haberla poseído aquella noche. Le daba igual no haber sido justa acusándolo de charlatán. Simplemente se había dejado llevar por los sentimientos, y ésa no era ella. No lo era desde hacía años. Ella era otra, su misma vida no encajaba. Su realidad le impedía pensar en debilidades semejantes a las evidenciadas. Hacía muchos años que no se sentía como esa noche. Años en los que ella realizaba trabajos para la facultad de periodismo; años en los que ella soñaba con una chica casada felizmente. Esas ilusiones se enterraron lustros atrás. Hoy era el futuro de entonces y estaba soltera y no era la presentadora de informativos que le hubiera encantado ser. Era una chica capaz de conseguir mucho dinero haciendo lo que sabía hacer. Conseguir información. Robarla y vender lo que fuera que se pudiera vender. Jugarse el tipo, mentir, ser muchas mujeres en una, cobrar y largarse de vacaciones a cualquier sitio tranquilo y recóndito. Lo que descubría poco a poco era que esas sensaciones distintas, esos países tan dispares donde la llevaba su destino emocionante, adquirían una similitud al cabo del tiempo en los recuerdos. Esa vida de hoteles y caras engañosas, esa vida de misterios y tretas, de llegar la primera y traicionar cualquier valor moral más allá de la noble intención de enriquecerse. Sentir la vida como acumulación de riqueza fruto del esfuerzo de su trabajo. Todo esto se le agolpaba ahora en la cabeza y lo escupía a la cara. Sin poder creerlo, se había dejado seducir por Antonio. Aquello no podía ir más lejos. Mientras discutían sentados, por momentos, se había olvidado hasta de sus problemas actuales. De su atraso en la misión que podía empezar a considerarse bochornoso. De la llamada de Dany que no sucedía.

Lise caminaba furiosa, como si su enfado pudiera extirpar los sentimientos.

«Llamar a Dany», le ordenó a su bolso. Escuchó la marcación del teléfono mientras lo buscaba. «Se acabó», se dijo apretando las mandíbulas. Tenía que centrarse en el trabajo.

—Hola, Dany. Perdona, pero llevo un día horrible.

—Me llamas por lo de la casa del jefe…

—Sí. Me tienes muy mal acostumbrada a resultados inmediatos, y me ha extrañado que no te pusieras en contacto conmigo en todo el día.

—Lo sé… A ver, tengo malas noticias y no te había llamado antes porque intento transformarlas en buenas.

—¿Qué sucede?

—Estoy… He escaneado esa vivienda por todos los sistemas que se me han ocurrido. No he conseguido gran cosa. Simplemente darme de bruces con el sistema de seguridad más sofisticado del mundo. No consigo averiguar la forma de evitarlo… Si entras en esa casa saltarán las alarmas sin dudarlo.

—Y si entro de todas formas… Me refiero a que, aunque salten las alarmas, quizá pueda tener tiempo de robar la información y largarme.

—Esa casa está protegida por un sistema que bloquearía absolutamente todo lo que funcione con luz eléctrica, incluido tu equipo. No podrías hacer nada. Además… está conectado con varios números de seguridad que alertarían al servicio secreto francés, a la policía internacional de Atlantis, entre otros. Y te pillarían porque el muy canalla sería capaz de localizarte aunque estuvieras a veinte manzanas de allí, ya que rastrea a los intrusos. Te señala con una baliza y te persigue vía satélite. Sin contar que las ventanas y puertas se bloquearían por unas persianas de acero que tardan aproximadamente seis segundos en dejar la casa como un búnker. Ese sistema sería capaz de dar a la policía hasta tu peso y altura. Ese sistema de seguridad sólo está al alcance de los políticos de primer nivel y del ejército.

—¿No puedes desconectarlo?

—No… Al menos no puedo desconectarlo por ahora.

—¿Y qué sugieres que haga?

—O te esperas a que consiga una vía de acceso…, alguna forma de evitar el sistema de seguridad…, cosa que te advierto podría llevarme meses… o incluso podría no ocurrir…, o robas la información cuando el maldito sistema de seguridad no sea tan sensible.

—Te refieres a que entre a plena luz del día mientras el tipo está trabajando, ¿verdad?

—Sí.

—Pero ¿cómo voy a piratear el ordenador? Smix tuvo mucha suerte aquel día. Pero esas cosas no pasan dos veces, Dany...

—A mí se me ha ocurrido una idea..., pero no sé si saldría bien.

—Menos mal... Di lo que sea.

—Lo que tú quieres... está en el ordenador de ese jefazo..., en un ordenador sin conexión a Internet ni a ninguna otra red... Así que la única manera de piratearlo es cuando ese ordenador esté encendido y el tipo en cuestión esté trabajando con él.

—¿Y si usamos un sistema de pirateo inalámbrico? Desde la calle...

—No... La casa está protegida contra eso las veinticuatro horas del día. Necesitamos conectarnos desde el ordenador. Mira, si estuviera conectado a Internet te juro que ya tendría una copia de todos sus malditos secretos... Pero es que el tipo lo tiene aislado. Necesitamos conectarnos desde el ordenador.

—Pero ¿cómo?

—He pensado en algunas opciones..., pero no sé. Por ejemplo, pensé que podrías usar unas microondas para estropearle el ordenador y, así, que tenga que llamar a algún técnico... e intentar que tú seas ese técnico... Pero para usar esas microondas necesitarías estar dentro de la casa... y el sistema de seguridad te pillaría.

—¡Maldito sistema de seguridad! Estoy segura de que esconde algo gordo... Ese sistema es lo más sofisticado que me he topado. Si tú no puedes con él...

—Sí..., es lo malo de intentar robarle a una empresa de tecnología punta. Mira, la única opción que se me ocurre es que consigas colarte en la oficina y que le pases un troyano de forma inalámbrica. Pero eso tiene varias complicaciones.

—¿Qué complicaciones?

—La primera, que él debe estar usando ese ordenador, en ese momento. Si está apagado no serviría. Ya te advierto que, según sus facturas detalladas por sistema, ese tipo no usa el ordenador prácticamente para nada. Es como una especie de caja fuerte.

—Genial. Dime más buenas noticias.

—Segundo, que él no debe mirar la pantalla mientras le pasas el troyano. ¿Cómo lo ves?

—Pues que son dos coincidencias bastante complicadas. No creo que pueda conseguirlo. Si es un ordenador que guarda archivos confidenciales, lo usará lo menos posible. ¿Cómo sabes lo de sus facturas? Bueno, y en caso de que lo use, no recibirá a ninguna visita mientras lo tiene conectado. A no ser que sea un imprudente. Además, ¿el troyano no necesitaría después que el ordenador estuviera conectado a Internet para transmitirnos la información?

—Sí…, pero eso no lo sabría él. Puedo preparar un troyano que se conecte a la red sin que él se dé cuenta. El problema es introducirlo en el ordenador. Después sería coser y cantar.

—Joder, es muy complicado. Sería más fácil entrar con una pistola y llevarse el ordenador.

—Bueno, ése podría ser el plan B. Pero no te lo recomiendo.

—Bromeaba. Desde luego, vaya día que llevo… Todo sale mal hoy. Bueno, Dany, te agradezco mucho lo que has hecho. Le daré vueltas a la cabeza a ver si se me ocurre algo… Seguimos en contacto.

—OK. Lamento no ser de gran ayuda.

Lise colgó y se subió a un taxi. Necesitaba un baño de agua caliente para intentar aclarar ideas y pensar un buen plan. Conseguir meter un troyano en el ordenador del jefe parecía algo imposible. Se imaginaba y temía una llamada de Macrocom dándole el finiquito a la operación en la isla. Las cosas se complicaban.

En otro lugar de la isla, Antonio seguía en esos momentos las zancadas de Verónica, que iba un par de metros por delante de él, en dirección a uno de los transportes. Se subió en uno de ruta circular, de los que recorrían toda la isla. Antonio la siguió. Preocupado por no volver a pifiarla, le preguntó sí quería que se sentara junto a ella.

—Claro, tonto. En el pub tenía que disimular, pero aquí yo creo que estamos a salvo de tus imprudencias.

La sonrisa de aquella mujer era verdaderamente apaciguadora. El autobús arrancó en dirección a la zona de las Pirámides de las Ciencias y el Puerto del Este, donde estaba el Oceanográfico. La temperatura era exquisita. Antonio cayó en la cuenta en ese preciso instante de que se había olvidado el suéter. Con el autobús panorámico en marcha, tal vez la brisa les haría sentir fresco. Se lo podría haber ofrecido de forma caballerosa a ella.

—Perdona lo de antes... Creo que me sorprendió tanto verte... que se olvidó todo.

—Te lo leí en la cara... Me temía que fueras a decir cualquier barbaridad delante de Álex.

—¿Tu compañero?

—Sí.

La brisa se hizo más patente cuando abandonaron la plaza ruidosa, al profundizar en la oscuridad de los palmerales.

—¿Dónde te apetece que bajemos? —preguntó ella.

—Me da igual... ¿Qué te trae por Atlantis?

—Pues trabajo y placer. Mis colegas me habían hablado mucho de esta maravilla. Y aproveché que mi mentor, el profesor Michael Bost, acudiría para impartir unas conferencias. La excusa perfecta para tomarme una semanita sabática. Suelo perseguirlo para asistir a sus conferencias por medio mundo. Ambos estamos confeccionando un libro sobre psicología. Así que aquí me tienes tostándome al sol por las mañanas en la playa, asistiendo a seminarios por las tardes y saliendo de marcha por las noches...

—Vaya... Lo de las mañanas va muy bien... Estás muy morena.

—Gracias.

La mujer, muy coqueta, se repasó con los dedos los brazos mostrando sus progresos. Aunque la luz azulada del interior del transporte impedía lucir el tono de la piel.

—¿Y tú qué haces aquí?

—Pues resulta que, después de mucho pensar, el Gobierno francés, aprovechando que tus colegas del «Pájaro Negro» no me atrofiaron mucho mis conocimientos sobre robótica, me ofrecieron trabajar en este paraíso, en un proyecto sobre unos robots que van a enviar a Marte.

—Fascinante.

Aquella palabra describía a la perfección lo que su mueca mostraba. Aquella mujer poseía una sinceridad gestual sin comparación posible. Cuando reía, lo hacía hasta con las manos. Cuando lo escuchaba, el grado de atención que era capaz de ofrecer, lo dejaba tan absorto en ella, que perdía el hilo de sus propios pensamientos. La veía algo distinta de cuando ella lo despertó. Ahora apreciaba detalles muy diferentes a los de aquel día.

—Pues la verdad es que, aunque es un trabajo evidentemente temporal, reconozco que mi gratitud hacia ellos será eterna porque en Francia me sentía... regular.

—¿Por qué?

—Para empezar, me sentía solo y muy removido... No sé explicarlo. Como en mitad de un mundo excesivamente complejo. Esto de venir a una isla pequeña me ha venido muy bien.

—Pues mira..., es interesante esa apreciación. Si alguna vez vuelvo a formar parte del equipo médico de otro zom... Perdona..., os llamamos zombis por razones evidentes... Disculpa si no es muy apropiado el comentario...

—No te preocupes.

—Bueno, pues eso, que lo tendré en cuenta. Supongo que es un cambio muy drástico soltarte en una ciudad así de repente. Entonces, ¿te va bien aquí?

—Sí, esto es genial, me codeo con gente muy interesante. No más en el avión, compartí el vuelo con el inventor de la Ledax —Antonio se sentía muy vacío. Parecía que era la única anécdota que podía narrar y estaba condenado a confesarla por doquier.

Ambos rieron a la vez. Siguieron hablando y hablando mientras el autobús hacía las correspondientes paradas recorriendo la isla. Pero ellos, enfrascados en la conversación, hicieron caso omiso a su primera intención de bajar en algún punto concreto hasta haber dado una vuelta entera a la isla.

—Ya hemos dado una vuelta... El tiempo pasa tan rápido —dijo ella.

Él pensó que ella quería despedirse; así que afirmó:

—Bueno, si quieres te dejo ya dormir; a lo mejor tu compañero te está esperando...

—¿Mi compañero? No. Cuando dije compañero me refería a compañero de conferencias. Nos hemos sentado juntos un par de veces... Bueno, yo creo que él quería ligar conmigo, pero aún no sabe que yo no con él.

—Mujer cruel...

Rieron de nuevo.

—Tengo una idea. Quiero enseñarte algo, Verónica.

—Tenemos toda la noche... Al menos yo, que no madrugo...

—Bajemos en la parada TRECE...

No quiso desvelar el motivo, y ella parecía no sospechar de qué se trataba. Cuando el autobús llegó a la parada trece, Verónica se quejó de que era una parada un tanto siniestra. Estaba en medio de un bosque. Antonio tuvo una sensación rara cuando ella se lo comentó. Reflexionando... él era un tipo al que habían condenado a pena de muerte por el asesinato de un hombre... Tal vez la mujer..., que evidenciaba tener una química especial con él..., tuviera en cuenta esa circunstancia de vez en cuando. Antonio, pensando en sí mismo desde esa óptica, se veía un monstruo horrible paseando junto a una dama. A veces se preguntaba si el instinto asesino pervivía en él... Había leído en algún sitio que los psicópatas normalmente no se manifiestan como tales hasta determinados momentos en los que explota la violencia. Si bien su perfil no coincidía con el de un psicópata, pues su crimen era, por así decirlo, más «limpio». Seguía sin reconocerse capaz de planear un asesinato tal y como al parecer había hecho hacía tan sólo un par de años atrás. «¿Y si me volví loco momentáneamente?», se preguntaba... Pero, en tal caso, su defensa habría alegado locura transitoria o algo por el estilo para tratar de reducir la pena. Según su recuerdo, la defensa alegó que fue un homicidio involuntario, un accidente. Cuando pensaba en su pasado criminal y analizaba el caso... tal y como residía en sus recuerdos fragmentados..., tal y como rezaba en los informes que había leído facilitados por sus benefactores..., se desdoblaba. Aquel Antonio culpable de asesinato no le parecía nada respetable... En su fuero interno se ponía de parte de la acusación y lo veía como un demonio que lo había llevado a él a la situación delirante en la que se encontraba ahora. Le surgían tantas preguntas por las noches antes de conciliar el sueño, que solía echar de menos la compañía de Verónica o François, a quienes siempre había recurrido para solventar sus dudas. Ahora tenía consigo una Verónica radiante, muy accesible.

—Lo bueno de esta isla es que uno puede pasear por cualquier sitio a cualquier hora sin miedo a nada. Ningún animal nos dará un susto caminando entre estas palmeras, porque trajeron sólo las palmeras, no los animales, a Atlantis —recitó él, defendiendo convencido un planteamiento que al principio de su estancia en la isla le había hecho pensar que tal vez la belleza artificial de la misma era demasiado vacía. Antonio parecía estar ya totalmente seducido por aquella vida artificial.

—Pues la verdad es que me tranquiliza mucho oír eso.

Antonio la condujo entre las palmeras. En el cielo ella miraba de cuando en cuando las estrellas comentando que le parecían de un brillo sobrenatural. La noche era muy hermosa en Atlantis. La oscuridad fue disminuyendo conforme se adentraron más en ella, conforme sus pupilas se acostumbraron a la luz del cielo estrellado. Cuando dejaban las palabras en su mente, sin pronunciarlas, descubrían un silencio realmente extraño. Sus pisadas, que se entretejían con la arena, no distorsionaban el increíble silencio; así, la brisa estaba dormida en aquellos parajes. Daba la sensación de que allí el engranaje de la vida, el mecanismo del mundo estaba apagado. Como cuando se corta la inyección del motor de un velero habiendo encontrado viento favorable para desplegar las velas. El sonido del casco que raja el mar, el viento que empuja el velamen, son meras comparsas de un silencio majestuoso.

—Reconoces este lugar… —sugirió Antonio apenas dejaron tras de sí el bosque de palmeras, recibiendo la brisa en la cara y el canto sereno del mar abierto que lo susurraba sobre la arena blanca.

—¿Es la playa?

—¿Me lo preguntas? Pensaba que ya la habrías visto.

—¡La playa del Mar de los Sueños! Nunca he visto la recreación virtual que todos reciben al despertar. Me han hablado de ella los compañeros y por supuesto vosotros. Vaya..., es muy bonita. Gracias por traerme aquí.

—¿Me puedes explicar por qué esta playa? Casi me vuelvo loco una noche cuando visité este lugar y recordé que era la playa de mi despertar.

—Es una respuesta bastante sencilla. La máquina se construyó aquí, en Atlantis.

—Una obviedad... Cuando vine aquí me pareció una especie de señal divina.

—Casi todo lo misterioso tiene explicaciones sencillas. Es un buen lugar para empezar de nuevo; lo escogieron por su belleza.

—Lamento no sentir su belleza objetivamente... Para mí tiene otras connotaciones. Verónica, conmigo el trabajo no se hizo bien.

—¿A qué te refieres?

—Verás... No sé si debería contarte esto..., pero necesito que me expliques varias cosas.

Verónica lo miró con ternura.

—Intentaré responderte... Pero recuerda que firmé unos acuerdos muy estrictos...

—¡Por favor! Estamos en una isla, lejos de ese avión. Te lo pido como favor personal. Tú fuiste la primera persona que mis ojos vieron en esta vida nueva... No sé por qué, pero creo que eres de las pocas personas en las que puedo confiar.

—Bueno..., está bien... Dime por qué piensas que el proceso se hizo de forma errónea.

—Me han ocurrido varias cosas extrañas. Sin ir más lejos —Antonio tomó aire al parecer imprescindible para poder continuar—, estuve con una chica... No sé si la has visto; estaba en el pub, sentada conmigo cuando entraste...

—No.

—Bueno..., estuve con esta chica y... bueno, hubo besos, pero de repente me dolía mucho la cabeza.

—Entiendo… —decía la doctora aparentando precisamente todo lo contrario en su mirada.

—Era como si mi cabeza se resistiese. No era la primera vez que he tenido dolores, pero nunca tan fuertes.

Antonio quedó en silencio visiblemente afectado. No quitaba ojo de Verónica. Ella parecía mirar el rompeolas disimulando lo que no podría esconder por mucho tiempo. Sentados, como si fuese una novia que está a punto de confesar una infidelidad veraniega, Verónica comenzó a hablar en voz baja.

—Creo que sé lo que te ocurre… Verás… Lo que te pasó fue que tuviste un recuerdo que no debía estar ahí. Se te apareció un recuerdo mal eliminado. El recuerdo de un sentimiento, sin imágenes.

—¿Cómo?

—Sí. Si piensas un poco…, tú solo sabrás lo ocurrido.

—Mi esposa. Yo sé que estaba casado.

—Sí.

—¿Y cómo es posible?

—Verás. Precisamente para evitar que sientas angustia y desazón por la pérdida de seres queridos…

—Ya, ya… eso me lo sé. Eliminaron mis lazos afectivos, bla, bla, bla…, todo eso lo sé. Pero aquel dolor… ¿fue por la infidelidad supuesta?

—Yo no soy una experta en esa máquina, pero creo que lo que te sucedió es que tu cerebro, al saber que estás casado, bueno…, que lo estabas antes, y estar con otra chica segregó un sentimiento parecido al de culpa; incluso pudo llegar a inventarlo como lógica respuesta a tu situación… No debería haberte dolido la cabeza, debió quedarse simplemente en un momento de desorientación… Entiendo que un dolor intenso no debería manifestarse. Pero bueno, no creo que te vuelva a suceder.

—Vaya.

—Te contaré algo que nadie te contó. Tú eras el sujeto más inteligente; pero, además de eso, fuiste el zombi que más problemas presentó a la hora de borrar el pasado, precisamente porque tu cerebro estaba plagado de referencias a tu mujer.

—¿En serio?

—Sí. Tardaron días en borrar todo lo que encontraron, pero incluso ahora... parece que no hicieron del todo bien su trabajo. No quiero que esto te afecte, pero creo que amabas mucho a aquella mujer.

—Dios...

Antonio sentía de pronto la mirada de alguien. Como si alguien los observara. Como si alguien le hubiera estado observando todo este tiempo desde la distancia. Volvió la cabeza en todas direcciones hasta quedar de nuevo prendado en la mirada de ella.

—Antonio, quiero que sepas que eres un sujeto distinto a los demás. Eres diferente, no sólo por lo que te acabo de contar. Tus reacciones fueron totalmente distintas a las de los anteriores zombis. Si te soy sincera, ningún integrante del equipo médico pensaba que estuvieses preparado para afrontar tu nueva vida. Se pensaba muy firmemente en no rehabilitarte.

—¿Y cómo es que me dejaron así?

—No se podía hacer más con la máquina sin dañar conceptos vitales. Confiaron en la opinión experta de la persona encargada de tu examen mental y psicológico. Ellos querían matarte.

—¿Quién?

—Yo, fui yo. Y, sinceramente, lo hice porque no quería formar parte de un tribunal que te volviera a condenar a muerte. En lo médico coincidía con mis colegas.

Antonio quedó un rato en silencio... Después la miró a los ojos.

—Gracias. No se me ocurre otra cosa que decirte.

A unos sesenta metros, oculto en las palmeras, un hombre entre las sombras, envuelto en la brisa cálida, escuchaba toda la conversación que sucedía cerca de las olas. Era Jacques, el más joven del equipo del Zombi-100. Era su primera misión importante. El jefe parecía tenerle cierta simpatía, porque, según sus palabras, «éste es nuevo y seguro que no se atreve a tomar iniciativas propias... Eso es lo ideal que necesito en esta isla».

—François..., ¿qué hago? Creo que la doctora se ha pasado de la raya. Está contando cosas que pueden ser consideradas secreto. Por un momento me he asustado porque el zombi miró hacia aquí.

—Jacques, no compliques las cosas por ahora. Quizá esto no tenga consecuencias. Pero cuando vuelvas al coche, que tu compañero vaya tras el zombi y tú sigue a la doctora.

—De acuerdo.

—Gracias por contarme todo eso. Perdona que esté tan serio. Por un lado soy consciente de que debería sentir gratitud por haberme salvado la vida..., pero el problema es que no dejo de pensar que en cierto modo la condena a muerte se cumplió. No consigo recordar nada de mi otra vida... Bueno, sí..., lo justo para torturarme. Esto es como haber muerto. Tan sólo si pienso en lo horrible de mi crimen siento cierto alivio, pues reflexiono y es coherente que haya pagado este precio... me han salvado la vida. Pero algo no encaja. Algo no está bien, Verónica.

La psicóloga lo miraba con ternura guardando silencio.

—Bueno, no sé cómo compensarte por atenderme y saltarte las prohibiciones. ¿Te apetecería ir de pesca? Mañana voy a ir de pesca con unos amigos sería genial.

—No lo sé... —la mujer miro el cielo—. Te lo confirmaré mañana. Dame tu número y tu buzón.

Antonio se despidió de Verónica en el transporte público. Sin querer, exploraba sus pensamientos en busca de rastros de su «esposa». Necesitaba encontrar en su cabeza retazos nuevos, vestigios de aquella mujer a la que tanto había costado eliminar. Pensó de pronto en Lise. Después de aquella noche rondando la idea de su pasado, analizando su otro yo, parecía lejana en el tiempo, casi tan difusa como aquella que no recordaba. Tenía claro esa noche que no estaba en las mejores condiciones de buscar a Lise. Lamentaba que pudiera estar decepcionada con él, pero no tenía fuerzas para comenzar una conversación en la que seguro tendría que mentir, no pudiendo llegar a un resultado digno. Se la imaginaba cabreada.

Cuando llegó a casa, se fue quedando ensimismado en cada tarea que emprendía. Primero en la ducha, después sentado en la taza del váter, más tarde frente al espejo del dormitorio, mientras concluía laboriosamente la tarea de ponerse el pijama. El mayordomo virtual le fue informando de un montón de cosas a las que no prestó la más mínima atención. Excepto a una.

—¿Desea usted conectarse a Internet o ver la televisión en el dormitorio?

—Sí. Deseo conectarme a un buscador. Busca... pena de muerte en España, últimas ejecuciones.

En la pantalla, rápidamente se daba información sobre el Tribunal de Delitos de Sangre. Un enlace que hablaba sobre un famoso fiscal que aún no había perdido ni un solo caso de pena capital... Antonio creyó reconocerlo al principio. Después estuvo seguro de que se trataba del mismo que consiguió su condena. El «ángel de la muerte» lo apodaban.

Repasó la lista de los últimos nombres de los ejecutados. Pidió imágenes. Aparecieron entonces pequeños vídeos donde se veían en pantalla partida simultáneamente al menos cinco reos de muerte en sus respectivos juicios. Tardó en reconocerse. Su rostro antiguo era distinto al de ahora..., pero no tan distinto como para no diferenciarlo. Antonio se buscaba parecidos y se exigía unos recuerdos que no llegaban. La sala de juicios le resultó familiar. No así su abogado, ni siquiera el juez. Vio un vídeo de casi media hora a propósito de su juicio. Se condenó a sí mismo a muerte tras la disertación magistral del fiscal. Sintió vergüenza. De pronto, lo enfocaron directamente a la cara. Estaba absolutamente abochornado en el juicio. Fue la primera vez que sintió cierta empatía con el reo. Sintió que era un hombre desesperado, que presentía su final. Sintió pena por él. Después de torturarse con un par de vídeos más sobre todo su proceso... decidió centrar su búsqueda.

—Busca la esposa de... —localizó su antiguo nombre— Antonio Fernández Puertas.

Rápidamente salieron infinidad de enlaces a propósito de su viuda: Sonia. Titulares como «luchadora o manipuladora». «La viuda triste», «La esposa de un asesino». Visualizó casi todos los vídeos que había disponibles. Apareció ante sí en el proceso judicial. Haciendo declaraciones tímidas a los medios sobre la inocencia de su marido. Después el buscador le sugirió un nuevo patrón de búsqueda. «Apariciones en televisión de la viuda de Fernández Puertas». De pronto, multitud de vídeos se pusieron en marcha a la vez. Se la veía en diferentes cadenas de televisión. Se le quedó la boca abierta mirando cómo esa mujer gastaba sus energías una y otra vez defendiendo la rocambolesca teoría de su abogado sobre la inocencia de su marido. Repitiendo hasta la saciedad que no descansaría hasta demostrar que era inocente. Salía acompañada casi siempre de activistas contra la pena de muerte, que además solían interrumpirla para introducir cuñas a favor de la causa y en contra del Gobierno español.

Antonio, realmente no prestaba mucha atención a la guerra particular de su esposa; él simplemente la miraba una y otra vez, intentando identificar algún detalle, relacionar alguna vista o perfil con algún jirón, algún vestigio de recuerdo que anduviera desolado en su cerebro. La tenía delante de sus narices con distintos atuendos, en poses diferentes, y no la reconocía. No podía ni tan siquiera identificar su silueta. Algo decepcionado, decidió finalizar su búsqueda. Apagó el televisor y ordenó al mayordomo virtual que colocase el sonido ambiental tibio de un oleaje pausado para intentar dormir sin tener que tomar pastillas, sin pensar más en fantasmas y vidas recortadas.

Fuera de la casa, en un coche, un hombre consultaba unas doscientas referencias que tenía en la pantalla de su portátil.

—François…

—No hace falta que digas nada. Esa zorra estúpida ha destapado la caja de Pandora.

—Y mañana han quedado para ir de pesca —apuntaba Jules, como queriendo incrementar el estado de gravedad del asunto. Quizá deseaba estar envuelto en algo un poco más emocionante que seguir y hurgar conversaciones ajenas.

—Lo sé… Este zombi estaba más o menos controlado. Ahora es capaz de intentar cualquier tontería. Ha estado buscando recuerdos. Ha estado viendo el proceso de su juicio. Ha estado sintiendo compasión de sí mismo. Seguro que ahora piensa que es una injusticia separarlo de su mujer. Todo se está complicando, y se lo debemos a la doctora de las narices. ¡Esa tía firmó un pacto de confidencialidad! Ahora tenemos a un zombi en situación crítica… A ver… ¿tenemos su número de teléfono y su buzón?…

—Sí.

—Vale. Quiero que me esperéis en la recepción del hotel donde se hospeda la doctora.

Jules estaba excitado. Parecía que el jefe estaba dispuesto a entrar en acción. Seguramente quería asegurarse de que la doctora no iba de pesca con el zombi. Tal vez la amenazaría con lo del pacto de confidencialidad. Seguramente romper ese pacto implicaba tener que desembolsar bastante dinero. Arrancó el coche y se dirigió hacia la zona hotelera junto al puerto deportivo.

François estaba esperando en uno de los todoterrenos junto al joven Jacques que la había seguido a ella.

—Bien. Dadme el número de esta estúpida —ordenó François. Jacques se lo facilitó.

—... ¿Sí? ¿Quién es?

—Buenas noches. ¿La doctora Verónica Salcedo?

—Sí, soy yo. ¿Quién llama ocultando identidad?

—Soy François, policía de la isla. ¿Tendría la amabilidad de entrevistarse conmigo? Creemos que su vida puede estar en peligro.

Jacques miraba sorprendido la forma de proceder de François. Primero, por haberse identificado con su nombre real. Después, por contar aquella mentira... No sabía adónde quería llegar, pero se lo veía tan seguro de sí mismo, que despertaba admiración y respeto.

—¿Mi vida? Lo siento, pero...

—Escuche, hoy se ha entrevistado con un hombre en la isla al que estamos siguiendo desde que llegó porque es sospechoso de un par de crímenes. Está usando una identidad falsa... y creemos que es un sujeto peligroso.

—¿Nos han seguido?... Verá, sí... Bueno, él no es quien ustedes piensan... Su identidad quizá los induzca a error... Espere, bajo enseguida.

François sonrió con sinceridad, como quien de veras ve graciosa su suerte y no usa la mueca acostumbrada de sonrisa falsa para quedar bien.

Verónica bajó visiblemente preocupada, con el semblante pálido.

—Todo tiene explicación... Deberían ustedes de llamar a este número de teléfono.

Era un número especial que les daban a los integrantes del proyecto cuando surgían problemas con respecto al posible descubrimiento de cualquier aspecto secreto. Verónica se lo entregó a François, pero éste se lo devolvió.

—Llame usted misma..., pero no aquí dentro; hay mucha gente... Salgamos fuera —dijo con una sonrisa. Esta vez Jacques pudo percibir que era la sonrisa falsa, la que pondría para una vídeollamada incómoda.

Verónica los acompañó fuera y, una vez allí, con su propio teléfono marcó el número. Esperó a que diera llamada. Estaba nerviosa. No paraba de mirar en todas direcciones.

—¿Me está llamando, señorita? —preguntó François sonriente.

—¿Cómo?

Verónica no podía creer que el móvil de François estuviera recibiendo su llamada.

—Sí..., creo que yo soy su servicio de urgencia.

—No entiendo nada.

Sin percatarse de ello, habían estado caminando paso a paso alejándose del portal del hotel. Ahora Verónica estaba comenzando a unir cabos en su cabeza y encoger el cuerpo. Un coche paró justo a su espalda. Era un todoterreno blanco.

—Metedla dentro.

Jacques reaccionó a la orden, presa de su instinto después de meses de entrenamientos e instrucción. Agarró a Verónica del palabra de honor y la lanzó literalmente al interior del vehículo por el hueco de la puerta que acababa de abrir François. La mujer, en estado de shock, no parecía capaz de vencer su asombro para gritar. Cuando lo hizo, ya estaba la puerta cerrada.

—Jules, baja. Ve a reunirte con los demás en el puesto de mando. Este viajecito lo haremos Jacques, la doctora y yo.

A Jacques le tocó conducir. Antes de marcharse Jules, que no dejaba de sentir celos por sus compañeros desde que fue degradado, le había traspasado con la mirada. François pegó a la mujer varias veces para que guardara silencio. La chica, al principio toda una furia, se calmó después de los golpes. Su silencio forzoso, conteniendo los gritos y aspavientos que al principio ejercitó, fue un cambio tan drástico que inducía a la piedad. Jacques sentía que François no debería haberla golpeado así.

—¿Adónde vamos?

—Dirígete a la montaña, a los acantilados del oeste.

Jacques temía confesarle a François que no conocía el lugar exacto de esos acantilados. Confió en saber encontrarlos con la indicación de la pista que había acompañado sobre el punto cardinal. El oeste. La montaña pronto apareció ante sus ojos. La tuvo como referencia la mayor parte del trayecto, salvo cuando la carretera serpenteaba en exceso.

—¿Qué quieren de mí? ¿Qué pasa?

François, sin vacilar, volvió a estrellar su mano contra la cara de la mujer.

—Si no te callas, te pegaré más fuerte.

Jacques sudaba. Creía distinguir desde el asiento justo detrás del suyo, donde estaba la doctora, el olor a sangre mezclado con la saliva que el llanto había hecho proliferar al principio, antes de replegar su espíritu para no emitir sollozos.

En los acantilados del oeste reinaba el silencio y la oscuridad. Estaban en los faldones de la gran montaña de Atlantis. El viento y las explosiones del agua al topar con las profundidades oscuras del precipicio, callaban el ruido del motor del coche. François sacó a la mujer del brazo. La condujo por una ladera abajo. Jacques los seguía con el arma en la mano, vigilante ante cualquier peligro externo que enturbiase el interrogatorio.

—Jacques.

Jacques miró a François.

—Tírala.

—¿Cómo?

François le hizo un gesto con la cabeza. La oscuridad no obstaculizaba a Jacques lo suficiente. Podía ver sin equivocarse que la cabeza del jefe señalaba a la mujer y al fondo del precipicio, como las dos cosas que tenían relación directa con su cabeceo.

—Que la tires al acantilado ahora.

Jacques tenía los ojos muy abiertos. La mujer estaba de puntillas y ahora intentaba golpear sin éxito el cuerpo del hombre que la tenía asida por un brazo. De pronto se encogía de dolor, probablemente porque la mano de François le estaría aplastando la fragilidad de su musculatura en el brazo. Se acercó a ellos. No podía imaginar que esa noche sería su bautismo de sangre. Matar a una persona indefensa y débil. Sus pasos se acortaban como deseando no llegar junto a François.

—François..., esta mujer ha escarmentado... No va a contar nada a nadie y además no volverá a ver al zombi... ¿Verdad? Mañana mismo se marchará de Atlantis.

François hizo un gesto extraño con el brazo. La mujer cayó al precipicio. Jacques no podía creerlo. Se acercó y contempló el final de la caída de la pobre chica. A lo lejos, la oscuridad no podía sepultar las sábanas de la espuma del mar, que ahora mecían uno de los zapatos de la joven. Ella había tenido peor suerte, al estrellarse en las rocas afiladas. Su cuerpo estaba desmembrado.

—Dios...

François hizo un movimiento rápido y agarró a Jacques del cabello. Le golpeó detrás de una rodilla y no pudo tenerse en pie por más tiempo. Arrodillado, sintió que el corazón le daba otro vuelco.

—Por favor..., no me mates, por favor...

—Has visto muchas películas... No voy a matarte. Tú eres mi compañero... Estás algo verde, pero no es como para matarte, no seas idiota. Lo que quiero que entiendas es que este trabajo es así. Aquí no nos andamos con tonterías. Por supuesto, espero que no te dé por comentar esto. Esta mujer se despeñó ella solita por el acantilado intentando huir de nuestro interrogatorio...

—No era necesario matarla.

—Quizá no era necesario, pero entérate de que aquí se teoriza poco: se piensan las medidas más justas y más precisas para conseguir objetivos claros y efectivos. No sé si eso entrará en tu cabeza. Pero siempre la opción más ventajosa es la que hay que elegir. ¿Cómo crees que reaccionará el zombi cuando se entere de la muerte de Verónica? Se cagará de miedo y pensará que tal vez él tuvo la culpa. Así no andará metiendo las narices donde no debe. En este trabajo se necesitan agallas para soportar las muertes. Sube al coche.

Jacques guardó un silencio absoluto en el coche. François, en cambio, no dejó de jugar con la guantera en un abrir y cerrar monótono.

—Vamos..., suéltate. No seas hermético. Dime lo que estás pensando. —el jefe parecía querer volver a una cierta situación de normalidad. Enterrar lo sucedido.

—Es la primera vez que veo una... ejecución. Me ha sorprendido..., eso es todo.

—No. Dime más... Tienes más cosas dentro.

—No sé... La verdad, tengo miedo de decir algo que no sea correcto.

—No seas idiota. Tú no eres un inepto como Jules. Tú eres de los míos. No tienes nada que temer. Entiendo cómo te has sentido porque yo un día fui novato. Un día yo estuve en la piel en la que ahora tratas de sobreponerte, contemplando algo que me parecía horrible o atroz y teniendo que digerirlo rápido. Me habría gustado que en ese momento alguien me hubiera ayudado.

—Gracias, señor.

—No me digas señor —decía François como una madre que le repite a su hijo que ordene su habitación—. Jacques, este mundo es brutal, pero la gente no lo comprende. Mira a tu alrededor. Esta isla es un claro ejemplo. Un maldito paraíso aparte. Una realidad que flota en el océano para unos pocos privilegiados. La gente que vive esta vida no comprende los mecanismos de la sociedad. No comprenden toda la arquitectura que hace posible que ellos disfruten de esa normalidad. El problema es poder facilitarla, teniendo que respetar tantos derechos como se otorgan hoy día a un individuo en una sociedad civilizada. Necesitan gente como nosotros que transgreda esas normas, mientras miran a otro lado, para poder ordenar lo demás. Para que ellos sigan ajenos a toda esta mierda, para eso estamos nosotros. Es pura hipocresía. Fíjate, por ejemplo, lo de los zombis. Resulta que unos asesinos andan sueltos con la cabeza trastocada mientras gente que roba un coche va a la cárcel. El mundo es así de absurdo. Nosotros damos sentido a esta mierda con nuestro trabajo. Aunque no te lo creas esta noche, este acto horrible a lo mejor permite que el Zombi-100 siga oculto, que el proyecto gubernamental no se tuerza y que la relativa paz social que tenemos se mantenga. ¿Sabes por qué surgió el Proyecto Zombi?

—No.

—Surgió porque a nuestros políticos les dolía hacer cosas como la que has visto esta noche. Sin embargo, cuando demos el informe de esta muerte… ni siquiera la investigarán. Se taparán los ojos y no cuestionarán lo que les digamos. ¿Sabes por qué? Porque no quieren sentir esa responsabilidad en su conciencia.

Se justificarán diciendo que era necesario, por un objetivo mayor. El Proyecto Zombi permite que los delincuentes ante la opinión pública sigan teniendo su merecido, y a los políticos les da la sensación gratificante de pensar que están rehabilitándolos. Así pueden dormir en sus palacetes la mar de bien con sus amantes y esposas. En realidad ellos no están preparados para mirarse a un espejo, para sufrir siquiera el peso de sus propias decisiones. Esta sociedad se va al infierno desde hace años porque los humanos en realidad somos lo que somos... un mal bicho.

François había sacado una petaca de la guantera del todoterreno, después del proceso previo de abre y cierra. Ahora le ofrecía un trago. Tenía en su tono de voz una seguridad y un convencimiento que lo distanciaban del aspecto amenazante de un hombre para el que arrojar a las rocas a una mujer no había supuesto ni la más mínima duda o pesar.

—Bebe.

Jacques bebió.

—Este mundo es una mierda. Nosotros somos los únicos que de verdad hacemos algo. ¿Estás mejor?

—Bueno... Sí... Algo mejor, gracias.

—Bebe otro trago. Tú confía en mí... Llevo en esto bastante tiempo y he llegado lejos. Después de esta mierda de trabajo, si quieres, te llamaré para algo más contundente en Francia. Me gustan los novatos. Necesito gente solvente, dispuesta. Si todo sale bien, te llamaré para misiones de verdad.

Jacques sonrió. No fue una sonrisa fácil. Por un lado, el precipicio y los restos de aquella mujer parecían más lejanos..., como si hubiera pasado más tiempo. Pero su corazón aún latía desconcertado, contagiando parte de ese desasosiego a los pulmones, como buscando otro cuerpo, un cuerpo más noble y valeroso, uno que tal vez habría hecho algo para impedir aquel asesinato.

Capítulo 15

—Sé cómo entrar.

Lise, recién despierta, miró al personaje que sonreía exageradamente en la pantalla del dormitorio. Era una de las múltiples apariencias de Dany. Su voz, inconfundible.

—Me has despertado... Estoy en la cama —Lise tardó unos segundos en comprender; venía de un sueño profundo y le dolía la cabeza—. ¿En serio sabes cómo entrar?

—Sí. Te he configurado un virus muy sencillo, pero eficaz, que bloqueará el ordenador que usa para trabajar.

—¿Y?

—He diseñado un troyano estupendo que permitirá copiar sus archivos en un tiempo récord. Pero necesitaremos la colaboración de tu hombre de dentro... del informático.

—No entiendo... nada.

—Veamos... Tu amigo va a hacerle una demostración de su querido robot...

—Mi confidente es quien diseña la inteligencia artificial...

—Mejor me lo pones. Pues eso, que quiere mostrarle lo avanzado de su programa de inteligencia artificial al jefe, pero para hacer eso necesita un puesto informático donde ejecutar el programa. Misteriosamente el ordenador se estropea. Se bloquea ante sus narices. Entonces le pide permiso para usar el otro... y entonces consigue pasarle el troyano y copiar la información mientras está probando el programa.

—¿Y cómo trasmitirá el troyano la información?

—No la transmitirá..., la grabará en el disco o la tarjeta que él inserte. El programa hará las dos cosas a la vez, infectará y copiará.

—No sé, Dany. La idea es buena, pero tener que contar con la ayuda de Smix va a ser difícil. Está muy asustado. Fueron a por él y le pegaron.

—El riesgo es mínimo si es un poco espabilado y sabe distraer la atención del gerente. A ti no te haría ni caso. Posiblemente ni te recibiría en su despacho y, por supuesto, jamás encontrarías una buena excusa para que te deje usar el ordenador. Pero él tiene la excusa perfecta y seguro que la confianza suficiente para algo así. Sin él, no hay plan.

Cuando se hubo vestido preparó un desayuno fuerte. Era muy temprano para llamar a Smix..., pero no le quedaba más remedio que actuar esa misma mañana. Antonio se marcharía de pesca con su amigo rico esa noche, y su plan era aprovechar esa ausencia para inspeccionar su casa. Confiaba en él, pero después de verlo marchar con aquella chica, volvía a tener sospechas. Tendría en bandeja su residencia. Era el día de la acción. Dos casas que desvalijar en una sola jornada era todo un reto. Después, al día siguiente, abandonaría la isla en el primer vuelo a Washington. Conseguir la información y largarse. Ése era el mejor plan que podía concebir. Mientras desayunaba se comunicó con el aeropuerto para comprar plaza en el primer avión de la mañana. Cuando estuviese en Nueva York analizaría mega a mega el botín. Esperaba conseguir lo suficiente, al menos una pista sólida para poder continuar la investigación. Su tiempo en la isla había pasado. No variaría ni un segundo su plan, pero reconocía que la decepción a propósito de Antonio le ponía las cosas más fáciles. Ni tan siquiera la había llamado para disculparse o explicar lo ocurrido ayer. Esa forma de largarse. No podía evitar estar enfadada con él.

—Smix, perdona que te llame a estas horas... Necesito un favor.

Convencer a Smix le llevó una hora. Un hombre poco intrépido, sin costumbre de verse en situaciones límite, era complicado de involucrar en un robo... A eso, se le sumaba el hecho de que había sido atacado brutalmente. Lise se vio obligada a usar todo su poder de persuasión, a suplicar. El plan acabó por gustarle a Smix. Después de todo, revelaba tener alma de aventurero. Peligraba su puesto de trabajo, pero, a decir verdad, Smix no tardaría mucho en ser contratado en otra empresa si lo despedían. Tampoco hubo problemas en cuanto al precio por su colaboración. Si de algo andaba sobrada Lise era de dinero de Macrocom. En cambio, fue muy duro convencerlo con respecto a un detalle.

—Lo que me pone en duda es lo del virus.

—¿Qué pasa con eso?

—Un virus en nuestros sistemas dura muy poco, te lo digo yo que tengo docenas de colegas intentando siempre reventarme las ideas. Nos pillarán seguro.

—Mira, confía en mí. Sabes que no soy una aficionada...

—Si sabes mucho de estas cosas... comprenderás mejor lo que te digo... Yo algo sé de virus... y te digo que cada vez lo tienen más complicado, y nuestros sistemas antivirus son bastante fiables. Pásamelo que le eche un vistazo. Yo no entro ahí sin saber si voy armado con una pistola de agua o de verdad.

—¿Que te pase qué?

—El virus... Mándamelo.

Lise lo envió directamente desde el archivo que había recibido de Dany.

—Supongo que es el icono de la calavera y los huesos... A ver si de verdad es tan eficaz. Espera.

Desde su dormitorio, Lise vio cómo Smix tomaba uno de los cuatro teclados que tenía en el cuarto. Lo vinculó a una pantalla portátil. Vio cómo ejecutaba el archivo. En menos de tres segundos su pantalla se apagó.

—¿Lo ves?... Es fiable.

—Espera... ¿Cómo demonios...? ¿Qué es?

Comenzó a teclear. La pantalla permanecía negra. Pegó su oreja al teclado. De pronto sonrió. Apagó el teclado y la pantalla. Lo volvió a encender todo. La pantalla funcionaba como si nada.

—Lise, esto es una chapuza; bastante bien conseguida, la verdad... Tu «virus» es más antiguo que una *Playstation*. Es un «apagador». Lo único que hace es que apaga la pantalla... ¿Quién te lo ha pasado? Es una simple orden de apagado de pantalla, yo no lo llamaría virus.

La chica no podía disimular su decepción. Pensaba que el ingenio de Dany era mucho más temible.

—Apagando el ordenador y encendiéndolo después... ¿se va?

—Sí.

—Vaya, entonces no sirve...

Esta vez Smix parecía divertido, como olvidando el peligro. La interrumpió.

—Lo haré.

—¿Lo harás? ¿No te parece un suicidio? Conseguiré otro virus..., en serio.

—No, no..., si lo piensas despacio es perfecto. Nuestro sistema de seguridad no lo detectará porque es una orden simple de apagón de pantalla. No es un virus propiamente dicho, no ataca ninguna contraseña, no hace nada que viole la seguridad. Ni si quiera lo rastreará. Es genial. En nuestra sociedad no estamos acostumbrados a que se apague una pantalla. Esto hace años habría sido una tontería. Aunque no lo creas, antes, casi todos los usuarios de computadoras apagaban sus máquinas para solucionar cualquier problema. Ahora no concebimos que una máquina se quede bloqueada y, mucho menos, tener que apagarla para reparar. El jefe va a pensar que el ordenador está estropeado, que puede tener algún problema serio. Es sencillo, una locura muy imaginativa... Jamás se me habría ocurrido. Otra ventaja es que no dejará pistas, porque el sistema de seguridad de la casa no detectará ningún ataque. Realmente no existirá dicho ataque. Es de una genialidad retorcida. No hay nada anormal en que se ordene a la pantalla apagarse. ¿Quién te lo ha pasado?

—No puedo decírtelo.

Lise esperó a Smix a dos calles de distancia del chalet del jefe de la empresa donde trabajaba. Sentía una gratitud enorme hacia él, desterrando la imagen de cobardía que antes había suscitado el recuerdo de sus quejas y miedos. De un extremo había pasado a otro. Lise, en cambio, ahora estaba más preocupada que él. Seguía pensando que esa invención de Dany no podía salir bien. Se iba a jugar el tipo por ella.

Smix se presentó nervioso en la mansión. Esperó casi una hora a ser recibido. El robot D7, llamado Robin, lo acompañó al despacho del señor Hoffman. Olía a desinfectante y a un rastro de rosas en el pasillo que precedía la puerta. Smix llevaba consigo una maletita donde tenía varios discos y varias tarjetas. Una de ellas era la que contenía el troyano y el virus.

—Buenos días.

—Saludos... Smix, hombre, perdona que no te haya atendido antes, pero es que estaba echando la bronca a los mequetrefes que nos tienen que suministrar las baterías extra. Están empeñados en instalarlas ellos mismos.

—Eso a Spider no le va a gustar.

—Por lo menos parece que para la semana que viene estarán listas. Algo es algo.

El jefe quedó en silencio. Su mirada agresiva parecía esforzarse en poner buen semblante cuando enfocaba a Smix. Aquel silencio significaba que Smix debía dar a conocer el motivo de su visita. Ahora, de repente, le parecía casi infantil la excusa que habían ideado. Ante aquellos ojos se sentía un niño pequeño que fuera a enseñarle un dibujo a su padre atareado.

—¿Y bien? Has estado esperando una hora fuera... ¿Qué quieres? Si vienes a intentar que te suba el sueldo..., ya te puedes dar la vuelta.

—No..., no. No me vendría mal, pero no he venido a eso. Verá... Ayer estuve charlando con Spider... Lo cierto es que estamos muy contentos trabajando para usted. Los dos coincidíamos en que, la verdad, es una suerte tener un jefe que no nos esté todo el rato supervisando. Usted nos deja horario libre, nos entiende bien...

—Al grano, Smix.

—Bueno, pues seguía yo comentando esto con Spider —Smix parecía incapaz de soltar el discurso incompleto—, lo de que usted no nos presiona ni supervisa los resultados. Entonces había pensado que al menos de vez en cuando era bueno que viniéramos a mostrarle los adelantos y avances antes de las pruebas finales.

—¿Quién te ha sugerido semejante cosa? ¿No será el nuevo?

De pronto Smix contempló el hallazgo de una puerta abierta en el odio que el señor Hoffman le profesaba al enchufado del gobierno.

—Sinceramente... sí. Fue idea suya, y bueno, la verdad, como trabaja para «ellos», pues no se me ocurrió decirle que no.

—¡Será idiota...! Yo confío en mi equipo. Ese tío es gilipollas. Smix, a mí no tenéis por qué informarme de nada que no os pregunte yo. Sabéis que mi estilo son los resultados. Si estamos en plazo y con buenos resultados, me da igual que hagáis punto de cruz o juguéis a las cartas en los talleres. ¡Ése no es nadie para venir a decirte que vengas a darme reporte a mí de tu trabajo!, ¿entiendes?

Smix asintió. Se estaba temiendo que, precisamente por llevarle la contraria a Antonio, el señor Hoffman no estuviera dispuesto a ninguna demostración.

—Bueno, ya que estoy aquí... le muestro lo nuevo y ya está.

—¡Será mequetrefe entrometido...! No es necesario.

Smix se quedó paralizado. Le había dicho que no. Por instinto avanzó hacia la mesa que presidía el despacho. Como si no hubiera escuchado nada, abrió su mochila en la mesa.

—Ese tío es un enchufado, Smix, un tipo que no tiene ni idea del trabajo que está haciendo. ¿Sabes a qué me refiero? Un chupón que lo único que hace es cobrar por estar de vacaciones.

Mientras el jefe seguía descargando su ira, Smix había sacado tres tarjetas de su mochila. Una de ellas era la envenenada. Curiosamente, cuando lo vio acercarse con las tarjetas, el jefe hizo ademán de apartarse empujando la silla hacia atrás, dándole espacio para que pudiera trabajar. Había asumido que Smix iba a realizar la prueba.

—Bueno, le voy a enseñar un par de ejemplos de lo que yo he llamado «lógica condicionada».

—Smix, a mí ya sabes que me gusta que me lo digas en cristiano.

—Bien... Lo curioso de nuestro sistema de inteligencia artificial es su gran flexibilidad. De esa forma, podemos controlar muchos comportamientos. Por ejemplo, el robot tiene un sistema de lógica, de prioridades, muy estandarizado en varias leyes...; algo parecido a las famosas leyes de Asimov. Pero nosotros podemos hacer que ese sistema de lógica responda a un patrón. Le pondré un ejemplo. Ahora le voy a instalar una base en la que usted podrá mantener una conversación con el robot sobre la jornada de trabajo que ha tenido. Pero el sistema de lógica del robot estará condicionado para que aporte a sus valoraciones un especial énfasis en cuanto a la seguridad de su trabajo. El ejemplo transcurre después de que el robot haya estado haciendo una reparación de la nave donde ha habido muchas complicaciones...

Smix no paraba de hablar. El jefe parecía estar enfrascado en su discurso. Con rapidez giró la pantalla de su ordenador de trabajo e insertó la tarjeta. El ordenador estaba encendido. La pantalla reveló el contenido de la tarjeta flexible. Rápidamente Smix activó el archivo del virus. La pantalla se apagó de golpe.

—¿Qué le pasa a esto?

Hoffman se incorporó de su asiento. Smix tecleaba al azar sabiendo que sus pulsaciones serían inocuas.

—Es muy raro, jamás me había pasado algo así.

—Creo que tiene usted el ordenador estropeado.

—¿Estropeado? No puede ser.

Con las manos por delante, el señor Hoffman apartó a Smix. Probó él mismo varias teclas. Pero la pantalla no mostraba otra cosa que una negrura absoluta. Smix sentía su corazón quemando como un ladrillo caliente.

—Comprobación de seguridad. Conexión de escáneres.

Smix no contaba con que el jefe activase el sistema de seguridad.

—Escaneando sistemas de la mansión.

—Posible invasión en el ordenador del despacho —decía el jefe sin parar de teclear combinaciones. Sin éxito.

—*No hay amenazas visibles. Todo correcto.*

—¿Qué demonios le pasa a este chisme?

El señor Hoffman seguía tocándolo todo, ahora con más rapidez y menos cuidado.

—Creo que el ordenador se ha averiado. Avisaré a los técnicos si usted quiere... Su máquina es delicada. Puede ser una tontería...

—Ahora está bien.

Smix quedó con la boca abierta. La pantalla estaba otra vez funcionando. ¿Cómo era eso posible? De repente sentía que todo el plan se venía abajo.

—Habrá sido momentáneo.

Smix observó las manazas del jefe. Comprendió que con su tanteo había pulsado la tecla interruptor, para apagar y volver a iniciar el sistema. Así que había vuelto a encender el ordenador desactivando el virus. ¡Demonios, y ahora qué!

—Como le explicaba, el sistema de lógica condicionada hará que nuestro robot sea más rápido en sus razonamientos porque estarán siempre predispuestos hacia el punto de vista más idóneo…

Smix volvió a cargar el virus. Sólo podía rezar. La pantalla se volvió a apagar.

—¡Ostras! —esta vez fue el jefe quien primero lo advirtió. Comenzó su aporreo de teclas.

—Yo que usted lo dejaba estar. ¿Puedo usar el otro?

—Antes se ha arreglado. Pero, la verdad, no sé qué hice.

Smix estaba desesperado mirando los dedos del señor Hoffman. No había escuchado la sugerencia de usar el otro ordenador. Todo estaba saliendo mal. El tozudo empresario no paraba de martillear el teclado tratando de descifrar la combinación de teclas que le había dado éxito antes.

—Creo que ese ordenador tiene algún circuito estropeado. Casi mejor no tocarlo, por si se aumenta el daño.

—Pues lo siento, hijo… Te he hecho esperar para nada.

Smix se sintió expulsado del despacho con aquella disculpa. Pero no había llegado hasta allí para rendirse.

—¿Y ese otro ordenador? —volvía a insistir mientras señalaba la pantalla de la otra máquina.

—Ése es… privado… Bueno, tiene muchas contraseñas. Deja que lo encienda yo. ¿De acuerdo?

—OK. Mientras, yo intentaré desconectar éste para que no se agrave el problema.

Smix desconectó la fuente de alimentación del terminal que había trucado, para asegurarse de que un nuevo tanteo del director no fuera a estropearle el buen curso que habían tomado las cosas. Ahora todo consistiría en su rapidez de manos.

—Bien, éste ya está desbloqueado. Dame la tarjeta con el programa... —decía el jefe tendiendo su mano.

Smix tendió una de las tarjetas del programa de inteligencia artificial. El jefe la insertó él mismo. Smix estaba sudando. Necesitaba que lo dejase trabajar a él solo.

—La interfaz es muy complicada. ¿Me deja?

El jefe se apartó. Agobiado, se levantó del sillón y comenzó a pasear por toda la habitación maldiciendo al enchufado del Gobierno. Smix cargó el programa. Con rapidez insertó la tarjeta del virus. Con las prisas, en lugar de activar el troyano que debía copiar el disco duro, se equivocó. En un acto reflejo, activó el virus también en aquel ordenador. Mientras el señor Hoffman deambulaba por la habitación, Smix luchaba por apagar y encender el equipo sin levantar sospechas.

—Estás sudando, Smix. ¿Te encuentras bien?

—Sí, ya casi está. Pero me pide contraseñas.

—¿En serio?

El jefe se acercó incrédulo. Al activar el virus y tener que reiniciar el ordenador, volvían a tener que introducirse todas las contraseñas.

—Supongo que tal vez el programa ese es extraño y el sistema se querrá asegurar de que estoy usando yo la máquina —conjeturaba el señor Hoffman. Smix temblaba, pero de su rostro no se podría haber intuido traición alguna. Se levantó despacio con la tarjeta del troyano entre sus dedos. El jefe tomó su asiento. Lo miró a los ojos. Después de estar seguro de que Smix estaba lejos, tecleó de nuevo todas las combinaciones.

—Ya está... Menudo día que llevamos.

Smix volvió a acceder al contenido de la tarjeta y esta vez sí... activó el troyano. La ventaja del programa que le había entregado la chica era que le permitía trabajar en otra cosa sin levantar sospechas mientras copiaba. Así, pudo comenzar a demostrar la inteligencia artificial. El jefe del proyecto comenzó a conversar con una voz automática y algo metálica que provenía del ordenador. Era la inteligencia artificial diseñada por Smix. El troyano finalizó bastante veloz. Smix guardó la tarjeta en su maletita y después continuó mostrando la habilidad de conversación de su ingenio. El jefe quedó maravillado.

Todo había salido bien... No podía creerlo.

Lise estaba desesperada. No acostumbraba a tener que esperar ella a que otro hiciese el trabajo sucio. En su cabeza, miles de formas de estropear la misión no dejaban de aparecérsele. Cuanto más tardaba, más moría su esperanza en la misión de Smix. Compró un refresco y un bizcocho y se sentó en un prado verde junto a la urbanización. Miraba el cielo con la sensación de no haber tenido un tiempo tan muerto en años. Con el sabor del bizcocho en la boca, como una niña que hace tiempo mientras espera que su madre termine de trabajar, se desesperaba pesimista. Por la calle de la urbanización contempló un grupo de cuatro mujeres enfundadas en ropa deportiva. Escuchaba el roce de las suelas de las zapatillas contra el asfalto nuevo. El sol justiciero las haría sudar en un día como aquél. Lise las miró algo divertida, contraponiendo sus preocupaciones a las suyas.

—¡Buenos días! —la saludaron a coro, cuando la descubrieron en el prado. Ella levantó un brazo a modo de respuesta. La incordiaba aquella bondadosa cortesía predominante en la isla. Gente que acudía a solventar problemas de desconocidos por doquier, modales exquisitos regados de galanterías innecesarias. Sosiego en las colas para comer en los restaurantes. Gente que paseaba, charlas en parques sobre las anécdotas del día. Incidentes tan emocionantes como la tormenta del otro día, o curiosos regalos de empresa. Necesitaba volver a Nueva York. Necesitaba la gran urbe dislocada. La vieja gloria de la cultura decadente de principios de siglo. Necesitaba distanciarse de Antonio, de su misterio, de su mirada penetrante, de la súplica de sus ojos. Distanciarse de todo aquello que ponía en peligro sus objetivos.

Smix apareció por el fondo de la calle, ondulado por el calor que emanaba el asfalto reluciente. Lise se incorporó percibiendo un nudo tensarse en la boca del estómago como si una serpiente se acabase de enroscar en su cuello. Intentó descifrar en la apariencia de Smix el éxito o el fracaso. Si había una persona complicada para leer sus emociones, ése era él. Caminaba con parsimonia, pero su semblante era serio. Las gafas de sol cambiaban de color cada tres o cuatro pasos y, en general, su aspecto despedía estridencia. En sus labios no se leía una sonrisa triunfal.

—¡Dime algo! —exigió ella cuando aún le quedaban unos veinte metros para estar juntos.

Smix paró en seco. De repente, Lise se quería morir. ¿Había fracasado? Tenía el billete de avión, el plan perfecto… ¿Se podía echar a perder en una mañana el trabajo de meses? De pronto, sin dejarle más tiempo de hundirse, el ingeniero informático especializado en inteligencia artificial más destacado de toda la isla… comenzó a bailar. Ella saltó de alegría.

Capítulo 16

El puerto deportivo de Atlantis, en la bahía suroeste de la isla, daba una sensación de majestuosa oquedad. Los hoteles, de alturas imponentes, servían de fondo escénico a las dársenas y, a pie de barco, se percibía un vacío rotundo, en el contraste de proporciones y tamaños a ras del agua. Los millares de luces en las torres, borrosas, recortaban las estampas cercanas cuando se dejaba de admirar la magnitud de su lujosa presencia. Contemplar el dibujo de la madera pulida de un mástil, la silueta de una embarcación, teniendo ese decorado luminoso atrás, dejaba una sensación de hueco vertiginoso.

Antonio bajó del taxi junto a Spider.

—Es impresionante la altura de esos edificios. Desde el mirador se veían destacados, pero desde aquí es soberbio. ¿Cuántas personas hay en Atlantis?

—La zona suroeste de la isla es un imperio hotelero. Como otro mundo. Estos hoteles son los más altos. El arquitecto quería provocar vértigo, sensación de ser minúsculo frente a la obra del hombre moderno.

—¿Cómo sabes todo eso?

—Llevo mucho tiempo en la isla. ¿Nunca ves el canal Atlantis?

—No.

—En ese canal se esfuerzan por conseguir ese tipo de leyendas, por explicar lo obvio con apasionantes historias que fundamenten la construcción de este lugar.

—Esperemos un poco. Verónica, la amiga que me encontré en el Salsa, quizá venga. Quedó en confirmármelo..., pero no he conseguido localizarla. Le he dejado mensajes con la hora y el sitio.

La brisa portuaria nadaba por entre la blusa de Antonio. Estaba seguro de que en el barco se arrepentiría de no haberse traído un jersey. Pasearon hasta la entrada del puerto deportivo. Dos pilares de cristal y un cartel suspendido en el aire anunciaban la zona de barcos de lujo. Koldo le había dado la indicación del muelle diez, así que, después de esperar varios minutos sin tener noticias de Verónica, se dirigieron hacia allá.

—Hace años que no pesco; te agradezco que me invites. Llamé a Smix, como me dijiste, para que viniera pero se excusó argumentando que estaba muy cansado. Me dijo que últimamente duerme fatal... Hablando de dormir fatal... ¿qué tal, Lise? ¿Cómo va la cosa?

—¿Y entre tú y Muna?

—¡Oh! Le debo la vida a la salsa. Ese baile es... mi salvación. Ayer la besé... No puedo creerlo. Estoy en una nube. Es inexplicable, amigo. Creo que esa chica corresponde exactamente al mismo sentimiento que yo tengo..., como si no hiciera falta ni hablar..., como construir el robot perfecto, como segregar las hormonas pertinentes en el momento adecuado. No necesito ir más allá..., tan sólo continuar a bordo del milagro.

—Menudo ejemplo menos romántico eso del robot. Espero que a ella le hagas otro tipo de cumplidos. ¡Ja, ja, ja!

—Es cierto. ¿Sabes?... Me aterra defraudarla. Es una chica tan... no sé cómo explicarlo. Conectamos. Es genial. Yo estaba ya algo desesperado, la verdad, siempre tan enfrascado con el trabajo, y con la mala suerte de no conseguir encontrar gente interesante. Lo cierto es que aquí en Atlantis la gente tiene un nivel muy alto, en todos los sentidos. Culturalmente hablando, y eso me gusta... Pero me desesperan, por lo general, porque son tan... elitistas... Esta chica es sencilla...

—Bueno, supongo que esa sincronía es el principio del amor. ¿Y estáis saliendo juntos de forma oficial?

—Sí..., incluso me permití invitarla a lo de la pesca, pero se negó. Está muy liada y me dijo que mañana debía madrugar.

—Mira, ahí está Koldo. Nos hace gestos con la mano.

Encima de la cubierta de un yate imponente, uno de los más grandes de todo el muelle diez, Koldo movía los dos remos que tenía por brazos. Antonio sonrió nada más verlo. Le traía recuerdos de cuando el vuelo hacia Atlantis. La sensación debía parecerse a la de tener un viejo amigo, un amigo de toda la vida. En su corta existencia afectiva, Koldo podía tratarse de su primer gran amigo. Cuando lo llamó, estaba un poco inseguro de sí mismo. Pensaba que tal vez estaba precipitándose, que aquel ricachón a lo mejor ni le contestaba la llamada. Había sido amable con él... En cambio, lo de pescar parecía excesivamente generoso; podría haber sido un compromiso vano, de esos que no se piensan cumplir. Pero sus miedos se esfumaron ante la ilusión que demostró Koldo. En su calidez, recogió la percepción de amistad que habían fundado en el vuelo. Parecía que fuese la primera vez que se iba de pesca.

Siguiendo las indicaciones del millonario, subieron una escala en la parte trasera de la embarcación. Koldo soltó entonces los amarres automáticos. Un rugido alborotó el silencio de la noche. La nave se movía con majestuosidad hacia las aguas oscuras dejando la bahía. La visión de los edificios posados sobre el mar, cuando ya pusieron bastante agua de por medio, era espectacular. El puerto quedaba como una línea luminosa que separaba a los gigantes del agua.

—¿Nos alejaremos mucho? —preguntó Spider mirando la infinidad oscura que se cernía al frente. La embarcación disponía de unas luces potentes en la parte delantera del casco a modo de faros, que alumbraban bastantes metros adelante. Más allá del alcance de los focos, un muro negro infranqueable se presentaba como un trozo de naturaleza primitiva donde la luz eléctrica parecía extraviarse sin retorno.

—No iremos lejos, pero desde luego quiero perder de vista la isla. Me gusta la sensación de soledad. Este barco es bastante rápido, así que no os preocupéis: volveremos en un santiamén. Hemos tenido suerte. Hoy esto no parece un océano, el agua está mansa. Es perfecto para salir a navegar.

—Aún estamos en el sistema de diques de la isla... ¿no es cierto?

—Sí, veo que, tal y como me dijo Antonio, eres un tipo inteligente. El ingeniero de un proyecto de robótica debe reírse de los pobres conocimientos de un marino novato como yo... En efecto, la isla tiene un sistema de diques específico para controlar el oleaje. Así se impide que la resaca de las grandes olas del océano impacte contra la isla.

—Atlantis. Siempre con una sorpresa más —comentaba Antonio.

Koldo, al timón, pese a dedicar su atención a los radares, percibió cierta titiritera cosquillear los hombros de su amigo.

—¿Tienes frío? Has venido muy fresquito con esa camisa.

Dicho esto, lo invitó a usar un abrigo impermeable que tenía en un armario. Tuvo así la oportunidad de conocer el interior lujoso que ocultaba un yate de aspecto deportivo. Se sentía extrañamente familiarizado con aquel imperio del detalle. Pensaba que cualquiera podría acostumbrarse a ese exceso. Acostumbrarse y llegar a confiar en cierta superioridad. Admiraba la sencillez de Koldo.

—Llegas a tiempo, tenemos nuevo capitán —decía Koldo en la proa, señalando a Spider que había tomado los mandos del barco—. Ya estamos en mar abierto, así que cualquier lugar es bueno para intentar dar de comer a los peces. Cuando quiera, señor capitán, detenga los motores.

Spider siguió las indicaciones de Koldo y detuvo la embarcación. Con los motores apagados, les sobrevino un silencio repentino. Sin decir palabra, los tres se miraron. No se contemplaban uno a otro, contemplaban el momento. La ausencia infinita de mecánica. El barco quedaba a la deriva en un ligero vaivén que de cuando en cuando arrancaba los únicos sonidos, leves desgarros del agua contra el casco.

En ese mismo instante, en el sector 3 de la isla, Lise caminaba enfundada en su traje especial para las misiones de infiltración. La chaqueta de un chándal lo disimulaba, confiriéndole el aspecto de cualquier chica que fuese a pasear con una temperatura baja como la que se había apoderado de la isla ya entrada la noche. Quería sacar partido de la ausencia de Antonio. Un taxi la dejó una calle más abajo de la de su objetivo. Paseando a buen ritmo, alcanzó la vía deseada en un minuto. Allí tan sólo dormían varios coches. Su única compañía eran la brisa que movía las hojas relucientes de los jardines y la sensación de peligro. Entraría por la ventana de atrás. En la isla, el coeficiente de delincuencia era prácticamente nulo y los sistemas estándares de alarma eran pan comido para Lise. Confiaba en que Antonio no poseyera un sistema parecido al del cuartel general de Robots del Futuro. Iba pertrechada con su equipo por si encontraba alguna sorpresa. Desde luego, si resultaba un espía francés, seguro tenía alarmas y sistemas de seguridad. Si era periodista de Macro..., probablemente también. Una vez en el jardín trasero, tras saltar la barrera de pinos y el muro, el silencio le dio seguridad suficiente para tomarse con calma la tardanza del detector de alarmas. No había ningún sistema de seguridad conectado en todo el perímetro de la vivienda. Con esa baza, se acercó a la ventana y colocó a lo largo de la ranura de cierre la herramienta de presión con la que solía trabajar. Después de un par de forcejeos, la ventana se abrió sin romperse. Una vez dentro, fotografió la estancia desde un par de ángulos. Después se dedicó a buscar. Abrió cajones. Comprobó la memoria del programa mayordomo. Fue una a una descartando habitaciones, siempre fotografiando antes, cuidándose de dejar más tarde todo exactamente igual que antes de su llegada. Pero no encontró ni rastro de algo sospechoso. En el dormitorio, sobre una de las mesitas de noche, encontró un dibujo. Era una playa. Lo escaneó. Comprobaría si contenía alguna clave gráfica. Era una vivienda demasiado tranquila. Antonio llevaba poco tiempo viviendo en ella, pero estaba tan despersonalizada que bien podría tratarse de su primer día. No era escrupuloso del orden, pero no había una coherencia que hiciera deducir una personalidad concreta. No logró más que aumentar el misterio de ese hombre, hasta sentir que la asfixiaba. La mayoría de los cajones estaban vacíos. Los muebles, desaprovechados. El frigorífico, lleno de comida prefabricada, sin abrir, a excepción de refrescos y Ledax. Nada de papeleo, ni discos de datos o tarjetas, ni siquiera algún formato de ocio, ni videojuegos, ni fotos, ni nada que evocase a familia o amigos. Parecía una casa de muestra de una inmobiliaria. Después de rastrearlo todo, decidió no tentar a la suerte y marcharse cuanto antes. Comprobó las fotografías que había realizado al principio y fue ordenando las habitaciones una a una. No entendía cómo alguien puede vivir sin dejar huellas. Al día siguiente se marcharía de la isla sin haber descifrado la personalidad de aquel hombre. Sin haber perdido el deseo que la poseía. Cuando miró por última vez la cama del dormitorio… tímidamente deshecha, se preguntó celosa si acaso no se había revolcado allí con aquella rubia de falda insinuante. No pudo evitar tener visiones sobre ellos dos. Avergonzada, se inclinó sobre la sábana. Se marchó de aquella casa mucho más intrigada que cuando entró.

—¿Cómo inventó la Ledax? —preguntó Spider mientras sorbía la bebida sentado, vigilando la caña de pescar. Habían apagado las luces de fuera. Previamente Koldo había sumergido unas linternas especiales alrededor del barco, asegurando que atraían a los peces que les interesaba pescar. La brisa había arreciado y Antonio agradecía más que nunca el abrigo prestado. En el cielo, miles de estrellas los acompañaban, y a él no dejaban de recordarle aquel misterioso despertar en el avión. Parecía cosa de ciencia-ficción ahora, allí, en compañía de dos amigos. De hecho, se sentía tentado a contarles la verdad. Lejos de toda la sociedad, de todo el sistema, parecía posible contar cualquier cosa a aquellos hombres que simplemente disfrutaban pescando.

—¡Ja, ja, ja!, menuda pregunta... Yo era un químico fracasado. Un borracho. Así que no me llames de usted... Daba clases en una academia para adolescentes de física y química. Por aquel entonces, trataba de ligarme a una chica, una universitaria de esas que parecen diseñadas por las instituciones para promocionar la universidad. Un cañón que suspendía una y otra vez una asignatura de Farmacia relacionada con la química. Me enteré porque su hermana era alumna mía en la academia.

»El caso es que conseguí que me la presentara y traté de echarle una mano con una asignatura que tenían a propósito de alimentación. No voy a dar muchos detalles, pero analizaban alimentos y sus compuestos. El caso es que, para sorprenderla, quise hacer una bebida especial. Algo afrodisíaco. La invité a cenar. Le di a probar el mejunje y, mira por dónde, compruebo que se pone ciega de forma muy parecida a cuando se bebe alcohol. Mi preparado no tenía nada de alcohol. Era más parecido a un fármaco que a una bebida. Después observé otra cosa aún más curiosa: el efecto se le pasaba muy rápido. Yo mismo probé la cosa más en serio, bebiendo más cantidad de la que había tomado para probar el sabor. En esa época yo bebía como un burro. Así que me zampé todo el preparado yo solito. De pronto, me vino el ciego más alucinante que había tenido en mucho tiempo. Y en una hora se me había pasado. La Ledax surgió como la literatura... para conquistar a una mujer.

—Entonces fue pura casualidad.

—Sí. Después varié el sabor. La refiné, antes de producirla; la suavicé rebajándole un poco el nivel de aturdimiento. Buscaba un sabor que no fuera ni dulce, ni agrio, ni salado. Es más... Buscaba un sabor bastante neutro. Debo decir que la original sabía mejor que ésta. Pero no debía saber bien sola; yo pretendía que fuese acompañante de refrescos... Ser un borrachín me ayudó bastante. Mi lengua, aunque castigada por los desfases, era capaz de reconocer todos los tipos de güisquis, vodkas, etc. Me fue de gran utilidad ser alcohólico de fin de semana. Antes de lanzar el producto yo quería más. La sometí a un profundo estudio científico. Me gasté todo lo que tenía. Vendí mi piso de Bilbao para poder pagarlo todo. Conseguí certificaciones de no adicción. La Ledax no es perjudicial para la salud. Con todo eso bajo el brazo, intentaron comprarme la patente en numerosas ocasiones. Pero yo había sufrido mucho como para dar un pelotazo y volver a emborracharme cuando se me agotara el dinero. No. Costó más de tres años introducirla en el mercado. Pero cuando conseguí que llegase a los bares... fue una auténtica revolución. Tuve que ampliar la fábrica más de seis veces en tres años. Al sexto año desde que salió al mercado, ya estaba fabricando para cuatro países.

—¿Es cierto que *Coca-Cola* te ofreció auténticas barbaridades por la patente?

—No… ja, ja, ja…, eso no es verdad. Es una leyenda urbana. No. El éxito de la Ledax precisamente es ése. Logré hacer una bebida que podía tomarse sola y acompañada. Por tanto, no cabreé a los grandes monstruos. La Ledax con cola está soberbia. Tuve más problemas con algunos fabricantes de güisqui barato. Hay dos tipos de bebedores: los bebedores por vicio y los bebedores por placer. La Ledax no puede sustituir un buen güisqui en el segundo caso. El que siente placer bebiendo alcohol de calidad, jamás lo cambiará. La Ledax está más enfocada para el consumo masivo del fin de semana. Gente que quiere divertirse, conseguir estados de euforia. Sobre todo gente que no quiere que un ciego le dure mucho, porque tiene que conducir y pueden pararla y hacerle un control de estupefacientes. En estos casos mi bebida transformó radicalmente el fenómeno del botellón. La gente, al recuperarse pronto de las sensaciones, al no tener resaca y conseguir la misma integración social, el mismo desfase buscado, cambió el vodka y el güisqui por nuestro producto, que además es algo más barato. La tasa de accidentes de tráfico es muy inferior desde entonces. Pero ¿sabes cuál fue el auténtico pelotazo?

—¿Cuál?

—Beber Ledax no es pecado en ninguna religión.

—¿Hablas en serio? ¿Eso influye mucho…?

—Ya te digo. La versión definitiva de la Ledax es muy suave en comparación con la original. Imagina que eres musulmán y no puedes tomar alcohol; aparece una bebida que te da la oportunidad de sentir algo muy parecido sin que nadie te mire mal, sin faltar a ningún precepto de tu religión y además preservando el motivo principal que es la salud. Una de las razones más importantes de que sea rico es que conseguí no molestar a los musulmanes y demás religiones que prohíben el alcohol. Aunque algunas tendencias radicales sí lo prohibieron, la Ledax se consume en todo el mundo.

Cuando escuchaba hablar a ese hombre sobre su sueño, sobre aquello a lo que dedicaba su tiempo vital, era como contemplar a un artista dar forma a un dibujo. Antonio miraba el puzzle del cielo mientras visualizaba todos los acontecimientos que convirtieron a Koldo en multimillonario sobre las estrellas.

—¿Creéis en los extraterrestres? —preguntó de repente, recordando que le había formulado la misma cuestión a Lise la noche en que se besaron. Apalancados los tres mirando las estrellas con las cañas preparadas para pescar... parecía una pregunta razonable lejos de cualquier civilización, de cualquier lógica.

—Yo no —dijo Spider.

—Pues yo sí —se apresuró a afirmar Koldo.

—¿De veras?... ¿Por qué?

—Quiero creer que hay otros ahí arriba. Me siento mejor cuando pienso que tal vez algún día conozcamos otros seres... Pasad de mí, creo que debo de dejar de beber güisqui.

—¿Cómo el tipo que inventó la Ledax... bebe güisqui?

—¡Aaah!, porque me gusta... Ya en serio, mirad ahí arriba. En este momento es como si me diera cuenta de lo insignificante que soy, mirando ese cielo de ahí arriba. Soy una mierdecilla orgánica llena de miedos, y eso me hace apreciar aún más este momento. Lo único que tenemos los humanos es esta capacidad de darnos cuenta de lo pequeños que somos y la capacidad para sentir emociones. Joder, parece que el tiempo que dedicamos a otras cosas es tiempo perdido. Hemos nacido para sentir momentos como éste.

—Definitivamente te afecta el alcohol...

Antonio se recreaba en la camaradería. De pronto, ninguno era el personaje en el que vivía. Ni Koldo era millonario, ni Spider construía robots, ni Antonio era un resucitado. Eran sólo tres amigos en una de esas conversaciones que marcan, una de esas charlas que hacen que las mentes se mezclen, para crear una espiritualidad común. En ese contexto, sentía cada vez más fuerte la tentación de contarles todo. De confesar sin miedo toda la rocambolesca historia de su ejecución y la nueva oportunidad. Después de su encuentro con Verónica, de la sensación de descarga al poder hablar con alguien de lo que le habían prohibido…, sentía cierto deseo de repetir aquel momento de liberación. Pero se frenaba. Cada vez tenía más claro que los científicos que le borraron la cabeza se habían equivocado. Seguro que sí. Ese deseo que tenía de saber…, de no conformarse con mirar el futuro y ya está…, debía ser un maldito fallo del procedimiento habitual.

—Oye, recuerdo que antes, en el puerto, me esquivaste la pregunta. ¿Cómo te va con Lise? Cuando te fuiste del Salsa con la mujer de la faldita… se cabreó bastante.

—¿Sí?

—Ya te digo.

—¡Eh! No es justo… No sé de quién habláis. Ponedme al tanto, macho…

Koldo dejó la caña en la sujeción y les dedicó una mirada inquisitiva y llena de diversión al mismo tiempo. La brisa marina, cargada de humedad, parecía invitarlos a estar más cerca unos de otros.

—No tiene importancia, Koldo. Es una chica que he conocido. Pasamos una noche genial…, pero creo que no estoy preparado para más.

—¿De qué mierda hablas? ¿Quién está preparado para algo en este mundo de locos?

—¡Eso; este tipo me cae muy bien, Antonio!

Koldo y Spider chocaron la mano, tras lo cual cada uno bebió de su vaso un trago. Antonio se sentía obligado a dar más explicaciones.

—Digamos que no estoy centrado en esto. Además, esta isla es un sitio de paso. Ella se irá pronto…, seguro que sí. Está aquí como turista. Y no me vengáis con la cantinela de las relaciones a distancia. No creo en las relaciones a distancia.

—En eso tienes razón... Pero, hombre, mientras esté aquí disfruta.

—Creo que en estos momentos me debe odiar. Ni siquiera la he llamado después de lo de Verónica. Fui poco amable con ella... Al final va a resultar que tengo mal carácter después de todo —Antonio sonrió ante aquella ocurrencia. Esa ironía no sería detectada por sus compañeros de pesca, pero a él le regaló una sonrisa.

—¿Quién es Verónica?

Spider le explicó a Koldo quién era en pocas palabras. El hombretón se tapaba la cara de cuando en cuando a modo de sorpresa. Era muy divertido verlo gesticular.

—Vaya, estás asediado por las mujeres.

—No... Verónica es sólo una amiga. Nada más.

—No creo en la amistad entre hombre y mujer... Creo que debes llamar a Lise y disculparte —explicaba Spider, pero Koldo, visiblemente entusiasmado, lo interrumpió.

—Nooo, nada de eso. No hagas caso del montapiezas este... No te disculpes en absoluto. Ella te llamará. Tú aguanta y no le hagas el más mínimo gesto. Te lo digo yo...

—Al gordo chupaledax, ni caso. ¿Quién es tu mejor amigo en la isla, eh? Créeme, deberías llamarla.

Los tres estallaron en risas. La sonrisa de Antonio era muy profunda y le dejaba un regusto amargo. No recordaba ni un solo amigo de su otra vida.

Capítulo 17

François estaba atónito. Cuando le avisaron de que Lise se había colado en la casa del Zombi-100, se sintió como el viejo amigo que comprueba cómo lo traiciona gente de su confianza. Aquello no había sido un romance. La chica estaba usando al zombi para fines muy distintos del enamoramiento. Cuando le dijeron que ella estaba equipada con un traje especial y que parecía una profesional, no pudo evitar sonreír con sarcasmo. Era obligada una medida drástica con aquella mujer. No quería más muertes, pero tampoco podía tolerar que aquella joven descubriera más de la cuenta. Estaba tranquilo porque sabía que Antonio en su vivienda no tenía absolutamente nada fuera de lo normal en cualquier huésped de la isla, pero el mero hecho de que se hubiera colado por la ventana mientras él se iba de pesca con sus amigos... daba señales de que aquella mujer, sabía que algo había tras la personalidad de Antonio, que algún misterio era digno de jugársela.

Había estado evitando por todos los medios tomar aquella decisión, pero la relación entre Antonio y Lise ponía en peligro todo. Cuando estuvieron bailando noches atrás y acabaron como acabaron, François supo que debía frenar a la chica. Evidentemente, un zombi podía tener relaciones con quien quisiera; se suponía que era un buen síntoma de reinserción...; pero con una fémina tan misteriosa, que bien podría ser una espía o una periodista, era demasiado peligroso. Su protocolo de observar sin intervenir ni llamar la atención ya había sido roto por la intromisión de Verónica. Era cuestión de tiempo que descubriesen el cuerpo en los acantilados. Eliminarla había sido demasiado fácil. En una isla como aquélla, ni tan siquiera hablarían de suicidio. Seguramente en los medios se presentaría como un accidente. Dentro del clima de civilización perfecta en la isla, acaso era imposible imaginar que alguien quisiera suicidarse. Mucho menos un crimen. Zanjarían la cuestión colocando unas vallas protectoras en todos los acantilados para evitar más desgracias. Ocuparse de Lise no sería tan sencillo. Ahora estaba muy claro que esa mujer quería algo de Antonio, y no precisamente una historia de amor.

François dirigió él mismo al equipo para atrapar a Lise. Podría haberla matado sin más..., pero cierta curiosidad por la mujer..., «una auténtica profesional» le habían dicho sus chicos, le hizo querer averiguar más, saber de dónde venía, quién había detrás..., probablemente un enemigo poderoso. La interrogaría. Si era una espía o, peor, alguna activista contra la pena de muerte, cualquier persona que pudiese poner en peligro el secreto del Proyecto Zombi... la ejecutaría sin miramientos.

Lise tenía el sueño muy débil. No hacía falta más que un chasquido para despertarla. Sin embargo, aquella noche, después de toda la adrenalina descargada, de un día tan intenso, no se despertó con el leve rumor de la alarma al ser desconectada. Ni tampoco cuando penetraron en su dormitorio varias siluetas.

Había estado dos horas y media concentrada en la pantalla del salón, registrando los archivos extraídos del despacho del jefe. La mayoría eran archivos privados, vídeos familiares y presupuestos sin mucha coherencia para ella. Siguiendo la pista de las malditas baterías, solamente pudo encontrar un par de datos de valor. Primero la dirección del lugar donde se suponía que la Universidad estaba construyendo aquellas piezas. Lo curioso era que aquella dirección no correspondía a ningún laboratorio o centro universitario. Era un polígono industrial a las afueras de París. La intrigaron también algunos términos empleados en correos electrónicos que había recibido el jefe del proyecto.

«El objetivo del Ulises podrá ser modificado sin que su inteligencia artificial autónoma sea obstáculo. La voluntad del robot, por tanto, debe quedar libre de finalidades o misiones concretas».

El jefe del proyecto insistía en preguntar las medidas y peso exacto de las dichosas baterías, en numerosos mensajes. Las respuestas eran vagas. En un *e-mail* Lise encontró algo extraño.

«No nos corresponde a usted o a mí dictaminar el uso o utilidad de dicha máquina. Sólo le digo que sus fines son gloriosos y que ustedes sentirán orgullo patrio cuando su robot alcance la celebridad».

¿No era un poco exagerado el hecho de que hablasen de orgullo patrio? Que ella supiera no había ningún robot famoso más allá de los aparecidos en el cine. Pero lo que dejó a Lise absolutamente intrigada fueron unos archivos donde le remitían órdenes expresas del Ministerio del Interior para incluir una serie de archivos de memoria adicional en el robot. «Es considerada información clasificada la inclusión de dichos archivos». De repente el jefe del proyecto se carteaba con gente del Ministerio del Interior y no del Ministerio de Ciencia y Tecnología. El nombre de los archivos era clasificado bajo el nombre de «Les raisons d'Ulises»... Las razones de Ulises. En un correo electrónico, el jefe del proyecto les ordenaba a Spider y Smix que incluyesen dichos archivos sin preguntar. Que eran requerimientos gubernamentales.

Antes de irse a dormir, Lise ya tenía un objetivo claro para el día siguiente. Debía seguir investigando la tarjeta de memoria, pues sólo tenía trocitos de hielo; ni siquiera semejaban la punta de un iceberg. Creía recordar que Smix le había comentado explícitamente algo sobre esos archivos, pero le había restado importancia. Ella temía que el informático no hubiera sabido interpretar bien aquella información. El Ministro en persona firmaba aquellas comunicaciones con el jefe del proyecto... Algo no encajaba. ¿Querían darle un uso militar al robot?

Si no hubiera estado tan cansada esa misma noche, habría repasado la entrevista con Smix. Si no hubiera estado tan cansada, habría continuado su labor destripadora y habría seguido examinando los archivos del disco que había conseguido copiar Smix. Si no hubiera estado tan cansada..., seguramente no habría caído en la trampa de François.

Tras su investigación, aturdida por el sueño, se desnudó y fue al baño. Tomó una ducha de agua caliente. Por primera vez en días, sentía que podía relajarse, que su trabajo en la isla había concluido. Algo decepcionada por no haber extraído en la tarjeta de copia del ordenador del jefe cuestiones más suculentas, tenía que mirar en perspectiva. Analizaría la información más exhaustivamente para sustraer un rumbo a seguir. Cansada, sintió conformismo y agotamiento. Así que en la cama, mirando el techo, lo único que le impidió dormirse fue el recuerdo de la noche que había pasado con Antonio. Sus besos. Tal vez en su vida ajetreada comenzaba a necesitar cierta estabilidad, cierto sosiego en compañía de un hombre. Después del trabajo..., si todo salía bien, si la tarjeta de memoria contenía los secretos que ella confiaba encontrar, ganaría una importante suma de dinero. Para cualquiera, el sueldo de muchos años. Quizá podría tomarse unas buenas vacaciones. Lise se durmió pensando que las merecía. El sueño duró bastante poco.

Cuando despertó, dos pares de brazos musculosos intentaban inmovilizarla, mientras una especie de cinta adhesiva le tapaba el campo de visión. No pudo resistirse lo más mínimo. La misma cinta adhesiva le unió las piernas y tapó la boca antes de que chillase. Después, el cañón de un arma en la cabeza la hizo enmudecer.

—Tenga la amabilidad de acompañarnos.

Durante los minutos que siguieron se concentró en no sentir miedo. Trató de pensar quién era el tipo que tenía aquella locución francesa asquerosamente atractiva. Sabía que reconocería esa voz, que siempre la llevaría incrustada, como un pedazo de su sombra. No tenía duda de que eran soldados o mercenarios con preparación militar, por su *modus operandi*. No se imaginaba a Macrocom llegando tan lejos, ni tampoco a ninguna empresa de la competencia. Estaba convencida de que se trataba de los mismos que habían amedrentado a Smix. Intentó tranquilizarse. ¿Tendría algo que ver Antonio con esos tipos? ¿La habían cazado por su robo en el ordenador del jefe, o por haberse colado en la casa de Antonio? Al cabo de un rato, la furgoneta donde la llevaban paró y la descargaron. En volandas, fue llevada a una silla después de atravesar varias estancias de una casa. Puertas que se abrían y cerraban, ruidos extraños. Sentada, recibía el calor de un foco en la cabeza. Le arrancaron el esparadrapo de la boca, pero no le retiraron el de los ojos. Unas manos rudas arrancaron su camisa de dormir. Sintió la madera fría bajo su trasero. Desnuda, parecía tan vulnerable como un animalillo.

—Buenas noches, Lise.

De nuevo aquella voz. Dio un par de órdenes a sus subordinados a propósito de un maletín que debían traer.

—Seré muy breve. Está usted metida en un buen lío. Necesito que colabore conmigo. Verá, nadie tiene intención de hacerle más daño que el que usted necesite para entender que tiene que compartir con nosotros cierta información.

Guardó silencio. Notó como el tipo que le hablaba se acercaba, le agarraba un brazo y le clavaba sin previo aviso una jeringilla en un lugar del hombro. Por primera vez sintió verdadero miedo. Desnuda, sentía el desamparo de sus ataduras, la impotencia de no poder siquiera mirar los ojos de quien la tenía a su merced. A su cabeza le venían miedos, terrores a propósito de lo que aquella mente perturbada, con voz de presentador de televisión, podía estar reservándole.

—¿Qué me han inyectado?

—Lo más evolucionado en el suero de la verdad…

—¿Qué demonios quieren saber? ¿Por qué me tratan así?

—Veamos… ¿Por qué ha entrado en casa ajena esta noche? ¿Qué hacía en la vivienda de Antonio? No responda aún… El suero hará efecto en unos veinte segundos.

Lise no esperó.

—Estaba registrando la vivienda porque estoy investigando al sujeto en cuestión por su relación con una trama internacional de blanqueo de dinero.

—¿Blanqueo de dinero?

—Sí.

—Cuénteme todo lo que sepa.

—Investigo, por encargo, una trama que implica al Gobierno francés en blanqueo de fondos por medio del proyecto espacial Ulises. Un robot que se enviará a Marte para trabajar en minas y la construcción de la colonia.

Lise comenzó a sentir el efecto del suero de la verdad en un fuerte mareo. A partir de ese momento no podría evitar decir toda la verdad. Había conseguido, eso sí, enfocar bien la conversación antes de que llegara ese momento.

—¿Y qué tiene que ver Antonio en todo eso?

—Antonio… no sé exactamente qué papel juega en todo eso, pero sé que su identificación es falsa, así que pensé que el Gobierno lo había puesto para supervisar todos los movimientos. Por eso entré en su vivienda, para tratar de encontrar más datos sobre el fraude.

—¿Para quién trabaja usted?

Lise sintió como el mareo la llenaba por completo. En un lugar muy remoto de su cerebro, una voz le gritaba que se callara, que no dijera nada... Otra voz le decía que contase una historia falsa... Ambas opciones le parecían desagradables y aumentadoras de aquel mareo que la hacía morir por dentro. Lo más fácil parecía que era decir la verdad. Sin embargo, Lise guardó silencio.

—¿Para quién trabaja usted?

Lise descubrió que el silencio tampoco evitaba el mareo horrible. Sólo decir la verdad podría evitar aquella agitación monstruosa. Los ojos se le volvían, la lengua parecía hincharse acumulando saliva. Sólo decir la verdad la sacaría de aquella desagradable ingravidez.

—Vaya, veo que estoy ante toda una luchadora.

Lise, muy lejos de sí misma, sintió de pronto como alguien se levantaba cerca de ella. De repente, un estallido de dolor, presagiado por un violento chasquido, la tumbó de bruces en el suelo tirada con la silla. Su interrogador acababa de darle un puñetazo.

—Sabe, una propiedad de ese suero es que el dolor se percibe perfectamente. No se diluye en su estado de ensoñación.

En efecto, Lise sentía cómo le palpitaba la cara. Sentía cómo la comisura derecha de sus labios ardía y cómo la mejilla estaba rugiendo de dolor en su mitad derecha. De repente visualizó un zapato. Era calzado caro, playero. Aquel pie no le dio oportunidad para sacar más conjeturas. Quedó sin respiración de la patada tremenda que recibió en el plexo solar.

—¿Para quién trabaja?

Aquel mareo, el dolor... era demasiado insoportable.

—Macrocom...

—¡Eres una periodista..., una newshunter!

François le ordenó a Jacques que lo acompañase fuera de la sala. Dejaron a la mujer sola en la habitación.

—¿Qué hacemos? ¿La matamos?

—Matar a una periodista es como matar al presidente de un país; tiene la misma importancia mediática. No podemos haber tenido peor suerte. Mierda...

—Quizá...

—Cállate, no te he pedido consejo. No podemos matarla. De todas formas no sabe una mierda de Antonio. Está investigando otro asunto... Menuda mierda se traen estos políticos... Por otra parte, no podemos dejarla vagando por la isla siguiendo al zombi. Ahora sabe que es alguien importante, porque el motivo de este interrogatorio no son sus investigaciones... Le hemos preguntado por él, así que ella sabe que la manzana podrida es Antonio. Y es una perra rastreadora.

—Podríamos explicarle que Antonio no tiene nada que ver con su investigación, que es... un testigo protegido o algo así... y que ella siga adelante con lo suyo.

—No sabes lo que dices. Ella tardaría un segundo y medio en llamar a los de Macrocom y decirles... chicos, aquí hay otro notición... resulta que un tipo tiene identidad falsa y tal. Mandarían a otros como ella. Son sabuesos, mejores que muchos espías cabeza cuadrada como tú. Yo no veo otra solución... Antes habías sido más sensato. Tenemos que acabar con ella..., como con Verónica, pero con más precauciones... Hacer que parezca un accidente..., así sólo despertará sospechas en sus colaboradores y no en los demás...; un incendio o algo que no deje pistas... para que Macrocom mande a otro capullo, pero sin estar alerta sobre nosotros. Está bien..., vamos dentro. Le quiero hacer más preguntas.

Cuando François entró en la habitación, la mujer no estaba. Sólo tiras de esparadrapo. La ventana estaba abierta. No entendía cómo podía haberse soltado drogada. Después razonó que el puñetazo y la patada habrían ayudado a Lise a recuperar cierta consciencia gracias a la adrenalina. Tal vez caer atada con la silla habría deteriorado alguna de sus ataduras. O eso, o sencillamente ella tenía algo cortante en las manos. No importaba ya. Había que atraparla y acabar con ella. Ya no le cabía la menor duda de que ésa era la mejor opción. Armados, dispuso tres equipos de rastreo movilizando a todos los agentes. Él mismo iría en su busca.

—La quiero muerta.

Lise, por su parte, agazapada en el tejado de la casa donde la habían interrogado, sólo tuvo que esperar un par de minutos hasta que todos iniciaran la cacería por el exterior. Con su habilidad gimnástica algo deteriorada por la droga de la verdad, había tenido problemas para subir al tejado. Pero ahora que el frescor nocturno le daba en la cara, dejó pasar unos minutos preciosos hasta sentir que podría moverse más fácilmente. Entró en la casa desierta. Tenía la cara hecha una pena; necesitaba un botiquín. Como no lo encontraba fácilmente, decidió vestirse y salir.

Necesitaba ayuda urgentemente de Dany. Conectar con él desde un lugar seguro. Ataviada con una camisa gigantesca con motivos caribeños que encontró en la casa, se largó, con ayuda de una inyección de adrenalina que también robó de un maletín abierto junto a la camisa. Ya se haría un examen de sustancias cuando tuviera tiempo. Ahora no quería que el dolor de las heridas ni el aturdimiento del veneno le restasen velocidad.

Corriendo, fue hacia el pueblo, habiendo pasado antes por la playa para lavarse. No sabía muy bien dónde estaba, pero creía que era el sector 5. Se conectó desde una cabina de comunicaciones, en una plazoleta concurrida. Visitó la web de emergencia de Dany. Accionó la clave de S.O.S. Al poco rato, un tipo con aspecto soñoliento apareció en la pantalla. Se preguntó si aquel morenito era el verdadero aspecto del gurú.

—Hola, preciosa, ¿qué te ocurre? No me llega señal de imagen.

—Estoy herida, horrible, no quiero que me veas fea.

—¡Demonios!, ¿qué te ha pasado?

—Tengo muy poco tiempo, necesito que me hagas un favor rápido. Hoy sabes que Smix ha robado los datos de la casa del jefe. Yo hice una copia en mi móvil, que está en mi casa. Necesito que los rescates y que me envíes copia a mi correo personal.

—Mmm... tu móvil... Sí, aquí tengo... a ver... ¿tienes mi puerta abierta? Sí... OK... Mmm, creo que en casa tienes visita...

—¡Por Dios, copia los archivos y destrúyelos, inutiliza ese aparato! La tarjeta está insertada en el portátil que hay conectado al sistema. Intenta borrarla también.

—Tranquila, los archivos ya están copiados... Ahora estoy dejando un regalito en su lugar.

—No dejes regalitos, bloquéalo. Hazme caso...

—¡Chsss!, pequeña, no sufras... He dejado un virus tan potente que tu móvil ahora mismo es un absoluto desconcierto. No podrán ni llamar por teléfono, y lo mejor es que si intentan rescatar la información, el virus activará su modo bélico. Tendrá que ir mi amigo de Washington personalmente para limpiarlo. Será de las dos o tres personas de este mundo que podría con ese virus. Se perderá toda la información.

—Dany, gracias ¡Qué haría yo sin ti! ¿Y la tarjeta del portátil?

—No te preocupes, ellos están registrando la casa con las pistolas en ristre. Yo estoy borrando todas tus huellas electrónicas del portátil... Ya está localizado... Acabo de dividir su disco duro en cien, así que tendrán que escanear los cien antes de dar con el sector que tiene información. La tarjeta... Espera... En el circuito cerrado de tu casita tengo a los intrusos. ¿Quieres verlos? Esto ya está borrado... Ahora también pondré por aquí el virus... Ahora están comprobando los ordenadores... la, la, la... Voy a cerrar puertos, vías de acceso... hummm... la, la, la...

Lise comprobaba en la pantalla cómo los hombres metían en una bolsa los teclados del salón y el móvil. Después encontraron los portátiles del dormitorio, las memorias externas. Cualquier cosa que pudiera almacenar información lo echaban en la bolsa. Cruzó los dedos para que Dany hubiese eliminado ya sus vestigios.

—Por cierto que he informado de un robo en tu casa y he dado sus fotos y este vídeo.

—¡Ja, ja, ja!, eso, eso…, líalo. Ese hijo de puta me ha partido los labios de un puñetazo, y la patada casi me asfixia.

—Lise, ¡por Dios!, no me digas que te han pegado…, no me cuentes eso…

Dany cambió su apariencia y ahora era un viejo tristísimo, llorando a lágrima viva.

—Bueno, cómprate un móvil nuevo mañana; dejas en esta web tu nuevo número y te mando toda la información que tenías en el otro.

—Gracias, Dany. Gracias, te quiero, te quiero, te quiero… Un día tenemos que vernos. Tengo que hacer el amor contigo.

—¡Aaaah!, ¿y si soy una chica? —ahora tenía el aspecto de una rubia monumental.

—Me da igual, lo hacemos también. Pero es que…

Dany había cortado la comunicación. Había dejado un mensaje: «Los tienes pisándote los talones. Ve al hotel Raymond, tienes una reserva a nombre de Luxy; por cierto que la reserva aparece en su sistema informático como que la hiciste ayer, así que no te pillarán si buscan a alguien que se haya registrado hoy. Besos. Ahora aléjate de esta cabina.» Lise no pudo evitar que una lágrima se le escapase de uno de sus ojos.

François no sabía cómo explicar a la policía de la isla qué hacía un equipo de las fuerzas especiales de Francia entrando por la fuerza en una vivienda de Atlantis. Armados hasta los dientes. Todos fueron arrestados. Juró que mataría a aquella mujer. No podía creer cómo había hecho para borrar toda la información, cómo había avisado de un robo, y todo... mientras huía de ellos. Cuando volvió al cuartel general comprobó cómo la chica había tenido tiempo de vestirse. Así lo atestiguaba el vídeo que rescataron del circuito cerrado de su casa. El Ministro en persona tuvo que llamar para sacarlos del apuro internacional en el que se habían metido. François no dio al Ministro toda la información sobre lo ocurrido. Ahora la carrera era por su propia supervivencia. Esa mujer tenía plena consciencia de que algo raro estaba sucediendo tras la figura de Antonio. La situación se había escapado de su control. Sabía que esto tendría un coste muy alto en su expediente pulcro; si no conseguía eliminar a la mujer, no saldría de rositas de aquel incidente. Tenía que encontrarla y descargarle un par de balas en la cabeza. No pensaba ni explicarle los motivos. Ahora todo se había enredado. Sin embargo, a la mañana siguiente, sin poder casi creerlo... la situación se complicó aún más.

Capítulo 18

La mañana se presentía naciente en la habitación del hotel y Lise ya estaba en pie curándose de nuevo la herida de su rostro. El spray reparador hacía efecto rápidamente; tenía los labios totalmente sellados. El único vestigio del corte consistía en una zona que permanecía tumefacta. Un colorete instaba a sonreír a la comisura de los labios abultados. En su muñeca, un parche indicador de toxicología le advertía que podría mentir sin problemas. La droga de la verdad ya había agotado su efecto. Sólo le quedaba una secuela: una merma física que arrastraría durante un par de horas, similar a la somnolencia de productos farmacéuticos inocuos. El parche advertía que estaba baja de glucosa. Usando el terminal del hotel y la nueva identidad que Dany le había proporcionado esa misma mañana, pidió un desayuno completo, compró un móvil, y esperó pacientemente a que se lo acercasen al hotel. Compró un body multiusos muy caro y ropa interior. El mono servía para inmersiones a poca profundidad en el mar, para hacer alpinismo, descenso de ríos, incluso para correr distancias largas, provisto de inteligencia térmica. Unas gafas de sol y unas zapatillas deportivas completaban su atuendo. Todo lo pagó gracias a una transferencia que Dany había ordenado desde la cuenta que Macrocom le había abierto con los fondos de la investigación.

Con el comunicador nuevo en su poder, recibió la descarga de los archivos tras acudir a la web de su amigo. Uno de los archivos tenía un nombre extraño: «François». Lo abrió y visualizó a un tipo atractivo, que rápidamente relacionó con uno de los hombres que salieron en su búsqueda cuando ella estaba en el tejado de aquella casita la noche anterior. Era un informe completo sobre alguien que parecía un peso pesado en el espionaje y el ejército francés. Lo llamaban «el terrible». Los responsables de dicho informe parecían no tenerle mucha simpatía. Lise supuso que el pirata informático lo había sacado de bases de datos de algún grupo antisistema. Ella no había podido verlo de cerca, pero recordaba su voz.

Se arriesgó y llamó a Smix. Con su nuevo número... esperaba tener éxito y que el informático respondiera. Smix solicitaba perfil de imagen para responder llamadas, así que no tuvo más remedio que ponerse delante de la cam para que el móvil de Smix recibiera su imagen y así dar acceso a su llamada. Pensaba que Smix no querría hablar con ella, pero se equivocó.

—¿Qué te ha pasado en la cara? Sabes que el sol aún no ha salido. ¿Qué haces llamando a estas horas?

—Es importante, Smix. Te pagaré lo que me pidas..., pero necesito un último favor.

—¿Te han pegado?

—Por favor, Smix, me la estoy jugando llamándote al móvil. Tu línea estará vigilada.

—No te preocupes porque la tengo encriptadísima, muy difícil de pinchar.

—No te fíes. ¿Recuerdas que me hablaste de unos programas o unos archivos que os habían impuesto para instalarlos en el robot?

—Sí. Les eché un vistazo en su día y son una memez. Ya están instalados en el robot.

—Necesito copia de esos archivos. ¿Me la puedes enviar al móvil? En la información que me conseguiste del ordenador del jefe se comenta a propósito de esos archivos y parece que son más de lo que parece.

—No puedo copiar esos archivos después de haberlos instalado en el robot. Están muy protegidos. La única forma es que te lleves los discos originales.

—OK, Smix. Hazme un favor... déjame los discos en algún sitio en que yo pueda recogerlos sin problemas.

—Tendrías que ir al laboratorio y decirle a Spider que te los dé. Él estará allí dentro de un rato. Yo no apareceré hasta las doce.

—OK. Gracias. Por cierto, ¿de qué tratan?, ¿qué contienen?

—¿Los archivos?

—Sí.

—Son compilaciones de cultura general. Instruyen al robot a propósito de temas históricos, arte... No sería necesario, porque la inteligencia artificial está armada ya con la cultura general necesaria para comprender un diálogo básico para su trabajo. Pero digamos que son una enciclopedia donde el robot consulta a propósito de cosas culturales históricas, incluso filosóficas. No tiene mucho sentido para un robot que va a trabajar en Marte. Yo creo que el objeto de esto es otro. Harán una presentación pública del robot y querrán presumir haciéndole preguntas sobre historia francesa y cosas así... Otra explicación no le encuentro. De todas formas supongo que cuando se produzcan los otros robots tras la presentación, eso no se incluirá; quizá sea sólo para el prototipo...

Lise tenía muy claro que aquellos discos eran importantes, pero le sorprendía que los contenidos fuesen culturales. Unos robots diseñados para trabajar en Marte, pilotar la nave, reparar estaciones espaciales y ese tipo de trabajos, meramente técnicos, no parecía necesitar esa biblioteca. A no ser que Smix no hubiese detectado algo..., pasando por alto detalles...

Quería salir de Atlantis, pero tenía que hacer un par de cosas antes. Una era llevarse los discos. Otra... mucho más peligrosa: advertir de todo lo que ocurría a Antonio.

Sí. Su conciencia no dejaba de indicarle que Antonio podría ser un espía o alguien que realizaba un trabajo similar al suyo, y que tenía a un equipo de agentes especiales vigilando sus pasos. Agredían a quien tuviera contacto con él. A ella la había secuestrado. Presentía que él no tenía nada que ver con ese François «el terrible». En su mirada, en aquella mirada, en aquellos besos… no podía existir tanta mentira. Ella pensaba que era una víctima de todo aquello y tenía que advertirle que el tal François estaba en Atlantis y que iban a por él. Quizá era un comando en la sombra que esperaba algo, una señal para actuar y eliminarlo. Presentía que corría peligro.

Por otro lado, visitar a Antonio era lo que menos esperaban ellos que pudiera hacer esa mañana. Sabía que la estarían buscando en muchos lugares de la isla, sobre todo en las vías de escape, el aeropuerto y las embarcaciones. Pero no se esperarían que ella fuese a visitar precisamente a la persona que le había complicado la vida.

Tomó un taxi y se dirigió al sector 3. Indicó al conductor que diera un rodeo antes de parar en la calle de Antonio. Quería asegurarse de que no había ninguna furgoneta por allí rondando. Aunque seguro que aquellos malnacidos aún estaban explicando a las autoridades de la isla por qué tenían armas, material para escuchas, etc. Rezó para que el tal François no hubiera podido hacer valer su poderosa influencia aún. No deseaba volver a sentarse en aquella horrible silla. Conservaba intacto un dolor en el costado del golpe recibido. Se cambió el color de pelo antes de salir y se lo cortó generosamente.

Llamó a la puerta de la casita de su compañero de bailes. Nadie le abría… Temía lo peor. Volvió a llamar. La puerta se abrió por fin, pero nadie la recibía.

—Antonio…, ¿dónde estás?

Nadie contestaba. Echaba de menos un arma en sus manos. Buscó y obtuvo resultados en el salón. Allí estaba Antonio, que permanecía inmóvil. Lise advirtió que lloraba. El hombre estaba inclinado hacia un periódico que temblaba entre sus manos.

—Antonio..., ¿qué te pasa? ¿Te han atacado?

—Yo era inocente... ERA INOCENTE...

Antonio se levantó de forma violenta estampando el periódico contra la mesita baja del salón. Dio varios pasos hasta el ventanal del porche trasero de la casa que comenzaba a iluminar el salón con síntomas de mañana avanzada. Lise leyó el titular del diario español. El periódico IDEAL, de la ciudad de Granada, destacaba en mayúsculas un titular dramático: «MI MARIDO ERA INOCENTE». Después, más abajo, se desglosaba en negrita: «Sonia Salcedo demuestra la inocencia de su marido, muerto en la cámara de gas, acusado de un asesinato que no cometió». En la foto de portada, una mujer compungida abrazaba la foto de su marido ejecutado, junto a un cartel grande donde estaba el rostro del difunto bien peinado, sonriente, enfundado en un traje azul.

—¿Qué te pasa? No tengo mucho tiempo, Antonio... Verás, he venido porque quiero advertirte algo...

—Tú no lo entiendes, Lise, no tienes ni idea... A LA MIERDA LOS SECRETOS. YO ERA ESE TÍO, YO SOY INOCENTE... YO LO SABÍA... SE EQUIVOCARON, ¡CONMIGO SE EQUIVOCARON!

—¿Qué demonios quieres decir?

—YO SOY ESE TIPO. EL TIPO DE LA FOTO. ME OPERARON, ME CAMBIARON DE VIDA... ME HABÍAN SENTENCIADO A MUERTE. ¡YO ERA INOCENTE, ERA INOCENTE!

—¿De qué me estás hablando?

—Yo... —el hombre buscaba aire para continuar. Airado, se lanzó sobre el periódico y señaló la foto—. Yo soy ese hombre..., el tipo que mataron injustamente. Es un proyecto del gobierno... Lo llaman Proyecto Zombi.

—¿Me tomas el pelo...?

—No. Es la verdad. Después de la ejecución, desperté en un avión... Me habían operado la cara... Se suponía que yo debía estar agradecido por haberme salvado la vida. Me borraron la memoria... Tienen una máquina... el Mar de los Sueños. No recordaba a mi mujer... Es... es difícil de explicar.

Antonio explicó a grandes rasgos muy desordenados toda su resurrección. Lise no sabía cómo encajar aquella historia. De su cinturón sacó un parche y lo pegó a la muñeca de Antonio. Al principio pensó que se había vuelto loco. Le puso el parche por si aquella locura era provocada por algún veneno. Al cabo de un minuto en el que Antonio seguía narrando sucesos delirantes, Lise comprobó el parche y se alivió al ver que Antonio no había sido envenenado. Fue entonces cuando escuchó más atentamente las palabras del hombre. Le pidió que empezase de nuevo, desde el principio, pero que fuese al grano. Aquella cara de la foto en el periódico y la de Antonio guardaban cierto parecido..., pero eran rostros distintos. Antonio aseguraba que era víctima de una trama muy compleja, que su identidad real era la del supuesto fallecido condenado injustamente a muerte por un delito que ahora se descubría inexistente. La mujer estaba estupefacta.

Después, todo tenía mucho sentido. Poco a poco fue percibiendo que ante sí tenía la noticia más importante de toda su carrera...; eso y un hombre destrozado. Un hombre al que habían arrebatado su vida sin matarlo..., sin matarlo... Ahora comprendía el porqué de muchas cosas. Por qué la habían secuestrado, la razón de aquel interrogatorio denigrante propio de guerras. No estaban sobre la pista de sus investigaciones en el Ulises. No. Estaban protegiendo algo mucho más gordo. Una trama secreta del más alto calado político. De pronto, Lise comprendió que aquel lío tenía una magnitud que implicaba un peligro inminente.

—Antonio, tenemos que salir de aquí…

—¡NECESITO RECUPERAR MI VIDA!

—¡Antonio, escúchame! Si todo lo que dices es cierto…, si tú eres ese tipo, si eres inocente, si te… si fingieron tu muerte, si tienen un programa especial para los condenados a muerte… ¡van a matarte! Después de saber que se equivocaron contigo no les queda otra salida. Tienen un equipo en la isla. Esos tíos me atacaron, van a matarte… En realidad estás muerto, así que ni siquiera es un crimen… Pero no consentirán que tú destapes la trama, que descubras sus engaños.

—¿Quién te ha atacado a ti?

—¡Rápido, larguémonos! Ya habrá tiempo para más explicaciones. Ahora toca huir. Ya hemos perdido demasiado tiempo.

—Pero…

Un objeto parecido a una piedra rompió el cristal del salón. De la piedra sospechosa comenzó a salir una cortina de humo de un color anaranjado. El sonido simulaba una olla a presión, como si algo hirviese dentro. La bomba de gas solamente había hecho un pequeño hueco en el cristal y había provocado una raja enorme a lo largo de todo el ventanal, igual a un rayo de tormenta dibujado por un niño. Lise lanzó una silla al ventanal y lo rompió en trizas sonoras. Agarró de la muñeca a Antonio y se lanzó vertiginosamente al patio donde antes hubo un velo de cristales volando.

Se toparon en el jardincito con un fornido hombretón que blandía un cuchillo. Imaginaba que la policía habría desarmado a los agentes de François. El tipo se lanzó hacia ellos gruñendo. Lise pateó la silla que había usado para abrirse paso hacia el intruso y empujó a Antonio en dirección contraria a la que ella se dirigió. Quería asegurarse de que uno de los dos tendría la retaguardia del agresor. El tipo, rodeado, se abalanzó hacia ella con el cuchillo en ristre. Antonio le golpeó en la espalda, pero el forzudo ni se inmutó. Ella rodó por el suelo hacia sus pies. Se tiró hacia él en lugar de separarse. Su giro en el suelo en dirección al agresor lo desconcertó. Sin miramientos, aplastó sus testículos de un puñetazo. De inmediato el tipo cayó postrado en sus rodillas. Rápidamente la chica lo desarmó. Sus manos parecían de plástico, fácil de malear ahora que estaba más preocupado del dolor. A Antonio se le quedó grabada la imagen que vio después. Sin pensárselo dos veces, la mujer dibujó un arco con su brazo y, tomando impulso, clavó el cuchillo en el muslo del agente. El tipo chilló. Ella puso su pie en la pierna aguijoneada para ayudarse a extraer el filo del machete atascado, totalmente inmersa la hoja en la musculatura del desconocido. Así lo dejó inútil en el césped, gritando. Ahora sus adversarios tendrían que cargar con un herido. Voces y gritos desde el interior de la casa le hacían pensar que la mayoría de los intrusos estaban buscándolos en las dependencias del bungaló, ajenos a la lucha del jardín.

Cruzaron el seto y aparecieron en la calle. Allí, de una furgoneta blanca salió François. Antonio no podía creer lo que veía. Aquel tipo agradable, François, que lo ayudó a adaptarse en su primer destino en Francia… instintivamente sintió deseos de pedirle ayuda.

—¿François?

Ocurrió un lapso de confusión en las miradas. El francés le sonrió y a continuación su mueca se torció. Fue en el momento en que miraba a la mujer. Lise le lanzó el cuchillo ensangrentado. François lo esquivó arrojándose a un lado. La precisión del lanzamiento de Lise lo obligó a tirarse al suelo.

—¡Corre!

Antonio siguió a Lise, que se precipitaba en dirección al bosque de palmeras. De espaldas a François escuchó como daba órdenes al resto para que fuesen en su búsqueda. Por fortuna, el bosque era muy frondoso. Lise no paraba de correr; parecía no necesitar la respiración.

—Vamos, no puedes ser tan lento.

—¿Quién eres tú?

—No es el momento ahora de explicaciones. Tenemos que salir de esta isla.

—¿Y cómo saldremos? Sólo hay un maldito aeropuerto. Y por cierto, no vamos en la dirección del aeropuerto.

—Antes tenemos que visitar a tu amigo Spider. Tiene algo para mí.

Corriendo por el bosque con el peligro ladrando a sus espaldas, no podía creer que ella tuviese intención de recoger encargos del laboratorio. Antonio necesitó tiempo para asimilar la persecución de la que era objeto. Entender el razonamiento simple que había hecho Lise hacía un rato en el salón. Si estaba legalmente muerto, y su condena fue errónea, no podrían devolverlo a su vida anterior. No podrían hacerlo sin destapar toda la historia de los zombis, que se convertiría en un escándalo sin precedentes; por tanto, lo más fácil era matarlo..., matarlo de verdad.

A Antonio le costaba seguir a la chica. Era muy rápida, como una fiera en su selva. Los pulmones empezaron a quemarle. Le pidió un descanso apoyando su brazo en una palmera.

—¿Quieres morir?

—Te queda..., te queda bien..., uff —decía Antonio sin aliento—. Te queda bien el pelo así corto... y no... no quiero morir otra vez.

—¡Corre! ¡Si no corres te dejaré aquí tirado!

Antonio siguió corriendo. La mirada de aquella mujer había adquirido una rudeza que no dejaba tiempo a bromas. Ella parecía conocer muy bien el riesgo que afrontaban, y correr sin parar era la única receta que les otorgaba posibilidades de salvarse. El bosque disponía de algunos claros donde Lise aceleraba de forma considerable. Estos prados solían estar cubiertos de césped de un verde casi fluorescente y muy resbaladizo. El calzado de Antonio le jugaba malas pasadas y los resbalones y caídas eran constantes. De cuando en cuando, ella frenaba y lo recogía del suelo. Por fortuna, los persecutores debían estar errando en su ruta, pues hacía rato que no escuchaban ruido alguno de su batida. El bosque artificial poseía un silencio aterrador. Sin mosquitos ni pájaros, en una mañana de brisa muerta, los colores vivos parecían plastificar el aire.

Cuando llegaron al laboratorio, tuvieron que ir al lavabo para que Lise paliase la escandalosa cantidad de sangre que le manchaba la cara y el pecho. Milagrosamente, ni en los ascensores, ni en los pasillos del edificio subterráneo, se habían percatado de aquel detalle hasta ese momento. La mayoría de las personas que se toparon por el camino andaban enfrascadas consultando aparatos electrónicos. Antonio facilitaba pasar todos los controles de seguridad hasta la última planta, pues llevaba encima su acreditación como trabajador del centro. Por fin se sentía útil. A los guardias de seguridad les dijeron que acababan de tener un accidente de tráfico. El problema era que si François los estaba siguiendo y conseguía llegar a ese lugar, los tendría en una ratonera: un subterráneo con ascensores que comunicaban al exterior.

Cuando llegaron al laboratorio, Spider los acogió con horror. Andaba absorto contemplando en un monitor de la pared un programa sobre componentes mecánicos, cuando oyó abrir y cerrar la puerta automática de entrada.

—¿Qué hacéis…? ¿Qué…? Pero bueno, ¿QUÉ DEMONIOS OCURRE? TIENES SANGRE EN LA CARA.

—Tranquilo, no es suya. Spider, Lise necesita unos discos que Smix guarda en su mesa.

—Sí, Smix me lo ha dicho. Los tengo aquí… Pero ¿me podríais explicar…?

—No hay tiempo para muchas explicaciones, Spider… ¿Un lavabo? —decía Lise mientras comprobaba por el ventanuco que poseía el centro de la puerta si alguien venía pisándoles los talones.

Spider estaba atónito. No dejaba de mirar a su amigo como buscando una señal para aplacar su preocupación. Antonio en su rostro no reflejaba más que un espejo de la urgencia de Lise. Ella explicaba desde el lavabo, mientras limpiaba la sangre que le había salpicado al extirpar el cuchillo de la pierna de aquel desgraciado.

—Spider…, Antonio…, vosotros no sabéis a lo que nos estamos enfrentando… Spider, tendrás que venir con nosotros si quieres salir vivo de ésta. El tío que nos persigue es un sanguinario… Es de los que disfrutan con este trabajo. No hay tiempo para explicar más.

Se escuchó un golpe y gritos más allá de la puerta del laboratorio.

—¿Puedes sellar la entrada del laboratorio?

Spider no preguntó más después de oír aquellos gritos. Simplemente confió en ellos y selló la puerta de entrada. Antonio lo ayudó a mover una mesa atestada de articulaciones mecánicas. De pronto, parecía a punto de derribar la puerta una bestia asesina. Así lo imaginaba Spider, con su cabeza poblada de historias de ciencia ficción.

—¿No hay otra salida? ¿El pasillo y los ascensores son la única opción?

—No…, sí hay otras salidas, pero no en este piso. Necesitamos ir a la segunda planta. O al menos a la tercera…

—Estamos atrapados… Para ir a la segunda planta tendremos que alcanzar los ascensores o las escaleras… que si no me equivoco están juntos.

El cerebro de Lise bullía desesperado, lanzándose interrogaciones y argumentando procesos para resolverlas. Los golpes fueron creciendo en violencia; también los gritos. Pero, de repente, reinó el silencio. Lise les hizo un gesto para que se agachasen. Por entre un engendro mecánico que estaba en la mesa tras la que se ocultaba Antonio, distinguió un ligero movimiento más allá del ventanuco en la puerta de entrada al laboratorio. Unos ojos muy abiertos aparecieron de inmediato. Repasaban toda la estancia. Le parecieron tan hambrientos que pensó que podrían atravesar el cristal de aquella ventana decorativa. Eran ojos anclados en un deseo cercano, ojos sin lágrimas, secos, evocadores de miedo, calculando cada resquicio del taller, cada milímetro donde pudieran saciar su sed de sangre.

Lise pensaba que no tendría sentido avisar a la policía con el móvil… Eran capaces de matarlos y después dar explicaciones de asuntos de Estado. Estaba en juego la seguridad nacional. Estaban en juego intereses demasiado poderosos. De pronto, se escuchó en mitad de aquel largo silencio un golpe brutal. Parecía imposible que la puerta no mostrase ni el más mínimo síntoma de fragilidad después de la embestida. Sabían que ellos se ocultaban allí, en alguna parte del laboratorio. Un nuevo golpe hizo que por acto reflejo se le cerrasen los ojos. Al abrirlos comprobó de nuevo la resistencia numantina de los cerrojos. De repente se oyeron voces al otro lado. Un galimatías confuso que mostraba fastidio, lo que indicaba que no les hacía mucha gracia a los que había en el pasillo encontrar una puerta como aquélla.

—Creo que podemos tener una oportunidad… —comenzó a decir Spider captando la atención, dejando como fondo los tremendos golpes que recibía la puerta blindada del laboratorio, con una voz cercana al susurro.

Antonio y Lise lo miraron agachados. Spider sonreía.

François apretó las mandíbulas aquella mañana cuando el Ministro lo llamó personalmente.

—¿Sí, mi señor?

—François, ¿has visto hoy las noticias españolas?

—No.

—François, me da igual que levantes patas arriba Atlantis y que acabes detenido por presunto terrorismo o lo que se inventen...; me da lo mismo. Necesito que mates al Zombi-100. Olvídate del seguimiento y de todo lo demás. Ese hombre causará menos problemas muerto. Debimos matarlo en su momento. Recibirás apoyo de un helicóptero con fuerzas especiales que llegarán dentro de un par de horas a la isla. Irán sin distintivos del Ejército. Si la cosa se pone fea con las autoridades de la isla..., ábrete paso. Cualquier cosa antes que dejar a ese tipo suelto. Ya pagaremos la cuenta de lo que rompas... Aniquila a ese tipo y a quienquiera que se te ponga por delante.

François vio las noticias matutinas en la televisión y entendió perfectamente aquellas directrices. Se pondría manos a la obra de inmediato. Lise le había ganado la partida el día anterior. Ella sería una de las aniquiladas. Deseaba capturarla viva para dedicarle atención personalizada en su viaje al más allá.

Aquella mañana François aprendería a respetarla como adversario. Una hora más tarde, con la fuga de la casa del zombi, había vuelto a poner en evidencia a sus hombres y a él mismo. Le había destrozado la pierna a uno de sus mejores agentes; incluso había estado a punto de alcanzarlo con el mismo cuchillo. Llegó a sentir el silbido envenenado cuando pasó junto a su cuerpo. En los bosques de palmeras perdieron su rastro. Parecían correr en zigzag al principio y más tarde en línea recta. Después comprendió que la dirección en la que corrían los llevaba a los barracones donde estaba la empresa en la que trabajaba el zombi. Era un buen lugar para ocultarse, rodeados de científicos, un lugar de trabajo. En condiciones normales, François no se hubiera atrevido a penetrar allí en plan comando especial. Pero, tras la charla con el Ministro, no estaba dispuesto a perder un rastro tan fácilmente. Su experiencia le decía que en un porcentaje muy alto, si una persecución fallaba, localizar de nuevo a un perseguido era una labor muy penosa. Ahora podía atraparlos. Ya se encargaría de eliminar todas las pistas después.

En efecto, cuando tuvo el control de la puerta de las instalaciones científicas con sus hombres, obligó a uno de los de seguridad a consultar el listado de los que habían pasado el control de entrada. Antonio y Lise no hacía ni tres minutos que habían ingresado en las instalaciones. Él como residente y ella de acompañante. François exigió al operario que le dijese en qué lugar se encontraban. Él sólo pudo seguir a Antonio por sus registros hasta la planta más profunda, donde se encontraba además su lugar de trabajo habitual. François bajó allí con varios hombres, dejando al resto arriba. Registró uno a uno los laboratorios de aquel nivel, lo que provocó el desconcierto entre los residentes, solventado con una violencia seca muy práctica en aquellos casos. Después de un golpe de culata en el rostro, hasta el científico más inteligente y encorajinado se venía abajo. Como perseguido por la ley de Murphy, fue en el último de todos los talleres donde por fin obtuvo premio. Después de comprobar que la puerta estaba cerrada, él mismo miró a través del cristal que poseían las puertas de todas las instalaciones a la altura de la cabeza. Un recuadro transparente, más decorativo que útil, pero que le permitió sin esfuerzo visualizar la calma sospechosa que reinaba tras la puerta. Ahora, encerrados en el laboratorio, parecía que por fin tenía a aquella mujer arrinconada. Los agentes de seguridad de Atlantis acudieron y estaban molestando a sus hombres en la superficie. Pero, esta vez, François tenía hombres armados hasta los dientes fuera, que discutían con ellos sobre derecho internacional y los obstaculizaban la entrada. Agradeció que los refuerzos hubiesen llegado una hora antes de lo previsto. Cortó el circuito de cámaras internas; así aquellos malditos guardias internacionales de la policía de Atlantis no podrían ver nada de lo que sucediera en el interior. Con la burocracia necesaria para movilizar a los Estados encargados de la seguridad en Atlantis, podría disponer perfectamente de dos días antes de que recibiesen refuerzos organizados. En Atlantis hasta los policías eran unos pijos, un equipo bastante mal adiestrado, que pensaba más en facetas tales como la amabilidad y el número de idiomas que en la destreza para la acción. Para conceder refuerzos a la isla tenían que llamar a tantas personas que le sobraría tiempo de llevarse hasta la última gota de sangre derramada. Porque lo que sí tenía claro François es que derramaría sangre.

Apostado en el pasillo junto a la puerta de entrada al laboratorio, dio la orden de volarla. Las cargas explosivas reventaron la puerta blindada con facilidad. Parte de las paredes también cedió, lo que provocó una humareda que se transformó poco a poco en neblina. Las fuerzas especiales, perfectamente pertrechadas, avanzaron al interior del laboratorio con la orden de matar a los que ofrecieran resistencia. Al entrar no esperaban encontrar oposición. De repente, en mitad de aquella niebla de polvo, por entre los cristales de sus máscaras, la avanzadilla de dos hombres detectó unas lucecitas extrañas que se movían a gran velocidad. El primero de los militares que se adentró en el laboratorio fue partido por la mitad en cuestión de segundos por una cosa aberrante, engendro mecánico que se desplazaba con sigilo y precisión. El segundo, viendo la suerte de su compañero, disparó en aquella dirección y recibió un impacto en la cabeza de algo que no pudo identificar de inmediato. Era una bota de su compañero, con el pie dentro. El pánico lo desconcertó unos segundos, los suficientes para sentir como algo se movía en su abdomen. Aquella cosa le extraía en ese preciso instante el estómago con un brazo mecánico. Cayó desplomado de un violento golpe.

El tercero en irrumpir en el laboratorio no había presenciado la suerte de los otros dos. Estaba fuera de la habitación cuando ellos se habían colado tras la explosión. Su lector de calor le indicaba que había unas personas ocultas en una parte del laboratorio, al fondo, mientras sus compañeros comenzaban a perder forma en sus perfiles calóricos. Convencido de que aquel aparato estaba mal, pues detectaba a sus compañeros por partes dispersas…, se adentró también en la niebla. El silencio era absoluto. La bruma estaba disipándose. Los cadáveres de sus compañeros le pusieron muy nervioso. No veía a nadie allí. En su cabeza estaba memorizada la posición de los individuos escondidos al fondo del taller. Hacia allí apuntaba su arma. El fusil también poseía un lector de calor. El silencio era absoluto. Nada se movía. Consiguió detectar con el fusil a uno de los escondidos. Un ruido lo molestó. Era parecido al sonido de algunas puertas mecánicas… Miró a un lado y a otro y no consiguió ver nada que pudiera provocar ese tono afeitado. De pronto, algo goteó sobre su casco y su hombro. Era sangre. Miró hacia arriba, y gritó cuando sintió que algo le caía encima.

Así fue como el primer prototipo del proyecto Ulises, ayudado por el humo, fue abriéndoles paso matando soldados por los pasillos de los laboratorios.

François tuvo la inteligencia de huir cuando escuchó los primeros gritos de la avanzadilla. En el recibidor, ya en la superficie, ordenó a sus compañeros largarse al bosque. No había contado con un robot como adversario. Todo estaba saliendo demasiado mal. Pero guardaba un as en la manga. Mientras escuchaba los gritos de sus soldados, antes de huir, había colocado cargas de un c4 especialmente destructivo. Suficiente para volar todos los barracones. Cuando el resto de sus hombres estuvo a buen recaudo en el bosque, sin importarle lo más mínimo la presencia de las autoridades de Atlantis, sin saber si todos los trabajadores habían tenido tiempo de salir al escuchar el pánico desatado…, apretó el control remoto mientras decía con voz fría «zombis». Toda la instalación saltó por los aires. Había borrado las pruebas.

Capítulo 19

Tras la explosión, François se acercó a la escombrera con sus esbirros. Ordenó ejecutar a todo superviviente. Sabía que no tardarían en llegar más autoridades. Sus hombres repasaron las ruinas sin necesidad de disparar. La explosión, aparte del estruendo, había izado una columna de humo negro. Antes de que comenzasen a llegar curiosos, ordenó a su equipo replegarse hasta el cuartel general con excepción de Jacques. Desarmados, fingirían ser testigos casuales del desastre.

El primer vehículo que se acercó rezumaba turistas.

—¡Dios mío! ¡¿Qué demonios ha sucedido aquí?! ¡Malditos terroristas antisistema...! ¿También tienen que atacar nuestra Atlantis! ¡Pobre gente, Dios mío!

Al poco tiempo, más mirones y un buen número de vehículos oficiales de Atlantis se acercaron. Bomberos, voluntarios sanitarios... y por supuesto la policía de la isla. Hacia los vehículos policiales se dirigió François seguido por Jacques.

—¿Qué demonios ha sucedido, agente? —preguntaba François llevándose las manos a la cabeza—. Esto es un desastre.

—Aún no lo sabemos. Recibimos un comunicado extraño de la comisaría de este sector advirtiéndonos de que tenían problemas.

—¿Problemas?

—Sí, al parecer alguien había dado la alarma y ellos acudieron... Creo que trataban de secuestrar el edificio o algo así.

—¿Quiénes? ¿Los antisistema?

—No lo sabemos con certeza. Estaban armados, pero no se identificaban.

François señaló entonces al turista que había hecho aquel comentario.

—Aquel señor parece que lo vio todo y asegura que eran antisistema. Antes de la detonación escuchó una proclama típica de esos cabrones…

—Hablaremos con él.

Ya estaba. La semilla, abonada por el odio que procesaban a aquel horror, hizo al hombre asegurar que él no lo había presenciado, pero que había escuchado algo similar. Los antisistema eran la explicación más lógica, después de atrocidades parecidas en grandes ciudades. Grupos sin conexión entre sí, con la única aspiración de abatir la forma de vida global e inevitable en la que el ser humano había construido la sociedad. Temidos por su falta de escrúpulos, crecían a la sombra de las desigualdades económicas, del abatimiento de las expectativas laborales. François y Jacques dispersaron rumores razonando esas mismas premisas, durante más de una hora, a todos los testigos. Al cabo de un rato, hubo quien afirmaba haber escuchado esas proclamas en contra de Atlantis y las Naciones Unidas.

El Ulises tiraba de ella cuando despertó. En la explosión, el caos los había dividido. Hasta donde recordaba, un gran temblor sacudió el suelo. Una fuerza la zarandeó y perdió el conocimiento al chocar contra una pared. Siguiendo al robot, estaban a punto de acceder a un conducto subterráneo que Spider afirmaba que podría conducirlos al exterior, cuando aconteció la explosión. Había perdido el conocimiento.

—¿Estás bien? —preguntaba Spider, visiblemente nervioso. Lise asintió mientras percibía que el robot la dejaba en el suelo.

—¿Y Antonio?

—No te preocupes, está bien... El Ulises lo traerá... Tú nos preocupabas más porque estabas inconsciente, pero él se encuentra bien.

—Me duele la cabeza..., pero no creo que esté herida. Hemos tenido suerte de llegar a las zonas de seguridad contra incendios antes de que todo volase.

El robot, de un salto, desapareció por un agujero en la pared abovedada.

—¿Dónde estamos?

—El Ulises ha fabricado un acceso a la red de tuberías subterráneas de Atlantis. Cuando todo se fue por los aires, nosotros intentábamos llegar a una galería metálica, una salida de emergencia... Pero ahora la opción más inteligente sería ir al Núcleo. Allí estaremos a salvo de cualquier desprendimiento, y podremos buscar una salida.

—¿El Núcleo?

—Sí. Atlantis es artificial..., posee un núcleo, una oquedad que...

El robot apareció con Antonio, interrumpiendo el discurso de Spider.

—Menuda fuerza tiene tu juguete, Spider. Parezco un saco de patatas.

Estaban en un conducto metálico alumbrado por pequeños pilotos situados en el techo, que emitían un fulgor débil que los obligaba a caminar con precaución.

—Ahora estamos todos... ¿qué tal si nos largamos? No me fío de esta tubería.

Avanzaron siguiendo al Ulises. Sus pasos resonaban con una dosis leve de eco en aquel tubo, que parecía destinado a la ventilación. Spider temía que la estructura presentara algún codo que les impidiese avanzar. Poco a poco, sintieron más frío conforme avanzaban, alejándose de la zona de la explosión, donde seguro algún incendio tendría que ser sofocado. Ahora había una pendiente en ligero descenso.

—Esta vía parece que nos lleva hacia una caída. Será la ventilación de alguno de los anillos del Núcleo. Que yo sepa el Núcleo es esférico, está acorazado... —explicaba el ingeniero de robots.

—¿Qué hay allí?

—Pues nunca he estado, pero el jefe del proyecto un día vino muy sorprendido después de recorrer uno de esos anillos. Decía que era una maravilla... Es una planta nuclear para dar energía a Atlantis.

—¿Una planta nuclear? Espero que la explosión de los laboratorios no haya afectado... No me gustaría morir por radiaciones.

—No creo... El núcleo estará muy protegido. Esta isla consume una cantidad indecente de energía y el corazón de Atlantis se encarga de abastecerla.

La pendiente se hacía cada vez más acentuada y ahora avanzaban a gatas para poder conservar cierto equilibrio.

—¿Por qué no envías al robot para saber si nos espera una caída demasiado violenta?

Spider ordenó a la máquina adentrarse sin esperarlos y volver para dar un informe. El Ulises se alejó, dejando un rastro de ecos metálicos rebotando.

—¿Podéis explicarme quién demonios era esa gente?

—Spider..., no sé ella, pero yo estoy muy cansado y dolorido como para explicar nada... Sólo te digo que me persiguen...

—No, Antonio, ahora nos persiguen a todos. Incluido Spider...

Jacques reconoció a Burn al instante.

—Señor, ese hombre de la mochila, el alto, se llama Burn Raynols. Es compañero de Antonio en el laboratorio. Antes... no le había reconocido. Llegó antes que la policía y después desapareció... Estoy seguro que es él.

François observó el comportamiento extraño del recién llegado. Se acercaba al cordón policial con determinación.

—¿Antes llevaba esa mochila?

—No... Estuvo arrodillado un rato mirando las ruinas y después se largó... Lo siento, pero en ese momento me pareció un turista más.

—Ven conmigo.

Lo alcanzaron antes de llegar al primer agente de la autoridad.

—¡Eh, amigo!

—¿Es a mí?

—Sí..., espere.

—Tengo prisa... Puede haber gente viva ahí abajo.

—Le presento a Jacques. Yo soy François. Somos del servicio secreto francés. Estamos investigando lo ocurrido aquí... Usted..., según mi compañero que ha estado consultando las bases de datos..., usted trabajaba aquí... ¿No es cierto?

—Encantado de conocerlos. Sí, en efecto, yo trabajo aquí.

François se colocó a su lado y le puso la mano en un hombro aparentando camaradería.

—Entre tú y yo..., esta policía de la isla es poco eficaz... ¿Tienes algo que pueda ayudarnos?

—Pues no estoy seguro... Verá, yo trabajaba en el proyecto Ulises, para la construcción de un robot, en la última planta. Sé que al menos uno de mis compañeros está ahí abajo. Spider. Smix no me contesta al móvil, pero sé que está en casa. No le tocaba venir temprano.

—El Ulises es un proyecto de nuestro gobierno, ¿verdad?

—Sí...

—Habla con nosotros. Te seremos de más utilidad que los polis de Atlantis. ¿Puedes ayudarnos a saber si tu amigo vive?

—Creo que sí. Bueno..., yo estaba destrozado en casa pensando en la tragedia, hasta que se me ha ocurrido que, tal vez, en la explosión haya zonas que no estén afectadas. Esa estructura es muy sólida. Si mi compañero está con vida activará el robot. Nuestro robot, si no se ha dañado en la explosión o el derrumbe, podría sacarlo de ahí...

—¿Por qué?

—Para el Ulises, una pared de hormigón es mantequilla... Yo tengo un aparato... que puede decirnos si el Ulises ha sido activado.

—¿Un control remoto?

—No. Simplemente puedo detectar una señal que emite el robot cuando está activo. Lo usábamos al principio para hacer pruebas de la durabilidad de las baterías.

—OK... Actívalo, a ver si funciona.

Burn sacó una caja con una pantalla. Se puso en cuclillas y presionó un botón lateral. La pantalla se iluminó y mostró un gráfico.

—Lo sabía... ¿Ven esto?... Es el nivel de batería que le queda al robot...; como para un mes por lo menos sin necesidad de recarga... Pero estoy seguro de que está activo —entonces presionó en la misma pantalla sobre un dibujo esquemático—. Éste es el consumo que presenta en estos momentos. No me cabe la menor duda. Está funcionando a pleno rendimiento. Hay muchas distorsiones, pero cuando se conecta..., miren..., se distorsiona, se va a perder la señal..., pero estoy seguro de que está conectado.

—¿Qué alcance tiene ese aparato? ¿Puedes localizarlos con eso?

—No..., pero es una prueba de que están con vida. La señal no es de mucha calidad, supongo que debido a la explosión y la profundidad a la que se encuentran... Tal vez caminan hacia el Núcleo; allí los blindajes estructurales son extremos y la señal se perderá.

—¿Qué alcance tiene? —insistió Jacques.

—Bastante. Desde casa podíamos consultarlo.

—¿Sabe?... Mucho me temo que su amigo está involucrado en una trama bastante peligrosa —François perdió instantáneamente su tono amable. Miró a Jacques con severidad, exigiéndole que le siguiera el juego.

—¿Spider involucrado? Se equivocan...

—Nunca se llega a conocer a las personas, señor Burn... ¿Ha militado usted en alguna asociación antisistema? —apostilló Jacques desafiante.

—¡Por su puesto que no!

—Jacques, apunta sus datos... Márchese a casa y no se preocupe. Si su amigo está ahí y no tiene nada que ver con el atentado..., volverá a verlo muy pronto.

—¡Mi compañero no tiene nada que ver! Él está ahí dentro... ¿Iba a jugarse la vida así como así detonando una bomba?

—No se altere... Dé sus datos de contacto a mi compañero y váyase a casa.

François miró la columna de humo. El techo de los barracones se había hundido con las explosiones y, en general, el nivel del suelo parecía rebajado, presentaba un aspecto dantesco. Con estética de puerta infernal, las vaharadas negras y los aceros afilados despeinaban el paisaje. François se preguntaba si era posible que el Zombi-100 siguiera con vida allí abajo. Después de comprobar que el robot estaba activo... se reiniciaba la persecución.

El Ulises regresó después de su excursión en solitario para explorar.

—*El corredor de ventilación que atravesamos, presenta una inclinación progresiva hasta su desembocadura en una estructura más pesada, un corredor al que sirve de respiradero* —así definió la situación el Ulises. «Smix ha hecho un trabajo excelente con la inteligencia artificial básica», se dijo Spider escuchando a su criatura.

—¿Podremos bajar nosotros por ese túnel?

—*Con mi ayuda, sí* —sentenció lacónicamente el robot.

Dicho esto, el Ulises se giró y se encaminó hacia las profundidades. Los demás lo siguieron. Efectivamente, el Ulises les permitió bajar. El plan de la máquina era servir de freno cuando la inclinación convirtió en un tobogán el conducto. En ese momento el robot clavó sus extremidades en el tubo y fue avanzando hacia abajo despacio, sosteniendo el peso de los tres. Con lentitud llegaron a su destino: una rejilla de acero que la máquina destrozó en un par de golpes. Creó hueco suficiente para que pudiesen colarse ellos.

Según Spider, fueron a parar a uno de los anillos que recorrían el Núcleo de la isla. Un sensor detectó su presencia y todo el corredor se iluminó. Con luz fue mucho más fácil avanzar. El Ulises, como siempre, se adelantó a cuatro patas, esperándolos de cuando en cuando. La temperatura allí era confortable. El anillo estaba provisto de ventanales que dejaban ver el colosal Núcleo de Atlantis.

—¡Mirad eso! —gritó Spider cuando encontraron la primera de aquellas ventanas.

—Es… increíble.

Ante ellos, detrás de aquel cristal se abría un espacio de proporciones planetarias. Como si fuese el molde de una luna, la esfera de acero los reducía a insignificantes hormigas. Un mar cubría hasta un poco menos de la mitad, formando un lago gigantesco. En el centro de la oquedad estaba el corazón de Atlantis. Parecía un planeta de cristal. Una bola enorme de un color rosado, sostenida por un entramado de pasarelas y pilares de acero, en su mitad sumergida en el agua, coronaba el Núcleo.

—¿Qué es? —preguntó Lise.

—No me hagáis mucho caso, pero creo que estamos ante la estación nuclear más grande del mundo. Supongo que en esa bola se hace la fusión, y que toda esa agua es para recibir el calor... para enfriar... o yo qué sé. Pero es titánico.

—Siento interrumpir..., pero unos tipos malos quieren matarme... así que mejor nos largamos de aquí —dijo Antonio, fingiendo con su índice el rastro de un cuchillo en su cuello.

Siguieron avanzando por el corredor, a buen paso, hasta que llegaron a una puerta. Al acercarse les pidió identificación.

—Hola, mi nombre es Joaquín Delgado. Trabajo en los laboratorios que han sufrido un atentado. Hemos podido escapar de milagro. Necesitamos llegar a la superficie.

Lise estuvo a punto de hacerle callar. Pensaba que era arriesgado identificarse. Esperaba que sus cazadores los dieran por muertos... Por otro lado, no se le ocurría ningún plan para salir de allí. Según las explicaciones de Spider, ésa era la única ruta posible. Si se daban la vuelta... acabarían llegando a otra puerta cerrada.

—Pasen. Un equipo ha salido para evacuarlos —dijo una joven que apareció en una pantalla a la izquierda de la puerta.

Franqueada la puerta, el pasillo continuaba idéntico. Esperaron avanzando despacio. Al cabo de un rato vislumbraron un hombre que conducía un coche eléctrico.

—¡Vaya, me alegro de que haya supervivientes! ¿Qué es eso? —preguntó señalando al Ulises. De pronto cayeron en la cuenta de que el robot estaba bañado en sangre.

—Había muertos, heridos por todas partes... La máquina sólo pudo rescatarnos a nosotros —mintió Lise, imprimiendo a su voz una melodía trágica, muy cercana al llanto. En cuanto pudo, le guiñó un ojo a Antonio para que le siguieran la corriente.

El cochecito los llevó a un punto de control, donde otros operarios de la planta nuclear los atendieron.

—Han tenido mucha suerte de que en estos momentos no estuvieran selladas las entradas de ventilación. Cuando hacemos la fisión, todo queda hermético..., ni ventanas, ni respiraderos...

Lise se encargó de hablar narrando atrocidades para explicar la sangre que manchaba algunas partes del robot. Spider, con un trapo que le facilitaron, limpiaba las zonas que consideraba peligrosas.

—Si hubiera tenido las carcasas puestas…

—No es el momento de eso ahora… Debemos marcharnos. ¿Por dónde se sale de aquí?

Amablemente los llevaron a un ascensor. Aparecieron al sur de la isla, en una caseta estrecha, en mitad de un bosque. Después de respirar profundamente decidieron marcharse. Los trabajadores se ofrecieron a darles ropa y cobijo. Habían avisado a un equipo médico, pero ellos insistieron en que debían llegar cuanto antes ante las autoridades para no preocupar a sus familiares con su desaparición.

Antonio sintió familiar aquel bosque y se erigió en guía hacia la playa del Mar de los Sueños.

Capítulo 20

En la playa, Lise, Antonio y Spider se refrescaron. El robot permanecía quieto como una estatua. La sangre, reseca, parecía falsa, fermentada por el calor solar.

—¿Puede lavarse en el mar?

—Ulises, ¿puedes bañarte en el mar?

—*Podría estar algunos minutos en el agua, pero los riesgos de deterioro, incluso destrucción, son muy altos, de un setenta por ciento en exposiciones superiores a tres minutos.*

—Destrúyelo, Spider... Haz que se hunda —dijo Lise con voz fría.

—¿Sabes cuánto cuesta este robot? No sólo hablo de dinero... Es mi mejor proyecto.

—No sé cuánto cuesta. Pero es una prueba de muchos asesinatos ocurridos hoy, que te implican directamente, Spider... Dile que se bañe.

—Nos ha salvado la vida.

—Es sólo una máquina.

El Ulises cambió de postura emitiendo sonidos aspirados de los servomotores que lo movían. Parecía interesarse por lo que decían. Antonio lo miraba con respeto, aterrado tras verlo en acción.

—Nos ha salvado la vida —dijo Antonio, apoyando a Spider—. Es una gran ayuda que seguro vamos a necesitar si queremos salir de esta isla. Creo que no debería destruirlo.

Antonio decía todo esto con los ojos visiblemente afectados por la emoción. Percibía las intenciones de Lise, crueles en exceso.

—Pero es una máquina asesina. Después de la explosión, es lo único que podría incriminarnos en esas muertes.

—Era en defensa propia... Además, siempre podemos ordenarle que se destruya más tarde, cuando estemos a salvo. Pero ahora tenemos que salir de la isla.

Era mediodía cuando entre los tres comenzaron a limpiar los restos de sangre que quedaban. Antonio parecía identificarse con él. Después de todo, a él le hicieron un juicio parecido sobre vivir o morir. Se acordó de las contradicciones a las que se había enfrentado días pasados. Era inocente, lo que significaba que su instinto, aquellas percepciones que desde un principio le indicaron la verdad, en contra de lo que trataron de inculcarle, en contra de sentirse un asesino, ahora le mostraban una guía más legible de comportamiento. Siempre se supo incapaz de matar. Se preguntó si Verónica seguiría en la isla. Deseaba que la psicóloga conociese las noticias y reflexionase a propósito del acierto que supuso insistir en que le dejasen vivir. Ella se alegraría por él, por su inocencia. Estaba seguro.

—François estará esperándonos en el aeropuerto. No tardarán en venir refuerzos de muchos países para aclarar la explosión. Es posible que nos hayan dado por muertos..., cosa que a Antonio ya le será familiar... Sin embargo, será cuestión de tiempo que los operarios del Núcleo informen a las autoridades a propósito de la ayuda que prestaron a varios supervivientes para salir al exterior. El Gobierno francés estará presionando para evadir responsabilidades. No os extrañe que nos carguen el muerto. La isla va a ser una caja fuerte en un plazo de tiempo corto. Seguro que ya están intentando localizarnos vía satélite. El robot es como una bengala; llamamos mucho la atención con él. Además, puede que sea fácilmente perseguible. ¿Tiene alguna baliza o señalizador interno?

—¿Para identificar su posición?

—Sí —afirmó la chica, que seguía proponiendo el final del Ulises.

—No creo que debamos preocuparnos… El equipo de seguimiento está bajo los escombros, pero quizá con algún radar especializado sea detectable. Me tenéis que contar qué significa todo esto…

—Tranquilo, Spider —decía Antonio apaciguadoramente—, te lo contaremos todo. Pero antes tenemos que salir de la isla, estar a salvo. Creo que tengo la solución, Lise. Yo sé cómo salir de esta isla.

Lise argumentó que un millonario no se la jugaría por nadie. Que ni siquiera les atendería al teléfono. La mujer parecía muy segura de que les echarían las culpas del incidente. Pero Koldo, contestó la llamada. El plan consistía en salir de la isla a bordo del lujoso yate de Koldo. Era un plan simple…, quizá demasiado simple.

—Hola, Koldo… Tengo que contarte una historia un poco complicada… Necesito tu barco… Si quieres, te cuento el por qué… No hagas caso si ves en las noticias algo raro sobre mí y Spider. Han volado el laboratorio y creo que nos van a echar la culpa… El lugar donde trabajábamos… No, no, nosotros estamos bien, hemos escapado de milagro… Necesitamos salir de la isla porque nos persiguen los que han hecho explosionar… Gracias… ¿A qué hora podríamos…? De acuerdo… O sea, tú sales del puerto y nos recoges… OK… Creo que un buen lugar sería en la cala pequeña, ésa que hay al oeste del peñón del sur…, ¿sabes la que digo? La que me recomendaste… OK… Nos persiguen. No te quiero engañar, Koldo; será muy peligroso, y… gracias, eres un amigo.

Cuando colgó, Lise y Spider lo miraron mientras seguían limpiando el robot.

—¿Qué te ha dicho?

—Que sí. Que nos recogerá. Lo único malo es que tendremos que esperar a la noche... Dice que ahora tendrán el puerto vigilado, y que si nos persiguen a plena luz del día, será más difícil despistarlos. Así que me ha dicho que él sacará el barco para no levantar sospechas. Nos recogerá en la playa.

Después de lavarse las manos, siguieron el perímetro de isla por la línea costera, aunque siempre resguardados en las arboledas y palmerales, nunca cerca de la orilla, para intentar protegerse de posibles localizaciones aéreas. Llegaron exhaustos al lugar concreto que explicó Antonio al millonario. Comenzó a caer lluvia y pronto una tormenta tropical les hizo más fácil la tarea de ocultación, pues los bañistas se retiraron de las playas. Spider fabricó un parapeto con ramales de palma para proteger al Ulises de la lluvia. Lise llamó a Dany. Él les mostró los rumores y noticias que se estaban difundiendo. Dany estaba intentando bloquear las páginas web y los informativos. Había hecho milagros. Había conseguido introducir noticias parche, o sea bulos, para confundir y que nadie pudiera asegurar con claridad qué había sucedido en la isla. Consiguió también volver locos a los medios con un potente virus que entraba en todas las agencias de noticias. Paralizó el mundo, pero no pudo impedir que en el noticiario de Atlantis de media tarde saliesen sus fotos. No hablaban de atentado, sino de simple sabotaje industrial de empresas de la competencia. No hacían mención a víctimas mortales, estimaciones, nada más. Quedaba claro que el Gobierno francés estaba haciendo los deberes. Explicaban los problemas internacionales para activar una investigación y enviar refuerzos policiales a la isla. El aeropuerto permanecía cerrado como medida preventiva, así como el puerto y demás salidas de la isla.

—¿Y si Koldo no puede salir? —preguntaba desesperado Antonio.

—Confiemos en que pueda.

Estaban sentados bajo un espeso palmeral. La lluvia golpeaba las hojas de las palmeras produciendo un sonoro chapoteo. Lise parecía no estar afectada por el frío. Spider, sin embargo, no paraba de repasar su cabeza rapada apartando el agua con la mano. De cuando en cuando recurría al vaho para calentarla. Antonio sostenía su comunicador, atento por si en la pantalla aparecía el bueno de Koldo. Spider, viendo la debilidad del primer refugio, había acurrucado al Ulises junto al tronco de varias palmeras y lo habían cubierto con una montaña de hojas y ramas con la esperanza de evitar que la lluvia lo afectase. La criatura, absolutamente inmóvil, permaneció silenciosa y sumisa en su guarida.

En el embarcadero, Koldo, ataviado con un chubasquero amarillo chillón, llegaba silbando a los muelles. Allí, varios policías de la isla tenían cerrado el puerto.

—Buenas noches. Lo sentimos, hoy no podrá ir de pesca, señor.

—¿Por qué?

—¿Con este tiempo quiere usted salir a pescar?

—Sí..., es que mis peces salen con las tormentas, jefe.

—De todas formas, no podemos dejarle pasar; son órdenes... Lo sentimos mucho, señor. Esperamos restablecer el orden lo antes posible y que usted pueda disfrutar de jornadas de pesca memorables —así de cordial se mostraba la policía interna de Atlantis. Ejemplo de respeto y modales.

—Es por lo de los terroristas esos... ¿no?

—No se sabe si son terroristas o no... Todavía no están claras las causas de la explosión.

—Seguro que son terroristas... los cabrones que quieren el apagón tecnológico..., que si estamos contaminando demasiado y todas esas mierdas...; seguro que son ésos. Y ahora me joden la pesca a mí, que no tengo culpa de ser rico con costumbres raras. ¿Es que tengo yo pinta de ser uno de ellos? ¿O de tenerlos escondidos entre la carnaza para la pesca?

—Señor, son órdenes…

—Vaya vacaciones… sin poder pescar. Yo contribuyo a la felicidad de la humanidad con la Ledax, y ¿de qué me sirve?

—Usted es… no recuerdo bien su nombre…, el que inventó la Ledax… —el policía miró a su compañero tratando de acordarse.

—Koldo, me llamo Koldo Urzaiz.

—Este hombre desde luego no es sospechoso de nada… Preguntaré a mi superior.

El guardia se alejó mientras el otro le sonreía. Después de un rato de charla con otros señores que había en el embarcadero, protegidos por un paraguas negro, volvió.

—Pase, pero le pedimos que si ve algo raro nos avise inmediatamente. Alerte al guardacostas y él nos pasará la información.

—Sin problemas.

Koldo nunca había hecho algo tan peligroso en toda su vida. Cuando llegó al barco estaba temblando. Cometió varias torpezas. Derramó parte del cebo sobre la cubierta, estuvo a punto de salir sin soltar el amarre, y casi se resbala mientras iba de acá para allá enfrascado en la puesta a punto de la embarcación. Parecía que en cualquier momento el guardia que lo había acompañado hasta su amarre le iba a llamar la atención preguntándole: «Usted, ¿por qué está tan nervioso?». Pero no le preguntaron. Koldo salió por fin del puerto.

Antonio temblaba. Sintió que un brazo le rodeaba los hombros. Pensó que sería Lise, pero no era ella. Era Spider, que parecía a punto de congelarse.

—Tío, abrázame, que me muero de frrrrríoooo. Lise, ¿tú no tienes frío o qué?

—Sí tengo, pero el traje que llevo debajo de esto me aísla bastante bien.

—¿Habéis oído eso?

Lise se incorporó como una serpiente se yergue ante la llamada del flautista. Antonio había escuchado algo extraño. Un chasquido. Se lo explicó a Lise con las manos, haciéndole el gesto de partir una rama. Spider tomó el mando a distancia y activó el robot. Un trozo de madera junto a Antonio crujió. Miró hacia allí y descubrió el tronco como si un cuchillo invisible lo hubiese atravesado. Después se sucedieron esos desconchones en más troncos, y en alguna piedra Antonio creyó ver un chispazo que silbó.

—¡Nos disparan desde allí!

—¡Defiéndenos, Ulises!

El robot brotó del montón de maleza donde permanecía inerte y se puso a medio camino entre ellos y el lugar de procedencia de las balas. Con la oscuridad, apenas era visible, sólo por vagos destellos en el metal y por alguna lucecita en su cabeza. Sin las carcasas puestas, el robot tenía un aspecto amenazador y confuso, y se tardaba un poco en distinguir las partes del cuerpo entre tanto cable y maquinaria sofisticada. Con uno de sus brazos golpeó una palmera y la cortó con suma facilidad. Después le dio otro tajo para fabricarse una lanza. La arrojó hacia la oscuridad. Lise y los demás se colocaron tras los troncos de palmera más gruesos que encontraron. El Ulises pareció localizar a una víctima y se encaminó en carrera hacia allí, perdiéndose en la noche. Un grito humano les hizo entender que había encontrado presa. Una lluvia de balas comenzó en la playa, más allá del bosque de palmeras, y se aproximaba hacia donde estaban ellos. Un estruendo vino acompañado de un viento tempestuoso que parecía querer aplastarlos. Las palmeras soltaban toda el agua, sacudidas por esa virulencia, y las gotas de agua levitaban del suelo. Una luz blanca descendió del cielo. Parecía una estrella que se precipitaba justo en donde ellos se ocultaban. Lise y Antonio agarraron a Spider, que estaba como hipnotizado, y tiraron de él, intentando alejarse de aquella luz.

Un helicóptero descendía sobre la playa. Antonio, con el miedo y los nervios, no se atrevía a mirarlo. Pero un pequeño terremoto les hizo a todos buscar con la mirada el origen del profundo golpe que se había hecho sentir en la playa. Algo había caído del helicóptero y se había posado en la arena. Un robot enorme, dantesco.

Horas antes François, en el aeropuerto, no dejaba de pensar que sería una tontería que el zombi intentase salir de la isla cuando sabía perfectamente que eso era lo que ellos esperarían que hiciese. Después de pelear con multitud de medios de comunicación, de hablar minutos interminables con sus superiores, incluido el Ministro, había conseguido la colaboración de parte de los efectivos de la isla para vigilar el aeropuerto y otras posibles salidas de la isla, como algunos puertos privados y el puerto deportivo del sur. En el transcurso del día consiguió más apoyo y la colaboración de un satélite para vigilar la isla desde arriba. No había rastro de ellos. No dejaba de pensar en el robot. Había sido un imprevisto y sería un problema si mantenían otro enfrentamiento cuerpo a cuerpo. Necesitaba algo contundente para neutralizar al robot.

—¿General Fountaine?... Es un placer volver a charlar con usted, sí. Verá, tenemos un problema en una misión secreta. Ya se pondrán en contacto con ustedes desde el ministerio... Pero estamos con una necesidad de apoyo militar en Atlantis... Sí..., sí, tiene que ver con la explosión de hoy en los laboratorios. Necesitaría que me enviaran a un DH3000... Sé que es una unidad de combate especial del ejército, pero tenemos problemas con un robot en la isla.

François sonrió al recibir la contestación afirmativa de su amigo y mentor el general Fontaine. El DH3000 era un robot militar preparado para el combate de vanguardia, acorazado. Aniquilaría al robot enemigo sin problemas. Estaba armado con dos potentes ametralladoras que podían traspasar cualquier blindaje. Convertía un tanque en una lata vieja en cuestión de segundos. La única objeción era que tardaría unas horas en llegar a la isla. Tiempo que estimaba suficiente para encontrar el agujero donde se escondían. Cuando les llegó la señal del satélite, puso a dos hombres a rastrear la isla de Atlantis. No era una extensión de terreno muy grande, pero llevaría tiempo localizar a tres individuos y una máquina. Desesperado, a media tarde, al no recibir información nueva..., decidió llevar al límite su persecución. Pidió a Jacques que lo acompañara.

Jacques aparcó el coche frente a la puerta de la casa de Smix. El informático bien podría saber dónde estaban los fugitivos; incluso podría estar escondiéndolos él. Disparó a la cerradura y pateó la puerta. Rápidamente irrumpió en la vivienda con la pistola adelantada como tarjeta de visita. Rebuscó en las habitaciones, pero Smix no daba señales de vida. Una pizza aún caliente le dio pistas sobre su paradero. Smix, en su huida por la puerta de atrás, había dejado una gota de tomate en el suelo. Corriendo, salieron de la casa y se montaron en el vehículo. Esta vez tenía material de seguimiento. Activó el radar. De todas las personas que le aparecieron en pantalla, sólo una, que estaba a punto de salir de su rango, se precipitaba a gran velocidad en una dirección concreta.

—¡Hacia el norte!

Jacques conducía muy bien una vez despejado el miedo a fallarle a François. Con rapidez, comenzaron a ganar metros al fugitivo, que avanzaba con la ligereza de quien se juega la vida. Había conseguido sacarles una ventaja considerable mientras ellos volvían al coche. En la pantalla del radar poco a poco le iban ganando terreno. Smix se dirigía a una zona boscosa donde no podrían perseguirlo con el coche. Hacia allí se dirigieron a toda velocidad. Smix se internó en el bosque y a ellos no les quedó más remedio que dejar el vehículo aparcado fuera. A pie, a tan sólo cincuenta metros de él, comenzaron a correr.

François, con cierta parsimonia, conectó su pistola al radar que sostenía en la otra mano. Aunque ralentizaba su avance, mientras corría, repasaba el horizonte con la pistola. Por fin, el señalizador de objetivo del arma detectó al corredor que perseguía el radar. Se suponía que justo enfrente de él, aunque no pudiera verlo en mitad de la caza obstaculizado también por los árboles, Smix estaba a tiro. François disparó en la dirección que indicaba su pistola. Consultó el radar. Smix seguía corriendo. Había errado el tiro. Era muy difícil acertar en un disparo ciego como aquél, sólo guiado por el radar, teniendo en cuenta que se encontraba en un bosque. François volvió a buscar en el aire la dirección correcta. La pistola volvió a pitar en un punto concreto. Con el cañón ligeramente levantado, el pitido se hacía más agudo. Disparó, esta vez hasta vaciar el cargador por completo. Smix, unos segundos después, había parado su avance. Quizá había acertado el tiro, o simplemente su presa estaba extenuada. Jacques estaba unos treinta metros por delante de él.

—¡Señor, objetivo a la vista! Creo que le ha dado.

Cuando llegaron, Smix estaba apontocado en un árbol. En su rostro, una mueca de dolor. Sangraba ostensiblemente y parecía respirar con dificultad.

—Cabrones…

Le costaba aspirar oxígeno. François examinó el resultado de sus disparos y comprobó que había acertado tres: uno en una pierna y dos en el tórax. Parecía increíble que aquel sistema le hubiese dado resultado en un bosque. Por una vez le sonreía la suerte.

—Mirando a simple vista tus heridas..., creo que te queda poco tiempo...; aunque, si dejas que te curemos, probablemente vivas para tener hijos y cuidarlos. Necesitamos que nos digas dónde están tus amigos.

François rebuscaba en su chaqueta. Sacó una jeringa y preparó una dosis de suero de la verdad. Después la clavó sin contemplaciones en un brazo.

—Dinos dónde están.

—No... no lo sé.

—¿No lo sabes? Esperaremos unos segundos a ver si dices la verdad.

Smix tosió sangre.

—¿Cómo podemos localizar al robot?

—¿Qué?

—Tu amigo Spider lo ha activado para protegerse. Los estamos buscando. ¿Hay alguna forma de detectarlo a distancia? ¿O de llamarlo? ¿De hacer que nos obedezca a nosotros y no a Spider?

Smix comenzó a reírse. Sus ojos se estaban quedando vidriosos como cuando se mira el fuego largo tiempo. Seguía riendo con melancolía.

—No podrán con Spider y su robot. Nuestro Ulises posee un modo militar... Mejor que ni se acerquen a ellos. Matadme de una vez.

François puso cara de resignación. Estiró el brazo con el arma agarrada desde el cañón.

—Acaba con su sufrimiento.

Jacques miró el puño de la pistola que se le ofrecía. Desde que había salido del aeropuerto con François, se había prometido demostrarle esta vez que podía contar con él. Que no se achantaría ante lo que fuese que tuviera que hacer. Aquel tipo estaba moribundo y de nuevo François le pedía un sacrificio. Jacques agarró el arma.

—Irás al infierno —balbuceó Smix sonriendo.

—Mierda, mátalo de una vez..., morirá de todas formas. Pero con menos dolor.

Jacques hizo de esta idea el único objetivo. Abrió mucho los ojos. Estiró el brazo apuntando la cabeza del moribundo. Apretó el gatillo y sintió en su mano la descarga del mensaje mortal. Smix se vació sobre el tronco del árbol, quedando su mirada prendada en el cielo y la boca desencajada.

—Ya está.

François se inclinó sobre el cadáver y rebuscó sus bolsillos. Sonrió al encontrar un teléfono. Mientras caminaba hacia el coche, como quien da un apacible paseo por el bosque, hurgaba en la intimidad del difunto. Con voz alegre llamó a los de su equipo de rastreo por satélite.

—Chicos, comprobad este número. Pertenece al compañero, al que llama Spider... Si localizáis el móvil que tiene este número... los tendremos.

François colgó. Parecía que todo cambiaba, que volvía a encontrar la suerte después de todo. Jacques, en silencio, caminaba junto a él.

—¿Estás bien?

—Sí.

—Así me gusta, chico. Bueno, ahora yo me llevaré el coche. Tú quédate aquí para que no se nos pierda el cadáver. Te mandaré a alguien a limpiar esta mierda. Relájate; has hecho un gran trabajo.

El robot DH3000 llegó por fin a la isla, con el ocaso. Era muy pesado, así que vino transportado en un helicóptero especial. François rezó para que pudiese transportarse en el helicóptero que ellos tenían allí. Los fugitivos, por fin, evidenciaron su posición gracias al celular de Spider. La posición… al sur de la isla, en una playa apartada del bullicio. Vía satélite, usando una visión calórica, visualizaron el lugar exacto. Al parecer estaban descansando. François suponía que la chica habría pedido ayuda a Macrocommunications. Temía que hubiera podido pasarles la noticia, pero si lograba encontrarlos y acabar con el zombi y con ella misma, Macro no tendría nada consistente. Su Gobierno tomaría sus investigaciones ocultando lo que hiciera falta ocultar. Si la cosa se ponía fea, el lenguaje que entendía Macro era el del dinero, así que seguramente todo sería cuestión de un buen cheque. Le intrigaba qué motivo les había hecho dirigirse al sur. Tal vez supusieron que el aeropuerto estaría vigilado…, pero era la única vía de escape realmente efectiva para abandonar Atlantis.

Volando hacia el lugar, François miraba al DH3000. Silencioso como una caja fuerte, de tamaño amenazador, parecía bruto y tosco. Protegido por una armadura especial, de color negro, con ciertas decoraciones de camuflaje, lucía dos ametralladoras de gran precisión instaladas en un brazo y un lanzagranadas en el otro. No creía que sus oponentes tuvieran la más mínima oportunidad de sobrevivir más de cuarenta segundos a la línea precisa de fuego que podía desarrollar aquella bestia. Primero desembarcó a un soldado y volvió a tomar altura.

No quería pensarlo, pero parecía que volvía a tener la suerte en contra. Habían perdido la imagen por satélite y con la lluvia todo se había complicado. El robot no venía equipado con sus carcasas de lluvia y no era recomendable que estuviese mucho tiempo recibiendo agua. Así pues, simplemente necesitaba abrirle paso al robot, detectar dónde se escondían con exactitud, aterrizar y destruir. Seguramente le sobrarían minutos.

El soldado hizo su trabajo y les dio la posición exacta. Pero fue víctima del Ulises, que lo asesinó con facilidad. François ordenó al DH3000 saltar del helicóptero.

Lise miró al recién llegado que había venido del cielo u había aterrizado con gran estruendo sobre el lomo plateado de la costa. La lluvia estaba amainando y, pese a tener el cuerpo empapado, ya no sentía frío. Su adrenalina le impedía sentir cualquier molestia. El helicóptero parecía dispuesto a aterrizar junto al monstruo mecánico.

—Es un robot militar, estamos perdidos —dijo Lise, amedrentada contemplando al robot.

El DH3000 comenzó a crecer. Después de estabilizarse en el terreno se desplegó en toda su envergadura. Los servomotores se escuchaban perfectamente pese a la distancia. Los brazos se desencajaron creciendo en longitud. La armadura se fragmentaba troceándose en la expansión. El sonido de las armas, que preparaban proyectiles, impacientó a Lise.

—¡Corred! —gritó la mujer.

Spider fue el único que no salió corriendo. Sacó de su bolsillo el micrófono maestro del Ulises.

—Modo militar, máxima precisión de combate, enemigo DH3000.

—¡Vamos, Spider! Ese monstruo es…

—¡Sé lo que es… Yo he diseñado el DH3000! Si nos alejamos, cuando venga Koldo se encontrará con todo el pastel y pagará nuestras consecuencias. Debe estar a punto de llegar. Yo confío en mi Ulises.

Lise sabía que Spider tenía razón. Koldo era su vía de escape, pero no creía que el Ulises tuviera posibilidades frente a una bestia metálica como la que acababa de aterrizar en Atlantis. Instintivamente llevó a Antonio hasta un grupo de palmeras más frondoso y lo escondió allí. Después se reunió con Spider. El monstruo mecánico ya estaba armado y listo. De repente corrió hacia ellos. Comenzó a disparar. El sonido de sus armas infundía respeto y destrucción. Lise y Spider se agacharon temiendo su final. De pronto se escuchó un ruido extraño. Como cuando se disparaba contra una lata en el desierto. Alzaron la cabeza y contemplaron que el agresor se había detenido. Parecía contemplar el helicóptero, pues se había vuelto hacia él. De improviso, el helicóptero cayó estrepitosamente sobre la playa. El DH3000 cambió su rumbo inicial y se dirigió a otro lugar donde había una considerable espesura de palmeras.

—¿El Ulises? —preguntó Lise.

—Sí.

Una lluvia de chispazos asedió la armadura negra del DH3000, que parecía tener dificultades para identificar su objetivo. Provenían de la espesura. El DH3000 contestó por fin al fuego con varias ráfagas muy destructivas. Alguna palmera fue derribada.

—¿Crees que vencerá? ¿Cómo es que está armado?

—Habrá robado el arma del soldado que había eliminado antes. El DH3000 es una máquina de destruir. El Ulises es otra cosa, otro concepto, es arte. Es un ejemplo de vida inteligente artificial. En un combate, se necesitan las armas que tiene el DH3000. No sé si vencerá mi Ulises, pero te aseguro que el monstruo no lo tendrá tan fácil como creían ellos al traerlo. El Ulises es pequeño, sí..., pero su inteligencia está muy desarrollada y su movilidad es mucho más completa, rápida y ágil... Maldición... Ha parado de llover.

—¿Y qué pasa?

—El DH3000 seguro que no podría haber aguantado la lluvia mucho más tiempo; tiene la armadura básica, no la acuática. Ahora esto... puede complicarse.

En el claro de la playa se había llegado a una paz premonitoria de más agitación. El DH3000 escaneaba los alrededores. De repente, comenzó a disparar hacia las copas de los árboles y palmeras de mayor espesor. La lluvia de balas zarandeaba las palmas y desmenuzaba los troncos. Una explosión en una de las extremidades anunció la salida de una granada. La posterior detonación en el bosque alumbró toda la zona, proyectando la sombra de las palmeras.

—¡Mira! —Lise señaló al cielo.

Emergiendo del fuego en un salto prodigioso, el Ulises voló hasta situarse justo enfrente del DH3000. En uno de sus brazos estaba la ametralladora sustraída al soldado muerto. El Ulises disparó el arma. El gigante mecánico se agachó volteando varias partes de su corpachón mecánico cubiertas por la armadura negra. Las balas rebotaban sin mucha efectividad sobre aquella superficie oscura, dorada en ese momento por el reflejo de las llamas del bosque.

Mientras tanto, los integrantes del helicóptero accidentado se ponían a cubierto tras los vestigios humeantes del aparato.

El Ulises dejó de disparar. Saltó hacia el DH3000 y lo golpeó con su propio impulso. El monstruo estuvo a punto de rodar, pero sus grandes pies se agarraron a la arena y se estabilizó mientras dejaba un surco en la playa como si acabase de aterrizar del cielo un meteorito. Una vez estable, comenzó a disparar con todo su arsenal en dirección al Ulises. Éste, con saltos, intentaba zafarse. Las chispas que de cuando en cuando se veían en la estructura del Ulises indicaban que estaba recibiendo algunos impactos.

—¡Eh! ¡Es Koldo! —gritó Antonio desde su escondite. Su teléfono lucía inequívoco con una llamada de su amigo—. ¿Dónde estás?... Aquí se ha montado una batalla... Nosotros estamos a tu derecha, tomando como referencia el fuego que seguro estás viendo.

Lise le robó el celular. Ahora una explosión la hizo agacharse. Los robots seguían luchando.

—Hola, Koldo. Recógenos ahora mientras los robots se pelean, pero retírate por lo menos cien metros de donde está el fuego.

Mientras tanto, los tripulantes del helicóptero comenzaron a disparar al Ulises. El pequeño robot se giró hacia ellos y disparó su arma. El DH3000 descargó una granada que estuvo a punto de acertar en el pequeño robot. A mucha velocidad, el gigante intentó embestir contra la otra máquina, pero la criatura de Spider saltó esquivándolo. Al caer del salto, Spider, que seguía el combate mordiéndose las uñas, cerró los ojos al ver que el aterrizaje había dejado al Ulises algo extraño en su postura. Lise fue a por Spider.

—¡Vamos, Koldo está aquí y va a recogernos ahora!

—Creo que los disparos lo han dañado... —decía Spider, ausente de los ruegos de la mujer.

De repente, el DH3000, mientras el Ulises volvía a saltar disparando a los del helicóptero, hizo una descarga de ametralladora contra ellos. Lise se tiró al suelo obligando también a Spider a inclinarse.

—¡Vámonos de aquí!

—El Ulises puede ganar... —volvió a usar el micrófono maestro—. «Prioridad DH3000. Ignora ataques humanos. Defiende nuestra posición».

El DH3000 se giró hacia el Ulises y comenzó a disparar. El Ulises esta vez no saltó; corrió con el cuerpo hacia delante en dirección al DH3000. Las balas lo impactaban hasta el extremo de arrancarle un brazo. Pero logró esquivar la mayoría, pues su avalancha era en zigzag en aceleración suicida. Finalmente se estrelló contra el otro robot hasta derribarlo. Ambas máquinas en la arena se retorcían. El Ulises agarró, con el brazo que le quedaba, una parte de la espalda del monstruo donde no había armadura. Pese a los golpes del otro, consiguió arrancar trozos allí. El DH3000 con sus enormes brazos intentaba aplastar al preferido de Spider. En lugar de seguir extrayendo cables y piezas, el Ulises hizo penetrar su brazo a modo de espada en las entrañas del gigante. Después lo cargó como un yudoca a la espalda y tomó un rumbo fijo. Su paseo llevaba... al mar.

—¿Qué hace?

—Va a suicidarse...

—¿Puede hacer eso?

—En su evaluación de riesgos, dada la situación, creo que es lo que ve más apropiado para defendernos. Se sacrifica por nosotros.

Con estupor, contemplaron cómo el pequeño seguía arrastrando al mar al gigantón, sin que éste pudiera hacer nada para impedírselo, pese a los golpes que acertaba torpemente a dirigir hacia su espalda. Cuando ya estaba en la orilla, el Ulises fue capaz de saltar por los aires y lanzarse al agua con el gigante a cuestas. Allí un chapoteo tejía crestas de agua y espuma, indicando que la lucha de ambos continuaba. Pero el Ulises milagrosamente continuaba avanzando hacia el horizonte oscuro. Su intrepidez parecía humana.

—Dios... —susurró Lise. Miró a Spider y vio que una lágrima salía de uno de sus ojos—. ¡Vamos o su sacrificio no tendrá ningún valor!

Koldo había atracado su barco algo distante, siguiendo la prescripción de la mujer. El primero en llegar fue Antonio. Spider y Lise, que se habían rezagado para contemplar el final de los robots, corrieron hacia allí. Los soldados del helicóptero comenzaron a disparar mientras avanzaban persiguiéndolos. Mantenían una ventaja de unos sesenta metros y la oscuridad como aliada.

—¡Corre más rápido, Spider! —apremió Lise a punto de llegar a la orilla.

—Creo que me han dado… —balbuceó mientras corría encogido.

—Pues no lo pienses. Sigue corriendo. Ya estamos ahí, mira el barco.

Metidos en el agua hasta la cintura comenzaron a nadar. Lise estaba preocupada por Spider, pues no sabía dónde le habrían alcanzado. Las balas se acercaban demasiado. El barco estaba a tan sólo veinte metros de la orilla. Temía que la lluvia de balas acertase en la nave de Koldo. Entonces ocurrió algo extraordinario y totalmente inesperado.

Como un coloso de la antigüedad, del mar, emergió el Ulises. Su salto arrastró mucha agua y espuma. Rápidamente los soldados, al contemplar al robot, corrieron a esconderse. El Ulises avanzaba hacia los agresores. Lise, nadando, se lo dijo a Spider.

—¡Mira, mira, tu chico ha vuelto!

Spider sonrió girándose tímidamente. Debía de estar malherido.

—¡Te lo dije! Aguanta mejor el agua que el DH3000, por eso se lo llevó al mar… ¡Ja, ja!, ya te lo dije… ¡Te dije que vencería!

Lise lo rodeó con el brazo para ayudarlo a cubrir los últimos metros. Se lo veía algo ausente. Parecía a punto de dormirse. Lise sospechaba que sufría un shock. Tal vez su cuerpo no quería sentir dolor y pretendía desmayarle. Había dejado de nadar con coherencia.

—¡Antonio, échame una mano! Han herido a Spider.

Antonio se tiró al agua para ayudarlos a subir al barco.

—Spider está herido. No sé dónde, pero le han dado. Creo que puede desmayarse.

Él nadó con todas sus fuerzas y consiguió hacerse cargo de uno de los hombros de Spider. Al empujar, comprobó que avanzaba mucho más que con Lise a solas. Al ver su progresión, Lise se desentendió de ellos y nadó hacia el barco. Los esperó en las escaleras tendiéndoles la mano.

Una vez en el barco, Lise y Antonio, con cuidado, acompañaron al científico hacia las dependencias interiores. La estampa bien podría asemejarse a cuando dos amigos sofocan la borrachera de un tercero.

—Esperad... —dijo Spider mientras buscaba con la vista la batalla que se estaba librando en la orilla. Allí, el Ulises sufría los disparos de los supervivientes. Postrado en la arena, con sólo un brazo, sus extremidades parecían responder con mucha dificultad y se movía despacio. Los soldados, desde una distancia prudencial, descargaban sus cargadores sobre él, que parecía haber perdido su movilidad prodigiosa tras el baño y la lucha con el DH3000. Los chispazos en su cuerpo indicaban el impacto de decenas de proyectiles que cortocircuitaban sus mecanismos. Finalmente cayó en la arena.

—Se ha comportado como un héroe. Smix tendría que haber visto esto.

Koldo aceleró entonces y la embarcación se alejó con rapidez hacia la oscuridad de la noche. Escucharon algún disparo lejano, pero la potencia del yate los puso fuera del alcance de sus perseguidores en pocos segundos.

—¿¡Quién demonios es el dueño de ese barco!? ¿Es el millonario? ¿Con el que se fueron de pesca?

—Sí señor, eso parece...

—Llama al puerto deportivo y pregunta si alguien lo ha dejado salir... ¿No había un maldito veto decretado? Consigue una patrullera, una lancha, o una puta barca a remos, lo que sea... y otro helicóptero. Alerta a nuestra armada naval, a los guardacostas. Necesitamos encontrar ese yate.

François se acercó al lugar donde yacía el robot. Después de enfocarlo con la linterna del fusil, siguió avanzando, pisando sus restos con desprecio, siguiendo las huellas de los fugitivos hasta la orilla. Ayudado por la luz de la linterna, descubrió una mancha oscura. Con el fusil alumbró la sombra. Vio que no estaba sola, que otras de tamaño más reducido formaban un rastro que se perdía hacia donde el mar lamía la playa.

—Eso no es aceite, ni ácido de baterías... Es sangre.

Al menos parecía que habían conseguido herir a alguien. Llamó a su equipo.

—Tomad muestras de esa sangre. Quiero saber a quién hemos herido.

A bordo de la embarcación del millonario, Spider comenzaba a quejarse de los dolores de la herida de bala. Acostado en uno de los camarotes, sangraba abundantemente en el abdomen. Lise inspeccionó la herida, dándole la vuelta para comprobar si la bala seguía dentro del cuerpo o si había salido. En la espalda comprobó que había un agujero de salida cerca de la columna vertebral. Uniendo mentalmente los dos orificios, no parecía que la trayectoria hubiese tocado ningún órgano vital y la columna estaba a salvo.

—Puedes mover las piernas... La bala ha salido limpiamente... la clave es saber si tienes algún residuo dentro que te pueda infectar la herida.

—Me duele mucho...

—Tranquilo, es normal. Ahora esto te escocerá más.

Lise volcó un frasco de alcohol desinfectante sobre la herida y rápidamente volvió a tapar con gasas limpias.

—Yo no soy médico... El botiquín del barco es bastante completo. Espero que podamos solucionarlo sin necesidad de un hospital...

Lise marcó un número en su celular. Tiritaba mientras lo hacía.

—Estás empapada… Deberías cambiarte de ropa. Demasiadas horas pasando frío.

—Estoy helada —admitió ella, aunque no se la veía dispuesta a perder tiempo cambiándose de ropa. En la pantalla de su celular apareció un rostro de mujer.

—Hola, Lara.

—Lise, me alegro de verte. Hace tiempo ya que no requieres mis servicios…

—Tengo una emergencia… Mira. —Lise volvió su teléfono para que la cam pudiera mostrarle a su amiga la herida de Spider.

—¿Un disparo?

—Sí.

—Vale. Tenéis gasas…, alcohol… ¿Qué mas?

Lise enfocó el botiquín.

—Ahora enséñame la entrada y la salida de la bala. ¿Tiene fiebre?

Antonio salió de la habitación para dejar más espacio a Lise. Se dirigió por un pasillo muy estrecho a otro camarote. Allí Koldo les había asegurado que encontrarían ropa limpia de sobra. Eligió unos vaqueros algo anchos, una camisa gigantesca y un abrigo parka. Después se encaminó a la cubierta para acompañar a Koldo. El empresario miraba un horizonte oscuro, gobernando la nave a mucha velocidad.

—¿Cómo está Spider?

—Pues le han pegado un tiro. Lise tiene una amiga médico que lo está atendiendo por teléfono. No sé… No tengo ni idea de medicina. ¿Adónde vamos?

—A un buen sitio para escondernos.

—¿Cómo andamos de combustible?

—Bien…, siempre y cuando no haga falta cruzar el océano. Ahora mismo me dirijo hacia Europa. Lise dice que es la ruta menos probable, porque esa gente trabaja para el Gobierno francés, así que no pensarán que somos tan lerdos de ir hacia allí. Yo no estoy seguro. Soy vasco. Pensarán que tal vez voy a llevaros a mi tierra a esconderos. De todas formas, no tendríamos combustible suficiente para llegar a la costa sin repostar, así que vigilarán todas las islas intermedias. Esto va a ser complicado.

—Mientras nos alejemos de Atlantis..., por mí puedes ir a donde quieras. No debe ser fácil encontrar una embarcación en medio del océano.

—Pues es más sencillo de lo que crees... No obstante, a nosotros no nos encontrarán.

Koldo emitió dos o tres carcajadas. Parecía sentado en una mesa jugando al póker, con uno o dos ases en la manga. El motor de su barco rugía mientras se adentraban en una región de olas más escarpadas. Antonio contemplaba por la borda los espumados lomos de las protuberancias marinas. Podía olvidarse de lo ocurrido por instantes, mientras el viento le mojaba la cara. A lo lejos, tras de sí, hacía rato que la isla había dejado de perseguirlos. Habían salido del sistema de diques, dejando atrás la civilización que los oprimía. Ahora un cielo nublado y un océano plagado de oscuridad y espuma configuraban una ruta de misterio negro por delante.

Lise apareció en la cubierta exhausta. Koldo aminoró la marcha para prestar más atención a sus palabras, enturbiadas por el remolino de los motores.

—Spider está bien. Aún pierde sangre, pero la herida parece mejorar. Necesitaría atención médica. Yo le he suturado la herida con el spray, pero he tenido también que darle algún punto porque no terminaba de cortarse la hemorragia; no funcionaba bien el spray. Dentro de la herida he podido sacar un trocito de ropa, y rezo por que no haya más. Ahora está durmiendo. Lo he sedado siguiendo las instrucciones del médico.

—¿A qué coño te dedicas? —preguntaba Koldo desconectando el motor. Antonio asintió con la cabeza, como uniéndose a la pregunta del millonario.

—Tengo hambre… Hay mucho que explicar y, con una cena, aunque sea ligera…, se podría digerir todo más fácilmente.

—Estoy de acuerdo —dijo Antonio, que se incluía en aquella invitación a confesar verdades. Koldo apagó el motor.

—¿Por qué has parado? ¿Hay poco combustible?

—No. Es que quiero despistar al enemigo.

—Es mejor que te alejes más…

—Abandonad la cubierta, si sois tan amables. Sé lo que hago.

Koldo comenzó a liberar unas presillas dispuestas en todo el perímetro de la cubierta. Parecía seguir unos pasos precisos para completar algún proceso mecánico en el barco.

—¿Qué quieres hacer?

—Este barco es más de lo que parece… ¿Os apetece hacer submarinismo?

—¿Cómo?

—¿Tu barco es de ésos?

—No me entero —comentaba Antonio mientras se unía a Lise en la entrada a los camarotes.

—Hay algunos modelos de embarcaciones de lujo que permiten inmersiones —explicó Lise persiguiendo a Koldo con la mirada.

—La señorita tiene razón. Me gasté una fortuna para que este yate pudiera sumergirse. No puede llevar a cabo una inmersión a gran profundidad, pero es la suficiente como para dificultar mucho la labor de quienquiera que esté siguiéndonos.

—Es genial… No nos encontrarán. Estoy segura.

—Ahora meteos dentro, que yo tengo que terminar el proceso de armado.

Lise entró primero. Antonio la siguió.

—Cámbiate de ropa… —comentaba Antonio tomándola por un brazo.

Lise lo miró a la cara. Se hizo un silencio misterioso entre los dos.

—Hay mucho que contar…

—Sí…, mucho.

Parecía que el cúmulo de confesiones que tenían que llevar a cabo atoraban la realidad. Exterminaban el espacio para otros sentimientos. Como si fuesen premisa obligada para poder comunicarse. Lise miró al suelo apartando la mirada de Antonio.

—Voy a ver qué tal está Spider —dijo él, aceptando que ahora, no eran los mismos que en Atlantis. Asumiendo que probablemente aquella química que se había desatado entre dos desconocidos en noches de diversión, no volvería a aparecer en plena locura persecutoria, con las máscaras en el suelo y la verdad escrita en la cara.

Con pasos dudosos, fruto del movimiento del yate, la dejó atrás y se perdió por el pasillo que conducía a los camarotes. Tras de sí, un silencio le respondía con dureza a sus preguntas. Un silencio le permitía aventurar que en aquel barco no cabían sentimientos pasados perdidos en laberintos. Ahora tenían que centrarse en sobrevivir.

Cuando llegó al dormitorio donde habían dejado a Spider, comprobó que se había dormido. Su ingenio, aquel robot, el Ulises, les había salvado la vida. No merecía estar allí postrado por culpa de aquellos que lo perseguían a él.

Lise fue al dormitorio principal, donde Koldo guardaba sus ropas. Quedó sorprendida por la gama de prendas femeninas que encontró en un ala del armario. Imaginó que sería de su esposa. No tardó en calzarse otro mono deportivo. Cubriéndolo se puso unos pantalones cortos y una chaqueta compañera de chándal. Fue al baño y se lavó la cara y algún resto de sangre que aún permanecía adherido a los dedos. Frente al espejo pensó en Antonio. Estaba deseando escuchar el resto de la historia. Estaba deseando saber la magnitud de aquel fraude. Por otro lado, aquella mirada que le acababa de proyectar en el salón… Esa especie de tristeza maldita en sus ojos. Ella tenía que centrarse y ver las cosas en perspectiva. Tenía una noticia que bien podría ser la más importante de su carrera. «No puedo perder la cabeza por un hombre», se repetía una y otra vez, como en tantas otras ocasiones en las que le había gustado algún tipo.

Koldo cerró la escotilla que daba acceso a la cubierta del barco y entró. En el salón, junto a una pantalla insertada en una pared, activó un mecanismo y de un armario irrumpió un cuadro de mandos similar al que tenía junto al timón en cubierta.

—Bueno… Antonio.

El hombre apareció por el pasillo.

—¿Sí?

—Es mejor que toméis asiento aquí en el salón. O que os agarréis a algo. El barco se va a sumergir ya.

—¿Y Spider?

—Él está en una cama. No seas ridículo. A él no le pasará nada —le recriminó Lise.

Antonio se sentó. Como el vaivén en una atracción de feria, el barco comenzó a moverse. Se escuchaban ruidos metálicos, como de compuertas que se cerraban. Koldo aclaró que estaba sellándose la cubierta y llenándose unos depósitos de agua de mar. Antonio no comprendió muy bien el proceso que Koldo explicó a propósito de un compuesto químico que hacía que en esos depósitos esa agua fuese más densa de lo normal, por lo que aumentaba el peso. Asimismo, una estructura metálica sellaría, tomando como suelo el de la misma la cubierta y como paredes unas extensiones del casco, una cámara que se inundaría, lo que haría que la embarcación se sumergiere sin necesidad de quitar mucho más espacio y habitabilidad a la nave, inundando también algunas zonas estratégicas del casco.

—Koldo... Una pregunta —susurró Lise cuando el barco encontró cierta estabilidad, una vez sumergidos adquiriendo profundidad.

—Dime. No bajará mucho más. Ahora se estabilizará y podremos movernos con normalidad.

—Este barco... ¿es así porque es un barco de lujo y trae incluida esta opción, o se trata de unas modificaciones que tú le hiciste al barco?

—Yo encargué esta opción a los fabricantes...

—¿Te la ofrecieron ellos?

—No entiendo adónde quieres llegar...

—Es muy simple. Si este barco es así de serie, ellos averiguarán rápidamente que podemos estar sumergidos... Sin embargo, si es algo que no esperan, podemos ir a Francia y desembarcar donde nos dé la gana, que no podrán seguirnos.

—Brillante apreciación... Creo que lo descubrirán, porque los barcos que tienen estas modificaciones están catalogados. Pero, inicialmente, por el modelo de embarcación no les aparecerá como sumergible. Hasta Francia no, porque no tenemos combustible suficiente.

—Genial. Ojalá no nos descubran. Por el momento, y hasta que determinemos un plan, es mejor estar sumergidos a la deriva.

Lise se recostó en el sillón donde se había protegido de la inmersión. Con la mirada en el techo, repasó todos los peligros de las últimas horas. Por fin encontraba un momento de paz. Un paréntesis no sin dificultades e incertidumbres, pero lejos de la lluvia de balas, sumergidos en mitad del océano Atlántico.

Capítulo 21

Palacio de la Moncloa, 2:25 de la madrugada del día anterior.

Fue el Ministro del Interior, Alberto, quien despertó al Presidente a altas horas de la madrugada. Jorge, algo aturdido, se incorporó lentamente. Su esposa aún dormía. Se restregó los ojos mientras pulsaba para responder.

—¿Sí?

En la pantalla del dormitorio apareció el rostro de su amigo. Alberto era de la misma hornada de políticos. Se conocían desde los comienzos, desde que ambos soñaran con llegar algún día a optar al cargo de diputado, cobrar un buen sueldo y ser invitados a muchas comidas y celebraciones.

Que a Jorge le había ido mejor saltaba a la vista. Su carrera fue meteórica y, de bruces, se vio en una campaña propuesto por el anterior presidente del partido a formar parte de la ejecutiva. En la oposición, comenzó a tener poder mediático siendo portavoz del partido en algunos asuntos y colocándose en varios sondeos de opinión en el dudoso honor de ser uno de los políticos más valorados. Eso que ni tan siquiera tenía responsabilidad real, pues ejercía como mero comunicador de las intenciones del partido. Su habilidad con los periodistas fue desarrollándose, y sus colegas le pedían siempre consejo para afrontar ciertas preguntas incómodas, de las que él salía airoso frecuentemente. Su partido estaba en la oposición y en los sondeos no parecía irles muy bien como grupo. En una intervención pública, él se manifestó a favor de la pena de muerte, después de que uno de aquellos francotiradores mediáticos le preguntase su opinión sobre la política penitenciaria. Su partido, que por entonces estaba en contra de la pena capital, por antagonismo hacia el Gobierno, podría haberlo destituido, haberlo hecho desaparecer sin muchos problemas. Pero, después de aquella opinión en varios sondeos, apareció como el líder ideal para un setenta por ciento de los españoles, y ese porcentaje, en aquellos tiempos, no podía tomarse a la ligera. Lo curioso del hecho es que él había sido un activista en contra de la pena capital toda su vida. ¿Por qué había respondido tal cosa entonces?

Por aplicar una vieja teoría que habían creado Alberto y él cuando comenzaron a militar en el partido. La teoría era que la oposición más inteligente consistía en aprovechar el punto central de la política del adversario, sumarse al mensaje esencial del oponente, pero dar una imagen y una diferenciación radical en todo lo demás. Se arriesgó… y ganó. Fue elegido candidato a las elecciones y ganó los comicios siguiendo a pie juntillas aquella teoría. Desconcertó a propios y extraños con aquella medida, y pese a ir en contra de sus convicciones personales, cuando estuvo gobernando, mantuvo la medida mortal en funcionamiento. Años después, en el inicio de su segunda legislatura, sucedió un hecho insólito…, porque el partido antes gobernante y principal valedor de la política dura contra la delincuencia, se colocaba en contra de la pena de muerte. Así se diferenciaron de su mensaje y dieron una vuelta de tuerca a su teoría. Las fuerzas políticas quedaron desnaturalizadas por completo en aras de conseguir el poder. Cuando escuchaba los discursos de sus rivales, desearía estar bajo sus siglas, y tenía la fuerte convicción de que los de enfrente querrían empuñar el cuchillo con el que bajo su mandato iban muriendo los condenados. Unos decían lo que pensaban los otros. La gente, ante tal confusión de mensajes, siguió votándolo a él, y volvió a ganar las elecciones más tarde.

A Alberto lo colocó de ministro a partir de la segunda legislatura. En Cultura, una cartera fácil en la que hizo un buen trabajo. Después, en la tercera legislatura lo elevó al Ministerio del Interior. Siempre que necesitaba el mejor de los consejos, jamás llamaba a sus asesores…, llamaba a Alberto.

—Hola, Presidente… Jorge.

—Dime… Estaba dormido.

—Si no lo estuvieras… sería toda una noticia a estas horas. Te llamo porque ha sucedido algo gordo.

—¿Qué?

—Mañana, en todas las portadas de los periódicos españoles y en casi todos los informativos a nivel mundial, vamos a hacer el ridículo.

—¿De qué hablas, Alberto…?

—Uno de nuestros zombis…, un tal Antonio Fernández Puertas, fue condenado a muerte de forma injusta. Era inocente.

El Presidente se incorporó de su postura en la cama y se sentó junto a la pantalla.

—¿Cómo ha podido suceder algo así? Después de toda la mierda que le hemos echado a la viuda, después de estos meses aguantando a los antisistema… ¿resulta que esa mujer tiene razón?

—Sí. El juez en persona me ha llamado… Éramos amiguetes…

—Te lo podía haber dicho antes…

—No. Si me lo hubiera dicho antes, habría cometido delito. Es un favor que me hace, porque dice que el poder mediático ya tenía el dato en cuestión, y se veía, en conciencia, en la obligación de compensar la balanza.

—Qué detalle —respondía con ironía el Presidente mientras iba a por un vaso de güisqui que tenía en una nevera pequeña junto a la mesita de noche.

—Bueno…

—Oye una cosa… Si es inocente…

—Sé lo que estás pensando. El zombi va a enterarse mañana mismo en cualquier noticiario de que le hemos robado su vida de forma injusta. Hablaré con el Ministro francés justo después de preguntarte una cosa…

—Tiene que morir.

El silencio no duró mucho. En la mirada de Alberto hubo un asentimiento. Como la confirmación de una sospecha.

—Lo suponía. Un daño colateral para preservar muchas vidas…

—Exacto. No hay vuelta atrás.

—Supongo que los franceses opinarán lo mismo. Se encargarán ellos. Es su responsabilidad. Bueno, no te molesto más… Sigue durmiendo.

Jorge Camacho desconectó la pantalla y apuró el vaso. Comenzó a pasear alrededor de la cama. Sus pies en la moqueta no molestaban el sueño de su esposa. Sus pensamientos no le dejarían dormir. Estaba acostumbrado, pero a veces, en ocasiones de riesgo como aquella…, se preguntaba si merecía la pena ese desvelo. Si acaso no podía haberse conformado con ser asesor de empresas, consultor, tal y como le había sugerido el propio Alberto, presenciando situaciones límite, cuando habían lidiado con berenjenales como escándalos sexuales de algunos colaboradores. Mugre habitual en la clase política. Lo del inocente era algo mucho más grave. Algo que jamás dejaría de pesarle en la conciencia por mucho que se repitiese a sí mismo que ya no tenía conciencia. Todas las veces que se lo repetía era porque prefería repetir la misma pregunta a tener que dejar un silencio en forma de respuesta.

A la mañana siguiente anuló parte de su agenda. Aquel escándalo empezó a salpicarlo desde el desayuno. Sus asesores lo llamaban una y otra vez. Los demás ministros también. Convocó una reunión de urgencia en el Palacio, para evitar tener que repetir la misma historia muchas veces. Una vez todos allí, en la mesa ovalada, dejó su taza de café sobre la mesa.

—Habéis venido muy rápido... Bien. Tenemos un problema que todos conocéis. Hemos matado a un hombre inocente.

De soslayo, miró a Alberto y a la Ministra de Defensa. Eran las dos únicas personas al tanto del Proyecto Zombi en aquella reunión.

—Después de meses de lucha, esa mujer ha conseguido demostrar la inocencia de su marido. El Estado mató a ese hombre en cumplimiento de una sentencia... Quiero ideas para paliar este desaguisado.

—Llamada de condolencia a la viuda...

—Algún acto benéfico...

—Sacar del baúl de los recuerdos todos los fantasmas de las revueltas de mitad de siglo... en un discurso en horario de máxima audiencia...

—¿Indultar a alguien?

—Pedir disculpas por el fallo...

—Implantar las dos muertes como requisito mínimo de esa condena...

Los asesores disparaban rápido sus comentarios. El Presidente hizo alto con la mano. Recogió la taza que había abandonado sobre la mesa. Observó el cerco que había dejado su acto. Eran las consecuencias de una torpeza muy simple aquella mancha de café. Matar un inocente imprimía una huella mucho más complicada de borrar.

—Sí a lo de llamar a la viuda... Conseguid el teléfono. No a lo del acto benéfico. No a lo de sacar del baúl los fantasmas; al menos, no en un discurso. Es demasiado evidente... Que lo hagan los periodistas que tenemos en nómina. Que se emita mañana algún reportaje al alimón de todo lo que hoy se removerá. Un reportaje en retrospectiva de qué supuso la medida drástica, de cómo descendió la delincuencia y palió el deseo de la mayoría de los españoles. Lo de indultar a alguien… ¿Es que hoy se va a ejecutar a algún preso?

—No… Pero bueno, podemos enterarnos de cuándo.

—No… Sería ir contra nuestra línea, contra nuestro mensaje. Confundiríamos a nuestros votantes. Sí a lo de pedir disculpas. Lo haré mañana. En cuanto a lo de las dos víctimas para la condena a muerte… no sé… Pedid asesoramiento a los juristas y a los que lleven las instituciones penitenciarias… ¿Tenemos presupuesto para cadenas perpetuas? Creo que igualmente sería confuso para nuestros votantes. Que en los reportajes de las televisiones se muestre a los de la oposición, cuando eran ellos los que luchaban para se instaurase la pena de muerte en este país… Este café se ha quedado frío de repente. Que alguien me pida otro, joder…

Capítulo 22

François esperaba la llamada. Después de rastrear medio océano con diversas embarcaciones y aeronaves, sentía un fracaso absoluto con el que no estaba acostumbrado a convivir. Cuando en su teléfono vio la cara de preocupación del Ministro del Interior... se temía lo peor: una destitución inmediata.

—Hola, señor Ministro...

—François, necesitamos verte inmediatamente. Es un asunto de suma importancia. Deja la búsqueda del zombi a tus hombres por el momento. Un helicóptero te recogerá para una reunión.

François miraba el océano desde la ventana del helicóptero. No podía evitar escudriñar las llanuras acuosas buscando la maldita embarcación que se le había escurrido entre los dedos. No acostumbraba a tener miedo, pero temía por su carrera, por años de entrega sumergidos en un fracaso hilarante. En el helicóptero, alejado de Atlantis, hacía memoria y balance sobre cada decisión tomada. Sus errores habían sido tan variados, que no se explicaba de qué le habían servido sus años de instrucción en el ejército, la experiencia en misiones secretas. Sobre todo había pecado de soberbia y menosprecio a la tarea encomendada. Subestimar a aquella mujer y los aliados que tenía le costó caro.

Ahora se enfrentaba al momento más delicado de su carrera. En mitad del pasillo donde se le podían abrir puertas a la política y a un retiro bastante cómodo, le había surgido un problema, una astilla en el tobogán que debía conducirlo al éxito.

El helicóptero paró a repostar en una base militar en la costa francesa. Después siguió su camino hacia el centro del país... Por la ruta François intuía que se dirigía a París. En efecto, acabó aterrizando en un helipuerto a las afueras de la capital. Allí lo esperaba un coche de cristales oscuros. Viajó durante varias horas atravesando los suburbios, escoltado por motoristas del ejército. La pobreza ennegrecida que atravesaban a sólo unos kilómetros del lujo y esplendor de París le hacía sentirse en casa.

Esperaba que el coche se dirigiese a los ministerios, pero, en lugar de eso, acabaron por llevarlo a un hotel lujoso en el centro de la ciudad. La reunión era evidente que no sería oficial. El Ministro, acompañado de dos hombres, lo esperaba en una habitación de estilo barroco.

—Tome asiento. Este es el hombre del que os hablé...

François no había podido identificar a las personalidades que acompañaban al político porque, cuando entró en la habitación, después de ser desarmado minuciosamente en el pasillo, los desconocidos se dedicaban a fumar de espaldas a la puerta, observando abstraídos un par de cuadros que había allí colgados. Al hablar el Ministro aludiendo a su presencia, sin mucha prisa, nada menos que el Presidente de la República y el Primer Ministro se volvieron hacia él. François se puso tan nervioso que no obedeció la orden de sentarse.

—Tenga la amabilidad de sentarse —insistió el Ministro del Interior.

François se sentó.

—Bueno. Queremos explicarle un suceso que parece estar relacionado con su trabajo en la isla y que es de suma importancia mantener en secreto.

François asintió. Hacía rato que había dejado de temer una destitución.

—Bueno. Mis colegas… —comenzó a decir el Presidente— me han comentado que usted está al mando allí de la fallida operación de seguimiento a uno de nuestros zombis… y que, bueno, tras la noticia de su inesperada inocencia, anda usted muy atareado intentando encontrarlo y acabar con él. Seguramente usted pensaba que venía aquí a recibir el finiquito por no haber cumplido con su misión. Temía usted ser destituido o algo semejante… Pero el Primer Ministro me ha convencido de que, si usted ha fracasado en su cometido, seguramente fue por falta de medios, ya que usted es nuestro mejor hombre para ese cometido.

—Gracias.

—François, el zombi no es nuestra única preocupación en estos momentos. Verá. En esa isla se estaba fabricando un prototipo de robot al que por cierto usted se ha tenido que enfrentar… el Ulises. Sus hombres han destruido ese robot, lo cual atrasará el proyecto. Pero independientemente de eso, el director de la empresa que lo ha construido ha comunicado un suceso preocupante. Alguien que trabaja en la empresa… un tal Smix, responsable de la inteligencia artificial del robot…

François estaba muy nervioso. Interrumpió al Presidente.

—Lo maté porque se había convertido en una amenaza seria para nosotros. Se traía algo entre manos con la periodista…

—¿Lo ha matado?

—Sí.

El Presidente comentó algo al Primer Ministro.

—Escuche, François. No aprobamos sus métodos. Usted es demasiado sanguinario… pero, por otro lado, es efectivo. Queríamos encargarle que eliminase a ese informático… y usted ya lo ha hecho. ¿Por qué? ¿De qué periodista nos está hablando?

—Verán. Es algo complejo. Pero cuando llegué a la isla el zombi estaba muy mal vigilado por nuestros hombres. Tuve que poner orden…

—Al grano, François. Yo les puse al tanto de todo eso —apremió el Ministro del Interior.

—El caso es que detecté una mujer que tenía una identidad falsa y que no paraba de interesarse en el zombi; así que investigué sobre ella. Esa mujer tuvo reuniones con Smix, así que temíamos que tuviese algún tipo de acuerdo con él para delatar al zombi. La capturé y la interrogué... Pero ella no sabía nada del zombi. Descubrí que era periodista, que estaba investigando para Macrocom. Pero lo que investigaba no tenía nada que ver con el zombi.

—¿Le dijo qué investigaba?

—Sí... Un fraude económico de nuestro Gobierno con respecto al proyecto Ulises.

—Verá, François. Smix, antes de que usted lo matase, cometió un delito bastante indecoroso. Copió información secreta del ordenador del jefe del proyecto Ulises. Una información muy golosa para una multinacional como Macrocommunications. Y si usted afirma que esa mujer es periodista, está claro que trabajaba codo con codo con el informático.

—Ella es una de las personas que ayudaron al zombi a escapar. Es una newshunter, una profesional. La subestimé al principio... Tiene muchos recursos. Además, hay un millonario, un tal Koldo Urzaiz, que también los ayuda. No sé si trabaja con Lise o simplemente les presta ayuda por propia iniciativa. Según he averiguado, coincidió con el zombi en el avión para Atlantis y, además, se fueron de pesca una noche en compañía de uno de los científicos del proyecto Ulises: Spider, el constructor del robot, que también ayudó al zombi a escapar, usando esa máquina contra nuestros hombres. Ese equipo tan peculiar de gente de ámbitos tan diferentes nos dio esquinazo en Atlantis... Pero los atraparemos. Además, Spider está herido... Le acerté un disparo mientras huían.

Tras ese relato, los políticos comentaban en voz baja.

—Quizá con el descubrimiento del zombi ella desdeñe esa información, o quizá no. Si tira de los hilos y sigue investigando, podría poner en jaque otro proyecto secreto. Usted tenía como prioridad matar al zombi. Ahora debe sumarle a esa mujer. Debe eliminarla.

—¿Qué es lo que no quieren que descubra?

—François, espero que comprenda que, si compartiéramos esa información con usted, le haríamos portador de una carga demasiado peligrosa. La verdad es que estamos contentos de que una parte del problema, Smix, ya esté resuelta... Pero esa mujer..., esa mujer tiene en sus manos dos armas con las que podría poner en peligro la estabilidad de nuestro Gobierno. Si se descubre lo del proyecto Zombi, caeríamos nosotros y nuestros vecinos españoles. Si ella tira de la manta en el otro caso, Francia perdería la oportunidad de recuperar la posición que merece en la Historia. Una posición que tuvo en el pasado y que perdió con el paso de los años. No puedo decirle más. Dispondrá a partir de ahora de la colaboración del ejército, de todas las autorizaciones para usar la fuerza cuando lo estime oportuno. Le damos luz verde para todo. Pero impida que esa mujer dé cualquiera de esas dos noticias al mundo. Impida que ese hombre pueda revelar al mundo su verdadera identidad. El fin último que perseguimos con el Proyecto Zombi no era otro que salvar vidas, y queremos seguir haciéndolo, François.

—Sé que ella trabaja para Macrocom... ¿Y si hacemos una visita a sus superiores para comprar la exclusiva?

—No es mala idea..., pero hacer algo así podría salirnos muy caro y no nos garantizaría que la noticia acabase siendo filtrada. Macrocommunications está controlada por el Gobierno norteamericano. Ya sabe usted lo nostálgicos que son los norteamericanos con el imperio perdido. China es la potencia mundial. Aprovecharán cualquier ámbito para destacar internacionalmente. La batalla se libra en las comunicaciones, y ahí todavía Estados Unidos tiene influencias poderosas. En realidad nuestro pulso está en usar esa rivalidad a nuestro favor. Si Europa, ahora que está dividida, encuentra un resorte fuerte, se unirá de nuevo. Si Francia logra impulsar esa unión, si logra ser el centro de la visión mundial, Europa volverá a unirse y Estados Unidos nos seguirá, porque Europa es la llave para volver a surgir o, al menos, evitar que China siga dominando el panorama internacional. Si todo sale bien… puede que incluso la todopoderosa China aprenda a hablar francés.

El Presidente había dejado de hablar con François. Miraba a sus colegas, pero no los veía. Sus ojos andaban buscando un futuro que él parecía palpar con las manos. Sus palabras libraban una batalla para no decir lo que querían decir, para no desvelar los misterios que pudieran esconder, pero estaba claro que tenía en la punta de los dedos una realidad futura que haría que el orden mundial cambiase. François había sido elegido, pese a su reciente fracaso, para liderar esa marcha triunfal. Para asegurarse de que ese proceso se llevaría a cabo en buena forma.

—Encuentre a esa mujer. Elimínela y después piense de qué forma le gustaría retirarse, porque el servicio que prestará usted a nuestra nación será tan importante que no nos valdrá excusa alguna para no otorgarle el privilegio que usted exija… y, por supuesto, la Historia no le dará de lado.

Cuando salió del despacho, François llamó a Jacques, renovado en sus energías por continuar su cacería.

—¿Sabemos algo nuevo?

—Señor, sabemos por qué no hemos encontrado el yate de Koldo, el millonario.

—¿Por qué?

—Compró un modelo de embarcación muy lujosa que permite una serie de variaciones opcionales. El tipo pagó una pasta por hacerla sumergible. Ese barco puede navegar bajo el agua a baja profundidad.

—Vale. ¿Cómo demonios no hemos caído antes en esa posibilidad? Mandaré submarinos si hace falta. Llama a la central y diles que tenemos todas las autorizaciones, que te pongan en contacto con toda la guardia costera. Esa embarcación tendrá que repostar en algún sitio. Los atraparemos. Llama a Lupin, también en la central, y dile que intervengan las empresas de Koldo, y que revisen sus propiedades, por si puede disponer de algún helicóptero o algún otro barco. Investiga si en su empresa trabajan con alguna compañía logística que tenga barcos. El combustible que tienen es reducido y tendrán que usar algún transporte, y ese tipo es el único que podría facilitarles algo así. Hemos subestimado a ese grupo, pero ahora los cazaremos.

LIBRO TERCERO

El secreto de Ulises

Capítulo 1

Tras demostrar la inocencia de su marido, Sonia se había convertido en el fenómeno mediático del país. Era la viuda de España. Rápidamente el fenómeno se estaba exportando a otros lugares del mundo. Para su familia, aquella guerra emprendida contra el sistema judicial y legislativo que había condenado a Antonio, al principio, les resultó incómoda. Sus padres habían preferido olvidar y no deseaban que ella entrase en el circo mediático. La inocencia de Antonio la conocían ellos, y no necesitaban un refrendo público. Sin embargo, Sonia tuvo muy claro, desde el instante en que vio morir a su marido, que demostraría la injusticia que se estaba cometiendo. Eso lo convirtió en su objetivo vital.

Esa noche tocaba la televisión pública que, para que no se sospechase de su objetividad, se había apresurado a invitarla a uno de los programas de mayor audiencia. El aderezo especial del «show» de esa noche no era simplemente la aparición de Sonia. Telefónicamente se entrevistaría al hombre que había conseguido descubrir y demostrar la inocencia de su marido: un investigador privado que prefería mantener el anonimato. El fantasma del control gubernamental de los contenidos en la programación de dicha cadena, cada vez se hacía más consistente y en cada jornada se necesitaban gestos, guiños para intentar demostrar que no era así. Desde hacía lustros una ley vieja, del año 2023, prohibía dicha gestión de contenidos. Sin embargo, en la actualidad era papel mojado.

La limusina se detuvo frente a los estudios de Televisión Española. Sonia no esperaba encontrar allí una multitud de manifestantes. Algunas pancartas mostraban al presidente del Gobierno con una soga, ahorcando una de las fotos que ella misma había tenido que ceder de su difunto marido a la prensa, para que no usaran las imágenes de la prisión donde ya se lo veía deprimido en las cercanías de la ejecución. Entre vítores, la multitud dejó espacio a la limusina para que entrase en el recinto. Después, un dispositivo policial tuvo que enfrentarse a ellos para evitar que se colasen más allá de la valla de acceso.

—Fíjate, si esto sigue así te harán hasta una película. O mejor, una serie —dijo Julia, la mujer encargada de sus apariciones en los medios de comunicación—. Te estás convirtiendo en un ideal, en un icono a seguir por las mujeres de nuestro país. Dentro de un par de días saldrán los resultados de la encuesta… ¿Te lo dije?

—No.

—Es una encuesta a propósito de las personas más admiradas, y he conseguido que te incluyan entre las opciones. Ha sido difícil, pero después del notición, todo es mucho más fácil. Nadie puede decirte que no, Sonia. Ahora verás la diferencia que hay entre ser culpable e inocente. Ahora todos te tratarán como si…

—Como si fuera sus madres.

El programa comenzaba con un reportaje sobre las víctimas de la mítica ola violenta de mitad de siglo, que acabó dando como resultado el cisma europeo y la instauración de la pena de muerte. Después, una serie de entrevistas a juristas famosos que reputaban la efectividad de la pena capital como disuasoria de las conductas violentas. Después de esto entraría ella para aportar su testimonio, en contraste a todo lo anterior. En el desarrollo de su intervención, colocarían la entrevista telefónica con el investigador privado.

Sonia estaba nerviosa, como siempre. Pero había aprendido muy bien el mecanismo de la televisión, y ahora que tenía la razón de su lado, los tertulianos la tratarían con mucho respeto y cuidado. Esa misma mañana, en un noticiario de una cadena privada, los presentadores le regalaron hasta un ramo de flores. No siempre fue así. No había sido un camino de rosas llegar hasta ese día...

Rota. Así estaba tras la ejecución de su marido. Perdida en un laberinto. Su vida se resumía en silencios y bullicio, y a ninguna de las dos cosas prestaba atención. El psicólogo que le recomendaron, intentó encauzar su depresión. Lograron juntos que ella abandonase ideas suicidas, incluso que dejase de odiar. Porque lo que más estaba alterándole los nervios era su odio. Odiaba profundamente a todas las personas que estaban a su alrededor. A los guardias de tráfico, a la policía local, a los abogados. Sus padres se encargaron de ciertos papeleos ante sus ataques constantes de ira y silencio. Sonia no trataba de vivir. Trataba de despertarse de una pesadilla. Trataba de cambiar el destino. Trataba de cambiar con su rabia la realidad. Pero la realidad era aplastante. «Tu marido es un asesino y ha sido ejecutado». No podía convivir con aquella idea.

Conoció al movimiento contra la pena de muerte por casualidad, después de haberlos esquivado durante el juicio de su marido, siguiendo el consejo de su abogado, para no causar una impresión política en el jurado. Con el revuelo de la ejecución de su marido, en las televisiones locales se había debatido a propósito del excesivo rigor de la condena por un solo asesinato... Había teóricos que pensaban que la pena de muerte debería aplicarse a los criminales con más de una muerte. En uno de esos debates, ella escuchó a un tipo bien trajeado que presidía la asociación «Víctimas del Sistema». Mucho mejor vestido que el resto de los argumentantes de postulados contra la pena capital, aquel tipo se atenía a criterios de rigor. Argumentaba que la pena de muerte tiene el defecto principal de no ser infalible. ¿Y si muere un inocente? Sonia sintió una fuerza nacer de algún lugar olvidado junto a su corazón. Llamó al programa y consiguió el contacto de aquel tipo. El hombre al teléfono parecía sentirse privilegiado por haber llamado la atención de la mujer con sus intervenciones. Concertaron una reunión para la siguiente semana.

El tipo en cuestión se dedicaba a la abogacía. Se citaron en el despacho. Sonia había sido advertida por familiares y por su propio abogado de que probablemente querrían utilizarla. «Víctimas del Sistema» era sospechosa de ser el actor amable de alguna sociedad antisistema. Ella, la joven esposa del último ajusticiado, era un buen bocado, con un caso que además denotaba mucha dureza en la aplicación de la ley. Sin mucho esfuerzo conseguirían la primera plana en medios de comunicación. A ella le daba igual. Una sola idea la obsesionaba.

—Buenas tardes. Siéntese. Lamento profundamente lo de su marido.

—Buenas tardes… y gracias.

—Nuestra asociación trabaja precisamente con el objetivo de eliminar la pena de muerte de nuestro sistema legal…

—Necesito ayuda. Perdone que lo interrumpa, pero antes de que me cuente nada, quiero decirle a qué he venido.

—De acuerdo… Dígame.

—Mire. Yo no tengo nada de luchadora, ni entiendo de política, ni de leyes… Solo sé que mi marido era inocente. Que eso tiene que contar para alguien. Mi objetivo no es otro que demostrar la inocencia de mi marido. Pero me temo que después de la ejecución, de todo el proceso en general… No dispongo de suficientes medios para contratar buenos investigadores. Por eso he pensado en ustedes. Me he informado y sé que tienen respaldo político, influencias...; así que disponen de fondos.

—Me pide fondos económicos... Yo pensaba que usted nos ayudaría con nuestra campaña mediática contra la pena de muerte. Es de vital importancia que hagamos presión en los medios de comunicación para que cada vez se oiga más el clamor popular de la gente como nosotros que piensan que es una barbaridad. Este Gobierno no cambia las leyes, manipula al pueblo, les hace pensar que la pena de muerte es un mal necesario... Usted sería de gran ayuda... ahora, además, que está reciente...

—¡Lo único que les interesa es pasearme llorando por las televisiones! Para ornamentar sus campañas políticas... ¿A qué partido se adscribe esta asociación?

—Señora, no se enfade. Sin apoyo mediático no existimos. Y las injusticias como la que sufrió su marido seguirán ocurriendo.

—Le haré una oferta.

El tipo la miró con cierta ironía.

—Haré todo lo que me pidan, iré a televisión, me someteré a entrevistas... lo que quieran, les haré la maldita campaña de lloros..., pero a cambio de una investigación sobre la inocencia de mi marido. Consúltelo con sus superiores.

—Señora, eso no podemos hacerlo. No somos...

—¡Piense! Si ustedes consiguieran demostrar que al menos una vez..., una sola vez, el sistema se equivocó y murió un inocente..., el impacto social y mediático sería tremendo y probablemente muchos votantes cambiarían sus votos a su favor. Ésa sería la mejor campaña de su vida.

Cuando Sonia se marchó, el abogado se quedó pensativo. Sin mucha dilación hizo videoconferencia con la sede del mayor partido de la oposición. Tras saltar de una secretaría a otra, le comunicaron con el líder de la oposición, José María Luarte.

—Al grano. Tengo un acto benéfico dentro de dos minutos.

—Necesito dinero para financiar una investigación sobre el último caso de pena de muerte.

—Hace tiempo se intentó algo así... y el tipo acabó siendo igual de culpable que al principio. El sistema legal hoy día dispone de muchos medios. No se condena a la ligera; eso era cosa del siglo pasado. Jamás se ha dado un solo caso erróneo desde la nueva implantación de la pena. Ese tipo... era empresario, sí, bien parecido... No te dejes engañar. Era tan culpable como los demás.

—Me da en la nariz que esta vez no será así. Que no será dinero perdido. Me he entrevistado con la viuda y...

—Y te ha dicho que su marido era inocente... y tú la has creído.

—Está dispuesta, si la ayudamos, a ir por todas las televisiones denunciando la injusticia política de nuestro sistema.

—¡Haberlo dicho antes! Tú quieres contratar una actriz. Eso puede ser interesante. ¿Qué dinero quiere?

—No lo sé. Ha hablado de un equipo de investigadores.

—De acuerdo, lo que sea. Si está dispuesta a hacer la *tournée* mediática, eso lo paga todo con creces. Haremos una cosa. Primero, que aparezca en los medios vinculada a tu asociación. Después consultaremos sondeos de opinión. Si es favorable y recibe apoyo popular, la iremos acercando al partido... Bueno, tenme informado.

Sin despedirse, el líder de la oposición colgó la comunicación.

A la mañana siguiente, un correo electrónico informaba a Sonia que la asociación «Víctimas del Sistema» le pagaría las investigaciones pertinentes. Le indicaban que tendría que firmar varios contratos con ellos para asegurarse de que ella cumpliría con una ruta mediática, asegurándole que su organización estaba poniéndose en contacto con los mejores investigadores del país.

Seleccionarían el mejor para que esclareciese el caso. También la citaban en el despacho para configurar la agenda de la *tournée* mediática. Le asignaban una secretaria que se encargaría de que cumpliese todos los compromisos. Por primera vez desde la ejecución atroz, Sonia se sentía más cerca de su marido. Como si de repente pudiera arrebatárselo a la muerte si conseguía llevar a buen término aquel proyecto. Al menos tenía un objetivo, una meta que le hacía esquivar la pena y la ausencia.

La secretaria tardó un día en llamarla. Se llamaba Julia. Era una muchacha muy bonita, aunque pronto aprendería que esa belleza externa envolvía una personalidad absolutamente amoral.

—Buenos días. Nos hemos citado en esta cafetería para comunicarte la ruta que vamos a hacer esta semana.

Sonia asintió.

—Bien. Primero iremos a canales importantes, y te aviso que no va a ser una experiencia grata. Algunos son programas en los que tenemos cierta mano..., pero otros son fortalezas del Gobierno, subvencionados hasta la médula, y allí te lo pondrán muy complicado... Intentarán desacreditarte, sacar los trapos sucios de tu marido, incluso los que puedas tener tú...

—Espere... ¿cuándo voy a conocer a los investigadores?

—¿Investigadores? ¿Es un programa de televisión?

—No... Si hago todo esto es porque me han prometido que iban a asignarme un equipo de investigadores para esclarecer los hechos sobre la muerte de mi marido...

—Yo de eso no sé nada... ¿Puedo tutearte? Eres muy joven como para decirte señora... Sonia, eso pregúntaselo a ellos. Yo estoy aquí para ordenar la campaña mediática y asegurarme de que cumplimos todos los compromisos. En algunos sitios vas a ganar mucho dinero y hay que firmar una serie de papeles...

Sonia sintió por primera vez que tenía miedo. De pronto iba a salir en la televisión, delante de todo el país, para defender a un hombre que había dejado sin padre a dos hijas... Eso era lo que toda España pensaba. Porque, según los sondeos de opinión, todo el mundo pensaba que su marido, como tantos otros ejecutados, era culpable.

Conoció personalmente al investigador privado a los dos días de salir en televisión por primera vez. Estaba muy enfadada porque no tenía pistas sobre si la asociación estaba utilizándola sin tener intención real de llevar a cabo la investigación. Llamó a Julia gritándole que si no comenzaban las investigaciones dejaba de salir en la tele. Al día siguiente recibió una visita en su domicilio. Un hombre de unos cincuenta años, algo grueso, con bigote. No parecía un investigador privado. Al menos no cumplía físicamente con el molde que ella tenía preconcebido. Podía dar más el pego como gerente de una pescadería.

—Buenos días, señora... —el tipo sacó una libretita algo mugrienta—. Sonia, ¿Me equivoco?

—Me llamo Sonia, en efecto.

—Bueno. Me presentaré yo...

—¿Usted es todo lo que los de «Víctimas del Sistema» pueden ofrecerme? ¿Es usted un investigador privado?

—Bueno... si le soy sincero, llevo sin ejercer algunos años. Ahora me dedico a escribir... Pero a mí no me ha contratado esa asociación que usted dice... Es un favor que le estoy haciendo a un amigo.

—¿A quién?

—Bueno, es un general retirado del ejército. No voy a darle el nombre.

—¿Un general?

—Sí... Imagino que habrá alguna conexión entre esa asociación y mi amigo..., oiga...

El hombre dejó su libretita en la mesa del salón, se inclinó hacia delante y miró los ojos de Sonia.

—¿Su marido era inocente? Respóndame con sinceridad.

—Sí. Era inocente. Yo no puedo...

—Si su marido era inocente, yo descubriré el fallo. Descubriré dónde se perdió el eslabón que permitió a una mentira valer más que la verdad. Yo creo en usted, en su lucha... Sólo le pido dos meses. Si en dos meses no he dado con la clave de lo que pasó... yo mismo le recomendaré otro investigador.

De pronto, dos meses a Sonia le parecían muy poco. Dos meses para conseguir demostrar lo que parecía indemostrable, lo que todo el mundo le decía imposible, le parecieron un compromiso muy arriesgado por parte de aquel hombre amable y educado. No parecía hablar a la ligera y no se le podría considerar un fanfarrón.

—En estos casos tan documentados... —comenzó a decir el investigador—, en casos con un juicio como éste, con un fiscal tan habilidoso, llenos de peritajes... es muy difícil que haya una condena errónea. Perdone usted a toda la gente que hoy la trata como parte de un complot asesino, o que sienten lástima por haber conocido un hombre así. Cuando demostremos que su marido fue cruelmente asesinado por el sistema... la tratarán como tratarían a sus madres. En un caso como éste hay un fallo. Algo que desenfoca todo lo demás. Hay un mal paso. Yo lo encontraré y, aunque le parezca raro, no me debería llevar mucho tiempo...

Arturo salió de la casa con la convicción de que tenía que revisar los vídeos de aquel juicio. No había que iniciar una investigación, sólo debía descubrir qué había fallado en la investigación inicial. En el Ministerio de Justicia no le pusieron trabas. Todos los vídeos tenían carácter público. Repasó todo el proceso minuto a minuto. Todo estribaba en un incidente de tráfico. Una parte defendía que fue provocado por la mente calculadora de un hombre que quería matar a su superior en la empresa para evitar un posible despido o una degradación salarial. La defensa esgrimía una teoría sobre un accidente bastante milagroso y difícil de creer. Arturo no dejaba de anotar en su libretita mientras degustaba con otra mano un vino excelente.

El abogado defensor, y el propio acusado, cuando tuvo que declarar ante el tribunal, defendieron que se dio una circunstancia poco frecuente y que quizá por eso se hacía más difícil creer la versión del accidente.

El meollo de la cuestión era que, según el fiscal, y dados los conocimientos tecnológicos del acusado, éste había preparado el coche para que, en el momento del accidente, Antonio Fernández Puertas pudiera salir por la puerta antes de que el coche se precipitase en la curva. Así conseguiría simular un accidente. Sin embargo, la historia de la defensa..., la que se suponía que era la verdad, era bastante increíble a los ojos de Arturo. El abogado defensor decía que Antonio no saltó. Que la puerta se abrió porque en la calzada había una piedra desprendida por las lluvias y, al superarla, el coche sufrió una brusquedad que abrió la puerta de Antonio, porque la había dejado mal cerrada desde la última parada en la gasolinera. Pero él no saltó a la calzada, porque no había previsto tal circunstancia, ni había preparado el coche, negando la premeditación que la acusación quería demostrar. Los fallos de alarmas y demás temas técnicos sucedieron por avería del coche. El acusado, dentro del coche, se precipitó al vacío junto con el jefe de la empresa, según la defensa. La acusación se reía de lo absurdo de aquella teoría y defendía que Antonio saltó antes de que el coche se saliera.

Ahora venía la cuestión más controvertida... El jefe muere porque, al golpearse el coche contra un árbol, el cinturón de seguridad paró su trayectoria de forma tan violenta que lo mató... Sin embargo, Antonio Fernández Puertas salió ileso porque no tenía puesto el cinturón de seguridad y el parabrisas del coche se hizo añicos con el accidente contra el árbol dejándole espacio para seguir cayendo. La pendiente de la colina fue amagando la caída de Antonio, lo que le salvó la vida. Simplemente le hizo algunas magulladuras. «Eso era un milagro», pensó Arturo, que llegó a sonreír cuando el fiscal usó la misma palabra «milagro» para intentar que la versión de la defensa perdiese credibilidad.

Ahora es cuando Arturo tenía que tomar una determinación. ¿Cuál era la verdad? Si había aceptado el trabajo debería ser capaz de demostrar que la versión en la que el coche se precipita al vacío, se rompe el cristal y Antonio sale ileso por el hueco sin matarse en la caída... era la verdadera. El problema se fundamentaba en los días de lluvia que impidieron a las autoridades encontrar indicios de cualquiera de las dos suposiciones. No encontraron restos en la calzada de haberse escabullido saltando del coche, ni tampoco evidencias de haber caído al barranco.

De repente, Arturo supo lo que tenía que hacer. Había encontrado el fallo. Ahora tenía que demostrarlo.

Tardó en probarlo más de los dos meses prometidos a la viuda. Pero ella estaba tan enfrascada en peleas mediáticas, en tertulias televisadas, que no presionó mucho. Quizá porque la viuda nunca había confiado en que realmente él resolvería el caso.

La cuestión, el hallazgo, sucedió fruto de la casualidad, como la mayoría de los descubrimientos importantes, que sobrevienen mientras se transitan teorías erróneas. Arturo pensaba férreamente que un día algún científico alcanzaría el secreto de la casualidad..., que no era otro que su precisión absoluta.

Así las cosas, siete meses después de aceptar el caso y a punto de abandonarlo, Arturo paseaba como muchas otras veces por la loma en que se había producido el accidente. El árbol aún conservaba algunas tiras del plástico que usa la policía para acordonar un siniestro. Había repasado la ladera una y otra vez, buscando una huella, una pequeña tira de tela, algo que demostrase el gran fallo que quería probar. Había centrado todos sus esfuerzos de investigación en un detalle. Demostrar que Antonio Fernández Puertas había ascendido aquella colina. Si decía la verdad, si era inocente, Antonio había caído en mitad de la noche hasta el fondo del barranco. Después de salir milagrosamente del coche, habría rodado hasta abajo. Necesitaba demostrar que eso había sucedido. Por más que repasaba las posibles rutas de la caída, por más que miraba y volvía a mirar, por más que removía la tierra con sus propias manos…, día tras día volvía al hotel desilusionado pensando que tal vez se había equivocado…, tal vez debía intentar enfocar su esfuerzo en otras cuestiones…, por ejemplo…, ¿y si volvía a examinar el coche para ver si en el parabrisas…, en los restos del parabrisas roto, había alguna parte de la ropa que llevaba Antonio? Eso demostraría de sobra que se quedó en el coche y no había preparado el accidente, porque podría haberle costado la vida a él mismo.

Cavilando, con el ceño cansado de tanto estar fruncido, un día, en la ladera del siniestro, se le acercó un lugareño algo tímido.

—Hola…

—Hola —saludó él, que, ataviado con un chándal lleno de barro, podría parecer un mendigo. Una bufanda algo roída completaba su estampa, alejada de su intelecto. Pero aquel tipo no le tomó por mendigo…

—Tú eres trampero… ¿no?

—No. Se equivoca de hombre… Yo estoy aquí de excursión. Arriba tengo el coche.

—No… Me he fijado que usted viene aquí todos los días. Pensaba que era usted trampero.

—Pues no. ¿Y usted? ¿Viene aquí a vigilarme?

—No…, qué va… Lo que pasa es que hay un trampero por esta zona y tengo ganas de pillarlo, ¿sabe usted?… Una de mis perras…

Como contestando a la llamada de su amo, varios podencos se asomaron de detrás de un arbusto y se acercaron.

—Una de mis perras se partió una pata por culpa de ese trampero. Tuvimos que matarla porque se le infectó la herida. De eso hace ya más de tres años y medio. Pero aún sigue poniendo trampas y otros animales lo han sufrido —todavía aquel tipo parecía mirarlo con ojos acusadores—. Y sepa usted que yo colaboro con el guardabosques de esta zona. Estoy jubilado y ahora me distraigo con eso. Arreglamos los pasos y mejoramos los cortafuegos… Aquí no hay un incendio desde que estoy yo colaborando.

De pronto, Arturo sentía sobre sí un dedo acusador y prefirió decir la verdad.

—No. Yo no soy trampero. Soy investigador privado. Estoy aquí por lo del accidente.

—¿Qué accidente?

—El que hubo en esta curva, hace unos años —decía Arturo, que esperaba que aquel tipo supiera perfectamente de lo que le hablaba, después de tanta difusión como había tenido el caso—. Un hombre se mató. El otro salió rodando barranco abajo.

—Ya me acuerdo. Sí.

—Pues eso. Estoy aquí investigando cómo fue…

—El tipo ese tuvo suerte. Salir vivo después de una caída así. Yo pensaba que se había matado.

—Habla usted como si hubiese visto el accidente.

—No lo vi. Yo estaba lejos, pero en estas montañas hay muy buena acústica. Escuché perfectamente el porrazo. Estaba precisamente quitando unas trampas…, esos cabrones las ponen de noche, ¿sabe usted?…, en aquella loma y, de repente, oí un ruido muy fuerte… Bueno, el accidente no lo vi, como ya le he dicho. Llegué mucho más tarde. Había sentido el frenazo y el golpe y fui a ver. Resulta que, cuando llego a asomarme justo allí donde le he señalado, pues veo el coche en el árbol. Estaba humeando. Yo di por sentado que habían muerto los que fuesen en el coche. Pero resulta que me fijo y veo que uno de ellos estaba ascendiendo la loma. Andaba un poco torpe, pero yo diría que iba perfectamente.

Arturo no podía creer lo que estaba oyendo. La forma de contarlo del viejo le sacaba de quicio, porque se liaba y enredaba los hechos, pero había sido testigo del ascenso de Antonio a la carretera. Era la maldita prueba que necesitaba. El hombre vio que el accidentado hablaba por el móvil avisando a la policía del accidente. También que hablaba fluidamente y sin vacilaciones, así que no lo socorrió porque, visto desde aquella loma, parecía estar en perfecto estado. Más tarde, reconocería que no lo auxilió porque sabía que la policía le tendría entretenido toda la noche y él tenía una misión más importante que hacer, salvando a los animales de las trampas de aquellos delincuentes. Estaba obsesionado con pillar a los supuestos tramperos. Después el hombre escuchó, además, que se había salvado y que era un asesino que había provocado el accidente aposta. Ni por un segundo pensaba que la información que conocía pudiera tener el más mínimo interés. Ni por un segundo había pensado que contemplar aquel paseo hasta la carretera, aquella llamada, pudiera afectar en algo al caso.

Arturo se presentó en casa de Sonia al día siguiente.

Sonia, meses después, recordaba en televisión aquella entrevista que tuvo con su investigador tras mucho tiempo sin saber de él. La presentadora del programa se lo había preguntado así:

—Sonia…, ¿cuándo te enteraste de que podrías demostrar la inocencia de tu marido?

—Bueno... Sinceramente, creo que fue uno de los momentos más felices de mi vida cuando el investigador que había contratado vino a verme a mi casa. Venía con una sonrisa extraña. Yo pensaba que simplemente era por su cortesía, porque es un hombre muy educado, ya sabe..., de esos hombres que ya no quedan... Pues eso; llegó y me dijo: «Sonia tengo un testigo que puede confirmar que Antonio decía la verdad cuando explicó su accidente. Un testimonio que hará que ningún fiscal, por muy hábil que sea, pueda rebatirlo. Ese hombre vio a tu marido ascender colina arriba y mantener una conversación con la policía y aquella primera conversación que tuvo contigo. Incluso testificará cómo Antonio hablaba solo, lamentando cómo era posible que hubiese estado tan torpe como para no saber tomar aquella curva. Cómo lloraba lamentando la muerte de su compañero de viaje». Eso fue lo que me dijo mi investigador...

—Conozcamos de primera mano las impresiones de dicho investigador. Esta noche, en exclusiva para nuestro programa, al teléfono, tenemos al sabueso que dio con la clave de este proceso. El hombre que consiguió descubrir el primer fallo en una condena de pena capital de la historia de nuestro país.

Al teléfono, una voz algo seria, sin los matices propios de la televisión, sin esas construcciones sonoras artificiales.

—Buenas noches, don... ¿Puede decir su nombre, por favor?

—Buenas noches... Prefiero seguir en el anonimato, gracias. Este caso fue resuelto gracias al testimonio del ayudante del guarda de la sierra en la que ocurrió el accidente.

—¿Cómo dio con ese testimonio? Tuvo usted que llevar a cabo una investigación muy laboriosa, imagino...

—La verdad es que fue por casualidad... Me lo encontré por pura suerte rondando aquellas tierras y, al charlar con él, fue cuando descubrí que fue testigo del hecho clave del caso.

—Muchas gracias por participar en nuestro programa… —la presentadora, al parecer, viendo el tono frío del entrevistado, su poco interés en aportar dramatismo, quería cortar la comunicación.

—Antes de colgar quería decir dos cosas, con su permiso.

—Por supuesto.

—La primera es una promesa que le hice a nuestro fabuloso testigo. Advertir a todo el mundo que aún en los tiempos que vivimos hay tramperos desalmados que siguen cazando animales ilegalmente en nuestras sierras…

La presentadora sonrió de oreja a oreja y asintió… Pero, por mucho que intentaba disimular, en su rostro no podía disiparse una expresión muy cercana a querer decir algo así: «pero ¿de qué me está hablando este tío?».

—La otra reflexión es sobre el caso. Quería hacer reflexionar a la audiencia de su programa, a propósito de cómo algo que parecía un hecho…, ese crimen, al final no era tal. Los medios de comunicación han tratado a esta mujer durante todo este año como a una loca desesperada. Nuestro gran problema es el orgullo, el ego… Este Gobierno tiene tanto ego que no es capaz de cuestionarse los procesos ni los procedimientos porque asume que no se pueden equivocar. Empujan a los medios de comunicación a tomar posturas radicales, a no cuestionar las cosas, a escoger entre culpables o inocentes. Pero nuestra sociedad, cada vez más deprimida y moralmente deficiente, no es capaz de aceptar la verdad, ni trata de buscarla; sólo quiere enemigos y peligros, no soluciones…

—Gracias, muchas gracias, señor, por sus comentarios, pero creo que no disponemos de más tiempo. Son muy interesantes esas apreciaciones.

Ni la presentadora ni los realizadores habían entendido la mitad del mensaje, pero sospechaban que aburriría a la audiencia siendo demasiado sesudo, sobre todo demasiado crítico con el Gobierno. Sonia, en cambio, sonrió con la mirada perdida en un recuerdo: aquella última tarde que pasó con Antonio, en la cárcel. De pronto, sintió que ya no necesitaba todas aquellas luces, toda aquella atmósfera prefabricada, y pese a que ahora le diesen los mejores camerinos, le pagasen el doble y le pidieran permiso para hacer tal o cual pregunta…, pensó que en esencia su objetivo estaba cumplido. Nada de lo que hiciera le devolvería la vida de Antonio. Sólo había soñado con limpiar su memoria y ahora lo había logrado. Podía volver a casa y dejar aquella frivolidad de la vida de hotel. Tal y como Antonio le había pedido, era momento de rehacer su vida, y para eso tenía que alejarse de las cámaras y los decorados virtuales.

Capítulo 2

—Este vino lo reservaba para la Navidad. Tenía pensado hacer una pequeña travesía con mi mujer hasta Ibiza, pero creo que la ocasión lo merece.

Koldo volvía a su asiento en la mesa del salón, después de haber descorchado una botella. La había seleccionado de entre todas las que los observaban desde el botellero incrustado en la pared, más allá de la barra que separaba la pequeña cocina del salón del barco.

—Bueno… ¿Quién empieza? —preguntó mientras cataba el jugo con un trago—. Está en su punto… ¿Quién quiere vino?

—Me apunto…

—Y yo.

Koldo vertió sonoramente el contenido de la botella sobre las copas de sus comensales. Se había empeñado en cocinar. Decía que, como buen vasco, la cocina era su territorio, y no había dejado a los demás acercarse. Con la servilleta en el cinturón, había canturreado mientras aliñaba y removía, mientras fecundaba olores que despertaron apetito en los demás. Antes de finalizar el llenado de su propia copa tras colmar las de ellos, por el pasillo, apareció Spider con paso vacilante y aspecto febril.

—Qué bien huele. Tengo hambre…

—¡Eh, Spider! ¿Qué tal te encuentras?

—Como después de una paliza… Pero estoy bien. Yo quiero probar eso. Huele hasta en el camarote.

—Debes seguir acostado. No seas loco.

Spider se acercó a la mesa y tomó asiento. Koldo rápidamente fue a por un plato, tenedor y cuchillo y otra de aquellas servilletas gigantescas. Entre sus manos, la copa que alcanzó finalmente parecía a punto del suicidio. Se lo veía con una voluntad capaz de superar lo que un cuerpo torpe y rudo no le facilitaba.

—Creo que es el momento de las explicaciones, chicos. Me gustaría saber por qué tengo un balazo en el abdomen. Para empezar... ¿quién eres tú?

Spider miraba a Lise como si fuese ella la persona que habría de desvelar todos los misterios. Llevaban ya un día en el barco, sumergidos. La mayor parte de ese tiempo la habían dedicado a seguir la actualidad en los noticiarios y a descansar. Menos Koldo, todos tenían algún moratón o dolor, recuerdo de la isla. Spider parecía recuperarse bastante bien de su herida a juzgar por su incorporación a la cena. Había tenido mucha suerte de que el tiro fuese tan limpio.

—Bueno... Creo que después de todo lo que ha pasado..., es Antonio quien más explicaciones debe darnos..., o al menos el que tiene la historia más impactante... Pero para romper el hielo os contaré mi historia. Yo soy una periodista..., técnicamente, una newshunter, ya sabéis... Me dedico a encontrar noticias novedosas y sorprendentes, y a venderlas al mejor postor. Andaba investigando una trama económica en Atlantis, relacionada con el proyecto Ulises. Smix era mi contacto...

Spider abrió de repente mucho los ojos.

—¿Nos espiabas?

—Bueno... El delito no lo estáis cometiendo vosotros. Por lo visto, el Gobierno usa el Ulises para desviar fondos y repartírselos... Al menos eso es lo que he averiguado hasta ahora... Aún no lo he esclarecido del todo. En fin, un caso de corrupción por el que yo cobraría un buen dinero.

—Por cierto... ¿y Smix? ¿No irán a buscarlo?

Se hizo un silencio repentino. Spider parecía no entender lo que todos asumían en aquel silencio.

—Spider, creo que Smix, después de ver cómo se las gasta el tipo que nos perseguía…, estará muerto.

—¡No!… Pero… ¿cómo dices algo así?

—Mira, primero escucha mi historia y después saca tus propias conclusiones. Como os decía, yo andaba tras ese fraude y Smix me facilitó información a propósito del proyecto. Spider, seguro recordarás lo de las baterías esas… Ahí es donde yo creo que está el fraude… Contacté con él por Internet… En fin…, el caso es que de repente me topé con Antonio aquella noche que nos presentaron. Averigüé que Antonio estaba en la isla con una identidad falsa. Presentía que debía tener cautela con él.

Ahora era Antonio el que ponía cara de sorpresa.

—El caso es que, de pronto, una noche me secuestran unos tipos y me empiezan a hacer mil preguntas sobre ti —dijo señalando a Antonio—. Yo… Bueno, la verdad es que no sabía nada de lo tuyo… Ha sido todo casualidad. Les dije que no tenía datos sobre ti.

—¿Qué es lo suyo?

—Que lo cuente él… Pero antes acabo. Como decía, me secuestraron. Incluso cometieron el atropello de inyectarme un suero de la verdad. Son gente del servicio secreto francés. Bastante bestias. Al mismo Smix le habían pegado una mañana al salir del trabajo, simplemente porque lo estaban espiando cuando se reunió conmigo. No tenía sentido que actuaran de esa forma. Hasta que conocí la parte que Antonio os contará… Ahora entiendo que no hacían otra cosa que proteger un secreto. Yo pensaba que protegían la trama financiera del Ulises… Pero no; era otra cosa mucho más importante…

—Y Smix… dais por sentado que lo han matado… Pero… ¿y si no es así? ¿Y Burn, el otro compañero?

—Mira, Spider. Desde que comenzaron a perseguirnos, no querían dialogar. Querían matarnos. Smix está relacionado con todo esto. Dudo que haya podido escapar… Ojalá lo haya conseguido, pero sinceramente… lo dudo. El otro tipo… yo creo que no es un objetivo para ellos. Es totalmente ajeno a mi trabajo y no tenía relación con Antonio. Ni siquiera venía por las noches al Salsa —Lise abandonó el tono fúnebre y bebió un trago—. Ahora es el turno de las explicaciones de Antonio.

Antonio se ruborizó. Los miraba sintiendo cierta aversión hacia sí mismo. Le costó esfuerzo, pero finalmente comenzó a hablar.

—Veréis… Yo… Lo mío es más difícil de contar —había agarrado su copa de vino y se dedicaba a darle pequeños toques para provocar cierto baile del líquido rojo en su interior—. ¿Habéis visto hoy las noticias?

—Yo sí —dijo Koldo.

—Una noticia sobre un paisano que… que fue condenado a muerte. Lo mataron, y resulta que se ha demostrado que es inocente.

—Sí… El bombazo saltó ayer. Por lo visto, el tipo fue condenado, y ahora hay mucho revuelo porque la esposa ha demostrado que es inocente. Se está liando la de Dios con ese tema. Gente en la calle que protesta y demás. Los grupos contra la pena de muerte lo toman como un mártir y están movilizando a todo el mundo. De hecho, se piensa que el atentado de aquí, el de Atlantis, está provocado por grupos antisistema que sabían de la existencia de las nuevas noticias…

—Lo que pasó en Atlantis no fue por ese motivo. Nosotros lo sabemos… Es duro darse cuenta de lo manipulados que están los medios de comunicación. Siempre se sospecha, pero sufrirlo te da otra perspectiva —decía Spider.

—Bueno… Yo soy ese hombre.

Todos lo miraron. Incluso Lise, que ya lo sabía, lo miraba aún con incredulidad. Spider se quedó mudo después de aquella revelación.

—Por lo visto, yo y otros condenados a muerte somos objeto de una operativa secreta de reinserción social. Fingen nuestra muerte y nos reubican…

—Pero tú no eres ese tío. Me acuerdo de su cara…

—Soy yo… Me sometieron a un proceso…, a una operación facial, un lavado de cerebro…

Antonio narró todos los pasos que recordaba de aquella resurrección. El tiempo que vivió en Francia, su traslado a Atlantis para trabajar en algo relacionado con su anterior experiencia en empresas de robótica. Adujo que él nunca se había sentido un asesino, que no comprendía cómo se le habría complicado su vida anterior para acabar matando a un hombre. En el fondo él siempre supo que era inocente.

—Me llevaron a otro país y me borraron todos los recuerdos afectivos… por error. Ahora me despierto y resulta que en el periódico dicen que yo era inocente…; que una mujer…, una tal Sonia…, era mi esposa. Yo no la recuerdo. Por más que lo intento, no la recuerdo.

Los demás callaban contemplándolo.

—Menuda putada —dijo Koldo.

—Son demasiadas cosas. No puedo asimilarlo todo tan rápido… sin más. Llevo días animándome. Estaba contento…, pero creo que era porque no me paraba a reflexionar. De repente, no estoy muerto. Sigo vivo. Pero no recuerdo nada importante de mi vida anterior. ¿Qué diferencia hay con morir? Sigo vivo, pero ausente de todas mis emociones pasadas…; sólo con la sospecha de que existieron. Yo estaba casado… y miro la foto de la que fue mi mujer y no consigo recordarla. Estoy muerto. Cuando me acuesto, todas y cada una de las noches en que pierdo el sentido para dormir, es una agonía. Es una desesperación de sudores fríos, porque siento que podría no regresar. Pienso que al día siguiente podría no despertarme, o no acordarme de nada. Es terrible la sensación del amanecer como un nuevo alumbramiento. Siempre empiezo por repasar mis recuerdos, para saber si estoy completo. Sólo puedo componer unos días de mi vida, sólo desde el día en que me despertaron. Cada vez que uno duerme es como morir. Esa desconexión es la muerte. Quizá no lo entendáis, no lo veáis como yo lo veo. Pero cada noche es una pena de muerte... Si después despiertas, sigues adelante, pero si no..., pues se acabó.

—Por eso quieren matarlo... Él es el fallo que nunca debieron cometer. Está legalmente muerto, y ahora quieren que la legalidad y la realidad casen perfectamente.

—Menuda historia. ¡Qué despiadados! Quieren matarte dos veces, y ahora a sabiendas de que eres inocente —decía Spider.

—Este mundo es una mierda. Los inocentes mueren y los culpables traman. ¿Dónde perdimos los humanos la humanidad? —preguntaba entonces Koldo.

—Es como lo de la reencarnación... —continuaba Antonio, recogiendo el testigo algo místico que le daba Koldo—. Si ése es nuestro destino, lo de reencarnarse ya os digo que es un infierno. Si no te acuerdas de nada..., la reencarnación es absurda. Es muerte también. Yo estoy muerto... Yo era ese tío, y ahora no puedo recordar qué pensaba, qué proyectos tenía..., qué cosas me importaban. Me lo arrebataron todo y soy un maldito error. Se equivocaron. Esos mal nacidos se equivocaron.

—Bueno, no puedes recordar nada... Tienes que aceptarlo y seguir adelante. Eso, además, no puedes cambiarlo; así que, por lo menos, tienes la oportunidad de tener otros recuerdos ahora, de hacer las cosas otra vez. Podía haber sido peor...

Lise simplificó las cosas hasta tal extremo que le produjo rabia.

—¿Sí? ¿Cómo sería peor? —preguntó a la mujer visiblemente afectado.

—Podías no haberte despertado. Es una putada lo que te pasó, pero al menos sigues vivo.

—¡Es que no tienes corazón! Me robaron mi vida injustamente. Me quitaron todo lo que yo era..., injustamente, repito. No maté a nadie. NO MATÉ A NADIE. Tú no lo puedes entender... Sólo me ves como una noticia con la que serás famosa.

—Chicos, no os peleéis... Ahora hay que pensar en cómo salir de este lío. No podemos permitirnos el lujo de pelearnos entre nosotros.

—La única opción que yo veía antes de subir a este barco es dar a conocer toda la trama, que rueden cabezas y que el Gobierno de los países implicados pague los platos rotos. Pero ahora que estamos todos identificados, nos pueden localizar en nuestra vida diaria sin mucho esfuerzo. Nos matarán si no nos cubrimos bien las espaldas —comentó Lise, como si el ataque de Antonio no hubiera sucedido—. El problema es que ellos quieren matarte, así que estarás en peligro constantemente cuando vuelvas a tu vida anterior... Porque supongo que querrás volver a tu vida anterior... ¿no?

Antonio asintió, pero después dijo:

—No lo sé. No recuerdo nada. Ni siquiera sé si era feliz con la vida que tenía. No tengo referencias de familiares ni amigos. Lo único que tengo está en este barco, y supongo que lo perderé si vuelvo a mi otra vida. Me aterra tener que volver a empezar de nuevo.

—Es importante que aclares qué quieres hacer..., que dejes de hacerte la víctima... Es importante porque, según lo que decidas..., podremos actuar en consecuencia. Dar la noticia ahora... sería muy rentable para mí, pero no quiero jugarme la vida sin tener antes ciertas cosas seguras.

—Sólo piensas en tu culo —le recriminó Antonio—. Sólo te importa dar la jodida noticia.

—¡No te estoy diciendo que ahora mismo no voy a hacerlo público! Vete a la mierda. Debes entender que sentándote aquí para que todo el mundo te diga lo terrible de tu situación, no te va a servir de nada. Lo que has perdido, lo has perdido ya para siempre; así que te recomiendo que pienses en el futuro.

Dicho esto, Lise, visiblemente molesta, se retiró a las habitaciones dejándolos entre platos sucios y emociones rotas. Koldo levantó mucho las cejas, como dándose cuenta de repente de toda la situación.

—Estáis aquí en medio de una tormenta sin comerlo ni beberlo; lo siento mucho… Spider, te han herido… No se qué puedo… —Antonio comenzaba a disculparse, a lo que Koldo levantó la mano en señal de parada.

—Calla… Lo que te hicieron está mal. Es injusto. Yo no sé, Spider, pero creo que estoy llevando a cabo una de las pocas cosas correctas que he hecho en mi vida.

—Sí… Cuenta conmigo también. Además…, ya estamos todos metidos en el tema… No hay marcha atrás.

Lise estaba furiosa. No quería admitirlo, pero Antonio se había convertido en algo importante para ella. De repente, lo lógico era que él volviese a ser quien era. Lo lógico era que ella diese esa noticia a los de Macrocom y se ganase un buen dinero. Lo lógico era que no tuviese en la cabeza la aventura que ellos habían tenido. Suponía que para él no tendría ni la más mínima importancia aquella noche. Que estaría muy ocupado pensando en cómo podría reconstruir su vida, con la viuda a la que no reconocía. Estaba siendo injusta con él. Después de todo lo que había pasado, se merecía volver a su estatus y ser recompensado. Pero ella no podía evitar sentirlo un poco suyo. Ahora que todo era más complicado que nunca…

Muchas cosas habían cambiado. Tenía un bombazo más o menos asegurado, con pruebas tan sólidas como el ADN de Antonio. Pero no sentía el trabajo totalmente hecho. Desde que comenzara toda la persecución, empezaba a albergar un temor a que Macrocom vendiese la noticia al Gobierno francés... Después de ver su actuación en el laboratorio, estaba claro que harían lo que fuese para evitar que esa noticia viese la luz. Si Macro vendía la noticia al Gobierno francés, Antonio estaría perdido. Eso no había querido comentarlo antes... Había preferido no complicar más las cosas. Si lo miraba desde la distancia, la vida de Antonio era una quimera. Una muerte segura se cernía desde que lo condenaron y no parecía dispuesta a liberarlo con facilidad. Macrocom podría rentabilizar mucho aquella noticia. Podría sacarle mucho partido. Provocarían la caída del Gobierno francés arrastrando a los políticos españoles. Pero ¿quién manejaba los cimientos de Macrocom? Los norteamericanos.

Y los norteamericanos, desde la ruptura de Europa, habían tenido buenas relaciones con los franceses. La vieja alianza con España seguía funcionando; siempre había sido perro fiel. Dañar a esos dos gobiernos no sería una prioridad para Macrocom, y bien podría aceptar un buen cheque, que seguro sería espectacular, y enterrar la noticia. Esto supondría la muerte de Antonio. Puede que entonces el problema le sobreviniera a ella... Los servicios secretos tendrían licencia para matarla a ella y, por supuesto, a todos los que estaban en ese barco. Imaginaba a François con el arma posada en su cabeza sonriendo, mientras disparaba.

Así las cosas, la partida de ajedrez estaba en un momento crítico. Lise prefirió trabajar un poco para no aturdirse con las múltiples cábalas y lecturas de los hechos futuros. Rebuscó entre sus ropas húmedas y sacó el móvil. Después accedió al sistema del barco y trabajó con la pantalla de la habitación. No sabía si ése sería su camarote, pero, por el momento, los demás parecían dispuestos a beberse todo el vino de la cosecha de Koldo, así que tendría tiempo para trabajar. Comenzó analizando el contenido de lo que Smix había conseguido copiar del ordenador del jefe. Casi todo era irrelevante. Repasó lo ya cotejado hasta hacer un nuevo hallazgo sospechoso. En una carpeta, se hablaba de «el secreto de Ulises».

Leyó innumerables correos electrónicos que había guardados. Suponía que los había copiado de su otro ordenador. No eran relevantes. Hablaban sobre las funciones del robot. Sobre cosas a veces muy abstractas. Después de horas de búsqueda prestó atención a un detalle que estuvo a punto de pasar por alto. En una de las carpetas, dentro del gran directorio de «el secreto de Ulises», rezaba el título «baterías». Allí estaba el diseño de las baterías que se colocarían en el robot, y... hablaba de unas baterías extra. Ahora sí, prestó toda su atención intentando leer entre líneas, intentando tomar como sospechoso cualquier detalle en pantalla. No sabía exactamente qué buscaba, pero sabía que conseguiría encontrarlo. Por ejemplo, le sería de gran utilidad conocer con exactitud dónde se construían las baterías extra. Sabía, por Dany, que la ubicación que le habían dado a la supuesta universidad era falsa. En uno de esos archivos de texto leyó un correo que en su firma tenía una pista.

«... con sumo cuidado, atenderemos a las peticiones de entregar las mediciones exactas de peso y dimensiones de las baterías extra que nos solicitan.

Atentamente,

Coronel Alex De Nua

Jefe logístico del Proyecto Ulises.

P. Nomade».

Buscó en Internet aquel apelativo «Nomade». En francés significaba nómada, y en cualquier buscador había tantos enlaces a propósito de aquella palabra que era prácticamente imposible revisarlos todos. Buscó relacionando varios términos, ejército, secreto, misión, con la palabra en cuestión, pero no encontró nada factible... Hasta que usó el siguiente apelativo: «proyecto nomade». Entonces, después de analizar algunas web infructuosas, consiguió información sobre una antigua prisión: la prisión Nómada, en una región del centro de Francia. Una de las prisiones pioneras en las tesis de reinserción social fallidas de principios de siglo. Una cárcel modélica ahora abandonada. Lise estaba segura de que allí se encontraba el siguiente paso de su investigación. Era esa corazonada por la que nunca había abandonado esa profesión, pese a los riesgos y los malos ratos que solía brindarle. Le encantaba perseguir esas intuiciones. Internamente, tenía el convencimiento de que debía seguir la pista de aquella investigación y no centrarse solamente en lo del zombi. Si esclarecía aquella trama, tenía el presentimiento de que también conseguiría éxito con lo de Antonio, pese a que las dos cosas no tenían la más mínima conexión. De hecho, nunca la tuvieron... Pero investigando el Ulises había encontrado al zombi.

No sabía con exactitud cuánto tiempo había estado aislada en el dormitorio analizando los datos. Regresó al salón y se tropezó con tres tipos de muy distinto origen organizados de forma hilarante. Dos estaban haciéndole un corro a una botella mientras bailaban alrededor, y Spider se dedicaba a poner música.

—¿Qué hacéis?

—¡Chsss!, cuando se acabe la música hay que agarrar la botella. El primero que...

Koldo dejó de hablar porque la música se había parado en ese preciso instante. Lise no necesitaría mucha más explicación pues Antonio y él se habían lanzado hacia la botella. Por su parte, ésta parecía aguardarlos, pues logró escurrirse de las manos sedientas por instantes y cayó de lado. No llegó a derramarse ni una gota antes de que Antonio lograra agarrarla con otra mano. A lo que, sin mediar palabra, la inclinó y comenzó a beber sin miramientos.

—Como te decía, cuando se acaba la música hay que alcanzar la botella y beber... Ahora, cuando empiece la música otra vez..., pues se pone en el suelo y se hace lo mismo.

Koldo parecía empeñado en contarle minuciosamente una mecánica evidente de cómo emborracharse sin muchas complicaciones.

—¿Esto lo hacéis cuando vais de pesca?

—No... Me lo inventé sobre la marcha —decía Koldo con acento de Baco—. Antonio estaba muy triste. Este tío te quiere. Teníamos que animarlo. Spider es el pinchadiscos. Él pulsa el *pause* para que agarremos la botella. Si se cae la botella o no la alcanzamos rápido, le toca beber a él.

Lise, algo divertida, en medida proporcional a la vergüenza ajena que le inspiraban, se sentó en uno de los sofás y activó un monitor que había en la pared. Buscó un canal de noticias. Quería saber qué tal iban las noticias sobre el atentado de Atlantis.

—Koldo, ¿cuál es el canal de Atlantis?

—Creo que el treinta y cuatro.

La mujer fue cambiando de cadena con el objetivo de detenerse en el treinta y cuatro. Se sorprendió, pues la mayoría de las sintonías que tenía programadas Koldo eran de economía y finanzas. Verlo borracho, haciendo el tonto mientras corrían peligro de muerte, no parecía encajar con el tiburón financiero que gana millones de euros en una empresa que cada vez se acercaba más al tamaño de multinacionales de la talla de *Coca-Cola*. Lise no llegó a conectar el canal Atlantis.

—¡Para! ¡Vuelve al anterior! —le gritó Antonio, que parecía dejar el juego. Ella retrocedió contemplando lo que había llamado la atención del hombre. Era el rostro de una mujer cuya foto estaba en pantalla. Era un informativo español. Le era familiar aquel rostro…

—«… ésta es la imagen de la mujer que hoy ha sido encontrada en las rocas de la parte norte de Atlantis. Una isla que en las últimas horas está siendo el centro de todas las miradas, desde el atentado de un grupo de terroristas del movimiento antisistema. Sin embargo, fuentes policiales afirman que son dos hechos sin conexión y que esta mujer ha sufrido un accidente mientras contemplaba una de las vistas más hermosas de la lujosa isla…».

—Es Verónica… La han matado.

Lise imaginó que, con tanto revuelo, en Atlantis la gente de Macrocom estaría llamándola una y otra vez a su antiguo número. Imaginó la cólera del jefe al ver que no contestaba, incluso un atisbo de preocupación cuando viera que la relacionaban con todos los sucesos. Estaba segura de que François intentaría colocarlos como responsables de su propia masacre. En busca y captura, tenidos por terroristas, sería más peligroso moverse. Aunque los de Macro no eran tontos y no se dejarían engañar por lo que los demás publicaran…, pensó que debía ponerse en contacto con ellos.

—Ahora vuelvo.

Lise abandonó la habitación y fue al dormitorio otra vez. Ya no escuchaba revuelo alguno en el salón. La imagen y el relato de la muerte de Verónica parecía haberles hecho emerger del alcohol. La forma más segura que imaginaba de contactar con Macrocom era contactar con Dany. No quería correr el riesgo de delatar su posición en el océano aunque fuese a los que supuestamente estaban con ella. No, después de sus sospechas a propósito de la venta de información que podría producirse.

—Dany, no sé ni dónde estás ni me importa…, pero todo sería más fácil si algún día nos conocemos… Últimamente me muevo en unas alturas que dan miedo.

—Preciosa, sabes que en mí puedes confiar. Cuéntame qué necesitas.

—Necesito... Digamos que tú me puedes ayudar en una cosa. Quiero que te pongas en contacto con Albert Chipson de Macrocommunications. Quiero que le pases un mensaje de mi parte.

—OK. Dime tu mensaje. Por cierto, ¿qué coño haces tú en mitad del Atlántico?

—Estamos ocultos aquí, para que no nos pillen. Resulta que el tipo este Antonio... Si te lo digo no me crees... Es un tipo que estaba condenado a muerte, pero no lo mataron. Es una trama muy complicada.

—Joder. ¿Y cómo vais a salir de ahí?

—Sinceramente, no tengo ni idea. ¿Me has localizado por el teléfono? Seguro que sí. No tenemos combustible para llegar a Francia, y estoy segura de que los que nos siguen tendrán vigiladas todas las malditas islas donde podríamos conseguir repostar. Nos hace falta llegar a Francia. Necesito completar mi investigación sobre el caso del Ulises.

—¿No te conformas con la noticia del resucitado?

—En las últimas horas, las cosas han cambiado. Me he pringado. Saben quién soy. Esa noticia no me protegerá en el futuro. Ni a mí, ni tampoco a Antonio. Creo que si doy la noticia sin cubrirme las espaldas me matarán. Creo que estoy en un punto muerto. Aunque tengo un bombazo, no creo que sea prudente darlo en bandeja.

—Yo te puedo buscar otra identidad...

—No sé, Dany... Tengo que pensarlo. De todas formas, ahora mismo creo que lo mejor es llegar al fondo también del otro asunto... Ya me conoces... Otra corazonada. Ahora necesito que le entregues al tipo de Macro un mensaje. Al haber cambiado de teléfono, no pueden ponerse en contacto conmigo... Deben estar preocupados.

—Preciosa, cuando yo te avise, di con voz clarita el mensaje que quieres que les pase a los de Macrocom... Ahora.

«Hola, Al. Soy Lise. No tengo nada que ver con el atentado de Atlantis. Pero nuestro trabajo en la isla ha provocado dicho incidente. Es una trama más compleja de lo que pensaba. Estoy en el buen camino. Diles a los del consejo que tienes a una persona a punto de desvelar la verdad sobre lo del atentado y sobre otras cosas mucho más sorprendentes. Confía en mí... Por cierto... el Gobierno francés está implicado y va a intentar seguramente compraros. No pactéis nada con ellos sin antes saber de qué se trata, por mucho dinero que os ofrezcan... Sé que eso es complicado para pirañas como vosotros, pero si yo detecto cualquier atisbo de traición..., os dejo plantados y me voy con la competencia. Si me estoy jugando la vida por esta noticia, no quiero que después un maldito cheque la pare y mi trabajo sólo sirva para que os ganéis la pasta de los franceses».

—¿Ya?

—Sí. Ya está.

—¿Crees que eso impedirá que te vendan?

Lise se tocó la frente con la mano. Estaba algo mareada. El barco, de cuando en cuando, se movía. Daba la sensación de tener problemas para emplazarse en una estabilidad duradera. Después de todo el estrés que había sufrido en las últimas horas, parecía que en su cabeza estuviera anidando una estructura metálica a punto de salírsele del perímetro habitual.

—No lo sé... Supongo que no. Pero bueno, no pierdo nada intentándolo. De todas formas no creo que el Gobierno francés tenga intención en tratar con Macrocom mientras yo no destape la noticia. No se arriesgarán a alertar a Macrocom. Supongo que imaginarán que, si no se ha dado ya la noticia, es porque Macro y yo no hemos contactado... Algo así. Estoy cansada de tanto pensar. Creo que no me dejo ningún cabo suelto..., pero me da la sensación de que no va a ser fácil manejar este asunto y salir airoso sin problemas.

—Bueno, tú cuídate… Además… estás en mitad del océano con un hombre que te gusta. Creo que no está la cosa tan mal como la pintas… Por cierto…, pensaré de qué forma puedes salir de ahí… A ver si se me ocurre algo.

—Gracias, Dany… Creo que lo tenemos difícil para salir de aquí… Espero que Koldo tenga recursos… Es el que inventó la Ledax… Es millonario. A lo mejor tiene un helicóptero…, no sé.

Cuando Lise regresó al salón, los tres estaban enfrascados en los noticiarios.

—Koldo, ¿tienes algo que no sea vino? No quiero calentar más la cabeza; bastante tensión ha tenido ya.

—En la nevera hay refrescos —contestó el grandullón señalándola sin apartar la vista de las noticias.

Lise fue a la nevera y sacó un refresco de naranja, buscó hielos y un vaso. Mientras vertía el contenido de la lata en el vaso, haciendo crujir los cubitos, miró a sus tres acompañantes. Antonio estaba sentado en el sofá pegado a la pared. Ella tomó asiento junto a él, que permanecía hipnotizado ante la pantalla. Estaba muy cansada.

—¿Te importa si me tumbo?

—No pasa nada, hazlo.

Ella se recostó convirtiendo su muslo en un cojín. Con la tele frente a su cabeza, tenía una posición muy cómoda. Temía llegar a dormirse.

—¿De qué hablan ahora?

—Han puesto nuestras fotos. Nos llegan a vincular incluso con algunos comandos antisistema. A Koldo lo están acusando de estar financiando alguno de esos grupos… La cosa se pone fea. De lo de mi amiga Verónica no han aportado nada nuevo. Más de lo mismo. Creen que fue un accidente. Yo estoy convencido de que fue ese hijo de puta… François.

—¿Lo conoces? —preguntaba la mujer mientras su cabeza seguía descansando sobre la pierna.

—Sí. Fue el agente del servicio secreto francés encargado de ayudarme en Francia a adaptarme a mi nueva vida. Supongo que él estaba detrás de todo un equipo que me vigilaba. ¿Qué has hecho tanto rato en el dormitorio antes?

Se lo preguntaba como recriminándole desinterés. Parecía estar molesto con ella después de la conversación anterior.

—He seguido con la investigación que me llevó a la isla. Spider, voy tras la pista de esas misteriosas baterías que quieren instalar en el robot. En un presupuesto aparecen sobrevaloradas exponencialmente. Creo que ese dinero iba a ser desviado convenientemente.

—Las malditas baterías... Ahora ya no tiene importancia. No creo que mi Ulises vuelva a construirse. Después de ser sospechoso de terrorismo... no lo creo —argumentó melancólico Spider.

—Supongo que, si necesitan tu robot, te ofrecerán algún trato. De todos nosotros, tú eres el que menos tiene de qué preocuparse. Incluso..., si es cierto que tienen una forma de borrar la memoria selectivamente, tal y como nos ha contado Antonio..., puede que a cambio de someterte a ese proceso... te dejen tranquilo y sigas trabajando con ellos.

—No lo había pensado. ¿Crees que saldré de ésta? Yo me veo montando piezas en un taller en las afueras de cualquier cementerio mecánico.

—¿Te duele la herida?

—No tanto como antes. Ahora llamaré a tu doctora para ver qué más cosas tengo que tomarme. Ese spray es milagroso. Creo que me ha suturado la herida completamente. Ahora me cambiaré las gasas, pero no me da la sensación de estar sangrando ya.

Lise perdió la consciencia durante unos segundos. Estaba a punto de quedarse dormida.

—¿Qué hora es?

—Pues depende de en qué lugar del mundo… En Atlantis serían las cuatro de la madrugada.

—Estoy rendida…

—Deberíamos dormir, sí. Spider, eres un insensato… Deberías estar durmiendo ahora mismo. Hace horas recibiste un balazo.

Koldo se incorporó abriendo la boca como un león. Después, se dirigió hacia la mesa y comenzó a recoger los platos. Los demás se levantaron también para ayudarlo, exceptuando Spider.

—Bueno, creo que todos convendréis conmigo en que la cama de matrimonio del camarote principal se la merece Spider… Así que, chico, tú vete a descansar allí. Yo soy muy quisquilloso y no puedo dormir con extraños… Me pido el segundo cuarto de la derecha. Como el del fondo se queda inundado para la inmersión, vosotros dos apañáoslas en el que queda. La cama es pequeña, pero es mejor que nada.

Dicho esto, Koldo se marchó llevándose a Spider consigo. Lise no podía asegurarlo, pero creyó adivinar que se marchaban con una sonrisa traviesa en los labios. Suponía que todo aquello era una estrategia para dejarles a ellos la habitación que quedaba. Lise miró directamente a los ojos de Antonio.

—Bueno, si te incomoda dormir conmigo…, puedo dormir en el sofá —dijo el hombre.

Lise estuvo a punto de asentir. Estaba furiosa… Ella quería dormir con él. ¿A qué venía aquel ofrecimiento?

—No seas ridículo, vamos a la habitación.

Lise se encaminó hacia la primera de la derecha sin darle tiempo a Antonio de discutirle nada. El camarote era muy pequeño, si se comparaba con una habitación de hotel, pero era amplio para ser un habitáculo de yate.

Sobre la cama, colgado, un cuadro le resultó familiar a Antonio. Tardó en reconocerlo. Sí…, era la misma pintura que había visto en el «Pájaro Negro» cuando lo despertaron. Se quedó ensimismado mirándolo. Aquellas nubes que contenían la luz que se abría paso por una grieta. Se acordó de Verónica, de lo bien que se había portado con él. Aquella mujer le había salvado la vida y había perdido la suya.

—¿Qué te pasa?

—Nada... Ese cuadro... me trae recuerdos.

Lise estaba algo nerviosa. No comprendía qué podía estar pasando por la cabeza de su compañero de cuarto. De repente estaba con él en el dormitorio y, aunque la idea por una parte era muy excitante, se sentía una recién divorciada que coincide en el mismo crucero con su ex marido. No se habían llevado especialmente bien en las últimas horas. Después de aquella forma estúpida de comportarse en el Salsa dejándola con la palabra en la boca, de acusarla de velar sólo por sus intereses en la cena..., había tensión. Era claustrofóbico aquel silencio. Salió de la habitación y se fue al baño que estaba junto a la habitación de Spider, enfrente de su puerta. En el pasillo se alivió de tener un espacio propio. Recordaba viejas afirmaciones tradicionales sobre viajes en barco. Los problemas que se tienen con las personas con las que se viaja, en un barco, se multiplican... Era algo parecido a eso. Se lavó los dientes con el dedo y regresó a la habitación. Antonio estaba ya enfundado en el catre. La miraba sin piedad. De repente, sentía cierto pudor. «¿Se supone que ahora tengo que desnudarme?», se preguntó.

—¿No hay pijamas?

—Yo no he encontrado ninguno. Estoy en calzoncillos... Si te molesta me voy al salón.

—¿Por qué me iba a molestar? Es como un bañador.

El problema lo tenía Lise. Bajo su traje especial no llevaba más que ropa interior bastante breve. Enrabietada, se quitó la ropa que cubría el traje gomoso y después, sin miramientos, se desnudó, quedándose simplemente con aquellas prendas mínimas. Se concentró en la idea de que había bikinis más provocativos que ese conjunto de lencería. Sin rapidez excesiva, como restándole importancia, se metió en la cama junto al hombre.

—¿Tienes sueño?

—Si te soy sincero, no. Creo que el vino me ha mareado un poco y no me podré dormir hasta que se me pase un poco el malestar. Koldo bebe por dos... Es increíble. Su vino, además, se sube mucho, pero es exquisito, mucho mejor que el de los restaurantes de Atlantis.

Ella no pudo evitar sonreír. Adivinó cierto enrojecimiento en la tersura de su rostro, que indicaba que el alcohol aún hacía efecto. Después acaeció un silencio muy incómodo. En la habitación, la luz de una lamparita evitaba la oscuridad total que los devoraría si la apagaban, y ninguno de los dos parecía atreverse a sugerirlo. Lise, que adoraba dormir con las luces encendidas, por el momento estaba relajada. Sin embargo, sabía que la lógica exigiría el apagón. El hecho de pedir la muerte de aquella luz, tal y como andaban las cosas entre sus egos parecería evidenciar desinterés o apetencia de silencio. Lise, aunque separada por una distancia, comenzaba a percibir cierto aura de calor de la región de la cama que dominaba Antonio. Lo odiaba deseándolo con la misma intensidad.

—Es curioso... —comenzó a decir él—. No sé si es que estoy borracho y por eso no puedo evitar decir esto... Pero creo que el destino se ceba conmigo... Creo que es muy irónico y cruel lo que me pasa.

Lise se mantuvo a la expectativa.

—¡Qué ironía..., aaah..., qué ironía...! En conciencia, creo que debo volver a vivir con una mujer a la que no amo. Porque no recuerdo nada de ella, ¿sabes? Nada en absoluto. Antes la he mirado y no consigo ni tan siquiera recordar un solo detalle... Y sin embargo pienso... Esa mujer se merece volver a tenerme. Se merece evitar ese dolor, el abandono. Mi conciencia me dicta que debería volver con ella. Pero, por otro lado, no encuentro vestigios de ese amor. ¿Y si mi matrimonio era horrible? Supongo que no era así... Si ella ha luchado tanto, será porque merecía la pena.

—Supongo que cuando convivas con ella de nuevo... todo volverá a surgir... —decía Lise aparentando un papel comprensivo y distante con sus propias apetencias. Intentando distanciar su yo más egoísta que expresaría sus propios deseos, quizá para sentir que debía acostumbrarse a la idea de que aquello iba a suceder. Antonio volvería con su esposa... Era lo lógico.

—¿Por qué estás distante conmigo, Lise? Te lo noto en la cara. Desde que me fui aquella noche con Verónica estás rara... Te aseguro que para mí fue especial... Es cierto que yo no he intentado acercarme a ti, pero tenía tal lío en la cabeza que no podía reaccionar. Pero ¿por qué estás distante? —preguntó él sin dejarle casi tiempo a responder algo. Estaba claro que el vino estaba afectándolo pero desde luego... no se podía decir que estaba borracho.

—Da igual. De todas formas... tú volverás con esa mujer. Es lo lógico... si todo sale bien, claro...

—Tienes que ser sincera conmigo... ¿Sólo te interesaba la noticia, verdad? Tú pensabas que yo escondía algo y simplemente te liaste conmigo para conseguir información.

—Que estés borracho no te permite decir cualquier cosa. Mira, está claro que yo sentía atracción hacia ti. No soy una mujer fácil. ¿Qué te crees?

—¿Y no te interesaba la noticia?

—Claro que sí. Por mí, piensa lo que quieras. Me da igual.

—Mira, yo lo veo así... Tú eres newshunter, te conviene mucho mi secreto... ¿Cómo sé que lo de aquella noche es verdadero? Estoy empezando a acostumbrarme a que me engañen.

—Me da igual lo que pienses —Lise se volvió dándole la espalda.

—Estamos hablando. ¿No puedes mantener una conversación?

—Me estás insultando con tus sugerencias.

—Como quieras. Al menos podías admitirlo.

Ahora ella se volvió violentamente y se le encaró.

—¡Sí, de acuerdo, te estaba utilizando! ¿Y qué? Todo el mundo utiliza a todo el mundo.

—Lo sabía. Desde que he escuchado tu historia esta mañana estaba seguro. Que duermas bien…, señorita «newshunter».

Dicho esto, Antonio apagó la luz. Lise percibió cómo el colchón se inclinaba y después se volvía más horizontal de golpe. Antonio había salido de la habitación. Al cabo de un rato de insomnio, Lise volvió a dar la luz. Quería relajarse y dormir… Allá él si prefería irse al salón.

Lise se despertó de madrugada. Antonio no había cambiado de idea. Dormía sola. Había estado soñando con la persecución de la isla. El laboratorio, la huida a la playa, los robots. De repente, en su sueño, había recordado que no había echado un vistazo a los discos que Smix le había dejado en los talleres. Se le había olvidado que ése era el motivo por el que fueron al laboratorio. Se despertó cuando Smix en persona le gritaba desde una piscina de sangre: «¡Tienes que ver los discos!».

Estaba sudando y decidió incorporarse con cuidado de no provocar ruidos demasiado estridentes para no despertar a nadie. Después, salió despacio de la cama y fue a por sus cosas para sacar los discos. Luego los insertó en una ranura junto a la pantalla y alcanzó un teclado que había en la mesita de noche.

—¿Qué hora es? —se preguntó a si misma en voz alta. Sobre la mesita de noche, un reloj mostraba las seis de la mañana, pero no podía asegurar a qué uso horario estaría acomodado.

—¿Qué son?... Parece... como... una recopilación de documentales o algo así... ¿No? —decía Lise, que percibía un placer íntimo en dialogar consigo misma—. Eso parece por el momento. Fíjate en esos archivos: todos son de historia de la humanidad... ¿No te equivocaste de discos?... No. ¿Qué tienen que ver esos archivos con un fraude económico? Calla, Lise, que Lise está intentando ver si hay algo más...

Lise registraba todas y cada una de las carpetas grabadas en aquellos discos. Cuando abría un archivo y comprobaba que no tenía información interesante, pasaba al siguiente. Le llevaría bastante tiempo revisar todas las carpetas, pues en ocasiones una carpeta se subdividía en infinidad de carpetas, que a veces guardaban más carpetas.

—Joder... Está la historia al completo. ¿Para qué se supone que querías esos discos? Smix me advirtió que eran inútiles, pero me empeñé en tenerlos... porque son unos discos que iban a ser grabados en la memoria del robot... No sé... Tuve una corazonada de que podrían ser útiles... y miradme aquí hablando sola a las tantas de la madrugada viendo documentales absurdos.

Lise volvió a mirar la pantalla donde un vídeo sobre la Segunda Guerra Mundial se ponía en marcha. Lo paró y continuó examinando la historia.

—¿Para qué iba un robot a necesitar todo ese tostón histórico? —preguntaba la mujer—. Espera. Pon ese vídeo.

«... Gracias a la inestimable ayuda de la resistencia francesa, fue posible dar un giro a la segunda contienda mundial. Informaciones clasificadas nos revelan cómo fue el servicio secreto francés, que acabó por descubrir el escondite de la mayoría de altos mandos nazis, incluido el temido líder Hitler».

—No sabía que eso había sucedido así... Soy una inculta... No es que no lo supieras... Es que no sucedió así. ¿Quién ha hecho este reportaje?

Lise abrió otro archivo al azar.

«... hoy se sabe que era francés, pero que sus padres emigraron al poco de nacer. El padre de la ciencia del siglo XX, Albert Einstein, creador de la teoría de la relatividad...».

—¿Esto es un chiste? ¿Einstein francés? Esto no es historia. Es una bazofia propagandística francesa. ¿Qué sentido tiene grabar esto en un robot? Debí hacerle caso a Smix. ¿Y si es una especie de clave de imágenes...? No... Eso sería algo ridículo. Será alguna broma... Quizá puede tratarse de algo relacionado con la presentación a la prensa..., algún show para que los camarógrafos y entrevistadores pasaran un buen rato jugueteando con el robot.

Lise acabó dormida entre su propio monólogo. Estaba decepcionada con aquellos vídeos. Debía haberle hecho caso a Smix. Eran una absurdez. Había puesto en peligro a Spider y a Antonio al ir a recoger esos discos. Por otra parte, quizá ahora estarían muertos si no hubiera intervenido el Ulises... En consecuencia, quizá estarían muertos sin aquella visita a los laboratorios del sector 3.

A la mañana siguiente, aunque bajo el agua no se distinguía diferencia entre noche y día, en el salón del barco se reunieron todos para el desayuno. Koldo, muy madrugador, había hecho café y chocolate caliente.

—Koldo..., ¿cómo podemos salir de aquí? ¿Se te ha ocurrido alguna forma?

—He estado pensando en ello desde que acepté llevaros en mi yate... Podríamos intentar una estrategia. Mis productos cruzan el océano a cada instante. Supongo que podría llamar a mi secretaria para que dé instrucciones a la empresa logística, y que uno de los barcos que transportan el jarabe de la Ledax nos recoja... El problema es que, después de aparecer en los medios de comunicación, seguro que nadie se atreve a ayudarnos. Esa empresa logística que hace los transportes en barco no pertenece a mi grupo…

Lise sorbía de su taza humeante. Asintió mientras recibía la resignación del empresario. Sostenía el cacao caliente, y sus ojos azules parecían perdidos en el humo perfumado de la taza. Llevaba una camiseta de tirantes verde militar que no disimulaba la ausencia de sujetador, y unos pantalones anchos de seis bolsillos del mismo color. Era la que más sufría la diferencia de talla en la ropa prestada del anfitrión. Antonio la miraba esquivamente, aprovechando ese trance místico que parecía consumirla para contemplarla sin reservas. Era la segunda vez que la veía desaliñada y sin maquillar, y transmitía el mismo atractivo, la misma fuerza, la misma fragilidad… «y la misma mala leche», pensó recordando cómo se habían vuelto a pelear en el dormitorio. Tenía la espalda hecha polvo por su culpa. Aquel sofá era muy cómodo, pero no para hacer noche.

—¿Nos alcanza el combustible para intentar llegar a una isla? ¿Quedan muy lejos las Azores?

—Creo que esa opción es más peligrosa. Ellos saben perfectamente que andaremos por estas latitudes… Tendrán las islas totalmente vigiladas. Sería cuestión de mucha suerte desembarcar sin ser vistos.

Antonio activó la pantalla de la pared. Localizó un informativo rápidamente.

—¡Mirad, ésa es mi foto! —gritó y, acto seguido, pidió al monitor que subiera el volumen.

—… las revueltas de la noche pasada en toda España, están dando auge a los partidos en la oposición al Gobierno para pedir comicios adelantados. El pilar básico sobre el que fundamentan su oposición se basa en la abolición de la pena capital, así que una vez demostrado el error que condujo al que todos llaman «primer inocente» a la muerte, piensan que peligra la estabilidad nacional. Los incidentes sobrepasaron con creces las previsiones policiales de altercados, y en ciudades como Madrid y Sevilla, los enfrentamientos se sucedieron durante prácticamente toda la noche. Sin embargo fue en Granada, ciudad natal del «primer inocente», donde el levantamiento tuvo mayor crudeza. A muchos analistas la situación les recuerda al tremendo golpe que sufrieron las naciones europeas a mediados de siglo, con las revueltas que paradójicamente dieron como resultado la instauración de la pena capital en algunos países de la fallida Unión Europea…

—Menudo lío se ha montado… Eres alguien importante —decía Koldo, rompiendo el clima de quirófano que había en el barco. Antonio no pareció escucharle. Devoraba cada instantánea, cada vídeo que se proyectaba en la pantalla. Sus ojos no cesaban en un caracoleo mínimo casi imperceptible, abriendo de cuando en cuando los párpados de par en par o frunciendo de repente el ceño y cerrando los ojos hasta mostrar una especie de pérdida de visión momentánea. Todo parecía afectarle.

—… ayer el presidente del Gobierno, Jorge Camacho, a última hora y, según fuentes cercanas a la Moncloa, por consejo de sus analistas, llamó personalmente a la viuda del «primer inocente». Nada se sabe de los detalles de dicha conversación telefónica, si bien nos imaginamos que en poco habrá subsanado el dolor que esta mujer debe sentir… Hoy, en declaraciones exclusivas a nuestra cadena, la viuda de don Antonio Fernández Puertas ha hecho este comentario a propósito de la conversación mantenida con el Presidente del Gobierno.

En la pantalla apareció Sonia, la viuda, con una mirada dura en sus ojos. No se veía resquicio de lágrimas u otras muestras de debilidad.

—… me dijo que sentía mucho lo ocurrido. Creo que lo decía de corazón. Que lamentaba mucho que mi marido hubiese muerto… Yo… Yo le dije que no me tratase como una mujer triste que llora a su marido muerto. Mi marido no murió ayer. Ayer resucitó del Infierno. Hoy estoy contenta. No saben ustedes cuánto. No saben por todo lo que mi familia ha tenido que pasar. Hoy mi marido es justamente tratado. Hoy no puedo estar triste, porque todas las lágrimas que pude derramar las derramé cuando el Estado lo mató, los días previos y los días posteriores. Ahora ya no lloro por él. Ahora estoy contenta de que su nombre esté por fin limpio. Ésa ha sido mi lucha todo este tiempo.

En ese momento el móvil de Lise la reclamó. Era Dany. La mujer fue a la habitación para independizar su diálogo del resto y no molestarlos mientras veían el noticiario.

—Hola, Dany…

—¿Quieres salir de ese océano?

—Pues claro que sí… Pero no sé cómo…

Lise escuchó con atención el plan de Dany. Después de varios minutos volvió al salón.

—Koldo…, haz una llamada a tu empresa y consigue lo del transporte. Vamos a salir de aquí.

Capítulo 3

François quería llevar a cabo el abordaje personalmente. Según la información que habían interceptado, un barco de la flota de la empresa Transatlantic Tactics se desviaría de su ruta habitual para esquivar unas tormentas tropicales. Consultando los partes meteorológicos, no había constancia de alteraciones medioambientales que justificasen un cambio de ruta tan drástico. Había algo raro en aquella decisión. Era muy sospechoso que precisamente un barco que transportaba, entre otras cosas, millones de litros a granel del jarabe para fabricar «Ledax», se desviase de su ruta original muy al sur de la isla.

François, en el helicóptero, limpiaba su pistola. Esta vez no fallaría. Esta vez arrasaría con ellos. Dejó la gamuza en una caja de herramientas que había en un receptáculo bajo el asiento del helicóptero. Miró satisfecho el brillo pulcro del acero de su arma. Sintió su mecanismo interno, su capacidad de proyectar las balas. Después la enfundó en la pistolera sin cerrarle el broche. En unos minutos la usaría.

Por su parte, Antonio, Lise, Koldo y Spider habían salido a la superficie con el yate, a la espera de la recogida. Podían contemplar un océano impenetrable y eterno que los rodeaba. El cielo estaba cubierto de nubes azuladas. En algunos puntos del horizonte no se sabía qué era agua y qué era cielo. El vaivén de las olas era más acentuado, y el lujoso yate parecía de corcho, a merced de las leyes físicas que otorgaban el poder al mar. La luz de la tarde estaba enrarecida. No había sol ni colores cálidos. Parecían atravesar un cielo glacial con las aguas plateándose a la deriva. Un clima en el que milagrosamente la visibilidad era bastante buena. Como si hubiera un vacío en el espacio entre el cielo y las aguas. Los colores invitaban a la niebla, a los vapores, a lluvia fina y racheada. El frío llamaba a los huesos, desdeñando la ropa y la carne. Cuando cerraban los ojos, la oscuridad era fantasmal, muy cercana al blanco.

El barco que los recogería tenía las coordenadas exactas de la ubicación. Gracias a los conocimientos marinos de Koldo, pudieron dar su posición. Antonio admiraba la entrega de aquel tipo, el grado de compromiso que había demostrado. Un hombre al que la vida no le exigía nada; al contrario, no dejaba de regalarle cosas.

—Koldo…, no sé si te hemos dado las gracias por lo que estás haciendo…, pero…

—Cállate, coño, o te tiro al mar.

Así era él. Las razones que lo empujaban las llevaba escritas en la cara. En su rostro diáfano de diablo convencido, pero incapaz de matar una mosca. Quizá el hecho de ser rico, de haber tenido éxito en la vida, con su carácter humilde y desprendido, le hacía odiar las gratitudes, los compromisos, como si él por su suerte ya estuviera pagado y no le quedase más remedio que ayudarlos.

Lise no paraba de escudriñar el horizonte con unos prismáticos. Caminaba de acá para allá en la cubierta. Aún no conseguía ver más que agua rodeándolos por todas partes.

—¿Seguro que estamos donde se supone que debemos?

—No lo dudes —afirmó Koldo—. Esto no es como entregar una pizza, en el mar. Calcular el tiempo exacto de llegada no es fácil.

François, en el helicóptero, repasó uno por uno a sus compañeros de vuelo. Todos agentes especiales del ejército francés.

Cada uno distinto del otro, aunque fabricados del mismo mármol, no parecía posible que tuviesen vida aparte de aquellos uniformes de asalto. Como él... Si lo pensaba, hacía tiempo que su vida no le otorgaba normalidades. Divorciado, ni siquiera recordaba con exactitud el rostro de su ex mujer. Desde aquel intento fallido de relación estable, jamás había intentado otra cosa que no fuese degustar carne con rapidez cuando se trataba de mujeres. Su «ex», después de denunciarlo por malos tratos, lo había sentenciado a la soledad. No sabía qué había sido de ella. Prefería no saber nada. Después de un año de relación, se había dado cuenta de que no era compatible ser espía con un intento de familia. Desconocía el motivo por el que estaba recordando todo aquello... Siempre le pasaba antes de hacer algo importante. Era como si su cerebro le plantease cuestiones trascendentales por las que merecía la pena apretar las mandíbulas y disparar. Disparar. Siempre que disparaba su vida evolucionaba. Siempre que apretaba el gatillo, el tiempo pasaba a ser un factor maleable. Proyectos complicados podían sobrevenirle con rapidez. Futuros y éxitos podían descender de sus pedestales hasta sus manos armadas. También la derrota y la humillación, incluso la muerte. Ahora él estaba en una encrucijada, en una de esas fases de la vida en las que el éxito exige dar pasos. Tenía claro que, si resolvía aquel entuerto, conseguiría por fin sus objetivos de éxito. Podría retirarse. Él era un hombre de acción que ambicionaba un buen retiro, y un hombre de acción tiene pocas oportunidades para salir de las trincheras, para evolucionar.

—No quiero que escape nadie —repetía de cuando en cuando alzando la voz por encima del alboroto de las hélices del helicóptero—. Disparad a matar. Si los tripulantes del carguero ponen dificultades..., no dudéis en acabar con ellos también. Está en juego el honor del servicio secreto francés. De la misma Francia.

Al cabo de un rato, el piloto se comunicó con él por el interfono.

—Señor, tengo el carguero a las once en punto. No hay rastro de otras embarcaciones cercanas. El radar tampoco las detecta.

—¿Seguro que es el carguero que buscamos?

—Tan seguro como que le estoy viendo el nombre en el culo.

—Llévanos a él.

Según los datos que tenía, la recogida tendría lugar aproximadamente a esa hora. Era posible que aún no los hubieran encontrado, o tal vez que ya hubiese sucedido y estuviesen ocultos en el transporte. Tal vez, incluso, hubiesen tenido tiempo de sumergir el yate para no dejar pistas. Mirando desde las alturas el gran barco de mercancías, François quería ser cuidadoso y barajaba todas las opciones.

El helicóptero se colocó como una pequeña nube que daba sombra al barco. Las compuertas se abrieron y los militares, con premura, desplegaron cuatro cables por los que descender haciendo *rappel*. François fue el último en deslizarse. Abajo, sus hombres encañonaban a varios marineros atónitos ante el abordaje.

—Buenas tardes… Tú, avisa al capitán que se ponga en contacto inmediatamente con nosotros —ordenó François en perfecto español.

El capitán tardó tres minutos en llegar. Entre tanto, los militares de François habían reunido a la mayoría de los marineros en esa cubierta y los habían arrodillado con las manos detrás de la nuca.

—¿Qué significa todo esto? ¡Quienes demonios son ustedes! —gritó el capitán, que parecía no tener miedo.

—Mi nombre es François. Soy el mando a cargo de esta misión. Pertenecemos a las fuerzas especiales del ejército francés.

—Esto son aguas internacionales… Es un atropello…

Se escuchó cierto murmullo entre los arrodillados.

—Voy a ser muy claro. Tenemos conocimiento de que ustedes tenían órdenes explícitas de recoger a un grupo de personas en esta localización. Esas personas están siendo buscadas por nuestro Gobierno, así que estamos aquí para llevarlas con nosotros. Usaremos la fuerza que sea necesaria para que lo entiendan.

—No hemos recogido a nadie y le aseguro que no tenemos intención de hacerlo.

François, en su dilatada experiencia como entrevistador e interrogador de sospechosos, no distinguió ni una sola de las pautas de mentira en el capitán. Precisamente, su juicio le indicaba que tendría que ir más allá, pues había gente capaz de mentir sin mostrar ni uno solo de los síntomas.

—¿Y por qué han variado su ruta acostumbrada, si puede saberse?

—Recibimos un comunicado de la central, si se refiere a eso…, de variar la ruta para evitar un huracán que se estaba formando en el sur.

—Si consulta cualquier parte meteorológico, descubrirá que ese huracán no existe.

—Oiga, nosotros hacemos caso de nuestras órdenes. Si los de arriba estiman que debemos seguir una ruta…, la seguimos. Yo mismo consulté los partes meteorológicos y discrepé, tal y como usted dice…, pero mis superiores dijeron que teníamos que tomar esta ruta nueva.

François desenfundó su arma. Se acercó a uno de los arrodillados y le propinó una patada en el valle que discurre entre la oreja y el hombro. El tipo cayó hacia atrás. Le había partido la clavícula. François se arrodilló hacia él y le puso la pistola en la sien.

—Capitán, ¿está usted seguro de que ésa es la verdad?

—¡Deje a ese hombre! Pero ¿qué demonios pretenden? Le estoy diciendo la verdad. ¡No tienen derecho a tratarnos así!

François se dividía entre disparar o no al marinero. Su mano deseaba disparar. Pero había algo en su interior que le decía que, por mucha muerte que repartiese en ese barco..., no encontraría a los fugitivos allí.

—¡Le he dicho la verdad!

—Ha dicho que la orden les llegó desde arriba... ¿Quién? ¿¡Quién!?

—¡El Consejero Delegado!

François pensaba con rapidez. Registrar el barco llevaría su tiempo, pero era el paso más lógico.

—Vosotros cuatro, registrad el barco. Si encuentro algo sospechoso, mataré uno por uno a sus hombres hasta que me entreguen a los polizones.

Los soldados dejaron la cubierta llevándose al capitán como guía. François comprobó que las comunicaciones estaban bien y en su reloj de pulsera fue siguiendo la señal de las cámaras que sus soldados llevaban en el casco. Tardaron más de media hora en registrar todo el barco. Habían abierto hasta las taquillas de los marineros, la sala de máquinas; incluso habían comprobado algunas mercancías. Nada. François estaba consternado.

—Dígame el teléfono del Consejero Delegado de su empresa.

—No lo conozco.

—¡Pues una persona que pueda ponerme en contacto con él! —François golpeó con el cañón el rostro del capitán. La adrenalina comenzaba a subirle el pulso y necesitaba obtener algún resultado óptimo.

El capitán le consiguió el teléfono de la secretaria del Consejero Delegado Jaime de la Cuadra.

—Buenas tardes, señorita. Póngame con el Consejero. Lo llamo del Ministerio del Interior francés. Es muy urgente. Hemos capturado uno de sus barcos.

Jaime de la Cuadra había recibido órdenes personalmente de Koldo de desviar un barco hacia allí. Eso fue lo que averiguó tras charlar amistosamente con el ejecutivo, mientras le mostraba la imagen de la tripulación arrodillada en cubierta.

—¿Por qué demonios han desviado un barco para nada?

El Consejero Delegado le prometía una y otra vez que Koldo en ningún momento le había pedido que recogieran a nadie; incluso los había apremiado para que, pese a su desvío, entregasen la mercancía lo antes posible. François golpeó al capitán otra vez, que yació sobre la cubierta sangrando por la boca. Lo había noqueado. El directivo de la empresa lo increpó. Le aseguraba una y otra vez que decía la verdad. François colgó el teléfono y enfundó la pistola.

—¡Nos vamos! —gritó a los soldados.

Otra vez en el helicóptero, no dejaba de pensar en lo sucedido. Jacques lo llamó desde Atlantis.

—¿Qué tal ha ido, señor? ¿Los tiene?

—No. Creo que hemos seguido un señuelo. Creo que ese hijo de puta…, Koldo, nos hizo creer que uno de sus barcos los recogería. Pero supongo que era para distraer nuestra atención… O eso, o se permite el lujo de reírse de nosotros.

—Hemos intervenido sus empresas en Francia, tal y como usted ordenó. Lo vamos a joder todo lo que podamos. En España supongo que harán lo mismo…

—Quiero que sigáis patrullando las aguas de Altantis. Tengo la sensación de que están cerca. Quiero que registréis cualquier barco que navegue cerca de la isla, sobre todo en las aguas del oeste, del este y del sur de la isla. El norte no tiene ya interés. El señuelo nos condujo al norte, seguramente porque ellos están en otra parte.

—La periodista es propietaria de una residencia en Estados Unidos. Lo hemos averiguado. También hemos averiguado que tiene un colaborador muy peculiar. Se hace llamar Dany en algunos foros, también Jux, Shey Long, Mátex y otros muchos nombres. Es un gurú de Internet. Un tipo misterioso del que no se sabe gran cosa. Por lo visto, es un diseñador de sitios web y administrador de algunas redes. El problema es que su identidad es un misterio. Tiene cientos de webs y en algunos círculos se lo considera el tipo más peligroso de Internet. Ese cabrón está torpedeando nuestros sistemas. En la isla fue la mano invisible que borró los móviles y los ordenadores de la chica. Él fue quien avisó a la policía cuando entramos en la casa de ella.

—Seguidle la pista. Intervenid sus negocios por Internet. Encontradlo. Nadie puede ser invisible. Quizá él nos pueda guiar hasta ella.

A varios kilómetros del sur de Atlantis, ya entrada la noche, un barco de naturalistas defensores de las ballenas, después de haber sido registrado en dos ocasiones por patrulleras, detenía las máquinas y alumbraba el mar con uno de sus focos.

—¡Aquí!

Koldo accionó las luces del yate un momento. El barco llegaba con mucho retraso, pero al fin había comparecido. Desde cubierta, un foco los alumbró inmediatamente. El barco, un antiguo ballenero reconvertido en emblema de una de las asociaciones antisistema legal, cuyos fines eran detener las capturas de las últimas ballenas, paró las máquinas y desplegó una plataforma para el ingreso de los nuevos tripulantes. Koldo tardó más en subir. Accionó la inmersión del barco para no dejar pistas.

—Buenas noches. Perdonad la tardanza, pero hemos sido registrados dos veces... Parece que Flinch tenía razón... Sois peces gordos... Menuda barquita tenéis...

El que parecía capitán del barco, sugería la viva imagen de Moisés, con unas barbas abundantes, vestido con una especie de sayo de apariencia bíblica. Los condujo al interior hasta una sala amplia. Les fue explicando la distribución del barco y los camarotes donde podrían pasar la noche. También un plan de escapada por si había algún registro más. Después de eso, los condujo al que parecía centro social del barco. Un salón pintado de verde, donde había muchos activistas alrededor de un par de cachimbas. El olor dulzón flotaba y les hacía más cómodo el contraste del calor y el frío que acababan de sufrir. Los pulmones se recostaron en aquella niebla azucarada.

—Tomad asiento donde podáis... Estáis en vuestra casa... Mirad todos un momento... Estos son los amigos de Flinch.

—¿Quién es Flinch? —preguntó Antonio a Koldo.

—A mí no me mires. Pregúntale a Lise. Ella es la del plan...

—¿Quién es Flinch? —preguntó la mujer al barbudo.

Antonio se sorprendió de que ella no conociese el nombre. Abortó de inmediato la pregunta que iba a realizarle en espera de lo que le contestasen a ella.

—Flinch es el jodido profeta..., ya sabes... Igual tú lo conoces por otro nombre. Tiene tantos nombres...

—¿Os referís a Dany?

—Puede ser. Sí... Seguro que sí. Seguro que has acertado, mencionando a quien en tu vida se asemeje más a un profeta, a una presencia marcada por la mano divina.

En la pantalla del salón apareció la imagen de un bebé. Todos comenzaron a vitorearle gritando y levantando los brazos.

—¡Ése es Flinch! ¡Flinch! ¡Flinch!

—Saludos a todos. He comprobado que habéis recogido a mi princesa del mar. Cuidádmela. No le deis a fumar eso que fumáis...

Lise se puso roja. Flinch... pensó que nunca llegaría a conocer todas las sorpresas que guardaba aquel tipo misterioso. Flinch los animó a seguir en su lucha y les dio varias estadísticas sobre visitas a su página web. Sintió que tal vez él no era algo tan privado de ella y que ayudaba a muchos otros. Cuando Lise enrojeció más fue cuando el tipo con barba argumentó que le pagarían el mes que viene el mantenimiento del *website*. En ese momento, ella se sentía una aprovechada. Se prometió que haría una transferencia de fondos a cualquier negocio de Dany en la red.

Aquella noche, los cuatro fugitivos coincidieron un rato a solas en la cubierta del barco de los antisistema.

—Menudos colgados... ¿Quién es ese Flinch? —preguntó Antonio.

—Un buen amigo.

—Tenemos que pensar qué vamos a hacer ahora —Koldo parecía no sentir frío. Tenía el abrigo entre sus arbóreos antebrazos sin usarlo, mientras que los demás no dejaban de frotarse las palmas de las manos.

—Lo más prudente sería escondernos —dijo Antonio—. ¿Y si vamos a España? El Gobierno español puede que no esté al tanto de esta persecución.

—España sería un buen destino, pero... de todas formas yo necesito ir a Francia.

—¿A la boca del lobo?

—Sí.

—¿Por qué?

—Primero porque nadie en su sano juicio lo haría. Después, porque tengo que seguir investigando lo del fraude.

—No te comprendo... Con lo de éste tienes noticia de sobra —dijo Koldo.

—No... Tal y como están las cosas..., creo que si doy esa noticia... —Lise no continuó. Guardó silencio. Miraba de reojo de cuando en cuando a Antonio. Odiaba su trabajo... Odiaba verlo como una mercancía—. Yo voy a Francia. Koldo; tú eres la única esperanza que tenemos de esconder a Antonio. En realidad, todos debéis permanecer en la sombra hasta que las cosas se aclaren más. Sería mejor que cuando lleguemos a puerto vosotros vayáis a España. Allí supongo que tienes contactos y que podrás defenderte mejor.

Lise no quería desvelar sus pensamientos. De nada serviría confesarles que si daba la noticia a Macrocom, si destapaba el asunto, no sólo los servicios secretos, todos los periodistas del mundo intentarían localizarlos y, probablemente, fuesen asesinados en venganza. Esa gente estaba intentando eliminarlos. La noticia trepaba demasiado alto. Ahora mismo, el único seguro de vida que tenían era el silencio, la mera tentativa de poder descubrir todo el tinglado. Pensó por un momento en pedir asilo político, protección..., pero no tenía claro a quién podía pedirla. Era evidente que España y Francia tenían un acuerdo con lo de los zombis, y no sabía cuántos países tendrían acuerdos parecidos. Pensó también que tal vez la oposición política podría darles protección... Pero ese tipo de acuerdos secretos muchas veces se hacía con el consentimiento de la oposición. Quizá Koldo podría conseguir ese apoyo. Él tenía mejores contactos que ella. Si lo pensaba fríamente, estaban solos. Absolutamente solos. Si capturaban a alguno de los del grupo, ella podría amenazar con tirar de la manta... Ésa era la única arma que tenía. No quería reconocerlo... El problema era más profundo. Otras veces se había visto en peligro y teniendo que desaparecer... pero ahora se había involucrado personalmente. En otras circunstancias ya habría vendido la noticia sin vacilar. Pero no podía mirar para otro lado y dejar morir a Antonio o a los demás. Estaba segura de que había perdido a Smix. No podía hacerlo.

Así que sus opciones consistían en esperar a que la situación derivase en una perspectiva nueva... para descubrir alguna posible solución. Adquirir seguridad. Macrocom, mientras tanto, no esperaría. Necesitaba una noticia. Ella le vendería el escándalo de los robots. Así al menos ganaría tiempo para pensar la mejor forma de desvelar al zombi. Por eso debía ir a Francia.

De madrugada, Antonio tuvo un despertar frío y repentino. Sudoroso, acababa de tener una idea que, por descabellada y loca, estaba dispuesto a realizar. Dormían en un camarote distribuidos en tres literas. A Koldo le habían dejado una cama por razones de peso y tamaño. Spider disfrutaba también de la litera estrecha, pues aunque en el barco le habían hecho otra cura y estaba mejor, aún le tenían consideración de herido. Antonio y Lise se apretaron en la última cama, a punto de caerse en varias ocasiones por lo angosto del catre. Esta vez no se habían peleado, quizá porque no habían dicho palabra. Ella dormía profundamente.

—Spider, ¿puedes acompañarme? —Antonio reclamó a Spider. El ingeniero bostezó y lo acompañó fuera del camarote—. Abrígate. Vamos fuera.

Solos en cubierta, el capitán del barco desde la cabina de mando los saludó con la mano. Aquel hombre parecía siempre igual..., fuese de noche o de día, recién levantado o terminando de comer.

—Spider, necesito que en España me hagas un favor... no puedes decírselo a nadie.

—Lo que quieras... Pero... ¿de qué se trata?

—Es un favor arriesgado.

Después de contárselo, Spider asintió y le golpeó en el hombro con el puño a modo de gesto amistoso.

—Cuenta conmigo.

Capítulo 4

—Señor Presidente, tiene una videollamada del Primer Ministro francés.

—De acuerdo. Pásela a la gran pantalla del despacho. Necesito tiempo para vestirme.

Jorge fue al armario y eligió un traje rápidamente. En el silencio capsular que siempre reinaba en aquel palacio, aquella noche, parecía especialmente aislado y hueco. Los ruidos de la apertura del armario y el discurrir de las perchas parecían amortiguados, como si la mansión pudiera engullir las estridencias. Era un silencio que últimamente pintaba todas las cosas. Muy lejanos le quedaban allí los aplausos de las campañas, los disparos de cava en las fiestas, como los recuerdos de un sordo que acabase de perder la capacidad de oír. Frente al espejo del cuarto de baño, escuchó su reflejo, pero, como de costumbre, no le traía más que ecos dispersos. En el trajín de anudarse la corbata se maldijo por tener aquellas ojeras. No despertó a su esposa cuidando mucho sus pasos y los movimientos. Era muy temprano... Aquella llamada debía de ser importante. Últimamente todas lo eran.

—Buenos días, Jean Pierre.

—Buenos días, Jorge.

—¿Qué se te ofrece?

—Jorge..., voy a ir al grano... Tenemos un problema bastante peliagudo. Nuestro servicio secreto no ha sido capaz de eliminar al zombi..., ya sabes..., el que es inocente. Se ha escapado de

Atlantis. Pensamos que podría desembarcar en España, buscando tal vez encontrar a su familia... La verdad es que nos tiene desorientados. Necesitamos de vuestra ayuda. Yo personalmente me estoy jugando el todo por el todo... El Presidente de la República ya me ha dado un aviso... Si no atajo esto pronto...

—¿Cómo se ha podido escapar?

—Ha tenido la colaboración de un millonario... Koldo Urzaiz, el empresario vasco de la Ledax. Escaparon en su yate. También ha recibido la ayuda de una newshunter y un pirata informático muy afamado.

—¡Joder, qué me estás contando! ¿Se va a destapar todo? ¿Me estás diciendo que voy a tener que soportar aún más escarnio? No te imaginas lo que he pasado estos días con la supuesta viuda... Sale a todas horas en televisión. Tuve que llamarla...

—La verdad es que estamos desconcertados... No sabemos por qué la periodista no ha dado ya la noticia. Supongo que piensa que la mataremos si lo hace.

—Nos tiene en sus manos, Jean Pierre... ¿Cómo ha podido pasar? ¿Cómo han podido escapar?

—Créeme que no ha sido por falta de medios. Simplemente, han sido más listos. Supongo que forman un buen equipo. También está con ellos un ingeniero de robótica.

Jorge, después de pegar un puñetazo en la mesa... respiró hondo.

—Veamos... Algo no encaja. Algo no les ha salido bien, porque si no... ya estaríamos en todos los periódicos.

—Puede que sí... o puede que no. Simplemente, esa mujer peca de un exceso de prudencia.

—El caso es que tenemos que acabar con ellos como sea. ¿Habéis pensado en sobornarla?

El Primer Ministro francés guardó silencio.

—¿No me has oído?

—Jorge..., no estoy seguro de que funcione el soborno con esa chica. Ella misma habría intentado vendernos la noticia. Además, quizá a ella la podamos comprar, pero ¿cómo podrías comprar a un hombre al que has quitado la vida? El proyecto zombi le sustrajo todo aquello por lo que merece la pena vivir. Ese tipo debe estar muy cabreado...

—Ya, pero si la comprásemos a ella, sólo a ella..., después lo cazaríamos a él. Esos newshunters no tienen escrúpulos. Seguro que nos lo pone en bandeja a un buen precio.

—Creo que no va a hacerlo. Esa chica ha tenido un lío con él... Cabe la posibilidad de...

—¿Una Newshunter enamorada? Seguramente se lió con él para descubrir la noticia. Esa gente se dedica a destrozar vidas destapando inmundicias por dinero... No obstante, nosotros haremos nuestro trabajo. Si están en España los descubriremos. Vigilaremos todo el norte de la península, todos los lugares en los que ese yate haya podido desembarcar. También vigilaremos a la familia del zombi. Haremos espionaje de llamadas... Lo que sea necesario.

—Supongo que ella estará negociando la cifra con Macrocom... Ésa es la compañía para la que trabaja.

—Macrocommunications... Americanos... Bueno nosotros tenemos algunos contactos con ellos... Moveré algunos hilos. Le compraremos la exclusiva a Macro... Ésos lo venden todo.

—Te aseguro que si está en venta nosotros pagaremos el setenta por ciento de la operación.

—¿El setenta? ¿Por qué no todo?

—La primera pifia no la cometimos nosotros. Fue uno de tus jueces el que se equivocó en la condena de ese desgraciado.

—Lo importante es pararlo, cueste lo que cueste.

Cuando se terminó la comunicación, Jorge aflojó el nudo de la corbata. Se quedó mirando por la ventana. Fuera, la noche parecía más tenebrosa. Oyó una puerta abrirse. Su esposa, apoyada en el marco de la puerta, lo miraba directamente a los ojos.

—Qué.

—Estoy harta... No quiero seguir adelante con esto. Me siento sucia.

—Tú no haces nada malo.

—Al principio, esto de la política era una aventura, una vida lujosa y trepidante. Ahora es una cárcel en la que a mi marido lo despiertan cada noche con una historia nauseabunda cada vez más inmoral... ¿No te das cuenta de que llevas siglos sin disfrutar de algo, de un maldito momento conmigo? En serio... Jorge, deja esta mierda. Hazlo por mí... Sí, en el fondo sé que quieres dejarlo. Ponme a mí de excusa. Salvarás los muebles y tendrás un retiro digno. Vámonos...

—Ahora no es el mejor momento... Ahora no puedo. Tengo compromisos. No es tan fácil como decir hasta aquí hemos llegado. Muchas personas dependen de mí. Ese proyecto fue iniciativa nuestra. Debemos responder de nuestra parte... Vendrán tiempos mejores... Como antes, Luna.

—¿Como antes de qué, Jorge? Tú quieres ser reelegido, ¿verdad? ¿A qué tiempos felices te refieres? Desde el día en que tomaste posesión del cargo en la primera legislatura..., todo se fue a la mierda, Jorge.

—No seas exagerada. ¡Cuántas personas darían su vida por estar aquí! Somos privilegiados. Somos...

—Jorge..., a la mierda con todo el mundo. Es nuestra vida. La estamos tirando a la basura. Lo que tú dices, este palacio, este estatus carcelario e hipócrita... ¡Estoy harta!

El hombre más poderoso de España se levantó y abrazó a su mujer.

—¡Jorge..., estoy harta, harta...!

La abrazó más fuerte. Las lágrimas de la mujer mojaban la chaqueta. Jorge tenía la vista perdida. Estaba triste y desorientado como un sordo en un mundo estridente, percibiendo los sonidos del llanto de su esposa, penando porque le traían recuerdos de risas pasadas, pero observando con lentitud el suelo de la habitación…, sintiendo que su principal preocupación en ese momento debía ser la búsqueda y eliminación del Zombi-100.

Capítulo 5

Las nieblas del puerto cercaban los barcos. Las luces policiales se espolvoreaban en las rebanadas de nublo, en los jirones de nube que parecían pesar en aquella madrugada y besaban el puerto. Cuando el barco entró en la dársena, fue registrado por más de veinte policías y un potente escáner militar que tenían instalado en la parte trasera de un camión. Pero la carga clandestina de drogas verdes no les interesaba. La otra carga, la humana, la habían liberado antes del puerto. En una playa del sur de Francia. El capitán hizo temblar su barba espesa sin poder contener la risa. Los policías pensaron que estaba loco.

A varios kilómetros de allí, una pequeña cala desierta fue testigo del desembarco furtivo. Cuatro individuos de respiración intensa, cuatro fuentes de vaho que contribuían a la blancura matinal, aparecieron de la niebla, provenientes del mar. Lise, una vez se deshizo de la arena que había manchado sus deportivas mojadas, sacudiéndolas en la carretera que pasaba junto a la cala, llamó a Dany con el celular.

—Hola, Dany. Necesito un vehículo. Estoy en Francia... —la mujer se alejó para tener privacidad.

Por su parte, Koldo, que no dejaba de vomitar humo en su aliento pesado, sin preocuparse en absoluto por la abundante cantidad de arena que tenía pegada a sus ropas, usó también un teléfono para contactar con su esposa, y también optó por retirarse para calmarla, pues la mujer se adivinaba histérica al otro lado.

—Bueno, yo no tengo a quién llamar... —decía Antonio, irónico, mientras despejaba una mano de aquellos granitos pegajosos.

—Tranquilo, yo tampoco.

—¿No tienes familia?

—No.

—No lo sabía. ¿Y Muna?

—Quiero llamarla..., pero creo que no es el momento. Además, ahora mismo pensará que soy un terrorista o algo peor. Quizá la busque cuando se acabe toda esta locura. Es una buena chica. Siempre y cuando esto acabe bien...

Lise tardó más en regresar que Koldo. Antonio sabía que ahora llegaba el momento de las despedidas. La chica se encogió de hombros un poco y agachó la cabeza tratando de buscar en el suelo palabras perdidas.

—Si todo sale bien... nos volveremos a ver pronto, así que no quiero dramatismos. Dos besos y a trabajar. Ahora toca separarse —dijo Lise.

Spider la abrazó fuerte.

—Me has salvado la vida... —dijo el ingeniero.

—No digas tonterías... También te la he complicado.

—Cuídate... A nosotros un helicóptero nos llevará a España. No te preocupes. Ya he dado instrucciones a mi mujer... Allí tenemos apoyo político seguro. Doy mucha pasta al partido que gobierna... Aunque estén en el ajo, por lo menos conseguiré que me escuchen y les advertiré de que todo se revelará a la mínima agresión. Al menos tendrás unos días para acabar lo tuyo. Si necesitas cualquier cosa, llama.

—Gracias, grandullón. Si no fuera por ti... —dijo entregándose al abrazo de Koldo.

Era el momento de despedirse de Antonio. Los demás se distanciaron dejándolos a solas. Se miraron directamente a los ojos.

—¿Qué va a suceder, Lise?

—No lo sé, Antonio.

—Me has salvado la vida. Creo que no te he dado las gracias por eso… Después has sido muy despectiva conmigo. La verdad es que estoy decepcionado…

—Cállate.

La mujer tenía un brillo en los ojos nuevo para Antonio. Lo besó en los labios.

—Cuídate, zombi… Todo esto acabará bien… y podrás volver a tener las cosas que perdiste…

Aquel beso había sido como un tirón de orejas. Antonio se sentía un inconsciente que no sabe administrar los sentimientos que de veras importan. De pronto, aquello era una despedida… Y aquel beso, aquella cercanía, la forma de arrojar toda las demás situaciones a un lado y simplemente besarlo, indicaban que podría ser la última vez que se vieran las caras.

—Sí.

—Anda, ve con los demás. Odio las despedidas.

—Cuídate mucho… Quiero volver a verte —le susurraba él abrazándola.

Se besaron nuevamente. Con los ojos cerrados, Antonio percibió cierta familiaridad en aquellos labios. Cierta comodidad de haberlos besado antes. También percibió un frío en la mejilla, la humedad de una lágrima. Él tenía ganas de llorar también, pero el llanto de ella lo desconcertó tanto que secó sus intenciones. En el fondo, Antonio tenía la sensación de que no volvería a verla. Y suplicaba equivocarse.

Lise se separó y dio media vuelta. Hizo un gesto con la mano a modo de despedida común para todos. Una sonrisa, la mano retirando las lágrimas, y se volvió para caminar hacia el fondo de aquella pequeña bahía, en dirección norte, al corazón de Francia. Ya no volvió la vista atrás.

—Seguro que volveréis a veros. Tranquilo —afirmaba Spider.

—No lo sé. Ha sido una despedida tan rotunda... que no sé qué pensar.

—Mira..., tal y como yo lo veo, Antonio, le has calado hondo a esa mujer. Es una newshunter... Lo más normal sería que hubiese vendido esta exclusiva en el momento en que supo de ella. Lo lógico sería que tú estuvieses muerto y sobre tu cadáver se escribiesen epopeyas. Pero no... Está buscando la forma de que todos salgamos vivos. Su silencio le impide ganar mucho dinero y hacer bien su trabajo. Desde mi punto de vista va a arriesgar su vida por nosotros, y eso, querido amigo, no se hace porque sí...

—¿Y si la matan?

—Tiene despistados a todos los espías franceses que ahora la estarán buscando por medio mundo. Es muy lista, y no olvides que cuenta con la ayuda de ese Flinch. Estoy seguro de que va a ser muy difícil atraparla. A mí me ha encomendado protegeros, así que ahora nos toca dar un paseo en helicóptero.

Koldo describió enérgicamente el entorno donde se encontraban al piloto del helicóptero, para que los recogieran en un campo cercano a la costa. Era una región sureña, plagada de sembrados y parcelas de pastos verdes, muy similares al suyo, así que los pilotos no lograban localizar el lugar. Por fin escucharon el zumbido locomotor de las hélices. Rezaron para que fuese su helicóptero y no cualquier otro vehículo, como un taxi o, aún peor, uno de aquellos monstruos del ejército que patrullaban las costas.

Volando, Antonio, desde su asiento en la aeronave, miraba por los cristales el norte. Justo en la dirección contraria de su rumbo. Entre aquellas campiñas, una mujer desafiaba a dos naciones, sola. Unos nubarrones que tapaban el horizonte allí, hacia donde se dirigía Lise, lo sumían en pensamientos desalentadores, de mal presagio. Ningún rayo solar lograba escaparse de la trampa alada de las nubes montañosas.

Capítulo 6

En España, François no podía moverse con la misma libertad de la que había gozado en Atlantis, o de la que podía disponer en su país. El CNI rápidamente se puso en contacto con él. Para cada acción, siempre tenía pegado como una sombra a alguno de aquellos rocosos policías del norte de España. Todos los puertos estaban vigilados. Ni en Francia ni en España se tenía constancia del desembarco de un yate de las características concretas de la embarcación de Koldo. François intuía que habían conseguido llegar a tierra por otros medios. Pensaba que en España podrían sentirse más refugiados. No obstante, avisaron al Gobierno de Portugal, incluso a Estados Unidos. Siguiendo sus propias convicciones, había establecido su base de operaciones en Bilbao, pero no descartaba trasladarse a cualquier lugar del mundo en el que dejasen una pista.

Lo que nadie sospechaba ni había calculado..., lo sorprendente, fue que Koldo apareció en las noticias de la televisión pública, ante la estupefacción de todo el servicio de espionaje francés y español.

—Tenemos un comunicado de última hora. Koldo Urzaiz, acusado por fuentes policiales francesas de financiar a grupos antisistema, agrupaciones que podrían estar implicadas en el trágico atentado de Atlantis..., habla en exclusiva para nuestra cadena. El famoso empresario, inventor de la Ledax, se ha visto envuelto en una trama que ha sorprendido a propios y extraños. Aquí tenemos la grabación de sus declaraciones:

—«Buenos días. Lo primero que quiero dejar claro, para que no se preocupen mis familiares y amigos, es que estoy bien, que me encuentro en una de mis residencias en España… y que, por supuesto, no tengo nada que ver con la supuesta trama de desvío de capitales para la financiación de esos grupos terroristas supuestos que provocaron el atentado en la isla. Adoro esa isla y he financiado muchos negocios allí… Sobra decir que iría contra mis propios intereses. Quiero advertir a la opinión pública que todo parte de un error. Que el servicio de inteligencia francés, en la buena fe de la persecución de los terroristas, ha errado, y espero la correspondiente rectificación por su parte en breve para que deje de caer sobre mí cualquier sospecha. Soy un empresario que se ha visto perseguido y vilipendiado y espero, como ya he dicho…, una rectificación inmediata del Gobierno francés».

François rápidamente llamó a sus hombres.

—Quiero un listado de las residencias de ese tipo… —dijo en tono autoritario a su colega español. Los tenía. Sólo debía concretar el sitio, y él mismo acabaría con ellos. La policía vasca pudo facilitarle dicho listado en diez minutos, y el CNI español le indicó que un helicóptero de la empresa había aterrizado hacía sólo unas horas en una mansión que el millonario tenía en los picos de Europa. Mientras estaba preparando el dispositivo de asalto que llevaría para la mansión, su teléfono sonó.

—¿Sí?

—Hola, François. Soy el Ministro del Interior español. Supongo que habrá visto el comunicado del señor Urzaiz en la televisión… Nuestros hombres nos han advertido que usted está preparando un equipo para asaltar la mansión. Le advierto que el señor Koldo en estos momentos está protegido por nuestro Gobierno. Consulte con sus superiores… Pero no le permitiremos llevar a cabo ninguna acción. ¿Me ha entendido?

—Pero ¿no se da cuenta de que es nuestra oportunidad? Los tenemos a todos allí reunidos...

—Hable con sus superiores.

François, inmediatamente después de cortar la comunicación con el Ministro español, llamó a su homólogo francés.

—Los tenemos. Están en una mansión en las montañas del norte de España... y el Gobierno español no nos quiere dejar intervenir... Pero ¿a qué demonios juegan?

—François..., creo que llega el momento de la política... El momento de la acción pasó y no dio resultados.

—¡Déjeme intervenir! Los mataremos a todos y se acabarán los problemas... Después, invéntense lo que quieran para justificarlo... Los muertos no pueden rebatir ninguna conspiración. ¡Maldita sea! Les tenemos.

—François, el Presidente de la República Renoir y el Primer Ministro Jean Pierre en persona han estado hablando con el Presidente español. ¿Qué coño crees que significa ese comunicado? Ha sido una advertencia, una amenaza. Ese tipo tiene los apoyos necesarios y la capacidad para dar a conocer toda la verdad. Ese comunicado... es una prueba de que podría fulminarnos ahora mismo. Si los molestamos, todo saldrá a la luz. No se los puede tocar... Por otro lado, ellos deben ser conscientes de que si hablan los liquidaremos. Hay que esperar. Quizá podamos evitar todo negociando... François, si te soy sincero, yo prefiero intervenir... Pero cumplo órdenes.

—Mierda.

—Por cierto, en esa casa no está la chica... Ella no está en la mansión. Eso afirma el servicio secreto español. Eso nos preocupa... Ella tiene un colaborador..., un informático que se las da de mesías. Lise puede usarlo para publicar por Internet toda la trama. Tenemos a nuestros mejores expertos intentando localizar a ese tipo. Nos ha llegado un correo electrónico en el que se advierte que destaparán toda la conspiración si hacemos daño a cualquiera de los cuatro. Así que tenemos dos frentes abiertos. Por un lado, Koldo y sus influencias en España. Por otro, ese informático. Lo primero podríamos conseguir controlarlo, pero… a ese loco de Internet no lo puede controlar nadie.

—Intentaré averiguar dónde está la chica… No sabía que ella no estaba en la mansión. Se han separado. Si atacamos la mansión, ella venderá su exclusiva. Comprendido —argumentaba François con su propia lectura del conflicto de intereses.

—Exacto. Si damos con el pirata informático y la chica…, quizá entonces podríamos fingir un accidente en la mansión del millonario. Hasta entonces… nada.

François se dirigió a su colega español. Y le agarró de las solapas de su chaqueta de cuero.

—¿Por qué no se me informó de que la chica no estaba con ellos? ¡No me están ayudando!

—Suéltame inmediatamente. Yo no soy uno de tus subordinados.

François lo soltó y salió fuera del piso. Necesitaba despejarse. Salió a la calle y comenzó un paseo hacia el famoso museo de la ciudad. No dejaba de darle vueltas a lo sucedido hasta aquel día. No tenía sentido que aquella mujer hubiese dejado atrás a sus compañeros… No tenía sentido que dejase a un lado su gran noticia. Sin embargo, los había dejado a buen recaudo… Estaba seguro de que ella había tenido la idea de la comparecencia de Koldo en los medios. Era muy lista… Parecía conocer muy bien la naturaleza cobarde de los políticos. Sabía que se aterrarían ante el comunicado. Pero ¿qué demonios hacía ella?

Tardó mucho en comprender la forma de pensar de Lise. Lo había sorprendido que aquella mujer lo derrotase tantas veces, pero, sobre todo, la aparente ética con la que estaba protegiendo a su mercancía. Parecía estar tramando algo para asegurarse de que podría desvelar el misterio sin que sus amigos corriesen peligro. De repente, François lo tuvo claro... Ella quería hacer negocio. Se había separado de ellos porque quería vender algo a sus compradores. Macrocom estaría presionándola mucho... y ella no estaba dispuesta a dar la noticia del zombi... Así que no le quedaba más remedio que continuar desvelando el otro misterio. De repente, François tenía la certeza de que aquella mujer no era tan bondadosa... Estaba simplemente intentando sacar tajada. Como aquella lógica le parecía mucho más realista que la de la historia de amor..., Lise sólo podía estar en un sitio.

¡Lise estaba en Francia!

Con esa convicción desanduvo sus pasos por Bilbao hasta el piso franco donde estaba su equipo.

—¡Arriba todo el mundo!... Nos vamos a Francia. Jacques quiero hablar contigo un momento.

Jacques, recién llegado de Atlantis, después de atar todos los cabos del «atentado», estaba revelándose como un hombre muy eficiente.

—Jacques, tú te quedarás aquí en España para vigilar los pasos del Zombi-100 y sus compañeros. Tienes que ser consciente de que cualquier acción que ponga en peligro el proyecto... debes contestarla con plomo. A la mierda estos mamones del CNI. Si yo capturo a la periodista, matas al zombi inmediatamente. Si ves que el zombi o Koldo hacen algo que ponga en serio peligro la publicidad del proyecto, hazlos arder en el infierno. ¿Entendido?

—Está todo muy claro, François.

—Estupendo. Se quedarán contigo tres hombres. Te dejo todo el mando, así que no dejes que te avasallen los del CNI. Ahora la autoridad de la facción francesa en territorio español eres tú.

Capítulo 7

En la casa no cesaban las llamadas. Koldo había jugado bien sus cartas. La mansión acogía a los fugitivos y les hacía olvidar las penurias del trayecto en aquel camarote del barco de los naturalistas antisistema, donde los habían atacado la humedad y el frío. Las comilonas con postres complicados, leche con pasteles para cenar, ríos de vino exquisito y un ambiente absolutamente aislado del exterior, componían otro concepto de refugio mucho más agradable. Un médico atendió a Spider inmediatamente después de aterrizar. La cura que le había efectuado Lise le había evitado mayores secuelas. El médico le aseguró que en un par de días estaría como nuevo.

Por su parte, Antonio había llamado a Lise en un par de ocasiones para saber si estaba bien. Ella le había agradecido el gesto, pero le había pedido por favor que, salvo emergencia, no se comunicase por otra vía que no fuese el correo electrónico.

La lluvia decoraba con su rumor todos los ventanales de la mansión. Las horas se hacían eternas. La residencia disponía de dos pisos y de un sótano donde dormía la colección de coches del empresario. Toda la casa, de techos altos, estaba provista de infinidad de obras de arte dispuestas al azar. El gran salón con chimenea era el centro neurálgico donde mirando el fuego, o las noticias en la gran pantalla de la pared, bien leyendo algún libro de la biblioteca o simplemente entregándose a la contemplación por los ventanales del paisaje verde acuoso…, pasaban las horas.

Spider y Antonio no durmieron la segunda noche. Fingieron hacerlo, pero tenían otros planes. Con sigilo y por separado, bajaron a la cocina.

—Tenemos que hacer el menor ruido posible —advertía Antonio.

Spider rebuscaba entre los cubiertos. El sonido de la plata por entre la calma nocturna era estridente. Spider seleccionó un cuchillo y lo guardó en sus pantalones. Ambos se dirigieron al ascensor transparente que conducía a la cochera. Una vez allí, después de quedar absortos con la colección de coches que tenía Koldo, buscaron el armario de las llaves.

—Estaba en aquella pared —decía Spider mientras repasaba el garaje. Con el cuchillo, Spider desmontó una consola donde se contenían las llaves de todos los coches aparcados allí—. ¿Qué coche quieres?

—Me da igual… Todos son buenos… A ver… Prueba aquel… Para salir lo tiene más fácil.

—¿El Mercedes?

—… Es demasiado ostentoso. A lo mejor me paran simplemente por eso…

—Tal vez por ser un coche bueno los controles habituales te dejarán en paz… De todas formas, no hay mucho donde elegir… Todos son cochazos.

—Vale el Mercedes.

Spider, rascándose la cabeza rapada, se acercó con la llave hasta el coche. Accionó el botón y la puerta se abrió.

—*Buenas noches, Koldo* —dijo el coche.

Spider tardó un rato en conseguir desconectar los sistemas de seguridad antirrobo. Esos modelos poseían un elenco de medidas tales como que, ante un cambio de peso en el conductor, les pedía una identificación por voz y, si seguía sin ser buena, llegaban a pedir la identificación documental. Spider no tardó mucho en dejar fuera de combate aquellos sistemas. Teniendo la llave las cosas se simplificaban bastante. Sin llave, habría sido una fortaleza inexpugnable.

—Esta avería le va a costar un huevo repararla... No he tenido más remedio que joderle la CPU —decía Spider, prácticamente engullido por el vehículo, agachado sobre el motor, con el capó levantado—. Ya está. Siéntate y arranca.

—¿Ahora?

—Sí.

Antonio pulsó el botón de arranque. El motor se encendió. Un avisador visual alertaba de un fallo eléctrico y varios errores en el ordenador central del coche. Le recomendaban acudir al taller más cercano de inmediato.

—Bueno, chico... Te debo una.

—Antonio, ¿seguro que quieres hacer esto solo?

—Estoy harto de que os arriesguéis por mí. Sobre todo tú, que tienes una herida de bala. No sabría cómo explicarlo, pero creo que debo estar seguro de algo... y no lo estaré si no voy yo mismo y lo compruebo.

—Ten mucho cuidado...

—Sí.

Antonio bajó la luna de su puerta y estrechó la mano a Spider. Tras ese gesto, se dirigió con lentitud hasta la salida del garaje, mientras regulaba el asiento para estar más cómodo. El tamaño del volante, la inclinación de los espejos... Después, al intentar programar una ruta, fue advertido de un mal funcionamiento del sistema central. Pero, por lo visto, su amigo no había dañado el GPS, así que podría disfrutar de todos los mapeados y de la conexión a Internet. La puerta del garaje se abrió con parsimonia. Antonio salió de la casa y se dirigió por un caminito hacia la cancela del límite de la propiedad. Estaba dispuesto a romperla si era necesario, embistiendo con el coche... Pero, por lo visto, reconocía al vehículo y le dio paso.

Fuera, en la calzada montañosa, había una furgoneta parada frente a la cancela. Antonio salió disparado montaña abajo, siguiendo las indicaciones del GPS. Por el retrovisor no distinguió luces o cualquier otra pista que implicase que lo estuvieran siguiendo. Dejó el camino de montaña y accedió a una de las autovías. A unos kilómetros de distancia, pagó el peaje sin despertar sospechas... Fue en ese instante cuando se sintió más seguro.

A la mañana siguiente, Koldo comprobó que no era, como de costumbre, el primero en levantarse... En la cocina, Spider estaba ultimando el desayuno.

—¿Qué haces despierto a estas horas?

—No he dormido, si te soy sincero. Tengo que decirte algo...

—¿Qué?

—Ayer, de madrugada, ayudé a nuestro amigo Antonio a irse de aquí. Se llevó uno de tus coches... el Mercedes plateado...

—¿Y me lo dices ahora? ¿Por qué?

—Lo siento de veras, Koldo, pero Antonio me lo pidió expresamente. Me advirtió que, si tú sabías algo..., no lo dejarías marchar.

—Pues claro que no... Es un suicidio. Aquí estamos a salvo. Se está arriesgando innecesariamente a que lo capturen. Si lo cazan..., todo será mucho más complicado... Porque muy probablemente lo maten. ¿Adónde va?

—¿No lo imaginas?

De repente Koldo, que hasta ese momento parecía bastante molesto, sonrió con la vista perdida en las ventanas.

—Ese cabrón lo tenía todo pensado ¿verdad? Se merece una oportunidad.

—A mí me pidió el favor en el barco... Me hizo jurar que no te lo contaría, ni a ti ni a Lise.

—Va a buscar a su mujer. Ahora no lo podré proteger. Supongo que ya lo estarán siguiendo. En principio no deberían hacerle nada, pero si se acerca demasiado a su esposa... se lo cargarán. Si ven amenazado el secreto lo matarán, y nada de todo esto habrá servido... Fíjate que yo pensaba que al final se quedaría con Lise...

—Yo creo que simplemente está hecho un lío y necesita aclararse. No sé lo que puede pasar por su cabeza. Esperemos que no lo capturen. De todas formas..., si me pongo en su lugar... Tenía una vida, una familia. En las imágenes, la tal Sonia habla de él como si de un héroe se tratara. Estoy seguro de que lo ama, de que esa mujer sería capaz de empezar de nuevo si fuese necesario. Lise... No sé que pensar de ella. Está claro que lo quiere, pero... no se llevan bien.

El teléfono sonó. Koldo dio la orden para hacer videoconferencia. Tal y como presentía... era Antonio. Sonreía a los mandos del coche prestado.

—¡Hola, Koldo!

—Sí... Maldito, te has llevado uno de mis preferidos —reñía Koldo sin un atisbo de rencor.

—Lo siento..., pero tenía que hacerlo. Espero no haberla cagado demasiado.

—¿Quieres volver con ella?

—No lo sé, Koldo... Pero sé que tengo que verla, sin pantallas de por medio. Tengo que verla y pensar. No podía quedarme en tu refugio más tiempo sin saber siquiera si tendría en el futuro oportunidad de acercarme a ella... No sé si podréis entenderme, pero era la única salida para no volverme loco. Ellos me borraron todo, pero sin embargo mírame aquí, robándole el coche a uno de mis dos mejores amigos, lanzándome a la locura... Ellos borraron, pero la diferencia con respecto a los otros es que los demás sí eran asesinos, y yo no. Merezco esta oportunidad de por lo menos saber qué siento.

—¿Y si descubres que la amas? Que tienes que volver con ella...

—Entonces esperaré a que Lise vuelva y daremos la noticia lo antes posible para que el escándalo creado no sea tan gigante como el escándalo que se formaría si me asesinan por despecho.

—Si te pillan, si te acercas demasiado… No hagas locuras.

—Lo sé. Creo que los de la furgoneta de vigilancia de la puerta de la mansión no se han dado cuenta.

—De todas formas, ella estará vigilada. Oye…, en la guantera…, la clave es LEDAX, hay dinero. Ten mucho cuidado. Si te capturan, si alguien analiza tu ADN, o si tu mujer te reconoce…, dejarás en pelotas a Lise, y a nosotros.

—Seguramente se enfadará por esto… Echadme un cable con ella. Intentaré que nada de eso pase… Bueno, no me asustéis más de lo que estoy. Deseadme suerte.

—Suerte, compañero.

—Suerte, amigo.

Capítulo 8

La niebla arropaba el complejo abandonado de la cárcel «Nómada». Era muy difícil avanzar sin hollar cristales o escombros. El deterioro y la erosión humana que había sufrido la antigua instalación penitenciaria, hacía poco creíble que entre aquellas ruinas se escondiera una base militar, si no fuera por la verja espinosa que Lise había tenido que franquear. La desolación y quietud que reinaban en la cárcel incitaban a pensar más en una guarida de drogadictos que en un escondrijo de alta tecnología. Esto ayudaba a disimular su actividad secreta.

Después de escanear el terreno, Lise había descubierto numerosas barreras láser para detectar la presencia de intrusos... Afortunadamente, aún no había tenido serios problemas para avanzar. En un par de ocasiones, la llegada de algunos vehículos visiblemente militarizados la había puesto en alerta de dónde podría estar la entrada a la base subterránea. Su plan era sencillo esa noche. Necesitaba colarse en las instalaciones y había dos formas de hacerlo: una sin ser vista y otra accediendo con una acreditación falsa. Si veía posible colarse con acreditación, lo prefería, pues así disfrutaría de una movilidad más cómoda. Infiltrarse sin más... sería demasiado peligroso.

La Nómada fue un castillo de cristal. Su silueta cortaba la noche como la sombra de un museo Guggenheim. Ejemplo de las nuevas instalaciones de agrupación de presos para la reinserción de internos. Era una de las famosas cárceles que habían poblado la geografía europea a mediados de siglo. Lise pudo comprobar en su avance en el interior del recinto, que las famosas celdas sin barrotes no eran un mito. Lujosas habitaciones en las que aún quedaban vestigios de los colchones famosos y demás comodidades. El mismo nombre de la prisión implicaba una voluntad institucional de que fuera un lugar de paso. Las celdas eran de diseño, con puertas de cristal para no agobiar a los presos, literas de lujo, televisión de pared, acceso a Internet, menús de comedor a la carta. Lise pisaba los cristales de las puertas hechas añicos y contemplaba las pintadas de grafiti encima de las maderas que embellecieron las paredes antaño. Por supuesto la instalación había sido saqueada durante las revueltas de mediados de siglo. En Francia la violencia vino contagiada de España. Los sistemas penitenciarios, que concedían cada vez más derechos a los reos, las corrientes intelectuales que abrigaban la idea de más reinserción y menos condena, se vieron de bruces con una revolución que supuso un cambio de mentalidad pendular hacia el otro extremo. La ola de violencia, de venganzas privadas que arrasó la sociedad española tuvo un reflejo inmediato en Francia. La gente se echó a la calle a protestar por la inseguridad ciudadana, por las cárceles de lujo que permitían la impunidad y el concepto de castigo necesarios para resarcir a las víctimas, y la policía no fue suficiente. El ejército cargaba y las leyes encerraban en esos «hoteles» a los delincuentes. Era un círculo difícil de romper si no se tomaban decisiones contundentes. Así aquella ola de violencia se vio frenada por la ruptura de la Unión Europea para la instauración de la pena de muerte en algunos países. La crisis institucional, el cataclismo moral, provocó un clima depresivo del que aún en la actualidad no se había recuperado a juzgar por lo que Lise constataba en su día a día. Los ricos se escondían del mundo en lugares fabricados como Atlantis. Los demás habitantes del planeta se devoraban mientras trabajaban para ellos. Conseguir un estatus siendo hijo de clase media era un sueño maldito que no se llegaba a conseguir nunca. Siempre se iba a menos que el progenitor. Ni los estudios, ni la preparación, implicaban el éxito, sin el apoyo de una economía fuerte detrás, que pudiese costear carísimos cursos de postgrado, la mayoría privados, que exigían las empresas para sus puestos relevantes. La delincuencia crecía cada año imparable. Sólo las medidas drásticas, como la pena de muerte, la cadena perpetua, frenaban los ánimos de aquel caldo de cultivo. Hacían conformarse a los desilusionados con su desilusión y no desear perder también la vida, o la libertad. Las cárceles en la actualidad no se parecían a la Nómada. Austeras y masificadas, con la legalización de los trabajos forzados, no eran plato de gusto para los internos. El índice de suicidios en prisión era histórico. Lise no podía creer cómo entre toda aquella amalgama de problemas se hubiese concebido un programa secreto como el proyecto Zombi. Era algo realmente arriesgado y contradictorio.

Las penas se habían vuelto a endurecer asemejándose a las del siglo XX, y todos coincidían en que la naturaleza humana tenía un límite en cuanto a conducta civilizada para con sus presos. Incluso se estaba llegando a una especie de sistematización de los hechos delictivos desde la infancia. Los barrios marginales en las grandes ciudades eran el exilio para pobres y delincuentes, pues se pedía peaje para acceder a la mayoría de calles centrales. Había que pagar por ir por el centro de las ciudades. Así se podían conseguir atmósferas como la de Atlantis en los lugares más chic del planeta como Beijing, Shangai, la eterna Nueva York, París, Madrid, Londres. En todas las grandes capitales el peaje humano hacía estragos. Lise suponía que una noticia como la del proyecto Zombi podría afectar mucho a la estabilidad de los gobiernos europeos. Pero sólo conseguiría que la pena de muerte se acabase aplicando literalmente. Se cuestionaba la bondad de dar la noticia... Al menos ahora la gente no estaba muriendo...

Llegó al patio trasero de la cárcel. Allí encontró lo que buscaba. Un pequeño barracón instalado, de aspecto provisional, nada llamativo, no unas instalaciones de diseño. Sólo un tenderete. Un vehículo esperaba a que lo dejasen pasar. Lise sacó la cámara y comenzó a disparar. Capturó imágenes desde muchos ángulos corriendo por los accidentados pasillos que daban al patio trasero. Sobre todo cuando los soldados le dieron paso al vehículo al interior del barracón. Lise apostaría a que en el interior de aquella tienda no había más misterio que un montacargas, un ascensor que comunicaría al exterior un complejo subterráneo. Se imaginaba que sería algo parecido a los laboratorios donde se construía el Ulises en Atlantis, pero más austero, más militar. Sacó de una mochila la pantalla portátil y pasó las imágenes que acababa de capturar. La cámara de alta precisión había hecho su trabajo. Sin problemas, consiguió capturar una imagen de la acreditación de los soldados que la llevaban en la solapa de la guerrera. Asimismo observó el tipo de tarjeta que usaba el hombre del vehículo. Era un disco óptico. Ésa era la verdadera acreditación. Seguramente la comprobaban antes de abrir el ascensor. Debía conseguir uno... En ese disco estaban los protocolos de entrada.

Odiaba esperar, pero la única forma que se le ocurría de conseguir un disco era esperar a que saliera otro vehículo y robárselo. Poco a poco fue cerrándose la noche, volviéndose más fría y desangelada, con menos ruidos. Su respiración creaba bruma y congelaba el silencio. Una tiritera se apoderó de sus manos. Sólo frotando las palmas o cerrando los puños fuerte podía esquivarla.

Por fin, una furgoneta salió de aquella tienda portátil. Los soldados la despidieron entre risas. Lise corrió todo lo que pudo. Bajó las escaleras a saltos, luchando por llegar lo antes posible al porche de entrada de la cárcel. Al menos antes de que la furgoneta saliera del recinto. Por fortuna se detuvo en varias ocasiones. Fotografió la matrícula. Y en un alarde de puntería consiguió lanzarle una baliza que se pegó a uno de los laterales. El color oscuro del vehículo ayudaba a que el localizador no fuese detectado. Pero no duraría mucho. Apenas detuvieran el vehículo, a simple vista podrían localizarla paseando a su alrededor. Era una baliza en miniatura, pero el adhesivo que necesitaba para poder pegarse cuando se lanzaba a modo de piedra era el problema. Requería un mínimo de masa, suficiente para que se pudiera catapultar con el brazo a una distancia razonable.

Corriendo, salió del recinto sorteando los haces de rayos con las gafas especiales puestas. Después pasó por la abertura de la verja que había preparado antes de entrar. Tuvo problemas para soldar la verja de nuevo con el pegamento, porque tenía los dedos agarrotados a causa del frío. Pero la baliza de señalización que había colocado en el furgón le permitiría seguirle la pista sin problemas, así que no estaba preocupada. Subió a la moto sintiendo las nalgas gélidas. Cualquier arruga en su atuendo parecía cortante. El resto del cuerpo lo tenía en plena combustión después de la carrera hacia la moto.

El vehículo se detuvo en un restaurante de carretera, cercado de pinos, en un lugar alto de montaña en el que parecía haber nevado no hacía mucho. El local bien podría parecer un albergue regentado por leñadores. En un cartel enorme en la entrada se podía leer «Essayez notre tarte de pomme». Lise tenía hambre y un plan. Decidió matar dos pájaros de un tiro.

Justo antes de entrar al restaurante recibió una llamada. Era Spider.

—Dime, Spider. Es un mal momento. Sé breve, por favor.

—Hola, Lise. Queríamos que supieras que Antonio se ha marchado. Te hemos llamado varias veces, pero no respondías. Anoche se fue.

—¿De qué diablos estás hablando? ¿Lo han secuestrado?

—No. Se fue por su propia voluntad. Yo lo ayudé… Se dirige hacia el sur. Dice… Dice que quiere ver a su esposa…

Lise guardó silencio.

—Mira, ahora no puedo hablar… Es un insensato… Pueden matarlo. Por otra parte…, es necesario que sepamos qué quiere hacer.

—¿A qué te refieres?

—Si decide volver a su vida anterior…, tendremos que negociar en un sentido. Si decide no volver a su vida…, cambia todo.

—¿Tú quieres estar con él?

—Spider, sé realista. Lo lógico es que él quiera recuperar lo que tenía. Bueno, ya te he dicho que no puedo hablar. En otro momento os llamo. Si hay alguna novedad urgente…

—Te llamaremos.

—Estupendo.

Lise necesitó un par de minutos para recuperarse. Junto a la moto, mirando al vacío que le quedaba por atravesar hasta el restaurante, no dejaba de pensar qué podía suceder. A juzgar por lo que Antonio les había contado, le habían borrado la memoria, se la habían limpiado de emociones… ¿Qué sucedería cuando volviese a ver a Sonia? Lise no tenía fuerzas para pensar. Necesitaba olvidarse de todo ahora. Apretando los puños, los dientes; apretando los muslos, los glúteos…, se dirigió al interior del local.

Tomó asiento en una mesa contigua a la del tipo que seguía, y pidió la tarta de manzana que aconsejaba el cartel de la entrada. En el local reinaba la quietud, sólo perturbada por el sonido de los cubiertos mientras un gigantesco camarero los ordenaba en un cajón de madera. Una chica negra, canturreando, atendía al sujeto que ella venía siguiendo. Lise esperaba que su perseguido fuese al servicio… «Todo el mundo va al servicio cuando cena en un restaurante», se decía mientras lo observaba. El tipo se quitó la gorra de la empresa. Lise contempló que se trataba de una empresa del Gobierno, de mensajería. En un asiento de la mesa había dejado el maletín, donde seguro guardaba el disco. Lise no habría tenido que entrar en el local si lo hubiese dejado en la furgoneta. Supuso que allí dentro guardaría también su propia cartera. Lise no podía robarle el maletín y salir corriendo, porque probablemente avisaría de su pérdida y bloquearían sus credenciales.

—¿Qué quiere cenar?

—Un pedazo de esa famosa tarta bastará.

A punto de acabarse la tarta, que por cierto no merecía el reclamo de la puerta del restaurante, su perseguido se dirigió por fin al servicio. Ni corta ni perezosa, Lise se levantó y fue a sentarse en la mesa de su objetivo. Tomó el maletín y volvió a su mesa con la naturalidad de quien hace un encargo. Lo inspeccionó detenidamente. Tenía un cerrojo con combinación de seguridad. Todo sería cuestión de suerte. Si el tipo no había puesto la contraseña, podría conseguir su objetivo. Si en cambio estaba cerrado, tendría que recurrir a otras estrategias más complicadas. Intentó abrirlo. Tuvo suerte. El maletín emitió el clásico chasquido. Lo abrió. En ese momento oyó que el legítimo dueño de aquella valija salía del baño. Con diligencia y sin mucha prisa, colocó la silla en la que había apoyado el maletín en la posición original, cerca de la mesa, para impedir que hubiese visibilidad. En su paseo, el tipo, que no tendría más de treinta años, le sonrió. Ella devolvió la sonrisa esperando que él no comprobase si su preciado maletín de cuero negro seguía descansando en la silla de su izquierda. Lise se repetía una y otra vez, sin pronunciarlo, «no mires, no mires»... Pero su alarma cesó cuando contempló como él continuó comiendo su solomillo de ternera. Después de unos segundos, Lise volvió a desplazar la silla donde guardaba el maletín del mensajero, que ahora además estaba abierto. Allí no tardó mucho en encontrar el disco de acreditación. Lo sustrajo con premura y echó un vistazo al resto del contenido. La mayor parte eran albaranes de entrega de materiales, como estanterías y archivadores de oficina, clasificadores de tarjetas de memoria y discos. El problema ahora sería otro. Con el disco en la mano, salió del local y se dirigió hasta la moto, después de pagar la cuenta. Había escondido el maletín debajo de la mesa antes de salir.

—Hola. Dany. ¿Estás?

Su amigo no estaba disponible, cosa rara en él, así que a Lise no le quedaba más remedio que serenarse. Sacó un copiador portátil que llevaba en la mochila y acertó en meter el disco. Después de leer el contenido y almacenarlo, rápidamente le dejó un mensaje en el contestador.

—Dany, échale un vistazo a este disco de acreditación y fabrícame uno igual.

Lise regresó corriendo al restaurante. Temía lo peor…

—¿Desea algo más? —preguntaba la camarera.

—Sí, es que creo que me he dejado las llaves de la moto en mi sitio… No se moleste, ya lo miro yo.

El mensajero, que ya tenía el postre encima de la mesa, otro trozo de aquella tarta excesivamente melosa, le echó un vistazo cuando ella se volvió a acercar a su lugar. Le concedió, sin saberlo, cierto margen para introducir el disco nuevamente en el maletín. Mientras estuviera pendiente de sus ojos y pechos, no se preguntaría por qué mantenía una mano atrás. Después de retornar el disco a su lugar, lo cerró mientras fingió un golpe con la mesa.

—Estoy bien, gracias… —dijo para impedir que la camarera se acercase. La muchacha, que estaba entregada a la tarea de colocar las sillas, no insistió.

Ahora el maletín estaba tal y como lo había sustraído… El problema era que no estaba donde se suponía que debía estar.

Lise rastreó con los ojos el bar, calculando una estrategia factible. Después, arrastró el maletín con el pie lo más silenciosamente que pudo en dirección a la mesa del mensajero. Sería imposible colocarlo en su lugar sin que el tipo se diera cuenta. Sólo se le ocurría una forma de hacerlo.

De repente, aprovechando un momento en el que nadie reparaba en su presencia, se colocó el maletín entre las piernas. Después saltó hacia la mesa del funcionario, cerrando muy fuerte los ojos, colmados de pánico, previendo el dolor que le iba a producir aquella caída. Su salto hizo que el maletín se le escurriese de las piernas y cayese antes de lo previsto. Ella chocó con la cabeza y medio torso encima de la mesa, que al soportar su peso y el impulso se desplazó de forma brutal y acabó desestabilizándose y volcando. En su trayectoria empujó las sillas, que salieron despedidas cada una en una trayectoria diferente. El mensajero, al principio, se quedó inmóvil contemplando el estruendo. La tarta que estaba degustando había acabado en el suelo, pero antes le había manchado la solapa del uniforme. Rápidamente, al comprender la caída de la chica, el hombre se desentendió de las manchas de tarta y acudió a socorrerla.

—¿Está usted bien?

—Sí… Uff, menuda caída. Lo siento… Pero vi las llaves en el suelo cerca de su mesa y fui a recogerlas… Debí tropezar… Lo siento.

El empleado de la empresa de mensajería, después de todo el alboroto, no dio importancia al hecho de encontrar la cartera tan lejos. Más cerca de la mesa de ella que de la de él. Lise tuvo que rechazar hasta tres veces la invitación cortés del mensajero de acercarla a un centro de salud. Tuvo que fingir que estaba perfectamente. Después, fuera, con el frío en el cuerpo, lejos ya de las miradas, se dobló sobre sí misma sin poder evitarlo, fruto del dolor que tenía en la cadera, que se había apoyado de forma hiriente en un brazo de la silla que había contenido el maletín. Aparte de ese dolor, en la cara, una de las cejas le sangraba por un corte al chocar de bruces contra la mesa.

Condujo la moto con dificultad por los dolores. Estaba deseando llegar al hotel para prepararse un baño. Antes recibió una llamada de Dany. Accionó el manos libres de la moto. En el interior del casco, la voz de Dany le dio cierta calidez.

—¿Quieres que te copie esta acreditación o que te fabrique una igual con tu precioso perfil?

—Perdona. Me expliqué mal. Estaba en plena acción, nerviosa. Quiero que me hagas una igual con mis datos. Eso es lo que quiero. ¿Qué te pasaba? ¿Por qué no contestaste antes?

—Los del Gobierno juegan a investigarme... He tenido que hacer algunas operaciones de seguridad. Están interviniendo mis empresas honradas... Pero tranquila, porque aún conservo las que no son tan honradas.

—Así que saben de tu existencia.

—Sí. Supongo que ahora te tienen mucho más miedo que antes, preciosa. Ahora que saben que tú y yo estamos conectados... Esa acreditación te la mandaré en un par de horas... Tiene cierta complejidad. Debes comprar un disco virgen para copiarlo. O eso, o te esperas y te lo mando yo mismo por correo.

—Prefiero que lo hagas tú... Dame una acreditación de reparadora de sistemas, o de lo que se te ocurra, para poder entrar a un archivo.

—OK. Mañana recibirás un paquete en el hotel.

Capítulo 9

Sonia solía frecuentar aquel establecimiento con regularidad. Hacían comida casera y, harta ya del refinamiento de los platos demasiado elaborados del menú, en los hoteles y demás lugares donde acostumbraba a comer últimamente, le encantaba la idea de ingredientes tradicionales. En ese lugar la trataban como a una hija.

—Hola, Sonia. ¿Qué te pongo?

—Croquetas, ensaladilla rusa… ¿Tienes potaje congelado?

—Sí.

La tienda disponía de dos ambientes. Uno era cafetería pastelería y otro dedicado a la cocina para llevar. En la cafetería había un hombre sentado mirándola. Le recorrió un escalofrío. Tenía una mirada siniestra. En otra época tal vez se habría apresurado a salir, pero no dejaba de ver tipos como aquel últimamente. Sus colegas del partido le advertían que los servicios secretos, el CNI, le seguían los pasos. Aquel tipo no le quitaba ojo.

—¿Qué te debo?

—Pues nada. Invita la casa… Te estas convirtiendo en una buena clienta.

—No… Insisto.

—Anda y vete ya… No me enfades.

Sonia agradeció el gesto y se encaminó con las bolsas a la salida.

—¡Oiga! Espere.

Fuera de aquel local, dos tipos introducían cargadores en sendas ametralladoras. Aguardaban en un coche de cristales opacos, estacionado a unos veinte metros del bar. En el vehículo se escuchaba la conversación que tenía lugar dentro del restaurante.

—Solicitamos permiso para eliminar al zombi... Ha entrado en contacto con Sonia —dijo uno de aquellos hombres mientras se calaba unos guantes de plástico.

Sonia se volvió. Era el tipo que estaba sentado en la mesa el que la reclamaba.

—Por favor, ¿puedo invitarla a un café?

—Lo siento, pero tengo prisa —decía mientras miraba cómo aquel hombre se había levantado y se acercaba. La tendera no les quitaba ojo, lo cual le daba cierta garantía. El hombre, tras sortear algunas sillas, se acercó más. Su forma de andar era elegante, y no le dio tan mala espina como la mirada que antes le había proferido. Ahora tenía la cara dibujando un rostro más amable. La sonrisa amplia. Debía de cuidarse mucho. Su bronceado y la falta de arrugas alrededor de los ojos lo confirmaban.

—No le robaré tiempo... Yo conocía a su marido...

El semblante de Sonia cambió por completo... a una mueca de ternura. Estaba acostumbrada a compartir su dolor con gente anónima, que se identificaban como amigos o antiguos compañeros de Antonio, así que ya no le sorprendía aquel comportamiento que había tenido el desconocido.

—Oiga... Lo siento, pero he de irme —decía Sonia mientras adivinaba algún rasgo familiar—. ¿Lo conozco?

El tipo, de repente, se ruborizó.

—No. No... Yo era un antiguo amigo de Antonio. Debe usted hablar con mucha gente... No quería importunarla.

—No se preocupe. Esto es así... Entiendo a la gente. A mí la verdad es que me gusta hablar de él... Era un hombre extraordinario... Lo que él fue queda para nosotros... los que lo conocimos.

—Querrá usted pasar página…

—Ése fue su último deseo. Que yo rehiciera mi vida. Ahora que todo se ha aclarado creo que buscaré fuerzas para conseguirlo. Ésa era su última voluntad… Mi felicidad.

—Yo…

El tipo se quedó dubitativo.

—¿Qué?

El hombre parecía a punto de decirle algo importante.

—Nada… Estará harta de oír lo estupendo que era. Yo no lo recuerdo muy bien. Lo conocí de pequeño. Pero ahora, con toda la repercusión mediática que está teniendo…

—Eso es lo importante… Algún día conseguiremos que esa horrible forma de matar se acabe. Mi marido seguro es una esperanza para mucha gente, de que se revisen sus casos o de que el Estado cambie esa pena indigna del ser humano. Ya parezco un político hablando… Se me han contagiado sus discursos.

—Tiene usted razón. Espero… Espero que usted rehaga su vida. Se lo digo de corazón.

—Gracias.

La noche era fría en aquel pueblo. El hombre salió rápidamente del local y subió en el coche plateado, mientras veía alejarse a Sonia hasta el suyo. Cuando ella partió calle arriba, se miró en el espejo. Estaba temblando. Arrancó el vehículo para sentir el climatizador. Llevaba todo el día en aquella plaza aparcado. A mediodía había preguntado en aquel restaurante por la viuda más famosa de España, y una mujer le había dicho que solía ir a comprar comida.

Después de recuperar la tranquilidad, ayudado por el calor que rápidamente emanaba del suelo del coche…, arrancó y se marchó de la plaza. Ni por casualidad se había preocupado de mirar en los asientos traseros. De haberlo hecho, podría haber descubierto que no estaba solo. Estaba demasiado preocupado por lo sucedido en aquella tienda: por haber mirado a la cara de la que un día fue su esposa. Había detectado una variedad de detalles imposibles en sus apariciones televisivas. Los ojos, los labios... tenían matices..., pero no lograba recordarla. No lograba sentir nada más allá de una compasión infinita hacia una mujer forzada a la soledad. Sintió pena de sí mismo, desdoblándose. La compadecía por la muerte de ese Antonio Fernández Puertas.

Un cañón, de lo que previsiblemente era una pistola, se posó en su cabeza.

—Detenga el vehículo con suavidad —ordenó una voz en su espalda—. Bien. Ahora salga del vehículo con las manos en alto.

Antonio estaba aterrado. A las afueras del pueblo, aquella carretera no parecía muy transitada en esa franja horaria. El tipo tenía acento francés..., pero no era François. Siguiendo las órdenes del polizonte, se alejó varios pasos de la calzada. El coche estaba arrancado y las luces proyectaban hacia un sembrado.

—Pare aquí.

El desconocido desabrochó un bolsillo de su chaqueta y extrajo un teléfono.

—Aquí Jacques... Tengo al Zombi-100. Repito... Tengo al Zombi-100. ¡Pásame a François... Sí!

—¿Vas a matarme? Estoy indefenso... Soy inocente... Yo no maté a ese hombre —Antonio lloraba por su vida.

—François, soy Jacques... Tengo al Zombi-100. ¿Qué hago con él?

—Acaba con esc bastardo —eso fue todo lo que Antonio escuchó emanar del comunicador de su secuestrador.

Capítulo 10

Lise no había podido comprar un mono militar, así que fue ataviada con ropa civil. Dany acompañó el paquete que le envió con una carta donde le advertía que le había conseguido una identidad castrense. Durante el trayecto desde el hotel hasta la cárcel abandonada, pasó todo el camino pensando en excusas que justificasen su atuendo. La moto tampoco ayudaba a aparentar austeridad militar, pero quizá le confería cierto carácter intrépido que podría valerle. Ella pensó en afirmar que era reparadora de sistemas, pero no tenía ni idea de si en aquellas instalaciones aquella excusa tenía algún sentido. Cuando llegó a la prisión comenzó a nevar.

—Menudo tiempo hace —dijo quitándose el casco. La nieve parecía no querer tocar su melena rubia.

—Buenas noches —la saludó el soldado que la noche anterior había estado bromeando con el mensajero.

—Buenas noches… A ver, estoy estresada. ¿Es lógico que me manden aquí con este tiempo? Menuda gente. Ayer vino un mensajero sobre esta hora, ¿verdad? Nos acaban de avisar que el paquete que trajo está defectuoso…

—¿El papel de oficina?

Lise se quedó muda. Fingió no escucharle y comenzó a revisar los bolsillos de su parka. Por fin sacó el disco identificador. Sin añadir comentarios, entregó el disco.

—Espere un momento.

El compañero se acercó a saludarla mientras que otro fue dentro de la tienda.

—Hola… Me llamo Jean Paul, pero normalmente la gente me dice JP.

—Encantada… Yo soy…

—¡Mi teniente! Yendo así vestida, no la habíamos identificado, señora. Lo sentimos… —el tipo había regresado a todo correr—. No la hemos saludado porque no habíamos…

—Chsss, no pasa nada… Bueno… La moto ¿dónde la dejo…? Es la primera vez que vengo a estas instalaciones.

—No se preocupe. Pase usted al ascensor. Comunicaremos abajo que alguien la acompañe a donde usted vaya.

Dany. Menuda habilidad. Le había fabricado una identificación de teniente. El peligro que tenía aquel informático parecía crecer en la misma proporción que las dificultades que ella le sugería. Los soldados abrieron la lona verde para que ella pudiera pasar. Dentro se adivinaba un puesto de control a la izquierda, entre cambalaches de color camuflaje. Allí fue seguramente donde antes habían comprobado su identificación. Al fondo se veían, tras una rampa descendente plagada de huellas húmedas de vehículos, unas puertas de acero reluciente.

—Tome esta tarjeta de visita… Al fondo está el montacargas. Con la identificación tendrá acceso a todas las instalaciones administrativas. Si desea cualquier otra autorización para los almacenes de armamento, sólo tiene que pedirla en el puesto de control central.

Lise asintió como si aquella charla sobrase.

—Por cierto, la moto déjela en el primer nivel que está destinado al parking.

—Gracias.

El tipo, para despedirla, se enderezó como un resorte y aparentó ser una estatua hasta que ella le respondió al saludo. Lise tenía un temblor en la cara imposible de evitar; una pequeña electrificación nerviosa que parecía no estar dispuesta a consentir que ella siguiese acumulando mentiras. Siempre le sucedía cuando se acercaba al peligro demasiado.

Siguió al pie de la letra las instrucciones y dejó la moto en el parking. Estaba surtido de todo tipo de vehículos civiles, y al fondo un apartado especial donde varios todoterrenos de combate y algún que otro moderno tanque acorazado parecían dormidos.

Volvió al montacargas. Había aparcado la moto en el lugar más cercano que había encontrado.

—Subplanta primera.

—Error.

Lise miró con atención un panel junto a la numeración de los distintos niveles. Se había equivocado al nombrar la planta.

—Punto de control.

—Error.

—¿Qué sucede? —preguntó, con la esperanza de que el montacargas estuviese equipado con un sistema de inteligencia artificial.

—Este montacargas es sólo para vehículos. Encontrará el ascensor al fondo del parking.

Lise esperó que no hubiese nadie vigilando sus movimientos. Las construcciones militares tenían una estructura diáfana y los nervios le estaban jugando una mala pasada. Parecía la primera vez que visitaba una instalación militar subterránea. Era absurdo pensar que el montacargas haría las veces de ascensor para las personas.

Encontró los elevadores tras darse un buen paseo entre vehículos gigantescos. Cuando por fin lo alcanzó, observó que mantenía el mismo diseño que el montacargas. Respiró hondo, apretó los puños y se introdujo en él.

En el punto de control la esperaba un joven, que se cuadró de inmediato cuando ella se acercó.

—Buenas noches, mi teniente…

—Descanse.

—¿Quiere una visita guiada o, como mis compañeros me advirtieron, tiene usted un propósito concreto?...

—Veamos... Si le soy sincera, estoy harta de que me hagan trabajar a estas horas... Si tenemos tiempo, después haremos la visita guiada. Ahora... me gustaría que me guiara al Ulises.

Lise se jugó su carta.

—Perdone... ¿Qué le guíe a qué?

—El proyecto Ulises...

Tras un mostrador, dos administrativas no perdían ni un solo detalle de su conversación.

—René, eso está en clasificados... —dijo una de las chicas—. Usted quiere acceso a los archivos del programa Ulises. Eso está en la zona reservada a armamento nuclear, última planta. ¿Es por la calibración de esos robots?

Como si acabase de salir de casa de Smix en Atlantis, Lise recordó aquella entrevista secreta con su contacto.

—Sí... La empresa de robótica no para de mandarnos avisos de que están hartos ya de no tener las medidas exactas. Quisiera saber si ya están listas. No van a cumplir plazos.

—No puede ser... Eso ya estaba enviado... Joder..., nos van a volver locas. Tengo aquí el *e-mail*... Espere... —la chica imprimió un papel—. ¿Lo ve? Aquí... Ésas son las medidas, el peso, el análisis de temperatura... Todo.

—Pues es erróneo. Mis colegas me han enviado aquí precisamente porque hay un dato erróneo.

—¿Midieron mal?

—Sí.

El joven miraba absorto la conversación como si le sonase a chino. La administrativa pulsó un botón.

—Capitán, venga al punto de control —la chica debía tener algo alojado en la oreja porque parecía sostenérsela de cuando en cuando al escuchar—. Es por el Ulises, señor. Nos vuelven a pedir las calibraciones.

El Capitán Matou apareció por el mismo ascensor por el que ella había venido. Negro, con cierta indignación natural en la expresión de la cara, imponía verlo mirar cualquier cosa a la que pusiera atención. A ella le frunció el ceño y parecía dispuesto a golpearla.

—Buenas noches —su saludo fue, sin embargo, cortés.

—Buenas noches... Ya estamos hartos de esto. ¿Por qué nos envían siempre los mismos datos erróneos? ¿Tanto trabajo cuesta hacer unas putas mediciones? —Lise estaba poseída por cierto instinto suicida. Fue Smix y su información privilegiada lo que ahora la estaba salvando. Gracias al cielo, el genio le había revelado aquella demanda a propósito de las medidas exactas y el peso... y su extrañeza a propósito de aquellas baterías extra. Lise sabía que estaba muy cerca de desvelar parte de aquel misterio.

—Pero no comprendo la urgencia ahora... Después del atentado el proyecto del robot está parado. Si quiere hacemos las mediciones, pero vamos...

—Estamos poniéndolo en marcha otra vez... Ahora todo va a ser más rápido. El robot estará construido en cuestión de semanas. Se probó y sirve, pero queremos adelantar trabajo para que no nos pase como la otra vez.

—Bueno. ¿Tiene usted instrumental para medir?

—No. Yo venía a supervisar una nueva medición.

El Capitán le clavó los ojos. Después, y sin miedo a aparentar desgana, miró su reloj.

—A esta hora los ingenieros están durmiendo. Son bombas nucleares de última generación. No es tan sencillo como tomar un metro y un peso. Las tenemos almacenadas desde hace meses esperando que nos manden los robots para instalarlas. Con lo del atentado, la mayoría de los ingenieros están de vacaciones. No nos esperábamos tener que volver a hacer mediciones. Seguro que tardan meses en construir esos robots. Por eso la mayoría se ha tomado descanso. ¿Dónde se encuentra el error?

—Ni idea. ¿Me ve a mí cara de ingeniero? Yo sólo cumplo órdenes, como todos. Si usted me dice que no podemos medir hoy porque no hay quien lo haga, pues dígame cuándo y volveré.

Lise estaba agobiada. Sentía que la ropa le picaba en el cuerpo. Tenía la información que quería. ¡Bombas nucleares! No sabía encajarla con el resto de la historia, pero tenía suficiente para sentirse satisfecha. Sobre todo era consciente de que no ganaría nada más alargando su estancia en aquel lugar. Ahora tenía que largarse de allí.

Un detalle no advirtió Lise: el ascensor se había vuelto a ir. Ahora Lise miró detrás del imponente Capitán cómo volvía, y algo le daba muy mala espina. Una presunción parecida a cuando una serie de suertes se encadenan demasiado favorables. Era obvio que no podía salir todo tan redondo y fácil. Cuando vio aparecer a François por entre las puertas de acero el presagio se confirmó. Antes de que su perseguidor apareciese bien reconocido, había visto una ametralladora y una mano que la sostenía, una mata de pelo rubio, una sonrisa cruel... François. No cabía duda: François.

—Buenas noches.

El Capitán se volvió hacia el recién llegado, que venía acompañado de dos soldados con equipo de asalto nocturno, chaleco antibalas y monoculares de visión.

—¿Quién es usted?

Lise no estaba dispuesta a dejarse atrapar fácilmente. Con los ojos aún muy abiertos por la sorpresa, repasó la figura del Capitán, que ahora le daba la espalda. Localizó la funda que contenía una pistola ametralladora automática, a juzgar por la longitud de su pomo. Se lanzó contra la espalda del Capitán. Primero lo agarró agachada hasta que su cabeza estuvo a la altura de las nalgas del militar. Después soltó la presilla que mantenía cerrada la pistolera. El arma se elevó un poco presta a ser recogida por su dueño. Ella la alcanzó antes que el hombretón. Después Lise se volvió a incorporar a la vez que propinaba una patada a la espalda del Capitán para que saliera despedido hacia François y los suyos. Todo fue muy rápido. Ella comenzó a disparar, lanzándose hacia atrás, en dirección al mostrador donde estaban las administrativas.

—¡Cuidado! —gritó François mientras sus hombres intentaban esquivar la ráfaga que Lise les emitía. Saltaron a ambos lados de François, que se quedó inmóvil, agachado, usando de escudo al Capitán, que se había postrado hacia él sin poder remediarlo, desequilibrado por la patada de la mujer.

Lise, acto seguido, aprovechando la confusión, saltó hacia el mostrador y cayó encima de varias montañas de papeleo en una mesa entre las dos administrativas. Las chicas gritaron mientras ella sentía un dolor agudo. Había caído otra vez sobre la misma cadera que se había dañado en la cafetería al saltar sobre la mesa. La noche anterior, en el baño, había comprobado el moratón, que le quedaría de recuerdo varios días.

—¡Quieta! —rápidamente comprobó que la mujer que encañonaba no estaba provista de armas. Después la encañonó en la sien. La otra intentaba sin éxito saltar el mostrador hacia el otro lado. Al final protagonizó una caída estrepitosa que hizo añicos los ordenadores que tenían encima de la mesa. Fue en ese momento cuando saltó la alarma y las luces se desconectaron, pasando a iluminarse todo de un tono rojizo bastante desagradable.

—Lise, no seas absurda… Sal de ese mostrador o acabaremos matando a esas dos chicas —decía François, con aparente calma en su voz.

Lise asomó la cabeza y disparó en dirección al ascensor. El Capitán estaba contra el suelo. Contempló cómo el chico, René, el soldado que iba a ser su guía, estaba totalmente paralizado mirándola. Estaba desesperada. No veía modo alguno de escapar. En cuestión de segundos la sala se llenaría de soldados.

—¿¡Qué está sucediendo aquí!? —gritó el Capitán incorporándose.

—Ese tipo es un famoso terrorista, Capitán. Está detrás de los atentados en la isla. Los que destruyeron los laboratorios —argumentó ella a la desesperada mientras seguía agachada tras el mostrador.

—Vaya… Así que mintiendo piensas que podrías salir de aquí…

—No estoy mintiendo… Allí en la isla os salisteis con la vuestra, pero aquí no —Lise, de repente, pensó que podría salirle bien aquella treta. Dejó de apuntar a la chica oficinista y emergió en el campo de visión de todos. Encañonó a François. Tenía la certeza de que estaba al tanto de la amenaza de Koldo en la televisión pública española, así que suponía que sus órdenes serían capturarla viva. Su mentira no se sostendría si tomaba como rehén a una de las administrativas.

—Tira tu arma —decía François mientras iba elevando su propia arma despacio. La luz infernal haría menos certera su puntería—. Yo soy François, agente secreto al mando de esta unidad, con plenos poderes otorgados por el mismísimo Ministro del Interior y también el Ministro de Defensa para detener a esta delincuente. Así que, Capitán, espero que sus hombres me sean de ayuda.

Al cabo de un minuto la sala estuvo plagada de hombres armados que apuntaban por igual a Lise y a François y sus acompañantes. El Capitán parecía no tomar en consideración aquella presuntuosidad de François.

—Denme sus identificaciones y tiren sus armas al suelo.

—¿No me ha oído? Esta delincuente es muy hábil. Lleva esquivándonos mucho tiempo. No pienso tirar mi arma, porque voy a matarla aquí ahora mismo delante de sus hombres.

—No tiene escapatoria si es quien dice usted... No tiene salida, así que baje esa arma —decía el Capitán.

—¡No le crea, Capitán! ¡Es un desertor! ¡Me quieren eliminar para que no dé a conocer sus identidades! Son terroristas. ¡Lo juro! —gritaba Lise mientras sentía sobre sí más de seis ametralladoras neutrales y las dos de los compañeros de François.

—¿Va a creerla? ¡Maldito idiota! ¡Infórmese arriba de qué autorización tengo! ¡Infórmese de con quién se la está jugando! Aparte a sus hombres u ordéneles que la reduzcan. Es mi prisionera...

En ese momento sonó un teléfono. Era de uno de los hombres de François. Lo descolgó. Todos escuchaban en silencio sin dejar de apuntarse.

—Sí... Un momento. François, es Jacques... Tiene al Zombi-100...

François alargó la mano muy despacio, comprobando que los soldados del Capitán consentían en que respondiera la llamada.

—Hola, Jacques... Acaba con ese bastardo.

Dicho esto, colgó el teléfono.

Lise miró los ojos de François... Aquellos mismos ojos siniestros que se posaron en el cristal del laboratorio en Atlantis, minutos antes de que hiciese volar la puerta sin miramientos. Aquella misma mirada de absolutismo y poder, de macabra intención aniquiladora. Lo que vio mientras ella misma argumentaba falsedades para ganar tiempo, fue que ese hombre la odiaba. Estaba aterrada por aquellas palabras. ¿Estaba ordenando que mataran a Antonio realmente o se estaría marcando un farol? Recordó cuando en la isla estuvo a su merced, cuando ella no era más que una especie de presa fácil, de eslabón sospechoso en una cadena que él pretendía dominar. La odiaba tan profundamente que ese acento exquisito que le caracterizaba se tiznaba de un deseo nítido de asesinarla. Aquellos dos ojos altivos, de pupilas finas, casi sin brillo, rodeados de azul, vestidos de atractivo, de líneas marinas que no hacían presagiar en la mayoría de sus muecas la ponzoña que expresaban cuando la violencia insuflaba sus párpados... Lise disparó.

De repente reaccionó como por instinto reflejo. En centésimas de segundo, todos, que estaban escuchando a François apelar a su pedigrí militar, se vieron sorprendidos por el sonido de la explosión del disparo. Se posó en sus orejas y vieron cómo la cabeza de François se catapultaba hacia atrás, acompasando el trueno. Escucharon la sangre que se pulverizaba por toda la pared. Volvieron sus cabezas hacia la mujer, sus miradas y sus armas, prestos a contenerla. Para cuando hicieron eso, Lise había soltado su pistola, que volaba en el aire, y las manos asesinas, muy abiertas, parecían intentar asir el cielo más allá de toda aquella fortaleza subterránea en una plegaria muda, como si quisieran demostrar inocencia.

—¡NO DISPARÉIS! ¡ERA UN ASESINO! ¡ERA UN ASESINO! —gritaba la mujer.

Tenía los ojos muy cerrados y se inclinaba hacia delante despacio, intentando mostrar la sumisión no sólo con las manos levantadas, proclamando su desarme, sino también con aquel gesto de humillación casi religioso. Sus ojos parecían temer la llegada de las balas.

Los secuaces de François fueron inmovilizados ante la amenaza de tomarse la justicia por su mano para vengar a su caudillo. Lise, de rodillas, con la cabeza gacha y los brazos en alto, fue rápidamente colocada contra el suelo. La maniataron esperando recibir órdenes. Los soldados de François no dejaban de decir que ellos eran soldados, que cumplían órdenes.

—Todo el mundo quieto.

—Ya está, señor. Tenemos sus armas.

Lise, desde el suelo, contempló sentado e inerte el cadáver de François. Sólo conservaba uno de aquellos ojos, al que ella había robado su chispa y su vitalidad. El otro ojo se había convertido en un amasijo de entrañas con media cabeza desparramándose por su hombro.

—¡Restableced la luz normal!

Al cabo de un rato todo volvía a verse despojado del rojo, exceptuando la sangre de François. El Capitán tardó casi media hora, charlando con superiores, para averiguar quién había mentido. El Ministro en persona acabó por llamarlo.

—¡Levántenla, soldados! Tiene identidad falsa.

Lise fue izada. El Capitán no le dio explicaciones. La derribó de un puñetazo. En el suelo, de repente, todo comenzaba a verse borroso. Se desmayó.

Capítulo 11

—Hola, Lise... Cálmate. Estás a salvo... Ahora te quitaremos la venda de los ojos y te desataremos...

Una blancura cegaba los ojos de Lise. El tipo que le estaba hablando parecía estar desatándola. Le dolía todo el cuerpo. François estaba muerto, recordó. Rápidamente pudo rememorar sin mucha dificultad la imagen de su cadáver apontocado contra la pared, derrotada su silueta hacia la izquierda. Percibió, volviendo de su ensoñación, que después de desatarla, aquel hombre se colocó detrás de ella. Una puerta se abrió y cerró a su espalda. En frente, dos señores trajeados estaban sentados en un sillón blanco. Toda la habitación era blanca.

—¿Quiénes son?... ¿Usted es el Primer Ministro de Francia y usted... el Ministro del Interior?

—Hola, Lise. Sepa usted que últimamente nos tiene bastante atareados —comenzó a decir el Ministro del Interior francés, acompañado del Primer Ministro de la República—. Se preguntará por qué no la hemos matado. La teníamos a nuestra merced.

—Si me ocurre cualquier desgracia, saben que mi colega... Dany... hará que toda Francia, que todo el mundo sepa de Antonio y de su Proyecto Zombi. Sus colegas del Gobierno español seguramente se sentirán traicionados. Están ustedes equivocando el camino... ¿Han matado a Antonio? ¿Está muerto?

—No.

—De nada les servirá mentirme... Escuché perfectamente como François ordenaba su ejecución... Si le han matado... les juro que los hundiré...

—No está muerto. Jacques..., uno de nuestros hombres, tuvo la oportunidad de ejecutarlo. François, contraviniendo nuestras indicaciones, le ordenó acabar con él... Pero Jacques... no obedeció. No debe ser fácil matar a un inocente. Sin embargo, usted mató a François sin pestañear.

Lise, aliviada por aquella noticia, respiró hondo y trató de focalizar en qué posición se encontraba frente a ellos.

—Lo maté... porque ustedes saben perfectamente que él habría acabado conmigo, seguro, después de una de sus sesiones de tortura... Por eso le maté. ¿Para qué me han traído aquí?

El Ministro del Interior alisó las solapas de su chaqueta. Parecía sentir aversión hacia ella. Estaba claro que le tenía simpatía a François. Tras unos instantes de tensión, preguntó:

—¿Sabe usted cuántas vidas ha salvado el Proyecto Zombi? Ese proyecto es necesario. Si usted lo destapa, lo único que conseguirá es que nosotros perdamos el trabajo, que vengan otros nuevos. Pero esos nuevos aplicarán la pena de muerte con rigor. Gracias al Proyecto Zombi hoy su amiguito Antonio está vivo. Gracias a ese proyecto se permite cierta paz social, Lise. ¿Entiende de qué estamos hablando?

—Sí. Entiendo perfectamente de qué estamos hablando... Son ustedes muy generosos, muy amables elaborando ese proyecto secreto que salva la vida de las personas. ¿Qué me dice de la vida de Antonio? Se la robaron y era inocente. La pena de muerte es un cáncer, y su Proyecto Zombi no es más que otra forma de manifestarlo. Salvan vidas de asesinos, y los convierten en marionetas sin pasado. Pero les sale un inocente y lo mejor que se les ocurre es perseguirlo e intentar matarlo... Lo siento, señores, pero creo que no entiendo lo buenas personas que son ustedes. Ante mí, sólo veo tipos que quieren salvar su culo político sin más.

—¡Mira a tu alrededor! Esta sociedad llega a su fin. Este mundo es irracional. Sí... Puede que nos hayamos equivocado con Antonio, puede que hayamos cometido un fallo, pero a la población sólo se la puede tener controlada con mano dura. No hay moral, no hay principios, todo se ha perdido... Usted pone en peligro muchas más cosas de las que imagina. Hace muchos años, gente como usted, gente que pensaba en la bondad de los derechos, en principios irreales sobre un ser humano que jamás ha existido, que tiende más al bien que al mal... gente como usted, hicieron que el pueblo se levantase, y fue el pueblo el que pidió la pena de muerte. La pidió a gritos porque no había otra forma de parar las venganzas, de controlar la sed de sangre. Nosotros, los políticos, damos a la gente lo que pide. La ley que cambió el Código Penal fue sometida a referéndum, Lise..., y una abrumadora mayoría la aprobó. La pena de muerte era el deseo del pueblo.

—Ustedes están para iluminar al pueblo, no para permitir que se suicide. Si la sociedad está enferma, guíenla, ofrezcan valores y educación... No se conformen con mantener la supuesta paz social. Miren hacia el futuro... si es que pueden.

—El Proyecto Zombi es una buena solución. Salva vidas y permite la función disuasoria que necesitamos de la pena de muerte. Obtenemos los dos beneficios sin que muera gente. ¿Sabe qué?

—¿Qué?

—Creo que usted en el fondo nos da la razón a nosotros. Usted está de acuerdo con el Proyecto Zombi. Pero quiere sacar tajada.

—Si le soy sincera..., no se trata de estar o no de acuerdo. Se trata de que mi trabajo consiste en destapar lo sucio, lo oculto...

He encontrado un filón. Una noticia por la que cualquier agencia me pagaría cifras indecentes. No deben hacerme daño, ni a mí ni a los míos, o... todo les explotará en la cara.

—¿Eso piensa? ¿Está usted segura? Si hace eso..., si destapa todo el escándalo, sería una ilusa pensando que podría esconderse o esconderlo a él. Si usted nos asesina políticamente, nosotros acabaremos por dar con usted. Cuando ya no nos pueda chantajear, la haremos picadillo. Sea usted lógica.

—¿Para qué me han secuestrado? Si no hablo con Dany en seis horas, les aseguro que ustedes saldrán en todas las noticias. Nadie podrá impedirlo.

—Ese pirata informático... Su colega... También a él lo encontraremos. Se lo puedo asegurar. Quizá usted consiga eliminarnos a nosotros del poder, pero le garantizo que jamás vivirá un minuto de la vida que le quede tranquila. Cualquier hombre leyendo un periódico o un libro, o ataviado con gafas de sol..., cualquier persona demasiado amable o demasiado brusca., cualquier situación extraña o clima enrarecido, le parecerá la antesala de su muerte. Jamás vivirá tranquila si usted nos echa esa mierda encima, porque la perseguiremos. No cesaremos hasta dar con usted y con todo su séquito. No es difícil encontrar a tantas personas unidas por el mismo nexo. Koldo, Spider... no se merecen ser fugitivos toda la vida simplemente para cubrirle las espaldas a usted y a Antonio. Pero su actitud hará que los matemos.

—En mi trabajo estoy muy acostumbrada a que me amenace gente de mucha menos categoría que ustedes..., de forma mucho más terrible... No me impresionan si les digo la verdad.

—¿Qué quiere usted, Lise?

—¿Qué quiero?

—Sí... ¿Cuál es su precio? ¿Qué persigue usted con esa noticia? ¿Dinero?

—No puedo creer que piensen que con dinero me comprarán.

—¿Acaso ese maldito Albert Chipson no le iba a pagar con dinero? Usted vende las jodidas noticias por dinero... Una newshunter se dedica a eso. Bueno, pues nosotros le ofreceremos un cheque en blanco. El jodido cheque en blanco. A cambio de su silencio.

—Jamás. No me fío de ustedes. Acabarían matando a Antonio y a mí misma a la mínima ocasión. Incluso, seguro que buscan en estos momentos desesperadamente a Dany para intentar descompensar esta negociación. Si lo encuentran, lo matarán. Después me eliminarán a mí y a todos los demás. Ése es él único procedimiento seguro de que el Proyecto Zombi quede en la oscuridad.

Toda esa conversación la había mantenido con el Ministro del Interior. Ahora el Primer Ministro le había mandado callar con un gesto de su mano. Se levantó del sillón y dio un paseo hasta una mesita de cristal transparente, donde descansaba una botella que contenía el único líquido que desentonaba con el color lechoso de toda la habitación. Era güisqui, a juzgar por el aspecto.

—¿Quiere una copa?

—No, gracias.

—Lise, mi padre, que en paz descanse, me dijo una vez... que muchos buenos negocios se pierden, caen en el fracaso por un problema de confianza. Si yo no me fío de usted y usted no se fía de mí, podemos llevar un negocio hasta un determinado límite, hasta donde podamos controlar el uno al otro. ¿Me sigue?

Ella asintió, admirando la elegancia, el temple que demostraba el político, muy en contradicción con la frustración de su compañero.

—Pero, más allá de ese límite, jamás elevaremos nuestro negocio, porque ninguna de las partes cederá sin la seguridad de que el otro no le acabe engañando. Realmente así se han estropeado proyectos enteros, por la desconfianza. De hecho, si lo piensa, toda la burocracia, toda la artificialidad de este sistema que habitamos se basa en que partimos de una desconfianza en el trato con nuestros semejantes... Eso hace que para pedir un préstamo una persona necesite ya hasta tres avalistas, o que un contrato de un simple camarero tenga más de cien páginas... Cada vez, esa complejidad, esa red..., si me permite..., se retuerce más y más en un horizonte donde las complicaciones llegan a atorar el sistema. Pero es lo que sacrificamos para tener seguridad en nuestras vidas. La única forma que ha tenido el ser humano desde el principio de los tiempos de poseer y no tener miedo a ser desposeído. Este problema que tenemos usted y yo... es un problema de confianza, Lise.

Ahora el Primer Ministro se quedó mirando el blanco de la pared, como si allí contemplase un paisaje a través de una ventana.

—Usted no se fía de nosotros porque tiene motivos y experiencia sobrada para desconfiar. Mientras siga disponiendo de la ventaja que tiene, nos exprimirá sin límite, y dará su noticia justo cuando perciba que va a perder esa ventaja. Sacará tajada y ya pedirá a los que vengan que la protejan o qué se yo...

—Creo que usted tiene mejor perspectiva que su acompañante —comentaba la mujer, al mismo tiempo que volvía a repasar la habitación con los ojos. Trataba de fingir hastío, de disimular sus energías renovadas por la noticia de la supervivencia de Antonio. Simular que tenía el control de la situación.

—Bien, Lise. Yo quiero proponerle un negocio. Aunque usted no lo sepa..., llevo horas revisando su vida. He recibido informes de muchos lugares. Sé dónde estudió, los novios que ha tenido, la familia que perdió... Lo sé todo de usted... Y aún me molesta más no entender qué necesita. Me gustaría entender eso, entender qué busca en esta vida... ¿Fama? He leído que usted intentó ser presentadora de informativos pero que le fue imposible... ¿Es un deseo de notoriedad? ¿Dinero? Ya ha dicho que no... ¿Amor? ¿Se ha enamorado de Antonio Fernández Puertas?... Es la única razón que se me ocurre para entender los acontecimientos. Es la única explicación que se me ocurre, cuando pienso que usted podría haber dado la noticia ya... desde que se escapó de la isla. Pero no lo hizo, porque sabía que eso implicaría confirmar la sentencia de muerte del zombi. Se involucró personalmente. ¿Fue por amor? Usted sabe cómo se las gastan los servicios secretos... Así que, quizá, lo más lógico es pensar que al fin y al cabo a una persona como usted, que se dedica a robar noticias, a descubrir la miseria humana y ayudar a proclamarla, para la que ése es su modo de vida..., le ha llegado la hora de echar raíces. ¿He acertado?

Lise no movió ni un solo músculo.

—Necesito entender sus motivaciones para intentar buscar una solución favorable para ambas partes... Cuando digo favorable, me refiero a la solución que hará que, cuando usted cruce esa puerta blanca, yo tenga la confianza a la que he hecho alusión antes. La garantía de saber que no me traicionará. Y también me refiero a la confianza que necesito demostrarle yo a usted. Mi deseo es que, cuando cruce esa puerta, pueda caminar tranquila. Confianza suficiente para que no albergue miedo alguno y no tenga que sentirse perseguida porque la garantía que yo necesitaba usted me la haya entregado...

Se hizo silencio en la sala. Lise ahora miraba el techo blanco. Aquel tipo la había descolocado. Jamás había escuchado una aportación más brillante al encuentro entre dos posturas irreconciliables.

—Creo que ambos queremos hacer este negocio... Ambos queremos ese final que he descrito. Es un deseo común dormir hoy tranquilos.

—Lo ha explicado usted muy bien, señor Primer Ministro... Muy bien. Pero no se me ocurre cómo podríamos llegar a tal utopía. Creo que nuestros intereses chocan frontalmente.

Jean Pierre fue detrás del sillón y alcanzó un maletín. Lise intuía que en su interior no había dinero.

—Jean Pierre, no es necesario... Ella no destapará la noticia... No lo hará. Sabe que se juega la vida de sus amigos y la propia —balbuceó el Ministro del Interior.

—¿Ve usted?... Mi colega no está de acuerdo en lo que voy a hacer a continuación... Él piensa de forma más pragmática. Todavía confía en cazar al pirata informático para después cumplir el siniestro final sangriento que usted predijo. Usted ha matado a uno de sus pupilos... El más sanguinario. Si por él fuera, usted ya estaría fiambre. Yo estoy dispuesto a tomar otra vía. Incluso a pasar por alto eso... Estoy seguro de que François la hubiese matado. Fue usted muy hábil. Yo quiero que me acompañe en un camino nuevo. Le voy a ofrecer un razonamiento y quiero que usted me corrija si me equivoco.

—Le escucho.

—Veamos... Creo no errar si afirmo que la principal preocupación que usted tiene es la vida de sus amigos. ¿No es cierto?

—Sí —dijo ella confirmando la afirmación de Jean Pierre.

—Usted, teniendo a buen recaudo como tiene la noticia de lo del zombi, posee un seguro de vida para todos ellos. Pero hay un problema... Usted perderá la oportunidad de su vida... La noticia que tanto había esperado para lanzar su carrera, e incluso tal vez retirarse después del pastón que le pagaría Macrocom en el caso hipotético de que usted lo hiciese público... ¿Me equivoco?

—Sí...

—A nosotros nos podría valer con eso... Nos podría valer ese equilibrio. Usted no da la noticia para proteger a sus amigos y así se respeta nuestro silencio y las vidas de sus colegas... Pero en ese equilibrio la que pierde es usted. Así que muy probablemente usted buscará una forma de poder dar a conocer la noticia y cobrar por ello. Le voy a ofrecer un trato. Un pacto de confianza entre usted y yo.

Lise ahora luchaba por no demostrar interés o nerviosismo. El Primer Ministro abrió el maletín que, de cuero negro, hacía un contraste muy llamativo con toda la sala.

—Lise..., usted llegó a Atlantis para investigar un caso de corrupción...

—Sí —ahora aquel tipo había conseguido interesarla de verdad. El nudo gordiano que su cabeza tenía arremolinado..., después de la situación compleja del Proyecto Zombi..., era lo relacionado con el Ulises. Lo tenía clavado como una astilla. El misterio de aquel proyecto. Las bombas nucleares, los robots, aquellos galimatías propagandísticos en los discos de Smix... no tenía sentido.

—Sin saberlo, siguió la pista del caso, imagino que por su intuición. Después de muchas peripecias, ha conseguido usted incluso averiguar que había cargas nucleares dispuestas para ser instaladas en los robots que lanzaríamos al espacio... Pero no ha llegado a esclarecer el misterio, no sabe las motivaciones ni el nexo de unión entre descubrimientos tan dispares como los que ha hecho. Puede que haya elaborado alguna teoría..., que ya le digo yo que seguro será errónea.

—¿Qué están tramando con esas bombas? ¿Quieren la tercera guerra mundial? ¿Por qué instalarlas en robots civiles que van a Marte? ¿Quieren destruir las bases, ver los efectos nucleares en la atmósfera del Planeta Rojo?

—Veo que le arde la curiosidad. Como le he dicho antes, me he estudiado su historia en estas últimas horas... Quiero ofrecerle una salida digna de este conflicto de intereses. A cambio de su silencio le voy a ofrecer una noticia.

—No comprendo.

—Voy a explicárselo. Dejaré vivir a sus amigos si usted guarda silencio con respecto al Proyecto Zombi.

—Esa parte la he entendido.

—Bien. Para ganarme su confianza le quiero ofrecer una noticia... especial.

—Pero ¿qué garantías me da usted de que cumplirá su parte..., de que no seguirán persiguiéndonos?

—Mi garantía es el regalo que voy a hacerle.

—Me quiere usted comprar... con una noticia.

—Bueno, no lo llame comprar... No es así. Quiero que olvide el pasado. Quiero unirme a usted. Quiero que usted no me haga daño, y para eso le ofrezco este presente. Se trata de una noticia de mayor envergadura que la del zombi.

Ahora Lise estaba absolutamente descolocada.

—... y confía en que yo le deberé un favor... por brindarme esa oportunidad... y que ese favor será mi silencio.

—Exacto.

—Me está usted diciendo que confiará en mí...

—Sí. Le doy mi confianza y a cambio usted me entregará la suya.

—No sé si podré confiar en usted... La amenaza del Ministro era muy convincente. No podré evitar tener miedo.

—Después de que conozca usted mi presente... quizá... piense distinto.

—¿Por qué?

—Antes de eso debemos cerrar este pacto. Debo saber si tengo su confianza.

Lise, por un lado, pensaba que aquel tipo estaba muy seguro de su baza oculta... Eso hacía que su interés y su instinto sabueso le hicieran querer llegar al fondo de la cuestión cuanto antes. Realmente no confiaba en ellos. Pero su posición estratégica mientras Dany siguiera ilocalizable... era ventajosa. También había un hambre voraz por saber y desvelar aquel misterio de los robots...

—De acuerdo. No desvelaré la trama del zombi, siempre y cuando respeten a todos los integrantes de mi equipo... A la mínima que detecte que nos persiguen, o nos vigilan... Y bueno, sobra decir que les respetaré este pacto siempre y cuando esa noticia merezca la pena. ¿En qué consiste?

—En este maletín está el resultado de mucho trabajo. Son pruebas sobre un acontecimiento... sin precedentes. Pero le advierto que removerá todo... hasta sus creencias más íntimas.

—Estoy preparada... Pero quiero aclarar un punto en este pacto... ¿Qué pasa si Antonio quiere volver con su mujer? ¿Si quiere retomar su vida?

—Eso evidentemente sería imposible, Lise... Pero creo que ese problema no lo vamos a tener.

—Creo que pecan de imprudentes... ¿Por qué afirma tal cosa?

—Verá... Nosotros capturamos al zombi cuando fue a reunirse con su esposa. Un equipo le estuvo siguiendo la pista. Se preguntará si el zombi llegó a ver o no a su mujer, si lo detuvimos antes de que la tuviera delante. Su amiguito nos esquivó saliendo a escondidas de la mansión del millonario. Pero a Sonia la teníamos vigilada, así que cuando él llegó a su pueblo... lo identificamos rápidamente. Di orden de que si desvelaba su identidad fuese eliminado... Eso lo reconozco... No lo detuvimos previamente... porque habríamos despertado demasiadas sospechas en aquella cafetería. Koldo seguro que podría dar un comunicado en televisión si algo le sucedía. Simplemente dispusimos a nuestros hombres para el caso extremo en que él se delatase. Se entrevistó con su esposa en una cafetería del pueblo a la que ella asistía con cierta asiduidad. Ella, evidentemente, después del cambio de estética no lo reconoció. Mis hombres tenían el local rodeado, dispuestos a entrar y acabar con todos. Escucharon con sumo cuidado la conversación que mantuvieron... Pero Antonio no llegó a identificarse. No sé por qué. Le aseguro que no estaba alertado de la presencia de mi gente. Simplemente la saludó. Se presentó como un antiguo amigo del difunto y no le confesó la verdad. Nosotros lo atrapamos después... François dio orden de ejecutarlo..., pero Jacques..., estimando que no había revelado su identidad..., lo dejó vivir. Jacques se puso en contacto con nosotros después... Por miedo a que Koldo hiciera saltar la noticia, no le tocamos ni un pelo. Ni siquiera lo capturamos. Le dejamos regresar.

Lise se imaginó la escena. Estaba con la vista perdida en la blancura de la habitación. No podía creerlo. Antonio había encontrado a su mujer y no le había dicho la verdad. ¿Por qué?

—Pero eso no significa que Antonio no quiera volver con ella... Quizá aun no se siente preparado. La mierda que le hicieron en el avión ese debe ser muy precisa.

—El Mar de los Sueños es bastante fiable, sí. Antonio se siente vivo en el presente y no puede ahora buscar lo que no existe en su cabeza.

—Ya... ¿Y si se equivoca y pasado mañana se planta otra vez en casa de su mujer y se lo cuenta todo?

—Si hemos conseguido darle una identidad falsa a él y a muchos otros..., si la necesidad estribase en la condición de no poder vivir sin ella..., se podría elaborar una identidad nueva para su esposa..., algo así...; pero no podría volver a ser Antonio Fernández Puertas... Ese hombre murió ejecutado. Si demanda vivir con su mujer, ella tendría que cambiar de identidad... Incluso quizá tendríamos que fingir su muerte... y por supuesto el resto de los familiares estarían al margen.

—¿Se da cuenta de la gravedad de lo que hicieron con ese hombre?

—Lise…, ¿qué más podemos hacer? Le estoy ofreciendo más de lo que usted imaginaba. Ésas son las opciones. No hay más. No podemos ofrecer el milagro de que todo esto no hubiese sucedido.

—Entendido… ¿Cuál es el secreto de Ulises?

El Primer Ministro francés le sonrió.

—¿Debo entender que tenemos un acuerdo?

—Sí.

El político suspiró acompañando con la mirada a una de sus manos que acarició el maletín negro. Después la volvió a mirar directamente a los ojos. Lise percibía los latidos de su corazón volver a acelerarse. Se incorporó ligeramente en su asiento.

—Hace tres años…, en un observatorio francés… No le diré su ubicación por no perderme con los detalles… Está todo en este maletín. Un hombre que seguro pasará a la Historia… hizo un descubrimiento…, quizá el descubrimiento más importante de la Historia de la Humanidad… el proyecto que usted investigaba consistía en realidad en una consecuencia de aquel descubrimiento. Los robots del modelo Ulises partirían en una nave entre aplausos hacia Marte. No sería nada del otro mundo, una portada en los periódicos y fin. Accidentalmente esa nave se desviaría de su ruta. Un fallo en el procesamiento que venderíamos como casual y fortuito. Sin embargo, esa nueva ruta estaría calculada al milímetro, Lise. Sería entonces cuando daríamos al mundo, días más tarde, la noticia que usted revelará anticipadamente. El coste de este anticipo para nuestra nación lo asumo… Mi país va a sufrir un perjuicio… a cambio de lo que ya se ha pactado. Esos robots tomarían los mandos de la nave. Irían perfectamente equipados para el primer contacto con vida extraterrestre.

Lise se quedó sin habla… Tuvo que toser… en varias ocasiones para después poder preguntar.

—¿El primer contacto con vida extraterrestre?

—Hace tres años, y por casualidad, un observatorio francés constató que un objeto de proporciones discretas había cambiado la trayectoria lógica de su ruta gravitatoria. Fue, como ya he dicho, por casualidad. Siguiendo el objeto y calculando su ruta dentro de un año aproximadamete ese objeto estará cerca de la tierra. No entiendo mucho de estas cosas... No soy experto en la materia. Los detalles no puedo explicárselos con autoridad. Desde entonces Francia... ha tenido la responsabilidad de ejercer de intemediario con esa civilización. Hemos conseguido contactar con ellos... Sí... Hemos conseguido intercambiar sencillos códigos. Ellos han contestado. Vienen a visitarnos. Es inminente. Así, en secreto, urdimos un proyecto para ser los primeros en establecer contacto directo con esa forma de vida inteligente. Queríamos ser los primeros... Quizá ése sea nuestro pecado..., pero creo que no hemos dañado a nadie ni impedido a ninguna otra nación hacer el descubrimiento... Pero esa nave aún sigue sin ser descubierta. Hemos calculado que los demás países se darán cuenta tres meses antes de que nuestra nave entre en contacto con ella. Por eso fingiríamos el accidente y el descontrol de la trayectoria del cohete, siendo en realidad intencionado. Nuestra nave iría a su encuentro y contactaría justo cuando nuestros cálculos estiman que ese objeto dejará de ser un alfiler diminuto en un pajar. Así conseguiríamos ser los primeros. Los primeros. Le ofrezco la oportunidad de dar usted misma esa noticia..., de ser usted la persona que en un informativo diga al mundo que Francia ha hecho el descubrimiento del siglo..., qué digo..., de la Historia de la Humanidad. Cumplirá usted el sueño de su vida de ser presentadora de informativos.

—... ¿y las cargas nucleares?

—Es un protocolo de seguridad que hemos ideado. Tuvo sus detractores. Pero si descubrimos una naturaleza hostil en nuestros nuevos vecinos, intentaremos ser también la primera barrera de defensa. Si sus intenciones son belicistas, mejor tener varias armas preparadas antes de que lleguen.

—Creo que no tengo palabras para... No le veo con cara de estar tomándome el pelo... No es una situación después de la sangre derramada, como para que todo esto fuese una maniobra de distracción... Estoy pensando en voz alta porque estoy nerviosa... ¿Y qué va a pasar a partir de ahora?

—Buena pregunta... No lo sé. Creo que esto va a provocar un cambio. Mis analistas pronostican la apertura de una nueva era... Algo así como sucedió con el descubrimiento de América, pero a una escala global. Tal vez incluso sea la antesala de un cambio en los valores humanos. Más hermandad entre los hombres, que sentirán el nexo de unión de ser de la Tierra... Pero, sinceramente, no tenemos ni idea. No sabemos cómo va a reaccionar la gente. Sólo sabemos que más tarde o más temprano se va a descubrir... Y bueno, sólo espero que le tiemble la voz cuando tenga que decírselo a los millones de ciudadanos del mundo, que de sus palabras emocionadas comprendan que se acaba todo y empieza de nuevo... Yo al menos lo veo así. El camino que hemos recorrido hasta hoy ha sido un error... Quizá ésta es nuestra nueva oportunidad.

Lise, en principio, pensaba que el Primer Ministro había cometido un lapsus... Ella estaba todavía asimilando la existencia de vida inteligente fuera de la Tierra... De repente, podía ser la persona que diera la noticia. Al diablo con el pacto de Macrocom. Aquello iba a cambiar el orden mundial de las cosas... Iba a provocar un estruendo tan penetrante, que ya le parecían trivial cualquier problema, incluso aquella trama de los zombis. De pronto las leyes, las conspiraciones, la política, el comercio, la estructura esencial del sistema humano, le parecían dependientes de ella, dependientes de ese nuevo horizonte.

—¿Se da usted cuenta de lo que le estoy ofreciendo?

—Estoy temblando.

Jean Pierre se acercó con el maletín abierto. Dentro, varias tarjetas de memoria y un dossier que en la solapa advertía «Ulises».

—El apoyo documental que necesita para ir preparando su discurso está en este maletín. Involúcrese. Nuestros encargados del proyecto Ulises estarán a su disposición para ofrecerle el apoyo visual que necesitará en su comunicado. ¿Se encuentra bien?

Lise de repente tenía muchas ganas de negarse, de decir que no quería dar ella la noticia... Le valdría sólo con venderla.

—No sé si yo... Nunca he salido en televisión... Es algo que tengo que pensar...

—Lo hará muy bien —los políticos abotonaban sus chaquetas dispuestos, al parecer, a salir de la habitación.

—No estoy segura... Sería horrible cometer torpezas mientras se comunica algo así... Y si me pagan la noticia... Y que la dé una presentadora profesional...

—Lise, créame —decía el Primer Ministro mientras pasaba por su lado y abría la puerta. Ella se levantó con el maletín pesándole en la mano. De repente ya no estaba presa. De repente todo había cambiado para siempre. El Primer Ministro francés la esperaba con la puerta abierta para darle paso—. Créame —repitió él—. Se arrepentirá toda su vida de no haber sido usted la que comunicó la noticia. ¿Acaso no es lo que usted siempre deseó?

—Tengo miedo de no estar a la altura.

—No se preocupe... Muestre la misma estupefacción que tiene usted en estos momentos y lo hará muy bien.

Hubo un poco de silencio...

—Señor..., esos vídeos que querían instalar en los robots... eran una broma, ¿verdad?

—¡Ja, ja, ja! Sí... Esos vídeos eran una prueba de qué contenidos deberían poder ofrecer nuestros embajadores mecánicos... Pero los definitivos no son esos, evidentemente. Ese modelo de robot... Espero que su amigo Spider esté dispuesto a fabricarlo... Según me han contado es realmente impresionante.

El pasillo era blanco y llegaba a una sala de ascensores. Lise estaba segura de estar en algún búnker militar. Le surgían miles de preguntas. Tenía muchas ganas de contarles a los demás toda la historia. Un detalle se le escapaba.

—Un momento, señor...

—¿Qué sucede?

—Firmé un contrato de exclusividad con Macrocommunications... Me demandarán.

—No se preocupe. Pagaremos su libertad.

Ya estaba todo ordenado... Ningún cabo suelto.

—¿Puedo... decirles a los demás que vengan al plató de televisión?

—Lo que quiera... Pero nos pondrá usted en bandeja al zombi demasiado pronto —decía el político con una sonrisa en los labios—. Por supuesto, bromeo.

—Él no vendrá... Bueno, no lo sé. Ahora entiendo por qué han pactado... Ahora entiendo por qué no me han matado. Ahora entiendo...

—Dentro de unos días, cuando esa noticia se libere y sea confirmada por el resto de las naciones... nada de lo que cada ser humano ha considerado importante hasta hoy, mantendrá ese interés. Le acabo de hacer el favor de su carrera, y no lo he hecho por miedo a perder el poder... Lo he hecho por la misma razón que aprobé el Proyecto Zombi... Porque creo que es bueno y es el momento de las buenas acciones señorita... Es el momento de hacer lo correcto. Es el final de nuestra era... Es el momento de reflexionar. Si le pido el silencio para el Proyecto Zombi es porque realmente creo que es una buena acción, pese al error que cometimos con su colega. Por otro lado, creo que el Gobierno español no se merece ese escándalo por culpa nuestra... Por todas esas razones he creído conveniente proceder de este modo.

—Bueno, tampoco son ustedes unos santos...

Cuando la dejaron en libertad, con aquel maletín en la mano..., no sabía qué hacer. Realmente estaba aterrada. Había acordado que daría la noticia en tres días en horario de máxima audiencia en un informativo público de la cadena del Estado. No le habían prometido dinero, ni siquiera habían firmado un contrato...; porque dentro de poco esas formulaciones humanas serían puestas en cuestión. No le preocupaban lo más mínimo. Quería llamar a Dany, a Antonio, a Koldo, charlar con Spider..., pero temía no poder explicar el cúmulo de emociones que la embargaban. Sabía que la primera llamada debía hacerla a Dany para detenerlo y que no diera la noticia del Proyecto Zombi.

—Dany...

—Demonios, te he buscado por cielo y tierra... ¿Estás bien?

—Dany, sí... Dime que no has dado la noticia.

—No... Nena, recuerda que tenemos un protocolo. Faltan dos horas para que haga el envío.

—Esa gente... No puedo contarte nada ahora... Sólo quería decirte que estoy bien, que no te preocupes... Ya te llamaré... Tengo un bombazo, Dany... No es un bombazo... No sabría explicártelo... Creo que es el padre de todos los bombazos. El Proyecto Zombi quedará en secreto, y parece que nos dejarán en paz. Dany, si detectas cualquier seguimiento o vigilancia, avísame; porque se supone que ahora somos libres, se supone que ya no estamos perseguidos.

—Vaya, me das a entender que todo se está arreglando...

—Dany..., en realidad todo esto carece de importancia... Todo, a partir de ahora, carece de importancia.

Capítulo 12

Lise se citó con Antonio en una cafetería del Barrio Latino. París brillaba para ellos mucho más que para el resto de los transeúntes, pues el hecho de poder caminar como personas normales, sin identidades ni propósitos, apartados de las tramas e intereses ocultos, les facilitaba emociones acrecentadas frente a los turistas. Las farolas, los comercios, hasta la misma disposición de los coches aparcados, para ellos componían un paraje de eterno día festivo.

Lise ya le había adelantado por teléfono parte de aquella revelación, pero quería ver en sus ojos la sorpresa. Cada vez que hablaba de su inminente intervención en los medios de comunicación lo hacía en susurros.

—No te oigo bien cuando bajas tanto la voz —apostillaba él impaciente por conocer todos los detalles.

—Ya te dije lo de la nave... Es el descubrimiento del siglo.

Lise estuvo hora y media argumentando sobre el contenido de su aparición pública. Antonio no podía creerlo al principio. A veces sonreía; otras se agarraba la frente con la palma de la mano como si la sorpresa pudiese hacerle levitar y con su brazo tratase de impedirlo. En el fondo se lo veía muy contento. Lise esperaba que toda persona tuviera una reacción parecida de estupefacción y alegría ante aquel acontecimiento.

—Esto va a suponer un cambio... A partir de ahora todo puede empezar de nuevo —decía ella.

—No sé... Seguro que los que ahora tienen el poder se asegurarán de mantener su estatus, y si eso es así..., al final puede que no sea tanto cambio como tú te crees.

—Antonio…, te equivocas. Estoy segura de que ahora daremos un salto hacia delante. Creo que nosotros solos durante siglos jamás hemos visto ni de cerca la fórmula para convivir de forma sabia. Quizá ese pueblo que vamos a conocer nos forzará a una evolución. Pero sobre todo nos unirá como habitantes de la Tierra. Dejarán de tener tanta importancia las fronteras entre países…

—Pareces un político.

Así pasaron los minutos, hasta que Lise quedó silenciosa de improviso. Había cierta desilusión, un atisbo de inquietud.

—¿Qué te ocurre? Te has callado de repente…

—Antonio, quiero comentarte algo…

—Suéltalo.

—En la negociación… el Ministro del Interior me contó el episodio de tu detención, cuando te habían seguido hasta tu entrevista con Sonia. ¿Por qué no le dijiste quién eras? ¿Es posible que todo cuanto significó para ti… realmente haya muerto?

Antonio estiró su semblante.

—Perdona si no quieres hablar de eso… Lo comprendo.

—Me lo borraron, Lise. Me di cuenta cuando la tuve delante de mis ojos. Me doy cuenta cuando veo mis propias fotos en la prensa. Me han convertido en un mártir. Miro esas imágenes, y no me veo yo. No soy ese tipo. Y si no soy ese hombre, tampoco soy su marido.

—Antonio si tú quieres, podrías estar con ella… El Gobierno me prometió que hallarían una solución… Podrían cambiarle a ella la identidad…, que pudierais vivir en un lugar tranquilo sin problemas. Aunque, eso sí…, jamás consentirán que se desvele la verdad; así que sólo podrías…

—Lise…, ¿tan difícil se te hace pensar que quiera estar contigo?

Ella lo miró atónita. La había interrumpido justo cuando le quería dejar claro que no podría volver a su vida anterior…, pero que había logrado concesiones. Antonio despreciaba aquellos avances... y la razón última era ella.

—Antonio, es que tengo miedo...

—¿A qué, Lise?

—¿Y si lo nuestro no funciona? ¿Y si ahora eliges quedarte conmigo porque no recuerdas nada de lo anterior, pero un día despiertas y sientes que la amas?

Lise no pudo contener sus inquietudes que afloraban sin poder medirlas.

—Reconozco que me gustas y que siento algo especial —decía la mujer—. No sé. En aquella isla era todo tan perfecto... Aquella noche se me olvidó el trabajo. Parecía vivir la vida que siempre aparté de mí, pero que en el fondo envidio. Creo que este maldito caso me está cambiando... Creo que tú me estás cambiando, y eso me desconcierta. Por eso estoy fría, porque no quiero enamorarme de ti. No quiero ver cómo regresas a su lado y tener el corazón hecho trizas. No quiero tampoco que tengas que escoger, que tengas que elegir entre ella y yo. No quiero esa responsabilidad, porque seguramente tú y yo no somos nada compatibles. Siempre nos peleamos. Seguramente no aguantaríamos más allá de los primeros compases. No quiero que renuncies a tu verdadera vida por mí, porque no estoy segura de que yo pueda cambiar... En los últimos años he tenido relaciones esporádicas, siempre concentrada en mi trabajo. Es un sistema que me funciona..., aunque no me hace feliz. No me mires así...

—Eso no va a suceder... Todo eso que dices es miedo. Tienes miedo. Tú misma lo dijiste antes Lise... Ya nada va a ser como antes... El mundo va a cambiar, y quizá en ese mundo futuro una pareja extraña como nosotros tenga una oportunidad.

—¿Y si no me soportas? No nos conocemos gran cosa... Me siento presionada a ser infalible. Si todo se estropea me sentiré fatal porque siempre pensaré que te secuestré de tu vida. Me sentiré culpable...

—Lise..., no se trata de ti.

En ese momento ella se ruborizó.

—¿No?

—No. ¿Por qué te crees que fui a verla? No fui para comprobar si la quería más que a ti, ni para elegir. A mí me gustas tú... De ella no tengo recuerdos. Yo quería volver a verla porque tenerla de frente, poner a prueba mi cabeza y salir airoso, me daría la fuerza que necesito para seguir con mi vida nueva. Saber si podría vivir sin volver la vista atrás. Lise, aunque lo nuestro salga mal, yo no puedo regresar a todo aquello. No sería un regreso, sería como una visita obligada. No puedo retomar las cosas donde las dejé, porque no recuerdo qué cosas poseía. Las personas evolucionan. La mía ha sido una madurez brusca y chocante, con amnesia forzosa. Pero no estoy presionado por ningún sentimiento, Lise. No te eches la responsabilidad de mí felicidad porque no está en ti. ¡Eres siempre tan egocéntrica...!

Ella no sabía qué decir.

—Era broma. Comprendo tus dudas —continuó él, apremiado a reforzar aún más sus razonamientos—. Pero soy adulto. Puedo decidir las cosas por mí mismo y te digo que no quiero volver. Ahora tengo amigos... Voy a colaborar con Spider en el Ulises... Gracias a tu negociación, las cosas me van a ir bien. Así que, aunque tú no te sientas preparada, aunque no quieras estar a mi lado y pelearte mil veces conmigo... Voy a seguir adelante sin ti.

—¿Vendrás a verme a la tele?

Antonio agradeció aquel cambio. Ella parecía abandonar su actitud negativa y amedrentada.

—Por supuesto. Espero que no se te suba a la cabeza lo de ser presentadora de televisión.

—Bueno. En principio presentaré y daré todas y cada una de las noticias relacionadas con el fenómeno, pero creo que eso me dará caché suficiente como para no tener que preocuparme jamás por mi ocupación laboral. Además, puede que escriba un libro...

—¿También escribes?

—Sí. Mi vocación era ser presentadora... Pero en la facultad donde sacaba mejores notas era como cronista.

—Bueno, no todos los periodistas escriben bien.

—¿Lo dice el señor robótica olvidada?

—Eso... Eso ha sido cruel...

—Antonio..., bésame.

Antonio la besó varias veces. Después continuaron hablando. Sin percatarse de ello, sus voces se elevaron de tono abandonando la región de los secretos de Estado y, poco a poco, la conversación se fue pareciendo más a la de cualquier pareja ávida de pasar una buena tarde, disfrutando de un café y la siempre amable visión del otro.

Capítulo 13

«Muy buenas noches desde los estudios centrales de informativos. Mi nombre es Lise. Tengo el privilegio de ofrecerles en primicia en este especial... Perdonen porque estoy un poco nerviosa... Como decía, tengo el privilegio de ser la encargada de anunciar, de dar a conocer al mundo la que podría ser la noticia más importante de todos los tiempos. Una noticia que podría hacer tambalearse los cimientos de nuestro sistema. Sin más preámbulos, les digo que no estamos solos. Ha sucedido. En Francia, un profesor, el señor Dominic Dore, descubrió hace dos años un elemento celeste que tenía una trayectoria sospechosa. Más tarde, se hará un programa especial que emitirá esta cadena para aclarar detalles.

»Yo puedo decirles que hemos encontrado vida extraterrestre inteligente, fuera de toda duda. Se trata de una nave que surca el espacio y que en estos momentos se dirige hacia aquí. La nave ya ha recibido señales, sencillos códigos que diseñaron los científicos franceses. Las respuestas permiten confirmar que se trata de vida inteligente que habita esa estructura que se acerca a nuestro sistema. Francia ya tiene proyectada una misión a la que espera que se sumen las naciones del mundo, para tomar un contacto más directo mediante el lanzamiento de una nave de bienvenida, embajadora de nuestro planeta. Señoras y señores del planeta Tierra... No estamos solos.

»A título personal, me gustaría recordarles que, por encima de todo, lo fundamental que tenemos en este tiempo que se nos da es la intención de ser felices. Me gustaría que conmigo reflexionaran sobre si esa felicidad reside en sus vidas o si, en cambio, dista mucho de estar accesible. No hemos encontrado sólo la solución a los problemas. Hemos creado un sistema, una estructura que se retroalimenta. Nuestra sociedad es una maquinaria de consumo, donde quizá hemos perdido los valores básicos, como la hermandad, la conciencia como especie. El individualismo, la codicia, el egoísmo, el elitismo… ésas son finalmente las patologías que hacen este mundo girar sobre su misma problemática sin poder resolverla nunca. Hoy… Hoy todo eso puede cambiar. Quizá ahora tengamos la oportunidad más intensa de toda nuestra Historia para cambiar.

»Les surgirán muchas preguntas… Les puedo asegurar que incluso para los descubridores hay incógnitas. En vilo, esperanzados ante lo que puede suponer este hecho, nuestro Gobierno espera que los ciudadanos de bien que viven en nuestro país reciban esta noticia con tranquilidad y mesura. Dentro de unas horas, el Presidente de la República y el Primer Ministro harán un comunicado más extenso. En los programas que siguen, tendrán más información, como ya he dicho antes. Este descubrimiento abre una nueva era, tal vez un nuevo calendario… Abre la esperanza de que finalmente el Universo se abra para el ser humano».

Capítulo 14

—¡Fijáos en esa estrella!

—Hacía siglos que no miraba las estrellas con un chisme de éstos.

Pocos yates habría en el mundo equipados con tres telescopios. Koldo había hecho una inversión de última hora y con la ayuda de Spider había instalado tres catalejos espaciales, olvidando la pesca por un tiempo. Karen, su mujer, no dejaba de charlar con Lise a propósito de su afortunada carrera televisiva. No precisamente de su contenido, sino del estilismo tan acertado que habían elegido para dar la noticia el primer día y los siguientes programas en los que había aparecido.

—¿Y eso, qué importa ahora? ¿Crees que a los de allí arriba les preocupa si iba a la moda o no cuando dio la noticia? —espetaba Koldo animosamente entregado a la polémica pública con su esposa. Todos reían ante las impertinencias de él y la fina elegancia con que ella solía dejarlo fuera de juego.

—Cariño, espero que estimen que el modelo de ser humano es más parecido a ella que a un gigantesco y rudo semental que no para de beber güisqui…

Las risas se multiplicaron. Spider abrazaba a Muna, que parecía de una timidez extrema. Antonio, totalmente tumbado, prescindía de telescopios y contemplaba el raso estrellado a placer; mientras, de cuando en cuando, Lise se le acercaba para comentarle lo bien que lo estaba pasando, o para aprovisionarle la bandeja de comida.

—Apuesto a que acabo vendiéndoles Ledax a los hombrecillos verdes...

—No son verdes... Lise ha dicho ya mil veces que son como nosotros —insistía Karen, que parecía aguardar cualquier comentario de Koldo para polemizar.

—Sí. Por las imágenes que hemos recibido... son humanos como nosotros. Tenemos muchas cosas en común. Los científicos no dejan de analizar todos los mensajes y de enviar otros. Por lo visto, poseen sistemas matemáticos muy parecidos a los nuestros, escritura, y puede que parezca una tontería, pero sus vestimentas no distan mucho de las nuestras... Aunque os confieso que una imagen desconcertó a muchos científicos.

—¿Cuál?

—Era una imagen en la que se veían un hombre y una mujer desnudos... Fue la primera imagen que recibimos de ellos. Hubo quien llegó a pensar que no usaban ropas, que no tenían el pudor instalado en sus comportamientos. Después, por lo visto, se ha descubierto que no es así... Van vestidos. Pero enviaron esa primera imagen para que no hubiese duda sobre su completa humanidad, o simplemente para demostrar que son de la misma especie.

—A ver si pasas las fotos esas... —dijo Koldo.

—Por ahora no serán desveladas. Esto va a ser un proceso largo... Si me seguís en los informativos estaréis al día puntualmente —dijo la ahora famosa presentadora.

—Miro arriba y me parece... No sé... Siento algo muy raro —intentaba explicar Spider separándose un poco de Muna—. Creo que es la única esperanza que le quedaba a nuestra civilización y se ha cumplido... ¿Qué sentido pueden tener ahora las guerras? Para mí..., y esto os sonará raro..., para mí este momento que vivimos, es más que nunca, tiempo de creer en Dios. No dejo de pensar que este Universo tan gigantesco ahora tiene más sentido que antes como creación divina... Y os lo dice un ateo de toda la vida. Esto hace que ya no sea tan descabellada esta suerte que nos hizo posibles a nosotros. ¡Hay más como nosotros! Es como si eso pudiera confirmar el hecho de que este Universo realmente fuese concebido para albergar vida, que no somos una casualidad.

—Pues no te puedes ni imaginar la de polémicas que hay formadas en cuanto a la religión. En el Vaticano hay mucho revuelo tratando de publicar algo, una explicación que unifique opiniones, una doctrina que sea factible. En el mundo hebreo ya hay quien habla de un posible mesías externo al planeta. Los que no caben en sí de gozo son los creyentes de la Cienciología, que están multiplicándose a ritmo agigantado, y los musulmanes no tienen ninguna duda sobre que ellos serán los preferidos por los extraterrestres para charlar de religión, porque su profeta es el posterior, el más moderno... Quizá los budistas sean los que menos se están pronunciando a propósito del fenómeno.

—¿Es cierto lo del millonario ese que ofrece una fortuna por acompañar a los robots?

—Sí... Y no se está publicando todo lo que se cuece realmente... Incluso dirigentes de muchos lugares del mundo están presionando a Francia para que incluya un robot que sea capaz de hablar su idioma.

—Eso es cierto —corroboró Spider—. De hecho, los japoneses están muy cabreados respecto del elenco de idiomas que tienen pensado programar en mis robots. Lise..., tú que estás más enterada de la actualidad..., ¿es cierto que le harán un homenaje a Smix?

—Sí. Su programa de inteligencia artificial, que gracias a ti se ha podido rescatar, será el verdadero embajador mundial, y creo que hablan de hacerle un monumento, y cosas así.

Koldo se tumbó copiando la posición de Antonio.

—¿Y por qué no admiten lo de los japos? Entiendo que deberían estar disponibles todos los idiomas... Estos chinos siempre pinchando a los japos...

—Al final se incluirá —respondía Spider—, pero supongo que los franceses están exigiendo contraprestaciones a cambio. Pagar peaje.

—¿Es cierto que *Coca-Cola* ofrece una fortuna por que se lleve una latita para los tíos verdes?... Preguntadme cuánto cuesta eso y a lo mejor me animo y mandamos Ledax.

—Hay puñetazos para intentar mandar productos en la nave, o publicitarse en las cubiertas, o en los mismos robots. Las multinacionales no dejan de advertir que son ellas las que deben tener voz y voto, pues seguramente a esos visitantes lo que les interesa sea el comercio. Insisten en que se les pregunte cuántos son, el número de pobladores que tiene su lugar de origen... clientes potenciales extraterrestres —explicaba Lise.

—¡Qué locura...! A ver si los vamos a asustar y se dan la vuelta...

Todos rieron ante la ocurrencia de Antonio. Se incorporó y caminando despacio se acercó al ángulo de proa, mirándolos a todos en un momento, y al cielo después.

—Están ahí arriba, justo ahí. Y vienen a conocernos... —dijo entonces en tono más serio. Quedó con la mirada anclada en el cielo.

Todos secundaron su silencio contemplando las alturas. Perdían sus ojos en fantasías, por entre los huecos que dejaban las estrellas en el firmamento.

Índice